Scarlet
스카-렛

Scarlet
스칼-렛

흰 가운 속 사정

흰 가운 속 사정

1판 1쇄 찍음 2013년 4월 2일
1판 1쇄 펴냄 2013년 4월 9일

지은이 | 서이나
펴낸이 | 정 필
펴낸곳 | 도서출판 **뿔미디어**

편집장 | 이재권
기획 · 편집 | 주종숙
편집디자인 | 이진선
관리, 영업 | 김기환, 임순옥

출판등록 | 2002년 9월 11일 (제1081-1-132호)
주소 | 부천시 원미구 상3동 533-3 아트프라자 503호 (우)420-861
전화 | 032)651-6513 / 팩스 032)651-6094
E-mail | scarlets2012@hanmail.net
카페 | http://cafe.daum.net/scarletR

값 9,800원

ISBN 978-89-6775-250-7 03810

※파본은 구입하신 서점에서 교환하여 드립니다.

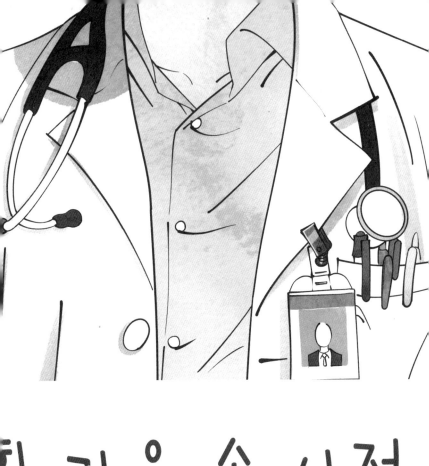

흰 가운 속 사정

서이나 장편 소설

SCARLET ROMANCE STORY

contents

 지금껏 수도 없이 크리스마스를 맞이하였으나 그에게는 예수 그리스도의 탄생 기념일 그 이상의 의미로 다가온 적이 없었다. 물론, 지금 주변을 스치는 많은 커플들에게도 이날은 찬바람에 언 서로의 몸을 녹여 주며 농밀한 사랑을 속삭이는 기념일일 터였다.

 이번 크리스마스는 다르게 보내고 싶었다. 입대를 코앞에 두고서도 시커먼 남자 동기들과 술만 푸는 자신의 신세가 서글펐다. 선호는 잘 피우지도 않는 담배를 꺼내 입에 물었다. 기다리는 것도 짜증 나지만, 그 대상이 여자가 아닌 것이 더 못마땅했다.

 '이 자식들은 왜 안 오는 거야. 여기저기 다 쌍쌍이라 어색해 죽겠는데.'

 분명 추운 날씨인데도, 아니, 추운 날씨라 더욱 폴폴 풍기는 연인들의 애정 행각에 선호는 슬슬 낯빛이 뜨거워졌다. 그는 민망함에 애써 고개를 돌렸다. 난처한 상황에 처한 사람은 다행스럽게도 그 혼자만이 아니었다. 커다란 크리스마스트리 앞에서 선물 상자를 든 채 시린 손을 호 불어 가며 발을 동동 굴리는 한 여자. 잠그지 않은 코트 안으로 무릎을 겨우 덮는 빨간 원피스가 제법 추워 보였다. 멋을 내 굽실거리는 머리카락이 어깨 아래로 길게 내려와 그나마 목은 허전하지 않았다.

선호는 다 피운 담배를 문지르며 연신 그 여자를 주시했다. 상당히 오래 기다린 듯 두 볼이 빨갛게 상기되어 있었다. 하지만 표정만큼은 무척이나 밝아 보였다. 굉장히 반짝거리는 눈동자. 그래도 춥긴 추운지 연신 제자리에서 콩콩 뛰는 모습이 귀엽기까지 했다.

남자 기다리나? 아님 데이트? 그것도 아니면, 첫 고백? 뭔지는 모르겠지만, 무척 기대하는 일인 건 분명한 것 같았다. 표정에 정말 그대로 나타나고 있었으니까. 아주 행복해 죽겠다는 웃음. 제법 예쁜…….

'하, 최선호. 미쳤냐?'

그는 얼른 고개를 돌렸다. 그리고 여전히 연락조차 안 되는 이 자식들을 어떻게 족쳐 줘야 하나, 생각하며 휴대폰을 들어 올린 순간, 액정 위로 하얀 무언가가 떨어져 내렸다.

"와, 눈이다!"

"화이트 크리스마스네!"

주변의 커플들이 까아거리는 소리와 함께 정말 하늘에서 조금씩 눈이 내려오고 있었다. 선호는 손바닥 위로 스르르 녹아내리는 이 차가운 눈송이를 바라보다 저도 모르게 그 빨간 원피스의 여자를 떠올렸다. 만약 정말 오늘이 특별한 날이라면, 이 정도 무대가 만들어졌으니 엄청 기뻐하겠네. 여자들은 이상하게 그런 거에 특별한 의미를 붙이니까.

그는 슬금슬금 피어오르는 호기심을 이기지 못하고 결국 아주 조심스럽게 여자 쪽으로 시선을 돌렸다. 그 순간, 선호의 머릿속이 텅 비어 버리면서 그 안으로 그 여자만이 걸어 들어왔다.

점점 새하얗게 쏟아지는 세상 속에서 그보다 더 환하게 짓는 여자의 미소는 눈을 뗄 수 없었다. 그녀를 제외한 다른 곳의 시간은 점점 느리게 흘러가는 것 같았다. 선호는 저도 모르게 입가에 엷은 미소를 지었다. 왠지 같이 웃고 싶어졌다.

저 여자가 품고 있는 저 행복함을 같이 느끼고 싶었다. 손끝으로 아릿하게 번지는 열기가 점점 얼굴 위로 스치며 눈가에 설렘이 배어 들었다. 그는 쥐고 있던 휴대폰을 들어 저도 모르게 사진을 찍었다. 찰각이는 소리와 함께 선호가 퍼뜩 정신을 차렸지만, 이미 그의 휴대폰엔 그 이름 모를 여자가 새하얀 눈 속에서 환하게 웃고 있는 모습이 담겨 있었다.

"미치겠네."

입대를 앞두고 허해진 마음에 모든 여자가 예뻐 보이는 건가? 아니면 정말 첫눈에 반했다거나, 뭐 그런 거야? 돌겠군. 그래, 그럼 뭐. 이름이라도……

그때 타이밍 좋게 그의 휴대폰이 울렸다. 아까는 죽어도 연락이 없더만 참 더럽게 눈치 없이 연락하고 있는 원수 같은 동기들.

"죽을래?"

〈받자마자 뭔 시비냐? 어디야?〉

"광장에서 기다리라며! 얼어 죽겠다."

〈캬아, 쏘리하다. 거의 다 왔어. 갑자기 눈이 내려서 차가 좀 막히잖아. 조금만 기다려.〉

"술 한번 얻어 마시려다가 이대로 얼어 죽……."

선호의 시선이 다시 한 번 멈춰 들었다. 하지만 아까와는 조금 다른 의미였다. 사람들의 수군거리는 소리와 안타까운 눈빛이 그 여자에게로 쏟아지고 있었다. 왜냐면, 그렇게 행복하게 웃고 있던 그 여자가. 울고 있었으니까.

〈야, 최선호? 뭐야, 최선호?〉

그는 휴대폰을 들고 굳어진 채 정말로 펑펑 울기 시작하는 여자의 얼굴을 바라보았다. 그렇게 소중하게 들고 있던 선물 상자도 떨어뜨리고서 뭐가 그렇게 서러운지 울음을 멈추지 못하는 여자의 모습에 저도 모르게 마음이 싸해지면서 당장에라도 다가가 안아 주고 싶었다.

〈최선호!〉

"거기 어디야?"

〈아? 거의 다 왔다니까, 대체 무슨…….〉

"그냥 내가 갈게."

선호는 재빨리 전화를 끊었다. 그리고 앞뒤 생각 안 하고 그 빨간 원피스를 입은 여자에게 다가가려고 했지만, 북적이는 사람들 틈으로 이미 그 여자는 사라지고 없었다. 선호는 마치 무엇에 홀린 것처럼 멍한 시선으로 그 여자가 서 있던 곳으로 천천히 걸어갔다. 얼마나 오래 서 있었는지, 그 여자의 조그만 발자국이 움푹 새겨져 있었다. 그리고 그 위로 서서히 눈이 덮이고 있었다. 마치 그 여자의 슬픔을 고스란히 묻어 버리는 것처럼.

그해 겨울의 크리스마스. 항상 평범하디 평범했고, 별다른 의미도 없었던 크리스마스가 한순간에 잊지 못할 기억이 되어 버렸다. 누가 들으면 미친놈이라고 놀려 댈지도 몰랐지만, 정말로 한순간에 그 여자의 웃음도, 눈물도, 모두 가슴에 새겨 버리고 말았다.

1장

어스름이 내리기 시작한 병원 옥상. 하리는 말라 버린 땀방울에 서늘함을 느끼고서 정말 땅이 꺼져라 한숨을 푹 내쉬었다. 바짝 마른 입술 사이로 제법 서늘한 입김이 엷게 흩어졌다. 어느새 겨울이 깊어지고 있었다. 무심히, 그리고 빠르게도 흘러가는 세월에 하리는 급 우울해진 마음으로 회색 시멘트 바닥에 털썩 주저앉아 서서히 저물어 가는 하늘을 바라보았다.

오늘도 하루가 가고 있었다. 아니, 병원에 하루가 간다는 말은 없다. 전쟁이 계속 이어질 뿐이고, 시계 따윈 그저 흘러가는 바늘에 불과했다. 게다가 사는 게 사는 게 아니라는 죽음의 인턴. 그녀는 1분 1초가 어떻게 흘러가는지 모를 만큼 정말 알찬 걸로는 누구도 부럽지 않을 만큼 보내고 있었다. 정말 잠자는 시간도 없을 정도니까.

삐삐—

"어쩐지 좀 쉬는가 싶더라."

그래, 인턴이 일을 해야지. 괜히 상념에 젖어 푸념할 시간조차 사치다!

하리는 응급실 쪽에서 온 호출에 바닥에서 일어나 먼지를 털어냈다. 그녀는 마지막으로 시린 공기를 폐 속 깊이 들이마시고서 안으로 들어섰다. 또다시, 지독한 소독약 냄새와 눈 아프게 따가운 붉은 피를 마주해야 할 시간이 온 것이다.

"선생님, 이쪽입니다!"

막 응급실로 한 여자가 들어서고 있었다. 간호사가 급하게 하리를 불렀고, 그녀는 환자의 상태를 체크하며 의식을 점검했다. 다행스럽게도 의식은 남아 있었다.

"어떻게 된 겁니까?"

"낙상 사고입니다. 머리 쪽은 괜찮은 것 같지만, 심한 복통을 일으키고 있습니다."

하리는 간호사의 말에 배 쪽을 조심스럽게 눌러 보았다. 하지만 환자에겐 전혀 반응이 없었다. 그러다 가슴 쪽으로 올라가자 짙은 신음을 나타냈다. 흉부 쪽이다.

"당장 X-ray 촬영 들어가고, CS(흉부외과)에 콜 넣어 주세요."

"알겠습니다."

EM(응급의학과) 인턴을 하면서 밤에 잠이라는 걸 자 봤는지 기억이 안 날 정도로 정말 정신이 하나도 없는 곳이었다. 물론, 어디를 가든 종이 한 장 차이긴 했지만, 오늘은 유독 더 바쁘게 느껴졌다.

"선생님, X-ray 결과 나왔습니다."

"CS는요?"

"지금 곧 오시겠다고 연락이 왔습니다."

X-ray 결과, 흉부 골절이었다. 일단 압박을 해서 골절 부위가 움직이지 않게 막은 뒤엔, 외과에서 알아서 할 것이다.

"최대한 환자가 움직이지 않도록 해 주시고, 선생님 오시면 설명 잘 부탁합니다."

"네, 수고하셨습니다."

그 뒤로는 계속 치프 선생님들이나 다른 레지던트 선생님들 뒤꽁무니를 따라다니며 차팅 보고, CT방 왔다 갔다 하고, 가끔 패악을 부리는 환자들도 상대해 주면서 가까스로 응급실을 빠져나온 하리는 판다 눈탱이를 하고서 곧장 당직실로 향했다. 아주 잠시라도, 정말 1분이라도 눈을 감고 싶은 심정이었다.

이제 오늘만 지나면 EM 인턴은 종료되었다. 물론, 다음에 갈 GI(소화기내과)도 눈코 뜰 새는 없겠지만. 응급실이 바쁜 만큼 다른 곳도 손이 딸리는지 당직실에 사람이 보이지 않았다. 만약, 자고 있던 걸 들킨다면 아마 꽤나 깨질 것이 분명했지만 아까 계속 응급실에서 눈도장 찍으며 왔다, 갔다 했으니 쉽게 의심하지는 않을 것이다.

하리는 그렇게 처음으로 행복한 표정을 지으며 여자 당직실의 불을 켠 순간, 이불 너머로 꿈틀대는 그림자에 순간 걸음을 멈추고서 입을 열었다. 누가 있는 건가?

"거기, 누구세요? 진이야?"

같은 동기인 진이거나, 아니면 다른 여자 동기라고 생각했지만, 이불 속의 사람은 꿈쩍도 하지 않았다. 하리는 뭔가가 점점 수상해지기 시작했다. 대체 뭐야. 왜 대답이 없는 거야.

"진이 너 맞지? 괜히 장난 그만하고 얼른 나……."

그때, 펄럭하고 이불이 그녀의 얼굴 쪽을 향해 날아왔고, 하리는 미처 피하기도 전에 꽥 소리를 지르며 그만 그 자리에서 넘어지고 말았다. 무언가가 아주 **빠른** 속도로 타다닥 소리를 내며 짐승처럼 뛰쳐나갔다. 하리는 설마 하는 표정으로 아주 천천히, 천천히 이불을 걷어 내리자 한 남자가 막 침대에서 일어나 그녀를 보고선 씨익 미소를 띠었다. 남자, 남자?

"아이쿠, 얼른 나가려고 했는데……."

"뭐, 뭐!"

"괜찮습니까? 아프겠네. 미안합니다. 이 시각에 당직실엔 사람이 별로 안 와서 괜찮을 거라 생각했는데……."

하리는 너무나도 천연덕스러운 남자의 모습에 움직일 수가 없었다. 흐트러진 셔츠와 머리칼, 그리고 지퍼가 내려가 있는 바지……. 분명 저 모습은, 저 모습은……. 감히 신성한 병원 당직실에서 그런 파렴치한!

"다, 당신 뭐야. 지금 여기서 뭐 하는 거야!"

카랑카랑하게 울려 퍼지는 하리의 목소리에 남자는 살짝 미간을 찡그리고서 휘파람을 불었다.

"이야, 소리 한번 완전 섹시하게 지르네."

"감히, 병원. 그것도 여자 당직실에서……. 하아! 경찰을 부르겠어. 이 변태 자식아!"

"저기, 당신이 어떤 야릇한 상상을 할지 충분히 오해할 만한 상황이라 이해는 가는데, 아무 일도 없었습니다. 아무튼, 사과는 하죠. 미안하게 됐습니다."

남자는 이제야 흐트러진 셔츠 단추를 채우고서 바지도 제대로 고쳐 입었다. 흐트러진 머리를 제멋대로 빗어 내리니 그래도 조금은 단정한 느낌을 주었다. 어느새 하리의 앞으로 다가온 남자는 여전히 넘어져 있는 그녀에게 손을 내밀었다.

"다쳤습니까? 제가 치료해 줄까요?"

"가까이 오지 마. 저리 가!"

"이런. 단단히 오해한 모양이네."

하리는 자리에서 벌떡 일어나 정말이지 얼굴에 철판 깔고 파렴치하게 서 있는 이 남자를 노려보았다. 여자 당직실에 이렇게 마음대로 올라왔다는 건, 이 병원 관계자라는 뜻이다. 하지만 이런 남자는 본 적이 없었다.

"뭘 그렇게 봅니까. 혹시, 반했습니까?"

"당장 꺼져 주시죠? 정말 경찰을 불러 버리기 전에."

"생각보다 입이 거치시네요."

"병원 관계자입니까?"

하지만 남자는 하리의 말을 듣는 척도 하지 않고 넘어지면서 살짝 긁힌 그녀의 손을 물끄러미 바라보더니 이내 그 손을 덥석 잡아챘다.

"지금 무슨!"

"의사인 것 같은데, 손 다쳤잖아요. 이거 더 미안해지네."

남자가 그녀의 손을 부드럽게 들어 올려 발갛게 달아오른 부분을 조심스럽게 살피려는 순간, 날카로운 마찰음이 들리더니 하리의 손이 남자의 뺨을 날카롭게 스치고 지나갔다.

"내 몸에 함부로 손대지 마세요!"

"아오, 의사가 이렇게 사람 막 때려도 됩니까?"

"사람도 사람 나름이지요. 이 호색한!"

"그러니까 아무 일 없었다니까. 그래도 뭐, 제가 잘못한 거니까,

얼른 나가긴 하겠습니다. 근데 그 손은 꼭 치료하도록 해요. 그냥 두면 덧납니다. 의사 손은 혼자만의 손이 아니잖아요?"

남자는 살짝 부어오른 볼을 문지르며 당직실을 빠져나갔다. 하리는 마치 한바탕 폭풍우라도 쓸고 간 것처럼 머리가 어지러웠다. 대체 뭐 하는 작자일까? 그냥 순순히 보내 주는 게 아니었나? 근데 남자랑 응응을 하려면 상대방도 있어야 하잖아. 대체 어떤 지지배가 당직실로 남자를 끌고 온 거야! 아무리 남자가 고프다고 이런!

삐삐.

ER(응급실)에서 호출이 오고 있었다. 잠깐 눈 좀 붙이자는 것이 그토록 큰 욕심이었단 말인가!

하리는 불결한 눈빛으로 침대를 바라보더니 이내 이불을 주워다 세탁기에 처넣어 버리고선 응급실을 향해 달려갔다.

하리가 어디론가 급하게 뛰어가고 잠시 정적이 흐르는가 싶더니 이내 퍽, 하는 소리와 함께 남자의 신음이 울려 퍼졌다.

"아악!"

"이 자식아, 너 때문에 무슨 망신살 뻗칠 뻔했냐고!"

"그래도 잘 넘어갔잖아. 무식하게 그렇게 세게 때리냐? 나 바보 되면 네가 먹여 살려라."

"닥쳐라, 이 원수야!"

당직실에서 하리와 한판 했던 남자는 맞은 곳을 연신 매만졌고, 그 옆으로 다른 남자가 씩씩거리며 한숨을 푹 내쉬었다.

"왔으면 얌전히 있을 것이지 왜 여자 당직실에 가서 잠을 자 이 사단을 내냐?"

"시차 적응이 안 되는 걸 나보고 어쩌라고."

"하여튼. 네가 돌아온다는 소리를 들었을 때 내가 얼른 짐 싸서

이 병원을 떴어야 했는데."

"네가 가긴 어딜 가? 영원히 이 베스트 프렌드 옆에 붙어 있어야지."

"징그러운 소리 그만해라, 최선호."

선호는 여전히 지금의 상황이 못마땅해 자신을 노려보고 있는 태종을 향해 활짝 웃어 주고서, 하리가 뛰어가던 곳을 바라보았다. 아니, 정확히 말하자면 그 여자를 떠올렸다.

꽤 당돌하게 나오던 모습. 호색한 변태라. 찍혀도 아주 이상하게 찍히고 말았다. 군의관 제대를 하고 잠시 미국에서 휴가를 즐기다 갓 들어오는 바람에 시차 적응이 안 됐을 뿐이고, 잠시 눈을 붙인다는 곳이 그만 여자 당직실이었다. 그걸 깨우러 왔던 태종과 하필이면 그때 들어왔던 그 여자. 그 뒤로는 뭐, 보다시피 지금 이 상황이었다. 근데, 뭔가 묘하게 낯이 익었다. 하지만 제대한 지 고작 반년밖에 안 된 터라 저런 풋풋한 여자를 알 리가 없는데. 왜 이렇게 뇌리에 콕 박혀서 떨어지지가 않을까?

"근데 아는 의사야?"

결국, 호기심에 선호가 태종을 보며 넌지시 운을 띄웠고, 그는 호출기를 보고선 미간을 찌푸리며 입을 열었다.

"곧 알게 될 거야. 다음 달부터 GI(소화기내과)로 올 테니까."

"흠, 뭐야, 인턴이야? 아직 풋풋한 햇병아리네. 그럼 내가 알 리가 없지."

"당연히 네가 알 리가 없지. 야, 나 먼저 간다. 또 사고 치지 말고 자려면 남자 당직실 가서 처자."

그렇게 태종이 발바닥에 땀이 나도록 사라지는 꼴을 보며 그는 옅은 한숨을 쉬었다. 그나저나 인턴이라. 고작해야 스물여섯, 일곱?

아직 젖내나는 애기로구만. 역시, 알 리가 없다. 그래, 뭔가 착각한 것이 분명해.

❈   ❈   ❈

내일이면 EM(응급의학과) 인턴을 마치고 GI(소화기내과) 인턴이 시작되었다. 이것이 그녀의 인턴 인생의 끝자락이라고 할 수 있었기에, 하리는 나름대로 각오를 하고 동기 인턴의 인계장을 살펴보았다.

"내과 쪽이라 수술방 들락날락할 일은 별로 없지만, 보다시피 회진이 좀 많아."

"그러네. 근데 듣기론 이번에 이 교수님이 잠시 자리를 비운다고 하시던데."

"아! 그래서 그 자리를 대신할 펠로우 선생님께서 새로 오시기로 했어. 그분이 하실 거야, 넌 그분 따라다니면 돼."

"새로?"

하리는 살짝 의아한 표정을 지었다. 이 시기에 새로 펠로우가 들어온다니. 게다가, 우신대병원은 대부분 우신대를 졸업한 학생들이 오는 곳이었다. 다른 곳에서 의사를 데려오는 건 거의 드문 일이었다. 하지만 더 깊게 생각하진 않은 채, 마지막까지 꼼꼼히 인계를 받은 뒤, 찌뿌둥하게 굳은 어깨를 두드리며 창밖을 내려다보았다. 점점 겨울바람이 거세지고 있었다. 올겨울은 추워서 좀 일찍 눈이 내렸다. 크리스마스에도 눈이 내리려나?

그녀는 조금 우울한 눈빛을 띠었다. 어쩌면 그녀의 인생에서 가장 행복한 순간이 되었을지도 모를 3년 전 화이트 크리스마스가 비참한 악몽이 되어 무너지고 있었다.

"왜 그렇게 창문 앞에서 청승이냐?"

막 인턴 인계를 마치고 돌아온 진이가 급 우울 모드를 달리고 있는 하리를 보고선 혀를 찼다.

"네년은 또 시작이냐? 무슨 마지막 잎사귀를 세는 것도 아니고. 크리스마스 날만 다가오면 그 지랄이야."

"시끄러. 망할 것아. 네가 말만 안 꺼냈어도, 까먹었을지도 몰라."

"행여나 그걸 까먹을까. 그 선배가 안 받아들였을지도 모르지 뭘 그렇게."

"그래도! 엄청 기다렸단 말이야. 어떻게 한마디 말도 없이, 그렇게. 그렇게. 미국으로 가 버리냐고!"

아직 그녀가 의대에서 미친 듯이 용을 쓰고 있을 때. 같은 대학교 선배였던 진우에게 첫눈에 반해 버려 첫사랑이자, 짝사랑에 앓이를 할 때가 있었다. 같은 대학이기는 했지만, 진우는 이미 병원에서 레지던트 생활을 하던 때라 동아리 모임이 아니면 만날 겨를이 없었기에, 하리는 정말 온몸이 부서져라 시간을 내며 눈도장을 찍기에 바빴다. 그리고 점점 서로에게 가까워지는 걸 느끼고서, 주변 친구들(특히 진이)의 적극적인 성원에 힘입어, 다가온 크리스마스 날. 이 마음을 고백하겠다, 불같은 다짐을 하였는데. 가까워졌다는 건 오직 그녀의 삽질이었는지, 그가 갑작스럽게 미국의 자매병원으로 유학을 떠났다는 사실을 알게 되어 눈물과 악몽의 화이트 크리스마스를 보낼 수밖에 없었다.

그게 벌써 3년 전의 일. 그런데도 여전히 크리스마스가 다가오면 온몸에 우울 세포가 넘쳐 났고, 여전히 소식도 연락도 되지 않는 진우 선배를 보고파 하며 애가 닳았다.

"쯧쯧, 열녀가 따로 없구만. 네가 무슨 진우 선배 조강지처도 아니고. 어차피 시작도 안 한 거 그냥 쿨하게 잊으면 되지. 세상에 반이 남자고 넘치는 게 수컷이란다."

"시끄러. 난 너처럼 지조 없이 살진 않아. 언젠가는 올 거잖아. 그때 반드시, 그날 하지 못한 고백을 하고 말 거야. 더 이상 눈물의 크리스마스는 이 조하리 인생에서 아웃이라고, 아웃!"

"오고 나서 말해라, 이년아. 그러다 평생 독수공방으로 늙어 죽는 거 아닌지 모르겠다. 갸륵한 것. 그리되면 내가 꼭 열녀비를 이 병원에 세워 주마."

진이는 하리의 일편단심에 혀를 차며 눈을 감았다. 또 언제 어떻게 불려 갈지 모르는데 저것의 넋두리를 들어 줄 시간 따윈 눈곱만큼도 없었다.

"아, 근데, 진아."

"말 시키지 마. 잘 거야."

"내가 그 말 했던가? 아까 여기서 남자 본 거."

"무슨 남자?"

하리는 아직 그 사건을 말하지 않은 걸 깨닫고서 다시금 씩씩거리는 태도로 어느새 눈을 말똥말똥 뜨고 있는 진이에게 열변을 토해 냈다.

"어떤 변태 새끼가 여기서 그 짓을 하려고 한 거 있지? 그놈도 문제지만 데려온 그 지지배도 문제야. 어디 신성한 당직실에서 그런!"

"그래서 봤어? 봤어?"

잠잘 시간도 없다더니 저렇게 돌변해선 눈을 빛내는 진이의 모습에 하리는 안쓰러운 표정을 지으며 고개를 가로저었다.

"아니, 보진 못했어. 하지만 어쩜 그럴 수가 있지?"

"야, 사람이 식욕 다음으로 참지 못하는 게 성욕이라고 했어. 바빠도 할 건 해야 하지 않겠니? 참다가 병나는 것보단 낫다. 이것도 하나의 노하우라고 할 수 있지. 누군진 모르겠지만, 참 존경할 만한 지지배군. 덕분에 유익한 걸 배웠어. 나중에 100일 에딩(에브리데이 당직) 때 써먹어야지."

"닥쳐라, 이것아."

"그래서 네가 아직 얼라인 기다."

진이는 다시금 침대에서 온몸을 비비적거리며 눈을 감았다. 하리는 그 모습에 한숨을 내쉬고서 다시금 창문을 바라보았다. 왠지 오늘 밤, 눈이 내릴 것 같았다.

이른 아침, 대충 머리를 동여매고 눈곱만 떼고서 의국으로 달려가자 벌써 내과 레지던트와 치프, 그리고 이 교수님까지 한자리에 모여 있었다. 그나마 다행인 건 아직 컨퍼런스가 시작되지 않았다는 사실!

"다 모였나?"

이 교수의 말에 옆에 있던 치프가 고개를 끄덕이며 입을 열었다.

"예, 다 모였습니다."

"그럼, 들어와라."

잠시 후, 문이 열리면서 한 남자가 들어섰다. 그리고 하리는 순간 제 눈을 믿을 수가 없었다.

"오늘부터 내과 전임의를 맡게 된 최선호라고 합니다. 잘 부탁합니다."

주변으로 박수 소리가 들려왔지만 하리는 아무것도 들리지 않았다. 분명 저 남자는, 어제 당직실에서 봤던 그 남자였다. 의사라고? 그것도 전임의? 저 파렴치한 변태 새끼가?

선호 역시 하리를 한눈에 알아볼 수 있었다. 깜짝 놀란 눈동자를 토끼처럼 동그랗게 뜨고서 저를 바라보는 그 모습을 어찌 놓칠 수가 있겠는가. 만약 이 자리에 아무도 없었다면 아마 소리를 지르며 경악을 했겠지. 딱 한 번 마주친 것뿐인데 저 여자의 다음 행동을 예상하다니, 참 이상했다. 자꾸 눈에 밟힌다고 해야 하나? 저런 어린 것을 알 리가 없는데. 도대체 왜 이렇게 신경이 쓰이는 거지?

선호는 치프들과 다른 레지던트와 인사를 하면서 연신 하리를 곁눈질로 살펴보았다. 하지만 그녀는 연신 시선을 피하며 땅끝만 쳐다보고 있었다.

"아, 그리고 이번에 인턴 선생님이 새로 바뀌었습니다."

치프의 소개에 하리는 충격과 경악이 뒤섞인 정신을 애써 고쳐잡고서 고개를 숙이며 입을 열었다.

"이번 달 인턴 조하리입니다. 잘 부탁합니다."

선호는 저도 모르게 그녀를 유심히 바라보았다. 마치 온몸에서 나는 인턴이요, 라고 오라를 뿜어내는 것처럼. 대충 동여 묶은 머리카락에 화장은커녕, 로션기도 없는 100% 맨얼굴에 주머니엔 뭐를 저렇게 넣었는지 터져 나갈 것 같았다. 뭐, 그래도 아기같이 풋풋하고 상큼하기는 했다. 이번을 끝으로 인턴 생활은 끝이겠군. 그래 봤자 지옥의 레지던트 시작. 역시나 젖내나는 애기는 애기다. 달라질건 없었다.

끝으로 선호의 환영회 겸 회식을 하겠다는 공문을 날리고서 컨퍼런스를 끝냈다.

어느새, 그녀의 앞에 선 선호가 입가에 진한 호를 그리며 부드럽게 입을 열자 하리는 서늘한 시선으로 어렵사리 악수를 하며 입을 열었다.

"조하리입니다. 앞으로 잘 부탁합니다."

"아직 약을 안 바른 겁니까?"

선호는 아직 손이 빨간 그녀의 손을 살폈고, 하리는 얼른 그 손을 떼어 내며 낮은 목소리로 속삭였다.

"제 몸에 손대지 말아 주십시오. 최선호 선생님."

그때, 이 교수가 선호의 어깨를 잡으며 의아한 목소리로 입을 열었다.

"뭔가, 서로 알고 있는 사이인가?"

"아닙니다!"

"뭐, 조금 알고 있습니다."

이 남자가 지금 뭐라고 지껄이는 거야?

"그래? 그럼 잘됐군. 최 선생 이번에 논문 연구 들어간다고 했는데, 타이밍도 안 좋게 내가 잠시 자리를 비워 내 환자까지 회진 돌게 생겼잖아. 안 그래도 누굴 하나 붙여 줘야 하나, 고민했었는데. 인턴 선생이 좀 도와주면 되겠군. 내가 다른 치프들에게 잘 얘기할 테니까. 회진도 같이 돌고. 아마 공부도 많이 될 거야."

"흠, 그렇습니까?"

자, 잠깐. 지금 이게 무슨 소리야? 무슨 말이야? 뭔 소리를 하는 거야!

"그런데 최 선생이 우리 병원으로 올 줄은 몰랐어. 사실 한국대병원에 머물 줄 알았거든. 아무튼, 이렇게 와 줘서 아주 고마워. 열심히 해서, 여기서 조교수 자리 하나 꿰차야지."

순간, 선호의 표정이 서늘하게 굳어졌지만, 그 누구도 알아차리지 못할 만큼 미묘한 변화였다.

"아직은 많이 부족합니다."

"하하, 열심히 하게."

"예, 교수님."

그렇게 이 교수가 떠나고, 하리는 뭔가 커다란 방망이로 뒤통수를 후려 맞은 기분이었다. 뭐야, 그럼 이번 한 달 동안 무조건 저 변태 자식의 뒤를 따라다녀야 하는 거야? 논문 연구라면 연구실에도 같이 처박혀 있어야 하는 거잖아! 이건 말도 안 된다. 있을 수 없는 일이다. 저런 망나니 의사라니. 저런 호색한 변태랑 함께 있으라니!

"역시 우연이 아닌 인연. 아니, 운명인가?"

"그저 우연일 뿐입니다. 우연!"

그것도 아주 징글징글한 우연!

겉으론 웃으면서 속으론 살기 가득한 목소리로, 하지만 인턴답게 예를 갖추며 또박또박 대답을 한 하리가 거칠게 의국을 빠져나갔다. 그럼 뭐하나? 어차피 자신과 같이 회진 돌 운명인데. 풋, 안타까운 햇병아리 양. 도망치고 싶어도 도망갈 곳이 없다고. 한 달 동안 내내 붙어 있으면서 얼마나 더 다양한 표정을 보여 줄지, 벌써부터 기대가 되었다. 잠깐, 다양한 표정?

"흠."

선호는 자신도 모르게 시선을 창가로 돌렸다. 아주 작은 눈송이가 곱게도 휘날리고 있었다. 그러고 보니 크리스마스가 다가오고 있었다. 항상 이맘때쯤 그의 머릿속으로 천천히 스며드는 한 여자.

"참, 묘하네."

❖ ❖ ❖

회진이 많다는 건 알았지만 어쩜 이렇게 길고 느리게만 느껴지는지. 하긴, 저 변태의 뒤꽁무니만 졸졸 따라다니니 그렇게 느낄 수밖에.

하리는 여전히 저 남자가 펠로우라는 사실이 믿어지지가 않았다. 게다가 아까 대화를 듣고 있자니 이 교수님도 굉장히 신뢰하는 사람 같던데. 그리고 실력도 괜찮은지, 이번에 처음 만나는 환자임에도 정확히 상태를 파악하고서 주치의에게 오더를 내리고 있었다.

하리는 그와 조금 떨어진 거리에서 연신 귀를 쫑긋거리며 그의 모습을 아주 유심히 살펴보았다. 자신보다 배는 큰 키와 전체적으로 날렵하게 빠진 얼굴, 염색을 한 번도 하지 않았는지 단정하게 내려온 머리카락이 지나치게 까만색으로 반짝거렸다. 그래, 어제 그 요상한 만남만 아니었더라면, 저 새하얀 가운이 제법 잘 어울리는 의사라고 믿어 줬을 텐데. 첫 만남이 너무 엉망이었다. 이미 뇌리에 박힌 그 기억이 지워지질 않는다, 이 말이지.

"그럼 수고하셨습니다."

드디어 회진이 끝이 나고, 하리는 얼른 시계를 확인해 보았다. 어쩌면 아침밥이라는 걸 먹어 볼 수 있을지도 모른다는 희망에 부풀어, 그녀는 다른 선생님들에게 꾸벅 인사를 한 뒤 조심스럽게 발걸음을 뒤로 당기려는 찰나.

"인턴 선생."

빌어먹을. 아무리 생각해도 저 남자와는 상극인 것 같다. 아주,

25

아주 상극!

"예, 선생님."

하지만 일개 인턴이 무슨 불만을 표하리오. 살짝 굳어지긴 했지만 그래도 겉으론 전혀 문제가 없는 단정한 표정으로 고개를 돌렸다.

어느새 그녀의 앞으로 다가온 선호는 불만이 가득한 눈동자로 저를 쳐다보는 이 햇병아리 모습에 자꾸만 웃음이 새어 나왔다. 저는 숨겼다고 생각하겠지만, 얼굴에 고대로 나와 있는 걸 뭐. 처음부터 느낀 거지만, 이 여자는 감정을 숨기는 것에 너무나도 어설펐다. 고로, 절대 거짓말을 못하는 스타일이라는 거지.

"이 교수님이 하신 말씀 잘 들었죠? 사실 내가 좀 빠듯하게 연구를 해야 할 것 같아서 괜찮으면 지금이라도 갈까요?"

"급하시면 그래야죠."

네, 네. 인턴이 무슨 거절을 말할 수 있겠습니까? 누가 그러더군요. 인턴 시절의 입 모양은 무조건 네, 선생님으로 굳어진 거라고. 그래, 조하리. 감히 네가 아침밥을 먹으려고 했다니, 그런 엄청난 욕심에 천벌을 받고 있는 거야, 지금.

"그럼 지금 갑시다."

기분 좋게 걸어가는 선호의 뒷모습을 하리는 있는 힘껏 째려봐 주면서 마치 병든 닭처럼 축 늘어져 걸음을 옮겼다. 하아, 왠지 세상이 노랗게만 보이는 건 내 착각일까?

❖   ❖   ❖

우신대학병원의 부원장실. 그곳에 신경외과, 그것도 뇌 의학의 일

인자로 칭하는 우신대병원의 자랑이자 중심인 한애령. 그녀가 있었
다. 현재는 부원장이지만 거의 병원의 모든 것을 관리하고 있기에
병원장이라고 봐도 무방했고, 진짜 병원장도 그녀의 남편인 이영철
이었다.

그녀의 나이 50대. 하지만 이영철은 70대를 바라보는 노령으로,
공식적으론 한애령이 두 번째 부인이었다. 뒷얘기에 따르면 이영철
이 유망했던 한애령을 꼬인 거라고 했지만, 사실 진실은 달랐다. 이
영철에게 먼저 접근한 건 한애령이었다. 인턴부터 조교수까지, 거의
수석으로 스트레이트를 달렸던 한애령의 야망은 다른 이가 생각하
는 것보다 훨씬 더 거대했다. 그리고 지금은 이 우신대학병원뿐만
아니라, 자매병원인 대한병원까지 그 손을 뻗으려고 일부러 양자를
세워 그 위치를 다지고 있었다. 그리고 그 발판이 지금 가장 공을
들이고 있는 한국 최고의 뇌 신경센터 건립이었다. 그때, 팩스가 움
직이면서 그녀가 기다리고 있던 소식이 날아왔다. 애령은 팩스를 천
천히 읽어 보면서 손가락을 까딱였다.

"내과 전임의로 부임했다라. 외과도 아닌 내과. 훗, 아직 여전한
가 보군."

한애령은 잔인한 미소를 지으며 창가로 비치는 티 없이 맑은 하
늘을 바라보았다.

"그럼 이 할머니가 우리 손자를 직접 환영해 줘야겠지?"

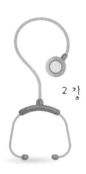

2강

선호의 연구실로 들어온 하리는 생각보다 깔끔하게 정리된 내부를 보고서 저도 모르게 고개를 끄덕였다. 겉으론 정말 멀쩡한 남자인데. 역시 진이의 말대로 사람의 성욕은 절대 참을 수 없는 뭐 그런 것일까? 아무리 그래도 당직실에서 그러는 건, 이해를 하려야 할 수가 없었다.

선호는 연신 주위를 두리번거리는 하리를 보면서 두툼한 서류 뭉치를 꺼내 들었다.

"일단 인턴 선생이 해 줄 일은 간단해요. 자료 정리 도와주고, 데이터 분석해 주고, 할 수 있으면 도표로 깔끔하게 해 주면 더더욱 좋고."

그러면서 건네는 분량은 아주 어마어마했다. 조하리. 오늘부터 밤 샘이구나. 아무리 인턴이 일로 먹고살 정도로 일만 한다지만, 유독 자신은 일이 흐르다 못해 넘쳐 터질 것 같았다.

"급하니까, 내일모레까지. 할 수 있죠?"

"네, 선생님."

내일모레? 그래, 날 죽여라. 잡아 죽여!

하지만 힘없는 인턴은 그저 눈물을 머금고서 부들부들 떨리는 손으로 그 어마어마한 분량을 움켜쥘 뿐이었다.

눈빛에서 절로 흐르는 한숨. 선호는 이 조그만 병아리가 덜덜덜 떠는 모습이 왜 이렇게 귀엽고 재미있는지 알 수가 없었다. 설마나, 사디스트였던 건가?

"그럼 이만 나가 봐도 될까요?"

한시라도 빨리 이 인간에게서 벗어나고 싶었다. 그리고 지금이라도 미친 듯이 달린다면, 아주 조금의 아침을 먹을 수 있을지도 몰랐다. 그러니까 어서 고개를 끄덕여, 이 못된 변태 자식아. 나도 내 위장에 음식이라는 걸 좀 넣어 보자고!

하지만 그러한 하리의 간절한 바람에도, 선호는 그녀의 앞으로 성큼 다가와서는 아주 부드러운 미소를 씨익 그리며 여유를 떨었다.

"흠, 인턴 선생 지금 엄청 배고프구나?"

"네?"

"나 배고파 죽겠어, 얼른 가라고 해. 이 변태 자식아."

"……"

"그렇게 얼굴에 쓰여 있네."

헉, 설마 그렇게 얼굴에 티가 난 건가? 하여튼 귀신같은 놈!

"아닙니다. 변태라니, 그런 생각한 적 절대로 없습니다. 그리고 절대 배도 고프지 않……"

하지만 주인의 의지를 배신한 채, 하리의 위장은 배가 고프다고 아우성을 쏟아 내고 있었다. 결국, 쪽팔림에 차마 아무 말도 하지 못하고서 그녀는 고개를 돌려 버렸고, 선호는 서류 뭉치를 끌어안고 발개진 얼굴을 감출 길 없어 동동거리는 모습에 다시금 웃음이 터질 것 같았다. 정말 툭 건들면 온몸으로 반응을 보여 주니 건드리는 재미가 있었다. 어쩜 이렇게 귀여운 햇병아리가 다 있을까!

그의 눈동자는 어느새 그녀를 향해서 반짝거리고 있었다.

"됐어, 인턴도 사람인데. 그리고 나랑 인턴 선생의 첫 만남이 썩 좋지는 않았잖아? 넓은 아량으로 이해해 줘야지. 그렇지만 절대 남들 앞에서 거짓말하지 마. 얼굴에 다 티 나니까."

"……네."

"우유 먹을래? 원래 식욕이 성욕을 못 이긴다잖아."

어디선가 우유를 하나 꺼내 주는 그의 말에 하리는 마지못해 우유를 받아 들고선 팩을 열었다. 아무튼, 비유를 해도 그런 거랑 비유를 하냐? 역시 변태는 변태였다. 하긴, 그것도 인간의 삶의 욕구 중 하나인데. 내 주변 가장 친한 친구조차도 그런 것을. 그런데 정말, 그 섹스. 라는 게 그렇게 좋은 걸까? 매일 날밤을 새우는 순간에도 잊지 못할 만큼?

하리는 항상 진이에게 간접적으로 듣기만 했기에 아직은 그것을 이해할 수가 없었다.

"맛이 괜찮은가?"

우유 먹는 모습 처음 보는지, 아주 턱까지 괴고서 구경을 하는 통에 먹다가 사레가 걸릴 것 같았지만, 확실히 그녀의 몸은 본능에 너무나도 충실한 탓에 넘어가는 우유가 정말이지 꿀맛 같았다.

"네, 맛있어요."

"흠, 그래? 역시 하루 정도는 상관없나 보네."

하루 정도는 상관없다니. 뭐지? 이 불길한 느낌은?

"그거 유통기한이 하루 정도 지났어. 하지만 맛은 있지? 그럼 상관없지 뭐."

물론 유통기한이 하루 정도 지난 거야 상관없겠지. 냉장고 안에 들어 있으면 2~3일도 괜찮으니까. 하지만 그건, 자신이 마실 때 그런 거고! 남한테 주는 거면서! 정말 아무렇지도 않게, 거기다 옵션으로 방긋방긋 웃어 주며 말하는 저 자식의 면상에 이 우유를 쏟아 붓고 싶은 충동을 얼마나 이를 악물고 억눌렀는지, 그는 알지 못할 것이다. 정말 전생에 무슨 원수라도 됐을까? 첫 만남부터 지금까지. 그리고 앞으로도 한 달! 성격이 정말 삐뚤어지다 못해 까맣게, 아주 까맣게 타 버린 게 분명해! 개 사이코 자식!

하지만 하리는 오히려 우유를 단번에 다 마시고 보란 듯이 그의 앞에 턱 하니 내려놓았다.

"뭐, 하루 정도는 유통기한이 지났다고도 할 수 없죠."

"역시 그렇지? 그래도 혹시라도 재수가 없어서 잘못되면 사방에 의사들이니까, 호출 정도는 해 줄게."

"선생님만 믿고 있겠습니다."

그렇게 누가 보면 아주 사이가 좋아 하하 호호하는 것처럼 여길 아슬아슬한 상황을 이어 가던 찰나, 갑자기 복도가 쿵쿵 울리는가 싶더니 이내 그녀도 낯이 좀 익은 남자가 다급한 표정으로 뛰어들어 왔다. 바로 신경외과 4년 차 치프 남태종 선생님이었다.

"왜 이렇게 뛰어오냐? 내가 그렇게 보고 싶디?"

무척이나 친근하게 말을 섞는 선호의 모습에 하리는 서로 아는 사이인가, 싶어 고개를 돌렸지만, 태종의 표정은 딱딱하게 굳어져 있었다. 그리고 선호는 대충 상황을 파악하고선 아까와는 달리 낮아진 목소리로 입을 열었다.

"누가 부르냐?"

"1번 수술방에서 콜 왔습니다."

"거기서 뭐 하는데?"

하지만 태종은 차마 말을 잇지 못했다. 그러자 선호는 굳어진 입가로 얼핏 미소가 스치며 그의 어깨를 두드렸다.

"머리 열고 있구나?"

"부원장님이 직접 부르셨습니다."

"우리 부원장님은 어쩜 이렇게 쇼를 좋아하시는지."

잔뜩 일그러진 태종과는 달리 그는 가볍게 웃음을 띠었다. 하지만 그 웃음을 본 하리는 처음으로 그가 지쳐 보인다는 느낌을 받았다. 대체 무슨 일일까? 도대체 무슨 일이기에, 아까까지만 해도 개사이코처럼 방방 대던 사람이 저렇게 달라지고 있는 걸까.

"최선호."

결국, 참다못한 태종이 그의 이름을 불렀지만 선호는 요지부동이었다. 그 모습에 더 화가 난 태종은 옆에 하리가 있다는 것도 무시한 채 역정을 냈다.

"그래, 됐다, 됐어. 내가 네 속을 어떻게 알겠냐? 하지만 괜히 너희 집안싸움에 내 등 터지게 하지 마라."

집안싸움이라는 말에 선호는 엷은 미소를 띤 입가와는 달리 눈동자가 꽤나 살벌한 빛을 띠며 번들거렸다.

"인턴 선생."

"네, 네?"

찍소리도 안 하고 서 있던 하리는 갑자기 저를 부르는 목소리에 잔뜩 긴장한 목소리로 대답했다. 하지만 그러한 그녀의 표정과는 달리, 다시금 표정이 부드럽게 풀어진 선호는 순식간에 그녀의 손목을 덥석 잡았다.

"내 덕분에 좋은 구경 하게 될 줄 알아. 이런 수술, 인턴이 보는 건 힘드니까. 두 눈 똑똑히 뜨고 보라고."

설마, 나도 간다는 거야? 하지만 그 설마가 농은 아니었는지, 선호는 하리의 손을 잡고서 성큼성큼 신경외과 쪽 수술방으로 걸음을 옮기고 있었다. 점점 수많은 시선이 이쪽으로 몰리고 있었다. 이 손을 빼고 싶었지만, 그의 단단하게 다물어진 표정을 보니 쉽게 입이 열리지가 않았다. 뭔가 굉장히 긴장한 표정이라고 해야 할까? 도대체 내과 전임의가 신경외과 수술에 불려 가는 이유가 뭘까? 게다가 부원장님이라니, 그건 거짓말이겠지?

하지만 결국 그의 손에 이끌려 1번 수술방의 모니터 실로 들어간 하리는 정말 숨소리도 내지 못할 것 같았다. 교수님과 과장님을 비롯한 명망 높은 선생님들과 게다가 진짜로 부원장님까지! 이 인간은 대체 날 어디로 끌고 온 거야!

"오, 드디어 왔군."

한애령은 드디어 모습을 드러낸 선호의 모습에 입술 끝으로 진한 미소를 머금었다. 50대이면서도 절대 녹슬지 않은 미모와 카리스마를 겸비한 그녀는 여전히 신경외과, 특히 뇌수술의 권위자였다.

"오랜만이야, 최선호 선생."

"이런 자리에 초대해 주셔서, 영광입니다, 부원장님."

마주 잡은 손끝에서 두 사람의 보이지 않는 신경전이 스파크를 일으켰지만 하리는 자꾸만 눈앞이 새하얗게 변해서 아무것도 볼 수가 없었다.

"그냥 천천히 보도록 해. 그렇게 대단한 수술은 아니야. 이번에 우리 신경외과에서 힘쓰고 있는 뇌 신경센터 건립을 위해 작게 마련한 자리이니까. 그리고 한때, 신경외과에서 자네를 차기 유망주로 보지 않았겠어? 언제라도 다시 돌아왔으면 하는 바람에서 마련한 자리야."

이 남자가, 신경외과의 유망주였다고? 그런데 왜 지금은 내과 에서…….

"부족한 저를 기억해 주시고 이런 대단한 자리에 초대를 해 주시 다니. 정말 감사드립니다. 우리 인턴 선생에게도 유익한 공부가 될 것 같네요."

선호는 자꾸만 제 뒤로 숨어들려는 하리를 앞으로 끌어당겼다. 그러자 한애령의 표정이 그녀에게 박혔고, 하리는 순간 숨을 콱 참 고서 얼른 고개를 숙이며 인사를 했다.

"이번 달 GI(소화기내과) 인턴으로 들어온 조하리입니다."

"아하, 인턴 기간이 곧 끝나는군요. 어쩌면 우리 신경외과에서 만 날지도 모르겠네요. 좋은 공부가 되었으면 해요."

"가, 감사합니다!"

그렇게 한애령이 자리를 떠나자 다른 몇몇 의사들도 자리를 움직 였다. 하리는 이제야 막힌 숨을 토해 내며 선호를 노려보았다.

"선생님, 대체 저를 뭐 하러 데려오신 거예요? 방패막이? 대체 무슨 잘못을 저지르셨기에!"

"글쎄, 뭔 짓을 저지른 건 아니지만, 영 눈에 거슬리긴 하시겠 지."

선호는 한창 수술이 진행하고 있는 광경을 지켜보았다. 온통 차 갑게만 느껴지는 수술방. 생명을 살리는 곳이지만, 저곳은 항상 죽 음의 문턱과 가까이 와 닿은 곳이었다. 언제 끊어질지 모르는 녹색 선을 애처롭게 붙잡으며 한 치의 실수도 용납되지 않는 비정한 곳.

그는 살짝 떨리는 손끝을 애써 붙잡고서 고개를 돌렸다. 그러곤 아까와는 달리 신기한 눈동자로 수술을 지켜보는 하리에게 입을 열었다.

"인턴 선생."

"네?"

"배고프지? 밥 먹으러 가자."

"하, 하지만 다 안 끝났는데요?"

"됐어, 저런 것보다는 식욕이 먼저지. 지금 안 먹으면 인턴 선생 언제 밥 먹을지 모르잖아. 그러다 안 그래도 작은 키 더 쪼그라든다."

하? 그래 네 키 크다. 대빵 크다. 더럽게 크다! 근데? 그래서? 내 키 작은 거에 보태 준 거 있니! 괜히 데려와 놓고선, 이제 쓸모가 없어졌다 이거지? 역시나 아주 얄미워 죽겠다. 얄밉지 않으면 내가 사람이 아니지, 사람이 아니야!

수술방을 빠져나온 애령은 교수들과 이런저런 대화를 나누며 미소를 지었다. 모두 한국 신경외과, 특히 뇌 의학에서 명망이 높은 교수들로 이번 뇌 신경센터 건립에 아주 중요한 역할을 해 줄 열쇠기 때문에 한 치의 빈틈도 보일 수가 없었다.

"그나저나, 최선호라면 대한병원 이희진 원장의 아들 아닙니까?"

"그렇지요, 부원장님의 손자."

"훌륭한 손자이지요."

"허허, 그나저나 신경외과가 아닌 내과에 있다니. 좀 놀랍군요."

"그러게 말입니다. 이희진 원장도 신경외과 쪽이 아니던가요? 아들은 좀 다른 모양이군요."

교수들의 말에 애령은 여전히 미소를 잃지 않고서 살며시 고개를 가로저었다.

"잠시 내과에 머물러 있는 거랍니다. 곧 다시 신경외과로 와야지요. 전공의 때부터 뛰어난 수술 실력을 지녔던 아이입니다. 그 실력을 썩히게 할 수는 없지요."

"하긴, 누구의 피가 흐르는데 당연하겠지. 그 실력이 궁금해지는군."

"언제 한번 제대로 자리를 마련해 보도록 하겠습니다."

화기애애한 분위기 속에서 준비된 식당으로 가던 애령은 수술방에서 멀어지고 있는 선호를 지그시 바라보았다. 역시나 녀석은 아직, 수술할 수 없는 것이다. 그런데도 이렇게 무리하게 내세우다니. 이희진, 그만큼 이번 뇌 신경센터가 꽤 신경에 거슬리는 모양이군.

됐다는 그녀에게 기어이 먹으라고 쥐여 준 도시락을 우물거리며 하리는 진이와 조금 한가한 병동 스테이션에서 휴식이라는 걸 취하고 있었다.

"그래서, 이 도시락을 사 준 놈이 그 당직실에서 아앙! 한 그놈이라고?"

"아앙이란 소리까지는 안 냈어."

"했으면 냈겠지."

"넌 머릿속에 그거밖에 없냐?"

"그나저나 어때?"

"뭐가 어때?"

갑자기 눈동자가 급 초롱초롱해지면서 자꾸만 달라붙기 시작하는 진이의 행동에 하리는 영 불길한 생각이 들었다.

"얼굴 말이야. 어때? 끝내줘? 목소리는. 바로 젖을 것 같아? 듣자 하니 간호사들 사이에선 이미 초 킹카로 소문났다던데. 넌 지금 아주 부러움의 대상이야, 이년아."

"초킹, 뭐?"

"초 킹카! 아까 최 간호사가 길을 가르쳐 줬는데 미소가 아주 예술이라던데? 그 단단한 눈매에서 흘러나오는 햇살 같은 미소 하며, 반듯한 이목구비에 살짝 올라간 입술이 아주 그냥, 금방이라도 잡아먹어 버리고 싶은 꼬픈남이라더라."

"꼬픈남?"

"얘는, 꼬이고 싶은 남자 말이야."

하? 지랄도 아주 생지랄이다. 꼬픈남? 그 호색한 변태가? 웃기고 앉아 있다.

"웃기지 말라고 해. 그 변태 자식이 무슨 꼬픈남."

"그건 변태가 아니라 인간의 불타는 욕구 중 하나라니까? 아무튼, 얼라를 데리고 무슨 얘기를 할꼬. 이 나이에 붙잡고 성교육을 시킬 수도 없고."

"아무튼, 너마저 내 앞에서 그 자식 얘기 꺼내지 마. 안 그래도 하루 종일 붙어 다닐 생각을 하니까 머리가 지끈거리는데. 그러고 보니, 오늘은 저녁까지 있어야 하잖아!"

"왜에? 같이 뼈와 살이 녹는 밤을 보내려고?"

"회식 있다. 회식, 이년아!"

아무튼, 저 머릿속을 해부하면 온통 19금 빨간 딱지가 둥둥 떠다닐 것 같았다.

진이는 쿡쿡 웃으면서 장난을 쳤다. 하리는 모르겠지만, 이런 얘기에 순진하게 화르르 얼굴 달아오르면서 어쩔 줄 몰라 하는 지지배는 저거 하나밖에 없을 것이다. 그것도 나이 27살이면 알 거 다 아는 나이가 아니던가? 아무튼, 표정이 다채로워 놀리는 재미가 쏠쏠했다.

"아! 근데 나 방금 NS(신경외과) 수술방 구경하고 왔다."

"왜? 너 지금 그쪽 인턴 아니잖아."

"근데 거기서 부원장님도 봤다, 이 말이지."

부원장을 봤다는 말에 진이는 더없이 흥미로운 눈동자로 하리를 맹렬히 바라보았다.

"너 NS 남태종 선생님 알지?"

"잘 알지. 내가 그 선생님의 수술 모습을 보고 녹아내렸잖아. 어쩜 그리도 섹시하게 수술을 하시던지. 그 손가락으로 더듬으면 완전 바로 뻑이 갈 거야."

"좀 닥치고. 그 선생님이랑 그 변태랑 아는 사이인 것 같더라고."

"뭐, 알 수도 있지."

"그 선생님이 그 변태를 수술방으로 불렀어. 근데 내가 보기엔, 부원장님이 부르신 것 같아."

"부원장님이 직접?"

"그게, 아주 잠깐 들은 거라 정확하진 않은데. 그 남자, 원래 NS에 있었나 봐. 그것도 되게 유명한 것 같던데."

게다가 분위기도 굉장히 묘했다. 게다가 조금 창백해진 것 같은 그의 모습도 이상하게 뇌리에서 잊히지가 않았다.

진이는 하리의 말에 잠시 고민을 하다가 이내 미간을 찌푸리며 자리에서 일어섰다. ER(응급실)에서 호출이 오고 있었다.

"뭔가 촉이 쎄하게 오는군. 정 궁금하면 이 언니야가 좀 알아봐 줄 수도 있지. 내가 제법 마당발이잖아?"

"됐어, 안 궁금해."

"웃기시네. 얼굴에 궁금해 미치겠다, 다 쓰여 있거든?"

젠장, 내 주변 사람들은 전부 작두를 타나? 아니면 정말 얼굴에 그렇게 티가 많이 나는 건가?

"일단 먼저 간다. 아주 오라고 난리야. 난 CS(흉부외과)가 내 인생에서 가장 힘들다고 생각했는데, EM(응급의학과)도 얄짤없다."

"나도 가야겠어. 첫 회식인데 인턴이 빠릿빠릿하게 움직여야지."

다시 그 인간을 볼 생각을 하면 머리가 아팠지만, 한 달 동안은 죽는시늉도 해야만 했다. 그래, 그게 인턴이 살아남는 방법이니까! 똥이 무서워서 피하냐? 더러워서 피하지! 코피 터져 죽는 한이 있더라도 내가 외과 전공의 시험에 합격해서 반드시 그 인간과 영원한 굿바이를 외칠 것이다!

차가운 불빛 아래, 텅 빈 복도 너머로 타박타박 발걸음 소리가 유난히 크게 울려왔다. 불빛보다 더 창백하게 굳어진 낯빛. 그리고 핏기가 사라진 입술을 꽉 깨물고서 연구실로 향하는 그의 걸음은 무겁기만 했다. 고작 보기만 했을 뿐인데, 선명하게 파고드는 그날의 기억이 잔상의 칼날이 되어 그의 머릿속으로 처참히 부서져 내렸다. 그러곤 여지없이 손끝이 떨려 왔다. 마치, 절대 잊지 말고 기억하라고 울부짖는 것처럼……. 연구실 문을 돌리니 소파 위로 짐짓 무서운 표정을 지으며 무게를 잡고 있는 태종의 모습이 보였다. 선호는 애써 피곤한 기색을 지우며 가볍게 입을 열었다.

"넌 일 없냐? 치프가 그렇게 막 놀아도 되는 거냐고. 언제부터 NS가 그렇게 한가해졌냐?"

하지만 태종은 그의 분위기에 넘어갈 생각이 없는 듯 자리에서 일어나 성큼성큼 그의 앞으로 다가왔다. 선호도 키가 큰 편이지만, 태종은 그보다 조금 더 키가 컸다. 집안이 운동을 하는 집안이라 그런지 골격도 상당했기에 이렇게 마주 보고 서 있으면 선호는 마치 자신이 심하게 쪼그라드는 느낌이 들곤 했다.

"야, 무섭게 그렇게 쳐다보지 마. 내 남자의 자존심이 쪼그라드는 느낌이야."

하지만 태종은 무서운 눈빛으로 단번에 그를 몰아세웠다.

"너 정말 여기 왜 돌아왔냐?"

상당히 낮게 흐르는 보이스가 서늘한 공간을 울려왔다. 4년 차 치프인 그가 신경외과에서 아수라라고 불리는 이유는 상당히 낮은 저음으로 군기를 잡으면 오금이 저릴 정도로 무서웠기 때문이었다. 그건 평상시 그와는 전혀 다른 모습이었다.

"지금 우리 너무 붙어 있다는 생각 안 드냐? 이번에 또 걸리면 이건 정말 빼도 박도 못하는 거야. 게이라고 소문난다고. 난 우리 인턴 선생에게 더 이상 오해받고 싶지 않단다."

"장난 그만하고 제대로 말해. 네가 여기서 굳이 전임의를 할 필요가 뭐가 있냐? 왜 네 발로 구정물로 뛰어드냐고!"

"태종아."

순간 그는 선호가 애써 숨기고 있던 손을 거칠게 잡아끌었다. 숨기려 해도 여전히 미약하게 떨리는 손끝을 보며 태종은 결국 잔뜩 일그러진 목소리로 외쳤다.

"너 아직도 무서워 죽겠잖아!"

미세하게 흔들리는 태종의 목소리에서 그가 얼마나 저를 생각하고 있는지 알 수 있었다. 그럴 수밖에. 태종에겐 미안했다. 그날도, 지금도, 못난 모습만 보여 줘서.

선호는 잡힌 손목을 천천히 풀어 내고서 역시나 또, 웃었다.

"괜찮아, 내가 직접 수술만 안 하면 견딜 만해. 그래서 일부러 내과로 돌아온 거야."

그나마 웃고 있는 녀석의 모습에 태종은 무거운 한숨을 쉬며 한 걸음 뒤로 물러났다. 예전엔 저렇게 억지로 웃는 것조차 하지 못할 만큼, 녀석은 정말 완전히 망가졌으니까.

"그러니까 왜 돌아왔냐고. 설마, 어머니 때문이야? 너희 어머니는 정말 네가 말라 죽기를 바라냐? 엉?"

"글쎄, 말라 죽는 한이 있더라도 여기서 교수 자리 하나 꿰차길 바라시지. 근데, 이젠 교수로는 안 될 것 같네."

선호는 천천히 책상으로 걸어가 가장 밑의 서랍을 열었다. 구겨진 담뱃갑. 원래 병원에선 금연이고, 또 피워선 안 되는 거지만 지금은 이 하얀 니코틴을 내뱉지 않으면 지친 마음을 달래기가 어려웠다.

"하지만 그게 전부는 아니야. 종아, 나도 언제까지 제자리에 머물러 있을 수는 없잖아. 어떻게든 결단을 내려야지. 설령 다시는 병원 안조차 들어오지 못한다고 해도, 이렇게 어정쩡하게 있을 수는 없어."

서서히 혈색이 돌아오기 시작하는 입술 너머로 뿌연 연기가 흩어져 갔다. 낮게 가라앉은 눈동자 위로 텁텁한 쓸쓸함을 자아냈다.

"정말 그것 때문이라면 이렇게 안 말려. 오히려 바라는 거니까. 그런데 그 더러운 싸움에 휘말릴 것 같으면 당장 때려치워. 부원장이 널 수술에 부른 것도 수상해. 네가 포비아 상태라는 걸 알고 있는 것 같다고."

포비아(Phobia), 일종의 정신 장애이며 단순하게 말하면 공포증. 선호는 수술에 있어서 지독한 포비아 상태를 겪고 있었다.

"모를 리가 없지. 오히려 확인하려고 부른 게 틀림없으니까."

"이게 그렇게 쉽게 말할 일이냐? 그게 사실이면 부원장, 너 절대 가만히 안 둬. 어떻게든 그걸 이용하려고 들 거라고. 그렇게 되면 넌 끝이야. 아무것도 못 해 보고 끝이라고!"

"사실 옛날 옛적에 끝장났어야 했어."

"그게 네 잘못은 아니잖아!"

"그건 분명, 내 잘못이야."

선호는 물고 있던 담배를 짓밟았다. 마치 지금 여기서 서 있는 저 자신을 짓밟는 것처럼 아주 강하게 문지르며 서늘한 시선으로 뿌리 깊게 내뱉었다.

"내 잘못이야. 그리고 그렇게 흘러가게 내버려 둔 것도 내 잘못이야."

태종의 눈빛이 흐려졌다. 녀석은 변한 것이 없었다. 그때나 지금이나 똑같았다. 그저, 예전엔 온몸으로 미친 듯이 울었던 것을, 지금은 웃음으로 위장해 숨죽여 운다는 것뿐. 하지만 그게 더 위험했다. 어떤 극단적인 선택을 할지 모르니까. 그리고 그걸, 누구도 알아차리지 못할 테니까.

선호는 이제야 진정이 된 손끝을 바라보며 힘없이 아래로 내렸다.

그리고 오늘 만난 자신의 할머니이자, 세상에 어머니보다 더 무서운 여자가 있다는 걸 알려 준, 한애령. 그녀를 떠올렸다.

"뇌 신경센터가 생각보다 진전된 모양이지?"

그의 입에서 묵직하게 나오는 한마디에 태종은 엷은 한숨을 내쉬며 고개를 끄덕였다.

"거의 확정적이지. 부원장이 거기에 얼마나 매달렸는데. 이제 후원해 줄 기업만 찾으면 끝이야. 그런데 그것도 거의 확정된 것 같아."

"어딘데?"

"신성 그룹."

"훗, 신성이 예전부터 의료 쪽으로 눈독을 들이더니, 결국 이렇게 맺어지는군."

그래서 어머니가 안달하셨군. 어떻게든 한애령이 뇌 신경센터를 세우는 걸 막으려고. 만약 그렇게 되지 못한다면 그 지분과 센터장 만큼은 어머니 쪽으로 돌려야 할 테니까. 만약 어느 것 하나도 건진 것 없이 그 모든 게 한애령 쪽으로 넘어간다면, 어머니가 할아버지의 딸이라는 것만으로는 병원을 지킬 수가 없었다. 한애령도 그에 맞서 양자를 내세울 테니까.

그게 아니더라도 한애령이 내세울 카드는 또 있었다. 병원도 결국은 돈과 돈이 오가는 기업이고 영리를 추구할 수밖에 없다. 그렇기에 신성처럼 거대 기업과 MOU라도 체결한다면, 병원에 큰 이익이니 한애령에게 주주들의 신임은 쏠릴 것이고, 결국은 병원장과 더불어 우신재단 회장직도 넘어갈지 몰랐다. 그렇게 되면 분명 부속병원인 대한병원을 재정적으로나, 인력적으로나 압박할 것이고, 한애령이 어머니의 지분까지도 가지게 되는 건 시간문제였다.

그렇게 되지 않기 위해서 어머니는 어떻게든 자신을 센터장에 올리려고 애를 쓸 것이다. 우신대학병원에 어머니 쪽 사람을 제대로 심어야 할 테니까. 결국은 태종의 말대로 더러운 집안싸움에 등 터지는 꼴이 될지도 몰랐다. 게다가 그렇게 되려면 결국은 다시 신경외과로 돌아가 메스를 잡아야만 했다.

'그냥 한 인간으로 놓고 보면 한애령이라는 여자, 참 대단한 여자야.'

호출기가 울렸다. 태종을 부르는 것이었다. 그는 저 녀석을 저렇게 놔두고 가도 될지 걱정이었지만, 선호는 그러한 태종을 안심시키며 제법 가벼워진 입꼬리로 미소를 지었다.

"난 괜찮아. 도망쳤을 거면 진작 도망쳤지."

"썩을, 나도 이젠 널 어떻게 해야 할지 모르겠다. 내과로 어렵게 바꿨으면 그냥 개인병원이나 하나 차려서 잘 먹고 잘 살 것이지."

"흠, 그것도 좋군. 시골에 병원 하나 차려서 아내랑 도란도란."

순간 선호는 햇병아리가 떠올랐다. 한적한 시골에서 적적할 테니, 녀석 골려 먹는 재미로 지내는 것도 나쁘진 않을 텐데. 그러려면 몇 년을 더 키워야 하나…….

"아무튼, 될 수 있으면 부원장이랑 부딪히지 마. 네 어머니보다 네가 먼저 살고 봐야지."

"알았다, 자식아. 네가 날 이렇게 사랑하는 줄 꿈에도 몰랐다."

"닥쳐, 이 새끼야. 너 때문에 내 수명이 반으로 줄고 있는 것 같으니까."

그렇게 태종이 연구실을 빠져나가고, 선호는 어렵사리 짓고 있던 미소를 거두어들였다. 목이 따끔거렸다. 괜히 피우지도 못하는 담배를 빨아 당겨 그런 모양이었다. 하지만 목보다 따끔거리는 건 지금껏 그를 누르고 있는 과거의 기억이었다. 메스를 잡고 싶다. 어머니도, 한애령도 모두 벗어나 순수한 마음으로 메스를 다시 잡고 싶었다. 하지만 그렇게 하기 위해선, 자신의 모든 치부를 드러내고 녀석에게, 무릎을 꿇어야만 했다. 그리고 그는 그걸 위해 이곳으로 돌아왔다. 더 단단해지고, 더 강해지기 위해서. 스스로의 선택으로 이곳에 있는 것이다.

삐링삐링.

병원에서만 사용하는 그의 휴대폰이 울렸다. 액정을 확인하니 햇병아리였다. 아무래도 연구를 도와주려면 서로 연락처는 알아야 할 것 같아서 공식적으로 사용하는 번호를 주었다. 연구실로 오기 전, 기어이 안 받겠다는 도시락을 억지로 쥐여 줬을 때의 그 표정이 아직도 잊히지가 않았다. 저 변태 자식이 준 걸 받기 싫다는 마음과 더불어 그녀의 너무나도 솔직한 식욕 본능에 군침 흐르던 표정까지.

역시 아무리 봐도 질리지가 않았다. 정말 나중에 개인병원 하나 차리면 주머니에 쏙 넣어서 데려가고 싶을 만큼, 왜 이렇게 마음이 가는지 모르겠다. 고작 두 번 봤을 뿐인데. 사실 이 병원으로 돌아왔을 땐, 이렇게 아무렇지도 않게 있을 수 있을 거란 자신은 없었다. 게다가 아까처럼 수술방에 들어가는 것도. 그런데 이상하게 그 햇병아리가 눈에 들어온 순간부터 자연스럽게 웃는 일이 쉬워졌고, 수술방에도 들어갈 수 있었다. 그 조그만 손에서 주는 체온이 너무나도 든든해서. 정말로 그녀의 말처럼 방패막이 되어 준 것이다. 너무나도 이상했다. 그저 순수하게 시선을 사로잡히는 느낌.

그의 인생에서 그런 느낌이 든 여자는 딱 두 명이었다. 화이트 크리스마스 때 보았던 그 여자와 지금의 햇병아리.

어느새 그의 표정은 억지 미소가 아닌 진짜 환한 미소를 그리고서 휴대폰을 받았다.

"무슨 일이야, 인턴 선생? 설마 정말 재수 없이 탈이라도 난 거야?"

간만에 회식, 게다가 고기라는 말에 하리의 눈동자는 일억 개의 별이 쏟아지는 것처럼 반짝거렸다. 이게 얼마 만에 배때기에 기름칠해 주는 일이던가! 매번 시간에 쫓겨 빵을 먹거나, 우유 마시고. 좀 더 고급이라면 김밥을 먹는 거고 그것도 호강에 겨운 일이기에 고기는 정말 생각지도 못한 행운이었다. 물론 약속 안 지키는 그 변태 자식을 친히 모시러 간 사실과 지금도 제 옆자리에 딱 붙어선 하하 호호하는 면상이 싫기는 했지만.

하리는 아주 미세한 거리를 두고서 레지던트 2년 차 선배들과 장단을 맞춰 주면서 아주 부지런히 삼겹살을 폭풍 흡입하기 시작했다.

자신의 환영회이긴 했지만, 자기들끼리 먹으려고 만든 자리인 것처럼 정말로 이 집 고기를 거덜 낼 작정으로 먹어 대는 모습에 선호는 절로 헛웃음이 새어 나왔다. 게다가 제 옆에서 정말이지 숨도 안 쉬고 고기를 집어넣는 햇병아리 모습은 정말 경이로움에 극치였다. 역시, 인간의 몸은 신비하다고 했던가. 저 조그만 몸에 대체 저 많은 고기가 어디로 들어가는 걸까? 그런데도 키가 작은 걸 보면, 역시 우리의 몸은 무궁무진해.

"선생님, 제 잔도 한잔 받으세요."

"제 잔도 받으세요!"

분위기가 무르익고, 이젠 고기보다 술이 더 들어가면서 선호의 옆으로 기회만 엿보고 있던 여자 레지던트들이 서서히 몰려들기 시작했다. 덕분에 하리는 점점 그와 거리를 넓힐 수가 있었다. 진이의 말이 아주 거짓은 아닌 모양이었다. 저런 인간이 대체 어디가 좋다고 저렇게 아양일까?

"그런데 선생님, 원래 NS(신경외과) 전공이셨다면서요?"

하리는 순간 먹던 것을 멈추고서 저도 모르게 귀를 쫑긋 세웠다.

"정말? 정말 선생님 NS 전공이셨어요?"

한 여자 레지던트의 물음을 시작으로 다른 레지던트들도 호기심을 감추지 못한 채 그의 주변으로 몰려들기 시작했다. 사실 우신의대 학생도 아니고, 그렇다고 우신대병원에서 레지던트 생활을 한 것도 아닌 사람이 외부에서 펠로우로 들어온 것은 그들 사이에서도 무척이나 궁금한 일이었다.

"그런 얘기 어디서 들었어? 꽤 꼭꼭 숨긴 나의 은밀한 과거인데."

선호는 장난스럽게 답하자, 처음 질문을 했던 여자 레지던트도 웃으면서 말했다.

"저희 외삼촌이 한국대병원 NS에 계시거든요. 선생님께서 한국대 나오셨다기에, 혹시나 해서 물어봤는데 알고 계시더라고요. 오히려 MED(내과) 펠로우라고 하니까 놀라시던 걸요."

물론 놀라겠지. 갑자기 사라져서 한국대도 아닌 우신대병원에서, 그것도 외과도 아닌 내과. 역시 사람에겐 영원한 비밀은 없는 것 같았다.

"하핫, 전공이 안 맞더라고. 그래서 뒤늦게 죽으라 공부해서 바꾼 거지."

"에이, 외삼촌 말씀이 선생님 수술 실력이 장난이 아니었다고 하시던데요?"

"훗, 그거 과장이야. 외삼촌이 누구 신지는 모르겠지만 잘못 알고 계시네. 나 너무 비행기 띄우지 마. 괜히 가슴 설렌다."

그러면서 살포시 눈웃음을 치는 모습에 여자 레지던트는 더는 물어보지 않고서 자기들끼리 깍깍거리며 다시금 주거니, 받거니 술잔을 부딪쳤다.

하리는 그 모습에 역시, 변태. 이젠 아주 대놓고 눈웃음을 치시는구만, 하며 마지막 남은 삼겹살까지 아낌없이 입으로 쏙 집어넣었다. 그나저나 한국대라. 거기도 여기 못지않게 신경외과 장난 아닌데. 부원장님 말씀도 그렇고. 대체 저 남자는 정체가 뭐야?

"아이고, 우리 귀여운 인턴, 여기서 혼자 청승맞게 삼겹살만 먹고 있냐? 이 오빠 술을 받아라!"

"하핫, 감사합니다."

갑자기 하리의 옆으로 다가온 4년 차 치프 황만식은 아예 작정을 했는지 그녀의 옆에서 잔이 비워지기가 무섭게 술을 들이붓기 시작했다. 4년 차이긴 했지만, 미역국에 미역국을 거듭 마신 탓에 나이가 벌써 30대 중반을 달려가는 만식은 평소엔 성격이 참 좋은데, 술자리만 가지면 저렇게 한 사람을 붙잡고 거의 골로 갈 때까지 술을 먹이는 요상한 주정을 가지고 있었다. 그리고 오늘은 그 타자로 하리가 걸려든 듯싶었다.

"자자, 술잔에 술이 비면 예의가 아니지. 쭉쭉쭉!"

"감, 감사합니다!"

대학 때부터 썩 술을 잘하지 못했던 하리는 그나마 인턴 생활을 하면서 술이 좀 늘어난 케이스였다. 하지만 그래 봤자 소주 반병. 게다가 이렇게 쉴 틈 없이 마셔 대다간 순식간에 골로 가 버릴 것이 분명했다. 그래도 어쩌겠는가? 하늘 같은 치프께서 내리는 술인데. 빌어먹을, 운도 지지리도 없지! 진이라도 옆에 있으면 슬쩍슬쩍 넘겨줄 텐데. 우욱, 벌써부터 속이 쓰리면서 먹었던 삼겹살이 알코올과 짬뽕으로 섞이며 토할 것만 같았다. 악!

하지만 그러한 그녀의 속을 아는지 모르는지, 만식은 제 잔은 신경도 쓰지 않고 하리의 잔만 죽어라고 보고 있었다. 하지만 그게 그의 술주정이었다. 이미 그는 취한 상태였던 것이다. 기어이 한 병을 다 마신 하리는 정말 세상이 돌고 있었다. 빙글빙글, 빙글빙글. 멀리서 2년 차 선배들의 안타까운 눈빛이 느껴졌지만 차마 나서서 도와줄 수가 없었다.

"어라? 벌써 한 병을 다 마셨네."

하! 듣던 중 반가운 소리로다. 드디어 해방인가? 해방인가!

"그럼 한 병을 더 줘야지. 우리 귀여운 인턴에게 이까짓 술! 하나도 안 아까워!"

젠장! 저게 왜 저기 있냐고! 귀여운 인턴? 얼어 죽을. 안 귀여워나, 하나도 안 귀엽다고!

그때, 빙빙 돌고 있는 그녀의 귓가로 누군가의 목소리가 구세주처럼 들려왔다.

"야, 이거 내 환영회 아니냐? 그럼 날 줘야지. 왜 햇병아리만 먹여. 서운해진다, 황만식."

"아이고! 제가 이렇게 큰 실수를! 술도 위아래가 있는 법이지요! 정말 죄송합니다. 얼른 제 술 한잔 받으십시오!"

어느새 그녀의 앞자리를 차지한 선호가 만식에게 술잔을 내밀었고, 만식의 표적은 자연스럽게 그에게 넘어가게 되었다.

하리는 그가 선호라는 걸 알아차리지도 못할 정도로 온몸이 알코올로 꽉 차 있었다. 그의 등 뒤에서 반쯤 잠긴 눈으로 헤드뱅뱅이라도 할 생각인지, 이미 주인의 의지에서 벗어난 고개가 애처롭게 허공에서 격한 움직임을 보이고 있었다. 그러던 찰나, 살며시 콩 소리가 나면서 하리의 헤드뱅뱅도 멈춰 들었다. 선호가 술잔을 기울이며 자연스럽게 자신의 넓은 등을 그녀에게 빌려 주었다. 물론 그 역시 여자 레지던트의 술잔을 다 받아 주느라고 머리가 울리고 있었지만, 거의 약 먹은 닭처럼 축 늘어지면서 불덩이처럼 벌겋게 익어 가는 그녀를 가만히 지켜보고만 있을 수가 없었다.

점점 주변의 사람들이 전멸하기 시작했고, 만식도 그에게 마지막 술잔을 털어 주고서야 벌러덩 쓰러지고야 말았다. 선호는 이제야 한숨을 내쉬었다. 정말이지 밑 빠진 독에 물을 붓는 심정이었다. 술고래인 태종 때문에 웬만하면 거뜬하다 생각했건만, 저런 괴물이 있었을 줄이야.

그는 알딸딸하면서도 지끈거리는 머리를 붙잡다가 뒤에서 느껴지는 묵직함에 천천히 고개를 돌렸다. 콩콩 박던 머리가 편안해졌는지 쌕쌕 숨소리를 내며 태평스럽게 잘도 자고 있었다. 술도 못 마시는 것 같던데, 적당히 요령껏 빠져나와야지 이렇게 사회생활의 지혜가 없어서야, 험한 의사밥 끝까지 챙겨 먹을 수 있을지 의문이었다. 마치 어린 애기를 물가에 내놓은 어미의 심정이라고 해야 할까? 정말이지 눈을 뗄 수가 없게 만들었다.

"하긴, 아직 애기니까."

선호는 하리가 깨어날까 봐 아주 조심스럽게 몸을 틀어서 제 무릎을 벨 수 있도록 해 주었다. 움찔움찔하면서도 그녀는 눈을 뜨지 않았다. 정말로 죽은 것처럼 고요히 숨을 내쉬며 그렇게 자고 있었다. 선호는 그러한 그녀를 물끄러미 바라보다가 이내 주변을 살짝 둘러보고선 아주 천천히, 조심스럽게 손을 뻗어 얼굴을 가리고 있는 머리카락을 살짝 쓸어내렸다. 역시나 화장기 없이 말간 얼굴에 술기운이 올라 볼 위로 붉은 홍조가 피어올라 있었다. 새근거리는 숨소리를 타고 베이비 로션 냄새가 배어 나왔다.

"쿡, 로션도 베이비 로션? 역시 애기야."

하지만 코끝으로 파고드는 그 로션 향기가 자꾸만 미묘한 열기를 타고서 야릇한 기분을 몰고 왔다. 게다가 점점 안쪽으로 파고드는 하리의 움직임에 자꾸만 아래쪽이 민감하게 굳어졌다.

'하, 나 너무 취했나?'

"흐으응."

꼬물거리는 그녀의 붉은 입술 너머로 묘한 신음이 새어 나왔다. 선호는 자꾸만 탁해지는 정신과 묘하게 섹시하게 보이는 그녀의 입술을 만져 보고 싶다는 충동에 고개를 거세게 가로저으며 자리에서 벌떡 일어섰다. 그 덕분에 하리의 머리가 바닥으로 쿵 소리를 내며 떨어졌지만, 그녀는 여전히 일어나지 못했다. 선호는 거칠게 머리를 쓸어 올리며 묵직한 숨을 내쉬었다. 애기한테 반응하다니. 최선호, 너 그렇게 여자가 궁하디? 궁해? 베이비 로션이 뭐가 자극적이라는 거야. 저 햇병아리 입술이 섹시하다고? 하아, 술에 취해도 단단히 취했구먼, 취했어. 시각이 마비된 게 분명해!

그때, 그나마 정신을 차리고 있던 몇몇 무리들이 방으로 돌아와서 쓰러진 사람들을 챙겨 들기 시작했다.

"선생님, 괜찮으세요? 치프 쌤 때문에 엄청 많이 드신 것 같던데."

남자 레지던트의 걱정스런 말에 선호는 멍하니 고개를 끄덕이며 말했다.

"하, 엄청 취했나 보다. 막 헛것이 보인다."

"제가 모시겠습니다."

"아니야, 됐어. 넌 여자애들 잘 데리고 들어가. 내일 회진 늦으면 죽는다고 전하고."

"하핫, 네."

남자 레지던트는 널브러져 있는 하리를 보고선 안타까운 한숨을 내쉬며 그녀를 깨웠지만, 꼼짝도 하지 않았다. 중간에 기사도 정신까지 발휘해 줬더니만. 대체 얼마나 골로 간 거야?

"하리야, 하리야? 일어나야지."

남자 레지던트는 자연스럽게 하리의 이름을 부르면서 그녀를 몇 번 흔들었지만, 반응이 없자 하는 수 없이 한 손으로 그녀의 어깨를 받치고, 다른 손으로 허벅지를 안아 올리려는 찰나.

"인턴 선생은 내가 데려갈게."

"네? 괜찮으시겠어요? 병원으로 바로 가실 거 아니면 제가 그냥 데려가면 되는데……."

"아니야, 생각해 보니까 병원에 들러야겠어. 논문 수정할 것도 좀 있고."

"아, 그럼 부탁하겠습니다."

그렇게 남자 레지던트가 사라지고, 선호는 이 상황에서도 팔자 좋게 잠만 퍼자는 하리의 모습에 절로 한숨을 내쉬었다.

"내가 이러니 인턴 선생한테서 눈을 못 떼지. 여자가 이렇게 무방비하게 픽픽 쓰러져서는……."

하지만 선호는 주변에 더 심하게 널브러진 다른 여자 레지던트들은 눈에 보이지도 않는 모양이었다. 그렇게 그는 어렵사리 하리를 제 등에 짊어지고서 밖으로 나왔다. 제법 쌀쌀하다고 느끼기는 했는데, 함박눈이 내리고 있었다. 택시를 잡으려면 조금은 걸어야 하는데, 하필이면 왜 지금 눈이 오고 난리인지. 아니, 처음부터 왜 이런 고생을 사서 하는지 모르겠다. 굳이 병원으로 갈 필요 없이 오피스텔로 곧장 가면 되는 것을.

선호는 오늘따라 뭔가가 영 이상하다고 느끼면서 혹여나 그녀가 깨지 않도록 아주 조심스럽게 걸음을 뗐다. 눈이 와서 그런지 주변으로 인적이 드물었다. 쏟아지는 가로등 불빛 아래에서 선호는 등 뒤로 따스한 체온을 느끼며 조금 천천히 걸음을 걸었다. 그러고 보니 곧 있으면 크리스마스. 올겨울은 화이트 크리스마스가 되려나. 왠지 그때의 그 트리가 그리워졌다. 그 여자도 잘 지내고 있는지.

그때, 뒤에서 꼼지락거리던 움직임이 점점 격해지는가 싶더니, 이내 절대로 일어나지 않을 것 같았던 하리가 고개를 번쩍 올렸다. 순간 선호는 제가 잘못한 것도 없는데도 당황한 낯빛을 띠고서 저도 모르게 말을 더듬었다.

"저, 저기 인턴 선생, 내가 이렇게 업으려고 업은 건 아니고, 그래도 인턴 선생 엉덩이 쪽은 안 만졌어. 그 정도는 봐줘야 해, 그치? 그리고……."

"와, 눈이다."

하지만 하리의 입에서 나온 말은 전혀 다른 대답이었다. 게다가 무척이나 환하게 속삭이는 목소리가 다시금 그의 머릿속을 예민하게 파고들었다.

그때 하리가 두 손으로 선호의 목을 가볍게 끌어안으며 반쯤 풀린 눈동자가 애교스럽게 속삭였다.

"헤에, 쌔앰. 저 내려 주면 안 돼요오? 내려 주세요!"

갑작스런 공격에 선호의 미간이 불에 덴 듯 움찔거렸다. 하지만 하리는 거기서 멈추지 않았다.

"눈 만지고 싶어요오! 눈밭에서 사뿐사뿐 걸을 거예요!"

"아, 알았어. 그러니까 일단 목 좀……."

"에에? 왜 안 내려 줘요? 아! 그러엄!"

순간 선호는 온몸을 움직일 수가 없었다. 볼 위로 뜨겁게 와 닿았다 사라지는 그녀의 입술. 몰캉거리면서도 너무나도 자극적인 감각에 애써 누르고 있던 이성 위로 거센 풍랑이 몰아쳤다. 하지만 하리는 전혀 개의치 않고선 여전히 발그레한 얼굴로 미소를 지었다.

"쪼옥, 해 줬으니까. 내려 줘요오, 넹? 쌔앰!"

"어? 어."

머릿속의 세포가 모두 멈춰 버린 것 같았다. 선호는 흔들리는 시선으로 천천히 하리를 아래로 내려 주었고, 그녀는 아이처럼 그 자리에서 방방 뛰면서 내려오는 눈을 향해 환하게 웃어 보였다. 그리고 선호는 그 모습에서 시선을 떼지 못했다. 일순간 그녀밖에 보이지 않았다. 주변으로 보이는 건 오직 그녀뿐이었다. 온 세상의 별이 그녀에게 내려온 것처럼 반짝거리는 눈동자로 눈이 새하얗게 쏟아지는 텅 빈 거리에서 동동 뛰는 모습과 정말이지 환하게, 아주 환하게 웃는 모습. 선호는 저도 모르게 입가로 옅은 미소를 그렸다. 그러곤 천천히 휴대폰을 들어서 그 모습을 담았다. 그의 휴대폰엔 3년 전 트리 앞에서 웃고 있던 여자의 사진이 나란히 담겨 있었다.

"……너구나."

3년 전 사진에도, 그리고 지금 사진에도. 햇병아리 그녀가 있었다. 물론 3년 전 얼굴은 좀 더 사람의 형태긴 했다. 화장도 하고, 옷도 예쁘게 차려입고. 역시, 인턴은 여자도 아니란 말인가. 그래도.

"그 웃음은 여전하네."

선호는 고개를 들어 신기한 눈빛으로 여전히 눈 속에 서 있는 하리를 바라보았다. 급속도로 퍼지는 설렘은 어느새 심장 위로 방망이질을 치며 저릿한 전류에 녹아내려 갔다. 순간 볼에 닿았던 그녀의 입술 자국이 새삼 뜨겁게 느껴지며, 온몸이 다시금 팽팽하게 달아올랐다.

그래, 내가 저 여자에게 눈을 뗄 수 없었던 건. 자꾸 보고 싶고, 건들고 싶고, 눈에 밟혔던 건. 머리가 아닌, 몸이 먼저 기억해 냈기 때문이다. 3년 전, 성큼하고 다가온 이 짜릿하고 아릿한 느낌. 그렇게 가슴에 깊이깊이 새겨 버린 이 감정.

그는 천천히 그녀에게로 다가갔다. 하리는 다시금 취기가 올라오는 듯 비틀거리며 멍한 시선으로 선호를 올려다보았다.

"쌤?"

"널 어떡하면 좋냐?"

"저, 졸려요……."

그러곤 이내 그의 품속으로 폭 하고 쓰러진 하리를 선호는 천천히 보듬어 주었다. 서서히 퍼지는 이 따스한 온기. 그때 차마 안아 주지 못했던 걸, 이제야 안아 주게 되었다. 드디어 이 손에 들어오게 되었다.

"이번 크리스마스 땐 울지 마라, 햇병아리."

"……."

"그리고 앞으로 각오하고."

하지만 그녀는 답이 없었다. 물론, 내일도 기억하지 못할 게 분명했다. 남자의 순정을 건드린 죄, 그리고도 기억하지 못한 죄. 앞으로 아주 확실히 갚아 줄 테니까, 각오해라, 햇병아리!

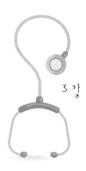

3 장

눈이 내렸다. 주변으로 화려하게 장식된 거리마다 쏟아지는 함박눈에 사람들은 화이트 크리스마스라며 환호성을 질렀다. 그리고 거대한 트리 아래 빨간 원피스를 입고서 설레는 마음으로 그를 위해 준비한 선물을 꽉 움켜쥐었다. 처음으로 사랑했고, 처음으로 가슴앓이도 했었다. 그가 웃었기에 나도 웃었고, 그가 기쁘기에 나도 기뻤다. 하지만 이젠 혼자 바라만 보고 웃지 않고 같이, 그리고 먼저 웃고 싶은 마음에 오늘 그에게 고백할 것이다.

새하얗게 쏟아지는 눈송이가 마치 앞날을 축복하는 것 같아서 설레었다. 그때, 멀리서 드디어 그의 모습이 보였다. 다시금 쿵쿵거리며 울리는 심장. 하지만 물러서지 않을 것이다. 당당하게, 자신 있게, 당신을 좋아한다고. 그렇게 말할 것이다.

드디어 그가 더욱 가까이 다가왔다. 좀 더, 좀 더 가까이. 가까이. 너무나도 떨려서 차마 보지 못하고 눈을 질끈 감았다. 어느새 무척이나 가까이 다가온 그에게 떨리는 마음으로 선물을 내밀었다. 그러자 그가 내게 서서히 다가와선 제 볼에 부드럽게 아주 부드럽게 뽀뽀를 해 주었다. 순간, 심장이 터질 것 같았다. 이대로 눈을 감고 있을 수만은 없다. 그의 모습을 봐야만 했다.

그렇게 용기를 내서 질끈 감은 눈을 뜬 순간!

"고마워, 인턴 선생."

하?

"악!"

"뭔 일이야!"

온몸으로 식은땀이 흘러내렸다. 너무 놀란 가슴이 진정이 되질 않았다. 3년 전 그날의 크리스마스가 꿈에 나온 걸로도 모자라서, 나의 사랑하는 진우 선배가 아닌 그 개싸이코, 변태 자식이 나오다니! 게다가, 뽀, 뽀뽀! 흉몽이다. 이건 엄청난 흉몽이야!

"미쳤냐?"

"꿈에, 그 변태 자식이 나왔어."

"하? 그새 정 들었나 보네, 꿈에서도 나올 정도면."

"아니야, 아니야! 이건 꿈이야!"

"이미 깼어, 이년아."

어느새 하리의 옆으로 다가온 진이는 아니라고 소리치는 그녀의 모습에 혀를 차며 기지개를 켰다. 오랜만에 잠 좀 자나, 싶었더니 저 가시나가 아무튼 도움을 안 준다.

"진아."

"왜?"

"나, 아무래도 몸이 허해졌나 봐. 보약이라도 먹을까?"

"우리에겐 잠이 보약이다. 대체 어제 술을 얼마나 처마신 거야?"

아, 그러고 보니 어제 만식 쌤에게 걸려서 한 병을 마신 것까지는 기억이 나는데, 그 뒤로 필름이 끊겨서……. 끊겨서…….

"헉, 어쩌지? 진아, 진아. 나 기억이 안 나. 어제 일이 하나도 기억이 안 난다고!"

이제야 현실로 돌아온 하리는 머리를 쥐어뜯고서 절규를 했지만 아무리 떠오르려고 해도 머릿속에 화이트를 들이부었는지 온통 새하얀 풍경이었다.

진이는 다시 자기는 글렀다고 생각하며 옷을 갈아입었다. 그러곤 미친년 발광하듯 머리를 쥐어뜯고 있는 하리에게 찬물을 건네주며 말했다.

"그러게 작작 좀 마시지. 알코올 분해도 안 되는 년이 아예 온몸을 푹 쩔게 하고 와서는."

"누군 마시고 싶어서 마셨겠냐? 어디 고기만 먹는 회식은 없는 거야?"

"지랄히네. 술이 들어가야 몸이 후끈 달아오르지."

"근데 나 어떻게 여기 온 거지? 그것도 기억이 안 나."

"쌤들이 데려다 줬겠지. 설마 네 혼자 왔겠냐? 누군지는 모르지만 참 욕봤다. 네 필름 끊긴 모습 장난 아닌데. 아무나 붙잡고 미친 년처럼 헤실헤실 웃어 대잖아. 완전 엽기 중의 엽기지."

하리는 찬물을 벌컥벌컥 마셨다. 텁텁했던 입안이 그나마 좀 괜찮아지는 것 같았다. 하지만 역시 머리는 울렸다. 숙취는 잠으로도 해결되지 못하는 고약한 것이었다.

"나, 무슨 실수 했을까?"

"그건 네가 오늘 컨퍼런스 가 보면 알게 되겠지. 분위기 잘 살피고 쥐 죽은 듯 들어가."

"아욱!"

그녀는 얼른 자리를 박차고 일어나 세수를 하고 양치를 시작했다. 덥수룩한 머리카락이 걸리긴 했지만 감을 시간이 없었다. 어제 무슨 일을 저질렀는지 모르는 상태에서 지각까지 할 수는 없는 일이었다. 정말이지 아침부터 그 변태 자식이 나온 흉몽을 꾸질 않나, 숙취에, 어제 일도 기억이 나질 않고. 완전 최악이다. 오늘 뭔가 안 좋은 불길한 일이 터질 것만 같은, 아주 무시무시한 예감이 촉을 쎄하게 건드리고 있었다.

예전엔 잠만 자면 숙취 따윈 훨훨 날아가 버렸는데, 이젠 몸이 예전 같지 않은지 머리가 울렸다. 게다가 그 햇병아리를 당직실까지 안 들기고 데려간다고 어찌나 뻗뻗거렸는지, 삭신이 다 쑤셔 왔다. 아마 이러한 고생을 그 햇병아리는 죽어도 모르고 있겠지? 선호는 그것이 안타깝고도 비통했다.

안으로 들어서니 레지던트들이 일어나 고개를 숙였다. 어제 협박 아닌 협박이 그래도 먹혀들기는 했는지, 단 한 명도 지각없이 모두 자리에 앉아 있었다. 물론 몰골이 말이 아니긴 했지만, 겉모습이야 어찌 됐든 정신만 똑바로 챙기고 있으면 상관없었다.

선호는 맨 끝에 서 있는 하리를 발견하고서 거의 자동으로 미소를 지었다. 역시나 어제 일을 기억 못 하는 듯 말똥말똥한 눈동자로 저를 뚫어져라 쳐다보고 있었다. 만약 기억한다면, 저렇게 태연하게 서 있을 수 없겠지. 그래, 감히 이 순결한 볼에 쪽 소리 나게 뽀뽀를 했으니 말이야.

"컨퍼런스 시작하자."

아침 컨퍼런스가 시작되고, 어제 그녀에게 그렇게 죽어라 술을 퍼먹였던 만식의 발표가 시작되었다. 하리는 내용을 열심히 받아 적으며 아침부터 그런 꿈을 꾼 탓인지, 간간이 선호의 모습을 훔쳐보았다. 어제 회식 때 잠깐 옆자리에 앉았던 것 빼고는 딱히 마주친 일이 없었다. 그런데 왜 저 얼굴을 보면 볼수록 불길한 느낌이 드는 걸까? 아침에 그런 꿈을 꿔서? 단순히 그렇기 때문일까? 혹시 어제 저 남자와 뭔가 엮여 있는 건.

'아니야, 아니야. 그런 끔찍한 일은 상상도 해선 안 돼. 설마, 도 아니야. 혹시나, 도 안 돼!'

그런 일은 절대로 일어나선 안 돼!

컨퍼런스가 끝이 나고 회진을 돌기 전, 하리는 조금 안면을 익혀두었던 남자 레지던트 찬우에게 살짝 다가가 아주 낮은 목소리로 조심스럽게 입을 열었다.

"저기, 쌤."

"응? 무슨 일이야? 그나저나 너 괜찮은 거야?"

헉, 역시 어제 뭔 일이 있었어, 있었다고!

"제가 어제 무슨 실수라도 했나요? 전혀 기억이 안 나요."

최대한 불쌍하게, 뭔 짓을 했더라도 그냥 웃으며 넘어갈 수 있도록 최대한 안쓰러운 표정을 지으며 속삭이자, 그는 피식 웃으며 고개를 가로저었다.

"아니, 그냥 자던데. 아무리 깨워도 안 일어나긴 했지."

"정말요? 정말 자기만 했어요? 그럼 쌤이 저 데려다 주신 거예요?"

다행이다. 그래, 조하리. 잠만 잤구나! 잠만 퍼잔 거였구나!

"아니, 너 데려다 준 건 선호 선생님이야."

순간 기쁘게 달아올랐던 표정이 삽시간에 굳어지면서 모든 것이 나락으로 떨어지는 소리가 들렸다.

"누, 누구라고요?"

"회진 가자!"

타이밍도 좋게 멀리서 선호의 목소리가 울렸고, 찬우는 서둘러 몸을 일으켜 세우면서 태연하게 입을 열었다.

"최선호 선생님께서 너 데려다 주셨어."

최선호 선생님께서, 데려다 주셨어.

데려다 주셨어.

널, 데려다 주셨어.

최. 선. 호. 선. 생. 님. 께. 서. 데. 려. 다. 주. 셨. 어.

아니야, 아니야, 이건 말도 안 돼, 꿈은 꿈으로 끝나야지. 이런 법이 어디 있어!

회진을 돌면서 하리는 가장 끝에 자리를 잡고선 그의 얼굴을 차마 똑바로 쳐다볼 수가 없었다. 젠장, 그 많은 레지던트 선생님들 다 놔두고 왜 펠로우인 그가 이 불쌍한 인턴을 데려다 주었냐, 이말이다. 그렇게 할 일이 없어? 엉? 할 일이 없다고!

하리는 말도 안 되는 이유를 붙이곤 선호를 씹으며 머릿속으로 아무리 어제 일을 떠올리려고 해도 쥐뿔도 생각이 나지 않아 미칠 것만 같았다.

그래, 그냥 잠만 잤다고 했잖아. 그럼 아무 일도 없었을 거야. 땅에 머리만 박아도 누가 업어 가는지 모르게 잔다는 죽음의 인턴이잖아. 잠만 잤어. 그래, 잠만 잔 거야. 설마 무슨 일이 있었겠어? 괜히 쫄지 마, 조하리!

그렇게 거의 최면과도 같은 자기 합리화를 하며 하리는 번쩍 고개를 들었다. 하지만 멀리서 들리는 선호의 목소리에 금방 얼굴이 벌게지면서 스르르 고개가 아래로 내려갔다. 왠지, 오늘 꿈자리도 그렇고 뭔 일이 있었을 것 같은 예감이 들었다.

이 교수님을 대신해서 회진을 앞장서게 된 선호는 환자들의 상태를 꼼꼼히 살피고, 주치의인 레지던트에게 질문하는 식으로 진행하고 있었다.

"이 환자 CBC(혈액 검사) 수치는?"

"RBC(적혈구) 320만, Hgb(혈색소) 6.7. 수치가 좀 떨어져서 Anemia(빈혈) 증상이 보이고 있습니다."

"Hct(빈혈의 정도를 나타내는 지표) 수치는?"

"역시나 36%로 낮습니다."

"용혈(Hemolysis:혈액 세포가 정상 수명보다 빨리 파괴되는 것)은 보이진 않고?"

"네, 수치로 보아선 철 결핍성으로 보입니다."

선호는 환자의 차트를 다시 한 번 점검하고선 오더를 내렸다.

"그럼 지금 사용하는 약물을 조금 줄이고, 환자 식단 바꾸고, 수시로 CBC 검사해서 더 떨어지면 수혈 준비해. 스테이션에 연락해서 Cardex 다시 체크하라고 하고."

"네, 알겠습니다."

한바탕 회진을 마친 뒤, 하리는 발을 동동 굴리며 먼저 다가갈까? 아니면 그냥 은근슬쩍 발을 뺄까? 갈등했다. 하지만 어차피 도망쳐 봐야 병원 안이고, 의사 가운 벗지 않는 이상은 한 달 내내 볼 사이였다. 그렇다면 과감히 부딪히는 수밖에 없다. 언제까지 이렇게 쫄고 있을 수는 없어!

"인턴 선생!"

하지만 그녀가 선호를 부르기도 전에 그가 먼저 하리를 불러 세웠다. 하리는 어쩌면 이게 기회일지도 모른다는 생각을 하고서 평소보다 더 조신한 표정으로 그의 앞에 천천히 걸음을 옮겼다.

"아까 회진 돈 환자들 차트 좀 볼 수 있을까?"

"아, 네."

정신은 혼란스러웠지만 그래도 환자들에게 내린 오더는 꼼꼼하게 체크했기에 그녀는 자랑스럽게 차트를 그에게 건네주었다. 그녀가 이렇게 차트를 열심히 정리하게 된 것은 선호 때문이었다. 평소에는 나사 풀린 것처럼 저를 골려 먹고, 그러면서 아무렇지 않은 척 웃으며 꼬픈남인지 뭔지로 불리지만 의사로서의 그는 지독한 완벽주의자였다. 환자의 상태를 무척이나 철저하고 꼼꼼하게 관리하며, 심지어 자신이 내린 오더도 몇 번이고 다시 보고 다시 확인하고서야 만족하곤 했다.

선호는 차트를 살피면서 은근슬쩍 하리의 모습을 살폈다. 아까보다 표정이 훨씬 가벼워 보였다. 아마도 어제 당직실로 옮긴 사람이 자신이라는 걸 알게 되었을 것이고, 그 때문에 도망을 칠지, 아님 부딪혀 볼지 엄청 고민했을 게 뻔했다. 그리고 내린 결론은 아마.

"환자 수가 많아서 힘들었을 텐데, 꼼꼼하게 잘 체크했네. 수고했어."

"저기, 선생님."

"응?"

"어제 저 당직실까지 데려다 주신 사람이 선생님이라고 하시더라고요."

"응, 맞아. 아무렴, 술 취해서 뻗은 인턴을 모른 척할 수는 없잖아?"

순간 하리의 표정이 다시금 애처롭게 내려앉으면서 거의 개미 기어가는 목소리로 속삭였다.

그래, 결국 결론은 부딪혀 보자, 인 거군. 하긴, 내뺄 구석도 없으니까 말이다.

"저기, 저기. 제가 혹시나, 아주아주 혹시나, 실수 같은 거. 없었나요?"

정말이지 꼬리를 푹 내린 채 눈빛으로 아니라고 말해 주세요! 라고 간절히 외치는 하리를 본 순간, 선호는 이상하게 또 건드리고 싶다는 생각이 들었다. 그래, 자신은 어제 단 한숨도 제대로 자지 못했는데 넌 아주 다리 쭉 뻗고 잘도 잤을 테니. 이 정도의 벌은 애교로 받아야지.

"글쎄? 그냥 자기만 하던데."

"정말요? 정말 자기만 했어요?"

삽시간에 환하게 피어오르는 하리의 표정은 정말이지 사랑스러움의 극치였다. 선호는 저도 모르게 저 뽀얀 볼을 꼬집어 보고 싶어서 엄청난 자제력으로 주먹을 움켜쥐었다.

"아! 그러고 보니, 어제 눈을 보고 좀 이상해졌어."

눈이라니, 어제 눈이 내렸어? 그러고 보니 꿈에서도 눈이 내렸지. 3년 전, 그 악몽의 크리스마스! 설마, 설마. 선배 이름을 불렀다던가. 그랬다던가!

"혹시, 누굴 부르진……."

"꼭 울 것 같더라고."

"아."

말이 엇갈리긴 했지만 하리는 안도의 한숨을 내쉬었다. 그나마 다행이었다. 그렇게 큰 실수를 하지도 않았고, 선배 이름을 부르지도, 울 것 같긴 했어도 울지도 않았고.

그녀는 한결 가벼워진 기분으로 선호를 향해 고개를 숙였다.

"어제는 정말 감사했고, 또 죄송했습니다."

선호는 그러한 그녀의 모습을 아무 말 없이 바라보았다. 그녀의 입에서 얼떨결에 튀어나왔던 말이 거슬렸다. 그저, 3년 전 크리스마스를 떠올리며 울 것 같았다고 거짓말을 한 거였는데. 누굴 부르다니, 누굴? 혹시 그 크리스마스와 관련된 걸까? 그날 울었던 것과 관련된, 사람. 남자일까? 애인? 애인?

순간 그의 눈빛이 저도 모르게 서늘하게 가라앉으며 딱딱하게 굳어졌다. 하지만 하리가 고개를 들었을 때는 다시 평소의 그의 모습으로 돌아가 있었다.

"그럼, 저 이만 가 보겠습니다."

"자료 정리가 내일까지인 건 알지?"

순간, 뭔가 조금 차가워진 것 같은 목소리에 하리는 의아한 마음으로 얼떨결에 고개를 끄덕였다.

"네."

"늦으면 안 돼."

"알겠습니다."

그녀는 엉거주춤 뒤로 걸음을 당겼다. 선호는 하리가 완전히 사라지는 모습을 본 뒤에야 미간을 찌푸리며 스스로 자책했다. 끝까지 감췄어야 했는데, 저도 모르게 감정이 새어 나가 버렸다. 뜨끔하던 그녀의 표정이 지워지지가 않았다. 빌어먹을. 자신이 이렇게도 자제를 못 하던 놈이었나? 하지만 3년 전 그녀가 울었던 이유가 그 어떤 놈일지도 모른다는 생각에, 그리고 그게 어쩌면 애인이라던가. 아니면, 지금도 여전히 저 조그만 마음에 들어 있을지도 모른다는 생각을 하자 저도 모르게 피가 차갑게 식으면서 가슴이 저릿했다.

선호는 긴 숨을 내쉬며 어렵사리 걸음을 뗐다. 그러다 허탈한 웃음이 새어 나왔다. 제게 이런 유치한 소유욕이 있었을 줄이야. 정말 저 쬐끄만 햇병아리 때문에 미쳐 버리겠다, 정말.

선호에게서 빠져나온 하리는 심장이 콩닥거렸다. 그저 잠깐 흘러 나왔던 그 서늘한 목소리가 머릿속에서 떠나지를 않았다. 혹시, 다른 실수라도 한 건가? 하지만 만약 실수했다고 하더라도 그렇게 정색할 필요는 없지 않나? 좀 귀엽게 봐 줄 수도 있지. 우리가 생판 모르는 남도 아니고. 왠지 모르게 서운함이 밀려들었다.

'잠깐, 서운하다니? 내가, 그 인간에게 서운함을 느꼈다고, 지금?

순간, 하리는 허탈하게 웃었다. 내가 지금 왜 그 인간을 이토록 생각하고 있는 거지? 정말로 진이 말대로 그새 정이라도 든 거야? 꿈에 나올 정도로? 게다가 뽀뽀.

"미쳤어, 조하리. 미친 거야. 제정신이 아니라고. 이제 그만 잊어, 잊어, 머릿속에서 그 변태 자식을 몰아내!"

하리는 제 머리를 콩콩 쥐어박으면서 연신 잊어, 잊어! 를 되뇌었다. 그러면서도 연신 선호의 모습을 떠올리고 있다는 걸, 그녀는 자각하지 못하고 있었다.

⟨Code blue ER, Code blue ER.⟩

응급실에서 Code blue가 떨어졌다. 버스 추돌 TA(교통사고) 발생이었다. 응급실 비상 출구로 베드들이 줄줄이 들어오고 있었고,

EM(응급의학과)와 더불어 다른 과 레지던트와 인턴들도 다 뛰어 내려왔지만, 상황은 한마디로 피바다였다.

역시나 다급히 내려온 하리는 순간 온몸이 얼어붙었다. 인턴 생활을 하면서 수많은 환자와 수도 없이 많은 피를 봤었지만, 지금처럼 이토록 많은 환자가 한꺼번에 밀려와 고통스럽게 비명을 지르고 사방으로 오직 피밖에 보이지 않는 상황은 처음이었다. 난생처음으로 코끝이 따가웠다. 비릿한 향기가 후각을 마비시키기 시작했다.

'정신 차려, 조하리.'

멀리서 진이가 부산스럽게 움직이는 모습이 보였다. 하리는 억지로 걸음을 떼려고 했지만, 자꾸만 머리가 어지러웠다. 그때, 선호의 목소리가 그녀를 단단하게 붙잡았다.

"정신 차려, 조하리!"

어느새 그녀의 옆으로 다가온 그가 어깨를 거칠게 흔들었다. 하리는 선호의 눈동자를 똑바로 바라보았다. 뭔가 빠르게 뛰던 심장이 차분해지면서 오직 저를 바라보는 저 눈동자에 빨려들 것만 같았다.

"진정됐어? 진정 안 됐어도 억지로라도 진정시켜. 지금은 너보다 환자가 우선이야. 의사가 흔들리면 환자는 이대로 다 죽어! 환자 죽이는 의사가 될 셈이야?"

"진정, 됐습니다."

정말로 거짓말처럼 이성이 되돌아왔다. 선호는 밀려드는 환자에 더는 지체하지 않고서 하리에게 짧게 말했다.

"따라와."

하리는 선호의 뒤를 다급하게 쫓아갔다. 그는 이처럼 어수선한 응급 상황에서도 무척이나 침착하고 냉정하게 환자를 안심시키며 오더를 내렸다. 그 모습에 하리 역시 덩달아 마음이 차분해지고 있었다.

"선생님, 여기 좀 봐 주세요!"

막 베드에 실려 온 환자가 제대로 숨을 쉬지 못하고 발작을 일으키고 있었다. 바이탈도 점점 떨어지고 있었고, 산소포화도도 낮았다. 순간, 모니터의 선이 일자를 그었다. 선호는 환자에게 CPR(심폐소생술)을 하며 하리에게 소리쳤다.

"DC기(제세동기) 가동하고, 당장 수술방 연락해!"

"네!"

"200줄, 에피(심근력 강화 및 혈관 수축 작용제), 아트로핀 원 앰플(항콜리성 약품. 심박 수 증진 효과가 있음)."

"에피, 아트로핀 원 앰플 완료, 200줄 차지 완료."

"물러서. 샷!"

쿵, 하는 소리와 함께 환자의 몸이 위에서 아래로 떨어졌다. 하지만 바이탈은 그대로였다.

"다시 200줄!"

"200줄 차지 완료!"

다시 한 번 쿵! 쿵! 선호의 이마 위로 땀방울이 떨어져 내렸다. 이대로 몇 분 안에 심장이 정상 작동을 하지 않는다면 뇌 손상과 더불어 목숨이 위험했다.

"한 번 더, 샷!"

하리는 있는 힘껏 심폐소생술을 하며 상태를 체크했다. 아까처럼 어쩔 줄 몰라 하는 모습이 아닌, 어엿한 한 의사로서 환자를 살리기 위해 노력하고 있었다.

"바이탈 지수 다시 돌아왔습니다!"

"출혈도 잡혔습니다."

"수술방은?"

"지금 바로 갈 수 있습니다."

그렇게 환자를 수술방으로 보낸 뒤, 이제야 하리는 거친 숨을 내 뱉었다. 선호는 그 모습을 잠깐 지켜보다 모니터 쪽으로 고개를 돌 렸다. 이번에는 머리를 다친 환자였다. 혹시나 혈종이 보일지도 모 르기에 CT 화면을 유심히 살폈지만, 다행히 혈종은 보이지 않았다. 단순히 찢어진 상처이기에 드레싱하고 봉합하면 될 것 같았다. 만약 혈종이 보였다면 머리를 열어야 했을 텐데, 그렇게 되었다면 그로서 는 이 환자를 고칠 수 없었을 것이다.

선호는 얼핏 쓸쓸한 미소를 지으며 하리를 불렀다.

"인턴 선생, 여기 봉합 좀 도와줘."

"네. 글러브는?"

"칠 반(7-5)."

이제야 응급실이 제자리를 찾아가고 있었다. 물론 대부분 수술방 으로 올라간 탓에, 비어 있는 수술방이 없다는 게 문제였지만. 하지 만 그래도 이제야 한숨 돌릴 수 있을 것 같아 하리는 선호의 옆에서 엷은 숨을 내쉬었다.

"봉합사 4-0 더 줘."

"네."

그녀는 이제야 그가 봉합하는 모습이 눈에 들어왔다. 그는 무척 이나 빠르면서도 한 치의 빈틈도 없이 완벽하게 봉합을 해내고 있었 다. 제법 큰 손으로도 움직임이 굉장히 섬세하고 정확했다.

'역시 신경외과에서 잘나갔다는 사실은 거짓이 아니었구나. 그런 데 왜 내과로 온 걸까? 거기 계속 있었으면 못해도 이름은 날렸을 텐데.'

하리는 새삼 그가 조금 달라 보였다. 아까 그녀를 고쳐 세울 때도 그랬고, 그 다급한 상황에서도 흔들리지 않았던 모습도 그렇고. 흰 가운을 입었을 때, 그 흰 가운에 부끄럽지 않도록, 그는 그 누구보다 완벽한 의사가 되어 있었다.

그렇게 마지막 환자까지 진료를 마친 뒤, 하리는 주변 의자에 털썩 주저앉아 넋을 놓았다. 정말 아침부터 지금까지, 하루가 어떻게 갔는지도 모를 정도로 정신이 하나도 없는 날이었다. 하지만 차라리 이런 경험을 인턴 때 겪을 수 있어 다행이었다. 만약, 정식으로 환자를 돌봐야 하는데 아까처럼 공황에 빠지기라도 했다면 정말로 그의 말처럼 환자를 죽이는 의사가 됐을지도 몰랐다.

그때, 잠시 응급실을 빠져나갔던 선호가 다시 돌아와 주변을 둘러보더니 이내 하리를 발견하고선 일부러 레지던트들이 들을 수 있도록 큰 소리로 외쳤다.

"인턴 선생, 연구실로 따라와."

하아, 정말 오늘 저 소리를 지긋지긋하게 듣는구나. 어째 오늘은 쉴 틈 없이 부려 먹히는 느낌이냐고! 하지만 어쩌겠는가? 오라고 하면 가야지.

하리는 천근만근과도 같은 몸을 이끌고서 선호의 연구실로 걸음을 옮겼다.

"실례합니다."

조심스럽게 연구실로 들어가자, 어느새 옷을 갈아입은 그가 하리를 향해 가볍게 손짓을 했다.

"들어와."

하리는 그의 손짓에 얌전히 연구실 안으로 들어왔다.

"뭐, 시키실 일이라도……."

"일단 거기 좀 앉아 있어."

선호가 가리킨 곳은 무척이나 푹신해 보이는 소파였다. 어째 당직실에 있는 침대보다 더 푹신해 보이는 것 같았다.

그녀는 조금 불안한 시선으로 소파에 살짝 엉덩이를 붙였다. 왠지, 이러고 가만히 앉아 있으면 잘 것 같다는 느낌이 강하게 들었다. 아니, 백 프로 잘 거야. 지금 엄청나게 피곤해 미칠 것 같으니까. 특히, 이 소파! 이 적당히 편안하면서도, 숙면을 하라고 유혹하는 이 분위기!

하리는 정말이지 미칠 것만 같았다.

선호는 자리에 앉아서 노트북을 켰다. 그러곤 어설프게 앉아 마치 뭐 마려운 강아지처럼 어쩔 줄을 몰라 하는 하리의 모습에 웃음을 꾹 누르며 살짝 입을 열었다.

"편히 앉아 있어. 좀 걸릴 것 같거든."

"아니요, 전 이게 편해요."

"그냥 등 기대고 쉬어."

"아니요, 정말 괜찮습니다."

젠장, 그럼 왜 지금 불렀냐고, 나중에 부르면 되지! 지금 등 기대면 난 정말 바로 정신 이탈이란 말이야!

제법 버티고 앉아 있는 하리의 모습에 선호는 더 이상 강요하지는 않았다. 어차피 오래 버티지 못할 테니까. 그리고 정말 그의 말대로, 째깍째깍 시계 소리와 타닥타닥 타자 소리를 들으면서 하리는 점점 머나먼 시공 속으로 빨려 들어가고 있었다.

'자면 안 돼, 자면 안 돼, 자면 안 돼, 안 돼, 안 돼, 돼. 돼. 돼……. 안 돼!'

꾸벅꾸벅 졸면서도 필사적으로 정신을 차리며 허벅지를 꼬집었다. 눈물이 핑 돌 정도로 아팠지만, 그것도 영 오래가지를 못했다. 일단 주위가 너무 조용했다. 시계 초침 소리가 거대하게 들려올 정도로 주위가 고요했다. 이럴 거면 왜 불렀니? 왜 불렀어?

"저기, 선생님."

결국, 하리는 어떻게든 졸음을 쫓기 위해 선호에게 먼저 말을 걸었다.

"응?"

"선생님은 왜 MED(내과)에 오신 거예요? NS(신경외과)가 더 잘 어울릴 것 같은데."

선호는 타자를 두드리던 손을 멈췄다. 그녀에게서 저런 말을 들을 줄은 몰랐다.

"그래? 어디가?"

"음, 그냥 익숙해 보여서요. 아까 봉합하실 때도 그렇고."

"훗, 내가 봉합하는 모습이 꽤 섹시하기는 하지. 거기다 메스까지 들면 완전 죽어줄걸?"

"섹시까진 모르겠지만."

"……."

"조금, 멋있어 보이긴 했어요."

잠깐, 지금 내가 무슨 소리를!

순간 선호도, 하리도 동시에 숨을 삼키고서 눈을 동그랗게 떴다. 하리는 저도 모르게 내뱉은 말에 당황했고, 선호는 그녀의 입에서 나온 멋있다는 말에 순식간에 달아오른 몸 때문에 당황했다. 단숨에 전신으로 뜨거운 열기가 진득하게 퍼져 나갔다.

"아, 아니 그게. 그냥 그렇다고요. 뭐, 특별한 의미가 있는 건 아니고!"

하리는 점점 더 깊은 미궁으로 빠지는 느낌에 정말이지 쥐구멍이라도 들어가고 싶은 심정으로 선호를 향해 고개를 돌렸다. 하지만 무어라 한마디도 할 수 없었다. 아니, 입이 열리지가 않았다. 멀리서 저를 똑바로 바라보고 있는 저 남자의 눈빛에, 아까와는 다른 의미로 묶여 버린 것 같은 느낌이 들었다.

쿵, 쿵. 대체 이건 어디서 나는 소리일까? 쿵, 쿵. 대체 어디서…….

그때, 그녀를 바라보던 그의 눈동자가 살며시 반달로 휘어지면서 굉장히 깊고 부드럽게 목소리가 가볍게 울려왔다.

"알아, 특별한 의미 없는 거."

"……."

"그리고 전공을 바꾼 건, 나중에. 좀 나중에 가르쳐 줄게."

"아, 네."

그녀는 고개를 얼른 다시 돌려 버렸다. 순간, 심장이 엇박자로 뛰고 솜털이 쭈뼛 서는 느낌이 너무나도 이상했다. 그래, 오늘 너무 피곤해서. 피곤해서 막 헛것이 보이나 봐. 헛말도 막 튀어나오고. 그래, 조하리. 지금 너의 몸뚱이는 너의 몸뚱이가 아니야. 아니야, 아닌 거야!

한참 뒤, 선호는 천천히 고개를 들었다. 결국은 잠이 들었는지 그녀의 고개가 애처롭게 꺾여 있었다. 그는 자리에서 일어나 챙겨 두었던 담요를 꺼내 들고 그녀에게 다가갔다. 그러곤 좀 더 편하게 쉴수 있도록 몸을 소파에 천천히 눕히고서 그 위로 담요를 덮어 주었다.

역시 오래 버티지 못했다. 뭐 어차피 처음부터 이럴 목적으로 데려온 거였으니까. 인턴으로서 오늘 무척이나 큰일을 겪었으니 말은 안 해도 몸은 굉장히 힘들었을 것이다. 아까 레지던트들이 들을 수 있도록 크게 말하면서 데려왔으니까, 그렇게 급한 일이 아니면 앞으로 몇 시간은 호출이 없을 것이다.

선호는 정말이지 새근새근 잘도 자는 그녀의 모습에 다시금 은근히 피어오르는 욕망을 꾹 누르며 잔뜩 힘을 준 잇새 사이로 낮게 속삭였다.

"아무튼, 어디서든 참 잘 잔단 말이지. 제발 딴 놈 앞에서는 그렇게 편하게 자지 마라. 나니까 이렇게 보고만 있을 수 있는 거야, 이 둔탱이 햇병아리야."

그렇지만 역시, 정신 건강에는 무척이나 좋지 않았다. 어느새 그의 눈동자는 오직 붉고 탐스러운 그녀의 입술에 시선을 고정하고 있었다. 어젯밤, 볼에 살짝 와 닿았던 그 느낌 탓에 잠을 자지 못했었다. 무척이나 부드럽고 몰캉거렸으며 불에 덴 듯 무척이나 뜨거웠었다. 그 뜨거운 입술을 이 두 볼이 아닌 입술로 삼키면 얼마나 좋을까? 혀끝으로 쓸어내리며 저 여린 입술을 마구 짓누른다면, 참을 수 없이 귀여운 목소리로 흐느끼겠지? 하지만 아마 그마저도 참지 못하고 전부 삼켜 버릴 거야, 전부.

'안 돼, 지금 하는 건 범죄야. 범죄!'

선호는 다시금 거침없이 솟아오르는 수컷의 본능을 엄청난 자제력으로 무너뜨리며 더할 나이 없이 무거운 한숨을 내쉬었다. 하지만 오늘은 스스로가 자처한 일이었다. 저 조그만 몸을 좀 쉬게 하고 싶었으니까. 하아, 오늘 밤도 잠자기는 글렀다.

그렇게, 한 마리의 뜨거운 늑대가 뜬눈으로 괴로운 달밤을 지새우고 있을 때, 당사자인 햇병아리 양은 이미 풀려 버린 잠의 고삐를 늦추지 못한 채 연신 더 깊은 수렁으로 편안히, 아주 편안히 빠져들고 있었다.

무거운 눈꺼풀을 천천히 올리니, 희미한 불빛을 제외하곤 사방이 어두웠다. 당직실? 아닌데, 아까 분명 연구실에 와서……. 순간, 하리는 눈을 번쩍 뜨고서 다급하게 몸을 일으켜 세웠다. 역시나 그 인간의 연구실. 그렇게 허벅지를 꼬집고, 눈을 비벼 가며 막았는데도 잠이 들고 말았구나. 젠장!

하리는 얼른 시간을 확인했다. 정확히 심야의 정각. 호출기를 확인하니 이상하게 단 한 번도 호출이 된 적이 없었다. 그사이에 환자가 단 한 명도 오지 않은 것도 아닐 테고, 그런데 어째서 부르지 않은 거지? 문득, 주변이 너무 고요하다는 생각이 들어 살며시 고개를 돌리자, 책상 위에 스탠드 불만 켜진 채 그의 모습은 보이지 않았다. 하리가 천천히 소파에서 내려서려고 할 때, 탁자 위에 놓인 우유 하나와 샌드위치, 그리고 쪽지가 눈에 들어왔다.

'이건 내가 직접 공수한 신선한 우유니 안심하고 마셔도 됨. 샌드위치 역시 의심의 눈초리를 버리기 바람. 내가 방금 먹었는데 괜찮았음.'

"풉! 진짜 속을 알 수 없는 사람이라니까."

하리는 친히 공수해 온 우유와 샌드위치를 집어 들었다. 설마, 라는 생각이 들었지만 자신에게 호출이 오지 않은 건 아마도 그가 대신 땜빵을 해 줬기 때문이라는 생각이 들었다. 연구실로 부른 것도, 불러 놓고 일을 시키지 않은 것도.

뭔가 간질거리는 느낌이 바람처럼 스쳐 지나갔다. 하리는 저도 모르게 입가에 엷은 미소를 지으며 샌드위치와 우유를 단숨에 먹어

치운 뒤 조심스럽게 연구실을 빠져나와 곧장 당직실로 향했다. 아까 조금 잤으니 이제부터 밤을 새워서라도 그가 맡긴 자료 정리를 끝내고 싶었다. 그러면 그도 조금은 쉴 수 있지 않을까? 조금은, 도움이 되지 않을까.

어느새 그녀의 걸음이 무척이나 빨라지면서도 꽤나 경쾌하게 느껴졌다.

❖　❖　❖

응급실에서 한바탕 또 난리를 치르고 돌아온 선호는 온몸이 뻐근함과 동시에 눈이 너무나도 퍽퍽했다. 어제오늘 제대로 잠을 자지 못한 것이 화근이 된 듯싶었다. 어느새 연구실 앞으로 다가간 그는 아직도 자는 건가, 싶어 유리 너머로 조심스럽게 안을 살폈지만, 소파에는 담요가 고이 접힌 채, 햇병아리는 이미 제 둥지로 돌아간 듯싶었다.

그는 연구실 안으로 들어와 책상 의자에 쓰러지듯 몸을 기대었다. 하지만 오늘까지 맞춰 둔 분량의 논문을 끝내야만 했다. 그는 진하게 내린 커피를 받아 놓고서 노트북을 켰다. 일단 어머니께 노력하고 있다는 걸 보여 주기 위해 시작한 연구 논문. 사실, 하나만 한다면 그 혼자 충분히 끝낼 수 있었지만 선호는 현재 두 개의 논문을 진행하고 있었다. 하나는 카르시노이드 종양에 관한 겉으로 내보이기 위한 논문, 그리고 다른 하나는 뇌종양에 관한 자기 자신을 위한 논문. 선호는 노트북에 숨겨 둔 뇌종양에 관한 초본 논문을 켜고선 천천히 읽어 내려가며 공허한 표정을 지었다.

그는 뇌가 좋았다. 사람의 모든 감정과 그 사람이 살아온 역사를 간직한 뇌가 너무 좋아서, 젊은 시절 자신의 열정과 청춘을 모두 뇌의학에 채워 넣으며 끊임없이 연구하고 그렇게 알아 가고 싶었다. 그리고 그렇게 살 것이라, 생각했었다.

"하아, 진짜 지치네."

자꾸만 쓸데없는 과거의 잔재에 사로잡히는 것 같아, 커피를 한 모금 삼키고서 노트북을 닫았다. 새벽 3시를 향해 달려가는 시간. 1시간이라도 눈을 좀 붙여야 할 것 같았다. 괜한 생각에 머리만 복잡해진 것 같았으니까.

아직 해조차 제대로 뜨지 않은 새벽 5시. 마지막 도표까지 깔끔하게 정리를 끝낸 하리의 표정은 거의 밤을 꼬박 새었음에도 그야말로 날아갈 듯 너무나도 가벼웠다.

"완벽해, 이렇게 완벽할 수는 없어! 조하리, 너 정말 인턴 맞니? 응? 후후."

자화자찬 속에 그녀는 완성된 도표를 저장한 뒤, 프린터로 금세 따끈따끈하게 뽑아서 다시 한 번 꼼꼼히 읽어 보았다. 그와 같이 일한 지 며칠 되지도 않았는데, 그 완벽성이 조금 옮은 듯 저도 모르게 여러 차례 반복해서 확인하고 있었다. 이런 모습을 볼 때면 첫인상 때와는 너무나도 달라서 의아하다가도, 가끔 보여 주는 그 특유의 가벼움을 볼 때면 또 그 변태 같기도 하고. 참 다채로운 모습을 보여 주는 것 같았다. 게다가 그저 자료 분석일 뿐이었지만, 췌장암에 관한 공부가 된 것 같아서 확실히 실력은 대단한 것 같았다.

그나저나 그렇다면 이 인간은 신경외과와 더불어 내과 실력도 뺨을 치는 건데. 미친 거 아니야? 하나만 해도 지끈거리는걸. 몇 년 동안이나 또 공부했단 얘기잖아? 하, 나 같으면 절대 못하지, 절대 못해.

"지금 나이가 35살. 그런데도 지금 MED(내과) 펠로우면, 결국 NS(신경외과) 레지던트는 다 못 마쳤겠구나."

그래도 미친 거지, 미친 거야. 분명 그 속은 굉장히 새까말 것이 분명해. 그래야 신이 공평하다는 소리를 듣지!

하리는 다시금 시계를 확인했다. 새벽 5시 30분. 아침 컨퍼런스 시간은 7시부터고, 지금 잔다고 한들, 언제 또 불려 갈지 몰랐고 괜히 감칠맛만 더 나서 피곤해질 게 분명했기에 자료를 챙겨 들고 슬그머니 당직실을 빠져나왔다. 바빠지기 전에 얼른 전해 주고 싶었다. 사실은 빨리 전해 주고 싶은 묘한 설렘 때문이었다.

혹시나 호출이 있을까 봐 종종걸음으로 연구실을 향해 걸어온 하리는 좀 어두운 내부의 모습에 혹시 없는 건가, 하는 불안스런 눈동자로 빠끔히 유리 너머를 확인해 보았다. 연구실은 아까 그녀가 빠져나간 그대로, 책상 위에만 스탠드 불빛이 켜져 있었는데, 아까는 비어 있던 책상이 제 주인을 만나 베개 역할을 해 주고 있었다.

'자고 있네.'

왠지, 살짝 실망스러웠다. 혹시 방해되려나, 그냥 살짝 두면 괜찮겠지.

혹시나 잠겨 있을까 해서 문고리를 조금 꽉 움켜쥐자 문이 너무나도 쉽게 스르르 열렸다.

"실례합니다."

그래도 펠로우의 연구실을 막 들어갈 수는 없기에, 당사자는 자고 있지만, 예를 갖춰서 노크까지 확실히 한 뒤 안으로 들어가 발끝에 아주 힘을 꽉 주고서 책상 쪽으로 아주 살금살금 걸어갔다. 괜히 깨우고 싶지 않았다. 제대로 눕지도 못하고 책상에 기대어 자는 걸 보니 엄청 피곤해 보였기 때문이었다. 확실히 이제 막 펠로우로 들어와 논문 연구에, 이 교수님의 환자까지 회진 돌고, 일도 설렁설렁 넘어간 적 없이 꼼꼼히도 하니 성격상 엄청 힘들어 보이긴 했다. 혹시 강박증 같은 게 있는 걸까? 아니면 왜 저렇게 극도로 자신을 몰아세우며 일을 하는 건지.

하리는 노트북 바로 옆에 아주 잘 보이도록 자료와 가지고 온 쪽지 붙은 우유를 내려놓고선 이대로 슬쩍 빠져나오려고 했다. 그런데 그의 아래로 살짝 삐져나온 책 제목이 순간 눈에 걸렸다.

'뇌종양이 가진 비밀'

설마, 논문을 두 개 하는 거야? 만약 그렇다면, 이 남자. 정말 제대로 미쳤다. 아니면 정말로 뇌 의학에 지독히도 빠져 있는 거고. 그렇다면 아직 신경외과에 미련이 남아 있다는 건데. 도대체 왜 도중에 그만둔 거야?

'나중에, 좀 나중에 가르쳐 줄게.'

그때 당시엔 제가 한 말에 제가 놀라 당황스러워 겨를이 없었지만, 다시금 떠올리고 보니 그 표정이 조금 씁쓸해 보였었다.

'왜, 그만둔 거예요? 아직도 이렇게 하고 싶으면서.'

그녀는 결코 답을 들을 수 없는 질문을 속으로 되뇌며 저도 모르게 그 자리에 가만히 쭈그리고 앉아 자고 있는 선호의 얼굴을 빤히 쳐다보았다.

매끄러운 눈매가 아주 단단히 자리 잡고 있었고, 그 아래로 서늘하게 쭉 뻗은 콧날과 보기 좋게 잡힌 턱선을 타고 푸르스름하게 솟아난 수염. 가끔 너무 얄밉지만, 또 가끔은 저도 모르게 떨릴 정도로 낮고 부드러운 소리를 내는 입술. 순간, 그녀는 저도 모르게 손가락을 꼼지락거렸다.

'한번 만져 보고 싶다.'

그러고 보니 꿈에선 볼에 닿았던 그 느낌이 굉장히 실감 나고 부드러운 느낌이었는데, 실제는 어떠할까? 역시 부드러울까? 굉장히 빨간데, 그럼 엄청 뜨거울까? 진이는 굉장히 황홀하다고 하던데.

하리는 마치 뭐에 홀린 것처럼 천천히 손을 뻗어 살짝 내려온 까만 머리칼을 위로 쓸어 올린 뒤, 코끝을 훑으며, 인중을 지나, 입술. 입술. 그때, 살짝 벌어진 틈으로 그의 더운 입김이 손끝에 와 닿으며 하리는 순간 몸을 움찔하며 당황함에 굳어진 채, 동공이 커지기 시작했다.

헉! 도대체 지금 무슨 짓을 하고 있는 거야!

하리는 자신이 한 짓을 자신이 믿지 못하고서 눈을 왕방울만 하게 뜨고선 마치 벌이라도 받듯 손을 위로 추어올리며 벌떡 몸을 일으켜 세웠다. 심장이 아주 오케스트라 북 치듯, 쿵쾅거렸다. 왠지 너무 낯 뜨거운 짓을 한 것 같아 얼굴이 벌겋게 달아오르다 못해 톡 하며 터질 것만 같았다.

"흐으음."

그때, 하리의 다소 격한 움직임에 선호가 미간을 찌푸리며 신음을 내뱉자, 그녀는 어쩔 줄 몰라 하는 시선으로 머리를 쥐어뜯으며 다급하게 외쳤다.

"아, 아니에요, 아니에요, 이번에도 특별한 의미는 없어요. 정말 제가 미쳤나 봐요!"

그렇게 하리는 차마 뒤를 돌아보지 못한 채 빛과 같은 속도로 연구실을 빠져나갔다. 그러곤 여기가 병원이라는 사실도 망각한 채 미친 듯이 달리며 그의 입술에 와 닿은 제 손을 붙잡으며 정말이지 속으로 처참하게 비명을 내질렀다.

'오 마이 갓! 정녕 제정신이 아닌 이 소녀와 이 미친 손을 벌하소서!'

하리가 나가자마자 어렵사리 눈을 뜬 선호는 다행인지, 불행인지 하리의 모습을 보지 못했다. 그저 잠결에 '특별한 의미는 없어요!' 라는 소리가 울리긴 했지만, 아직 꿈인지 현실인지 구별이 잘되지 않았다.

그는 조금 가벼워진 몸을 살짝 일으켜 세우며 허리를 한껏 움직였다. 잠결에 굉장히 기분이 좋았던 것 같은데. 오랜만에 잠이라는 걸 자서 그런 건가? 하지만 얼핏 햇병아리의 목소리를 들은 것 같기도 했고……. 하, 설마 하다 하다못해 꿈에까지 나온 건 아니겠지? 만약 꿈에 나왔다면 꿈에서만큼은 키스 정도는 해 줄 수 있어야 하는 게 아닌가? 목소리만 들은 것 같았다. 그것도 살짝 기분 나빴던, '특별한 의미는 없어요.' 요 한마디.

"참나. 아주 도를 닦는 심정이군."

그는 진심으로 툴툴거리며 시계를 확인했다. 6시 20분. 7시에 아침 컨퍼런스 시작이니 아직 조금 여유가 있었다. 하던 논문이나 조금 고쳐 볼까.

그때, 그의 시야로 노트북 옆에 자료물과 낯선 우유 위로 노란 쪽지가 앙증맞게 붙어 있었다.

'선생님께서 친히 공수한 우유 아주 맛있게 마셨습니다. 샌드위치는 저장해 두세요. 나중에 꼭 사 드리겠습니다. 제가 빚지고는 못 삽니다.'

"풉! 빚지고는 못 산다고? 이거 말고도 엄청 많은데, 잘만 뽈뽈거리더구만."

그럼 그 빚은 나중에 다 받으면 되겠네? 그나저나 역시 왔던 모양이다. 그럼 그게 완전히 꿈은 아니라는 건가? 대체 어디서부터 꿈이고, 어디서부터 현실인지 알 수가 없었다.

선호는 하리가 남긴 우유를 말끔히 마시고서, 그녀가 정리해 둔 자료 도표를 확인했다. 이틀이란 많지 않은 시간 내에 이 정도로 깔끔하게 분석할 줄은 몰랐는데. 그래, 애기에서 꼬마로 승격시켜 주지. 훗.

그는 다시금 타자를 타닥거리며 연신 피어오르는 미소를 감추지 못했다. 어쩐지 아까보다 훨씬 머리도 가벼웠고, 기분도 상쾌한 것 같았다. 썩 괜찮은 하루가 시작되려나 보다.

정말이지 오랜만에 하리와 식당에 마주 앉아 밥을 먹던 진이는 아까부터 영 맥을 못 추고 넋을 놓으며 그러다 가끔 미친년 발광하듯 머리를 쥐 뜯고서 실실 웃고 있는 하리의 엄청난 생쇼를 아주 잘, 감상하고 있었다.

"아니야, 못 봤을 거야. 제정신이 아닌 것 같았어. 으! 아니야, 봤으면 어쩌지? 눈이 움찔했는데? 헤헤, 아니야 봤을 리가 없지. 하지만 봤으면? 봤으면? 하지만 컨퍼런스 때도 무사히 넘어갔고, 회진 때도 별말 없던데!"

하지만 정말 별말이 없었다. 거기다 날밤 새워서 만든 자료 분석에 대한 것도 일언반구도 없었다. 역시 본 건가? 봐서 그런 건가?

내가 변태라고 소리쳤는데, 오히려 내가 변태라서 아예 무시하기로 했나? 그나저나 내가 변태라니, 변태라니!

"조하리."

"응?"

진이는 한심스러운 눈빛으로 숟가락으로 그녀의 이마를 딱 하니 때렸다. 아주 정확히 들어갔는지 청아한 딱밤 소리가 야무지게도 울렸다.

"악! 왜 때려!"

"신성한 밥상머리 앞에서 뭐하는 짓이냐? 아주 쇼를 해라, 쇼를. 혼자 보기 참말로 아깝다, 아까워."

하리는 눈물이 핑 도는 눈동자로 이마를 문질렀다. 이마도 아프고, 앞으로 어떤 일이 벌어질지 몰라 머리도 아팠다. 진이는 여전히 상태가 이상한 그녀의 모습에 뭔가 여자의 무서운 감을 잡고선 아무렇지 않게, 아주 자연스러운 목소리로 운을 띄웠다.

"너 어디 아프냐? 아침부터 영, 약 먹은 병아리 같다."

"진아. 나 의사 그만둘까? 그만둬야 하나?"

"뭔 귀신 씨나락 까먹는 소리냐? 그만두려면 진작 그만뒀어야지. 이미 피부는 개피부 만들어 놓고."

정말이지 그 남자를 만나서 되는 일이 하나도 없었다. 그것보다, 생각을 하고 움직여야지, 저질러 놓고 생각을 하면 대체 어쩌자는 거냐? 응?

"나 너한테 옮았나 봐."

"뭐가 옮아? 나 눈병도 감기도 없는데?"

"그런 거 말고, 네 머릿속에 둥둥 떠다니는 19금."

순간 그녀는 먹던 숟가락을 내려놓고서 하리의 코앞으로 아주 바짝 얼굴을 들이밀었다. 뭔가 무서운 촉이 감지되었다. 생각은 했지만 세상에, 우리 얼라 햇병아리에게 남자 문제라니! 그것도 19금 문제라니! 분명 어제 뭔 일이 있었다!

"뭔데? 말해 봐, 이 언니야가 들어 줄게. 응?"

"하아."

"키스했어? 설마 **뽀뽀**를 키스라고 착각해서 고민하는 건 아니지?"

"아니야!"

즉각적으로 오는 반응. 게다가 어느새 치밀하게 맥박을 잡고 있는 진이는 정상 작동하는 맥박에 고개를 끄덕였다.

그래, 키스 정도는 아니다 이거지? 하지만 그다음 진도는 너무 **빠른데.**

"설마, 바로 불타는 애욕의 밤을?"

정말이지 초롱초롱하게 빛나는 진이의 눈동자에 하리는 어쩌다 이 망할 년 앞에서 한탄을 했는지, 저 자신을 탓하며 맥박을 잡고 있던 진이의 손을 뿌리쳤다.

"됐다, 됐어. 내가 잘못 생각했구나. 어찌 내가 너의 그 깊고 진한 19금의 세계를 따라갈 수 있겠니."

"19금이라도 넌 지금 27살이야. 너한테 전혀, 네버 문제 될 게 없다고."

진이는 연신 아쉬운 듯 입맛을 다시며 다시 제자리로 스르르 돌아갔다. 뭐, 바로 성인이 되었다고는 생각하지 않았기에 처음부터 농으로 던진 말이었다. 하지만 분명 뭔가 있기는 했다. 그것도 남자. 하지만 절대로 진우 선배는 아니었다. 느낌이 달랐으니까. 뭔가 좀 더 야릇하고, 에로틱한 냄새가 난다고 해야 할까? 대체 누굴까? 지금껏 일편단심 진우 바라기만 해 왔던 저 조그만 머릿속을 폭풍처럼 휩쓸어 버린 힘 좋은 남정네는.

그 순간, 진이의 머릿속으로 뭔가가 번뜩이며 지나갔다. 그녀는 설마, 하는 표정으로 여전히 땅이 꺼져라, 푹푹 한숨을 내쉬는 하리는 살폈고, 이내 중얼중얼하는 목소리에서 나온 '컨퍼런스, 연구실, 회진' 등등이란 단어를 듣고서 음흉한 미소를 그렸다.

요즘 엄청 붙어 다니더니, 그럼 정말 그 변태 자식인가? 하긴 꿈에도 나올 정도니까. 우후후후! 이건 정말 특종이다. 저 작은 머리빡이 얼마나 큰 혼란에 휩쓸리고 있을지 짐작을 하니, 보는 재미가 쏠쏠해 미치겠다. 역시, 다 큰 남녀가 낮이고, 야밤이고 그렇게 붙어 있으면 결국엔 없던 감정도 생기기 마련이지. 한창 피가 끓는 그 넘치는 젊음을 어떻게 주체할 수 있겠어?

'그나저나 최선호라……'

일명 꼬픈남 최선호. 사실, 저번에 하리의 말을 듣고 살짝 호기심이 생겨서 한국대에 놓인 인맥이란 인맥을 다 뒤져서 한 가지 엄청난 사실을 알아낸 게 있었다. 어디, 잠깐 미끼 한번 던져 볼까?

"하리야."

"또 이상한 소리 할 거면, 저리로 가."

"최선호 선생님 말이야."

"뭐, 뭐?"

최선호라는 이름만 들어도 펄떡이는 하리의 표정에 진이는 거의 확실하다 도장을 찍으며 여전히 태연스럽게 말을 이었다.

"저번에 네가 궁금하다고 했잖아."

"내, 내가 언제! 내가 그 변태 자식이 왜 궁금해! 나 하나도 안 궁금해. 하나도!"

"그 선생님, 인간이 아니더라."

하리는 안 궁금하다고 소리치면서도 진이의 한마디, 한마디에 귀를 기울이고 있었다. 정말, 왜 이러지? 진짜로!

"17살에 한국대 의대를 수석으로 입학했단다."

"……뭐?"

"인생 자체가 수석이야. 차석 따윈 없어. 단 한 번도 미끄러지지 않고 올 스트레이트. 마지막까지 수석 졸업. 난 그런 인간은 부원장밖에 없는 줄 알았다. 게다가 레지던트였음에도 수술 실력이 장난이 아니었다고 하더라. 특히, 뇌수술은. 정말 기대를 많이 했었나 봐."

역시 뜬소문이 아니었다. 혹시나, 혹시나 하고 있기는 했지만. 저런 괴물이었다니! 그렇다면 왜? 도대체 왜?

"그런데 왜?"

"그런데 정확히 레지던트 3년 차 중간쯤에 갑자기 전공을 바꾸더니 레지던트 4년 꽉 채우고, 펠로우까지 턱 하니 된 뒤에, 돌연 입대. 그 뒤로 스르르 묻히면서 지금 여기 펠로우로 온 거야. 정확한 이유는 아무도 모른다더라. 워낙 오래되기도 했고, 서로 친한 동기도 별로 없었고. 지금 우신대병원에 있다는 자체도 모르는 사람이 많던데, 뭘. 그냥 소리 없이 사라진 천재가 된 거지."

도저히 이해할 수가 없었다. 그렇게 올 스트레이트의 길을 달렸으면서, 지금도 신경외과를 놓지 못하고 있으면서. 갑자기 그만뒀다고? 적성이 아니라서? 말도 안 된다. 절대로 말이 안 되는 일이었다. 신경외과 레지던트 3년 차에 갑자기 그만뒀다라. 그럼 그때 무슨 일이 있었던 걸까?

진이는 너무나도 심각하게 생각에 빠져 버린 하리의 모습에서 최선호라는 인간이 하리의 인생에 더 이상 단순히 펠로우가 아님을 알 수가 있었다. 물론, 지금 하리는 절대 그걸 알지 못할 테지. 아직도 진우 선배를 사랑하고 있다고 굳게 믿고 있을 테니까. 그 마음이 조금씩 변하고 있다는 걸 알지 못하고서.

그나저나, 그 최선호라는 남자도 같은 마음이려나? 괜히 하리 혼자 삽질하는 거라면, 지금이라도 늦지 않게 하리를 말리고 싶었다. 설사 같은 마음이라 할지라도 마음에 걸렸다. 괜히 다치게 하고 싶지 않았다. 그녀는 정말 햇병아리라는 말이 잘 어울리는, 감정에 있어선 너무나도 순진무구했다. 농담 삼아 하는 말이지만 정말로 붙잡고 성교육을 시켜야 할 정도로 그런 쪽에 무지한. 로맨틱과 낭만을 꿈꾸고, 운명적인 사랑이 있다고 믿고 있는 그런 소녀. 그렇기에 진이는 최선호가 불안했다. 아무리 시간이 지났다고 하지만, 알려진 사실이 처음부터 거의 없고, 그 정도의 인재가 아무 이유 없이 내과 펠로우로 앉아 있을 리가 없었다.

과거를 숨기는 남자. 남자고, 여자고, 과거를 숨기는 것치고 뒤끝이 깔끔한 경우는 없었다.

"하리야."

"응?"

"너 NS(신경외과) 시험 칠 거지?"

너무나도 당연한 말에 하리가 자연스럽게 고개를 끄덕이려는 찰나, 갑자기 그 인간의 모습이 스치면서 쉽게 고개를 끄덕일 수가 없었다. 만약, NS에 붙으면 역시나 헤어지겠지? 아마 거의 볼 일이 없을 거야. 아무리 그 사람이 신경외과에 미련이 남아 있다고 해도, 쉽게 가지 못하는 것 같으니까.

"하리야?"

"응? 아, 당연하지! 진우 선배가 NS에 있잖아! 아주 예전부터 정했어. 게다가 그 인간이 MED(내과)에 있는데. 에이. 넌 왜 갑자기 뜬금없는 소리를 하는 거야."

하지만 진이는 하리의 그 미묘한 망설임을 놓치지 않았다. 예전 같았으면 무조건 신경외과라고 했을 텐데. 역시, 최선호가 걸리는 건가? 하지만 지금은 굳이 나서고 싶지 않았다. 왠지 진우보다 훨씬, 훨씬 더 깊이 빠질 것 같았으니까. 그 시간을 단축할지, 아니면 연장할지, 그것도 아니면 영영 멈추게 할지. 아직은 그저 말없이 지켜볼 단계인 것 같았다.

진이는 마지막 밥까지 입안에 털어 넣고 식판을 집어 올렸다.

"아무튼! 네가 누구 때문에 고민하는지는 모르겠지만, 남자가 여자에게 본능적으로 끌리듯, 여자도 남자에게 끌리는 건 본능이야. 그래야 몸이 하나가 되고, 하나가 되면 타오르는 거고, 그 속에서 씨앗을 퍼트리는 거고……."

"됐다고, 이년아!"

"쿡, 나 먼저 간다. 어쩐지 뜸하다 싶더니."

그녀는 호출기를 흔들면서 그렇게 식당을 빠져나갔다. 사라지는 진이를 보면서 하리는 오늘은 아직 한 것도 없는데 기가 다 빠져나가는 기분이 들었다. 정말이지 진이와는 절대 이 문제를 논할 수 없다. 입만 뻥긋했다간, 이미 그녀와 선호는 침대 위에 있을 것이다. 그와 침대라니? 침대라니? 말도 안 돼! 하지만 아까 거기서 왜 그 남자 얼굴을 떠올리며 망설인 걸까. 왜 흔들린 걸까. 정말 그새 정이라도 들어서? 그 정이 소리도 없이, 은근슬쩍 이렇게 깊이도 들었던 거야?

"아니야, 조하리. 아니야. 정신 차려! 너에겐 진우 선배가 있어 진우 선배가 있다고! 그래, 이건 그냥 단순히 궁금해서. 정말 인간

같지도 않은 그 남자가 너무 신기해서!"

"뭘 그렇게 혼자 구시렁거려?"

갑자기 등 뒤에서 성큼 나타난 선호의 등장에 그녀의 심장이 다시금 서서히 오케스트라를 울리고 있었다. 게다가, 너무나도 자연스럽게 제 어깨를 감싼 손에 저도 모르게 몸이 움찔했고, 그렇게 진하지 않은 로션 향기가 자꾸만 그의 거리를 의식하게 하였다.

"서, 선생님. 너무 가까이에⋯⋯."

"응?"

고개를 돌린 선호와 눈이 마주친 하리는 순간, 시간이 멈춰 들었다. 사실 그렇게 가까운 거리는 아니었다. 그냥 어깨에 손만 걸치고 있었을 뿐, 남들이 봐도 그렇게 의식할 만한 거리는 아니었다. 그런데 지금 그녀에겐 그 거리가 너무나도 가깝게 느껴졌다.

까만 눈동자에 새겨진 제 모습이 보일 만큼, 그때 느꼈던 뜨거운 숨결이 다시 느껴질 만큼, 그리고 이 쿵쿵거리는 소리가 혹시나 들리지 않을까, 걱정될 만큼. 강하게!

"이거 후식으로 먹어. 이번에도 손수 공수한 신선한 우유, 이건 자료 정리 잘했다고 주는 상이야."

선호는 하리의 손에 우유를 쥐여 주고선 살짝 망설이다 이내 과감하게 머리카락을 쓰다듬었다. 그래, 이건 단순히 칭찬이다. 시간에 딱 맞추기도 했고, 무엇보다 무척이나 잘했으니까. 이상하게 보일 일이 아닌 거야.

머리카락에 감각 세포 따위가 있을 리 만무한데, 그의 긴 손가락이 살짝살짝 머리카락을 스칠 때마다, 자꾸만 간질간질하면서도 짜릿짜릿한 느낌이 머리끝부터 발끝까지 진하게 번져 갔다.

"보셨어요?"

최대한 이상하지 않게 자연스럽게 말하고 있는 것 같은데, 왜 이렇게 목소리가 떨리는 것 같지?

"응, 자료 잘 봤어. 덕분에 좀 수월하게 끝낼지도 모르겠다. 다음 것도 부탁해도 되지? 다음엔 초코 우유로 사 줄까? 이렇게 마시다 보면 기적적으로 좀 클지도 모르잖아."

그때, ER(응급실)에서 호출이 들어왔다. 하리에게도 마찬가지였다. 선호는 그녀의 식판을 대신 들어 주며 입을 열었다.

"자아, 그럼 인턴 선생. 오늘도 인턴답게 죽으라고 일을 해야지? 만약 쓰러지면 내 앞에서 쓰러져. 아주 멀쩡하게 고쳐 줄 테니까."

"네."

그렇게 싱긋 웃으며 멀어지는 선호의 발걸음 소리를 들으며, 하리는 제 머리카락을 천천히 아래로 쓸어내렸다. 정말로 갑자기 왜 이러는지 모르겠다. 하지만 어느 순간 저 변태 자식이 변태 자식이 아닌, 그냥 한 의사로 보였고, 의사에서 펠로우 선생님으로, 선생님에서, 한 남자로. 보였다. 게다가 칭찬받고 싶다고 생각을 하기는 했지만, 막상 그에게서 직접 들으니. 생각보다 조금, 아주 조금 더 기뻤다.

"정말 나, 미쳤나 봐."

4강

한창 응급실에서 바쁘게 오더 내리랴, 햇병아리 지켜보면서 감시하랴 정신이 없던 찰나, 휴대폰이 요란하게 그의 허벅지를 찔러 댔다. 그리고 아무 생각 없이 액정을 확인한 선호는 살짝 굳어진 시선으로 여전히 울리고 있는 휴대폰을 바라보았고, 멀리서 총총거리며 뛰어다니는 하리를 잠시 바라본 뒤, 이내 무거운 한숨을 내쉬며 응급실을 빠져나왔다. 아무래도 오늘 하루의 절반은 햇병아리를 보지 못할 것 같았다. 어째 뜸하다 싶었던 어머니가 드디어 오늘 그를 부르고 있었으니까.

흰 가운을 벗어 던진 그의 모습은 뭔가 묘한 분위기가 흘렀다. 구김 하나 없는 까만 셔츠에 남자의 섹시함을 자극하는 붉은 넥타이가 살짝 느슨하게 매어져 있었고, 위아래로 매끄럽게 뻗은 올 블랙 슈트가 그의 균형 잡힌 몸을 단단하게 잡아 주었다.

선호는 조심스럽게 병원을 빠져나와 대한병원으로 향했다. 우선대병원의 부속 병원이자, 아버지와 이혼하는 그 순간에도 어머니가 놓지 않았던 병원. 그렇기에 선호는 이 건물로 들어갈 때마다 껄끄러움과 동시에 숨이 막힐 듯한 답답함을 느꼈다. 마치, 어머니 그 자체를 보는 것 같았기 때문에.

사람들의 시선을 피해 병원장실 앞에 도착한 선호는 점점 답답하게 조여 오는 가슴을 진정시키며 조심스럽게 노크를 한 뒤, 살짝 문을 열었다. 그리고 거의 두 달 만에 보는 어머니, 이희진의 모습을 보았다.

"저 왔습니다, 어머니."

선호의 목소리를 타고 희진의 시선이 위로 향했다. 그녀의 눈빛은 두 달 만에 보는 아들을 대하면서도 날카롭고 차갑기 그지없었다.

"문 닫고, 들어와."

짤막한 한마디. 어차피 처음부터 따뜻하게 반기는 것까지는 바라지도 않았기에 선호는 아무 말 없이 문을 닫고서 한 걸음 앞으로 다가갔다. 바깥과 단절이 되고서야 희진은 책상에서 일어섰다. 그리고는 선호의 앞으로 다가와 정면으로 그를 바라보았다. 대한병원의 병원장이자, 이영철의 본부인에게서 태어난 그의 유일한 핏줄, 이희진. 한애령이 겉으론 부드러우면서도 단아한 이미지라면, 그녀는 겉과 속, 그 모든 것이 냉혹하면서도 불같기 그지없는 여자였다.

"못난 것."

표정 변화 없이 비틀린 입에서 튀어나온 한마디에 선호는 저도 모르게 서늘한 냉소를 지었다. 그러곤 태연한 표정을 지으며 가볍게 입을 열었다.

"여전하시네요. 이걸 좋아해야 할지, 싫어해야 할지 모르겠지만."

희진은 차갑게 등을 돌리고서 소파에 자리를 잡았다. 하지만 선호는 움직이지 않은 채 그 자리에 서 있을 뿐이었다. 그녀 역시 신경 쓰지 않고 본론부터 꺼내 들었다.

"이진우가 곧, 귀국할 거다."

"……."

"한애령, 그 미친 여자가 불러들였다고!"

한애령이라는 말을 내뱉는 희진의 목소리가 찌를 듯한 분노로 흔들렸다. 선호는 정말이지 변함없이 반복되는 상황에 무감각한 눈빛을 띠며 고개를 돌렸다. 하지만 이진우가 돌아온다라. 이건 조금 신경이 쓰였다.

"아마도 신성과의 MOU와 관련되어 있을 거야."

"……."

"뇌 신경센터가 결국엔 현실화가 된다는 소리야. 그것도 한애령, 그 여자의 손아래에서! 게다가 신성 그룹에서 이번 일을 외동딸에게 맡긴다는 소문이 들려오고 있어. 그런 차에 이진우가 귀국하는 이유가 뭐겠니? 한애령의 그 천박한 놀음에 절대로 질 수는 없지."

희진의 시선이 다시금 선호의 숨통을 조여 왔다. 그의 눈빛에서 말하는 건 오직 하나였다.

"네가, 이 엄마를 지켜 줘야 해. 이 엄마한테는 너밖에 없어. 그 말도 안 되는 모자에게 이 엄마가 비참하게 추락하는 모습을 보고 싶니?"

어느새 그녀는 선호에게로 다가와 날카로운 손끝으로 그를 붙잡았다. 선호는 욕망에 꿈틀대는 어머니의 눈동자를 보며 안타까운 시선을 지었다.

"과거는 다 잊고, 다시 메스를 잡아. 네가 그들을 이기지 못할 리 없어. 넌 천재야. 다시 메스를 잡을 수 있다고! 뇌 신경센터의 센터 장도, 우신대병원도, 모두 다 네 것이 될 수 있다고! 그 가짜들이 아닌!"

"어머니."

"너마저 나를, 실망시키지 마라."

붙잡힌 손이 떨어져 나가고, 희진은 울리는 전화벨 소리에 아무 말 없이 원장실을 빠져나갔다. 선호는 이제야 막혔던 숨을 토해 냈다. 머리가 지끈거렸다. 잊고 있었던 싸한 통증이 온몸을 무겁게 짓눌렀다. 욕망과 탐욕으로 뒤섞인 이 미친 놀음에서 빠져나가고 싶었지만, 선호는 어머니의 손을 놓을 수가 없었다. 정말은 너무나도 가여운 분이었으니까. 할아버지의 무관심 속에 외할머니가 일찍 세상을 떠나시고, 어머니는 불안정한 가정 속에 결국 자신의 가정도 잃고 말았다. 그러한 어머니에게 남은 것은 오직 병원. 병원뿐이었다.

대한병원을 빠져나온 선호는 지친 기색으로 핸들을 꺾었다. 한애령의 양자, 이진우가 돌아오고 있었다. 게다가 신성 그룹과 그렇고 그런 관계까지 맺으려고 하고 있다. 정말이지 자신에게 주어진 말을 정확히, 그리고 치밀하게 사용하는 한애령이 무섭기까지 했다.

어머니가 미친 듯이 타오르는 불꽃이라면, 한애령은 소리 없이 그 불꽃을 삼켜 버리는 물이었다. 고요하고 조용하게, 하지만 어느 순간 모든 것을 침식해 버리는 아주 무서운 독.

연구실로 향했던 하리는 채 가 보지도 못하고서 현재 응급실에 끌려와 피를 뽑고, 드레싱을 하고 있었다. 하지만 왠지 연구실에도 그는 없을 것 같았다. 정말로 제대로 외출을 한 모양이었다. 지금까지 코빼기도 보이지 않는 걸 보면. 그럼 오늘은 하루 종일 못 보는 건가?

그녀는 저도 모르게 엷은 한숨을 쉬다 이내 번쩍 눈을 떴다.

'잠깐, 설마 내가 실망한 거야? 아니지? 아니야. 그래, 오히려 안심하는 거야. 이건 안도의 한숨이라고.'

"어, 선생님 오셨어요."

그때, 한 여자 레지던트의 목소리에 하리는 저도 모르게 고개를 번쩍 들었다. 그리고 응급실 입구에 서 있는 선호의 모습에 순간, 눈빛이 흔들렸다. 반가움과 동시에 밀려든 낯선 설렘. 그는 평상복을 입고 있었다. 아마 외출 후 바로 이곳으로 온 듯싶었다. 첫 만남 때 그의 평상복 입은 모습을 보긴 했지만, 그때는 제대로 변태로 봤기 때문에 아무런 느낌이 없었고, 지금은 왠지 느낌이 색달랐다. 특히 살짝 흐트러진 넥타이가 묘하게 시선을 사로잡고 있었다.

"인턴 선생."

선호는 하리를 발견하고서 그쪽으로 걸어갔다. 하리는 저도 모르게 침을 꿀꺽 삼키고서 얼른 고개를 돌려 환자를 찾았지만, 아까는 그렇게도 바글거리던 환자들이 지금은 보이지가 않았다.

"인턴 선생?"

"네, 네."

하는 수 없이 하리는 선호를 똑바로 바라보았다. 가까이 다가온 그의 체취에 다시금 감각이 찌릿한 반응을 보였다.

"연구실에 두 번째 자료 뒀었는데, 안 가져갔지?"

역시 두고 갔구나.

"아, 가려고 했는데, 보시다시피 응급실 좀 도와준다고요."

"그럼 지금 가자."

선호가 웃으면서 먼저 등을 돌렸고, 하리는 침착이라는 단어를 수백 번 반복하며 그 뒤를 따라나서려고 할 때, 멀리서 외과 레지던트가 급하게 주변을 살피더니 이내 하리를 보고선 맹렬한 기세로 달려왔다.

"거기, 인턴!"

"네?"

갑자기 하리를 부르는 목소리에 선호 역시 걸음을 멈춰 세웠다. 뭔지는 몰라도 표정이 꽤나 다급해 보였다.

"오늘 인턴 듀티(Duty)지?"

"아, 네."

"지금 당장 3번 수술방 어시 좀 부탁할게. 오늘따라 수술방에 사람이 몰려서 손이 모자라. 급하니까, 빨리!"

"알겠습니다."

간만에 수술방 어시였다. 하리가 곧장 그 외과 레지던트의 뒤를 따르려는 찰나, 선호의 손이 그녀의 손목을 거칠게 잡아챘다.

"선생님?"

하리는 의아한 목소리로 그를 부르려다 이내 저도 모르게 몸을 움찔했다. 그녀의 손목을 붙잡은 선호의 표정이 너무나도 새하얗게 질린 채 굳어 있었다. 게다가 눈빛이 심하게 흔들리고 있었다.

"선생님."

"아."

선호는 저도 모르게 낚아채 버린 행동에 놀라며 서둘러 손목을 풀어 주었다. 얼마나 세게 잡았는지 손목이 조금 시큰거렸지만, 그것보다 선호의 표정이 더 심각해 보여서 하리는 걱정스럽게 그를 다시 한 번 불렀다.

"괜찮으세요?"

"괜찮아, 미안해. 얼른 가 봐."

하리는 선호가 마음에 걸렸지만, 시간이 없었기에 하는 수 없이 재빨리 응급실을 빠져나갔다. 하리가 시야에서 사라지자마자, 선호는 급하게 비상구 계단으로 달려갔다. 그러고는 참았던 숨을 격하게 몰아쉬며 앞으로 몸을 숙였다.

"하아, 하아!"

마치 숨이 끊어질 듯, 불안정한 호흡이 연신 이어졌다. 선호는 눈을 질끈 감으며 이내 그 자리에 주저앉았다. 사시나무처럼 부들부들 떨리는 손. 아무리 붙잡아도, 억눌러도 그날의 기억이 악몽처럼 제 모든 것을 뒤흔들었다.

"3번, 수술방."

낮게 억눌린 목소리에서 흘러나온 한마디는 무척이나 고통스러웠다. 하필이면 왜, 거기일까. 또 하필이면 그녀의 앞에서⋯⋯. 3번 수술방, 3번 수술방. 아무리 옅어졌다고 해도 아직 그곳은 과거가 뒤엉켜 그를 집어삼키는 곳이었다.

'이래도 어머닌 제게 메스를 주실 테지요. 그때처럼, 똑같이.'

수술의 어시로 오는 내내, 그리고 수술방에 들어와서도 하리는 선호가 걱정되었다. 뭔가, 그렇게 두려워하는 표정은 처음이었다. 마치 그때 수술방 모니터 실에 들어갔을 때와 비슷했던 느낌.

"등산하던 도중 추락사로 GCS(환자 의식 상태를 표시하기 위한 일종의 지표) 6상태 B.P(혈압) 80에 60. 외상도 심하지만, 머리를 가장 크게 다쳤으며 혈종이 의심되는⋯⋯."

"그럼, 바로 수술 시작하겠습니다."

하리는 메스 끝으로 서서히 배여 가는 피를 바라보면서 어쩌면 그가 내과로 오게 된 일과 관계되어 있을지도 모른다는 생각이 들었다.

안정을 되찾은 선호는 연구실에 틀어박혀서 다시금 타자를 두드렸다. 지금은 뭐라도 해야 할 것 같았다. 뭐라도 닥치는 대로 해야 잊을 수 있을 것 같았다. 그때, 나지막이 노크 소리와 더불어 빼끔히 문이 열리며 하리가 고개를 쏙 내밀었다. 수술이 끝난 모양이었다.

"자료 가지러 왔습니다. 그리고 이것도."

그녀는 뒤로 숨겨 왔던 샌드위치를 가볍게 흔들었다. 그러곤 환한 미소를 지으며 말했다.

"아주 신선하게 공수한 샌드위치입니다. 제가 꼭 갚아 드린다고 했죠?"

하리의 등장에 선호는 절로 입꼬리를 내리며 손짓했다.

"얼마나 신선한지 먹어 볼까?"

소파에 마주 앉아 샌드위치를 먹는 그를 보면서 하리를 아까보다는 괜찮아 보이는 모습에 안도했다. 아니면 그냥 괜찮은 척하는지도 모르고.

"이건 좀 급해서, 내일 저녁까지 해 줘야 해."

선호는 역시나 두툼한 자료를 건네주었고, 하리는 그 방대한 자료에 절로 썩소를 지었다. 하! 걱정할 필요가 없었네. 이걸 내일까지 다 하라고? 장난해, 지금!

아까까지만 해도 살짝 걱정스런 기색을 띠며 웃어 보이던 하리의 표정이 삽시간에 험악하게 일그러지는 모습을 보자, 선호는 절로 꿀 꿀했던 기분이 상쾌해지고 있었다. 아무튼, 절대로 숨기는 법이 없지. 그래서 좋았다. 자신의 주변 모든 사람들은, 하나같이 뭔가를 숨기기 바빴으니까. 그럼 그 역시도 그 거짓된 놀음에 놀아나며 저 자신을 꼭꼭 숨겨야만 했다.

"인턴 선생."

"네."

절로 퉁명스런 목소리가 새어 나갔다. 하지만 선호는 신경 쓰지 않고서 마지막 남은 샌드위치를 삼키며 말했다.

"인턴 선생은 왜 의사가 된 거야?"

두툼한 자료에 한숨만 푹푹 쉬던 하리는 뜬금없는 질문에 당연하다는 듯 대답했다.

"왜 의사가 되긴요. 당연히 살리려고 의사가 됐죠."

"……."

"사람들 살리고, 병을 고치고. 그러려고 다들 의사 된 거 아니에요? 선생님은 뭐 특별하세요?"

"픕!"

순간, 선호는 저도 모르게 웃음을 뱉어냈다. 그러곤 숨이 막힐 정도로 크게 웃음을 쏟아 냈고, 하리는 갑자기 미친놈처럼 웃어 대는 그 모습에 살짝 기분이 나빠져서 토라진 목소리로 눈을 흘겼다.

"왜 웃으세요? 제 대답이 너무 유치해서?"

"아, 아니. 하하하하. 정답이라서."

"네?"

"그래, 의사가 사람 살리고, 병 고치려고 의사 하는 거지. 의사가 뭐 다른 게 있냐? 그러려고 하는 거지. 그래서 메스를 잡은 거지."

가장 기본이 되는 걸 잊고 있었던 것 같았다. 그렇게 단순한 것을. 그게 옳은 것인데. 어느 순간 자신이 왜 의사가 되었고, 메스를 잡았는지도 잊어버리고 있었을 만큼, 그의 주변으론 그 기본의 마음조차 잊어버린 채, 오직 제 욕심을 위해 메스를 잡는 이들이 너무 많았다.

선호는 웃음기를 머금고서 턱을 괴고서 하리를 빤히 쳐다보았다. 하리는 갑작스런 그의 행동에 당황과 동시에 어제 일이 떠올라 얼굴이 화르르 달아오르며 콩콩콩, 다시금 기분 좋은 울림이 시작되었다.

"왜, 왜 그렇게 보세요?"

"예뻐서."

"네? 딸꾹!"

하리는 눈을 동그랗게 뜨고서 제 입을 막았다. 하지만 이미 놀란 가슴에 시작된 딸꾹질은 멈추지 않고서 연신 귀엽게 몸을 들썩였다.

"딸꾹! 딸꾹!"

"푸하하하하하!"

"우, 웃지 마세요! 딸꾹!"

좀 진지한 분위기가 되나, 싶었더니 딸꾹질을 하며 어쩔 줄 몰라하는 모습에 역시 햇병아리, 도대체 언제 어른이 될까? 꼬마로 승격된 거 다시 애기로 떨어지게 생겼네.

"딸꾹! 딸꾹! 그, 그러니까. 왜 그런, 딸꾹! 말을. 딸꾹! 하셔서!"

정말 쪽팔려 미치겠다! 대체 이건 왜 이렇게 안 멈추는 거야!

"멈추게 해 줄까?"

한참 웃고 있던 선호가 넌지시 말을 던지자, 하리는 그러한 그를 노려보며 여전히 입을 막고 있었다.

"숨, 참으라고요? 딸꾹!"

"아니."

"그럼 물? 딸꾹!"

"에이, 명색이 의사인데. 더 확실한 방법이지."

그의 입가에 걸친 미소가 좀 더 진해지는가 싶더니, 이내 순식간에 그녀의 손을 잡고서 코앞까지 바짝 잡아당겼다. 갑자기 너무나도 거대하게 다가선 그의 모습에 하리는 마치 겁에 질린 아이처럼 눈을 크게 뜨고서 여전히 딸꾹질을 하며 선호를 바라보았다. 너무나도 사랑스럽고, 너무나도 예쁜 햇병아리.

달콤하고 은밀한 숨결이 서로의 살결 위로 스치고, 콩콩 뛰던 심장이 어느새 천둥 번개처럼 몰아치며 하리는 저를 빤히 바라보는 그의 시선에 움직일 수가 없었다. 속은 폭풍이 몰아치는데, 주위는 숨이 막힐 것처럼 고요했다. 간간이 울리는 그녀의 딸꾹질 소리. 선호는 잡았던 그녀의 손을 슬그머니 풀어 주더니 이내 그토록 만지고 싶었던 그녀의 한쪽 뺨을 살며시 감싸며 천천히, 아주 천천히 거리를 좁혀 왔다.

하리는 정신을 차릴 수가 없었다. 딸꾹질은 계속 흐느꼈고, 머리는 새하얗게 타들어 갔다. 온몸이 뜨거운 감각에 들뜨면서 심장은 이미 아래로 쿵 하고 떨어져 버렸다.

어느새 거의 입술에 닿을 듯 말 듯 다가온 그의 낮고 깊은 목소리가 결국, 그녀의 모든 이성을 녹여 버렸다.

"역시, 예쁘다."

그리고 곧장 부드럽고 물컹한 입술이 그녀의 입술을 살며시 머금었다. 하리는 저도 모르게 눈을 감았다. 그때 살짝 만져 본 것과는 차원이 달랐다. 훨씬 더 부드러웠고, 훨씬 더 뜨거웠으며, 훨씬 더.

달콤했다.

선호는 여전히 움찔대는 그녀의 입술을 위아래로 훑으며 혀로 가볍게 쓸어내렸다. 매 순간 탐하고 싶었던 입술. 그녀에게서 흐르는 달콤한 숨결을 연신 느끼고 싶었던 그 입술. 하지만 선호는 미칠 듯이 몰려드는 본능을 억누르며 좀 더 부드럽게 그녀의 입술을 눌렀다. 어느새 콩콩 울리던 딸꾹질도 사라지고 있었다. 하지만 그보다 더한 짜릿함과 쿵쾅거림이 전율을 타고 흘러내리고 있었다.

삐삐—

거의 무아지경으로 빠져들던 하리는 아득히 들려오는 호출기 소리에 눈을 번쩍 떴다. 선호 역시 아직 제대로 시작도 못 한 진한 아쉬움에 탁해진 시선을 떼며 고개를 들었다.

"어때, 확실하지?"

하리는 잠시 멍한 시선으로 그를 바라보다 이내 온 얼굴이 터질 듯이 벌게지면서 한마디도 하지 못한 채 그대로 연구실을 빠져나갔다. 선호는 거의 익어 버린 그녀의 얼굴에 쿡쿡 웃음을 띠며 아직도 그녀를 달라고 아우성치는 저를 다독였다. 그나저나, 이렇게 바로 이성을 잃어버리다니…….

"뭐, 딸꾹질 멈추게 하려고 한 거니까."

게다가 먼저 제 볼을 훔쳤던 건 그녀였다. 그러니, 이걸로 쌤쌤!

'뭐지? 내가 방금 뭐 했지? 뭐 했더라? 뭐한 거지!'

호출당한 스테이션을 향해 달려가는 하리는 지금 제가 어디를 향하는지도 알 수 없을 만큼 온통 패닉이었다. 하지만 그녀의 손은 제 입술을 가리고 있었다. 여전히 뜨겁고 달콤한 여운에 다리가 후들거렸다. 키스, 한 거야. 지금? 지금 딸꾹질을 키스로 멈추게 한 거냐고!

"조하리!"

문득, 저를 부르는 소리에 하리는 걸음을 멈췄다. 진이였다. 그녀
는 잠시 주위를 살피다 이내 하리에게로 뛰어가서는 밝은 목소리로
속삭였다.

"드디어 너의 임이 오신다."

"뭐?"

"진우 선배. 진우 선배가 곧 신경외과로 복귀한대."

하리는 아무 말도 할 수 없었다. 분명 기쁜 일인데, 무척이나 설
레고 떨리는 일인데. 그런데 지금 그녀가 느끼고 있는 떨림은 진우
선배를 향한 것이 아닌, 여전히 제 입술에 남아 있는 그 남자가 준
감각의 아릿한 설렘이었다.

아주 미치고, 돌겠다.

오랜만에 오프인 태종과 술잔을 기울고 있는 선호의 표정이 어두
운 그림자가 내리다 못해 더없이 깊은 어둠의 오라가 뿜어져 나오고
있었다. 어제의 키스라고도 할 수 없는 좀 진한 뽀뽀 사건 이후로,
그녀가 당황할 거라 생각을 하기는 했지만, 오늘 하루 종일 내내!
그녀는 선호를 피해 다녔다. 같은 병원에서 도망쳐 봤자지, 라고 생
각한 게 오산이었다. 컨퍼런스 끝나자마자 여자 레지던트한테 붙어
있고, 회진 끝나자마자 차트 맡겨 두고 콜 왔다고 쌩! 그 뒤로는 감
감무소식. 하필이면 정리 자료도 어제 다 줘 버려서 부를 일이 없었
고, 전공의 시험이 얼마 남지 않아서 아무 일 없이 인턴을 오라 가
라 할 수도 없는 노릇. 끝으로 오늘 저녁, 잠시 나간 틈을 타 자료

정리 말끔하게 해 놓고 우렁각시처럼 사라져 버렸다. 굉장한 순발력이었다.

"하아!"

깊은 한숨을 안주 삼아 술을 마시는 선호의 모습에 결국 짜증이 치민 태종이 그를 노려보았다.

"너 그렇게 나랑 술 마시기 싫었냐? 아주 한숨이란 한숨은 혼자 다 쉬는구만. 복 나간다, 새끼야!"

그럼에도 선호의 표정은 쉬이 풀리지가 않았다. 역시 너무 심했나? 하긴, 아직 애기인데 성급했는지도. 그럼 이걸 무엇으로 달래 줘야 하나. 정말 사탕이라도 하나 쥐여 줘? 정말, 천하의 최선호가 대체 뭐 하는 짓인지…….

"이진우 복귀하는 거 알지?"

선호는 이진우라는 말에 잠시 술잔을 멈칫하다, 이내 단숨에 삼켰다. 왠지 술맛이 굉장히 썼다. 오게 되면, 한 번은 만나야만 했다. 어쩌면 가족 모임이라는 끔찍한 둘레로 만나게 될지도 몰랐다.

"외삼촌? 쿡, 당연히 알지."

"너희 족보 보면 내가 머리가 더 아파. 역시 천재들은 집안도 그렇게 버라이어티 한 거냐?"

"원래 천재가 참 피곤하게 살거든."

선호와 태종은 애써 웃어넘겼지만 그렇게 가벼운 문제가 아니라는 걸 잘 알고 있었다. 아직 병원에선 한애령의 손자가 선호라는 사실을 모르기에 조용할 수 있었지만, 만약 그 사실이 알려지고, 더 나아가 대한병원장의 아들이라는 사실 역시 알려진다면 일부러 한국대를 선택했던 선호의 선택이 헛고생되는 셈이었다. 게다가 가장 큰 문제는.

"이진우가 돌아오면서, 뇌 신경센터장은 이미 정해진 게 아니냐는 소문이 돌고 있어."

"그것 때문에 우리 어머니한테 불려 갔었지."

이진우가 한애령의 양자라는 사실은 이미 병원 내 교수들 사이에선 알려진 사실이었다. 만약 이진우가 이번에 신경외과로 제대로 복귀를 한다면, 병원 전체로 소문이 퍼질 것이다. 그것도 한애령이 먼저 손을 썼겠지만.

"최선호."

"왜, 내가 그렇게 좋냐? 뭘 그렇게 진하게 불러. 그렇지만 난 이미 햇병아리 꺼다."

말을 돌려 버리는 그의 모습에 태종도 더는 그것에 대해 말하지 않았다.

"그래, 됐다, 됐어. 너랑 무슨 진지한 얘기를 하냐. 그나저나 햇병아리는 또 누구야?"

그의 말에 선호의 신음이 다시금 깊어지면서 술을 또다시 삼켰다. 아까보다 술맛이 더욱더 썼다.

"있어. 지금 내 깊은 한숨의 가장 큰 원인. 그럼에도 보고 싶은 우리 햇병아리."

늦은 저녁, 당직실 책상에 처박혀 전공의 시험, 그까짓 꺼 다 먹어 버리겠어! 라며 투지를 불태우던 하리는 몇 분을 가지 못한 채, 입술을 물어뜯으며 절망 모드를 달리고 있었다. 바로 최선호. 그 망할 인간 때문에!

딸꾹질을 키스로 멈추게 한 그 변태 자식을 피하고자 오늘 얼마나 똥줄 타게 뛰어다녔던가! 없는 일도 만들어서 하는 부지런한 인턴이라고 종일 칭찬도 받았었다. 하지만 언제까지 이렇게 있을 순 없었다. 오늘은 운이 좋아 피했다고 하지만, 내일은? 다음은? 모레는? 게다가 논문 연구는 어쩌고! 게다가 그쪽이 먼저 한 거잖아. 왜 내가 이렇게 공지 빠지게 피해 다녀야 하는 거지? 차라리 숨을 참고 물을 마시지. 어떻게 키스로 딸꾹질을! 역시 선수야. 변태 자식! 그런데 거기서 난 왜 눈을 감은 건데!

"아윽!"

진이는 침대에 앉아 뇌 신경계 책을 눈알 빠지게 보다, 또다시 혼자 생쇼 모드에 돌입한 하리의 모습을 물끄러미 바라보았다. 요즘 들어 저런 상태의 머릿속엔 항상 그 남자가 있었다. 바로 최선호.

"야, 너의 임에게 가까이 가려면 열공해야 하지 않겠니? 이러다 너의 임 바뀌겠다."

"아니야, 나의 임은 하나야. 하나라고!"

"누가 뭐래?"

되레 펄쩍 뛰며 묻지도 않은 걸 답해 주는 하리의 모습에 진이는 묘한 눈빛을 띠었다. 어제 진우 선배가 돌아온다는 말에도 뭔가 보여 주는 리액션이 영 민숭민숭했었다. 게다가 지금도 어딘지 모르게 나사 하나가 풀린 것 같은 모습. 진이는 저러한 하리의 모습이 영 불안했다.

"저기, 진아."

"왜?"

하리는 샤프심을 딸깍거리며 침을 꿀꺽 삼켰다. 진이는 그녀가 말하기를 고민하고 있다는 사실을 깨닫고서 애써 대수롭지 않게 다시금 입을 열었다.

"뭔데? 이 언니 뇌신경계 외우느라 내 신경이 뽑힐 것 같단다.

빨리 말하렴."

하리는 비장한 눈빛으로 고개를 돌려 여전히 책에만 신경을 쓰고 있는 진이에게 물었다.

"키스는, 어때? 어떤 거야?"

어렵사리 열린 그녀의 입에서 나온 키스라는 단어에 진이는 속으로 빙고를 외치며 여전히 겉으로는 아무렇지 않게 말했다.

"홋, 요즘 네가 나한테 성교육을 받고 싶은 모양이구나. 뭐, 키스는 모든 스킨십의 시작이지. 몸으로 속삭이기 전, 입으로 먼저 워밍업을 한다고 할까?"

"입이랑 입이 살짝 와 닿는?"

"미친, 그게 키스냐? 뽀뽀지. 키스는 혀와 혀의 속삭임이야."

"그, 그렇지? 키스는 그런 거지? 딸꾹질한다고 입으로 막은 건 뽀뽀야. 그렇지?"

"뭐? 딸꾹질을 입으로 막아?"

"됐어!"

원하는 대답을 얻은 하리는 한결 가벼워진 표정으로 다시 책에 코를 박았다. 그래, 그럼 그건 키스가 아닌 뽀뽀다. 혀와 혀가 막 그러진 않았어. 그저, 살짝. 아주 살짝.

하리는 저도 모르게 유리에 비친 제 입술을 살짝 만져 보았다. 아주 뜨겁고 부드러웠던 무언가가 살며시 포개지면서, 그보다 더한 열기와 달콤함이 흘러내렸었다. 그리고 그의 혀가 살짝, 아주 살짝 닿아서……

그때의 기억이 다시금 생생히 떠오르자 귓불이 다시금 붉어지면서 심장이 다시금 제 박자를 놓치기 시작했다. 하리는 얼른 입술을 문지르며 잘 보이지도 않는 글자에 애써 집중을 시켰다. 만약 그게 키스가 아니라 뽀뽀라면, 그것도 엄청 쿵쾅거리고 죽을 것 같았는데. 진짜 키스를 하면 과연 어떻게 될까? 이것보다 훨씬 뜨거워질까? 막 녹아내릴 만큼? 그 남자는 어떤 맛이…….

'헉! 미쳤어, 미쳤어, 조하리!'

이게 지금 무슨 변태 같은 생각이야! 그걸 왜 진우 선배가 아닌 그 남자에게서 궁금해하는 거냐고!

'그래, 그 남자가 이상한 짓을 해서 그래. 이건 완전 성추행이야! 진우 선배가 오면 괜찮아질 거야. 괜찮아질 거야!'

하리는 책상 위에 놓인 달력을 확인했다. 크리스마스가 정말 얼마 남아 있지 않았다. 이것이 운명인지, 우연인지. 시기적절하게 진우 선배가 돌아오고 있었다. 그래, 어쩌면 이게 기회일지도 모른다. 3년 전 하지 못한 고백을 다시 할 절호의 기회!

그녀는 다시금 뭉클뭉클 떠오르는 선호의 기억을 애써 지우며 책상 위로 연신 고백, 고백을 새겨 넣었다.

'진우 선배가 오고 있어. 조하리. 진우 선배가 오고 있다고! 헉, 왜 그 자식 이름을 쓴 거야!'

진이는 그녀의 바로 머리 위에서 고백, 고백을 쓰다, 갑자기 최선호를 쓰곤 화들짝 놀라 지우는 하리의 행동을 바라보며 의미심장한 표정을 지었다.

최선호, 그 남자가 우리 햇병아리 머릿속에 뭔가 폭탄 하나를 떨어뜨린 것이 분명했다. 그리고 그건 아마, 햇병아리의 마음속 시간을 단축시킬 무언가가 분명했다.

인천 공항 입국장을 나선 한 남자가 문득 멈춰 서선 하늘을 바라보았다. 먹구름이 잔뜩 낀 하늘은 금방이라도 비가 쏟아질 듯 우울해 보였다. 짧게 정돈된 갈색 머리카락 사이로 굉장히 부드러운 눈매가 묘한 서늘함을 품고서 휘어져 있었다. 꽉 다물어진 입매와 표정. 굉장히 서글한 인상임에도 풍기는 분위기는 어딘지 모르게 매서웠다.

"결국, 돌아왔네."

그의 입술이 비틀리며 내뱉은 한마디는 지나치게 담담했다. 그때, 그의 앞으로 차 한 대가 부드럽게 멈춰 섰고, 그는 조금 전의 표정을 전부 지우고서 엷은 미소를 띠며 커다란 짐 가방을 차에서 막 내린 남자에게 맡겼다.

"곧장 갈 테니까, 짐은 바로 집으로 부쳐 주세요."

"알겠습니다."

그렇게 주인을 만난 차는 빠른 속도를 내며 한적한 도로를 빠져나갔다.

다음 날 아침 컨퍼런스 시간. 선호는 저도 모르게 살짝 긴장된 마음으로 애꿎은 볼펜을 만지작거렸다. 만약 오늘도 피해 다니면 어쩌나? 어떻게 달래 줘야 하나. 왠지 메스를 잡는 것보다 훨씬 까다로운 일인 것 같았다.

어느새 컨퍼런스 실 앞까지 도달한 선호는 심호흡을 하고서 천천히 안으로 들어갔다. 역시나 지각 하나 없이 정확히 앉아 있는 레지던트들 사이로 하리의 모습이 단번에 눈에 띄었다. 하지만 어제처럼 눈을 피하거나 하진 않았다. 물론 여전히 시선이 살짝 틀어져 있긴 해도, 어제보다는 많이 나아진 것 같아서 선호는 저도 모르게 환희에 뒤섞인 목소리로 기분 좋게 입을 열었다.

"자아, 오늘도 시작해 볼까."

하리의 시선이 다시금 그에게 향하면서 선호는 저 작은 눈빛에도 기뻐하며 설레는 맘을 느끼며, 저 자신이 얼마나 햇병아리에게 빠져 있는지 새삼 느끼고 말았다. 그러니까, 먼저 다가갈 것이다. 놀라게 해서 미안하다고. 물론 정말로 예뻐서, 키스하지 않고서는 못 배길 정도로 사랑스러워서 저지른 일이지만, 그래도 제대로 사과를 할 것이다. 그만큼 그에겐 너무나도 소중한 여자였으니까.

컨퍼런스와 회진을 마친 선호는 먼저 재빨리 등을 돌린 채 사라졌다. 하리는 무슨 일 때문에 저렇게 쏜살같이 사라지나, 하다가 이내 고개를 붕붕 돌렸다. 아까 진이가 잠깐 3층 스테이션으로 오라고 했었는데, 얼른 그쪽으로 가야 하는데, 자꾸만 시선이 선호가 사라진 쪽으로 돌아갔다. 무진장 신경이 쓰였다. 혹시 또 그때처럼 갑자기 사라지는 건 아닌지, 그것도 아니면 또다시.

"뭐, 별일 있으려고. 신경 쓰지 말자, 조하리."

하지만 여전히 그녀의 발걸음은 무겁기만 했다. 서운함, 서운함이라고 해야 할까.

선호는 곧장 매점으로 달려가 초코 우유를 샀다. 저번에 사 주겠다고 약속했었으니까. 이번에도 역시 자료 도표는 깔끔하고 완벽했다. 그걸 핑계 삼아 주면서 사과를 하면 될 것 같았다. 아까 슬쩍 들어 보니, 3층 스테이션으로 갈 것 같던데. 다른 데로 가기 전에 얼른 가기 위해서 걸음을 재촉하려는 찰나, 그의 휴대폰이 울렸다. 번호를 확인한 그의 표정이 살짝 굳어졌다. 어머니. 선호는 전화를 받지 않고서 그저 물끄러미 바라보다, 이내 끊긴 채 몇 초 안 되어 도착한 문자를 확인했다.

이진우가 오늘 귀국했다.

그러니 마음 단단히 먹으라는 충고 아닌 충고. 한바탕 또 파란이 몰아칠 것 같았다. 뭐, 어차피 각오를 한 일이긴 했지만.

선호는 제 손에 들린 초코 우유를 바라보며 얼른 햇병아리와 다시 마주 보며 웃고 싶다는 생각에 다시 걸음을 달렸다. 엘리베이터를 기다리는 시간조차 아까워서 비상계단을 이용해 달렸다. 너무 급하게 달린 나머지 숨이 턱까지 올라왔다. 하지만 얼굴 위로 드리워진 웃음만큼은 사라지지 않고 있었다. 그렇게 3층까지 달려온 선호는 저 멀리 보이는 하리의 모습에 더 진한 미소를 머금고서 한 걸음 앞으로 다가갔다. 그때, 그녀의 목소리가 아주 날카롭게 그의 발목을 붙잡았다.

"나, 이번 크리스마스에 다시 진우 선배한테 고백할 거야."

그리고 그의 얼굴 위에 떠올랐던 미소도 어느새 서늘하게 메말라 버리고 말았다.

3층 스테이션 쪽으로 걸음을 하니, 진이가 그녀를 향해 손을 흔들고 있었다.

"무슨 일이야?"

"아까 NS(신경외과)에 진우 선배 왔었대. 정말 오긴 왔나 보더라. 잠깐 인사하러 온 거라 바로 돌아가기는 했지만, 내일이면 만날수 있을 거야."

"아, 정말? 잘됐다."

잘됐다며 고개를 끄덕이긴 했지만 어딘지 모르게 영 힘이 없어 보이는 하리의 모습에 진이는 수상한 눈빛을 띠다, 이내 단도직입적으로 물었다.

"너, 최선호 선생님 어떻게 생각해?"

순간, 하리는 눈을 깜빡이며 진이를 바라보았다. 하지만 진이는 전혀 물러서지 않고서 더 빤히 그녀를 바라보았다. 그리고 거기에 밀려든 하리는 제 목소리가 떨리고 있다는 것도 알지 못한 채 괜히 목소리를 높이며 말했다.

"가, 갑자기 그 인간 얘기가 왜 나오는 건데? 어떻게 생각하긴. 그건 네가 더 잘 알잖아."

"생각하면 심장이 쿵쾅거려? 아릿하고 찌릿하면서 자꾸만 만져 보고 싶은 생각 들고. 나도 모르게 그 사람만 멍하니 생각하다가, 안 보이면 걱정되고, 내가 안 보면 괜찮지만 그 사람이 안 보면 서운하고, 그런 이기적인 생각에 지치고. 그러지 않아?"

"진아."

너무나도 정확하게 짚어 낸 진이의 말에 하리는 뭐라 변명할 거리를 찾을 수가 없었다. 도대체, 내가 왜 이러는 걸까. 내가 그 남자에게, 왜 이런 마음이 드는 걸까. 그리고 진이는 그걸 왜 이렇게 다 끄집어내는 걸까.

"나, 나는. 그러니까, 나는. 진우 선배가……."

"이번 크리스마스 때, 3년 전 네가 못했던 거 확실하게 해 봐."

하리는 진이를 똑바로 바라보았다. 어쩐지, 매번 장난치던 진이와 달리 무척이나 진지하게 그녀를 마주하고 있었다.

"진우 선배 만나서, 3년 전에 네가 남겼던 그 미련 같은 덩어리를 다시 한 번 마주 보라고. 그리고 결정해. 지금 네가 누굴 생각하고 있는지. 정말로 진우 선배인 건지. 그래야, 우리 햇병아리 머릿속이 편안해질 거야."

어느새 다정하게 속삭이는 그녀의 목소리에 하리는 아무 말도 하지 못하고서 고개를 숙였다. 미련, 미련일까. 어느새 진우 선배의 마음이 미련이 되었을까. 그렇다면 자신이 진우 선배를 좋아했던 그 감정은, 이미 다른 곳으로 가 버린 거야? 누구에게? 설마…….

"……나, 이번 크리스마스에 다시 진우 선배한테 고백할 거야."

진우 선배에게 고백하겠다고 말한 그 순간, 어렴풋이 느꼈다. 아무런 느낌도 일지 않는다는 사실을. 3년 전, 고백하겠다며 한껏 들뜨면서도 떨리고, 떨리면서도 행복했던 느낌 대신. 차분하게 정리를 하는 느낌. 그리고 깨달았다. 더 이상, 진우 선배를 예전처럼 바라보고 있지 않다는 사실을. 그렇다면 그때의 마음은 지금, 지금…….

그때, 성큼성큼 거친 발걸음 소리가 들리는가 싶더니 이내 익숙한 손길이 그녀를 거칠게 붙잡았다. 하리는 저를 붙잡은 손길에 눈을 크게 떴다.

"선생님?"

선호였다. 하지만 그의 표정을 본 하리는 저도 모르게 움찔했다. 뭔가 거센 분노로 일렁거리는 눈동자. 그리고 입가에 싸늘함을 머금고서 단단히 다물어져 있었다. 이렇게 차가운 모습은, 처음이었다.

"따라와."

하리는 그 한마디에 속수무책으로 그에게 끌려갔다. 진이는 저도 모르게 등골에 서린 섬뜩함을 느끼고서 사라지는 두 사람을 바라보았다. 아마, 하리의 말을 들은 모양이었다. 그리고 그 말에 사람이 저렇게까지 변한 걸 보니 최선호, 이 남자가 하리를 진심으로 생각하고 있음을 알 것 같았다. 그렇다면, 이것도 그가 넘어야 할 하나라고 생각했다. 하리가 꼬마에서 어른이 되어, 사랑을 알게 될 그 순간을. 열병처럼 달아오를 마음을.

"어차피 우리 애기가 어장관리라는 고차원적인 놀이를 할 수 있을 리 없으니, 아마 결론이 빨리 나겠지."

어쩌면 이미 났을지도 모르고 말이다.

비상계단으로 들어선 선호는 달칵 이는 서늘한 금속 소리와 함께 문을 잠갔다. 하리는 살짝 몸을 떨었지만 그래도 이상하게 두렵지는 않았다. 그가 왜 이러는지 이유를 알고만 싶을 뿐이었다.

선호는 자꾸만 흐트러지려는 이성을 애써 붙잡았다. 뭔가 엄청난 소리를 그녀의 입에서 들었고, 그때부터 머릿속이 하얗게 질려서 생각이란 놈을 할 수가 없었다. 하지만 다시 들어야 했다. 반드시!

"조하리."

"……네."

인턴 선생도 아닌, 조하리. 이 세 글자가 그의 입에서 떨어져 나왔고, 그 뒤로 이어진 말에 이번엔 그녀의 표정이 딱딱하게 굳어졌다.

"너 정말, 3년 전 크리스마스 때. 그 자식 때문에 울었어?"

"선생님?"

"정말 그런 거야? 그런 거냐고!"

3년 전 크리스마스 때, 자신이 울었던 걸 이 남자가 어떻게 알지? 그리고 그 자식이라니, 설마.

"진우, 선배요?"

그녀의 입에서 정말로 이진우. 그 자식의 이름이 흘러나오자 왠지 모를 허탈함에 끓어올랐던 분노가 사라지며 점점 머릿속이 차갑게 내려앉았다.

"이진우. 정말, 이진우야?"

"선생님이 대체 진우 선배를 어떻게 알아요? 아니, 그것보다 대체 3년 전 크리스마스를 도대체 어떻게…….”

선호의 공허한 눈동자가 하리를 그대로 비추었다. 빌어먹을 이 상황에도, 가늘게 떨고 있는 그녀의 어깨를 안아 주고 싶어 미칠 것 같았다.

"아직도 사랑하니? 좋아해?"

거의 속삭이듯 들려오는 목소리는 아까보다는 차갑지 않았지만, 그것이 더 마음이 아파서 하리는 자꾸만 눈가가 시큰거렸다.

"선, 생님…….”

"하긴, 그래서 고백하려는 거겠지. 아직도 잊지 못해서. 3년 전에도 지금도."

아니라고 말을 해야 하는데, 그래야 하는데. 하지만 이상하게 몸이 움직이질 않았다.

선호는 주머니에 들어 있던 초코 우유를 꺼내서 그녀의 손에 살며시 쥐어 주었다. 하리는 차마 고개를 들지 못한 채, 살짝 와 닿은 그의 떨리는 손길을 느끼며 그가 하는 마지막 한마디를 들을 때까지도 몸을 움직일 수가 없었다.

"……이번 크리스마스엔 울지 않게 빌어 줄게."

다시금 차가운 금속 소리가 날카롭게 울렸고 그 뒤로 저벅저벅 그가 멀어지는 발걸음 소리가 더 크게 울렸다. 하리는 부들거리는 손길로 제 손에 쥐어진 초코 우유에 붙은 노란 쪽지를 바라보았다.

내가 잘못했으니까, 괜히 나 피하지 마. 인턴 선생이 나 피하면,

"흐, 으흐흑. 피하지, 말라면서. 흐흡. 선생님은 왜, 피한 건데요!"

차오른 눈물이 결국은 방울방울 아래로 떨어져 내렸다. 하리는 그가 준 초코 우유를 꽉 쥐고서 자꾸만 머릿속으로 번지는 그의 말 한마디, 한마디를 떠올리며 싸하게 번지는 통증에 눈물을 멈출 수가 없었다. 그리고 그 통증 사이로 예전의 감정이 물밀 듯 밀려들었다. 진우 선배에게 고백하지 못해 미치도록 아려 왔던 마음. 설레었고, 떨렸으며, 굉장히 아릿했던 그 마음이, 지금 누구에게 닿아 있는지도.

비상구를 빠져나온 그는 멍한 시선으로 연구실로 들어가 의자에 털썩 주저앉았다. 물론, 하리의 마음속에 누군가 있을 거란 생각은 했었다. 3년 전 크리스마스 때 이미 느낀 사실이니까. 하지만 아무리 알고 있던 것이라고 해도 화가 나는 건 참을 수가 없었고, 그보다 더 화가 나는 건 그게 이진우라는 사실과 그 이진우가 어쩌면 다른 여자와 약혼을 할지도 모른다는 사실.

선호는 부들거리는 손끝으로 제 얼굴을 쓸어내리며 고개를 아래로 푹 숙였다. 점점 더 가슴 위로 아릿한 고통이 스몄다. 제가 아니라는 아픔보다 하리가 다시금 상처받을지도 모른다는 생각에, 그 조그만 햇병아리가 또다시 울지도 모른다는 생각에, 그럼에도 이진우를 좋아하는 햇병아리의 마음이 원망스럽고, 아플 뿐이었다.

5장

　어제가 어떻게 지났는지 모를 정도로 계속해서 드는 공허함과 틈을 찾아 파고드는 그의 마지막 목소리가 하리의 머릿속을 연신 바늘로 쑤셔 넣었다. 하루 사이에 창백하게 질린 얼굴과 핏기가 사라진 입술, 항상 생기 넘치던 눈동자는 마치 다 타 버린 잿더미를 보는 것처럼 삭막하기만 했다.

　"괜찮아?"

　선호에게 불려 간 이후, 그가 나온 이후로도 한참을 보이지 않아 결국 진이가 비상구 쪽으로 갔을 때, 이미 너무 많이 울어서 바닥에서 일어나지 못하고 있는 하리를 발견할 수 있었다. 진이는 그토록 아파하는 하리의 모습도, 또 그렇게 아파할 거라 생각도 하지 못했었다. 자신이 생각했던 것보다 훨씬 그 남자를 많이 담아 버린 듯했다.

　"괜찮아, 나 얼른 가 볼게. 이러다 컨퍼런스 늦으면 안 되잖아."

힘없이 웃어 보이는 하리의 표정이 그저 안쓰럽기만 했다. 어쩌면 하루 종일 그 남자 얼굴을 봐야 할 텐데. 피하고 싶어도 피할 수 없는 현실이 더 가혹하게 느껴지면서도, 어쩌면 이게 더 나을지도 모른다는 생각이 들었다.

그렇게 당직실을 빠져나온 하리는 애써 태연하게 제 얼굴을 다독이며 걸음을 옮겼다. 애써 피하지 말자, 똑바로 보는 거야. 그때, 멀리서 걸어오는 그의 모습이 보였다. 하리는 순간 걸음을 멈추고서 흔들리는 눈동자로 그를 바라보았다. 새하얀 가운을 입고서 아무 말 없이 다가오는 그의 걸음 소리가 다시금 쿵쿵, 그녀의 가슴으로 진하게 파고들고 있었다. 하리는 또다시 시큰거리며 아려 오는 심장을 겉으로 보이지 않기 위해서 바짝 마른 입술을 꽉 깨물며 먼저 고개를 돌렸다. 하지만 선호는 그러한 하리의 표정을 단 한 순간도 놓치지 않았다.

컨퍼런스 시간 내내, 선호는 고개를 숙이고 있는 하리를 놓치지 않고 바라보았다. 아무리 떨쳐내려고 해도 저도 모르게 시선은 그녀를 향해 있었다. 하루 사이에 너무나도 야윈 얼굴, 새하얗게 질린 얼굴과 그토록 밝았던 표정은 한순간에 사라지고 그 위로 자리 잡은 까만 그림자가 햇병아리와 너무나도 어울리지 않았다. 시선이 아리다. 저도 모르게 그녀를 향해 손을 뻗고 싶었다. 괜찮다고, 괜찮다고, 그저 괜찮다고 말하며 안아 주고 싶어서. 그는 애꿎은 손끝을 더욱 꽉 움켜쥐며 손바닥에 손톱 끝이 깊이 파고들 때까지, 그렇게 저 자신을 억눌러야만 했다.

회진 시간, 평소와 다른 그의 모습에 레지던트들이 눈치를 살피기 시작했다. 항상 웃는 얼굴로 조그만 실수 정도는 꾸짖음보단 격려로서 대해 주던 그의 모습과는 사뭇 다르게, 오늘 그는 단 한 번도 입꼬리를 올려 웃지 않고 있었다. 마치 살얼음판을 걷는 듯 팽팽한 긴장감이 돌았다.

"아까부터 계속 선생님께서 오시길 기다리고 계셨어요."

간호사도 선호의 눈치를 살피며 조심스럽게 말했다. 선호는 환자에게만은 억지로라도 미소를 지으며 부드럽게 입을 열었다.

"어디가 그렇게 불편하셨어요?"

"그게, 이상하게 어제부터 배가 영 아파. 먹은 것도 없는데 토하기도 했고, 지금도 영 다리를 뻗지도 못하겠는 게……."

선호는 환자의 차트를 꼼꼼히 읽다가 잠시 실례를 하고선 환자의 우측 하복부를 가볍게 눌러 보았다. 하지만 환자는 별 반응이 없어 보였다. 하지만 그가 손을 떼자마자 비명을 지르며 고통을 호소했다. 순간, 그의 눈빛이 차가워지면서 이 환자를 담당하고 있는 2년 차 레지던트에게 물었다.

"어떤 것 같아?"

갑작스런 질문에 2년 차 레지던트가 살짝 당황하다 이내 환자가 보여 주었던 상태를 떠올리며 차근히 입을 열었다.

"아뻬(Appe) 아닐까요?"

"아닐까요? 넌 지레짐작으로 환자 상태 파악하나? 눈으로 CT 찍어?"

"아, 아닙니다!"

순간 서늘한 목소리가 2년 차 레지던트의 머리 위로 곧장 떨어졌다. 그렇게 싸늘한 표정의 선호는 본 적이 없었기에, 다른 레지던트들과 하리도 가슴을 조이며 고개를 푹 숙였다.

"이 환자 CBC(혈액 검사) 줘 봐."

떨리는 손으로 넘겨받은 차트를 선호는 하나도 빼놓지 않고 살폈다. WBC(백혈구) 치수가 어제보다 높았다. 하지만 그렇게 차이가 나지 않는 걸 보니, 만약 아뻬일 경우 충수돌기에 구멍이 난(천공) 정도는 아니었다. 그래도 정확히 알아야 하니, CT를 찍어 봐야 할 것 같았다.

"저기, 선생님. 저 큰 병인가요?"

환자가 살짝 굳어진 목소리로 슬그머니 묻자, 선호는 다시금 미소를 지으며 고개를 가로저었다.

"아니요, 그렇게 큰 병은 아닙니다. 그래도 간단한 수술은 하셔야 할 듯합니다."

선호는 병실을 빠져나왔다. 그리고 담당 레지던트에게 짤막하게 오더를 내렸다.

"RLQ(우하복부)에 리바운드 텐더니스(Rebound Tenderness) 반발통 보이는 걸 보니, 아뻬(Appe) 충수돌기염이다. 그래도 정확한 감별이 필요하니까 복부 CT 준비해서 천공 여부, 농양(고름) 형성 확인하고, 보고 나오는 대로 외과에 연락해서 수술방 잡아. 너무 늦으면 후유증 생기니까, 이머전시(Emergency)로 CT 돌려."

"알겠습니다."

"그리고 너희, 짐작으로 환자 상태 파악하지 마. 아무리 눈에 보이는 증상이라도 제대로 할 거 다 하고 결론 내려. 너희는 배우는 처지이지, 숙련자가 아니잖아. 숙련자도 실수하는 판국에 너희 진단에 환자 생명이 왔다 갔다 하는 거 잊지 말고. 특히 아뻬는 유사한 증상이 많고, 또 증상에 따라서 수술하는 방법이 달라지니까, 쉽게 보지 마."

"알겠습니다."

"그리고 주치의는 자기 담당 환자 상태를 눈감고도 말할 수 있게 항상 주시해. 저 지경이 되도록 몰랐다는 게 말이나 되는 소리야?"

"죄송합니다."

이렇게 아슬아슬했던 회진이 끝이 나고, 선호는 낮은 한숨을 쉬며 먼저 등을 돌렸다. 레지던트들은 오늘 최선호 선생님이 좀 이상하다는 말을 하며 각자 흩어지기 시작했고, 하리는 떨리는 마음을 가다듬고 선호의 앞을 가로막았다. 순간, 그의 미간이 살짝 움찔하며 오늘따라 유난히도 작아 보이는 그녀를 내려다보았다.

"선생님, 오늘은 연구 자료 도표 정리할 거 없으신가요?"

희미하게 떨리는 목소리. 애써 버티고 서 있는 모습이 너무나도 안쓰러워 선호는 자꾸만 마음이 무거워졌다. 하지만 그와 반대로 목소리는 더욱 차갑게 그녀를 더욱 뒤흔들었다.

"거의 다 끝났어. 더 이상 인턴 선생이 도와줄 필요 없으니까, 신경 쓰지 마."

"하, 하지만."

"전공의 시험이 얼마 안 남았지? 다른 인턴들처럼 죽으라 공부만 해. 신경외과, 그렇게 쉬운 곳 아니니까."

그의 입에서 나온 신경외과라는 말에 하리는 눈을 크게 뜨고서는 아무 말도 할 수가 없었다. 선호는 어렵사리 그녀의 곁을 스쳐 지나갔다. 오늘 컨퍼런스도, 회진도 아주 엉망이었다. 제 감정 하나 제대로 컨트롤하지 못해 미숙하게 죄다 보인 꼴이라니. 우습고 한심했다.

그런데 햇병아리. 너만 보면 이상하게 나 자신을 감당할 수가 없어. 금방이라도 폭발할 것 같아서, 널 볼 수가 없는데. 그런데도 내 시선이 자꾸만 너를 좇아서, 나도 정말 미쳐 버릴 것 같다.

하리는 천천히 뒤돌아섰다. 텅 빈 복도 위로 남겨진 하리는 거의 떨어질 듯 위태롭게 걸린 눈물을 소매로 닦아 내렸다. 이렇게 아플 수도 있을까, 마치 무슨 병에 걸린 것처럼. 사람이 이렇게 한 사람 때문에 고통받을 수도 있는 거구나. 그의 서늘한 눈빛과 목소리에 3년 전 크리스마스보다 더 힘들고, 더 괴로워 죽을 것만 같았다.

"하리야."

순간, 그녀는 너무나도 낯익은 목소리에 아주 천천히 고개를 돌렸다. 아른거리는 시선 너머로 한 남자가 보였다.

"진우, 선배."

그토록 보고 싶었던 사람이었는데. 3년 전, 저 남자에게 고백하려고, 설레었고. 끝내 하지 못해 눈물 흘리며 기다렸던 사람인데.

"정말 오랜만이다. 여기 있다고 듣기는 했지만, 이렇게 다시 만날 줄 몰랐어."

다정하게 파고드는 그의 목소리에도 하리가 지금 떠올리는 사람은 단 한 사람. 두근거리는 사람도 단 한 사람.

"네, 선배. 정말 오랜만이에요."

이젠 정말 아무렇지도 않게 반갑게 인사를 할 수 있을 정도로, 이진우. 자신의 첫사랑은 그렇게 엷어지고 말았다. 그리고 새롭게 두근거리며 지금 너무나도 보고 싶은 건, 선생님, 최선호. 최선호. 그 남자야.

1층 로비에 카페 테라스로 자리를 옮긴 하리는 옛 기억 속과 너무나도 똑같은 진우의 모습에 오랜만에 미소를 지었다. 항상 다정하면서도 너무나도 부드러운 이미지의 그는 마치 우유를 듬뿍 넣은 모카 커피 같은 사람이었다. 그에 비해 그 남자는 가끔 씁쓸하면서도 그 씁쓸함에 중독되어 한없이 깊어지는 에스프레소 같다고 해야 할까?

"많이 예뻐졌다."

잠시 딴생각을 하던 그녀는 진우의 말에 눈을 깜빡이며 피식 웃었다.

"고맙습니다. 선배는 예전과 너무나도 똑같으세요."

"정말 하나도 안 달라졌어? 조금 서운하네."

"네?"

"예전보다 더 잘생겨졌다는 말이 듣고 싶었는데."

"하핫, 선배가 미남이었던 건 예전에도 유명하셨잖아요."

이진우. 눈에 띄는 미남은 아니었지만, 정말 다정하고 부드러운 이미지로 많은 여자들이 그를 동경했었다. 정말 전형적인 착한 선배의 표본이라고 해야 할까?

"근데 너 오늘 어디 아프니? 안색이 별로 안 좋아."

티가 많이 났나? 그래도 제법 웃은 건데.

하리는 애써 고개를 가로저으며 입을 열었다.

"아니에요, 그냥 조금 피곤해서 그래요."

"하긴, 전공의 시험이 얼마 안 남았지? 하리 넌 시험 어디 칠 거야?"

"그게……."

쉽사리 신경외과라고 말이 나오지가 않았다. 뭔가 우물쭈물하는 모습에 진우도 곤란해하는 것 같아 더는 그녀에게 묻지 않았다. 그저 걱정스런 눈빛으로 다시 한 번 그녀의 건강을 살폈다.

"정말 괜찮아?"

"정말 괜찮아요, 죄송해요. 오랜만에 보는 건데 괜히 걱정 끼쳐 드렸어요."

"아니야, 네가 괜찮다면 괜찮은 거지. 나 다음 주부터 정식으로 복귀할 것 같아. 어려운 일 있으면 언제든지 찾아와."

"그럴게요. 그리고 선배."

"응?"

하리는 잠시 머뭇거리다 이내 진우를 똑바로 바라보며 말했다.

"이번 크리스마스 때, 혹시 약속 없으세요?"

크리스마스라는 말에 진우의 표정이 살짝 굳어졌다. 그도 3년 전의 크리스마스를 기억하고 있었다. 그날 모임이 있었고, 하리가 꼭 나와 달라고 부탁했던 기억. 하지만 그는 그때, 그 약속을 지키지 못한 채 미국으로 가야만 했다.

"응, 이번엔 정말 약속 없어."

"그럼 염치없지만, 그날 광장 앞으로 나와 주실 수 있으세요?"

뜬금없는 부탁인데도 진우는 아무것도 묻지 않고 그저 웃으며 고개를 끄덕였다.

"그래, 꼭 나갈게."

"감사합니다, 선배."

그렇게 진우와 헤어진 하리는 곧장 당직실로 달려갔다. 그리고 침대 밑에 아주 깊숙이 박아 두었던 가방을 하나 꺼내 들었다. 먼지가 소복이 쌓여 있는 가방. 하리는 무척이나 편안한 눈빛으로 그 가방을 열어 보았다. 그러자 가방 안에 작은 상자가 들어 있었다. 3년 전 크리스마스 날, 그녀가 들고 있었던 그 선물 상자. 하리는 추억에 잠긴 아련한 시선으로 그 상자를 조심스럽게 쓸어내리며 천천히 뚜껑을 열어 보았다. 조금 빛이 바랜 상자에서 나온 것은 평범한 갈색 털장갑이었다. 그것은 진우가 하리에게 주었던 선물이자, 그녀가 진우를 좋아하게 된 첫 시작의 순간이었다.

처음 새내기 의대생 시절, 첫 동아리 모임으로 그를 만났었다. 그때는 아직 날씨가 좀 쌀쌀했었지만 그래도 대학 신입생이 되고 예뻐 보이고 싶은 마음에 얇은 치마를 입은 것이 화근이었다. 마지막 꽃샘추위가 기승을 부렸고, 폼 내려다 얼어 죽는다는 엄마의 비웃음 소리가 들리는 듯 정말로 추워 죽을 것 같은 그 순간에, 그가 이 털장갑을 건네주었었다.

'남자 친구가 잡아 주는 손보다는 덜 따뜻할 테지만, 그래도 쓸 만할 거야. 의사는 손을 아껴야 하니까.'

그날의 그 장갑은 그 어떤 털장갑보다도 따뜻했다. 아마 마음까지 따스하게 배어든 탓일지도 모르겠지만. 그렇게 수년간 그 따스함을 간직하면서 3년 전 크리스마스 날, 이 장갑을 다시 돌려주며 제 손을 이제 선배가 잡아 달라고 그렇게 말하려고 했었는데.

하리는 그 장갑을 조심스럽게 잡아 보았다. 그러곤 결심이 선 눈동자로 그것을 다시금 상자에 넣으며 제 어릴 적 풋풋했던 마음에게 그렇게 안녕을 고하였다.

그 후로 하루도 빠짐없이 선호의 모습을 보았다. 하지만 단 한 순간도 무뎌지지 않았고, 오히려 마음은 더욱더 커져만 갔다. 그리고 드디어 크리스마스 날. 어렵사리 오프를 받은 하리는 진이에게 도움을 받아 무릎을 살짝 덮는 빨간 원피스에 매일 질끈 묶기만 했던 머리카락도 예쁘게 늘어뜨리고서 여자답게 화장도 하고, 마치 그때처럼 풋풋하면서도 이제는 성숙한 여자의 모습으로 그렇게 거울 앞에 섰다.

"잘해."

진이의 짧은 한마디에 하리는 큰 용기를 받고서 고개를 끄덕였다.

"응, 파이팅!"

❖　❖　❖

　하루하루, 선호는 그날 이후로 머리가 아프지 않은 적이 없었다.
계속해서 햇병아리가 그의 머릿속을 마구 휘저으며 심한 두통을 일
으켰다. 그렇다고 평생 안 볼 수도 없고, 안 보려고 해도 저도 모르
게 그녀를 찾고 있고. 대체 뭘 하자는 건지. 결국, 문제의 크리스마
스가 오고야 말았다. 선호는 거의 몸을 혹사하듯 일에 전념한 탓에
아스피린을 삼키고서 지친 눈을 문질렀다. 하지만 잠을 잔다고 해서
피로가 쉬이 사라지진 않았다. 잠을 자면 꿈에서도 나올까 봐 두려
울 뿐이었다.

　"선생님, 이 환자 오더는……."

　"그 환자, 혹시나 복막 파열로 내부 출혈이 있을지 모르니까 CT
촬영해서……."

　"아까 조하리 인턴 선생 봤어? 그렇게 입으니까 사람이 확 달라
지던데."

　그때, 조하리라는 이름에 선호는 살짝 굳어진 얼굴로 고개를 돌
렸다. 벌써, 나가고 있는 건가?

　"선생님?"

　"아, 일단 CT 촬영해서 그 결과 보고 GS(외과)에 연락하도록 해.
이상 없으면 그냥 봉합하고."

　"네, 알겠습니다."

　선호는 뭔가에 홀리듯 응급실을 빠져나와 빠른 걸음으로 1층 로
비를 향해 달려갔다. 그러자 저 멀리서 너무나도 익숙한 빨간 원피
스를 입은 여자가 걸어가고 있는 모습이 보였다.

　"하아."

그는 제자리에 멈춰 서서 멀어지는 그녀의 모습을 바라보았다. 마치, 3년 전으로 돌아간 것 같은 느낌. 그때와 비슷한 빨간 원피스에 선물 상자를 들고 있는 그녀의 모습은 정말로 그때 핸드폰에 찍힌 그 모습 그대로였다.

그는 말없이 무거운 걸음을 돌렸다. 어떤 심정으로 연구실까지 걸어갔는지 떠오르지가 않았다. 선호는 잔뜩 흐트러진 책상을 물끄러미 바라보다 이내 휴대폰에 저장된 사진을 찾았다. 3년 전 크리스마스의 하리의 모습. 환하게 웃고 있는 너무나도 아름다운 그 모습. 이 미소 뒤로 곧장 떨어졌던 눈물이 다시금 가슴 아프게 머릿속을 뒤흔들었다. 선호는 굳어진 시선으로 창문 쪽으로 시선을 돌렸다. 정말로 이대로 끝이야? 아무것도 하지 않고 이대로 끝?

"……울지 않도록 빌어 주겠다니. 하, 내가 무슨 성인군자냐? 빌어먹을 그런 거짓말이 어디 있어. 무조건 잡아야지."

빌긴 뭘 빌어. 절대 그 새끼 때문에 눈물 한 방울도 떨어지게 하지 말아야지! 누구의 햇병아리인데. 누구 좋으라고!

선호는 입고 있던 흰 가운을 벗어 던지고서 무작정 밖으로 뛰어나갔다. 거리를 수놓은 화려한 조명 불빛과 멀리서 들려오는 크리스마스 캐럴이 그때의 그 기억을 다시금 생생하게 떠올리고 있었다. 이번엔 반드시 잡을 것이다. 그때 안아 주지 못한 걸, 이번엔 꼭 이 손으로 잡아서 다시는 떠나지 않게, 꽉 끌어안을 것이다!

❅　　❅　　❅

날이 어두워지고, 광장 앞에 사람들이 북적거리며 거대한 트리의 조명 불빛이 환하게 제 모습을 갖추기 시작했다. 하리는 3년 전 그때처럼, 선물 상자를 들고서 발을 동동 굴리며 그를 기다렸다. 3년 전과 달라진 건, 그때보다 한결 편하게 그를 기다리고 있다는 점이었다.

그러고 보니 이 장면을 꿈속에서도 보았었지. 하지만 그 꿈에 나온 사람은 진우 선배가 아니라, 그 남자였었다. 그때는 너무 당황스럽고 놀랐었지만, 지금은 정말로 그 꿈 같은 일이 일어났으면 좋겠다는 생각이 들었다. 만약 그렇게 되지 않더라도, 하리는 오늘 제 옛 마음을 완전히 털어 내고서 그를 찾아갈 생각이었다. 화를 내더라도, 아무리 모진 말을 하더라도, 하리는 이번엔 절대로 포기하지 않을 생각이었다.

"눈은 안 오려나."

하리는 가만히 고개를 들어 캄캄하기만 한 밤하늘을 바라보았다. 이번엔 눈이 오지 않을까, 내렸으면 좋겠는데. 그러고 보니 그는 3년 전 내가 여기서 울었다는 사실을 도대체 어떻게 알고 있는 거지? 정말 다시 만나게 되면 그것부터 꼭 물어볼 것이다. 반드시!

"하리야."

그때, 멀리서 진우의 목소리가 들려왔다. 하리는 목소리가 들려온 쪽으로 시선을 돌렸다. 거기서 진우 선배가 걸어오고 있었다. 상상했었던 모습 그대로.

"미안해, 많이 기다렸니?"

"아니에요, 시간 딱 맞춰 오셨는데요. 뭘."

"날이 좀 춥다. 어디 좀 들어갈까? 얼굴이 빨개."

역시나 다정한 목소리. 하지만 자꾸 그 다정한 목소리가 다른 사람의 목소리와 겹쳐서 들렸다.

"그 전에. 드리고 싶은 게 있어요."

하리는 얼른 쇼핑백에서 상자를 하나 꺼내 들었다. 전에는 이 상자를 어떤 마음으로 전하려고 했을까. 그때의 마음이 떠오르지도 않을 만큼, 정말 진우 선배는 그냥 선배. 선배가 되어 버렸다.

"이거, 받으세요."

하리는 그에게 상자를 건네주었다. 진우는 천천히 그 상자를 열어 보았다. 순간 그의 눈동자가 살며시 흔들렸다. 그도 기억하고 있었다. 그가 하리에게 주었던 그 털장갑을.

"이젠 이걸, 돌려 드릴게요. 선배."

"이건……."

"정말 잡고 싶은 온기를, 이제 찾았거든요."

하리는 이제야 환하게 웃었다. 진우를 사랑했었다. 하지만 지금 그녀가 보면 웃을 수 있는 사람은 더 이상 그가 아니었다. 만나고 싶고, 만지고 싶고, 그 사람 때문에 너무나도 그립고 아프며, 어느새 제 눈길에 와 닿아 떨쳐낼 수가 없는. 지금도 너무 보고 싶고 간절한 그 사람. 최선호. 그를 이 마음에 아주 깊이 담아 버리고 말았다.

그 순간, 정말로 거짓말처럼 헐떡거리는 숨소리와 떨리는 손길로 너무나도 그리웠던 체온이 그녀의 손을 한가득 움켜쥐었다. 그리고 마치 기다렸다는 듯 심장이 다시금 미친 듯이 뜨겁게 숨을 쉬기 시작했다.

"하아, 하아!"

"선생님?"

"……최선호."

선호는 멀리서 하리를 발견하곤 정말로 앞뒤 생각하지 않고 무작정 그녀의 손을 잡아 버리고 말았다. 아직은 울고 있지 않은 모습. 하지만 굉장히 놀란 듯 눈을 동그랗게 뜨고 있는 모습이 여간 귀여운 게 아니었다.

"하아, 하아. 또 여기냐?"

"대체……."

진우는 갑자기 나타난 선호의 모습에 굳어진 듯 몸을 움직일 수가 없었다. 최선호. 어째서 그가, 어떻게 하리를…….

"고백했어?"

"네?"

"뭐 됐어, 네가 했든 안 했든 이제 신경 안 써."

선호는 하리의 손을 더욱 꽉 움켜쥐었다. 그리고 이진우, 그의 얼굴을 정면으로 바라보았다. 정말 이런 식으로 대면하게 될 거라 꿈에도 상상하지 못했는데. 정말이지 사람 인생이란, 이래서 사는 게 재미있다고 하는 건가?

"최선호."

"참 오랜만인데, 이런 식으로 만나게 돼서 일단 미안하지만."

"……."

"이번엔, 내가 먼저야."

그 말을 끝으로 선호는 하리를 이끌고서 진우의 눈앞에서 멀어졌다. 진우는 잠시 멍하니 그 모습을 바라보다 조금 무거운 한숨을 내쉬었다. 그러곤 하리가 건네준 털장갑을 물끄러미 바라보았다.

"온기를, 찾았다라……."

그 온기가, 최선호인가.

진우에게서 멀어진 하리는 연신 제 손을 꽉 잡고서 무작정 걸어가는 선호에게 망설이는 목소리로 입을 열었다.

"저, 저기 선생님?"

"젠장!"

갑자기 소리를 지르는 바람에 하리는 움찔했고, 선호는 트리의 정반대 편에 멈춰 서서는 여전히 손을 놓지 않은 채 이제야 하리를 똑바로 바라보았다. 도착하기 전에 울고 있는 건 아닌지 얼마나 걱정하며 달려왔던가. 얼마나 가슴 졸이며 네 이름을 불렀던가. 하지만 막상 이렇게 데려와서는 무슨 말을 어떻게 해야 할지 난감했다.

그리고 그런 그의 속내를 전혀 알지 못하는 하리는 그저 지금이 너무 꿈같았다. 오직, 그의 모습만 보였다. 거짓말처럼 이렇게 서 있는 그의 모습이 꿈만 같아서. 저번에 꾸었던 꿈을 또 꾸고 있는 건 아닌지, 너무나도 두려워서. 차마 무슨 말을 할 수가 없었다. 그저, 너무, 너무, 심장이 터질 것만 같아.

'정말 이 남자를, 너무 사랑해. 진심이야.'

선호는 아무 말도 하지 못하는 하리의 모습에 또다시 아려 오는 가슴을 붙잡으며 잡고 있던 손을 조금 더 앞으로 당겼다. 스스럼없이 그의 손에 끌려든 하리는 점점 더 커지는 심장 소리를 느끼며 어쩐지 조금 떨리고 있는 그의 눈동자를 바라보았다.

"조하리."

"……."

"우리, 연애하자."

여기서 해야 할 말은 이 말밖에 없었다. 그 어떤 말도 변명일 뿐이다. 구차할 뿐이다. 자신의 진심밖에, 할 말이 없었다.

"우리, 연애하자."

순간, 하리는 마치 주변의 시간이 모두 멈춰 버린 것처럼. 그 한 마디 한 마디가 머릿속을 맴돌며 아무 말도 할 수가 없었다. 두근두근, 서로의 심장 소리가 거세게 몰아치며 서서히 달아오르는 온기와 떨림에 하리는 눈만 깜빡이며 미약한 숨을 내쉬었다.

선호 역시 난생처음으로 느껴 보는 찌릿한 느낌과 더한 긴장감이 온몸으로 차올랐다. 하지만 후회를 하진 않았다. 설사 이 고백 때문에 더 멀어진다고 해도 선호는 포기하지 않을 생각이었다. 오히려 더욱더 간절한 마음으로 제 모든 것을 그녀에게 보여 주고 싶었다. 그렇게 천천히, 천천히. 그녀에게 다가가고 싶었다. 얼마나 많은 시간이 걸린다고 해도 상관없을 정도로.

"하, 하지만 갑자기……."

정말로 믿기지 않는 현실에 하리는 어렵사리 입을 열었다. 지금 떨리고 있는 목소리와 터질 것처럼 흔들리는 제 감정은 단 하나, 그저 기쁨이었다.

선호는 한시도 그녀에게서 눈을 떼지 않고서 붙잡고 있던 그녀의 손을 조금 부드럽게 감싸 안았다.

"갑자기 이러는 거 아니야."

"……."

"너는 아닐지 모르지만, 너는 모르겠지만, 난 널 3년 전부터 봤어. 3년 전부터 나는, 너만 봤어."

3년 전부터 봤었다니? 하리의 눈동자 위로 의아함이 스치고, 선호는 살짝 마른 입술을 삼키며 이제야 주위를 둘러보았다. 3년 전과 변함이 없는 이곳. 그때의 거대한 크리스마스트리 앞에서, 그때 차마 하지 못했던 말과 행동을. 이젠 모두 보여 주려고 한다.

"3년 전 크리스마스 날. 여기 서 있는 널 봤었어."

"네?"

"그때도 지금처럼 빨간 원피스를 입고, 선물 상자를 든 채. 누구보다 환하게 웃으면서 네가 서 있었어. 그 모습을, 나도 모르게 계속 보고 있었어."

3년 전 크리스마스라면, 자신이 진우 선배에게 고백하려고 했던 그날을 말하는 것이다. 그때, 그 자리에 이 사람이 있었다니. 그럼, 모두 봤단 말이야? 울었던 것도, 전부다?

"나도 모르게 널 따라 웃고 있었어. 그때부터 난 너만 보면 나도 모르게 미소를 짓고 있었어. 그래서 네가 우는 모습이 너무 싫어. 그때도, 네가 우는 모습이 얼마나 마음에 걸렸는지 몰라. 나도 모르게 달려가고 싶었을 만큼. 그때는 놓쳤지만, 지금은 아니야. 지금은 이렇게 네 앞에 있을 수 있으니까."

"……."

"울면 안아 주고, 달래 주고, 닦아 줄 수 있으니까."

순간 저도 모르게 얼굴이 화르르 달아올랐다. 그 모든 걸 그가 알고 있을 거라 상상도 하지 못했었다. 왠지 모르게 쪽팔림과 동시에, 그걸 지금까지도 기억하며 아껴 주었던 그의 마음에 너무나도 기뻐서, 그리고 미안하고 고마워서. 자꾸만 눈물이 날 것 같았다.

선호는 아무 말도 하지 못한 채 자꾸만 고개를 숙이는 하리의 모습을 보며 점점 더 아려 오는 가슴을 더 독하게 붙잡았다. 그리고 그녀에게서 한 발자국 떨어져서는 진지한 표정으로 조심스럽게 입을 열었다.

"조하리, 하리야."

부드러우면서도, 절절하게 다가오는 그의 목소리에 저도 모르게 시선이 그를 향해 이끌었다.

"우리, 연애합시다."

다시 한 번 쿵. 심장이 떨어졌다. 정말로 꿈을 꾸는 것 같아서 두려웠다. 그때의 꿈을 다시 꾸는 건 아닐까?

"어쩌면 지금의 너에게 나라는 남자가 아무런 의미도 없고, 마음 도 없을지도 모르지만……."

살짝 쑥스러워하면서도 혹시나 거절당할까 봐 두려워하는 그의 모습이 자꾸만 눈에 밟혔다. 그래도 그는 멈추지 않았다.

"그래도 나는 진심으로 너랑 연애하고 싶어."

뜨거움이 벅차올랐다. 자신의 마음은 3년이란 긴 시간 동안 나라 는 여자를 담아 준 저 남자의 커다란 마음에 비하면 아무것도 아니 라는 생각이 들었다. 그것이 너무나도 벅차서, 하리는 제게 너무 과 분한 남자를 내려 준 것 같아서, 너무 고맙고도 고마울 뿐이었다.

막상 말을 하고 나니 쑥스러워 미칠 것만 같았다. 선호는 도통 무 슨 말을 하지 못하는 그녀의 모습에 애꿎은 머리만 긁적이며 가볍게 입을 열었다.

"역시, 싫어? 하아, 그래도 명색이 대학병원 펠로우인데. 어쩌다 병아리 인턴한테 빠져선 꼴사납게 차이게 생겼네. 하지만 그래도 절 대 포기 안 할 거야."

"연애해요."

저도 모르게 횡설수설하면서도 조여드는 긴장감에 미칠 것 같던 순간, 선호의 움직임이 멎어 버리고 말았다. 그는 천천히 손을 내리 고서 믿기지 않는다는 시선으로 하리를 바라보았다. 하지만 그녀는, 웃고 있었다. 그것도 그때 보았던 그 환한 미소 그대로 그를 향해, 웃어 주고 있었다.

"뭐?"

설마 순간 꿈을 꾼 건가?

하지만 하리는 그를 향해 살짝 한 걸음 앞으로 다가갔다. 그러곤 다시 한 번 말해 주었다.

"하자고요. 연애."

"진, 진짜?"

하리는 순간 웃음이 터질 뻔했다. 정말로 믿어지지 않는다는 표정을 지으며 얼떨떨해하는 모습이라니. 이 남자에게 이런 귀여운 면도 있었던가? 아니면 지금 내가 콩깍지가 씌어서 뭐든 다 멋지게만 보이는 건가? 뭐, 아무렴 어떤가. 내 남자, 내가 멋지다는데.

'헉, 벌써 내 남자라니……'

하지만 저도 모르게 스르르 올라가는 입꼬리를 주체할 수가 없었다.

선호는 너무나도 쉽게 수락하는 하리의 모습에 처음엔 정말 어쩔 줄 몰라 하다가 이내 환하게 웃으면서 한 발자국 다가온 그녀를 꽉 붙잡았다.

"그래, 날 이용해. 난 언제든지 너 기다려 줄 수 있으니까, 천천히 와도 좋으니까. 나랑 연애하면서, 그 녀석에 대한 네 마음. 천천히 정리해."

순간, 하리는 대체 이 남자가 뭐라고 하는지 이해를 할 수가 없었다. 이용하라니? 설마, 자기가 진우 선배 대신 그와 사귄다고 착각을 하는 것일까? 하아, 정말이지 이 바보 같은 남자! 하지만 그러면서도 이렇게까지 아낌없이 다 주려는 이 사람 때문에 정말이지 너무나도 고마워서, 고마워서…….

"선생님."

"응?"

하리는 가까이 다가선 그의 옷깃을 살짝 잡아당겨 그의 볼에 부드럽게 입을 맞추었다. 갑작스런 그녀의 행동에 선호는 또다시 멍해진 시선으로 그녀를 바라보았다. 이번엔 분명 취한 건 아닌데, 게다가 뚫어져라 쳐다보는 그녀의 눈빛이 점점 선명한 빛을 띠고 있었다.

"딱 한 번만 말할 거니까, 잘 들으세요."

"어, 어?"

그녀는 심호흡을 하고서 그를 향해 벅차오르는 이 모든 감정을 입 밖으로 내뱉었다.

"선생님을 볼 때마다, 제가 얼마나 긴장하고 있는지 모르시죠? 선생님이 다가오는 소리만 들려도 심장이 제멋대로 쿵쾅거리고, 가까이 다가와서 아무렇지도 않게 웃어 주시면 쿵쾅거리던 심장이 아릿하고 찌릿하게 바뀌고, 하루 종일 생각나고, 저도 모르게 이상한 여자처럼 만져 보고 싶고, 안 보이면 너무 걱정되고, 내가 멀어지는 건 괜찮은데 선생님이 저한테서 멀어지면 서운하고 속상하고. 그런 이기적인 마음에 또 지치고……."

"……."

"혼자 정말 별 생쇼를 다 해요. 제가 그래요. 최선호라는 남자 때문에, 조하리가 조하리가 아닌 것처럼 되어 버려요."

"……."

"그런데 그게 너무 좋아요."

너무나도 가까이에서 두 사람은 점점 뜨겁고 팽팽해지는 공기에 서로 숨을 쉴 수가 없었다.

"좋아해요. 정말로, 많이."

선호의 눈동자가 미친 듯이 떨리며 주먹 쥔 손안으로 축축하게 땀이 차올랐다. 믿어지지 않는 그녀의 달콤한 목소리에 그의 피가 뜨겁게 끓어오르며.

"당신을 좋아합니다."

한순간 천국을 맛보았다.

이대로 터질 것같이 달아오른 그녀의 입술에서 터져 나온 한마디에 선호는 정말로 아무런 생각이 들지 않았다. 그저 너무 떨렸다. 뭐라 말로는 표현할 수 없는 느낌. 식상하긴 하지만, 그래도 정말로 세상을 다 가진 것 같았다.

"한 번만 더."

하리는 차마 고개를 들 수가 없었다. 그저 미칠 것만 같았다. 진우 선배 앞에서 고백하려고 마음먹었을 때도 이렇게 떨리진 않았는데!

"두, 두 번은 못해요!"

그때, 선호의 손이 하리를 잡아당기며 찰나의 망설임도 없이 희미하게 스친 입술을 그대로 집어삼켰다. 그의 거센 숨결이 속수무책으로 그녀를 밀어붙였다. 거칠 것 없이 다가오는 그의 입술은, 지난번과는 차원이 달랐다.

하리는 숨이 막힐 것 같은 그 순간에도 그를 잡은 손을 놓을 수가 없었다. 온 감각이 쭈뼛하고 서면서도 그 뒤로 야릇한 느낌이 온 머릿속을 핑크빛으로 물들였다.

위아래로 훑어가던 그의 혀가 점점 그녀의 입안으로 스며들듯 밀려 들어와 여린 속살을 휘감으며 마치 정복자처럼 밀어붙이더니, 이내 더없이 다정하게 속삭이며 그녀의 온 신경을 잡아 흔들었다.

난생처음 느껴 보는 이 황홀한 기분에 하리는 그의 단단한 몸을 천천히 끌어안았다. 그녀의 손길이 닿은 곳이 움찔 떨리며 낮은 신음을 흘렸다.

눈앞에서 핑크빛 폭죽이 터지는 느낌이 들었다. 상상했던 것, 그 이상의 느낌. 너무나도 묘하고 속수무책으로 달아오르는 기분에 취해 혼이 나갈 것 같았다. 그와 동시에 혀도 뽑힐 것 같았다. 대체 이 남자, 내 입술을 얼마나 먹을 작정인 거야!

어느새, 하늘에서 새하얀 무언가가 천천히 떨어지기 시작했다. 주변으로 눈이라고 소리를 질렀지만, 두 사람은 아무것도 듣지도, 보이지도 않았다. 그저 서로에게 와 닿은 체온과 느낌에 취해서 무아지경 속에 빠져 있었다.

한참 만에 하리를 놓아준 선호는 여전히 부족한 느낌에 거친 숨을 몰아쉬었다. 하리 역시 격한 숨을 몰아쉬며 여전히 그를 꽉 끌어안고 있었다.

"조하리."

그의 목소리가 소름 끼칠 정도로 낮고 섹시하게 다가와, 아직 경험이 별로 없는 햇병아리의 가슴을 또 들썩이게 했다.

"네……."

"하리야."

"네……."

"……사랑해, 사랑한다."

수줍지만, 진심으로 다가온 한 남자의 고백에 시큰거리던 눈가로 눈물이 맺혔다. 선호는 그녀의 눈가에 맺힌 눈물을 조심스럽게 닦아 주며 이 조그맣고 사랑스러운 햇병아리를 아주 꽉 끌어안았다. 두 번 다시 놓치지 않기 위해서, 이제 정말 최선호의 병아리가 되었다.

"이제 갈까?"

뭔가 낮고 은밀하게 흘러내리는 그의 목소리에 하리는 살며시 고개를 들어 올려 순진무구한 눈동자로 물었다.

"어딜 요?"

그러자 그의 미소가 더 음흉하게 번져 나갔다.

"어디긴. 밤은 이제 시작이지. 낭만의 화이트 크리스마스의 밤."

순간, 하리는 그의 몸이 자신의 가슴을 압박하며 너무 붙어 있다는 생각이 든 찰나, 뭔가 허벅지 아래로 꾹꾹 쑤시는 거대한 무언가에 의아한 생각이 들었다.

'뭐지, 뭐가 이렇게 쿡쿡⋯⋯.'

"흐흠."

아래를 빤히 보던 하리는 선호의 야릇한 숨소리에 화들짝 놀라며 소리쳤다.

"아, 아직은 안 돼요!"

"왜?"

정말이지 태연스럽게 왜? 라고 묻는 그의 모습에 하리는 말을 더듬거리며 고개를 가로저었다. 하지만 선호는 그러한 그녀의 반응이 재미있어 계속 놀려 주고만 싶었다.

"너무 빨라요. 그러니까, 그러니까, 너무 이르다고 해야 하나? 아무튼!"

아직은 안 돼, 너무 일러! 게다가 진이가 너무 쉽게 주면 안 된다고 했어. 줄 듯 말 듯 밀당이 필요하다고 했는데! 지금 입술도 너무 빨리 준 거 아닐까? 그렇지만 좋았는걸.

'헉! 내가 무슨 생각을!'

당황해 어쩔 줄 몰라 하는 그녀를 보고 있자니, 또다시 키스가 하고 싶어졌다. 하아, 정말 곤란한데. 이제 정말 거칠 것이 없다는 생각이 드니, 선호는 밀려드는 욕구를 자제하기가 훨씬 더 어려웠다.

"근데 덮치긴 네가 먼저 덮쳤어."

더, 덮치다니, 내가 언제?

순간 머릿속으로 몽글몽글 떠오르는 기억 하나에 하리의 표정이 사색으로 굳어졌다. 그날 저녁. 넘치는 호기심과 욕구를 참지 못하고 그의 입술을 만졌었지! 그, 그럼 설마 입술 만진 거 본 건가! 본 거야?

전혀 다른 생각으로 굳어진 하리를 눈치채지 못한 선호는 그때, 술에 취해서 제 볼에 뽀뽀했던 기억을 떠올리며 태연하게 말을 이었다.

"기억 안 나? 그날 저녁에……."

역시 봤구나! 젠장, 젠장!

"네가 내 볼에 뽀뽀……."

"일부러 선생님 입술 만진 건 아니에요!"

서로 다른 얘기가 터져 나오자 당황한 건 하리였고, 선호의 눈빛은 더 음흉하게 휘어졌다.

"뭐야, 언제 나 몰래 내 입술 만진 거야? 이제 보니 햇병아리가 아니라 엉큼한 암탉이었구나. 누구는 죽어라 참았는데."

하리는 자꾸만 그에게 밀리는 것 같은 느낌에 발을 동동 굴리며 고개를 가로저었다.

"제가 언제 선생님한테 뽀뽀를 했어요? 전 아니에요!"

"분명 했어. 그때 술에 취해서, 쪽! 소리 나게 했는데? 아아 내 순결한 볼이 그렇게 당하는 순간이었지."

헉! 결국, 그날. 사고를 쳤구나, 쳤어! 술이 원수지, 술이 원수야!

"그, 그치만 꿈에선 선생님이 먼저 했어요!"

안 해도 될 말을 하고야 만 하리는 정말이지 쥐구멍이 있으면 들어가고만 싶은 심정이었다. 조하리, 너 대체 오늘 왜 이러니!

선호는 점점 더 혼자 벌게지면서 동동 구르는 그녀의 모습에 더는 참지 못하고선 한 발자국 성큼 다가섰다.

"그런 꿈도 꿨어? 역시 엉큼하네. 그렇게 원하면, 해 줘야지."

"누, 누가 원한다고……. 흡!"

결국, 선호는 유혹을 이기지 못하고 그녀의 입술을 다시 한 번 베어 물었다. 이번엔 아까보다 훨씬 더 부드럽고 자극적이게 그의 움직임이 느껴졌다. 두 손이 아주 자연스럽게 그녀의 허리를 감싸 올렸고, 밀당 해야 하는데, 라는 생각이 순식간에 사라지면서 처음보다 더 빨리 그를 받아들이며, 살짝 거칠게 흐트러진 그의 호흡이 그녀의 안으로 강하게 스며들었다. 수줍게 움찔거리는 그녀의 혀를 매끄럽게 안아 올리며 더 진하고 뜨거운 열정을 속삭였다. 그러고는 느릿하고 여유롭게, 그의 성격처럼 꼼꼼히, 하나하나 입안을 휘저으며 그녀의 모든 것을 취해 나갔다.

"하아!"

참지 못하고 터져 나온 귀여운 소리에 선호의 미간이 딱딱하게 굳어지며 또다시 흥분으로 아래쪽으로 참지 못할 통증이 느껴졌다. 무섭도록 빠르게 피가 끓어올랐다.

하리 역시 아까보다 더 단단하게 솟구친 그를 느낄 수 있었다. 아까는 한없이 창피하기만 했는데, 자신 때문에 이 남자가 괴로워하고 있다는 생각이 드니 조금, 유쾌한 생각이 들었다. 물론 이 사실을 알게 되면 선호가 더는 참지 않았을지도 모르지만.

선호는 점점 시간이 갈수록 더한 욕구에 멍해지는 정신을 애써 붙잡으며 천천히 고개를 들었다. 까맣게 반짝이는 눈동자와 붉게 달아오른 입술 하며, 수줍게 달아오른 두 볼까지. 어쩌자고 이렇게 사랑스러울 수가 있을까.

"예쁘다."

낮게 젖어든 그의 목소리에 하리는 처음으로 뭔가 아랫부분이 예민하게 달아오르는 느낌을 받았다. 정말 이러다가 이 남자의 맛에서 영영 못 빠져나오면 어쩌지? 아니, 벌써 늦은 건가? 이미 이 맛에 중독되어 버린 것 같으니까.

선호는 터질 것같이 부풀어 오른 제 아랫도리를 바라보다 이내 끔찍한 숨을 삼키며 스스로를 다독였다. 햇병아리가 드디어 제 손에 들어왔지만, 여전히 밤은 길고, 오늘도 뜬눈으로 밤을 지새울 것 같았다. 하지만 그래도 기뻤다. 제 손안에 쏙 들어오는 이 부드럽고 조그맣게 움직이는 이 온기를, 온전히 가질 수 있게 되어서. 저토록 환하게 웃는 미소를 독차지할 수 있게 되어서. 뭐, 시간은 많으니까. 앞으로의 밤도 많을 거고.

둘은 손을 맞잡고서 새하얀 눈이 쏟아지는 풍경 속에, 화려하게 빛나는 크리스마스트리를 바라보았다. 하리는 제 손을 감싼 이 커다란 손이 주는 온기에 살포시 미소를 지었다. 너무나도 따뜻한 손. 드디어 제 손에 꼭 맞는 온기를 찾은 것이다.

3년 전, 눈물의 크리스마스는 이제 영원히 안녕이다. 이젠, 사랑이 퐁퐁 솟아난 화이트 크리스마스가 시작된 것이다.

6장

　하리와 헤어진 진우는 오피스텔로 들어설 때까지 계속해서 전화가 울렸지만, 일부러 전화를 피하고 있었다. 진우는 마지막 신호음이 끊길 때까지 휴대폰을 붙잡다가, 드디어 신호가 끊기자 무거운 한숨을 내쉬며 휴대폰을 내려놓았다. 싸한 통증이 밀려들었다. 눈앞을 꽉 채운 캄캄한 어둠에 숨이 막힐 듯, 지독한 고독감이 밀려들었다.

　진우는 스위치란 스위치는 전부 켜고선 냉장고 쪽으로 걸어갔다. 텅 빈 냉장고 안에 덩그러니 남아 있는 맥주 하나를 꺼내고서 그답지 않게 잔뜩 흐트러진 모습으로 맥주를 삼켰다. 이제야 조금 정신을 차릴 수가 있었다. 그의 시선이 다시금 휴대폰으로 갔다. 너무나도 낯익은 번호가 찍혀 있었다. 진우는 다시금 맥주를 삼키며 아까전의 광경을 떠올렸다.

　하리를 데려갔던 최선호. 정말 뜻밖의 인물이라 솔직히 조금 당황했었다. 하지만 그 뒤로 밀려든 감정은 그의 가슴을 차갑게 만들었다. 자신과는 달리 무엇이든 원하는 대로 할 수 있는 그런 자유. 그는 공허한 시선으로 고급스럽기만 한 집을 바라보았다. 이 공허함은 이 자리에 있는 그 순간부터 시작되어 단 한 순간도 채워지지가 않았다.

그때 덜컹이는 소리와 함께 문이 열리면서 한애령이 안으로 들어섰다. 그녀는 진우가 있을 줄 몰랐는지, 살짝 당황한 기색을 띠다 이내 표정을 지우고선 안으로 들어왔다. 그녀가 바빴던 탓에 귀국한 지 한참이 되었지만 이제야 얼굴을 보게 된 셈이었다.

"있을 줄 몰랐다. 그렇게 전화를 해도 받지도 않더니."

"죄송해요. 못 들었어요."

뻔히 보이는 거짓말에도 애령은 그러려니 하고 넘어갔다. 진우는 한애령에게 시선조차 주지 않고서 맥주를 삼켰다. 더없이 텁텁하기만 했지만 억지로 맥주를 삼켜 들었다. 애령은 그러한 진우의 모습을 바라보다 이내 입을 열었다.

"회장님이 널 보고 싶어 하신다."

"……."

"가족 모임을 할 것 같더구나."

"그래요?"

진우의 목소리는 한없이 부드러웠다. 하지만 목소리만 부드러울 뿐, 역시나 한애령을 보지는 않고 있었다.

"빠지지 말고 꼭 참석해."

"대충 시간을 알려 주시면, 스케줄을 빼 볼게요."

애령은 진우의 앞으로 다가왔다. 그제야 진우도 애령을 바라보며 미소를 띠었다.

"건강해 보이는구나."

"덕분에요."

"곧, 정희의 기일이더구나. 같이 가겠니?"

그녀의 입에서 그 이름이 나오자 진우의 표정이 살짝 굳어졌다.

"정희와 난 가족이나 다름없었어. 기일이 다가오니, 마음이 좀 그렇구나. 하긴. 너보단 낫겠지. 지금도 정말 미안하다. 네 어머니, 살리지 못해서."

"어머니가 돌아가신 건 탓하지 않아요. 어차피 당신 잘못도 아니니까."

단호하게 자르는 진우의 말에 애령 역시 더는 언급하지 않았다.

"곧 신성에서 MOU와 관련해 사람이 올 거야. 그때 알아서 시간 비워 놔라."

그는 맥주 캔을 내려놓으며 살며시 뒤돌아섰다. 애령은 그러한 그의 뒷모습을 흔들리는 시선으로 바라보았다.

친구이자, 처음 정식으로 신경외과의가 되어 첫 수술한 환자가 바로 윤정희, 진우의 친모인 그녀였다. 악성 뇌종양. 뇌종양에 의한 출혈로 더 이상 손쓸 수도 없는 상태였고, 결국 수술대에서 숨이 끊어지고 말았다. 친척도, 가족도 없었던 정희를 대신하여 혼자 남은 진우를 자신의 양자로 받아들였지만……

애령은 대충 장을 봐 온 물건을 냉장고에 챙겨 넣고서 자리를 떠났다. 어차피 다른 양부모 관계 같은 건 바라지도 않았다. 처음부터 그럴 수도 없는 관계였으니까.

전날 무섭게 변해 버렸던 선호 때문에 잔뜩 긴장하고 있던 레지던트들은 컨퍼런스와 회진 내내 다시 예전의 모습으로 돌아온 그의 모습에 의아한 시선을 띠었다. 아니, 돌아온 것뿐만 아니라 하루 종일 뭐가 그렇게 좋은지 얼굴 위로 미소가 끊이질 않았고, 여자 레지던트들은 그 모습에 안도의 한숨을 내쉬며 꼬튼남 최선호 선생님이 돌아왔다며 환호성을 질렀다.

하리는 멀리서 그의 모습을 바라보며 자꾸만 두근거리는 가슴을 진정시키기가 어려웠다. 컨퍼런스 시간에도 내내 저를 향해 눈웃음을 지어 주고, 회진 시간에도 틈틈이 다른 사람의 눈을 피해 손을 잡아 주든가, 어깨를 잡아 주는 등, 자잘한 스킨십으로 얼마나 떨리게 하던지. 하지만 싫지 않은 느낌이었다. 오히려 너무나도 행복했다. 지난밤, 그와 했던 키스가 자꾸만 머릿속을 둥실둥실 떠다니며 미친년처럼 발그레해져서는 공부에 집중할 수가 없었다. 그래서 진이한테 또 한 소리를 듣기는 했지만, 그래도 어쩌겠는가? 너무 좋은데. 이게 바로 연애의 간질거림일까?

회진이 끝나고, 하리는 다른 레지던트의 시선을 피해 우물쭈물하며 제자리를 맴돌았다. 선호는 그러한 하리의 시선을 느끼며, 마지막으로 환자들의 차트와 오더를 점검한 뒤, 자연스런 어조로 하리를 불렀다.

"인턴 선생, 전공의 시험 때문에 바쁠 텐데, 연구실에 잠시 와 줘요."

"네, 선생님."

전공의 시험이 다가오는 시기라 인턴들의 일도 줄어들었기 때문에 하리는 무척이나 미안한 척 연기를 하는 선호의 태도에 터져 나오려는 웃음을 꾹 누르고서 그보다 먼저 연구실로 걸음을 옮겼다.

꽤 오랜만에 오는 연구실은 역시나 그의 성격답게 깔끔하게 정리가 되어 있었다. 그녀는 조심스럽게 책상 쪽으로 걸어가 흩어진 자료가 없는지 확인했지만, 정말로 논문을 거의 다 끝냈는지 책상에는 아무런 흔적도 보이지 않았다.

"정말 두 개를 다 한 거야? 역시, 사람이 아니라니까."

"누가 사람이 아니라고?"

어느새 뒤로 다가온 선호의 손길이 자연스럽게 그녀의 허리를 끌어당기며 품 안으로 바짝 끌어안았다. 하리는 속수무책으로 그에게 안기고선 밉지 않은 시선을 띠며 입을 열었다.

"자꾸 이렇게 불러내시면 곤란해요. 제가 전공의 시험 망치면 책임지실 거예요?"

그녀의 목소리를 들으면서 선호는 새하얀 목덜미에 입술을 찍으며 여유롭게 입을 열었다. 낮고 강한 울림이 순식간에 온몸으로 번지면서, 하리는 저도 모르게 다리에 힘이 풀려 갔다.

"너 하나 먹여 살릴 정도의 능력은 돼."

"핏, 어련하시겠어요. 논문을 두 개나 쓰는 괴물인데."

순간, 그의 시선이 살짝 떨렸고 갑자기 움직임이 멈추자 하리가 의아한 시선으로 고개를 올렸지만 선호는 재빨리 입가로 짙은 호를 그리며 입을 열었다.

"논문 두 개 쓴 건 어떻게 알았어?"

"저번에 뇌종양에 관련된 책 가지고 계신 거 봤어요. 그래서 짐작해 본 거예요."

"그래."

어쩐지 힘없이 떨어지는 그의 목소리에 하리는 자세를 고쳐 잡았다. 그러곤 그의 눈을 빤히 바라보다 이내 조심스럽게 한 손을 들어 그의 얼굴을 가볍게 쓸어내렸다. 간질거리면서 따스한 손길이 얼굴에 와 닿자, 그의 턱이 살짝 굳어지면서 속으로 신음을 삼켰다.

"선생님, 저번에 말했었죠? 전공을 바꾼 이유, 나중에 말해 줄 거라고."

"……응."

"기다릴 거예요. 그때까지 기다릴 테니까. 너무 힘들면 제가 있다는 거, 그것만 알아주세요."

거짓말처럼 정말로 그녀의 목소리가 편안하게 그를 보듬어 주었다. 선호는 난생처음 느껴 보는 느낌에 살짝 눈을 크게 뜨면서 마치 아이처럼 그녀를 꼭 끌어안았다. 이 조그만 품 안이 이토록 안심되고 든든하게 느껴지다니. 정말, 언젠가 그녀에게 모든 걸 말할 수 있을까? 그럼 뭐라고 말해 주려나. 그냥, 아무렇지도 않게 웃어 주면 좋겠다. 지금처럼, 이렇게만 있어 주면 좋을 것 같다.

"근데 정말 어떤 전공 칠 거야? 네가 원한다면 NS(신경외과) 공부, 내가 도와줄 수도 있는데."

부끄러워 싫다는 하리를 기어이 제 무릎 위에 앉게 한 선호는 연신 그녀의 귓가에 대고 장난스럽게 속삭였고, 그 목소리에 온 신경이 쭈뼛 서면서 예민하게 달아오른 탓에, 하리는 손끝을 움켜쥐며 위태롭게 그에게 안겨 있었다. 하여튼, 이건 연애가 아니라 마치 그의 인형이 된 것 같은 느낌이었다. 너무 한없이 애기처럼 본다고 해야 하나? 그래도 나도 여자인데. 정말 이러고 앉아 있는데도 아무런 느낌이 없는 거야?

"왜 그래?"

"네? 아. 저 NS 시험 안 볼 거예요."

"그럼?"

"MED(내과) 보려고요."

하리는 애써 정신을 똑바로 차리고서 처음으로 그에게 그 사실을 입 밖으로 꺼냈다. 선호는 뜻밖의 선택에 그녀를 고쳐 안으며 부끄러워 어쩔 줄 몰라 하는 그녀와 억지로 시선을 마주했다.

"왜? 너 지금까지 NS 공부한 거 아니야?"

"사실, 계속 고민하다가 선생님이 왜 의사가 된 거냐고 물었을 때, 확신하게 된 거예요. 제가 의사가 되려고 한 이유는 신경외과 쪽보다는 내과인 것 같다고."

그녀는 고개를 살짝 숙이고서 쑥스러운 목소리로 처음, 제 속마음과 꿈을 이야기했다.

"제가 의사가 되고 싶었던 가장 큰 이유는 외할머니였어요. 아빠가 일찍 돌아가시고, 홀로 남은 엄마에게 가장 큰 힘이 되어 주신 게 외할머니셨거든요. 그래서 될 수 있으면 오랫동안 엄마와 함께 계셨으면 좋겠다고 생각했어요. 딸인 제가 옆에 있어 드리는 것과 엄마가 옆에 있다는 건 전혀 다른 거잖아요. 엄마는 제게 절대 기대지 않으려고 하시고, 힘들어도 절대 내색하지 않으시는데, 그런 엄마에게 힘이 되어 드리는 건 외할머니세요. 그래서 조금이라도 더 오래 함께하셨으면 좋겠어요."

"……."

"전, 조교수니, 교수니, 그런 건 바라지 않아요. 그냥 사람들과 가까이에 있는 의사가 되고 싶어요. 그리고 그런 과목이 내과가 아닐까, 생각하고요. 그래서 정식으로 내과의가 되면 엄마가 계시는 시골에 작은 병원을 세워서 외할머니는 물론이고, 시골에선 병원에 가기가 힘드니까 좀 더 가까이에서, 다른 분들의 어머니와 아버지 역시도 제가 할 수 있는 선에서 도움을 드리는 의사로서 살고 싶어요. 그게, 제가 의사가 되고 싶었던 이유예요."

의사로서 뭔가 크게 이루어 보겠다는 욕심은 없었다. 처음부터 그저 소박하게 키워 온 꿈이었다. 그리고 그것이 가장 의사로서 중요한 마음가짐이고, 존재 이유라고 생각했다.

선호는 그러한 하리가 처음으로 무척이나 크게 느껴졌다. 의대를 졸업하면서 누구나 가슴에 새기는 히포크라테스 선서에 이런 구절이 있었다. '나는 환자의 건강과 생명을 첫째로 생각하겠노라. 또한, 어떤 사회적 지위 여하를 초월하여 오직 환자에 대한 나의 의무를 지키겠노라.' 하지만 가장 중요한 것은 선서의 시작.

'나의 생애를 인류 봉사에 바칠 것을 엄숙히 서약하노라.'

결국, 자신이 배운 모든 의술은 오직 병들고 지친 환자들의 것이지, 결코 자신의 욕심을 채우기 위한 학문이 아니라는 것이었다. 하지만 과연 자신의 주변에는 이러한 가장 기본이 되는 마음을 가진 사람들이 있기는 한 걸까? 너무나도 삭막한 현실에 지치고, 좌절했었다. 어머니에게도, 외할아버지에게도, 그리고 외할머니라는 그 여자에게도. 가족이라는 둘레에만 있을 뿐, 선호는 단 한 번도 그들에게 가족을 느낀 적이 없었다. 의사로서의 마음 또한 느낀 적이 없었다. 그들이 그에게 가르쳐 준 것은, 그저 더러운 구정물이 얼마나 더 더러워질 수 있는가. 단지 그뿐이었다.

"선생님?"

선호는 다시금 하리를 꽉 끌어안았다. 그것만으로도 이 공허함이 채워지는 느낌이 들었다.

"그래서 내가 널 좋아할 수밖에 없나 봐."

나지막이 속삭이는 그의 목소리를 하리는 그저 가만히 들으며 그녀 역시 손을 뻗어 이 커다란 남자의 어깨를 다독여 주었다.

"그럼 내가 도와줄게. 내가 천재인 건 너도 알지? 아주 스파르타식으로 철저하게 내과의 모든 걸 알려 주지."

하리는 왠지 선호가 이렇게 나올 줄 예상이라도 한 듯, 아주 단호한 목소리로 고개를 가로저었다.

"아니요! 괜찮아요. 저 혼자 할게요."

그러자 이해할 수 없다는 시선으로, 왜? 라고 묻는 그의 눈빛에 하리는 순식간에 빨갛게 달아오른 얼굴로 슬그머니 시선을 피하고선 개미가 기어갈 것 같은 목소리로 조그맣게 속삭였다.

"선생님이 옆에 있으면 너무 설레고, 자꾸 보고 싶어서 집중이 안 된단 말이에요. 그러니까, 전공의 시험이 끝날 때까지. 당분간 보지 말았으면 해요."

그 말조차 쑥스러워 몸을 배배 꼬는 모습이 너무나도 사랑스러웠다. 하지만 선호는 짐짓 상처받은 표정을 지으며 더 가까이 바짝 붙었다.

"너, 보지 말자는 말을 너무 쉽게 하는 거 아니야?"

"그, 그렇지만!"

"그럼, 키스해 줘."

"네? 그런 게 어디 있어요!"

"뭐야, 당분간 얼굴도 안 보여 줄 거면서 키스도 안 해 주고 가겠다는 거야? 와아, 햇병아리. 은근 잔인한 구석이 있었구나. 너, 말로만 사랑한다고 해 놓고선 사실은 별로 사랑 안 하는 거 아니야? 연애도 비밀 연애를 하자고 하고."

"그, 그건 선생님도 동의하셨잖아요!"

현재 선호와 하리는 비밀 연애를 하고 있었다. 괜히 병원 내로 소문이 번지면 이제 겨우 인턴을 끝낸 하리에게도 썩 좋지만은 않을

151

것 같았고, 선호 역시 한애령의 귀에 들어갈 필요는 없다고 판단한 결정이었다. 또한, 비밀 연애가 오히려 다른 사람을 의식하지 않고 둘만의 시간을 가질 수 있을 테고.

"그러니까, 비밀 연애인 만큼 더 애절하고 진하게! 난 눈에 보이는 사랑도 중요해."

선호는 이번만큼은 절대 포기하지 않겠다는 의지를 불태우며 눈을 감고 고개를 들었다. 하리는 부끄러우면서도 막상, 제 눈앞에 그의 단단하게 다물어진 입술이 보이자 저도 모르게 그때의 황홀했던 기억과 욕구가 슬금슬금 피어오르면서, 결국엔 눈을 질끈 감고서 그의 입술에 아주 살짝, 살짝 스치려던 찰나, 그의 손이 그녀의 뒷목을 부드럽게 잡아당기고는 재빠르게 그녀의 숨결을 앗아 가 버렸다. 그녀의 뒷머리를 어루만지던 손끝이 점점 더 격해지는 움직임에 머리카락 깊숙이 파고들며 움켜쥐었고, 그의 무릎 위에서 갈 곳을 잃었던 그녀의 손도 차츰 그의 어깨 위로 내려앉으며 저도 모르게 그의 목을 끌어안았다.

선호의 혀끝이 감미롭게 흐르며 그녀의 아랫입술을 살짝 깨물었다. 순간 짜릿한 전율이 스쳤고, 하리는 엉덩이를 움찔하며 낮은 비음을 내뱉었다.

"하아."

저도 모르게 움직이는 그녀의 야릇한 동작에 선호는 탁해진 숨을 깊이 들이마셨다. 다시금 머릿속으로 엄청난 인내심이 치열하게 전쟁을 벌이기 시작했다. 그것을 아는지, 모르는지 하리는 연신 몸을 움찔하며 그를 자극했고, 결국 욕망에 일렁이는 눈동자로 선호는 어렵사리 하리에게서 벗어났다. 열기에 취한 그녀의 눈동자가 한없이 떨려 왔다. 그녀는 왠지 모를 아쉬움에 침을 꿀꺽 삼켰다. 점점 그의 맛이 진해졌지만, 자꾸만 뭔가가 부족하다는 생각이 들었다. 그게 대체 뭘까?

'그게 바로, 불타는 애욕의 밤이 필요한 순간이지.'

순간, 진이의 목소리가 귓가에 들리는 듯하여, 하리는 화들짝 놀라선 몸을 빳빳하게 세웠다. 선호는 갑자기 변해 버린 그녀의 표정에 걱정스런 눈빛으로 입을 열었다.

"괜찮아?"

"네? 무, 물론이죠! 괜찮아요. 이걸로도 충분해요. 충분하다고요!"

하리는 얼른 그에게서 내려섰다. 선호는 제 몸을 가득 맴돌던 그녀의 온기가 사그라지자, 여전히 채워지지 않은 욕망의 잔재가 뒤섞인 목소리로 힘겹게 입을 열었다.

"가려고?"

"가야죠. 그리고 이건 반칙이에요. 이 키스는, 선생님이 한 거예요."

"훗, 그럼 다음엔 네가 해 줘. 꼭."

턱을 괸 채, 다음에도 해 달라고 말하는 그의 모습이 너무나도 섹시하게 느껴졌다. 정말이지, 미쳤구나. 조하리. 너 이렇게 밝히는 여자였니? 정말 이러다간 제가 먼저 저 남자를 덮칠 것 같아서, 하리는 재빨리 등을 돌리고서 연구실을 빠져나가려다, 살짝 고개를 돌려 선호를 향해 짤막하게 속삭였다.

"사랑해요, 선생님."

그러곤 얼른 연구실을 나가 버리는 그녀의 모습에 선호는 기분좋은 미소를 지으며 연신 아쉽게 그녀의 뒷모습을 좇았다.

이렇게 행복해도 되는 걸까? 이렇게 좋아도 되는 걸까? 이젠 정말, 네가 없는 순간은 생각하기도 싫을 만큼. 빠져 버리고 말았다.

그의 입꼬리와 눈동자는 더없이 애틋하고 부드럽게 풀어져만 가고 있었다.

하리는 두 손으로 제 얼굴을 가리고서 미친 듯이 걸음을 놀렸다. 정말, 늦게 빠진 키스 맛에 날 새우는 줄 모른다고. 점점 대담해지는 제 행동에 미칠 것만 같았다. 이거였나? 사람이 식욕만큼이나 성욕도 이기지 못한다는 게? 아니야, 아닐 거야. 오, 제발! 이 불순한 머릿속을 씻어 내소서! 이러다간 전공의 시험도 물 건너가는 거라고!

그 뒤로, 컨퍼런스와 회진, 그 짧은 시간에도 제대로 만나지 않은 채 하리는 전공의 시험에만 몰입하기 시작했다. 선호도 그러한 그녀를 방해하지 않기 위해서 거의 독수공방을 하는 심정으로 꾹 참아야만 했다. 물론, 겉으로는 그랬다.

"하아, 또 우렁각시께서 왔다 가셨군."

"응?"

전공의 시험 때문에 거의 밤새도록 당직실에서 죽어라 공부만 하던 진이는 잠시 세수나 할 겸, 밖을 나섰다가 문 앞에 놓인 도넛 상자에 묘한 표정을 지었다. 요즘 들어 출처를 알 수 없는 야식이 거의 매일같이 이런 식으로 배달되고 있었다. 출처를 알 순 없었지만, 누굴 위한 건지는 대충 알 수 있었다. 하리는 도넛 상자를 가지고 들어오는 진이의 모습에 순식간에 달려와 그 상자를 끌어안았다. 그러고는 상자에 이번에도 어김없이 들어 있는 우유를 들고선 어쩔 줄 몰라 하는 표정을 지었다.

"흐음, 우렁각시가 아니라 우렁도령이려나?"

하지만 하리는 헛기침만 삼키고선 책상에 앉아 우유에 붙여진 포스트잇을 조심스럽게 읽었다.

보고 싶어 죽겠다, 햇병아리.

단정하고 정갈한 그의 글씨체를 여러 번 바라보면서 하리는 그 쪽지를 소중히 움켜쥐었다. 매번 이렇게 야식과 더불어 보고 싶다는 쪽지가 붙은 우유를 보내오는 그의 모습에 하리는 간질거리는 심장과 저도 모르게 풀어지는 입을 막으며 콩콩 발을 굴렀다.

그러한 모습을 뒤에서 바라보던 진이는 허탈한 표정을 지으며 도넛을 입에 물었다. 지 딴에는 비밀 연애를 하는 것 같은데, 조하리 사전에 비밀이란 있을 수가 없었다. 저렇게 좋아 죽겠다는 분위기를 풍풍 풍기는데, 어느 누가 연애 중이라는 걸 모를까? 단지 그 상대를 모를 뿐이겠지. 하지만 진이는 그 상대가 이진우가 아닌 최선호라고 확신했다. 아직은 그 남자가 영 불안하긴 했지만, 서로가 죽고 못 사는 지금 누구의 말이 들릴 것이며, 콩깍지가 단단히 쓰인 이 시기에 누가 과연 눈에 들어올 것인가? 지금은 그저 모른 척 지켜봐 주는 수밖에 없었다. 그녀는 마지막 도넛 조각을 한입에 삼키고선 자리에서 일어섰다. 아무래도 해부 모형을 보면서 외워야 할 것 같았다. 당최 머릿속에 안 들어가니, 시각적으로 보면서라도 억지로 쑤셔 넣을 수밖에!

태종은 피곤한 기색을 뒤로한 채 내일 있을 허혈성 뇌혈관 질환의 수술 환자 차트를 확인했다. 이번 수술은 혈류를 차단하며 수술을 해야 하기 때문에 정확하고 신속한 수술이 필요했다. 그는 이런 저런 책을 찾아보다가 이내 자리에서 일어나 연구실로 향했다. 아무래도 경동맥에 대한 좀 더 자세한 견해가 필요할 것 같았다.

이미 새벽을 달리고 있는 병원 복도는 조용했다. 몇몇 스테이션에 불이 밝혀져 있었지만, 당직 서는 간호사들은 어디로 불려 갔는지 보이지 않았다. 일부러 잠을 좀 쫓기 위해 엘리베이터가 아닌 계단을 이용해서 연구실에 도착한 태종은 문이 열려 있는 것을 보곤 의아한 표정을 지으며 창문 쪽으로 안을 조심스럽게 살폈다. 혹, 누가 있는 건가?

그때, 부스럭거리는 소리와 함께 한 여자가 해부 모형을 살피며 뭔가를 외우고 있었다.

"그러니까 여기서 올라가는 4개의 굵은 동맥 중 목 앞부분에서 만져지는. 그래, 여기. 여기가 경동맥. 그리고 목젖 근처에서 갈라지는 내경동맥과 외경동맥이라……. 젠장!"

순식간에 욕이 터져 나오며 한껏 헝클어진 머리카락을 벅벅 문지르는 여자의 뒷모습은 예사롭지가 않아 보였다. 그런데 어딘가 낯이 익은 것 같은데. 태종은 저도 모르게 좀 더 창문에 바짝 밀착했고, 이내 살며시 보이는 얼굴에 떠오르는 이름을 속삭였다.

"유진이었던가?"

이제야 저 여자를 어디서 봤는지 알 것 같았다. 지난달 NS(신경외과)로 왔던 인턴이었다. 보통 인턴을 기억하는 일은 거의 없었는데 저 애만큼은 아주 생생히 기억이 났다. 잠시 차트를 맡기고 깜빡했었는데 수술 마치고 돌아와 보니 의국 복도에서 차트 들고 엎어져 자고 있던 모습이 어찌나 웃기던지. 지옥의 인턴이란 말이 무색하게 정말로 매번 에너지가 넘치다 못해 어디로 튈지 모르는. 그러면서 시선이 가는 그런 여자였다. 그리고 보니 곧 전공의 시험이 있던가?

태종은 자신이 여기에 왜 왔는지도 잊어버린 채 그녀를 유심히 바라보았다.

"아오, 아무리 외워도 어디서 이렇게 또 툭 하고 혈관 튀어나오고. 또 툭 하고 튀어나오고. 이 조그만 구석에 뭐가 이렇게 많이 있니. 엉?"

진이는 이 조그만 뇌와 오늘 밤 뜨겁게 함께 해 보리라 다짐했지만, 역시나 머릿속에서 혈관들이 뱅글뱅글 춤을 추었다. 밤마다 이게 뭐 하는 짓인지. 생생히 살아 숨 쉬는 남자는 못 볼지언즉, 이렇게 속살이 보이다 못해 안까지 훤히 보이는 모형과 이 같은 밤을 함께 해야 하다니.

진이는 외우던 수첩을 내려놓고서 해부 모형을 빤히 쳐다보았다. 그러더니 이내.

"뭐. 너도 은근 섹시하구나."

"푸흡!"

정말로 생각지도 못한 한마디에 태종은 저도 모르게 웃음을 터트리며 혹시나 들킬까 봐 고개를 바짝 숙였다. 정말 종잡을 수가 없는 여자였다. 해부 모형한테 섹시하다니.

다행히 들키지는 않았는지 진이는 해부 모형을 툭툭 두드리며 다시금 수첩에 그림을 그리며 열심히 외우기 시작했다. 아무래도 신경외과로 올 모양이었다. 그럼 자신의 밑으로 오게 되려나? 꽤나 시끄러워질 것 같기는 한데, 살짝 기대는 되었다.

태종은 괜히 방해가 될까 봐 뒤돌아서다가 어느새 꾸벅꾸벅 졸고 있는 진이를 보고선 엷은 미소를 띠며 어디론가 걸음을 돌렸다.

잠시 졸던 진이는 이내 해부 모형과 찐하게 머리를 박고선 머리를 흔들었다.

"으으윽! 졸려 미치겠네."

하지만 여기서 잘 수는 없지! 세수라도 좀 해야겠다는 생각에 연구실 문을 열자 뭔가가 덜거덕거리며 발에 걸렸다. 그리고 그녀의 발밑엔 캔 커피 하나가 놓여 있었다.

"뭐지?"

진이는 의아한 시선으로 캔 커피를 들어 올렸다. 누가 두고 갔나? 설마 나 먹으라고? 이 병원에 나를 몰래 사모하는 또 다른 우렁도령이 계신 거야?

"후후후, 예쁜 건 알아 가지고."

그녀는 기분 좋게 캔 커피를 들고 화장실로 걸어갔다. 같은 시간, 태종 역시 밤을 새우며 수술 공부를 하고 있었다. 그의 책상 위엔 진이와 똑같은 캔 커피가 놓여 있었다.

드디어, 지옥 같던 전공의 시험이 무사히 지나갔다. 시험 결과는 조금 더 있어야 했고, 인턴 기간도 끝났기 때문에 아주 조금의 특별 휴가가 주어지게 되었다. 하리는 거의 살다시피 한 당직실에서 몇 가지 물건을 챙겨 들었다. 그리고 진이에게 살짝 도움을 받아서 얼굴에 화장도 하고, 머리카락도 오랜만에 길게 늘어뜨린 뒤, 새하얀 원피스도 입어 보았다.

"어때, 괜찮아?"

"어, 근데 집에 간다면서 왜 그렇게 신경 쓰는 거야? 혹시 집에다 남자라도 묻어 놨니?"

"그, 그냥! 나도 좀 꾸며 보고 싶어서."

사실, 비밀 연애라고 하지만 진이에게는 말해 주고 싶었다. 그런데 매번 변태 자식이라며 하소연을 터트렸었는데, 이제 와서 연애 중이라고 말하려니까 왠지 모를 쑥스러움에 자꾸만 미루고 있었다.

"그럼, 꼭 다시 이 병원에서 만나자. 전우여."

진이 역시 오랜만에 고향인 부산으로 내려간다고 했다. 하리는 다시 이 병원으로 돌아오는 날, 꼭 말해 줘야겠다고 다짐을 하고서 진이와 작별 인사를 한 뒤, 조심스럽게 그의 연구실로 향했다. 요즘 들어 환자가 부쩍 많아지면서 얼굴 보기가 하늘의 별 따기 같았는데, 만약 연구실에 없으면 통화만 한 채 헤어져야만 했다.

'제발, 제발!'

하지만 하리의 간절한 바람에도, 연구실은 부재중이었다. 모처럼 예쁘게 꾸며 입었는데. 생각보다 더 큰 아쉬움을 삼키면서 하리는 휴대폰을 들어 그에게 전화를 걸었다. 혹시, 전화도 받지 못하는 건 아닐까?

몇 번의 신호음이 들리고 초조함에 저도 모르게 제자리에서 동동 뛰고 있던 하리는 달칵 이는 소리와 함께 눈물이 핑 돌 정도로 보고 픈 그의 목소리를 듣고선 환한 미소를 지었다.

〈여보세요?〉

"전화 가능해요?"

〈미안, 그렇게 오래는 안 돼.〉

주변으로 웅성거리는 소리가 들렸다. 아마도 누군가 옆에 있는 모양이었다.

"많이 바쁜 모양이네요. 그럼 얼른 끊어야겠다."

〈무슨 일이야?〉

휴대폰 너머로 걱정이 가득 밴 그의 목소리에 하리는 묘하게 파고드는 울림을 느끼며 한층 부드러운 목소리로 속삭였다.

"아무 일도 없어요. 사실 나 지금 고향 내려가거든요."

〈하아, 미안. 도저히 틈이 안 나네.〉

"괜찮아요, 신경 쓰지 마요."

〈고향이 어딘데?〉

"제 고향은 아니고, 엄마랑 외할머니가 계신 곳이에요. 강원도 홍천이요. 고속도로 타고 쭉 들어가다 보면 밤골 마을이 있고, 커다란 정승 바로 옆집이에요. 찾기는 되게 쉬워요."

〈즐거워 보이네. 잘 다녀와. 조심하고.〉

점점 작아지는 그의 목소리를 가만히 들으며 하리는 살짝 망설이다 이내 휴대폰에 쪽 소리를 내곤 수줍게 속삭였다.

"선생님도 너무 무리하지 마세요. 쪽!"

휴대폰을 내려놓은 하리는 화끈거리는 볼을 두드렸다. 정말이지 이렇게 낮 뜨거운 행동을 스스럼없이 하게 되다니. 하지만 그래도 마냥 좋았다. 이 쑥스러움도, 그 쑥스러움에 발그레해지는 두 볼도, 그렇게 간질거리는 포근한 느낌도, 퐁퐁 솟아나는 심장 소리도. 모두, 그를 얼마큼 사랑하고 있는지 알게 되는 것 같아서. 그저 마냥 좋을 뿐이었다.

생각지도 못한 앙큼한 행동에 저도 모르게 귓불이 빨개지긴 했지만, 그것도 신경 쓰지 못할 만큼 선호는 끊어진 전화에 진한 아쉬움을 담으며 엷게 웃었다.

"뭐가 좋아서 그렇게 실실 쪼개냐? 어쭈, 얼굴도 엄청 빨개졌네. 네가 말한 그 햇병아리냐?"

태종은 옆에서 바보처럼 실실거리는 선호에게 핀잔을 주었고, 그는 휴대폰을 집어넣으며 믿지 않게 툴툴거렸다.

"남이사, 우리 햇병아리한테 신경 꺼라. 질투 난다."

"허, 얼굴이나 보여 주고 그런 말을 해라. 미친놈."

"그나저나, 왜 부른 거야? 너 때문에 우리 병아리 얼굴도 못 보고."

"정식으로 뇌 신경센터 허가가 떨어졌어. 조만간 신성 그룹에서 MOU를 체결하기 위해 사람이 나올 거야. 신성 그룹의 외동딸이라는 소문이 돌고 있어."

"맞을 거야. 그래서 이진우가 급하게 귀국했을 거라고 어머니는 생각하고 계시거든."

이미 병원 내로 이진우가 한애령의 아들이라는 소문이 빠르게 번지고 있었다. 이 모든 것이 신성 그룹의 외동딸과 어떻게든 엮으려는 한애령의 밑밥이겠지만.

"벌써부터 이진우에게 선을 대려고 줄을 서겠군."

"하지만 당사자는 아직 그렇다 할 반응이 없어."

"나도 그 녀석 속은 몰라. 사실, 제대로 만난 적도 없고."

고작해야 몇 번밖에 본 적이 없었다. 그나마도 하리 때문에 한 번 더 만났다고 해야 할까?

"네 어머니는 어때?"

"아직은 연락이 없네."

"회장님은?"

태종의 입에서 외할아버지, 이영철의 존재가 나오자 선호는 처음으로 긴장된 표정을 지었다.

"글쎄, 그쪽도 아직은. 내 생각엔, 한번 가족 모임을 할 것 같아."

"그것보다 넌 괜찮은 거냐? 너희 어머니 성격에 신성 그룹의 외동딸. 이진우에게 가도록 가만두지 않을 것 같은데."

"아마 그렇겠지? 하지만 난 절대로 그런 식으로 엮일 생각 없어."

그때, 그의 휴대폰이 다시금 울렸다. 선호는 하리가 또 전화를 한 건가, 들뜬 표정으로 액정을 확인했지만, 액정에 뜬 번호는 하리가 아니었다.

"왜 그래?"

태종은 영 심상치 않은 선호의 표정에 그의 휴대폰으로 시선을 돌렸다. 그러자 그의 표정도 삽시간에 굳어져 내렸다.

"부원장."

"우리 외할머니께서, 보고 싶으신가 본데?"

일이 이 정도까지 진행되긴 했어도 솔직히 이렇게 먼저 연락을 할 줄은 몰랐다. 선호는 심호흡을 깊게 하고서 전화를 받아 들었다.

"말씀하세요."

〈잠시 시간 좀 내서, 부원장실로 오거라.〉

그리고 이렇게 만나게 될 것도 말이다.

연락을 받고 부원장실로 들어서니, 창문을 살짝 열어 두어서인지 다소 차가운 바람이 감돌고 있었다. 한애령의 모습은 보이지 않았다. 하지만 기다리라는 뜻인지, 탁자 위에 아직 온기가 가시지 않은 차가 놓여 있었다. 여기까지 들어온 적은 처음이지만, 이상하게 어머니의 공간보다는 덜 딱딱하다는 느낌을 받았다. 아마도 사람도 가려 가면서 만나는 어머니와 달리 속내는 알 수 없지만 그래도 겉으론 편안한 모습으로 사람들을 자주 접하는 그녀의 성향이 밴 탓인 듯싶었다. 하지만 역시 편치만은 않았다. 사람들의 시선도 있을 텐데, 대체 무슨 일로 부른 걸까? 아직은, 자신이 그녀의 손자라는 사실이 병원에 알려지는 걸 바라지는 않을 텐데.

찻잔을 막 올리려는 찰나, 달칵 이는 소리와 함께 한애령이 모습을 드러냈다. 그녀는 그때와 똑같이 얼굴 위로 편안하고 부드러운 미소를 머금고 있었다.

"어서 오렴. 내가 오라고 했는데 갑자기 자리를 비워서 미안하구나. 그래도 아직 차가 식지는 않았지?"

선호는 차를 한 입 머금고서 고개를 끄덕였다.

"네, 아직 식지 않았네요."

"다행이네."

그녀는 여전히 미소를 잃지 않고서 가지고 들어온 서류를 책상 위에 올려 둔 뒤, 창문을 닫고서 미리 내려 둔 커피를 들고서 선호의 맞은편에 편안하게 자리를 잡았다. 하지만 그는 내심 초조하게 그녀를 살폈다. 이러나저러나 그녀와 자신은 결코 편안한 관계가 될 수 없었다. 그 누구보다 껄끄러운 관계라면 모를까.

"불편한 것 같구나."

"솔직히 편하다고는 할 수 없잖아요."

"그래? 그 아이가 날 싫어한다고 해서 너까지 그럴 필요는 없지 않니?"

"그렇다고 정말 편하게 외할머니라고 불러 드릴 사이도 아니지 않나요?"

"하긴. 그럼 괜히 마음이 더 불편하지 않게 빨리 끝내야겠구나."

애령은 마시던 찻잔을 내려 두고서 짧게 말을 이었다.

"희진이가 널 불렀었지?"

"……"

"진우가 귀국하기 전에 말이야."

어째서 그걸 묻는 걸까? 그게 지금의 그녀에게 그렇게 중요한 일일까?

선호는 연신 애령의 표정을 살피려 했지만, 도통 그 속내를 알 수가 없었다. 하긴, 저 여자의 속내를 잘 파악만 했을 것 같으면 이 자리에 이렇게 있지도 않았겠지.

"예, 아마 제가 잘 지내는지 궁금하셨나 봐요."

"궁금하다라, 네가 다시 메스를 쥐게 되었는지?"

순간, 선호의 눈빛이 일시적으로 흔들렸고 그것을 놓치지 않은 애령은 다시금 태연하게 찻잔을 들어 올렸다. 이미 선호의 차는 서늘하게 식어 가고 있었다.

"나도 어서 네가 다시 신경외과로 돌아와 주었으면 좋겠구나. 곧, 뇌 신경센터가 건립이 될 테고 그렇게 되면 네가 아주 큰 도움을 주지 않겠니? 진우를 도와서 말이야."

진우를 돕는다라. 결국은 뇌 신경센터의 센터장은 이진우의 것이니 허튼수작을 하지 말라, 이건가? 게다가 이런 식으로 마음에도 없는 빈말을 하다니. 메스를 다시 잡길 바란다고? 훗, 내가 메스를 쥘 수 없다는 걸 뻔히 아는 주제에.

"진심이세요? 제가 정말, 메스를 다시 잡았으면 하세요?"

"물론이지. 이런 껄끄러운 관계 상관없이, 같은 의사로서 너의 재능을 아낀단다. 재능이 있으면서도 쓰지도 못하고 피하는 건."

"……."

"겁쟁이야. 아무짝에도 쓸모없는."

팽팽한 공기가 감돌았다. 방 안을 감도는 차가운 공기 때문에 더 그런 것일까? 하지만 웃음 뒤에 가려진 저 여자의 서늘한 목소리와 눈빛보다 더할까.

그때, 그의 휴대폰이 가볍게 울렸다. 선호는 이미 식어 버린 찻잔을 내려놓았다.

"처음에도 그렇고, 지금도 그렇고. 저의 재능을 이렇게 아끼실 줄은 몰랐네요. 그 마음, 감사히 생각하며 먼저 일어나도록 하겠습니다."

"내 진심을 그렇게 생각해 주니 고맙구나. 아! 그리고 혹시나 다시 희진이를 만나게 되면, 내가 이렇게 이름을 부른 사실은 비밀로 해 주렴. 친한 척하는 걸 굉장히 싫어하니까 말이야. 이미 받은 미움은 어쩔 수 없지만, 더한 미움은 피해야 하지 않겠니?"

"고작 이름 불린 걸로 더 미워할까요? 다른 거라면 몰라도."

"하긴, 앞으로 미움이 깊어지면 깊어졌지, 덜하지는 않을 거야."

선호는 먼저 자리에서 일어나 등을 돌렸다. 그리고 문고리를 돌리려는 순간.

"기대되는구나. 네가 다시 신경외과로 돌아오는 날이 말이야."

"……그렇군요."

그렇게 그가 부원장실을 빠져나가고서, 문이 닫히는 소리가 묵직하게 울렸다. 애령은 잠시 그가 빠져나간 빈자리를 바라보며 차마 하지 못한 말을 속삭였다.

"그래, 네 재능은 참 아깝지. 메스를 쥘 수도 없으면서, 그림의 떡이 되기엔 참 아까운 재능이야."

하지만 당분간은 계속, 네 손은 메스를 쥐어서는 안 돼.

부원장실을 빠져나온 선호는 딱딱하게 굳어진 표정으로 걸음을 내디뎠다. 서서히 주변으로 사람이 많아지고, 무엇보다 그의 시야로 신경외과라는 글자가 또렷하게 보였다.

아마 그녀는 원인은 모를 테지만, 자신이 포비아 상태라는 건 잘 알고 있을 것이다. 그런데도 저렇게 아무것도 모르는 척, 자꾸만 자신을 건드리는 이유가 뭘까? 도발이라도 하고 싶은 건가? 아니면, 동정? 그것도 아니면, 지금의 내 처지를 아주 철저히 각인시키며 앞으로의 일에 관섭하지 말라는 소리인가?

'재능이 있으면서도 쓰지도 못하고 피하는 건. 겁쟁이야. 아무짝에도 쓸모없는.'

어느새 연구실로 들어선 선호는 차가운 시선으로 가장 아래 서랍을 열었다. 거기엔 그가 완성시킨 뇌종양에 대한 논문이 들어 있었다. 그녀의 말대로, 지금의 그에게는 이 논문은 아무짝에도 쓸모없는 종잇조각에 불과했다.

'겁쟁이.'

"……맞아, 난 겁쟁이야."

자조적인 웃음소리가 메마르게 새어 나왔다. 그는 의자에 털썩 주저앉고서 휴대폰을 열었다. 아까 온 건 전화가 아닌 문자였다. 그녀에게서 온 문자. 새하얀 원피스를 입고서 수줍게 웃고 있는 그녀의 얼굴이 담겨 있었다.

실물이 훨씬 나은데, 선생님은 굴러 들어온 복을 차신 거예요!

"픕!"

선호는 어느새 입가에 잔잔한 미소를 띠고서 몸을 바짝 기댄 채, 휴대폰을 멍하니 바라보다 제 손 쪽으로 시선을 돌렸다. 피가 잔뜩 묻은 손이 잔상처럼 흐릿하게 스쳤다. 그리고 귓가를 맴도는 차갑게 정지된 심장 소리. 잔뜩 굳어진 손에서 메스가 아래로 떨어지고, 그를 부르는 목소리와 마지막으로 힘없이 떨어지는 한마디.

'테이블 데스(수술 중 사망). 사망 원인은 수술 중, 갑작스런 뇌출혈……'

'선, 선호야. 아니지? 그렇지?'

'미안, 하다.'

'……네 잘못이 아니잖아.'

그리고 차마 제 앞에서 보이지 않았던 굵은 눈물방울과 짓눌려진 목소리.

아니야, 내 잘못이야. 그건, 내 잘못이야!

그는 눈을 질끈 감았다. 여전히 그때의 기억은 생생했고, 시간은 결코 그 기억을 지워 주지 않았다. 여전히 그의 손을 떨렸고, 피가 묻은 메스는 더없이 차갑기만 했다.

오랜만에 집에 도착한 하리는 정정해 보이시는 외할머니의 모습에 환한 미소를 지으며 외할머니를 꼭 끌어안았다. 거의 몇 달 동안 보지 못했던 손녀의 모습에 외할머니는 주름진 손으로 어느새 저보다 배는 커진 손녀의 등을 쓰다듬으며 환한 미소를 지으셨다.

부엌에서 분주하게 움직이는 엄마의 모습에 하리는 엷은 미소를 지으며 조심스럽게 다가가 엄마를 와락 끌어안았다.

"에고, 남사스럽게!"

"뭐야, 오랜만에 보는 딸내미한테."

"그러게, 얼마나 바쁘면 이제야 얼굴을 보여 줘? 외할머니가 말은 안 해도 엄청 보고 싶어 하셨어."

"엄마는? 엄마는 안 보고 싶었어?"

"그걸 말이라고."

혜정은 오랜만에 보는 딸의 애교에 밉지 않은 눈빛을 띠며 부산스럽게 움직였다. 오랜만에 보는 딸, 다시 서울에 올라가면 많이 힘들 텐데 영양식이라도 해 주기 위해서 아침부터 준비했던 것이었다.

하리도 그러한 그녀의 옆에서 채소를 다듬었다. 오랜만에 돌아온 집이라 아무것도 안 먹어도 피로가 풀리는 것 같은 기분이 들었다.

"언제 갈 거야?"

"곧 시험 결과 나올 테니까, 금방 가야지."

"그럼 진짜 의사가 되는 거야?"

"일단 합격하면, 그래도 공부해야 해."

"네 아버지가 살아 있었으면 참 좋아했을 게다. 네 아버지가 공부에 한이 많았잖니."

"훗, 그래서 아주 징하게 공부하고 있잖아."

채소를 다듬는 딸의 모습을 유심히 바라보던 그녀는 끓고 있는 곰탕에 뿌옇게 올라오는 육수를 살피며 은근슬쩍 운을 띄웠다.

"그런데 너 만나는 남자는 없니?"

"으, 응?"

"그렇잖아. 이제 네 나이도 스물일곱 정도면 그렇게 적은 나이도 아니고. 슬슬 결혼도 생각해야지."

생각지도 못한 결혼이라는 단어에 하리는 대수롭지 않게 받아넘겼다.

"에이, 벌써 결혼은 무슨. 이제야 정식으로 의사가 되려고 하는데, 괜히 결혼하면 더 힘들어. 그리고 스물일곱이면 아직 적은 나이야, 엄마."

별생각이 없어 보이는 딸의 모습에 혜정은 열었던 냄비 뚜껑을 조금 격하게 닫으면서 자세를 고쳐 잡았다.

"적다니! 난 네 나이에 벌써 널 낳아서 키웠어. 그리고 아직 결혼은 멀었다고는 하지만 연애는 늦었지! 연애도 해야 느는 거고, 남자도 만나야 알 수 있는 거야. 갑자기 결혼할 때 돼서, 남자가 하늘에서 뚝 떨어지니?"

한 번도 연애니, 남자 같은 이야기는 해 본 적이 없는 엄마가 이렇게 열을 내는 모습은 처음 보았다. 물론, 짝사랑을 3년 가까이했을 정도로 지고지순한 감정을 품었었지만, 그걸 엄마가 알 리가 없으니 연애는커녕, 남자에도 관심 없이 저러다가 결혼도 제대로 못하면 어쩌나, 걱정하는 듯싶었다.

하리는 흐르는 물에 채소를 씻으면서 쑥스러워 거의 기어갈 듯한 목소리로 살짝 입을 열었다.

"……있어."

"뭐?"

"사, 사귀는 남자. 있다고."

으아! 막상 이렇게 엄마 앞에서 말을 하려니 왜 이렇게 떨리고 부끄러운 거야!

"어머? 그래? 만나는 남자가 있어? 어떤 남자야? 뭐 하는 남자인데? 얼마나 된 거야? 왜 지금까지 말을 안 했어!"

갑자기 하던 요리도 팽개치고선 더없이 반짝거리는 눈동자로 하리를 붙잡은 엄마의 모습에 그녀는 벌게진 얼굴로 애써 시선을 회피했다. 하지만 이왕 이렇게 붙잡힌 거 끝까지 말은 해야 할 듯싶었다. 그리고 조금, 자랑하고 싶은 마음도 있고.

"같은 의사야."

"그럼 같은 병원? 어머, 사내 커플이네! 귀여워라. 그럼 오늘 데려오지 그랬어."

어느새 콩나물의 뿌리를 다듬기 시작한 그녀는 저도 모르게 콩나물 머리를 똑똑 따기 시작했다.

"애꿎은 콩나물 작살내지 마! 왜, 싸웠니?"

"아니야, 나보다 훨씬 바쁜 사람이라서 그래. 그리고 이제 만나기 시작했는데, 갑자기 집에 가자고 하면 너무 부담스러워하잖아."

"얼마 안 됐어?"

"아직 한 달도 안 됐어."

혜정은 하리의 말에 고개를 끄덕이며, 어느새 그녀 앞에 앉아 콩나물을 다듬었다. 그러고는 차마 얼굴도 들지 못하고는 빨개진 얼굴로 엷은 미소를 걸치고 있는 딸아이를 훔쳐보았다. 굉장히 행복해 보였다. 하긴, 지금이 가장 깨가 쏟아질 시기긴 하지. 온갖 닭털도 좀 날려 주면서. 하지만 이때까지 보았던 모습 중에 가장 행복해 보이는 딸의 얼굴을 보며 누군지는 모르지만 정말로 많이 사랑하는 남자구나, 라는 걸 느낄 수가 있었다.

"하긴, 너무 빠르면 서로 부담스러울지도 모르지. 그러니까 그것도 너무 빠르면 안 된다."

"응? 그거라니?"

"어느 순간 혼수랍시고 임신해서 오면, 아주 국물도 없을 줄 알아. 알았어?"

순간, 안 그래도 빨개졌던 그녀의 얼굴이 거의 시뻘겋게 달아오르면서 이내 들고 있던 콩나물을 아예 토막을 내고 있었다.

"엄마는 참. 그것도 아직 빨라!"

"제대로 결혼할 남자다, 라고 정해져야 해. 그것도 결혼하고 나서부터야. 알겠지? 자기 몸은 자기가 철저하게. 자고로 여자는 제 몸을 귀하게 여겨야 해. 그래야 남자도 귀한 줄 알지. 너무 쉽게 홀라 당 주면 안 된다?"

"아, 알았어."

하리는 결국 제 손에 걸레가 되어 버린 콩나물을 내려놓고선 뜨 거운 숨을 내쉬었다. 정말이지, 벌써 결혼이라니. 게다가 임, 임신?

그녀는 얼른 고개를 내저으며 다시금 콩나물을 다듬기 시작했다.

그날 저녁, 정말이지 제대로 배 터지게 먹은 하리는 설거지를 도 와주고서 소화도 시킬 겸, 앞마당으로 나왔다. 도시에선 볼 수 없는 칠흑 같은 어둠에 수많은 별이 자잘하게 박혀 마치 새하얀 안개꽃이 만개한 것 같았다. 물론, 강원도 칼바람에 무척이나 추웠지만, 속이 시원해지는 느낌이 들었다.

하리는 평상에 살짝 엉덩이를 걸치고서 휴대폰을 들어 올렸다. 그래도 예쁘게 꾸몄는데, 보여 주지 못한 게 내심 서운해서 어렵사 리 사진을 찍어 보냈지만, 답장이 없었다. 그렇게 바쁜가? 그래도 한마디는 해 줄 수 있잖아.

"흠……."

휴대폰만 물끄러미 바라보며, 조금 서운한 마음에 액정을 켜 보 았다. 바탕화면에는 저도 모르게 몰카로 찍었던 선호의 모습이 담겨 있었다. 바로 새하얀 가운을 입고서 환자들을 향해 웃고 있는 모습 이었다.

"역시, 흰 가운이 제일 잘 어울린단 말이야."

레지던트들 앞에서 회진을 돌며 가끔 카리스마 있게 오더를 내리 는 모습도 근사했지만, 늦은 시간 연구실에서 날렵한 턱선 위로 채 깎지 못해 푸르스름하게 올라오는 수염과 살짝 흐트러진 옷차림새 로 낮고 깊은 저음으로 그녀의 이름을 부를 때, 그때가 정말로 섹시하게 느껴지고는 했다. 물론, 그 모습을 다른 여자 레지던트들은 절대로 모르고 그녀 혼자 알고 있다는 사실이 더 짜릿한 거였지만.

"보고 싶다."

어쩌다 보니 그의 생각으로 조그만 머릿속이 꽉 차올랐다. 지금쯤 뭐 하려나. 당직 서고 있을까? 어느새 손가락이 0번 가까이에서 맴돌며 누를까, 말까. 홀로 엄청난 밀당을 하고 있었다. 누르고 싶어 안달이 난 손가락. 하지만 먼저 전화를 하기가 좀 그런데. 문자를 보내 볼까? 그러다가 만약 답장이 안 오면. 그때 쪼르르 전화하기엔 더 모양 빠지는데!

그때, 드디어 그녀의 휴대폰이 목청 좋은 소리로 띠리링 울려왔다. 액정 위로 그토록 기다렸던 최선호의 이름이 떠오르고! 정말로 기다렸다는 듯이 덜컥 전화를 받아 들었다.

마치, 그가 바로 옆에 있는 것처럼, 하리는 두근거리는 심장으로 숨을 꾹 참았다.

〈기다린 거야?〉

그리고 그의 목소리가 그녀의 귓가로 낮고 부드럽게 울리자 귓불이 붉게 물들며 저도 모르게 달뜬 열기가 느껴졌다.

하지만 하리는 애써 새침한 목소리를 띠고는 절대로 쉽게 넘어가지 않았다.

"기다리긴요, 절대로 아니에요."

〈홋, 그런데 이렇게 전화를 빨리 받아?〉

젠장, 좀 더 기다렸다 받을걸. 너무 티 나게 받았나?

아직 연애의 초보인 하리는 영 어설펐던 제 행동에 머리를 콩콩 쥐어박았다.

"어디예요?"

하리는 다시금 마음을 다잡고서 입을 열었지만, 다시금 들려오는 그의 목소리에 속수무책으로 머릿속이 허물어져 버렸다. 이렇게 깜깜한 어둠에서 목소리만 듣고 있으니, 뭔가 더 예민하게 느껴지는 것 같았다.

〈병원이야. 아무래도 오늘은 여기서 잘 것 같아.〉

"너무 무리하지 마요. 목소리가, 꽤 지쳐 보여요."

〈우리 햇병아리를 못 봐서 그런가.〉

"어우, 닭살."

하지만 그녀의 광대는 승천할 듯 솟아오르고 있었다.

"저기……."

〈응?〉

그가 눈앞에 있는 것도 아닌데, 하리는 고개를 푹 숙이고서 애꿎은 땅을 발로 툭툭 차며 간질거리는 목소리로 짧게 속삭였다.

"보고, 싶어요."

정말 진심이었다. 요 며칠 사이 전공의 시험 때문에 제대로 보지도 못했고, 특별 휴가를 받은 뒤엔 데이트는 못해도 그래도 얼굴이나 실컷 볼 수 있을까, 생각했지만 역시나 그는 바빴고. 결국은 강원도로 내려오기 직전까지 얼굴 한번 제대로 볼 수가 없었다. 물론, 그는 펠로우고 교수님의 환자까지 맡은 바람에 엄청 바쁘다는 걸 머리로는 이해했지만 그래도 내심 속상한 건 막을 길이 없었다.

〈갈까?〉

"네?"

〈지금, 거기로 갈까?〉

순간, 머리가 멍해지면서 자꾸만 갈까, 라는 그의 목소리가 그녀를 두근거리게 만들었다. 대체 여기가 어디라고. 지금 병원에 있다고 했으면서. 게다가 시간이 몇 시인데, 아무리 빨라도 2시간은 족히 걸리는 거리였다. 설사 온다고 해도 자지 못하고 정말로 얼굴만 보고선 다시 가야 할 게 뻔했다.

하지만 하리는 자꾸만 그의 말에 이끌렸다. 그러곤 올 리가 없다고 생각하고서 고개를 끄덕이며 조그맣게 속삭였다.

"네."

〈그럼, 조금만 기다려.〉

"선생님?"

하지만 전화는 그대로 끊어지고 말았다. 하리는 연신 선생님을 외쳤지만, 목소리는 들리지 않은 채 신호음은 완전히 끊겨 버리고 말았다. 그녀는 허망한 시선으로 휴대폰을 내려놓았다.

뭐지? 정말 오는 건가? 에이, 설마. 내일도 컨퍼런스에 회진에 얼마나 바쁜데. 조금만 더 목소리나 들려주지.

살짝 뚱해진 표정으로 혹시나 다시 걸려 오지 않을까, 휴대폰을 만지작거렸지만 애꿎은 아쉬움과 미련만 더 커질 뿐, 전화는 다시 오지 않았다.

"칫!"

하리는 어느새 냉기가 올라온 몸을 매만지며 자리에서 일어섰다. 입술 위로 뿌연 입김이 솟아나고 있었다. 그래도, 조금은 마음이 따뜻해진 기분이 들었다.

띠리링, 띠리링.

잔뜩 몸을 웅크린 채 포근한 꿈속을 헤매던 하리는 잠결에 들려오는 휴대폰 소리에 억지로 귀를 막고 있었지만 이미 울리기 시작한 휴대폰은 20분째 정말로 끈질기게 계속 울려왔고, 결국 통통 부은 눈으로 짜증을 내며 누군지 확인도 하지 않고서 전화를 받아 들었다. 대체 지금 시간이 몇 신데, 전화질이야!

"여보세요?"

짜증이 잔뜩 섞인 목소리 끝으로 낯익은 웃음소리가 들려왔다. 하지만 하리는 여전히 정신을 제대로 차릴 수가 없었다.

"아씨, 이 늦은 시간에 누가 장난 전화질이야. 하려면 낮에 하던가!"

〈미안, 근데 낮에도 우리 전화하지 않았던가?〉

순간, 온몸을 누르던 잠의 기운이 싹 달아나면서 휴대폰을 확인했다. 최선호 선생님! 하지만 지금 시간은 새벽 3시인데.

"선생님?"

〈근처야. 얼른 나와.〉

나오라니. 설마, 정말 온 거야? 내 눈이 잘못된 게 아니라면 진짜 새벽 3시인데. 하지만 이미 전화는 끊어졌고, 하리는 분주하게 몸을 일으켜 세웠다. 너무 다급한 마음에 지금 제가 무슨 옷을 입고 있는지도 확인하지 못하고서 밖으로 튀어나왔다. 등골이 서늘한 강원도 겨울바람이 마치 칼처럼 휘몰아쳤다. 이제야 하리는 제 옷차림이 얼마나 볼품없는지를 확인할 수 있었다. 샛노란 수면 잠옷이라니! 그때, 멀리서 꿈틀거리는 그림자가 눈에 들어왔다. 가로등이 고장 났는지, 연신 깜빡거리는 와중에 그의 얼굴이 아주 선명하게 보이고 있었다. 정말로, 여기에 있었다. 정말, 와 주었다.

"미안, 푹 자고 있었어?"

멀리서 다정하게 들려오는 그의 목소리를 듣자마자, 하리는 천천히 내딛던 걸음에 힘을 싣고서 곧장 달려가 그를 끌어안았다. 얼마나 오래 서 있었는지 손이 꽁꽁 얼어 너무나도 차가웠다. 좀 더 빨리 전화를 받았어야 했는데. 그까짓 잠이 뭐라고!

선호는 제 품에 꼭 안겨 든 이 조그만 병아리의 모습에 하루 종일 무거웠던 입가가 스르르 풀리면서 차가웠던 체온이 단숨에 녹아내려갔다.

"어떻게 온 거예요?"

가슴에서 조그맣게 속삭이는 그녀의 목소리가 부드러운 울림이 되어 흩어졌다. 참, 기분 좋은 느낌이었다.

"보고 싶다며."

"그렇지만, 내일 일찍 컨퍼런스도 있고, 회진도 있고……."

"나도 보고 싶었으니까."

하리는 살며시 고개를 들고서 그를 물끄러미 바라보았다. 분명 엄청 추운 바람이 불고 있는데도, 그녀의 가슴 위로는 뜨거운 열기가 차곡차곡 쌓이고 있었다. 선호는 잠옷 바람으로 나온 그녀가 염려스러워 바람을 가로막으며 차 안으로 함께 들어갔다. 미리 히터를 틀어 논 탓에, 안의 공기는 무척이나 훈훈했다.

"히터 틀어 놨으면, 그럼 차에서 기다리지 뭐하러 밖에서 기다렸어요."

그녀는 빨갛게 얼어 버린 그의 손을 꼭 붙잡고서 속상한 듯 말했고, 선호는 그저 가볍게 웃으면서 그녀를 안심시켰다.

"혹시나 차 안에 있으면 못 볼까 봐. 그리고 여기가 맞는지도 좀 긴가민가했거든."

"근데 어떻게 알고 온 거예요?"

"찾아오라고 그렇게 자세히 가르쳐 준 거 아니야? 강원도 홍천, 밤골 마을에서 바로 보이는 정승 앞 집. 찾기 되게 쉽다며."

"그런 거 아니에요!"

노란 잠옷을 입고 발끈해 봤자, 무섭기는커녕 그저 귀엽기만 했다. 게다가 지금은 사방이 어둡고 밀폐된 공간. 선호는 또다시 스스로 무덤을 팠다고 자책하며 서서히 달아오르는 욕망을 삼켜 들었다.

"순진한 햇병아리인 줄 알았는데, 이렇게 집으로 오라고 유혹할 줄도 알고. 설마 병아리의 탈을 쓴 여우, 그런 거야?"

"하? 그럼 선생님은 늑대예요? 완전 엉큼한 생각만 가득하고."

"늑대면 좋지. 늑대는 평생 한 여자만 본다잖아. 죽을 때까지 사랑하고, 죽어서도 그리워하는. 그런 늑대가 엉큼한 마음을 먹었다면, 그건 이미 마음으로 정해 둔 여자에게만 한정되어 있겠지."

히터 때문인가? 맞잡은 그의 손이 뜨겁게 느껴졌다. 그리고 그의 맥박이 무척이나 거세게 뛰고 있었다. 쿵. 쿵. 쿵. 오직 그녀를 위해 숨을 쉬는 심장의 소리가, 그렇게 쿵. 쿵. 쿵.

선호는 맞잡은 손을 자연스럽게 깍지를 끼고서 길고 부드러운 그녀의 손가락을 어루만지며 살짝 들어 올려 뜨거운 입술 자국을 새겼다. 하리는 묘한 느낌에 몸을 움찔했다. 손가락 끝에서부터 그의 입술이 서서히 타고 올라와 뜨겁고 물컹한 무언가가 살결 위를 맴돌았다. 굉장히 이상한 느낌이었지만, 거기서부터 번지는 감각이 싫지는 않았다.

선호는 두 눈을 감고서 그녀의 손끝을 입에 넣고선 정성스럽게 애무를 하기 시작했다. 아릿했던 감각이 짜릿하게 바뀌면서 하리는 저도 모르게 몸을 비틀었다. 마치 사탕을 빨아 먹듯, 혀가 부드럽게 뒤엉키며 자잘하게 깨무는 아찔한 쾌감에 하리는 더운 숨결을 삼켜 들었다.

순간, 그가 눈을 떴다. 눈동자 위에 서린 욕망의 그림자가 탁하게 흔들리고 있었다. 그는 살짝 몸을 일으켜 그녀의 입술을 파고들었다. 미끈하게 젖은 손가락을 더욱 꽉 움켜쥐고서 숨을 쉴 수 없을 만큼 폭발적인 열기를 뿜어냈다. 그의 몸이 점점 더 앞으로 기울고, 물러설 곳이 없는 하리는 결국 거의 눕다시피 한 포즈로 그를 받아들이고 있었다.

생각하지 못할 만큼, 그의 뜨거운 혀가 그녀의 여린 입술을 가르고, 닿으면 닿을수록 더욱 달콤하게 젖어드는 그녀에게 취해 더욱 맹목적으로 빨아들이고, 삼켜 버렸다. 어느새 그의 키스에 중독되어 버린 하리는 헐떡이는 숨결까지 모조리 그에게 전해 주며 자유로운 왼손으로 그의 머리칼을 끌어안으며 더욱 바짝 안쪽으로 당겼다. 순간, 선호의 움직임이 조금씩 빨라지면서 입술에서 아래로, 그녀의 새하얀 목덜미를 가볍게 맴돌다, 이내 짐승처럼 한껏 베어 물었다.

"하아⋯⋯."

그에게 눌려 몸을 움직일 수가 없었다. 게다가 손까지 잡혀 버린 탓에 더더욱 속수무책이었다. 어느새 그녀의 허벅지를 살짝 벌려 자세를 고쳐 잡은 선호는 목덜미에서 쇄골 쪽으로 미끄럽게 내려가, 가슴의 바로 위에 정점을 눌렀다.

"흐흑!"

하리의 여린 소리가 점점 더 가늘게 떨려 왔다. 어느새 그의 분신이 뻣뻣하게 달아올라 그녀의 허벅지 사이를 거세게 눌러 왔다. 하리 역시 그러한 그를 느낄 수가 있었다. 그저 살짝 와 닿았을 뿐인데도, 마치 불구덩이에 들어간 듯 몸이 펄떡이며 격한 숨이 목구멍 끝까지 차올랐다.

"서, 선생님."

어렵사리 달싹이는 그녀의 목소리에 선호는 살짝 고개를 들었다. 발그레한 눈빛으로 흐느끼듯 부르는 그녀의 목소리는 너무나도 자극적이어서, 오히려 그의 불길을 더욱 거세게 잡아당기고 있었다.

"조금만, 가만히."

그의 메마른 목소리가 흐르고, 하리는 정말로 그의 말에 묶여 버린 듯 온몸에서 힘이 빠져나가기 시작했다. 그는 다시금 손끝을 움직여 그녀의 가슴을 움켜쥐었다. 한 손에 쏙 감기는 부드러운 감촉과 그 너머로 폭발하듯 뛰어오르는 심장 소리가 느껴졌다. 서서히 커져 가는 욕망, 금방이라도 그녀를 먹어 치울 듯 선호의 머릿속을 더욱 거세게 파고들며 외쳤다.

'지금이야, 지금이야!'

하지만 선호는 선뜻 더 움직일 수가 없었다. 그녀에겐 분명 첫 경험일 텐데, 이렇고 좁은 차 안에서 여자에겐 무척이나 중요한 첫 경험을 잃게 하고 싶지는 않았다.

결국, 그는 젖 먹던 힘까지 전부 쏟아 내며 그녀에게서 서서히 물러섰다. 그와 동시에 그녀도 조금씩 몸을 일으켜 세웠다.

"……미안."

"아, 아니에요."

하리는 살짝 고개를 돌리며 흐트러진 옷자락을 움켜쥐었다.

"그래도 너한텐 소중한 처음인데. 이런 곳에서 할 수는 없잖아."

'그러니까 그것도 너무 빠르면 안 된다. 어느 순간 혼수랍시고 임신해서 오면, 아주 국물도 없을 줄 알아. 알았어?'

순간, 처음이라는 말과 동시에 엄마의 말이 불현듯 스치면서 그녀의 표정이 살짝 하얗게 굳어졌다. 선호는 그러한 그녀의 표정을 보고선 정말로 미안한 생각에 머리를 긁적였다.

"정말 미안해. 다음엔 꼭, 제대로 된 아주 근사한 곳을 준비할게. 장미도 막 뿌리고 그럴까?"

어떻게든 분위기를 풀어 보기 위해 장난스럽게 내뱉는 그의 말도 그녀는 들리지 않았다.

'어쩌지, 어쩌지. 그 처음을 신혼여행에서 근사하게 해 달라고 할까? 그렇게 말해도 될까?'

하리는 조심스럽게 그를 바라보았다. 하지만 이미 홀로 망상 속으로 빠져든 그의 눈동자에선 활활 타오르는 의지를 읽을 수 있었다.

'나는 말 못해. 절대로 못해!'

하리는 왠지 미안한 마음에 선호를 다시금 꼭 끌어안아 주었고, 선호는 그러한 그녀의 모습에 제대로 착각해 버리고선 침을 꿀꺽 삼키며 속삭였다.

"이제 겨우 마음을 열었는데, 미안해. 다음엔 꼭 같이 짧은 밤을 보내 보자."

'아아, 선생님. 그 짧은 밤은 아마도 신혼여행의 밤이 될 것 같아요.'

그렇게 간절한 미안함을 담아 이 행동이 얼마나 그를 애태우고 있는지도 모른 채, 하리는 좀 더 선호를 끌어안아 주었고, 그 속도 모르고서 선호는 왠지 더 적극적인 그녀의 모습에 그 짧고 불타는 밤이 멀지 않았음을 느끼며, 오늘 밤은 이 수컷의 마음을 한 번 더 누르기로 했다.

한 시간의 짧은 만남이 끝이 나고, 헤어지기 서운한 듯 선호와 하리는 연신 서로의 손을 만지작거리며 그녀를 집 앞까지 데려다 주었다.

"다음부터는 이러지 마요. 많이 피곤하잖아요."

"널 안 보니까 더 피곤하더라. 그러니까, 얼른 돌아와."

"……네."

선호는 다시 한 번 하리의 입술에 짧게 온기를 나누며 마지막으로 머리카락을 부드럽게 쓸어내렸다.

"얼른 들어가. 그 샛노란 잠옷 때문에 더 햇병아리 같아 보이긴 하지만, 엄청 춥겠다."

"선생님도 얼른 가세요."

"너 먼저 가. 난 네가 내 뒷모습보단 앞모습만 봤으면 좋겠거든."

"왜요?"

"뒷모습을 보면, 괜히 쓸쓸하고 그리워지잖아."

"그럼 선생님은요?"

"난 괜찮아. 쓸쓸함도, 그리움도, 전부 널 더 사랑해서 그런 거니까. 너보다 내가 더 널, 사랑하고 싶으니까."

한 치의 망설임도 없이 사랑한다 말해 주는 사람. 매번 그렇게 제 심장을 울리는 그러한 남자.

"얼른 가."

하리는 살며시 고개를 끄덕이고서 천천히 뒤돌아섰다. 그리고 엄청 느린 발걸음으로 대문을 열고 안으로 들어갔다. 서서히 닫히는 문틈 사이로, 선호는 하리의 발걸음이 완전히 사라질 때까지 그 자리에 서 있었다. 새어 나오는 하얀 입김이 안개가 될 때까지, 그렇게 그녀의 발걸음 소리가 사라지자 선호는 여전히 제 손안에서 맴도는 그녀의 온기를 움켜쥐며 조그맣게 속삭였다.

"역시, 실물이 훨씬 예쁘네."

그가 걸어가는 소리가 들렸다. 하리는 대문 바로 앞에 멈춰 서서는 그가 움직이길 기다렸다. 그리고 그의 걸음 소리가 들리자마자 조심스럽게 발을 내디디며 담장 너머로 그의 뒷모습을 바라보았다. 그의 말대로, 그리움이 스멀스멀 올라왔지만, 그것이 쓸쓸하진 않았다. 사랑하는 남자의 뒷모습을 이렇게 지켜보는 것도 나쁘지는 않았다.

"저도 선생님만큼, 사랑하고 싶어요."

하리는 이 간절한 마음이 그에게 닿기를 바라면서, 불어오는 바람이 그녀의 목소리를 품고서 그렇게 그와 함께하였다.

하리와 헤어진 선호는 서서히 차오르는 새벽의 서늘한 공기를 느끼며 핸들을 꺾었다. 사실 이렇게 충동적으로 올 생각은 없었는데, 생각보다 지쳐 버린 마음과 그녀의 목소리를 듣는 순간, 그녀보다 더 간절해진 마음에 저도 모르게 이미 도로 위를 달리고 있었다. 하지만 결과적으론 잘한 것 같았다. 물론, 살짝 피곤하긴 했지만 정신적으로 짓눌렸던 마음은 그녀를 보는 것만으로도 전부 사라졌으니까.

새벽 6시. 벌써부터 분주하게 움직이는 병원 안으로 들어선 그는 재빨리 옷을 갈아입고서 차트를 확인했다. 오늘도 역시나 바쁜 하루가 될 듯싶었다. 일단 7시에 할 컨퍼런스를 준비하기 위해 자리에서 일어나려는 찰나, 휴대폰이 짧게 울렸다. 왠지 불길한 느낌이 들었다.

"흠, 심하게 체하겠네."

가족 모임의 날짜와 장소가 적힌 문자. 정말이지, 하루를 시작하기도 전에 다시금 모든 피로가 밀려드는 느낌이었다. 선호는 절로 나오는 묵직한 한숨을 내쉬고서 휴대폰을 아예 꺼 버렸다.

응급실에서 꼬박 날을 새워 버린 진우는 피곤함에 뻑뻑한 눈을 문지르며 조금이라도 잠을 쫓기 위해 밖으로 나왔다. 늦겨울의 추위가 여전히 꺾일 생각이 없이 차가운 바람이 몰아쳤다. 아직 이른 시각임에도 바쁜 도시의 소음이 그의 귀를 날카롭게 울려왔다. 그는 무겁게 가라앉은 시선으로 휴대폰을 꺼내 들었다. 조금 전에 받았던 짧은 문자 한 통. 결국, 올 것이 오고야 말았다. 어차피 한국으로 귀국하는 그 순간부터 이미 각오는 하고 있었지만, 막상 이렇게 닥쳐오니 절로 등 뒤가 뻣뻣하게 굳어져 왔다.

"하아."

하얀 입김 사이로 그의 한숨이 차갑게 얼어붙으며, 그렇게 그는 다시금 자리를 털고 병원으로 돌아갔다.

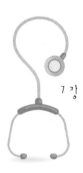

7 장

　이름만 가족 모임일 뿐, 실제론 전혀 어울리지 않는 사람들이 억지로 모여 앉아 살벌한 신경전을 벌이는 대단히 피곤한 시간이었다. 거기다 하필이면 어머니의 바로 앞에 앉은 한애령 때문에 팽팽한 긴장감이 극에 달하였고, 정말이지 음식이 입으로 들어가는지 코로 들어가는지 알 수가 없었다.

　'정말로 제대로 체하겠네.'

　선호는 와인 잔을 들어 올리며 살짝 시선을 옆으로 돌렸다. 그의 시선에 닿은 사람은 이영철, 바로 그의 외할아버지였다. 고령의 나이였지만 우신재단을 지금의 자리로 이끌어 올린 대단한 야심가. 비록 여자문제로 말이 많기는 했지만, 함부로 대할 수 없는 것도 사실이었다. 순간 이영철의 시선이 선호와 마주쳤다. 그는 얼른 고개를 돌려야 하는데, 왠지 모르게 시선을 피할 수가 없었고 이영철은 그러한 선호의 모습에 의미심장한 표정을 지으며 한애령을 향해 입을 열었다.

"며칠 전에 신성 그룹의 외동딸을 만났지. 진 회장이 딸자식 하나는 기가 막히게 교육시켰더군."

순간, 한애령과 이희진의 눈동자가 동시에 흔들렸다. 하지만 애령이 먼저 차분한 목소리로 입을 열었다.

"저도 소문은 들었습니다. 신성 그룹의 새로운 후계자로 급부상하고 있다고요."

"그래, 거기 큰아들도 사업가로서는 머리가 비상하거든. 하지만 아마도 큰아들이 사업을 물려받을 거야. 그래도 딸아이에게 뭔가를 남겨 주긴 하겠지. 그래서 이번 일도 딸아이에게 맡긴 거고 말이야."

영철은 은근슬쩍 진우를 바라보았다. 뭔가 묘한 분위기에 선호는 진우를 곁눈질로 살폈지만, 그는 끝까지 아무 말이 없었다.

"신성에서 직접적으로 연락을 취해 왔다. 곧 정식으로 MOU를 체결하게 될 텐데, 재단에서 하기보다는 역시나 병원 내에서 하는 것이 보기에도 좋을 것 같군. 그리고 조만간 진 회장의 딸이 병원으로 직접 방문을 할 거야. 알아서 잘하도록 하고."

순간, 희진의 눈빛이 매섭게 변하며 움직임이 멎었다. 애령은 그러한 그녀의 변화를 눈치채고선 여유로운 표정으로 고개를 끄덕였다.

"지금부터 준비하도록 하겠습니다, 회장님."

선호는 속으로 씁쓸한 숨을 삼켰다. 어머니의 낯빛이 창백하게 일그러지고 있었다. 아마도 저것은 엄청난 분노. 그나마 이영철이 앞에 있기 때문에 참고 있는 듯싶었다.

결국, 뇌 신경센터는 한애령의 계획대로 건립될 것이고, 흘러가는 이야기를 보니, 신성 그룹과 사돈 관계도 맺어질 듯했다. 그렇게 되면 어머니의 자리는 더욱 좁아질 것이 분명했다. 그렇게 되면 자신도 좀 피곤해지는데.

"그나저나, 네 녀석은 내과 일이 어디 불편하지는 않고?"

어느새 영철의 시선이 선호에게로 향해 있었다. 그는 태연하게 와인을 삼키며 억지로라도 미소를 지었다.

"생각보다 괜찮습니다."

"그래? 의외로 적성인가 보구나."

"선호는 다시 신경외과로 돌아갈 거예요."

그때, 지금껏 참고 있던 희진이 영철의 한마디에 앙칼진 목소리로 목소리를 높였다. 그 모습에 선호는 두 눈을 질끈 감았다.

하긴, 오래 참고 계셨지.

"그래?"

희진은 은근슬쩍 선호를 내과로 굳히고 한애령과 이진우, 저 말도 안 되는 모자를 뇌 신경센터와 더불어 신성과도 맺어 주려는 영철의 태도에 더 이상 참을 수가 없었다.

"아버지도 선호가 얼마나 뛰어난 신경외과의인지 아시잖아요. 인정하셨잖아요!"

선호는 희진의 손을 잡아당겼지만, 그녀는 눈 하나 꿈쩍하지 않았다. 안 그래도 팽팽하던 분위기가 삽시간에 찬물을 끼얹은 듯, 차갑게 가라앉았다. 그저 달그락거리는 식기 소리만이 감돌 뿐이었다.

"물론 잘 알고 있지."

고요한 적막을 뚫고서 영철의 목소리가 낮게 울렸다.

"하지만 아무리 뛰어나다고 해도 그 재주를 써먹지 않는다면 아무런 소용이 없지."

"아버지!"

"모두 모인 자리다. 어디서 목소리를 높여."

영철은 매서운 눈빛으로 희진을 노려보았고, 그녀는 여전히 부들거리는 시선으로 복받치는 분노를 억지로 삼킨 채 입을 다물었다. 선호는 잡고 있던 그녀의 손을 놓아주었다. 아무래도 이 자리가 끝나면 또 엄청나게 깨질 것 같았다. 화풀이 대상이 저밖에 없었으니까. 게다가 지금 원인 역시 자신인 것 같았고.

"다시 한 번 말하지만, 난 오직 능력 있는 사람이 좋아. 그것도 그걸 제대로 써먹을 줄 아는 사람. 난 진 회장과 달라. 첫째라고 우신을 넘겨줄 생각도 없고, 반으로 나눠 줄 생각도 역시 없어. 그게 선천적이든, 후천적이든, 양심이니, 혈연이니 다 상관없이 그런 사람이 이 우신재단을 제대로 이끌 수 있을 테니까. 어차피 이 바닥은 독해야 살아남을 수 있어. 어쭙잖은 것에 묶여 있으면 그대로 끝이지. 그 누구도 동정하지 않아. 그저 버리고 갈 뿐이야."

애령은 그의 말을 새기며 회심의 미소를 지었고, 희진은 굳어진 입술을 깨물었다. 결국, 이영철은 혈연관계 상관없이 비록 친자식이 아닐지라도 능력만 있다면 우신재단을 넘겨주겠다고 은연중에 선포한 셈이었다. 그렇게 되면 이번 뇌 신경센터 센터장이 누군가에 따라 우신재단의 후계자가 결정되는 셈이었다.

살벌하게 몰아치는 폭풍 속에 진우는 처음으로 영철을 바라보았다. 지금 이 자리에서 가장 그 속내를 알 수 없는 사람. 하지만 한애령에게도 그는 절대로 쉽게 이 자리를 넘겨주지 않을 것이다. 그렇다면 대체 무엇 때문에 이렇게 한애령에게 유리한 쪽으로 길을 잡고 있는 걸까? 왜 자꾸만 타오르는 불길에 더욱더 기름칠을 하고 있는 걸까? 그리고 왠지 자꾸만 자신이 말려드는 느낌에 먹었던 음식이 더부룩해져만 갔다.

식사를 마치고 이영철이 먼저 자리에서 일어섰다. 희진은 이때를 기다리고선 뒤를 좇아 방으로 들어섰다. 신경도 쓰지 않는 영철을 향해 악에 받친 희진의 목소리가 울렸다.

"정말 저딴 여자에게 우신재단을 넘겨줄 생각이세요?"

"못 넘겨줄 것도 없지."

"아버지가 제게 이러실 수는 없어요. 어머니를 생각하신다면, 이러실 수는 없는 거예요!"

"네가 항상 네 어미를 걸고넘어지는데, 난 내 나름대로 그녀에게 최선을 다했어."

"최선? 최선! 그게 최선이라고요? 어머니가 돌아가신 건 아버지 책임이 커요. 단 한 번도 아버지는 어머니를 아내로서 대해 준 적이 없으세요!"

순간 영철의 웃음소리가 점점 크게 울려 퍼졌다. 그것은 무척이나 메마른 웃음소리였다.

"네가 지금 감정놀음을 말하는 게냐? 너도 실패해 버린 그걸? 뭐, 그렇다 치고. 어차피 처음부터 그런 관계로 만난 사이야. 그걸 이기지 못했다면, 그건 그녀 잘못이지. 거기에 비하면 한애령은 참 독한 여자지. 능력도 있고, 쓸모도 많고 말이야."

그는 이제야 시선을 희진에게로 돌렸다. 그녀는 애써 흔들리지 않기 위해 주먹을 꽉 움켜쥐고선 영철을 바라보았다. 자신의 아버지. 하지만 아버지라는 이름보다는 우신재단의 회장님이란 단어를 더 많이 들었고, 그것이 더 익숙한 사람이었다. 자식 이기는 부모가 없다고 하지만, 영철은 달랐다. 그를 이길 수 있는 사람은 아무도 없었다. 그는 자기 자신이 더 소중했고, 자기 자신보다 재단을 더 소중히 하는 남자였다. 그런 피도 눈물도 없는 사람이 한애령과 결혼한 것은 일종에 비즈니스적인 관계일 뿐. 절대 사랑이니 그런 유치한 감정이 아니었다. 그렇기에 희진은 더더욱 불안하고 초조했다. 정말로 이 모든 것이 저 여자의 손에 넘어가 버린다면…….

"이 재단이 네 것이라는 것도 없으니까. 설마 네가 내 자식이기 때문에 가져갈 수 있다고 생각한다면. 생각을 고치는 게 좋을 거다."

"알고 있어요. 아버지가 딸이라는 이유만으로 재단을 주지 않을 거란 걸. 어릴 적부터 항상 제게 말씀하셨잖아요. 평생 이렇게 살고 싶으면 알아서 내게 성과를 보이라고. 고작 7살인 딸에게 하실 말은 아니셨죠."

영철의 얼굴 위로 미소가 스쳤다. 역시나 의미를 알 수 없는 미소였다.

"그럼 굳이 내가 가르쳐 줄 필요도 없지. 제대로 된 결과를 내게 보여. 한애령을 밟고 넘어서, 그 여자가 하려는 걸 네 손으로 쟁취해 봐. 그럼 이 재단은 네 것이 될 테니까. 그래도 일단은 네가 내 핏줄인데. 조그만 도움 정도는 내가 줄지도 모르지."

희진의 입가로 비틀림이 스쳤다. 그때, 영철의 목소리가 변하면서 그녀의 표정도 순식간에 창백하게 굳어졌다.

"선호를 너무 몰아붙이지 마라. 지금 너에겐 유일하게 남은 게 선호인데. 그러다 최 서방처럼 그 아이마저 떠나면 정말로 네 곁에는 아무도 없잖아."

그의 입에서 남편의 얘기가 나오자 저도 모르게 시선이 흔들렸다. 그리고 무척이나 억눌린 목소리로 말했다.

"그 사람이랑은 예전에 끝났어요. 선호는 달라요. 그 사람과, 달라요."

"내가 보기엔 다르지 않아. 최 서방이 널 만족시키지 못했듯, 선호도 그럴 거야. 그래서 네가 어떻게든 선호를 신경외과로 보내려고 안달을 하는 거고. 내가 보기엔 그 아이는 최 서방을 더 닮았어. 너보다는."

설사 그렇다고 해도, 희진은 선호를 포기할 수 없었다. 정말로 그의 말처럼 그녀에게 남은 건 오직 그 아이뿐이었다.

"설사 그렇다고 해도 전 반드시 선호를 신경외과로 보낼 거예요. 선호에게 뇌 신경센터장을 줄 거예요. 모두 다 줄 거예요."

"만약 네가 선호를 다시 그때의 모습으로 되돌린다면, 뇌 신경센터는 진우가 아닌 선호에게 가겠지. 하지만 기억해라. 선호를 수술 포비아 상태로 만든 원인은 네가 가장 커."

영철의 한마디에 떠올리고 싶지 않은 기억이 머릿속을 스쳤다.

'대체 왜, 왜 그러셨어요. 어머니. 왜 그런 짓을 하신 거예요, 어머니!!'

수술복에 묻은 피가 채 마르기도 전에 달려와 공포와 두려움에 얼룩진 목소리로 절규하는 그 아이를 보았을 때, 희진은 그럼에도 그때의 선택을 지금도 후회하지 않았다.

하지 말아야 할 수술을 해 버렸고, 결국은 한순간의 실수로 수술이 실패해 환자의 생명이 멎어 버렸다. 그 모든 걸 감당하기엔 선호는 어렸고, 그 모든 사실이 밝혀지면 의사로서의 생명은 끝장나는 것이었다. 그래서 덮었다. 그때의 모든 수술 과정을 없애 버리고 사망 원인을 환자의 탓으로 돌리고 덮어 버렸다. 거의 미쳐 버리기 직전이었던 선호를 살리기 위해서 과거를 그렇게 은폐시켜 버렸다.

"제가 그때 그렇게 하지 않았다면, 선호는 의사로서의 생명은 끝이었을 거예요. 전 후회 안 해요. 다시 돌아가도, 그렇게 했을 거예요."

드디어 그 끔찍했던 순간이 지나가고, 영철을 만나기 위해 희진이 잠시 자리를 비운 차에 선호는 얼른 이곳을 빠져나가기 위해 몸을 일으켜 세웠다. 괜히 희진에게 붙잡힌다면 또 똑같은 소리를 지긋지긋하게 듣게 될지도 몰랐다.

서둘러 본가를 빠져나온 선호는 순간 걸음을 멈췄다. 본가 앞에 서 있는 진우 때문이었다. 솔직히 한애령만큼이나 껄끄러운 관계. 게다가 하리가 저 녀석을 3년 동안 짝사랑했다는 생각을 하니 왠지 모르게 울컥한 마음이 생겨 별로 마주치고 싶지 않은 생각에 그대로 그를 지나치려는 순간, 뜻밖에도 진우가 먼저 선호를 불러 세웠다.

"하리에게 크리스마스 날 약속 제대로 못 지켜서 미안했다고 전해 줘."

정확히 말하자면 불러 세운 건 아니었지만.

"그 일은 신경 쓰지 마."

그는 살짝 몸을 틀어 진우를 바라보았다. 입을 열면 열수록, 자꾸만 목소리가 냉랭하게 번지고 있었다.

"이제 네가 하리에게 그런 마음먹을 필요 없어. 아주 옛날 일이잖아? 앞으로 만날 일도 없을 거고, 그러니까 신경 꺼."

진우는 도발적인 선호의 태도에 살짝 굳어진 눈빛을 띠었다.

"정말, 사귀기라도 하는 거야?"

그저 웃었다. 가볍게 웃으며 자신만만하게 말했다.

"병원에선 비밀로 해 줘. 비밀 연애 중이거든."

하지만 진우의 목소리는 단호했다. 거기에 담긴 감정은 질투 같은 그런 것이 아니었다. 정말로 염려와 걱정이 담긴 어조였다.

"그렇다면 끝까지 숨겨. 밖으로든, 안으로든 무슨 일이 있어도 숨겨. 만약 너와 하리가 사귀고 있다는 사실이 알려지면 너의 어머니도, 한애령도 그걸 그냥 순수하게 지켜보진 않을 거야."

마음속으로 가장 걸리고 있던 문제를 진우가 정확하게 짚어 내자, 선호의 표정이 딱딱하게 굳어졌다. 하지만 비밀 연애의 가장 큰 이유가 이것이기도 했다.

"그리고 이 원장이 신성 그룹의 외동딸에게 관심 두고 있다면, 네가 말려. 난 그녀와 어떻게든 약혼할 생각이니까."

생각지도 못한 말에 선호는 고개를 들었다. 하지만 진우는 매우 진지하면서도 차가웠다. 원래 저 녀석이 저런 인상이었나, 싶을 정도로.

"설마, 너도 우신재단을 원하는 거야? 너랑 많은 대화를 해 본 적은 없지만. 한애령과는 가는 길이 다르다고 생각했는데."

"그렇다면 네가 잘못 생각한 거야. 방심하지 마. 난 무슨 수를 써서라도 재단, 가져갈 테니까."

그렇게 진우가 먼저 돌아섰다. 선호는 왠지 어울리지 않는 그의 뒷모습을 바라보았다. 어쩌면 자신이 정말 이진우에 대해 잘못 알고 있을지도 모르는데. 정말로 저 모습이 진짜 모습일지도 모르는데. 하지만 이상하게 저 모습은 어딘지 모르게 어색하게 보였다.

"뭐, 나랑은 상관없나."

주차장으로 내려가던 진우는 그를 향해 걸어오는 한애령을 발견할 수 있었다. 그를 기다리고 있던 것 같았지만, 진우는 아무 말 없이 그녀를 지나치고선 차의 시동을 걸었다. 하지만 한애령도 그를 잡지는 않았다. 백미러 너머로 멀어지는 그녀를 바라보며, 그녀의 모습이 완전히 보이지 않자 브레이크를 밟고서 고개를 앞으로 숙였다. 고요한 적막이 감돌았다.

진우는 핸들을 잡은 손끝에 힘을 주고서 기억을 더듬었다. 자신이 한애령의 양자로 들어가게 된 것은 살아생전 어머니의 유언이었다. 그는 어릴 적부터 한애령을 알고 있었다. 아버지가 일찍 돌아가시고, 어머니는 어느 순간부터 그 여자와 함께 지내기 시작했다. 그러다 수술을 하기 직전, 어머니는 그의 손을 잡고서 자신이 죽으면 너도 혼자지만 애령이도 혼자라고. 서로 같이 있었으면 좋겠다고 그런 말을 남겼다. 그리고 그 말은 마지막이 되었고, 한애령은 그를 양자로 받아들였다.

하지만 어머니가 돌아가신 곳에서 지내는 건 너무나도 힘들었다. 자꾸 어머니의 모습이 아른거렸으니까. 자꾸만 두려움과 외로움이 물밀 듯 밀리며 그를 답답하게 만들었다. 특히 한애령, 그녀를 보고 있으면 더더욱 그런 느낌이 들었다. 분명 아무도 없는 제 옆에 있어주었던 사람은 그녀지만, 그녀가 왜 지금껏 자신을 옆에 두고 있는지도 알고 있었다. 어머니는 잘못 알고 계셨다. 이 여자는 혼자 있다고 해서 절대로 슬퍼할 여자가 아니다. 오히려 주변의 모든 사람을 제게 필요한 사람으로만 볼 뿐, 오래전부터 혼자 있었던 여자다.

진우는 무거운 숨을 내쉬고서 다시금 시동을 걸었다. 어쩐지 가슴이 다시금 답답해지고 있었다.

드디어 햇병아리 인턴에서 벗어나 정식으로 내과 레지던트가 된 하리는 정말이지 여기까지 온 것이 감개무량했다. 사람의 목숨을 책임지는 직업인만큼, 그만큼의 무게를 가지고 남들보다 더 늦게까지 대학을 다니고, 졸업해서도 끊임없이 공부하며 배움을 게을리해서는 안 되지만, 그래도 사람인지라 친구들과 어울려 놀고 싶고, 너무 힘들어서 때려치우고 싶었던 적도 있었다. 그 수많은 고난을 이겨 내고 여기까지 오게 되었다. 물론, 레지던트와 인턴은 종이 한 장 차이라고 했던가. 인턴이 지옥이라면, 레지던트는 죽음이라고 했다. 그래도, 한고비를 잘 넘어왔다는 생각에 왠지 모르게 자꾸만 뿌듯해졌다.

"어디 가게?"

막 당직실로 들어온 진이는 거의 쓰러질 것 같은 표정으로 비틀거리며 걸어왔다. 그녀는 내과가 아닌 신경외과를 선택하여 당당히 합격을 거머쥐었지만, 첫날부터 보통이 아니었는지 평소답지 않게 낯빛이 영 아니었다.

"오늘 마지막 오프라서 잠깐 나갔다 오려고."

"그래, 그래. 나갈 기운도 있고 좋겠구나. 흑."

진이는 더는 묻지 않고 침대 위로 바로 곯아떨어졌다. 자기 관리에 철저한 성격인데, 저렇게 옷도 안 갈아입고 바로 쓰러지는 걸 보니 정말 무지막지하게 굴리는구나, 싶은 마음에 이불을 덮어 주고서 아주 조심스럽게 당직실을 빠져나왔다. 아직 진이에게 그와 사귀고 있다는 말을 하지 못했다. 물론, 반드시 하긴 할 건데 엄마에게 말한 것만큼이나 쑥스러워서 차마 입을 뗄 수가 없었다. 언제 한번 술 먹고 술김에 할까? 아, 안 돼. 앞으로 다시는 술은 입에도 안 되겠다고 했잖아.

하리는 술 먹고 뻗어서 선호에게 추태를 보였던 걸 떠올리며 고개를 붕붕 돌렸다. 그녀는 시계를 확인하고서 걸음을 재촉했다. 100일 당직이 시작되기 전, 마지막 오프. 타이밍 좋게 그도 오프 날이라서 처음으로 연인들의 필수 데이트라는 영화를 같이 보기로 했다. 아, 정말이지 영화를 극장에서 본 게 얼마 만이더라? 아니지, 영화보는 것 자체가 오래되기는 했지. 하지만 그보다 중요한 건, 사랑하는 남자와 함께 영화를 보는 것이었다.

그녀는 걸음을 재촉하다가 잠시 화장실로 들어가 거울을 확인했다. 혹시나 화장이 번지진 않았을까, 치마가 좀 짧지는 않을까, 코트에 뭐가 묻진 않았을까. 첫 데이트라 두근거리는 마음만큼이나 살짝 긴장이 됐다. 하리는 다시 한 번 차림새를 점검하고서는 심호흡을 깊게 하고서 다시 걸음을 재촉했다.

"진짜 고맙다. 내가 나중에 거하게 한턱 쏠게."

"그것보다 다음 주에 올 당직 하는 거나 지켜. 내가 마누라한테 얼마나 잔소리를 들었는지 알아? 아예 집에 들어오지 말고 병원에서 살란다. 흑!"

선호는 동기에게 연신 미안하다고 말하면서 약속은 꼭 지켜 준다고 당부를 한 뒤 얼른 연구실로 향했다. 사실 그의 오프 날은 다음 주부터였다. 하지만 어차피 다음 주부터는 그녀도 100일 당직에 들어가 나오지도 못할 테고, 오늘이 어쩌면 데이트다운 데이트를 할수 있는 마지막일지도 모르는데 동기에게 손 몇 번 싹싹 빌어 주면 되지. 그 정도의 가치는 충분한 일이니까 말이다. 게다가 다음 주에올 당직 하면서 임도 보고 일도 하고, 얼마나 일석이조인가. 이래서 사람들이 사내 연애를 하는 건가? 홋.

선호는 늦지 않기 위해 얼른 옷을 갈아입었다. 간단한 캐주얼 차림이었지만, 그가 입으니 값비싼 슈트를 입은 것처럼 태가 났다. 어느새 겨울도 서서히 꺾여 가고 있었다. 3년 전 크리스마스의 인연과 다시 맞닿아 이렇게 될 줄은 꿈에도 상상하지 못했는데.

"역시, 사람 인생은 알다가도 모르는 거지."

병원 주차장에서 만나기로 한 선호는 먼저 차를 빼놓고서 시계를 확인하려는 찰나, 멀리서 이쪽을 향해 오는 발걸음 소리가 들렸다. 선호의 시선은 단번에 그쪽으로 향했고, 걸어오는 그녀의 모습에 역시나 동기 녀석에서 빌길 천만번 잘했다고 생각했다.

크리스마스 날과 특별 휴가 때 사진으로도 보기는 했지만, 흰 가운을 벗어 던지고 다른 여자들처럼 화장을 한 그녀의 모습은 평소의 햇병아리 인턴이 아니었다. 새하얀 원피스를 청순하게 입고서 긴 머리카락을 수줍게 붙잡으며 화사하게 웃어 주는 모습을 보고 있자니, 자꾸만 머리가 명해지는 것 같았다.

"일찍 오셨네요."

어느새 그의 앞에 수줍게 다가온 하리는 핑크색 입술을 우물거리며 귀엽게 속삭였고, 선호는 흩어지려는 이성을 억지로 붙잡으며 가볍게 고개를 끄덕였다.

"너도, 아직 약속 시간 안 됐잖아."

"······빨리 보고 싶어서요."

아, 정말 이 여자는 알고서 일부러 이러는 걸까? 아니면 정말 몰라서? 그게 어느 쪽이든 죽어나는 건 자신이었다. 이대로 영화고 뭐시고, 보쌈이라도 해서 저 발그레한 입술을 전부 삼켜 버리고 싶은 뜨거운 욕정이 입술을 바짝바짝 마르게 했다.

"안 가요? 이러다 영화 시간 늦겠는데……."

"아! 가야지."

선호는 하리에게 미리 준비해 두었던 차 문을 열어 주었다. 그의 곁을 스치고 지나가는 순간 풍기는 그녀의 기분 좋은 체취에, 그는 차 문을 움켜쥐다가 이내, 욕망에 아주 잠깐 굴복하고선 어느새 차 안에서 저를 말똥말똥 바라보는 그녀를 향해 살짝 고개를 숙이며 다가섰다.

"선생님?"

"역시, 실물이 훨씬 낫네."

점점 가까이 다가오는 그의 체취에 심장이 찌르르 전율을 일으켰다. 흰 가운을 입은 모습도 섹시했지만, 저렇게 살짝 풀어진 모습도 어딘지 모르게 그녀를 긴장시켰다.

"예쁘다."

낮고 깊숙한 울림이 진하게 파고들며, 그의 입술이 그녀의 입술을 아주 자연스럽게 머금었다. 핑크빛으로 달아오른 그녀에게서 꽃 향기가 나는 것 같았다. 잔뜩 흥분한 감정을 조금씩 억누르며 있는 힘껏 빨아 당겼지만, 여전히 부족하기만 했다. 살며시 고개를 들어 올린 선호는 엉망으로 뭉개진 그녀의 입술에 만족스런 미소를 띠었다.

"갈까?"

"핏, 못됐어요. 립스틱이 다 번졌잖아요."

"난 이게 훨씬 마음에 드는데."

그때, 하리가 쿡쿡 낮은 웃음을 짓더니 한 손으로 그의 입술에 묻은 립스틱을 살짝 닦아내었다. 하지만 왠지 좀처럼 흔적이 지워지지가 않았다.

"많이 묻었어?"

"조금. 잘 안 지워지는데……."

제 흔적이 묻어난 그의 입술을 연신 쓰다듬다 보니, 왠지 이상한 느낌이 들었다. 그러고 보니, 이렇게 그의 입술을 만진 게 처음이 아니었다. 연구실에서 잠이 든 그의 얼굴을 보다가 자신도 모르게 만져 버렸던 기억. 너무 당황스럽고 놀랐었지만, 무척이나 뜨거웠고 부드러워서 한동안 머릿속을 떠나지 않았었다. 그런데 지금은, 이렇게 그녀만의 남자로 저 입술을 마음껏 가질 수 있다.

"다 됐어?"

눈까지 감고서 그녀의 손길을 느끼던 그가 순식간에 눈을 동그랗게 떴다. 아까 전의 꽃향기가 더 진하게 그에게로 먼저 다가왔다. 수줍게 내려앉은 부드럽고 말캉한 입술이 살짝 벌어지면서, 떨리는 혀끝으로 그의 입술 위를 살짝 핥으며 무척이나 빠르고 부드럽게 스쳐 지나갔다.

"다, 다 됐어요."

하리는 빨개진 얼굴로 얼른 고개를 돌려 버렸고, 선호는 잠시 멍한 시선을 띠다 피식 웃으며 고개를 끄덕였다.

"그래, 가자."

문이 닫히는 소리가 들리자마자 하리는 제가 한 행동에 쥐구멍이라도 있다면 숨고 싶었다. 내가 이렇게 충동적인 사람이었던가! 괜히 자극하면 안 되는데, 왜 참지를 못했니, 참지를 못했어!

어느새 앞자리에 앉은 선호는 백미러의 거울을 확인했다. 정말로 립스틱 자국이 말끔히 사라져 있었다. 대신, 그녀의 떨리는 온기가 남아 있었지만.

"나는 딸꾹질을 키스로 막아 주고."

"……."

"넌 립스틱을 키스로 닦아 주고. 훗, 완전 천생연분이다. 그치?"

"노, 놀리지 마세요!"

정말 미쳤지, 미쳤어. 조하리. 넌 지금 제정신이 아니었던 거야!

결국, 영화관에 도착할 때까지 하리는 고개를 들지 못했고, 선호는 너무나도 행복한 기분에 자꾸만 올라가는 입꼬리를 막지 못했다. 그렇게 두 사람의 미묘한 전율 사이로 라디오에서 타이밍 좋게 흘러나오는 노래 하나. 뽀뽀하고 싶소.

오랜만에 영화관에서, 그것도 애인과 함께 영화를 보는 느낌은 생각보다 훨씬 더 기분이 좋았다. 물론, 혼자 보거나 친구랑 보는 것보다는 집중이 좀 안 되기는 했지만, 어둠을 틈타 잡아 주는 손길, 넓은 어깨에 기댈 수 있는 설렘. 그리고 미묘한 거리에서 느껴지는 아릿한 감정까지. 이래서 영화관에서 데이트를 하는구나. 하리는 저도 모르게 배시시 웃음이 흘러나왔다.

"어디 가기에는 너무 늦었다."

영화를 보고 나오니, 시간이 벌써 12시를 향하고 있었다. 내일이면 정말 정신없이 바쁠 테고, 언제 또 이렇게 같이 나올 수 있을지 몰랐다. 하리는 아쉬운 마음에 그의 곁에 바짝 붙어 섰다.

"좀 걸을까?"

조금 쌀쌀하긴 했지만, 같이 있고 싶은 마음에 하리는 고개를 끄덕였다. 그렇게 두 사람은 한강공원에서 밤 산책을 즐겼다. 하지만 역시 강가라 그런지 다른 곳보다 바람이 조금 더 차가웠다. 비록 스타킹을 신기는 했지만 그래도 휑한 다리와 점점 빨개지는 코끝이 안타까워 선호는 제가 입고 있던 옷을 벗었다.

"선생님?"

"다리가 춥겠다."

"괜찮아요."

하지만 선호는 그녀의 허리에 코트를 묶어 주었다. 조금 따뜻해졌기는 했지만, 이젠 그가 너무 추워 보였다.

"이러면 선생님이 춥잖아요. 감기 걸리시면 어쩌려고요."

"그럼 네가 날 책임져야지. 키스로 옮아간다든가."

하리는 아까 전 일을 또 들먹이며 장난스럽게 웃는 그의 모습에 부끄러웠던 기억이 다시금 또렷하게 떠올랐다.

"자꾸 놀리실 거예요!"

"좋아서 그래. 좋아서."

하아, 정말이지 얄미워 죽겠다. 저렇게 또 좋다고 말해 버리면, 나도 모르게 다 풀어져서는 그 모습이 또 좋아 죽겠다.

옆으로 바짝 다가선 하리는 역시나 조금 시려 보이는 그의 손을 꼭 잡고서 호주머니에 넣었다.

"전 이게 더 따뜻해요. 선생님 손잡는 거."

꼼지락거리는 그녀의 손가락을 하나하나 엮어 깍지를 끼고서, 두 사람은 그렇게 같은 걸음으로 같은 길을 걸어갔다. 서로의 시선이 머문 자리는 무척이나 따뜻했고, 그 열기가 더 진하게, 더 깊이 번질 때까지 마주 잡은 손을 더욱 꽉 움켜쥐었다.

생각보다 회진이 빨리 끝난 탓에 잠시 짬을 내어 아침을 먹을 수 있었다. 진이도 얼굴이 반쪽이 되어서는 하리 앞에 털썩 주저앉았다. 역시나, 거의 수술방에서 살다시피 하는 외과 쪽은 정신적으로 더 힘들어 보였다.

"괜찮아?"

"하아, 아침에만 수술 2개를 어시하고 왔어. 이젠 피만 봐도 토할 것 같아, 우웩! 게다가 종 치프 쌤 그렇게 안 봤는데, 완전 아수라야."

"종 치프 쌤?"

"태종 선생님 말이야."

"왜? 언제는 수술하는 모습이 완전 섹시하다고 좋아했잖아."

"물론, 수술하는 모습은 언제 봐도 젖어들어. 게다가 눈빛이 얼마나 깊고 진지한지. 그런 눈빛이 뜨겁게 달아오르면 완전 훅 갈 거야."

다시금 홀로 위험한 상상에 빠져든 그녀를 보고 있자니, 하리는 피곤해도 보일 건 다 보이는구나, 라고 생각하며 소고깃국에 밥을 말았다. 언제 어디서 호출이 올지 모르니, 얼른 먹어야 제대로 된 한 끼를 할 수 있었다.

"그렇게 좋은데 뭐가 문제야?"

"말 그대로 아수라라고. 두 개의 얼굴을 가지고 있다니깐? 화낼 때는 정말 에누리 없어. 오금이 저릴 정도야. 오늘도 수술방에서 대답 잘못했다고 의국에서 완전 깨졌어. 나중에 환자 받게 되는 날엔, 난 말라 죽을 거야."

"그래도 넌 살아남겠지."

"훗, 하긴 난 독하게 살아남을 거야."

그렇긴 해도, 아무리 힘들어도 징징대는 소리 잘 내지 않는 진이가 이 정도로 하소연하는 것을 보니, 태종 선생님이 보기와는 달리 정말로 무서운 모습이 있는 듯했다. 뭐, 어차피 자신은 볼 일이 별로 없었지만.

"아, 맞다! 너 그거 들었어?"

다 죽어 가던 애가 갑자기 벌떡 일어나서는 굉장히 흥분한 눈빛을 띠고서 반짝였다.

"뭘?"

하지만 하리에겐 지금 눈앞에 놓인 밥이 더 중요했다. 의사는 밥심이다. 체력이 곧, 국력이다!

"진우 선배."

순간, 미친 듯이 움직이던 하리의 숟가락이 일시 정지가 되어 이제야 고개를 들었다. 진우 선배 이야기가 나올 줄은 몰랐는데…….

"부원장의 양아들이래."

"뭐?"

"우리 전공의 시험치고 특별 휴가받던 날, 소문이 아주 쫙 퍼졌었나 봐. 그리고 그 소문이 헛소문은 아닌지, 그다음 날부터 부원장님이랑 진우 선배가 같이 있는 모습이 많이 보였고."

그녀는 뭔가 복잡한 심경으로 국밥을 입에 넣었다. 하지만 아무런 맛도 느껴지지 않았다. 미련? 아니, 이건 미련이 아니었다. 단지 지금껏 짝사랑했던 선배가 그렇게 대단한 사람이었다는 사실에 놀랐고, 그래도 3년이나 좋아했던 사람에 대해서 이렇게 아무것도 모르고 있었던가 하는 허탈함이었다.

"근데 왜 지금껏 아무도 몰랐어?"

"솔직히 그런 얘기는 떠들지 않으면 잘 모르잖아. 게다가 친자도 아니고 양자인데."

진이의 말끝이 흐려지는 것처럼, 하리도 더는 신경 쓰지 않기로 했다. 어차피, 선배가 그런 사람이어서 좋아하게 되었던 것도 아니고, 이진우라는 사람이 여전히 자신의 선배라는 사실 역시 달라지는 것이 아니었다. 그래, 어차피 무엇하나 달라지는 건 없어. 그건 개인 가족사잖아.

드디어 한 그릇을 다 비운 하리는 굉장히 만족스런 표정을 띠었다. 그러다 슬그머니 진이를 바라보며 해야겠다, 생각만 하고서 차마 입 밖으로 내지 못했던 그 말을, 지금 해야겠다는 생각이 들었다. 괜히 더 늦게 말했다간 삐칠 게 분명했으니까. 바로, 자신의 연애 사실을.

"저기, 진아."

"응? 왜."

영 밥맛이 없는지 김밥 몇 개를 집어 먹던 진이는 연신 불안한 시선으로 호출기를 매만지고 있었다.

"나 있지……."

"숨넘어가겠다. 빨리 말해."

"……사귀는 사람 있어."

"최선호 선생님?"

"맞아, 선생……. 어, 어떻게 알았어?"

엄청 힘들게 내뱉은 고백이었는데, 생각보다 차분하게 그것도 상대방까지 알고 있는 모습에 하리는 의아한 시선을 보냈지만, 진이는 콧방귀를 뀌며 결국 김밥 먹기를 포기했다.

"그럼 내가 모를 줄 알았니? 이 언니가 그쪽으로는 아주 개야. 개! 게다가, 넌 숨긴다고 숨겼겠지만, 아주 얼굴에 나 지금 연애 중이에요, 행복해 죽겠어요, 라고 아주 써 붙이고 다니더만."

"그, 그렇지만 어떻게 최선호 선생님이라는 걸……."

"그것도 예전에 눈치 깠지. 하여튼, 넌 절대 뭐 숨기거나 거짓말은 안 돼. 이 언니한테 그런 꼼수는 통하지 않으니. 그래도 이제라도 이실직고했으니 목숨만은 살려 주겠노라."

하하. 정말로 허탈했다. 딴에는 숨긴다고 고생고생했는데, 결국 진이에게는 안 통했던 것이다. 더욱 주의할 필요가 있었다. 아니면 이 기지배가 눈치가 더럽게 빠르거나.

"시험공부 할 때, 우렁도령도 선생님 맞지? 생각보다 귀엽게 놀더라."

"놀리지 마."

"놀리긴, 부러워서 그런 거지. 이 삭막하기 짝이 없는 병원에서, 비밀리에 아슬아슬 짜릿하게 번져 가는 타오르는 사랑! 넌 100일 당직 때도 외롭지 않겠다. 매일이 불타는 밤일 테니. 선호 선생님 어때? 완전 빽이 가? 그런 남자가 그런 얼굴로 속삭이며 만져 주면 우리 햇병아린 아주 녹아내리겠네."

하지만 그 말에 하리의 안색이 순간 움찔했고, 진이는 설마 하는 표정으로 앞으로 바짝 당겨 앉았다.

"뭐야, 설마 아직 이야?"

"뭐, 뭘 말이야?"

"뭐긴 뭐야, 섹스!"

"조용히 좀 해!"

하리는 진이의 입을 틀어막으며 혹시 듣는 사람이 없는지 주위를 살폈다. 하지만 진이는 그러한 하리의 손을 뿌리치고서 왕방울만 한 눈동자로 고개를 가로저었다.

"진짜 아직 이야? 사귄 지 이제 한 달 되지 않았어?"

"고작 한 달이야."

"한 달이면 적어도 만리장성 한 층은 쌓았겠다. 에고, 우리 햇병아리. 이 언니가 정말 이 나이에 성교육을 시켜 줘야 하니?"

결국은 이야기가 이렇게 흐르고 말았다. 하지만 왠지 이 상황이 싫지는 않았다.

"하지만 엄마가……."

"어머니?"

하리는 선호에게 하지 못했던 혼수에 관한 이야기를 진이에게 상세하게 해 주었고, 말을 들으면 들을수록 진이의 입은 다물어질 줄을 몰랐다. 결국엔.

"너 바보니? 이 미련한 것아. 넌 햇병아리가 아니라, 미련 곰탱이로 바꿔야 해!"

"그렇지만, 이 시기에 덜컥 아기라도 생기면, 그 아기한테도 못할 짓이잖아."

"너 무슨 조선 시대에서 사니? 피임약, 콘돔은 장신구야? 네가 조심하던가. 아님 선생님이 조심하면 되지. 하자마자 바로 애 생길 거 같으면, 난 벌써 애기 엄마 됐겠다."

그러고 보니, 그런 방법이 있었네. 왜 지금까지는 그 생각을 하지 못했을까? 단순히 조금 무서워서 피하고 있었을까? 하지만 그때 차 안에서 거의 하기 직전까지 갔던 걸 보면, 은근히 기대하는 것 같기도 한데…….

'헉, 조하리. 지금 뭔 생각이야!'

"들을수록 선생님이 불쌍하다. 그동안 얼마나 참고 계셨을까? 특히 아무것도 모르는 네가 얼마나 자극을 했겠니? 넌 절대로 눈치채지 못했을 거고. 그럴 때마다 선생님은 제 허벅지를 꼬집었겠지. 아마 지금쯤 몸에서 사리 나오고 있을지도 모르겠다. 멀쩡한 남자를 보살로 만들고 있구나."

정말로 진이의 말처럼 그럴지도 모르겠다. 키스를 할 때마다, 그의 남성은 매번 꿈틀거렸으니까. 하지만 절대로 대놓고 티를 내지는 않았다. 그것도 아마 그 나름대로의 배려였을 것이다.

"남자는 시각적이고, 여자는 촉각적이야."

"응?"

"단순하긴 하지만, 남자는 여자를 위해 뭐든 눈에 보일 수 있게 행동으로 보여 주고 싶어 해. 사랑도 마찬가지고. 그에 비해 여자는 남자가 주는 분위기에 취하고, 받은 사랑을 느낌으로 표현하고 싶어 하지. 그 모든 것이 하나로 이루어지는 게, 바로 섹스라고 생각해."

"……."

"물론 처음엔 부끄럽고 쑥스럽기도 한데, 사랑하는 남자에게 자신의 가장 비밀스러운 곳을 보여 준다는 건, 말로는 다 하지 못할 사랑을 표현하는 거야. 내가 이렇게 당신을 사랑하고 있습니다. 그럼 남자는, 나는 당신을 더 소중히 사랑할 겁니다. 라고 온몸으로 속삭이는 거지. 그럼, 굉장히 따뜻해져."

진이의 목소리를 따라 하리는 그를 떠올렸다. 항상 넘치는 사랑을 제게 주는 남자. 그런 그에게, 사랑한다는 말로는 부족하다는 걸 항상 느끼고 있었다. 더 많이 보여 주고 싶고, 더 많이 그를 느끼고 싶었다. 그렇게 모든 진심을 보여 주고 싶었다.

"게다가 내 움직임 하나하나에 빠져 버리는 남자를 보는 것도 꽤 짜릿한 쾌감을 주지."

미묘한 눈빛으로 앙! 하고 야릇한 소리를 내는 그녀를 보면서, 정말로 그가 자신에게 속수무책으로 흔들리는 모습은 과연 어떤 모습일지 조금씩 호기심이 솟아올랐다. 매번 키스할 때는 그보다는 자신이 먼저 가 버리는 것 같았으니까. 게다가 살짝, 어린애 취급하는 것 같기도 하고.

'흠, 그건 좀 끌리는데?'

"어차피 사내 연애인데, 주어진 시간을 잘 활용해. 누가 외박한다고 이상하게 보는 사람이 있어, 아니면 같이 있다고 눈치 주는 사람이 있어. 어차피 우린 외박이 생활이고, 펠로우 쌤이랑 밤늦게까지 있어도 이상하게 보기보다는 아, 또 갈굼당하고 있구나, 그렇게 생각하지."

하긴, 그건 그렇다. 어쩌면 최고의 조건일지도.

"이참에 비어 있는 당직실 좀 이용해. 저번에 그 남자처럼. 아니면 연구실을……."

"당직실!"

순간, 잊고 있었던 사건 하나가 머릿속을 스치면서 몸을 벌떡 일으켜 세웠다. 그래, 당직실. 왜 그걸 까먹고 있었지? 우리의 잊지 못할 그 첫 만남을!

"깜짝이야! 왜 그래?"

"미안해, 나중에 보자, 진아!"

"야! 설마 벌써 하게? 낮은 좀 위험하지!"

하지만 더 이상 그녀의 귀에 진이의 목소리는 들리지 않았다. 당직실. 그 변태스러운 사건의 주인공! 나 말고 다른 여자랑 그렇고 그런 걸 했다는 거잖아. 물론, 과거이긴 하지만 그래도 같은 병원 사람인 게 분명한데, 대체 그 여자는 누구냐고!

어느새 질투와 분노로 뒤섞인 그녀의 눈동자는 휴대폰으로 그의 번호를 빠르게 눌렀다.

〈이른 시간에 어쩐 일이야?〉

"지금 연구실이죠?"

지극히 싸늘한 어조에도 불구하고, 콩깍지가 단단히 쓰인 선호의 귀에는 그저 햇병아리 삐약이는 소리로밖에 들리지 않았다.

〈연구실이긴 한데, 지금…….〉

하지만 이미 필요한 부분을 들은 하리는 과감하게 전화를 끊었다. 현장에서 바로 덮쳐야 했다. 안 그러면, 괜한 핑계를 대고 사라질지도 모르니까!

전광석화와 같은 속도로 연구실 앞에 도착한 하리는 비장한 눈빛으로 문고리를 열었다. 그러자 책상 앞에서 뭔가를 정리하고 있던 선호가 눈을 동그랗게 뜨다, 이내 반달 미소를 띠며 그녀를 반겨 주었다.

"어쩐 일이야? 바쁘지 않아? 나야 좋지만……."

하리는 아무 말 없이 성큼성큼 그에게 다가갔다. 하지만 선호의 눈에는 그게 굉장히 저돌적인 움직임으로 보였다. 하긴, 하리에게 완전히 씌어 버린 그의 머릿속이 제대로 돌아갈 리가 만무했지만.

어느새 그의 코앞까지 다가온 하리는 앞뒤 생각하지 않고 그를 책상 쪽으로 바짝 밀치고선 옷깃을 꽉 움켜쥐었다. 선호의 시선이 저도 모르게 그녀의 입술로 향하며 목울대가 거칠게 꿀꺽 넘어갔다.

"하하, 우리 햇병아리가 아침부터 굉장히 저돌적인 암탉이 되었네."

"묻고 싶은 게 있어서요, 선생님."

"뭔데?"

"우리 처음 만난 날, 기억하시죠?"

"3년 전 크리스마스? 그건 절대 못 잊지."

"말고! 병원, 당직실에서 만난 거요."

당직실?

이제야 하리가 무엇을 말하고 있는지 알아챈 선호는 고개를 끄덕였다.

"아, 당직실. 그게 왜?"

"하? 반응이 뭐 이래요? 과거 일이라 당당하다, 그거예요?"

"과거 일이라니?"

너무나도 순진무구하게 난 아무것도 몰라요, 라는 눈빛을 띠고 있는 그를 보자 움켜쥔 하리의 손끝이 점점 더 격하게 떨리기 시작했다.

"설마 한 명이 아닌 거예요? 너무 많아서 지금 기억을 못 하는 거예요?"

"대체 무슨 말을 하는……."

그때, 그제야 뭔가가 생각난 듯, 선호의 표정이 붉게 물들기 시작했다. 하지만 그건 뭔가를 들켜서 생기는 것이 아닌, 웃음이 터지기 일보 직전의 표정이었다.

"정말 제 입으로 말해요? 그래요?"

"응, 말해 줘. 난 정말 기억이 안 나는데?"

선호는 시치미를 떼고서 그녀의 귀여운 투정을 느긋하게 즐겼다. 이렇게 붙잡고 있는 것 하며, 자각을 못 하는지 제법 바짝 붙어 있는 자세까지 꽤 나쁘진 않았다. 그것보다 더 좋은 건, 이 여자가 지금 질투라는 걸 하고 있다는 것이었다. 게다가, 상대가 바로.

"당직실에서 다른 여자랑 그렇고 그런 거 하셨잖아요!"

"풉, 푸하하하하하핫!"

결국, 참지 못한 웃음보가 터지고 말았고, 하리는 갑자기 미친 사람처럼 웃어 대는 그의 모습에 점점 더 화가 나기 시작했다. 대체 뭐가 웃긴 거야? 이게 그렇게 웃긴 상황이야? 미안하다고 말을 해도 모자랄 판국에!

"이게 웃겨요?"

"하핫, 미안. 그래서 화난 거야? 질투?"

"그런 문제가 아니라⋯⋯."

그 순간, 앞으로 중심을 잡고 있던 그녀의 몸이 휘청거렸고, 선호는 재빨리 그녀의 등을 낚아채고선 더욱 바짝 붙어서 은밀한 목소리로 속삭였다.

"그게 그렇게 부러우면 진작 말을 하지. 이 연구실은 개인용이라더 안전한데⋯⋯."

하지만 하리는 이렇게 얼렁뚱땅 넘어갈 생각이 없었다. 따질 건확실히 따지고 넘어가야 해!

"은근슬쩍 넘어갈 생각 마세요."

"그게 그렇게 신경 쓰여?"

"그럼 선생님은 제가 다른 남자랑 그렇고 그렇게 있었는데, 보셨으면. 신경 안 쓰이겠어요?"

"아마 잠도 못 자고 밥도 못 먹었을 거야. 그러다 그놈은 이미 이곳에 없겠지. 그게 남자일 경우라면 말이야."

"그래요, 그러니까 선생님도 여자랑!"

"직접 봤어?"

"네?"

"내가 여자랑 있는 걸 직접 봤냐고."

갑자기 진지하게 물어 오는 그의 눈빛에 하리는 살짝 떨리는 목소리로 입을 열었다.

"무, 물론 날아온 이불 때문에 자세히는 못 봤지만⋯⋯."

"하긴 진짜 날쌔긴 했지. 그치, 좋아?"

갑자기 그의 시선이 그녀의 어깨너머로 향하면서 누군가를 불러냈다. 그러자 소파 쪽에서 부스럭거리는 소리가 들리더니, 난감한 상황에 어쩔 줄 몰라 하며 몸을 일으키는 태종의 모습이 눈에 들어왔다. 잠시 선호와 얘기를 하기 위해 들어왔다가, 갑자기 들이닥친 하리로 인해 저도 모르게 소파 뒤로 숨은 것이었다. 하리는 생각지도 못한 인물의 등장에 벌게진 얼굴로 그를 밀치려고 했지만, 선호는 오히려 더욱 팔에 힘을 주고서 그녀를 단단히 끌어안았다.

"우리 햇병아리가 종이한테 엄청 질투했구나. 미안, 하지만 종이는 그냥 친한 친구야. 친구에게 주는 애정은 좀 다르니까 그 정도는 양보해 주라, 응?"

자, 잠깐. 이게 대체 무슨 말이야?

"종이라니, 혹시 태종 선생님?"

하리의 시선이 슬그머니 태종에게로 향했고, 그는 그러한 그녀의 시선을 회피해 버렸다. 그저 상황을 이렇게 몰아간 선호 자식을 당장에라도 때려죽이고 싶은 심정이었다.

"그럼 여자가 아니라 태종 선생님이었어요?"

선호는 대답하지 않고 태종을 멀뚱멀뚱 바라보았다. 그와 동시에 하리 역시 그를 뚫어져라 쳐다보았다. 결국, 일은 선호가 벌려 놓고 수습은 자신이 해야 하는 상황에 분노를 느끼며 태종은 살짝 굳어진 목소리로 입을 열었다.

"그땐 미안했어요. 그런 오해를 하게 만들어서. 하지만 분명 잘못은 선호가……."

하지만 하리는 뒷말이 들리지 않았다. 결국은 이 모든 일이 제 착각 때문에 벌어진 일! 서서히 달아오르는 표정에 선호는 싱긋 웃으면서 속삭였다.

"내가 실수로 여자 당직실에 들어간 걸, 깨우려고 종이가 들어온 거야. 이제 오해 풀렸어?"

"모, 몰라요!"

결국, 부끄러움과 쪽팔림을 참지 못한 채, 하리는 엄청난 힘으로 선호를 밀치고서 마치 그날 태종이 도망갔던 그때의 속도로 연구실을 빠져나가 버렸다. 선호는 순식간에 날아가 버린 그녀의 모습에 아쉬움을 느낄 새도 없이, 태종의 주먹에 머리를 움켜쥐어야만 했다.

"이 화상아! 그때 잘못은 네가 했으면서 왜 내가 더 피해를 보는 거냐? 참, 한순간에 후배한테 내 꼴 우습게 만든다. 엉?"

"뭐, 우스워 봤자 볼 일도 별로 없잖아. 정 맘에 걸리면 내가 나중에 잘 말할게."

여전히 그녀가 나가 버린 문쪽에서 시선을 떼지 못하는 그를 보면서 태종은 혹시나, 하는 마음에 선호가 말했던 햇병아리를 떠올렸다. 그러고 보니, 아까 둘의 관계가 평범한 것 같지는 않았고, 게다가 햇병아리 어쩌고도 나왔던 것 같은데…….

"혹시 햇병아리가 쟤야?"

"응, 귀엽지? 완전 사랑스러워 죽겠다니까."

생전 선호의 입에서 저런 말을 듣게 될 줄이야. 태종은 허탈한 웃음을 털어 냈다.

"아주 닭털을 날려라."

"닭털을 날릴 수밖에 없지, 상대가 귀여운 닭인데."

"하, 아주 가지가지 한다, 가지가지 해."

태종은 구겨진 옷을 털어 내었다. 안 그래도 덩치가 큰 사람이 저 조그만 소파 뒤에 웅크리고 있었다는 생각을 하자, 선호는 자꾸만 웃음이 배시시 흘러나왔다. 하지만 대놓고 웃었다가는 아마 머리 몇 대 쥐어박는 걸로는 끝나지 않을 게 분명했다.

"그나저나, 넌 아직 여자 없냐? 관심 있는 여자도 없어?"

그냥 해 본 말이었는데, 갑자기 말이 없어진 태종의 모습에 선호는 눈빛을 번뜩였다.

"오, 있는 거야? 누구야? 누가 우리 종이의 단단한 마음을 열었을까?"

"없어, 마음대로 짐작하지 마."

하지만 그의 귓불이 살짝 붉어진 걸 선호는 한눈에 알아볼 수 있었다. 그때, 타이밍도 좋게 태종에게로 콜이 떨어졌다. 사실, 가족 모임을 했다는 소리를 듣고 걱정이 돼서 내려온 거였는데, 생각보다 잘 있는 것 같아 굳이 입 밖으로 꺼내지 않았다. 혹시, 그 햇병아리라는 여자 덕분일까?

"나, 간다."

짧게 손을 흔들고서 나가는 그의 뒷모습을 보며 선호는 그가 걱정을 많이 했었다는 걸 느낄 수 있었다. 그때의 과거에 저 녀석도 꽤나 힘들었으니까. 역시 자신이 이렇게 아무렇지도 않게 있을 수 있는 건, 모두 그녀 덕분이었다.

선호는 책상 아래에 숨겨 두었던 상자 하나를 조심스럽게 꺼내 들었다. 얼마 전에 주문했던 것이 하리의 병원 복귀 타이밍 딱 맞춰서 도착을 한 것이었다.

"흠, 이걸 어떻게 줘야 하나……."

발개진 두 볼을 움켜쥐고서 여기가 병원이라는 사실도 잊은 채 미친 듯이 달려갔다. 정말이지 너무나도 쪽팔린다! 왜 그렇게 생각

없이 달려간 걸까? 그냥 슬쩍 물어보는 신공을 보였어야 했는데! 다 알면서도 일부러 모른 척하며 물어본 게 분명하다. 자신이 화르르하는 모습을 그렇게도 보고 싶었던 걸까? 아니면 단순히 장난치는 게 재미있었을지도. 그래도 명색이 애인인데. 맨날 햇병아리, 햇병아리라고 부르면서 꼬마 취급하는 게 어떨 때는 불만이었다. 이것도 진이 말대로 어른의 사랑을 아직 하지 않아서 그런 걸까? 하지만 아직은 마음에 준비가……

"저기요?"

"……."

"이봐요!"

"네, 저요?"

멍하니 걸어가던 하리를 붙잡아 세운 건 처음 보는 낯선 여자였다. 그것도 대단히 예쁜 여자. 그녀는 높은 하이힐에도 전혀 어색함없이 하리의 앞으로 걸어왔다. 순간, 하리는 저보다 머리 하나는 커 보이는 여자가 자신을 똑바로 바라보자 저도 모르게 침을 꿀꺽 삼키고 말았다. 으매, 기죽어!

"여기 B동 건물로 바로 가는 엘리베이터가 어디 있나요?"

"아, 저쪽 끝으로 가시면 보일 거예요."

"그래요? 고마워요."

여자는 짧게 고개를 끄덕이고서 다시금 걸음을 돌렸다. 쭉쭉 뻗어 가는 군살 없는 각선미에 남자들의 시선이 절로 그 여자의 뒷모습을 바라보고 있었다. 하긴, 같은 여자가 봐도 시선을 못 떼겠는데 남자들은 오죽할까? 외모도 외모였지만 정면에서 살짝 느낀 카리스마가 장난이 아니었다.

하리는 잠시 고개를 옆으로 돌려 거울에 비친 제 모습을 살펴보았다. 여자로서 그 어떠한 성적 매력도 느낄 수 없는 밋밋하기 짝이 없는 모습. 하아, 역시 신은 불공평하기 그지없다. 같은 여자라는 생명체인데, 어떻게 이렇게 다를 수 있단 말인가!

B동 건물로 가는 엘리베이터를 타고, 가장 꼭대기 층에 내려선 유경은 복도에 걸린 거울에 잠시 제 모습을 비춰 본 뒤, 만족스런 미소를 띠고서 당당하게 걸음을 옮겼다. 그녀의 걸음이 멈춰 선 곳은 부원장실이 쓰인 문 앞이었다. 유경은 그 문패를 잠시 바라보다 이내 과감하게 문을 두드렸다.

"들어와요."

낯익은 여자의 목소리에 그녀는 제법 매서운 미소를 지으며 문고리를 잡아당겼다. 그리고 그녀의 시선으로 처음 만났을 때와 전혀 변함이 없는 한애령의 모습에 어느새 입꼬리가 조금 부드럽게 휘어졌다.

"처음 뵙겠습니다. 진유경입니다."

한애령은 유경의 모습에 얼굴 가득 반가운 표정을 지으며 그녀에게 걸어갔다.

"어서 와요. 요즘 한창 바쁠 텐데, 일부러 이렇게 시간 내 줘서 고마워요."

"아닙니다. 이번 사업에 가장 중요한 파트너인데, 소홀히 할 수는 없지요."

어느새 자연스럽게 서로 마주 보고 앉은 애령과 유경은 향이 좋은 차 한 잔을 나누고 있었다. 하지만 그 분위기가 썩 부드럽지만은 못했다. 애령은 보기 좋은 찻잔을 살짝 비틀며 먼저 입꼬리를 올렸다.

"생각보다 훨씬 아름다운 아가씨로군요."

"칭찬 감사합니다. 부원장님도 생각보다 훨씬 고우시네요."

의미 없는 칭찬이 오고 갔지만, 둘 사이에선 보이지 않는 긴장이 팽팽히 흐르고 있었다.

"아마 조만간 부사장으로서 뇌 신경센터, MOU 체결 이야기가 진행될 겁니다."

순간, 애령의 눈빛이 날카롭게 흩어졌고, 유경은 그 찰나를 놓치지 않은 채 엷은 미소를 머금었다. 진유경. 신성 그룹 회장의 딸자식으로는 외동이자, 주주들의 신임을 제대로 받고 있는 신성 그룹의 떠오르는 후계자. 역시나 예상대로 이번 MOU와 더불어 신성의 의료사업을 저 아이가 맡을 모양이었다. 그렇다면 반드시 진우와 묶어 신성의 의료사업을 우신으로 끌어와야만 했다. 그렇게만 된다면, 우신재단은 진우에게 넘어간 것이나 마찬가지였다.

그때, 나지막이 노크 소리와 함께 진우가 모습을 드러냈다. 애령은 회심의 표정을 띠었고, 이미 이 자리에 그녀가 있다는 걸 알고 있었던 진우는 특유의 부드러운 미소를 띠며 걸음을 옮겼다.

"진유경 씨, 이쪽은 내 아들이자 이곳에서 신경의를 담당하고 있는 이진우예요."

"아, 처음 뵙겠어요. 진유경이에요."

"이진우입니다."

유경과 진우는 서로 손을 마주 잡았다. 그러곤 두 사람 다 속내를 감추고서 눈과 입 전부 미소를 띠고 있었다. 어차피 한 번은 이렇게 만나게 될 거란 걸. 두 사람 다 알고 있었으니까.

"그럼 같이 자리해도 되겠죠?"

"네, 전 상관없습니다."

그때, 유경의 휴대폰이 조용히 울렸다. 그녀는 액정을 확인하고선 먼저 자리에서 일어섰다.

"잠시 실례해도 될까요?"

"그러도록 해요."

유경이 잠시 자리를 비우자마자 진우의 표정이 싸늘하게 굳어졌고, 애령은 다 식은 차를 한 모금 머금으며 낮은 목소리로 속삭였다.

"오늘, 네 앞으로 된 수술 일정 전부 취소했다."

"……."

"같이 식사라도 하면서 안면 제대로 익혀."

그때, 유경이 자리로 돌아오면서 굉장히 죄송스런 표정을 지었다.

"갑자기 회사에 일이 생겨서요. 지금 바로 가 봐야 할 것 같은데……."

"식사라도 같이 하면 좋았을 텐데. 아쉽군요."

애령이 안타까운 표정을 지으며 말하자, 유경 역시 미안한 어조로 말을 이었다.

"다음에 제가 다시 자리를 마련하겠습니다. 그런데 시간 괜찮으시면 이진우 씨가 저 좀 회사까지 데려다 줄 수 있을까요?"

유경의 시선이 갑자기 진우에게로 향했지만, 그는 당황스런 기색 없이 자연스럽게 입을 열었다.

"상관은 없지만, 차를 가지고 오지 않으셨나요?"

"오늘 차가 갑자기 고장 나는 바람에 센터에 맡겼거든요. 올 때는 택시를 타고 왔는데."

"저런. 그럼 당연히 모셔다 드려야죠."

애령이 진우에게 눈짓을 하자, 진우는 고개를 끄덕이며 유경의 뒤로 에스코트를 했다.

"모셔다 드리겠습니다."

"감사합니다. 그럼, 먼저 실례하겠습니다."

"그래요. 조만간 다시 보도록 해요."

그렇게 그녀가 애령의 시선에서 사라지고, 애령은 유경이 사라진 빈자리를 서늘한 시선으로 바라보며 묘한 미소를 지었다.

EM(응급실) 호출로 불려 갔던 선호는 뻐근한 어깨를 두드리며, 로비 쪽으로 나왔다. 점심을 통 먹지 못했더니 영 허기가 졌다. 햇병아리 불러다가 같이 뭐라도 먹을까, 하는 생각을 하며 연구실로 빠르게 걸음을 옮기려는 찰나, 선호의 곁으로 아주 독한 향기가 스쳐 지나갔다. 찰나에 마주친 시선, 굉장히 빠른 걸음으로 사라지는 한 여자.

'신성 그룹의 외동딸.'

선호는 아주 예전에 억지로 어머니 손에 이끌려 보았던 그 여자의 얼굴을 기억해 냈다. 한애령을 만나러 온 건가? 선호는 저도 모르게 그녀의 뒤를 쫓았고, 병원 밖에서 진우와 만나는 모습을 볼 수 있었다. 정말인가? 이진우. 정말 이 재단 때문에 돌아온 건가.

병원 밖으로 나온 유경은 금방 스쳐 지나갔던 남자를 떠올렸다. 어쩐지 굉장히 낯이 익다, 싶었는데. 바로 한애령의 손자이자, 대한 병원장 이희진의 아들인 최선호였다. 하도 예전에 본 탓에 기억은 거의 없었지만, 얼핏 들은 소문으로는 굉장한 천재라고 했었다. 그런데 어째서 이 병원에 있는 걸까. 아니, 어쩌면 당연한 걸지도.

'이희진, 그 여자가 가만히 당하고 있지는 않을 테니까.'

한애령의 양자와 이희진의 아들이라……. 그때, 유경의 앞으로 차가 멈춰 서면서 진우가 다가와 매너 좋게 차 문을 열어 주었다. 워낙 눈매가 휘늘어져서 살짝 웃어도 눈웃음이 매우 부드러웠다.

"타시죠."

"고마워요."

하지만 유경은 이자의 미소가 자신의 미소와 비슷하다고 느꼈다. 무조건 웃는 얼굴로 속내를 감추는 그런 부류.

"바로 회사로 가면 되나요?"

"언제 한번 따로 만나도록 하죠? 어차피 우리 둘. 진지하게 대화를 해 봐야 할 관계 같은데."

진우는 잠시 유경의 옆모습을 빤히 쳐다보았다. 그러다 이내 시동을 켜고서 차를 움직이며 짧게 대답했다.

"그러도록 하죠."

"그럼 편한 시간에 제가 연락드리죠."

그 뒤로 두 사람은 별다른 말이 없었고, 둘 사이로 흐르는 라디오 소리만이 지독한 적막을 깨부수고 있었다.

8장

1년 차 레지던트의 시작이라 할 수 있는 100일 에당(에브리데이 당직)이 시작되었다.

드디어 담당의로서 환자들을 받기 시작한 진이는 눈에 쌍심지를 켜고서 환자들의 차트를 달달 외우고 있었다. 그 옆으로 하리 역시 심전도 책을 뒤척이며 리포트를 작성하기에 바빴다. 말이 레지던트지, 일만 두 배는 더 늘어난 것 같았다.

"오늘은 우렁도령님 안 오시냐?"

"보시다시피, 내가 바빠."

이젠 대놓고 우렁도령이라 부르며 연신 운을 띄웠지만, 하리는 거기에 넘어가지 않겠다고 다짐하며 필요한 부분에 밑줄을 쫙 그었다.

"흐음, 그래? 섭섭하네. 그래도 우리 햇병아리는 애인이 한 하늘 아래 있어서 외롭진 않겠지. 당직실에서 뜨거운 밤을 보낼 내 임은 어디 계실까?"

당직실 말이 나오자마자 하리는 빠르게 움직이던 펜을 움찔했다. 그 빌어먹을 당직실! 그것 때문에 요즘도 간간이 그걸로 놀리며 웃고 있는 선호의 모습에 정말 얄미워 죽겠다.

"당직실 얘기는 꺼내지도 마."

"응? 왜? 설마 하려다 실패했어?"

"그런 거 아니야! 아무튼, 너도 그거 머리에서 지워 버려!"

뭔가 굉장히 골이 난 하리의 모습에 진이는 궁금함에 몸을 팔딱거렸지만, 하리는 입을 꾹 다물고서 연신 심전도에만 눈을 박았다. 진이는 영 아쉬운 입맛을 다지며 세수라도 하기 위해 밖으로 나온 순간, 그녀의 입술이 음흉한 호를 그려 올렸다.

"우후, 우렁도령 등장!"

"뭐?"

하리는 설마, 하는 시선으로 고개를 휙 돌렸고, 진이는 문 앞에 놓여 있던 바구니를 그녀에게 건네주었다. 스시 롤과 더불어 바나나 우유가 담겨 있었다.

"어머, 스시 롤!"

스시 롤에 환장하는 진이와 달리, 하리는 바나나 우유를 더 소중히 가로챘다. 바나나 우유보단, 우유 위에 붙여진 쪽지가 목적이었지만.

'졸지 말고, 파이팅! 그리고 삐친 것도 화 풀어.'

"핏, 알면서도 놀리구."

그렇게 말하는 것과는 달리, 입가엔 어느새 살포시 미소가 걸려 있었다. 그녀는 쪽지를 소중히 떼어서 자신의 일기장을 펼쳤다. 거기엔 지금까지 그가 보내왔던 쪽지들이 전부 붙어 있었다. 마치 바로 옆에서 그가 속삭여 주는 것처럼, 쪽지를 읽을 때마다 그의 목소리가 자동으로 귓가에 맴돌았다.

진이는 스시 롤 하나를 한입에 삼키며 사랑을 하는 여자는 그 뒷모습마저도 예쁠 수 있구나, 하는 걸 느끼며 살짝 쓸쓸한 마음을 달래었다.

❈   ❈   ❈

"Breathing(호흡)이 불안정합니다!"

"하아, 하아, 악!"

"흉통(가슴 부위에 나타나는 통증) 증상이 보입니다!"

"아미노필린(호흡 유지 항생제) 준비해 주세요!"

응급실로 호흡 발작의 환자가 급하게 들어섰다. 이제 겨우 19살로 보이는 앳된 나이의 남학생. 하지만 꽤나 오랫동안 병마와 싸워왔는지 피부색이 창백했고, 또래보다 너무나도 말랐으며, 가장 결정적인 건 독한 항생제 치료를 꾸준히 받았는지 머리카락이 거의 남아있지 않았다. 하리는 여전히 정신을 차리지 못하는 남학생의 옆에서 계속해서 호흡을 확인했다. 어느 정도 항생제가 먹혀들었는지, 호흡이 정상으로 돌아오고 발작이 줄어들기 시작했다. 심장에 무리를 주지 않게 되어서 천만다행이었다.

"가율아!"

멀리서 어머니로 보이는 중년의 여성이 눈물로 범벅이 되어 달려왔고, 그 앞을 간호사가 막아섰다.

"이제 겨우 안정되었습니다."

"괜찮은가요? 혹시 더 심해진 건……."

더 심해지다니? 그때, 차트와 CT 사진을 들고 심각한 표정으로 선호가 들어오고 있었다. 그는 곧장 누워 있는 환자에게로 걸어가 다시 한 번 차트를 확인하고서 무거운 한숨을 내쉬었다. 하리는 조심스런 표정으로 선호에게 다가갔다. 그리고 여전히 부들부들 떨고 있는 여성을 바라보다 살며시 입을 열었다.

"아는 환자예요?"

"아니, 하지만 이제부터 알게 될 환자지."

"대체 병명이 뭐기에……."

선호는 말 대신 차트와 CT 사진을 보여 주었다. 그것을 확인한 그녀의 눈동자가 살며시 흔들렸다. 이제 겨우 19살로 보이는데. 폐암 3기였다. 지난 연도에 수술이 성공했지만, 뇌로 전이됨과 동시에 다시 재발하여 원래 있었던 병원에서 손을 놓아 버린 탓에, 하는 수 없이 이 병원으로 옮겨 오던 도중에 호흡 발작. 하지만 원래 폐암 환자에게 호흡 발작은 수시로 오는 것이었다.

"언제 또 호흡 발작이 일어날지 모르겠네요?"

"일단 좀 더 지켜보고, ICU(중환자실)로 할지, Ward(일반 병실)로 할지 결정해."

"제가요?"

"이 환자, 네가 담당할 거야."

첫 환자. 말기까진 아니더라도 그래도 중기인 폐암 3기 환자라……. 대충 감이 왔다. 별다른 치료 방법이 없다는 뜻이었다. 오직 수술뿐. 하긴, 지금 이 상태에선 당장 수술에 성공하더라도 이미 전이돼 버린 뇌 쪽이 더 위험할 수도 있었다.

하리는 마른 손을 붙잡고서 애써 눈물을 꾹 멈추고 있는 어머니를 안타깝게 바라보며 잠깐 응급실을 빠져나왔다. 응급실 밖에서는 선호가 그녀를 기다리고 있었다.

"제가 임시로 맡게 되는 건가요?"

"일단 NS(신경외과)에서 정밀검사를 받은 후에, 그나마 좀 괜찮으면 CS(흉부외과)에서 먼저 1차 수술 들어가야 해. 전이되었다고 하지만, 내가 보기엔 재발한 종양이 더 문제야."

"……"

"그전까지는 MED(내과)에서 수시로 상태를 체크해야 하니까, 네가 좀 맡아야겠어."

"많이 위험한가요?"

알면서도 그냥 물었다. 왠지, 자꾸만 그 어머니의 모습이 아른거려서. 선호 역시 그녀가 뭘 묻고 있는지 알았기에 살짝 시선을 내려 그녀와 눈을 마주했다.

"전이된 부분과 재발한 부분의 수술이 성공한다면 그래도 조금은 가망이 있겠지. 일단 아직은 젊으니까."

"그 말만 들을래요. 뒷말은. 지금 별로 안 듣고 싶어요."

선호는 당장에라도 그녀를 꽉 끌어안아 주고 싶었지만 보는 눈이 많았다. 그리고 의사라면 이런 환자들은 앞으로 무수히 많이 보게 될 테고, 그 속에서 스스로가 무기력하게 느껴질 때도 있겠지만. 그건, 앞으로 그녀가 감당해야 할 무게였다.

"저번에 말했었죠? 의사가 약한 모습을 보이면 환자들이 불안해한다고. 저, 열심히 할게요."

하리는 곧장 정신을 차리고서 빙그레 웃으며 의사의 모습으로 당당히 응급실로 들어섰다. 선호는 그러한 그녀의 뒷모습을 바라보며 처음으로 그녀가 굉장히 강해 보였다.

"나보다 훨씬, 강하네."

다행히 그 뒤로 별다른 증상을 보이지 않아서 일반 병실로 자리를 옮겼다. 잠시 보호자가 자리를 비운 사이에 하리는 심전도 검사를 시작했다. 일단 가라앉기는 했지만, 흉통과 호흡 곤란을 보였으니, 심전도 상태를 제대로 체크해야만 했다. 뭐, 차트 상에선 심장엔 아직 무리가 있어 보이진 않았지만.

하리는 침대에 붙어 있는 환자의 명패를 확인했다.

"함가율, 19살 Lung Cancer(폐암)."

역시, 19살. 핏덩이 같은 고등학생이다. 그때 문이 열리면서 가율의 어머니가 손에 모자를 들고서 들어섰다.

"선생님?"

"아, 심전도 검사를 해야 해서요. 얼마 안 걸릴 겁니다."

"저는 신경 쓰지 마세요. 녀석의 모자를 두고 와서요."

그녀는 가율의 머리에 모자를 씌워 주었다.

"모자만 쓰고 있어도 외모가 살아난다면서, 항상 모자를 쓰고 있으려고 해요."

"정말이네요."

숨을 고르게 쉬고 있는 모습을 보는 것만으로도 그녀는 조금 안심을 할 수 있었다.

"선생님께서 참 예쁘시네요. 우리 가율이가 엄청 좋아할 것 같아요."

"네? 아, 아니에요."

"잘, 부탁합니다."

무겁게 내려앉은 목소리에선 그동안의 힘겨웠던 시간이 고스란히 담겨 있는 듯했다. 비록, 그녀가 해 줄 수 있는 일은 얼마 없겠지만 그래도 최선을 다하고 싶은 마음이었다.

담당 간호사가 들어옴과 동시에, 어머니는 휴대폰을 들고서 잠시 병실을 비웠다. 얼추 나온 결과로는 이상이 없어 보였지만 그래도 정확한 그래프를 봐야 할 것 같았다.

"나오는 대로 알려 주세요."

"네, 알겠습니다."

담당 간호사에게 결과를 넘겨주고서 하리가 다시 한 번 맥박 등을 점검한 뒤 조심스럽게 병실을 빠져나오려는 찰나, 뭔가가 그녀의 손을 덥석 잡아챘다. 하리는 순간 움찔하며 고개를 돌리자 어느새 의식을 되찾은 가율이 그녀를 빤히 쳐다보고 있었다.

"어, 깼어요?"

하리는 정말로 다행이라는 목소리로 말했다. 하지만 처음으로 들썩인 그의 입에서 나온 말은 전혀 생뚱맞은 말이었다.

"역시, 서울 물이 좋긴 좋구나."

"네?"

"예쁘다고요."

예상치도 못한 말에 저도 모르게 얼굴이 붉어지더니, 당황스러움에 말을 더듬어 나갔다.

"저, 저기, 갑자기 그런 말을 하면……."

하지만 가율은 잠시 미간을 찡그리더니 짜증이 섞인 목소리로 말했다.

"댁 말고, 뒤에 간호사 누나들."

"하?"

가율은 잡고 있던 하리의 손목에 힘을 가하여 옆으로 당겼다. 이제야 다른 환자들을 살피고 있는 간호사의 모습이 잘 보이고 있었다.

"이제야 잘 보이네. 흠, 이래서 백의의 천사라고 하는 건가?"

하리는 순간 손목이 잡혀 있다는 것도 잊은 채, 너무나도 황당해서 입만 뻥긋거리며 서 있자, 이제야 그의 시선이 뻥찐 그녀에게로 향했다.

"설마, 단번에 자기일 거라 그렇게 믿은 거예요? 누가 자주 예쁘다고 해 주나 봐요?"

뭔가, 자꾸만 말려드는 느낌에 하리는 정신을 바로잡고서 잡혀 있던 손을 떼어 냈다. 뭐 저런 녀석이 다 있을까! 눈 감고 있을 때는 저런 성격이라고는 생각도 못했는데! 뭐, 좋게 말하면 암환자라고 하기엔 엄청 낙천적인 성격이었다. 하긴, 병을 이겨 내는 데에 저런 정신력만큼 좋은 건 없으니까.

하리는 표정을 바로 하고서 정식으로 그에게 손을 내밀었다.

"오늘부터 함가율 환자의 담당의 된 조하리예요. 그러니까 나도 좀 예쁘게 봐 줘요. 알겠죠?"

상냥하고 부드러운 목소리. 절대로 티 나지 않고 환자를 안심시키는 환한 미소! 하지만 정작 상대방의 표정은 아니꼽기 그지없었고, 하리는 부들거리는 손끝을 애써 내리고서 그래도 부드러운 어조를 잊지 않았다.

"그럼, 좀 있다 다시 올게요. 심전도 검사 결과를 알려 줘야 하니까. 지금은 괜찮지만, 또 발작이 일어날지도 모르니까 항상 주의해요. 알겠죠?"

"그건 내가 더 잘 알고 있으니, 재방송할 생각 말죠?"

"그……래요, 그럼 편하게 쉬고 있어요."

그렇게 꽤 쇼킹한 첫 만남을 끝으로 하리는 병실을 빠져나왔다. 정말, 눈을 감고 있을 때는 그저 연약해 보이는 소년에 불과했거늘! 저런 불량스러운 모습일 줄이야. 역시 사람은 겉만 보고 판단해선 안 되는 거였어!

가율은 끝까지 친절한 목소리로 병실을 빠져나간 하리의 모습에 저도 모르게 시선을 좇았다. 겉으론 웃고 있지만, 속으론 굉장히 부글거리는 듯 애써 감정을 억누르는 표정이 역력하게 드러나는 모습이 참 신기하고 귀엽다고 해야 할까?

그는 잠시 주변을 둘러보다 제 머리 위에 쓰인 모자를 더듬거렸다. 여기선 얼마나 버틸 수 있을까. 그냥 이곳이 마지막이 되었으면 하는 생각이 들었다.

오늘 하루만 해도 벌써 네 번째 수술의 어시로 참가한 진이는 시각적인 붉은색과 후각적인 비릿한 피 냄새에 완전히 익숙해져 버렸다. 그렇지만 이제 두 번 다시는 선짓국 같은 건 먹지 못할 것 같았다. 아무리 강철의 마인드를 가지고 있다지만, 그 정도로 비위가 두껍지는 못했으니까. 이번 수술의 집도의는 남태종 선생님이었다. 그나마 다른 점으로 눈이 호강할 것 같은 느낌에 진이는 즐거운 마음으로 멸균 소독을 하고서 수술방으로 들어갔다. 여전히 긴장감이 가득하고 차갑기만 한 수술방. 그 가운데, 그가 준비를 마치고서 겉보기엔 무뚝뚝한 표정으로 환자의 상태를 마지막으로 점검, 수술할 부위를 레지던트들과 체크하고 있었다.

"그럼 바로 이렇게 하도록 하지."

"알겠습니다."

진이는 태종에게 꾸벅 인사를 하고서 위치로 돌아갔다. 오늘은 그녀가 그와 가장 가까운 곳에서 어시를 볼 예정이었다. 뭐, 그래 봤자 그렇게 어려운 일은 아니었지만 그래도 불시에 뭔가를 물어볼지 모르니 긴장을 바짝 하고 있어야 했다.

"현재 환자는 뇌 지주막하 출혈로 뇌부종이 보이지만 의식이 있는 상태였다. 그나마 다행이라고 해야겠지. 먼저 뇌동맥류에 대한 색전술 시행 이후 감압적 개두술로 마무리해서 경과를 지켜볼 생각이다. 그럼, 시작하지."

원래 뇌 지주막하 출혈이 발생하면 그 자리에서 사망하거나, 사망하지 않더라도 정신을 잃어 위독해지는 경우가 많았지만, 그나마 이 환자는 의식이 있는 상태에서 바로 수술에 들어갔기 때문에 다행인 경우였다. 하지만 수술을 했다고 해서 안심하기는 일렀다. 만약 뇌압 상승이 일어난다면 또 다른 수술로 최대한 뇌의 손상을 막아야만 했다.

진이는 태종의 옆에서 수술 장면을 열심히 눈으로 스캔했다. 그리 간단한 수술은 아니었기에 굉장히 큰 공부가 될 것이다. 하지만 자꾸만 그녀의 시선이 수술하는 그의 손 쪽으로 슬금슬금 파고들었다. 어쩜, 저렇게 큰 손으로 저렇게 섬세한 움직임을 보이다니! 손가락, 그 하나하나의 움직임이 정말 끝내주게 섹시했다.

"Suction(썩션)."

'남자치곤 손가락도 좀 긴 것 같고.'

"썩션!"

'게다가 목소리도 참……'

"유진이!"

"네!"

낮고 크게 울리는 그의 목소리에 진이는 이제야 정신을 차리고서 고개를 똑바로 들었다. 그리고 그녀의 눈앞에 수술 조명 아래 어둡게 일그러진 그의 모습이 지금 막 강림한 아수라 백작처럼 서 있었다.

'오, 마이 갓.'

"정신 똑바로 안 차려? 지금 뭐 하는 거야!"

"죄송합니다! 정신 똑바로 차리겠습니다. 정말로 죄송합니다!"

군기가 바짝 든 목소리로 진이는 얼른 썩션기를 돌렸다. 영 못마땅하긴 했지만, 시간을 끌 수 없었기에 태종은 다시 수술에 집중했다. 철판 깔고 썩션기를 잡기는 했지만, 다리가 살짝 후들거렸다. 젠장, 나중에 대체 뭐라고 변명을 하나?

드디어 긴 수술이 끝이 나고, 태종은 묵직한 숨을 내뱉으며 수술방을 빠져나왔다. 그리고 그 뒤를 곧장 진이가 따라와 자진해서 고개를 푹 숙이며 석고대죄를 하는 심정으로 입을 열었다.

"아까는 정말로 죄송했습니다! 의국으로 오라고 하시면 의국으로 가겠습니다!"

죄송하다고 말하는 녀석이 목소리 한번 우렁찼다. 하긴, 몇 번을 혼내도 단 한 번도 풀 죽은 모습을 본 적이 없었다. 매사가 당당하고 구김이 없는 여자. 태종의 눈에 진이의 모습은 그랬다.

"대체 그 중요한 순간에 어디다 정신을 팔고 있었던 거야?"

생각보다 덜 딱딱한 목소리에 진이는 저도 모르게 해서는 안 될 말을 내뱉고 말았다.

"선생님 손이요."

"뭐?"

"아, 아닙니다! 제가 잠시 제정신이 아니었나 봅니다! 무슨 벌이든 달게 받겠습니다!"

진이는 정말이지 요 주둥아리를 꿰매 버리고 싶었다. 미친 척 싹싹 빌어도 모자랄 판에, 뭐? 선생님 손? 캬아. 대답 한번 죽이는구나.

"……됐어, 나가 봐."

"감사합니다!"

혹여나 딴소리할까 봐 진이는 얼른 그곳을 빠져나갔고, 주위의 소리가 잠잠해지자 태종은 슬그머니 제 손을 내려다보았다.

'선생님 손이요.'

사실, 그는 그녀가 수술 중 뭔가를 무척이나 뚫어지게 쳐다본다는 느낌을 받았다. 수술 장면을 그렇게 열심히 보는 건가, 하는 기특한 생각에 일부러 진이에게 썩션을 외친 건데. 사실은 그게 아니라, 손이라고? 하아, 정말 인턴 때나 지금이나.

"……종잡을 수가 없어."

태종은 손을 홀홀 털어 내고서 옷을 갈아입었다. 하지만 그의 귓불은 그때처럼 빨갛게 달아올라 있었다.

간신히 빠져나온 진이는 호흡을 깊이깊이 하면서 정말 정신이 한순간 안드로메다로 갔었나, 하고 심각하게 고민하다 다시금 그의 손을 떠올리며 피식 웃었다.

"그래도, 손은 참 죽여줬어."

담당 간호사에게서 심전도 결과 그래프를 받은 하리는 그것을 꼼

231

꼼하게 체크하고 차트에 옮겼다. 다행히 심전도는 대체로 정상이었다. 내일쯤 신경외과에서 받은 결과를 바탕으로 어떤 약을 써야 할지 오더를 내려야 할 듯했다.

"심전도는 정상이네."

갑자기 그녀의 등 뒤로 불쑥 나타난 선호는 그녀가 들고 있던 그래프를 확인했고, 하리는 갑자기 훅 다가온 그의 체취에 숨을 참고서 벌렁거리는 심장을 붙잡았다.

"NS(신경외과)에선 연락이 왔어요?"

"내일 회진 끝나는 대로 바로 정밀검사 시작할 거야. 혹시나 밤사이에 무슨 일 생기지 않도록, 계속 주시해."

"알겠습니다."

아까와는 달리, 또랑또랑한 눈동자로 열의에 가득 찬 그녀를 보고 있자니 아래에서 뭔가 묵직한 것이 끓어오르면서 갑자기 키스가하고 싶었다. 연신 꼼지락거리는 저 입술을 한껏 베어 물며 만족감을 느끼고 싶었지만, 그는 곧장 203호 병동으로 가야만 했다. 선호는 살짝 주위를 살피며 주머니에서 뭔가를 꺼내 그녀의 손에 살며시쥐여 주었다.

"그럼, 조 선생 힘내요."

싱긋 눈웃음을 지으며 그가 바삐 사라졌고, 하리는 그의 온기가남아 있는 손을 천천히 펼쳐 보았다. 조그만 딸기 사탕이 안에 들어있었다. 생각지도 못한 귀여운 행동에 저도 모르게 웃음이 새어 나왔다.

"후훗."

"어머, 무슨 좋은 일 있으세요?"

갑자기 웃음을 터트리는 그녀의 모습에 앞에 앉아 있던 간호사가 의아하게 물어 오자, 하리는 애써 입술을 꾹 누르고서 고개를 가로 저었다.

"아니에요. 조금 있다 다시 올게요. 함가율 환자 좀 부탁해요."

"네, 바로 보고해 드릴게요."

그렇게 스테이션을 빠져나온 하리는 그가 준 사탕을 한입에 쏙 넣고서 혀로 살살 굴렸다. 달콤한 딸기 향이 번져 갔지만, 이상하게 그녀의 머릿속에 떠오른 것은 선호의 입술이었다.

'헉, 미쳤어!'

하지만 이미 몽실몽실 떠오른 그의 입술의 맛은 사라지지 않았고, 결국 헤실 거리는 목소리로 살며시 속삭였다.

"뭐, 이 사탕보다 훨씬 달콤하긴 했지."

늦은 시각, 진우는 잔뜩 굳어진 표정으로 클럽으로 들어섰다. 쾅 쾅 쏟아지는 음악과 현란한 조명에 눈이 아팠다. 유경의 연락을 받고, 대충 급한 일을 끝내 놓고서 달려왔더니 이런 요란한 장소일 줄은 몰랐다. 진우는 웨이터를 불러 그녀를 찾으려고 했지만, 가장 넓은 자리에서 병맥주 하나를 쥐고선 슬쩍슬쩍 몸을 흔들고 있는 그녀의 모습이 보였다. 첫 만남과는 전혀 다른 화려한 모습. 자신이 생각한 신성 그룹의 외동딸과는 거리가 멀어 보였다.

진우는 천천히 그녀에게 다가갔다. 유경은 갑자기 제 옆으로 드리워진 그림자에 살며시 고개를 들고선 입꼬리를 슬쩍 올렸다.

"생각보다 빨리 왔네요? 더 늦을 줄 알았는데."

"이런 장소에서 만나게 될 줄은 몰랐습니다."

유경은 진우의 옷차림새를 쭉 훑어보았다. 굉장히 딱딱한 슈트
차림. 이런 클럽에선 너무 뛰는 차림이었다.

"어차피 우리 맞선으로 한 번은 만나야 하잖아요? 그걸 우리끼
리, 우리만의 방식으로 해치우자고요. 어차피 그런 건 형식이니까.
고리타분하게 정장 입고 격식 갖출 필요는 없잖아요? 아니면 너무
내 생각만 한 건가?"

"상관없습니다. 유경 씨 말처럼. 그냥 형식적인 거니까."

진우는 대충 자리에 앉았다. 유경은 그런 그의 앞에 맥주를 건네
주었다. 하지만 진우는 예의상 한 모금 정도만 마시고 맥주를 내려
놓았다. 장소는 클럽이었지만, 그는 이곳에 너무나도 어울리지 않은
이방인이었다. 유경은 그런 그를 빤히 쳐다보다 이내 피식 미소를
띠며 한 손으로 턱을 괴었다.

"진우 씨는 그런 사람 아닐 것 같았는데."

"……."

"나 같은 사람 말이에요. 철저히 비즈니스만 생각하는 그런 사람.
감정도, 생각도, 타인과의 관계 역시도. 그런데 딱 하나는 날 닮았어
요. 웃는 거. 웃으면서 전부 다 숨기는 거. 그게 비즈니스 할 때는
참 좋거든요."

진우는 유경의 비틀려진 입꼬리와 자연스럽게 휘어진 눈꼬리를
바라보았다. 어쩐지 그녀의 시선이 거북했다. 마치, 자신의 모든 걸
꿰뚫어 보는 것 같아서.

"본론으로 넘어가시죠?"

어느 정도 미소가 사라지고 딱딱한 모습이 나오자 유경은 역시나
묘한 표정으로 그를 연신 살피며 입을 열었다.

"그래요, 그럼. 난 우신과의 결혼을 받아들일 생각이에요. 나에게

맡겨진 의료사업의 기반을 튼튼히 하기 위해선, 우신재단이 필요하거든요."

"신성의 후계자가 되실 생각인가요?"

생각지 못한 말에 유경은 잠시 주춤했지만 이내 고개를 끄덕였다.

"맞아요. 난 신성의 실세가 될 생각이에요. 내 오빠한테 그 전부를 줄 생각이 없다는 거죠. 그러기 위해선 이번 의료사업이 나에겐 굉장히 중요해요. 그리고 그 첫 단추가 내 결혼이에요. 내가 필요한 조건과 가치. 그게 지금 진우 씨에겐 있나요?"

진우는 두 번째로 맥주를 삼켰다. 처음보다 더 씁쓸한 맛이 온몸으로 느껴졌다. 인생의 중대사인 결혼이 이런 비즈니스 판 위에 오른 상태에서 흥정을 해야 하다니. 하지만 곧 감정적인 생각을 떨쳐냈다. 우신을 갖기 위해 무엇이든 하겠다고 한국으로 귀국한 그 순간부터 마음먹었으니까.

"유경 씨가 무엇을 원하는지 모르겠지만, 난 우신을 가질 생각입니다. 그렇게 되면 유경 씨가 원하는 가치와 조건이 충족되지 않을까요?"

"하지만 아직 가진 건 아니죠. 당신 말고도 이 회장님의 친손자가 있으니까요."

그때, 진우는 천천히 자리에서 일어섰다. 그러고는 벗어 두었던 재킷을 챙기고서 여전히 자리를 지키고 있는 유경에게 짧게 말했다.

"그럼 선호도 한 번 만나 보시죠. 그리고 정말로 유경 씨가 원하는 조건과 가치를 가진 사람을 직접 고르세요."

"꽤 자신 있나 봐요. 내가 당신을 선택할 거라고."

"내가 당신의 비즈니스에 가장 충족될 테니까요. 우린 원하는 것이 같으니까."

그렇게 진우는 유경에게서 멀어졌다. 그녀는 그가 사라진 자리를 바라보며 좀 더 독한 술을 한 모금 삼켰다. 가장 원하는 것이 같다라.

"그런가? 근데 왜 난 당신이 참 못 미덥지."

❖　　❖　　❖

오전 회진 시간. 하리는 만만의 준비를 했지만 그래도 살짝 긴장된 표정으로 다른 레지던트들의 뒤를 따르고 있었다. 그리고 드디어, 가율의 병실 앞. 선호는 곁눈질로 초조하게 차트를 보고 있는 그녀를 보고선 보일 듯 말 듯 미소를 띠며 안으로 들어갔다. 사실, 선호는 깨어 있는 가율과 처음으로 만나는 자리였다.

병실 안으로 들어서니 다른 환자들은 그들에게 인사를 했지만, 가율은 그저 눈짓으로 쓱 한번 바라볼 뿐이었다. 일단 선호는 가율에게 먼저 다가갔다. 어린 나이에 암환자치고는 눈빛이 꽤 또랑또랑한 것 같았다.

"함가율 환자의 EKG(심전도) 그래프는 나왔나?"

선호와 레지던트들의 시선이 곧장 하리에게로 향했고, 그녀는 침착하게 고개를 끄덕이며 정리한 그래프를 선호에게 건네주었다.

"심전도 상으로는 문제가 없습니다. 일단은 계속해서 호흡을 살피고 있는데, NS(신경외과)와 CS(흉부외과)에서 정밀검사 결과가 나와야 따로 약 처방이 가능할 것 같습니다. 만약 바로 OP(수술)이 결정되면 NPO(금식)에 들어갈 겁니다."

"NS에서 먼저 정밀검사 들어갈 거야. 아마도 오후쯤 콜이 갈 테니까, 주시하고 있어."

"알겠습니다."

첫 환자의 자체 회진 결과가 생각보다 괜찮았다. 하리 역시 만족감에 두근거리는 심장을 주체하지 못했고, 그런 모습이 귀여워 선호는 자꾸만 그녀 쪽으로 향하려는 손끝을 애써 억눌러야 했다.

가율은 생각보다 침착하게 말을 하기는 했지만, 하리의 다리가 살짝 후들거리는 모습을 잡아내고선 실소를 지었다. 어제도 그렇고, 아까 자체 회진 때도 그렇고, 초보 티 내지 않으려 노력은 하는 것 같은데, 그 모습 자체가 귀여운 초보 티 팍팍 내고 있다는 걸 이 여자는 알고 있을지 모르겠다. 뭐, 지켜보는 입장에선 그저 재미있었지만.

마지막 환자까지 회진을 마치고서 막 가율의 옆을 스쳐 지나갈 때, 하리는 살며시 손을 흔들고서 입 모양으로 속삭였다.

'나중에 봐요!'

물론 어제부터 오늘 자체 회진까지 겪어 본 결과, 녀석은 귀염성 있는 아이는 아니라서 절대 같이 인사해 주진 않을 거라 생각하며 망설임 없이 선호의 뒤를 따르려는 순간, 가율이 그때처럼 또 덥석 그녀의 손목을 잡아챘다. 그것도 모자라 살짝 뒤로 당긴 덕분에 기우뚱하며 넘어지려는 걸, 가율이 온몸으로 그녀의 허리를 받쳐 주었다.

"히익!"

"어머, 조 선생, 괜찮아요?"

남들의 눈에는 가율이 당겨서 넘어진 게 아니라, 하리가 발을 헛디디고서 넘어진 상황으로 보였다.

"괘, 괜찮습니다!"

하리는 얼른 몸을 일으켜 세웠지만, 뒤에서 쿡쿡 웃는 가율의 웃음소리에 일부러 이랬다는 걸 단번에 알아차리고서 그를 살짝 째려보았지만, 가율은 그저 어깨를 들썩였다. 선호는 멀리서 그 모습을 유심히 살펴보았다. 생각보다 꽤, 빨리 친해진 모양이었다.

"먼저 나가세요. 전 함가율 환자랑 잠깐 얘기 좀 하겠습니다."

웃으면서 말은 했지만, 하리는 속이 부글부글 끓어올랐다. 선호는 그러한 하리와 가율을 바라보다 이내 고개를 끄덕이고서 밖으로 나갔고, 그 뒤를 다른 레지던트들이 따라나갔다. 이제야 조용해진 병실. 하리는 바짝 약이 오른 눈빛으로 가율에게 낮게 속삭였다. 그래도 일단 여기는 다른 환자들도 있는 병실이니까.

"대체 왜 그런 거예요. 할 말 있으면 그냥 부르면 되지. 아니면, 또 누구 예쁜 사람 얼굴을 내가 가렸어요?"

"쪼잔하게 그걸 아직도 맘에 담아 두고 있었어?"

"있었어?"

이게 이제 아주 반말까지!

하지만 그러한 하리와는 달리 가율은 태평하기 그지없었다. 아니, 오히려 생글생글 웃으면서 하리에게 좀 더 바짝 다가왔다.

"반말해도 돼?"

"참 빨리도 물어보네요. 이미 하고 있으면서."

"예의상이지. 그럼 허락하는 걸로 알고, 말 놓는다?"

"내, 내가 언제!"

"억울하면 너도 말 놔. 친해지고 싶다면서. 그럼 말부터 놓아야지."

말투는 아주 얄밉기 짝이 없는데, 표정은 아주 서글서글 잘도 웃어 대니 차마 그 위로 안 된다고 딱 잡아뗄 수가 없었다. 이래서 어른들이 웃는 얼굴에 침 못 뱉는다고 했던가!

"그렇지만 넌 아직 학생이고, 난 너의 주치의인데 서로 예의를 갖춰야 하지 않을까요?"

"와아, 그거 언제 적 대사야? 넌 학생이고 난 선생이야. 이거야? 그런데 걱정 마. 난 댁한테 요만큼도 관심 없어. 어차피 제대로 된 연애도 못해 보고 죽을 텐데."

순간 하리의 표정이 움찔했다. 누구나 죽는다는 말을 쉽게 하기는 했지만, 그건 그저 과장의 표현일 뿐이다. 하지만 저 아이에게서 나오는 죽는다는 말은 너무나도 섬뜩하게 가슴에 와 닿았다. 정말로, 목숨이 언제 꺼질지 모르니까.

"저기, 가율아."

"알았어. 그럼 선생님. 됐어? 영광인 줄 알아. 나한테서 선생님 소리 들은 사람 별로 없으니까."

처음 폐암을 알게 되고, 항암치료를 시작하면서 이 새하얀 세상에 처음 발을 내디딘 순간이 중학교 1학년이 막 끝날 때쯤이었다. 가장 큰 원인은 지금은 집을 나가서 생사를 알지 못하는 아버지의 흡연에 의한 간접흡연이었다.

하리는 입을 꾹 다물었다. 이 아이에겐 위로도 상처가 될 수 있었다. 그저 가장 자연스럽게 이 모든 상황을 받아들여야만 했다.

"알았어, 선생님 정도로 내가 봐준다."

"하? 되게 인심 쓰는 것처럼 말하네."

가율은 그렇게 말하면서 냉장고에서 초콜릿 하나를 꺼내어 하리에게 건네주었다.

"먹어. 아까 꽤 긴장하는 것 같던데. 카카오가 그런 데 도움이 된대."

"설마 나 생각해서 주는 거야?"

"생각은 무슨! 그냥 먹어! 먹기 싫음 버리던가!"

그러고는 이불을 푹 뒤집어쓰고서 돌아누워 버린 모습에 하리는 생각지도 못한 곳에서 귀여움성을 발견하고는 쿡쿡 웃음을 띠었다.

"잘 먹을게."

"얼른 가."

하리는 역시 애는 애구나, 라는 생각을 하며 헤실거리는 표정으로 병실을 빠져나오자, 바로 옆에서 기다리고 있던 선호가 그녀의 손에 쥐어 있던 초콜릿을 쑥 빼앗아 갔다.

"어, 어!"

"아까 그 환자한테 받은 거야?"

"주세요!"

하지만 자기보다 배는 큰 선호에게 닿을 리가 만무했다. 하리는 어떻게든 까치발을 들어서 콩콩 뛰었고, 선호는 손을 높이 들고서 살짝 심술을 부렸다.

"꽤 친해졌나 봐?"

결국, 빼앗는 걸 포기한 하리는 씩씩거리는 표정으로 퉁명스럽게 답했다.

"그렇게 보여요? 뭐, 처음엔 얄밉기도 했는데, 의외로 귀염성 있는 모습도 있더라고요."

"오호라, 귀엽다라? 이제 보니 우리 햇병아리 양도 영계한테는 절로 시선이 가는 모양이네."

"네?"

"아니야."

선호는 하리에게 초콜릿을 다시 돌려주었다.

"그래도 내 딸기 사탕보다 맛있게 먹지 마. 내 사탕이 더 달아."

대체 무슨 말이지? 하리는 그가 건네준 초콜릿을 물끄러미 바라보았다. 그리고 앞서 걸어가는 그의 뒷모습을 바라보며, 그의 행동과 말투를 곰곰이 생각하다 이내 서서히 표정이 풀어지더니 이내 입가로 음흉한 미소를 흘리며 그에게 달려갔다.

"후후후후훗."

"뭐, 뭐야?"

"선생님 혹시 지금 저 조그만 애를 상대로 질투하시는 거예요?"

그녀가 예상외로 정확히 정곡을 찔러 오자, 그는 뜨끔했지만 곧
장 표정을 고쳐 잡았다. 정말로 그런 어린애를 상대로 살짝 기분이
이상했었다. 특히, 넘어지는 그녀의 허리를 능숙하게 받쳐 든 녀석
의 손길은 절대로 어린애가 아닌 남자였다.

"하? 내가 환자에게? 나, 이래봬도 의사야."

"환자 이전에 남자고, 의사 이전에 남자죠."

오늘따라 햇병아리가 왜 이렇게 예리하게 반응하는 걸까. 결국,
선호는 걸음을 멈추었다. 하리는 저번에 자신을 놀려 먹었던 대가를
이번에야말로 치르게 해 주겠다는 심산으로 아주 초롱초롱한 눈빛
으로 다시 한 번 입을 열었다.

"질투 맞죠? 그렇죠?"

"조하리."

"네?"

"남자를 그렇게 도발하면 벌 받아."

그때, 선호는 하리의 손을 단숨에 잡고서는 바로 옆에 열려 있던
비상구 쪽으로 밀어 넣었다. 이윽고 쾅, 하는 소리와 함께 비상구
문이 닫히고. 아무도 없는 계단에서 선호는 순식간에 하리를 제 팔
안에 가두어 버렸다.

워낙 건물의 깊숙한 곳에 마련된 비상계단이라 조명을 켜지 않으
면 대낮에도 꽤나 어두웠다. 그저, 비상구 글자에서 흘러나오는 희
미한 불빛 속에서 두 사람은 숨소리가 들릴 정도로 아주 가깝게 와

닿아 있었다. 생각지도 못한 상황에 하리는 숨을 꼴깍 삼키고서 그를 밀어내려 했지만, 선호는 순순히 그녀를 풀어 주지 않았다.

"저기, 선생…… 흡!"

하지만 그녀의 말은 선호의 입술에 먹혀 버리고 말았다. 생각보다 강렬하고 거칠게 다가온 그의 움직임은 또다시 그녀의 가슴에 거센 파동을 일으키기 시작했다. 마치 물어뜯을 듯이 입술을 잡아당기던 그가 흥분을 몰아쉬며 입술을 떼곤, 잔뜩 흐트러진 목소리로 외쳤다.

"그래, 질투했어. 젠장. 환자에게 질투하다니. 아무튼, 내가 너 때문에 정말 이상해졌어. 알아?"

하리는 피식 웃으면서 어렵사리 손을 뻗어 그의 뒷목을 끌어안았다.

"유치해요."

"원래 사랑은 유치한 거래."

"벌은 벌써 끝난 거예요?"

뒷목에 매달린 하리의 손가락이 조금 느릿하게 움직였고, 선호는 다시금 햇병아리에서 앙큼한 여우가 되어 버린 그녀의 유혹에 잔뜩 짙어진 목소리로 속삭였다.

"설마, 이제 시작이지."

아까보다 더 격한 움직임에 몸 둘 바를 몰랐지만, 점점 그의 뜨거운 숨결에 감각이 깨어나면서 그녀의 두 손이 그의 목 뒤를 휘감고서 부드럽게 입술이 벌어졌다. 그 틈을 놓치지 않고 파고든 그의 혀가 오아시스라도 만난 것처럼 환희의 몸을 살짝 떨었다. 사실, 서로 병원 일에 바빠지다 보니 만나는 건 고사하고 이렇게 키스를 하는 것도 꽤 오랜만이었다.

억눌러 있던 야릇한 욕망이 막을 수 없을 정도로 뜨겁게 두 사람을 삼켜 들었다. 그녀가 빠져나오지 못하게 막고 있던 그의 팔이 점점 아래로 내려와 그녀의 허리를 지나 좀 더 아래, 허벅지를 미묘하게 건드렸다.

"흐흡!"

비록 청바지를 입고 있었지만 그래도 그의 손길이 스친 부위가 뜨겁게 반응을 일으켰다. 그렇게 그녀의 거친 숨결이 그의 입을 타고 전해지자 선호 역시 묘한 흥분에 아래가 바짝 당겨 왔다. 하리 역시 정신없이 퍼부어 대는 그의 공격에 자꾸만 머릿속이 멍해지며 온몸에 힘이 풀려 갔다. 하지만 선호는 그러한 그녀를 쉬이 놓아주지 않았다. 좀 더 벽으로 밀어붙이며 서로의 몸을 좀 더 바짝 붙였다. 그러자 그녀의 허벅지 사이로 그의 성난 남성이 그대로 느껴졌다. 하지만 하리는 예전처럼 당황하지 않았다. 오히려 아래쪽에서 뭔가 뜨거운 것이 휘저으며 흐르는 듯한 느낌이 아찔했다.

선호는 다시금 그녀의 허리를 휘어 감고서 붉게 물든 쇄골 위를 연신 맴돌며 뜨겁게 빨아 당기자 그녀의 몸이 움찔하며 떨려 왔고, 그 바람에 서로의 아래가 살짝 와 닿았다 떨어지며 미묘한 부위가 스쳐 지나갔다.

"하아……."

결국 억누르고 있던 그의 짧은 비음이 울리면서 하리는 뭔가 모를 쾌감이 온몸을 꿰뚫었다. 남자의 신음이 이토록 자극적이고 섹시하던가! 왠지 모를 만족감마저 감도는 듯했다.

젠장! 진이 고 지지배에게 물들어 버린 게 확실해. 점점 부끄러움이 사라지고 제가 생각해도 너무 겁이 없어지고 있었다. 게다가, 아무리 여기가 인적이 거의 없는 비상구라지만 엄연히 병원 안인데, 너무 낯 뜨거운 짓을 하고 있는 건 아닐까? 하지만 매번 아쉽고 아쉬웠다. 좀 더 그를 느끼고 싶었다. 온 머릿속이 꽉 차서 터져 버릴 정도로. 제 몸 안에 그의 전부를 밀어 넣고 싶었다. 그게 바로 섹스, 인 걸까?

'나는 정말 이 남자랑, 이 남자라면······.'

선호는 묵직한 숨을 두어 번 삼키고서 그녀에게서 떨어져 나갔다. 키스할 때면 무척이나 황홀했지만, 그 뒤가 문제였다. 풀어지지 않은 사랑을 다시금 억누르는 일은, 생각보다 꽤 지독한 고통이었다. 하지만 너무 조급하게 생각하고 싶지 않았다. 선호는 하리에게 정말 최고로 아름답고 특별한 밤을 선물하고 싶었으니까.

짧은 휴식 끝에, 응급실에서 콜이 울렸다. 다시금 현실로 돌아갈 시간이었다.

하리는 조금 흐트러진 옷을 꼼꼼히 살피고서 스테이션에서 온 호출을 보고는 서둘러 몸을 움직였다.

"그럼 선생님, 오늘도 파이팅!"

아까까진 그렇게 섹시하던 여자가, 다시금 햇병아리가 되어서 저렇게 사랑스런 표정을 짓다니. 정말이지 남자 한 명 충분히 미치게 하는 여자였다.

"잠깐만."

"네?"

선호는 그녀에게 성큼 다가와선 주머니에서 뭔가를 꺼내 목에 살짝 걸어 주었다.

"늦었지만 정식 레지던트 된 거, 축하해. 뭐 이제 시작이긴 하지만. 여기까지, 수고 많았어."

그가 그녀에게 준 것은 노란 청진기였다. 정식 내과의로서 처음으로 그녀만의 청진기가 생긴 것이었다. 그것도 햇병아리를 닮은 노란 청진기.

하리는 생각지도 못한 선물에 어쩔 줄을 몰라 하며 청진기를 만지작거렸다. 기분이 이상했다. 뭔가, 그에게 인정받은 것 같은 느낌이 들어서 뭔가 다른 감동이 밀려들었다.

"맘에 안 들어?"

"아니요! 너무 마음에 들어요. 정말. 고마워요, 선생님."

"힘내라, 햇병아리."

"네!"

그렇게 노란 청진기를 매달고서 콩콩콩 뛰어가는 그녀의 뒷모습을 선호는 한없이 지켜보았다. 노란색을 보자마자 딱 그녀가 떠올랐었다. 분명 잘 어울릴 거라 생각했는데, 저렇게 잘 어울리다니. 완전 반칙이었다.

"하아, 또 키스할 뻔했잖아."

선호는 반대편 주머니에서 다른 청진기를 하나 꺼내 들었다. 하리와는 달리 평범한 까만 청진기. 하지만 같은 브랜드에 그녀는 모를 테지만 조그맣게 서로의 이니셜을 새겨 넣었다. 비밀 연애니까 대놓고 커플링이나 커플 목걸이는 엄두조차 낼 수 없으니, 직업이 직업이니만큼, 특수하게 커플 청진기!

"뭐, 사랑은 유치한 거잖아."

그는 제 목에 청진기를 걸고서 휘파람을 불며 응급실로 달려갔다.

이른 아침, 자체 회진 시간. 하리는 평소보다 더 밝은 표정으로 목에 걸린 노란 청진기를 빙글빙글 돌리며 병실을 찾았다. 역시나

삐딱한 표정으로 손만 까딱이는 가율의 모습이 살짝 거슬렸지만, 그
것도 봐줄 수 있을 정도로 지금 그녀의 기분은 핑크빛이 둥둥 떠다
니고 있었다.

"뭐야, 그 표정은?"

하리는 가율의 옆으로 다가와 회진 준비를 시작했다.

"뭐가?"

"완전 눈에서 하트가 막 나오는데? 어제 애인이 그렇게 기분 좋
게 해 줬어?"

"어린 녀석이 건방진 소리 그만하고, 옷이나 올려 봐."

가율은 영 마음에 안 드는 표정으로 미적미적 윗도리를 살짝 올
렸다. 앙상하게 마른 몸. 게다가 여기저기 수술 자국이 깊은 흉터로
남아 있었다. 하지만 하리는 거기에 신경 쓰지 않고서 의사의 모습
으로 돌아가 청진기로 조심스럽게 그의 호흡을 살폈다.

"숨 크게 쉬고, 내쉬고."

"알고 있어. 어린애 취급하지 마."

"어른들한테도 다 하는 소리야. 저녁에는 불편한 곳 없었어?"

"잠만 잘 잤어."

"다행이네."

퉁명스럽긴 했지만, 그래도 꼬박꼬박 잘 대답해 주는 가율에게
엷은 미소를 띠며 그녀는 다시금 청진기에 집중했다. 그녀가 가장
신경 쓰고 있는 것이 가율의 호흡이었다. 조금이라도 호흡이 달라지
면 위험해질 수도 있기 때문이었다.

하리의 섬세한 손길이 맨살을 스치고, 차가운 금속의 느낌에 살
짝 소름이 돋았지만 가율은 그저 물끄러미 그녀의 모습을 지켜보았
다. 굉장히 신중한 눈동자. 그리고 꽤나 집중하고 있는지, 입술이 꼼

지락거리며 미간이 살짝 좁혀지는 것도 눈에 들어왔다. 그만큼, 가율도 하리 못지않게 집중을 하고 있었다. 바로 그녀의 모습을 지켜보는걸. 하지만 오래 쳐다보지는 못하고 시선을 그녀의 손끝으로 옮겼다. 그러고 보니 못 보던 청진기를 목에 걸고 있었다. 유치하게 노란색 청진기. 그런데 그게 또 꽤 잘 어울리는 것 같았다.

"심박도는 정상이야. 오늘 정밀검사 있는 거 알지?"

"알고 있네요."

그녀는 마지막으로 차트에 회진 결과를 기록하고서 조금 이따 보자고 말한 뒤 병실을 빠져나갔다. 가율은 발걸음에서도 하트가 퐁퐁 솟아나는 모습에 삐쭉거리는 목소리로 속삭였다.

"아주 좋아 죽네, 죽어. 대체 어떤 녀석이야?"

자체 회진 뒤, 컨퍼런스와 전체 회진을 마치고서 하리는 은근슬쩍 선호에게 청진기를 흔들어 주었고, 선호는 그 모습에 웃음을 꾹 누르며 다른 레지던트들의 오더를 확인해 주고서 그녀에게 걸어와 짐짓 딱딱한 목소리를 내었다. 하지만 눈빛은 부드럽게 휘어지다 못해 녹아내릴 것 같았다.

"오늘 오전에 CS(흉부외과)에서, 오후엔 NS(신경외과)에서 함가율 환자 정밀검사하는 거 잘 알고 있지? 꼼꼼하게 관리 좀 해 줘."

"네, 알겠습니다."

하리의 환자 차트를 확인하면서 선호는 저를 빤히 쳐다보는 그녀의 시선을 느끼며 가볍게 입을 열었다.

"청진기 잘 어울리네."

태연한 척 연기하는 그의 모습에 그녀는 배시시 새어 나오는 웃음을 꾹 누르며 거기에 맞장구를 쳐 주었다.

"그렇죠? 누구한테 선물 받았는데. 엄청 마음에 들어요."

"그래? 엄청 소중한 사람한테서 받았나 보네."

"네, 무척 사랑하는 사람한테서요."

기어들어 갈 듯하지만 달달한 그녀의 목소리와, 애써 차트로 가리고 있지만 이미 올라갈 때로 올라간 선호의 미소에 두 사람의 분위기는 아침부터 뜨거운 열기를 뿜어내고 있었다.

마지막으로 차트를 건네준 선호는 하리의 머리카락을 톡톡 쓰다듬고서 낮은 목소리로 속삭였다.

"나도 사랑해."

하리는 생각지도 못한 한마디에 빨개진 얼굴을 얼른 차트로 가렸고, 선호는 낮게 웃으며 멀리서 그를 부르는 간호사에게로 걸어갔다.

어떻게 저런 말을 저렇게 아무렇지도 않게 하는 걸까? 하지만 저 말에 매번 자신의 심장은 붉은빛으로 타들어 갔다. 매번 좋아하는 감정이 더해지는 기분. 어제보다는 오늘이, 오늘보다는 내일 더 그를 사랑하고 있을 것이다.

"어머, 선생님 열 있으세요? 얼굴이 빨개요."

"아무것도 아니야. 그런데 어디가 잘못됐어?"

"아, 신건우 환자 CBC(혈액 검사) 수치가요……."

태연한 척했지만, 전혀 태연하지 못했다. 그런 말을 태연하게 하는 남자가 누가 있을까? 선호는 속으로 화끈거리는 열기를 억누르며 간호사의 말에 집중하기 위해 노력했다.

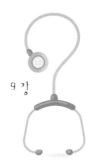

9장

CS에 넘길 가율의 차트를 점검하던 하리는 불쑥 나타난 진이의 표정에 흠칫했다.

"유진이? 너 맞니?"

"말 시키지 마, 죽을 것 같아."

요 며칠 얼굴도 안 보인다, 싶더니 거의 턱밑까지 내려올 듯한 다크서클과 하얗게 뜬 얼굴이 정말 보는 이로 하여금 혀를 차게 만들었다. 내과도 만만찮기는 했지만, 신경외과가 정말 빡세긴 빡세구나.

"어제도 새벽 수술 어시 했어. 오늘 아침에도, 저녁에 또 있어!"

"밥은 먹고 다니니?"

정말 엄마의 마음이 절로 들었다. 진이는 축 늘어진 표정으로 하리가 들고 있던 차트를 슬쩍 보았다.

"그거 함가율 환자 차트야?"

"네가 어떻게 알아?"

"치프 쌤이 그 환자 담당하는 것 같더라."

"태종 쌤이?"

"어. 그래서 만약 걔 수술 결정되면 내가 또 어시로 들어가겠지."

하리는 마지막까지 꼼꼼하게 살피고서 담당 간호사에게 차트를 넘겨주었다. 이제 한 시간만 있으면 정밀검사가 시작되었다. 그저 검사일 뿐인데, 왜 이렇게 긴장이 되는지 모르겠다. 그때, 가율이 병실에서 콜이 들어왔다. 그녀는 설마 그사이에 뭔가가 잘못된 건가 싶어 떨리는 시선으로 여전히 옆에서 중얼거리는 진이에게 짧게 외쳤다.

"그리고 그 함가율이라는 환자, 꽤 귀엽게 생겼다고 소문이……."

"미안해, 진아, 나 먼저 갈게!"

"야, 야! 조하리!"

하지만 진이의 목소리는 하리에게 닿지 못한 채 허공을 맴돌았고, 곧이어 그녀의 호출기도 요란하게 울려왔다. 역시, 쉬는 꼴을 못 보지. 꼴을 못 봐!

스테이션으로 달려간 하리는 거친 숨을 몰아쉬며 한마디, 한마디를 어렵사리 내뱉었다.

"헉, 헉, 대체. 헉헉 무슨, 일이에요?"

"어머, 뛰어오셨어요? 별일 아닌데. 함가율 환자가 선생님을 찾아서요."

"하아, 가율이가요?"

무슨 큰일이 생긴 줄 알았는데, 너무나도 태평하게 침대에 앉아 있는 녀석을 보니 하리는 허탈함이 밀려들었다. 그래도 다행이라고 해야 하나?

"뛰어왔어? 간호사 누나를 통해서 부르니까 이런 번거로움이 다 있네."

"대체 뭐야? 그런 번거로운 일까지 하면서 날 부른 이유가."

그러자 가율은 천천히 몸을 일으켜 세우며 창가를 바라보았다.

"밖에 나가고 싶어. 나 좀 데리고 나가 줘."

검사 시간이 한 시간밖에 남아 있지 않았지만, 가율은 완강하게 뜻을 굽히지 않았다. 결국, 절대 안정을 약속하고서 가율과 함께 병원 밖에 꾸며진 화단으로 나섰다. 오늘따라 햇살이 유난히도 따뜻했다. 하리도 꽤나 오랜만에 봄 날씨를 즐기는 것 같았다. 매일 병원에서 온갖 환자들을 상대하다 보면, 계절 날씨는 금방 잊어버리곤 했다.

"저기로 가자."

이제 막 싹이 트기 시작한 나무 아래 벤치로 걸어간 가율은 조심스럽게 몸을 기대었다. 불어오는 바람조차도 따사롭기 그지없었다. 꽤나 오랜만에 외출이었다.

"불편한 건 없어?"

"나 그렇게 중병 환자 아니거든? 예전엔 엄마랑 이렇게 자주 나왔어. 그런데 지금은 부탁할 사람이 선생님밖에 없네."

그러고 보니 요 며칠 어머니의 모습을 통 보지 못했었다. 그래도 오늘은 정밀검사 받는 날인데. 하리는 조심스런 시선으로 그를 살폈다. 가율의 시선은 파란 하늘을 향해 있었다. 하지만 그는 좀 더 먼 곳을 보는 것 같았다.

"어머니는 어디 가셨는데?"

"버린 거 아니니까 그렇게 조심스럽게 묻지 마. 병원비가 하늘에서 뚝 떨어지는 건 아니잖아?"

부산에서도 만만찮은 병원비였다. 게다가 아버지라는 인간은 어디서 어떻게 살아 있는지 알 수가 없는데, 그나마 누나가 부산에서 병원비를 보태 주고 있었지만, 그걸로도 감당하기 어려웠고, 최소한의 생계를 위해선 어머니는 무슨 일이든 할 수밖에 없었다.

그런 뜻으로 한 말이 아닌데, 하리는 괜히 삐딱하게 받아치는 가율의 말에 평소처럼 발끈했다.

"내가 언제 그런 식으로 말했어!"

"훗, 이제야 평소 선생님답네. 아침부터 영 맘에 안 들었어."

"뭐가?"

"정말 몰라서 물어? 얼굴에 핑크빛이 아주 퐁퐁 솟더만? 애인이 그렇게 좋아?"

"신경 끄셔!"

괜히 쑥스러움과 부끄러움에 하리는 고개를 휙 돌렸고, 그 바람에 청진기가 목에서 가볍게 찰랑였다. 가율은 저도 모르게 그쪽으로 자꾸만 시선이 갔다. 그러다, 청진기 중앙에 아주 조그맣게 새겨진 글자를 발견할 수 있었다. H&H. 뭐지? 무슨 이니셜인가?

"근데 그 청진기에 그거 이니……."

하지만 가율은 말을 끝까지 맺을 수 없었다. 정확히 말하자면 하리의 얼굴에서 시선을 떼지 못했다. 어딘가를 향해서 무척이나 환하게 웃고 있는 모습. 잔뜩 휘어진 눈동자에선 아침보다 더한 핑크빛이 흘러내렸고, 입가엔 부드러운 웃음이 한가득 새겨져 있었다. 가율은 저절로 그녀의 시선을 따라갔다. 그리고 그곳엔 자신도 아는 남자가 서 있었다. 최선호. 였던가?

'뭐야, 그럼 애인이 저 의사야?'

선호는 멀리서 가율과 함께 있는 하리를 발견하고는 자연스럽게 그쪽으로 걸음을 옮겼다. 검사 시간이 한 시간도 채 남아 있지 않은 데, 어째서 둘이 저렇게 밖에 나와 있는지는 나중에 물어볼 일이었다.

어느새 하리의 바로 앞으로 다가온 선호는 저를 뚫어져라 쳐다보는 가율을 의식하며 그녀에게 입을 열었다.

"함가율 환자 정밀검사 시간이 얼마 안 남은 것 같은데. 이렇게 나와 있어도 되는 건가?"

"아직 40분이나 남았는데요?"

하지만 대답한 것은 가율이었다. 어딘지 모르게 굉장히 건방진 어조에 오히려 하리가 당황하여 얼른 자리에서 일어섰다.

"죄송합니다. 잠시 바람을 좀 쐬고 싶다고 해서요."

"환자라고 병실에만 갇혀 있을 필요는 없잖아요?"

역시나 가율의 삐딱한 목소리. 하리는 곁눈질로 가율을 말렸지만, 그는 고개를 휙 돌려 버렸다. 선호는 그 모습을 지그시 바라보다 이내 입가로 묘한 미소를 지었다.

"그래? 그럼 같이 있어도 되겠지? 나도 함가율 환자를 담당하고 있으니까."

선호의 한마디에 가율은 어느새 그런 그를 노려보며 여전히 말 한마디, 한마디에 가시가 돋쳐 있었다.

"한가하신가 봐요?"

"이상하게 지금은 좀 한가하네."

그러고는 아주 당당히 가율과 하리의 사이에 앉아 버리자, 가율의 표정이 더 험악하게 일그러졌다. 하지만 선호의 표정은 무척이나 태평스러웠다.

"선생님, 나 목마른데?"

뭔가 이상한 분위기에 홀로 발을 동동 굴리던 하리는 가율의 말에 난처한 표정을 지었다. 여기서 자신이 빠지면, 왠지 가율이가 더 그를 자극할 것 같은데…….

"그럼 이만 들어갈까?"

"아니, 저기 바로 앞에 자판기 있는데. 설마 선생님이 날 위해서 음료수 하나 못 사 주는 건 아니지?"

하리는 하는 수 없이 자리를 털고 일어섰다. 그렇게, 그녀가 떠나고 둘만 남게 되자 선호는 이제야 조금 편안한 자세로 여전히 시선을 하리에게서 떼지 못한 채 입을 열었다.

"꽤 친해진 모양이네. 뭐, 환자와 주치의 사이에 Rapport(의사와 환자 사이에 생기는 신뢰 관계)가 생기는 건 좋은 일이지."

"꽤 귀여우시네요."

여전히 건방진 어조에 선호는 고개를 돌렸다. 그러자 가율은 그를 빤히 쳐다보며 특유의 눈웃음을 그렸다.

"청진기 이니셜. H&H. 선생님 작품 맞죠? 저 둔한 여자는 아직 모르는 것 같지만……."

"흠. 당사자도 모르는 걸, 제 삼자가 알아내다니. 꽤나 유심히 보고 있나 보지?"

선호의 말에 가율은 아직도 자판기에서 기웃거리는 하리를 바라보며 조그만 목소리로 속삭였다.

"뭐, 그냥 시선이 가서……."

선호도 가율의 시선을 따라 하리에게 와 닿았다. 뭔가 문제가 생긴 듯 멀리서도 난처해하는 모습이 눈에 선했다.

"하긴, 어떤 여자인데. 당연히 보게 되지. 하지만 내가 먼저 찜해 놨단다."

순간 가율은 아니꼬운 표정을 지으며 허탈하게 웃었다.

"하, 나이가 35살이나 됐다면서 그런 말이 그렇게 쉽게 나와요? 찜해 놔?"

하지만 선호의 표정은 무척이나 진지했다. 연신 하리의 움직임 하나하나를 살피고 바라보는 눈빛은 아까 전, 하리가 선호를 향해 지었던 표정 그대로 그의 얼굴 위로 자연스럽게 떠오르고 있었다.

"사랑 앞에선 괜한 자존심 세우기보단, 무조건 잡고 봐야지. 사랑하는 만큼 표현해야 하고, 사랑하는 만큼 말해 줘야지."

"……."

"그게 아무리 유치한 일이라도, 내 여자가 행복하다면. 그게 뭐 대수냐? 아직은 네가 이해하지 못하겠지만. 언젠가는 알게 될 거다."

가율은 아까와는 달리 조금 풀어진 시선으로 선호를 바라보며 중얼거렸다.

"나중이라……."

어느새 그녀가 다시 이곳으로 돌아오고 있었다. 하지만 돌아오는 손이 빈손이었다.

"음료수는?"

"품절이야. 딴 건 탄산음료고. 너 탄산음료 마시면 안 된단 말이야."

"됐다, 됐어. 가서 물이나 마실래."

가율이 천천히 몸을 일으켜 세우자, 하리가 얼른 달려와 그를 부축해 주려고 했지만, 갑자기 그가 그녀의 손을 다시금 덥석 잡았다. 벌써 세 번째. 하리는 이젠 놀라지도 않았다.

"또, 왜?"

"예쁘네요."

가율은 하리의 눈을 똑바로 바라보며 담담하게 속삭였지만, 하리는 피식 웃으며 어림도 없다는 표정을 지었다.

"에이, 이제 안 속아. 또 누구? 저기 저 간호사? 아니면 저기 저 누나?"

하지만 가율은 아무 말 없이 고개를 돌리며, 선호를 향해 짧게 말했다.

"직접 말해 줘도 모르는 곰탱이한테는 그럼 어떻게 해요?"

"네 곰탱이 아니니까, 신경 꺼."

"훗, 됐어요. 다 뻥이니까 그렇게 잔뜩 긴장하지 마요. 나는 더 젊은 누나가 좋으니까."

선호는 그런 가율의 당돌함에 어이가 없었지만, 가율은 여유롭게 웃으며 하리의 곁을 스쳐 지나갔다. 하리는 도통 이 두 남자가 무슨 말을 하는지 당최 이해가 되질 않았지만, 한 가지 확실한 건. 함가율 이 자식은 또 자길 놀렸다는 거다.

"하? 더 젊은 누나? 내 나이가 어디가 어때서!"

"그래, 내 눈엔 아직 햇병아리 애기지. 그래서 아주 불안해 죽겠어."

어느새 하리의 옆으로 성큼 다가온 선호의 모습에 하리는 혹여나 누가 볼까 조금 떨어지려 했지만, 그가 눈 깜짝할 사이에 그녀의 입술 위로 쪽 소리 나게 뽀뽀를 해 버렸다. 순식간에 당해 버린 도둑 뽀뽀에 하리는 입술을 붙잡으며 얼른 주위를 살폈다.

"누가 보면 어쩌려고요!"

"벌이야. 당사자는 아직도 모르는데, 낯선 남자에게 들킨 벌."

"네?"

대체 뭔 소리야? 낯선 남자에게 뭘 들켜?

"차트 넘겼어도 정밀검사 전에 환자 상태 다시 점검해. 그리고 요 웃음."

선호는 또다시 하리의 입술을 훔치며 짧게 속삭였다.

"아무렇게나 흘리지 말고. 여우 같은 모습은 내 앞에서만 보여."

"하?"

그러고는 손가락으로 청진기 중앙을 톡톡 두드린 뒤, 아무 일도 없었다는 듯 유유자적 걸어가는 선호의 뒷모습을 하리는 조금 멍한 시선으로 바라보다 이내 콩콩거리는 심장을 꽉 눌렀다. 이젠 아주 아무렇지도 않게 제 입술을 가져가면서. 뭐? 뭘 흘리지 마? 벌이라고? 벌은 내가 줘야지!

하리는 뻔뻔스러우면서도 화끈거리는 입술을 매만지며 그가 가리킨 청진기를 바라보았다. 이제야 그녀의 눈에 이니셜이 보였다. 설마, 그의 청진기에도? 그럼 커플 청진기?

"푸픕! 푸하하하하하핫!"

멀리서 다른 환자들이 보든지 말든지, 하리는 눈물까지 쏟으면서 터지는 웃음을 참지 못했다. 세상에. 커플링, 커플 목걸이, 커플 티는 들어 봤어도 커플 청진기는 처음이네. 정말이지.

"하여튼, 미워할 수가 없어."

하리는 침착하게 병실 앞에 섰다. 그녀의 손에는 CS(흉부외과)에서 보내온 정밀검사 결과지가 들려 있었다. 결국, 수술이 결정되었다. 재발한 종양을 몇 차례 걸쳐 떼어 내지 못하면 목숨이 위험했다. 그나마 다행인 건 NS(신경외과)에서 나온 결과는 긍정적이라는 것. 하지만 그것도 안심하기엔 일렀다. 그녀는 눈을 감고 숫자를 열까지 세었다. 그러고는 의사로서 마음을 굳게 먹고서 병실 문을 열었다. 역시나 가율은 혼자 앉아 있었다. 여러 가지 검사로 많이 피곤했는지, 베개에 몸을 기댄 채 멍한 시선으로 다른 침대의 환자들을 바라보고 있었다. 정확히는, 가족들의 모습을.

"가율아."

가율은 그때야 정신을 차리고서 하리를 바라보았다. 평소와 똑같이 건방진 표정이었지만, 어딘지 모르게 눈빛이 흔들리고 있었다. 대충, 짐작을 한 것 같았다.

"피곤하지?"

"뭐, 조금."

하리는 조금 더 가까이 다가왔다. 그러곤 의자에 살짝 앉았고, 가율은 제 머리 위에 쓰인 모자를 만지작거리며 무거운 목소리로 입을 열었다.

"말해."

"응?"

"검사 결과 나왔잖아. 괜찮으니까, 말하라고."

겉으로는 굉장히 덤덤해 보였다. 그래, 가율이도 애쓰고 있는데 명색이 의사가 겁을 먹으면 안 되지. 그녀는 가율이에게 검사 결과를 보여 주었다.

"뇌종양은 아직까지 큰 문제는 없어. 하지만 역시, 흉부 쪽에 재발한 종양은 당장 수술을 해서 떼어 내야 해."

"언제 하는데?"

"내일 새벽."

"빨리도 하네."

"몇 차례를 거쳐야 해서, 될 수 있으면 빨리 시작해야 해."

어차피 읽어도 뭔 내용인지 알지도 못할 결과지를 만지작거리면서 가율은 스스로를 달래였다. 벌써 두 번이나 겪었던 일이지만, 익숙해지지 않았다. 딱딱한 침대 위에서 빠르게 스치는 풍경. 내 몸인데도 내 몸 같지 않은 무감각함. 그리고 다시는 눈을 뜨지 못할지도 모른다는 막연한 공포까지.

그때, 조그만 손이 저도 모르게 떨고 있던 두려움을 붙잡아 주었다.

"괜찮아, 그렇게 오래 걸리진 않아. 내가 기다리고 있을게."

가율은 저보다 더 떨고 있는 그녀의 모습에 메마른 미소를 지었다. 하지만 아까보다는 훨씬 가벼워진 느낌이었다.

"상관없어. 한두 번 칼 대는 것도 아니고. 어차피 눈 감고 있으면 시간 따윈 잘 몰라. 그냥 끝없는 꿈을 꾸는 느낌이야."

'정말 깨어나지 못할 꿈을 꾸게 될지도 모르지만⋯⋯.'

차마 뒷말을 잇지 못했다. 가율은 죽음을 그저 꿈이라고 여기고 싶었다. 그래야 저 자신이 조금은 덜 불쌍할 것 같아서.

"그래, 그냥 잠깐 자고 일어나는 거야. 아주 좋은 꿈만 꾸고 일어나면 되는 거야."

웃고 있는 하리를 향해, 가율도 웃어 보였다, 평소처럼 살짝 삐딱한 웃음을 입가에 걸치고서 눈으론 연신 그녀를 향해 눈웃음을 지어올렸다. 이렇게 해야 저 여자가 조금은 덜 불안해할 것 같았다. 참나, 의사가 환자를 안심시켜 줘야지. 어떻게 환자가 의사를 안심시켜 주는 꼴이야? 역시 아직 햇병아리 의사답네.

"뭐, 까짓것 선생님 꿈꾸고 올게."

"그게 좋은 꿈이면 엄청 영광이네."

하리는 병실 밖으로 나왔다. 몰려들었던 긴장감이 일시에 흩어지는 기분이 들었다. 어느새 그녀의 입가로 씁쓸한 미소가 감돌았다. 가율이에게 들켜 버렸다. 내가 떨고 있다는 걸. 의사로서 실격인 셈이다.

그녀는 무거운 한숨을 내쉬며 걸음을 돌렸다. 그가 보고 싶었지만, 꾹 참았다. 이건 온전히 그녀가 감당해야 할 일이었으니까. 하리는 목에 걸린 청진기를 만지작거렸다. 미세하게 울리는 심장 소리가 조금은 안도감을 전해 주었다.

여러 번 응급실로 불려 가고, 혈압 환자의 혈압 수치도 체크하면서 하리는 거의 뜬눈으로 밤을 새우고 있었다. 그리고 새벽 12시. 아마 지금쯤, 가율의 수술이 시작됐을 것이다. 조금이라도 틈을 내서 다녀오고 싶었지만 지금 담당하고 있는 환자의 혈압을 20분 간격마다 체크를 해야 했기 때문에 떠날 수가 없었다. 하리는 연신 초조하게 시계를 확인했다. 고작 20분밖에 안 지났다. 아직 수술이 끝나려면 더 기다려야만 했다. 하필이면 2인실 병동이라 주위가 고요했다. 멀리서 깜빡이는 가로등 불빛을 보고 있자니 눈이 따끔거리며 자꾸만 머리가 멍해졌다. 정신적으로도, 육체적으로도 꽤나 피로가 쌓였다. 게다가 가율의 일에 너무 신경을 곤두세운 나머지 어제 점심부터 아무것도 먹지 못해 속이 살짝 쓰린 것 같았다.

"하아, 물이라도 마셔야지."

하리는 환자가 깰까 봐 조심스럽게 병실을 빠져나오자 익숙한 체취와 함께 선호가 그녀의 손을 붙잡았다.

"선생님?"

하지만 선호는 대답 대신 손가락으로 입술을 꾹 누르고서 주위를 살핀 후 재빨리 병실 안으로 들어갔다.

"하아, 몰래 오기 정말 힘들다."

"여긴 어떻게……."

"어떻게 오긴, 아주 미션 임파서블 뺨치게 숨죽이며 왔지."

그러고는 손에 들린 도시락을 그녀에게 건네주었다. 산 지 얼마 되지 않은 듯, 온기가 그대로 남아 있었다.

"점심부터 아무것도 못 먹었다며?"

"어떻게 아셨어요?"

"네 친구 진이? 아무튼, 걔가 그러더라. 나보고 우렁도령이 출동할 시간이라면서. 훗, 참 재미있는 친구야."

하하, 유진이. 결국, 그 말도 안 되는 호칭을 본인 앞에 써먹고야 말았구나!

"안 받아?"

"아."

그녀는 어렵사리 도시락을 받았다. 그 좋아하는 밥이 눈앞에 있는데도 여전히 식욕이 돌지 않았다. 선호는 영 미적거리는 그녀의 행동에 엷은 한숨을 내쉬었다. 겉으로 내색하진 않았지만 초조해하는 모습이 얼굴에 가득 그려져 있었다. 하긴, 예전부터 뭘 숨기는 걸 할 줄 모르는 여자였으니까.

"네가 안 먹는다고 녀석에게 도움될 일 없어."

자신의 맘을 꿰뚫어 본 그의 말 한마디에 하리는 천천히 고개를 들었다. 병실 안은 엷은 램프 불빛만 희미하게 켜져 있어 어둑한 음영이 그의 얼굴 위로 살포시 내려앉아 있었다.

"그래도, 이상하게 자꾸 진정이 안 돼요."

그때, 선호는 제 목에 걸린 청진기를 귀에 꽂고서, 그녀의 심장

바로 위에 벨을 대곤 눈을 감았다. 하리는 갑작스런 그의 행동에 몸을 움직이자, 선호의 낮은 목소리가 그녀를 붙잡았다.

"가만히 있어."

희미한 불빛 너머로 그의 모습이 간간이 흔들렸다. 그가 자신의 심장 소리를 듣고 있다고 생각하니 더 긴장이 돼서 심장이 더 쾅쾅 뛰어올랐다. 그러자 그의 입술이 부드럽게 휘어지며 감고 있던 눈을 스르르 풀었다. 어둠 속에서 울리는 그의 목소리는 참 차분하면서도 묘한 분위기에 뒤섞여 간질거렸다.

"아까는 다른 남자 때문에 콩콩거렸고, 지금은 나 때문에 아주 쿵쾅쿵쾅 난리네? 그럼 조금 봐주지."

"뭘 봐줘요?"

"하루 종일 나보다 그 녀석 생각을 더 했을 거 아니야."

하리는 처음으로 조그맣게 쿡쿡거리며 얼른 환자를 살폈다. 그러고 보니 여기 병실이었지!

"수술, 순조롭게 잘 되고 있대. 그리고 그 녀석 성격에 다음 날이면 또 건방진 소리 날리며 반길 테니까. 너무 걱정하지 말고."

"꽤 잘 알게 되셨네요."

"적을 알아야 내 여자를 지키지."

그녀는 믿지 않게 눈을 흘기며 다시 한 번 시계를 확인했다. 그래도 한결 마음이 가벼워졌다. 선호는 응급실에서 울리는 호출을 확인하고서 그녀의 도시락을 다시금 챙겨 주며 조금 더 낮은 목소리로 속삭였다.

"얼른 먹어. 안 먹으면 입으로 먹여 준다? 키스로 이것저것 다 했는데 밥도 키스로 못 먹여 줄까."

"돼, 됐어요!"

"다 먹고 인증 샷 보내."

그는 그녀의 볼을 한번 쓸어내려 준 뒤, 병실을 빠져나갔다. 밖으로 타박타박 뛰어가는 그의 발걸음 소리를 들으면서, 하리는 환자의 혈압을 체크한 뒤 자신도 병실에서 살짝 빠져나와 도시락을 열었다. 어느새 시간은 몇 시간을 훌쩍 넘어가고 있었다. 도시락을 거의 다 먹을 때쯤, 하리는 가율이가 첫 수술을 무사히 마치고 회복실로 들어갔다는 얘기를 들을 수 있었다. 저도 모르게 눈가에 눈물이 살짝 맺히면서, 집 나갔던 식욕이 마구마구 돌아오고 있었다.

하리가 가율이 때문에 뜬눈으로 지새우고 있을 때, 진이는 태종이 내어준 뇌부종 수술 경과 보고서를 작성한다고 뜬눈으로 지새웠고, 드디어 마지막 마침표를 찍을 수 있었다.

"크흑! 다 했어, 다 했다고!"

물론! 저녁까지 끝내야 했지만, 창가엔 아직 태양이 떠오르지 않았으니 분명 밤은 밤이다. 그래도 뭐라고 한다면, 별수 있나? 또 비굴 모드로 연신 싹싹 빌 수밖에. 그래도 조금이라도 불호령에서 벗어나기 위해 진이는 보고서를 들고서 의국으로 종종걸음으로 달려갔다. 하지만 막상 의국 앞에 서니, 깡만 믿고 살아온 그녀로서도 살짝 긴장이 되었다. 젠장, 젠장. 그래도 지금이라도 끝낼 수 있었던 것도 기적이라고!

진이는 심호흡을 깊게 하고서 조심스럽게 의국 안으로 들어갔다. 하지만 생각보다 안은 어두웠다. 책상 위에 조그만 램프만이 켜져 있었다.

"실례합니다."

그래도 기본 매너는 지켜야 했기에, 진이는 개미 똥구멍만 한 소리를 내고서 안으로 들어갔다. 사람의 기척이 느껴지지 않았다. 그렇다는 건, 치프 쌤이 없다는 건가? 그렇다는 건, 그냥 두고 와도 된다는 소리! 어느새 진이의 입가로 음흉한 미소가 흐르면서 가벼운 마음으로 탁자 위에 아주 잘 보이게 보고서를 내려놓았다.

"후훗, 끝이다. 끝. 종종!"

그때, 뒤에서 부스럭거리는 소리가 들리는가 싶더니 고요한 적막을 깨고서 숨소리가 들려왔다. 진이는 바짝 긴장된 표정으로 슬그머니 고개를 돌렸다. 이제야 그녀의 시야로 소파 위에 누워 있는 태종의 모습이 보였다. 그것도 자고 있는 모습.

"헤에, 잠도 자는구나."

매일 밤, 새벽, 어딜 가나 있기에 인간이 잠도 없나, 했더니. 그녀는 굳이 깨울 필요가 없다고 생각하며 조심스럽게 의국을 빠져나가려다 다시금 슬쩍 시선을 그쪽으로 돌렸다. 그러고는 저도 모르게 뒤꿈치까지 들어가며 소파 쪽으로 걸음을 당겼다.

가면 안 된다고, 너 지금 뭐 하는 거냐고 머릿속의 이성이 미친 듯이 소리를 질렀지만, 이미 그녀는 호기심이 가득한 눈동자로 그를 빤히 쳐다보았다. 전체적으로 굉장히 굵은 선을 지닌 얼굴. 살짝 매서운 눈빛이긴 했지만, 저렇게 감고 있으니 조금 부드러운 인상을 주는 것 같기도 했다. 진이는 그의 넓은 이마를 타고 점점 아래로 시선을 내렸다. 반듯하게 뻗은 콧날을 지나 살짝 벌어진 입술에 흔들리는 시선을 타고서 조금 더 아래로 내려가니, 살짝 흐트러진 흰 가운 사이로, 사이로……

'꾸, 꿀꺽!'

진이의 목울대가 거칠게 움직였다. 이 남자. 집안이 운동하는 집안이라더니, 가슴팍이 장난이 아니다. 손만큼이나 엄청 크고, 단단해 보이는 것이……. 크윽, 절로 침이 넘어가네. 얼핏 보이는 단단하고 야무진 맨가슴에 진이는 저도 모르게 고개를 더 깊이 숙였다. 이렇게 보면 보일까? 아님 요렇게 보면. 조금만 더 내려가면 보일 것 같은데.

진이는 살짝 손을 들어 그의 얼굴 위를 획획 흔들어 보았다. 하지만 꽤 깊이 잠이 든 듯 반응이 없었다. 조금만 볼까? 그래, 닿는 것도 아닌데. 아주 조금만, 조금만 내리면……

결국, 이성이 마비되어 해서는 안 될 선을 넘어 버린 진이는 저도 모르게 손을 뻗어 좀 더 가까이 얼굴을 들이밀고는 옷자락을 아주 천천히, 천천히 아래로 끌어당겼다. 이마에서 송골송골 땀방울이 맺히기 시작했다. 점점 낮아지는 숨소리. 그녀의 목덜미 너머로는 그의 뜨거운 숨결이 와 닿았고, 그에 따라 체온이 점점 올라가면서 그녀의 눈동자가 점점 커지고, 심장이 주체 없이 벌렁벌렁하는 순간!

"유진이."

잔뜩 쉰 목소리. 진이는 순간 일시 정지가 되어 그 자리에 돌처럼 굳어졌다. 그러다 천천히 고개를 옆으로 돌렸고, 어느새 눈을 뜨고 있는 태종과 떡하니 시선을 마주했다. 정말 찰나의 시간이 째깍째깍 흘렀다. 하지만 마치 시간이 그대로 멈춰 버린 것처럼 두 사람은 움직임이 없었다. 그러다 태종이 먼저 퍽퍽한 눈을 깜빡이며, 왠지 제정신이 아닌 듯한 목소리로 입을 열었다.

"너 지금 거기서 뭐 하는……."

하지만 그가 말을 채 끝내기도 전에, 진이는 몸을 벌떡 일으켜 세우고선 너무나도 우렁찬 목소리로 그를 뒤흔들었다.

"조혜연 환자 경과보고서 가져왔습니다! 너무 곤히 주무시는 것 같아 차마 깨우질 못했는데, 이렇게 우. 연. 히 일어나셨군요! 그럼 전 이만 가 보겠습니다!"

태종이 그녀를 불러 세우기도 전에, 진이는 순식간에 의국을 빠져나갔다. 그는 못 봤겠지만, 지금 그녀의 얼굴은 정말이지 강철 심장 유진이라는 이름에 어울리지 않을 정도로 벌겋게 달아오른 상태였다. 하지만 정말 제정신이 아니었다. 그 순간, 정말 제정신이 아니었어! 네가 육욕에 미쳐 눈에 뵈는 것이 없구나! 자는 남자를 덮치는 미친년이 됐잖아! 그런데 조금만 더 있음 볼 수 있었는데!

밖으로 나간 진이의 뒷모습을 태종은 멍하니 바라보다 이내 자리에서 일어섰다. 잠깐 머리가 어지러워 소파에 누웠을 뿐인데, 뭔가 부스럭거리는 소리에 정신을 차리고 보니 그녀가 무척이나 가까운 거리에서 저를 말똥말똥 쳐다보고 있었다. 살짝 몸을 일으켜 세우면, 그 붉은 입술에 닿을 만큼 그 정도로 가까이에.

태종은 그녀가 가지고 온 보고서를 들어 올렸다. 하지만 이미 귓불이 빨갛게 달아올라 숨결이 살짝 거칠게 흐트러졌다.

"젠장."

짧게 읊조리는 목소리에선 묘한 감정이 새어 나왔다. 그때, 그의 호출기가 긴박하게 깜빡였다. 태종은 서둘러 옷차림새를 고쳐 잡고서 의국을 빠져나왔다. 하지만 여전히 미묘한 열기가 그의 심장 곁을 맴돌고 있었다.

가율을 보기 위해 이제 막 당직실을 나서려던 하리는 갑자기 들이닥친 진이와 부딪힐 뻔했다.

"헉, 헉!"

"대체 뭐야?"

왠지 모르게 넋이 나간 듯한 표정에 하리는 그녀의 이마를 살짝 짚어 보았다.

"너 어디 아파?"

"어, 이 언니 정신이 아프다. 정말 정신이 안드로메다로 가다 못 해 없어졌나 보다."

"뭐 뜬금없는 소리야. 열은 없는데."

그래도 혹시나 하는 마음에 하리는 체온계를 찾기 위해 서랍을 뒤졌다. 하지만 진이는 여전히 멍한 시선으로 마치 염불 외우는 것처럼 연신 중얼거렸다.

"아무리 사람이 식욕과 성욕을 못 이긴다지만. 어떻게 그런 짓을! 그런 짓을!"

체온계를 찾아낸 하리는 그저 장난스럽게 말을 던졌지만, 돌아오는 반응은 결코 장난이 아니었다.

"너, 설마 누구 덮쳤니?"

"덮치진 않았어! 그저 조금 보려고, 보려고!"

"뭘 보려고 했다고?"

"……치프 쌤, 가슴."

"뭐?"

"태종, 치프 선생님의 단단한 가슴!"

진이는 결국 고개를 떨어뜨리며 아까 전 상황을 모조리 하리에게 털어놓았다.

"나 정말 미쳤지? 그렇지? 내가 생각해도 내가 한 짓이 믿어지지가 않아. 나 의사 때려치워야 하나? 내일부터 치프 쌤 얼굴을 어떻게 봐! 근데 더 억울한 건 제대로 보지도 못했어! 차라리 봤으면 덜 억울할 텐데!"

하지만 차마 하리는 어떤 말도 해 줄 수가 없었다. 왜냐면, 그녀 역시 전적이 있었으니까. 자고 있는 선호의 입술을 만졌던……. 하아, 누가 친구 아니라고 할까 봐 어쩜 하는 행동이 이렇게 똑같을까! 그런데도 제대로 못 봤다고 난리 치는 저 친구에게 대체 뭐라고 말해 줘야 할까!

"만약, 태종 쌤이 이 일을 그냥 모른 척 넘어가 준다면! 나 분골쇄신하는 심정으로 희생과 봉사의 정신으로 온니 일만 할 거야!"

"그래, 그래. 일단은 좀 진정……."

그때, 하리의 호출기가 울렸다. 격하게 반응하는 진이를 진정시키며 생각 없이 호출기를 들어 올린 순간, 눈빛이 살짝 흔들리며 손끝이 굳어졌다. 회복실에서, 콜이 들어왔다. 회복실에서 그녀를 부를 이유는 단 하나. 가율이!

그녀는 심각해진 표정으로 당직실을 박차고 나갔고, 진이는 갑자기 변해 버린 하리의 태도에 뭔가 심각성을 깨닫고서 얼른 그 뒤를 따라나섰다. 회복실로 뛰어간 하리는 저 멀리 가율의 담당 간호사를 보고서 더 격해진 표정으로 입을 열었다.

"대체 무슨 일이에요?"

"함가율 환자, 갑자기 뇌출혈을 일으켰습니다."

뇌출혈?

"뇌출혈이라니, 분명 NS(신경외과)에선 이상 없다고!"

"그런데 갑자기 종양에서 출혈이 발생했습니다. 당장 수술에 들어가야 하는데……."

뒤따라온 진이는 간호사의 말에 흔들리는 하리를 붙잡으며 말을 이었다.

"그런데 왜 이러고 있는 거죠? 수술방이 안 잡혀요?"

"아니요, 집도해야 할 태종 선생님께서 지금 응급 환자 수술에 들어가셨습니다."

"그럼 다른 집도의가 하면 되잖아요?"

"그게, 하필이면 NS 선생님들이 지금 제주도에 계세요. 오늘 저녁에 잡힌 뇌 신경센터 세미나 때문에……. 아침 일찍 오신다고 하셔서 이런 일이 벌어질 줄은. 남아 있는 인원은 레지던트 1, 2, 3년 차가 전부입니다."

간호사의 말에 하리는 정신을 차리고서 잔뜩 경직된 표정을 지었다.

"그렇다고 지금 이렇게 있을 거예요!"

그때, 회복실에서 신경외과 3년 차 레지던트가 걸어 나왔다. 표정이 심각했다. 진이는 그에게 달려갔고, 짧게 몇 마디를 나누었다. 그러고는 고개를 끄덕이며 간호사에게 말했다.

"수술방 잡아 주세요."

"진아."

"뇌출혈 잡는 것 정도는 3년 차 선생님이 하실 수 있어. 그리고 치프 쌤 수술이 10분 후면 끝난다고 하니까, 그전까지라도……."

"3년 차는 안 돼!"

하리는 흠칫한 표정으로 고개를 돌렸다. 그녀의 시선 끝에, 무척이나 격한 표정으로 서 있는 선호를 볼 수 있었다. 하지만 새벽에 보았던 그가 아니었다. 굉장히 싸늘하게 굳어진 눈동자. 선호는 성큼성큼 걸어와 하리를 지나쳐 3년 차 레지던트 앞에 섰다. 진이는 바로 코앞에서 본 그의 일그러진 눈빛에 저도 모르게 떨리는 손을 꽉 붙잡았다.

"단순한 뇌출혈도 아니고 종양에 의한 출혈이야. 3년 차가 뭘 안다고 나선다는 거야!"

"하, 하지만 이대로 두면 환자가……."

그때, 회복실에서 다른 신경과 레지던트가 뛰어나왔다.

"환자의 호흡이 불안정합니다!"

하리는 하얗게 굳어진 표정으로 회복실로 뛰어들어갔다. 장시간 수술을 겪은 탓에 안 그래도 하얗게 질린 표정이 더 하얗게 질려 곧 숨이 멎을 것만 같았다.

선호는 흔들리는 시선으로 시계를 확인했다. 그러고는 뭔가 깊게 가라앉은 목소리로 3년 차 레지던트에게 짧게 말했다.

"당장 수술방 준비하고, 넌 어시로 들어온다."

"어시라니요? 그럼 집도는?"

"……내가 한다."

진이는 놀란 시선으로 고개를 들었다. 하리도 밖에서 선호의 목소리를 듣고선 의아한 시선을 띠었다. 하지만 그는 분명 NS 3년 차 도중에 그만뒀다고 들었는데…….

"하, 하지만 선생님은 내과의시잖아요."

"원래는 신경외과의야. 적어도 너보다는 내가 나아."

"그렇지만……."

"판단은 네가 아닌 내가 해! 당장 수술방 잡아! 지금 생각하고 자시고 할 시간이 있는 건가?"

그의 차가운 시선과 서늘한 목소리에 레지던트는 더는 생각하지 않고 당장 수술방으로 달려갔다. 진이 역시 그 뒤를 따르면서 어쩐지, 그의 어딘가가 어긋나 보이는 모습에 불안한 시선을 띠었다. 수술 준비를 마친 간호사와 레지던트가 일단 호흡을 잡은 가율을 데리고 수술방으로 데려갔다. 하리는 떨리는 시선으로 제 앞에 서 있는 선호를 마주 보았다. 오늘처럼 그가 낯설게 느껴진 적이 있었던가? 하지만 그의 시선도 어딘지 모르게 불안해 보였다.

"선생님."

하리가 그를 불렀지만, 선호는 한 번도 돌아보지 않고 그녀의 부름에 너무나도 어렵게 입을 열었다.

"나중에, 설명해 줄게."

그러곤 그녀의 시야에서 그가 멀어져 갔다. 새하얀 가운을 입은 의사 최선호. 항상 그의 뒷모습이 멋지고 잘 어울린다고만 생각했는데, 지금은 달랐다. 처음으로 저 새하얀 옷이 그를 야금야금 삼키고 있다는 느낌이 들었다.

기계적으로 그는 흰 가운을 벗고 수술복으로 갈아입었다. 손을 씻고 소독을 하는 움직임에선 아무런 감정이 묻어나지 않았다. 마치, 텅 비어 버린 느낌. 그리고 불안한 시선이 결국 한 숫자에 머물렀다.

[3번 수술실]

하필이면, 이곳. 3번 수술실. 게다가 이번 환자도 뇌종양에 의한 뇌출혈. 선호는 거대한 문을 열었다. 섬뜩한 공기가 그의 폐를 꽉 움켜쥐었다. 차가운 공기. 결코 지워지지 않는 이곳의 공기. 단 한 순간도 잊어 본 적이 없는 이곳에서의 잔인한 기억. 그리고 그는 그렇게 다시 수술대 앞에 걸음을 멈춰 섰다. 그의 눈앞에 누워 있는 환자는 함가율. 아니, 3년 차 레지던트였던 그가, 겁 없이 메스를 들어 결국 죽음에 이르게 한 그때의 그 환자가 그를, 노려보고 있었다.

얼떨결에 수술에 참가하게 된 진이는 다른 선배 레지던트들을 도와주면서 손을 씻어 냈다. 갑자기 집도의를 하겠다고 나선 이 남자. 하지만 뭐랄까, 그때부터 굳어지던 눈빛이 조금씩 흔들리며 어딘지 모를 모순적인 모습이 보이는 것 같았다.

'하고 싶지 않다는 시선이었는데. 아니 그보단, 두려움?'

수술방으로 들어선 진이는 마취제를 투입하여 축 늘어진 가율을 한번 바라보고서 선배 레지던트의 바로 뒤에 자리를 잡았다. 드디어 문이 열리고, 마스크를 뒤집어쓴 채 걸어오는 그의 모습이 보였다. 가끔 응급실이나 병실에서 마주치는 모습과는 정말이지 사뭇 달라 보였다. 마치 다른 사람을 보는 것처럼 굉장히 차가운 눈동자. 역시 자신의 괜한 기우였던가?

진이는 잡다한 생각을 접어 두고서 본격적으로 수술할 준비를 했다. 뭐가 어떻게 되었든, 지금 중요한 건 저기 누워 있는 어린 환자를 살리는 게 그 무엇보다 중요했으니까.

선호는 심호흡을 깊이 내쉬었다. 오래 버틸 필요도 없다. 종이가 올 때까지만. 그때까지만. 하지만 정말이지, 그때와 똑같았다. 시간이 해결해 준다고? 웃기는 소리. 어느 것 하나 잊힌 것이 없는데. 심지어 심장 박동 소리마저 그날과 똑같이 느껴지는데…….

누군가가 건네주는 메스를 움켜쥐었다. 시리고 날카로운 통증이 손안으로 느껴졌다. 그래, 단 하나 다른 점은 그때와 같은 자신감은 단 한 점도 남아 있지 않았다. 그때와 같은 오만함도 없었다. 분명 그때보다는 더 나은 실력을 갖추고 있을 텐데, 그보다 더한 압박감이 숨통을 서서히 조여 오는 듯했다. 분명 다른 레지던트들이 여기에 함께 있음에도 철저히 혼자 고립되어 가는 기분. 그는 그렇게, 뼛속까지 파고드는 그날의 기억으로부터 홀로 싸워야만 했다.

"준비 끝났습니다."

레지던트의 목소리가 아득하게 들려왔다. 선호는 떨리는 손끝에 힘을 주고서 메스를 움켜쥐었다. 두려움을 참기 위해 억눌린 목소리가 그의 입에서 낮게 새어 나왔다.

"시작, 하지."

조명이 꺼졌다. 오직 수술대 위를 비추는 조명이 차갑게 스미며 그의 시야를 까맣게 물들였다. 메스 끝으로 물컹이는 느낌이 모든 감각을 그때의 시간으로 깨우고 있었다. 자꾸만 누군가의 목소리가 맴돌았다. 자신의 손끝 아래에 가율이 아닌 다른 누군가가 그를 노려보며 똑같은 목소리로 속삭였다.

'당신이 죽였어. 날 죽인 건, 당신이야!'

"하아!"

"선생님?"

레지던트의 짧은 목소리에 진이는 고개를 들었다. 아직 아무것도 한 것이 없는데 이상하게 그의 얼굴 위로 식은땀과 더불어 조명 때문인지 낯빛이 굉장히 창백해 보였다.

"괜찮아."

잔뜩 가라앉은 목소리. 선호는 메스를 고쳐 잡았다. 머릿속을 맴도는 여자의 목소리를 애써 뿌리쳤다.

'그녀는 그렇게 말하지 않았어. 그 녀석도 마찬가지였고. 그래서 내가 더, 버티기가 힘들었던 거야.'

드디어 메스 끝이 움푹 들어가며 붉은 핏방울이 맺혀 내렸다.

'정신 차려, 최선호! 네가 이곳으로 돌아온 이유를 기억해. 그때의 기억 때문에 눈앞에 있는 환자를 죽일 셈이야? 만약 그렇게 되면……'

선호는 섬세한 동작으로 머리 위로 메스를 움직였다. 조금씩, 조금씩 배어 나오는 비릿한 향이 느껴지고 선호는 어느 것 하나 놓치지 않기 위해 눈에 힘을 주었다.

'그렇게 되면 이번엔 정말로 넌, 그 누구에게도 용서받지 못할 거다.'

마침내 선호는 가율의 머리를 열었다. 심장이 덜컹거렸다. 뭐라 말할 수 없는 감각이 등골을 꿰뚫는 듯, 싸한 느낌이 밀려들었다. 고여 있는 혈종. 그리고 그 사이사이로 보이는 조그만 종양들. 그때와 너무나도 똑같았다.

"썩션."

그의 짧은 한마디에 기계 소리가 윙 돌고, 선호는 천천히 아주 조심스럽게 혈종을 제거해 나가며 종양을 확인했다. 악성 종양은 아니었지만, 뇌에 불필요한 것임은 분명했다.

'이것만 제거하면!'

차츰 익숙해진 시선으로 냉정하게 뇌를 살피며 차근차근 종양을 제거하려는 찰나.

"선생님, 또다시 출혈이!"

'선호야.'

'……'

'그녀는, 그러니까, 그녀는……'

'……미안해.'

선호는 눈을 깜빡였다. 하지만 캄캄하게 둘러싼 적막이 사라지지가 않았다. 손이 주체하지 못할 정도로 흔들렸다. 결국, 차가운 비음을 토해 내며 바닥으로 메스가 떨어졌다. 진이는 무너지기 시작한 선호의 모습에 어떻게든 그를 말리기 위해 몸을 움직이려는 순간, 쾅. 하는 소리와 함께 굳어진 표정의 태종이 안으로 들어섰다.

"선생님, 선생님!"

이미 불안정하게 풀려 버린 선호를 부르는 레지던트들 틈으로 태종이 걸어와 그의 어깨를 강하게 붙잡고서 외쳤다.

"NS(신경외과) 치프 남태종입니다. 함가율 환자의 집도의로서,

지금부터는 제가 수술하도록 하겠습니다."

차분하게 울리는 그의 목소리에 선호는 천천히 고개를 들었다. 그러고는 아무 말 없이 그의 어깨를 치며 수술방을 빠져나갔고, 태종은 나가는 선호의 모습을 보지 않은 채 겨우 출혈을 막은 레지던트들을 향해 소리를 질렀다.

"정신 똑바로 차리고, 오직 환자에게 집중해! 유진이!"

"네!"

"새 메스 가져오고, 환자 심박수 체크해."

"알겠습니다!"

어수선하던 수술실이 순식간에 정리되면서, 진이 역시 애써 선호의 모습을 지우고서 수술에 집중했다. 하지만 지금 가장 다급한 건 태종이었다. 마지막에 보았던 녀석의 눈빛이 잊히지가 않아서. 하필이면 3번 수술방. 뇌종양에 의한 출혈 환자. 참, 빌어먹을 운명이었다.

수술실 앞에서 가율의 어머니와 초조하게 기다리던 하리는 방금 전 사색이 되어 뛰어갔던 태종의 모습에 몹시도 불안했지만, 가율의 어머니 앞에서 내색하지 않았다. 의사가 흔들리면 모두가 흔들린다. 하리는 그가 했던 말을 연신 되뇌며 떨리는 손끝을 붙잡은 찰나, 문이 열리면서 선호가 밖으로 걸어 나왔다. 하리는 누가 있다는 것도 신경 쓰지 않고서 선호를 향해 달려갔지만, 저도 모르게 걸음을 멈추고 말았다. 초점이 없는 눈동자. 잔뜩 일그러진 시선 속에, 그는 핏기가 사라진 표정으로 피가 묻은 손을 떨고 있었다. 아니, 온몸이 떨리고 있었다.

"선생님."

선호는 그를 괴롭히던 목소리가 점차 사라지며, 희미하게 울리는 하리의 목소리에 고개를 들었지만, 그녀의 어깨너머로 자신을 초조하게 바라보는 가율의 어머니를 보자마자 다시금 끔찍한 기억이 그를 조여 왔다.

"미안."

"……."

"혼자 있게 해 줘."

결국, 그는 하리를 똑바로 바라보지 못한 채 그대로 스쳐 지나갔다. 하리는 심장 깊숙이 내려앉는 그의 지독히도 메마른 목소리에 차마 그를 붙잡을 수가 없었다. 그때와 똑같았다. 무너질 것 같은 표정. 미친 듯이 떨리고 있는 손. 그것은 무언가에 대한 공포와 두려움이었다. 대체 무엇이? 도대체 무엇이 그렇게 무서운 걸까? 두려운 걸까?

하리는 시선을 돌렸다. 수술실의 불빛이 한번 깜빡였다. 가율의 수술이 거의 막바지에 다다르고 있었다.

아슬아슬하게 붙잡고 있던 정신이 연구실에 들어선 순간 삽시간에 무너져 내렸다. 선호는 거칠게 숨을 내쉬며 무릎을 굽혔다. 메스를 쥔 그 순간부터 그녀와 그의 모습이 떠나질 않았다. 거짓된 목소리가 울릴 때는 그래도 참을 수 있었지만, 뇌 혈종이 터지고 그때와 똑같은 상황이 펼쳐지며 진짜 그의 목소리가 들렸을 때. 결국, 이성이 무너지고 말았다.

"하아, 하아, 하아! 민재야……. 흐흑!"

위태롭게 흐트러지는 그의 목소리가 물기로 젖어들었다. 주체하지 못할 정도로 흔들리는 손을 꽉 움켜쥐며 선호는 애써 잊고 있었던 이름을 더듬었다.

"미안해, 미안해, 미안해……."

그때는 이 말조차 제대로 할 수가 없었다. 어머니로 인해 은폐된 과거이지만, 어쩌면 그때의 자신도 스스로 인정하고 싶지 않았던 건지도 몰랐다. 그래서 직접 나서지 못했는지도 몰랐다.

'내 실수를, 인정하고 싶지 않았던 거야!'

"윽!"

숨이 막혀 왔다. 마치, 누군가 제 목을 조르는 것처럼. 결국, 버티지 못한 채 그가 앞으로 쓰러지려는 순간, 조그만 손이 그의 뒤를 강하게 끌어안았다. 하지만 선호는 그 온기를 채 느끼지 못했다.

"민재야, 민재야. 나는, 나는……."

하리는 온몸으로 그를 붙잡으려 노력했다. 하지만 자꾸만 그의 입에서 짓눌리며 흘러나오는 민재라는 이름이 자꾸만 그를 아래로, 아래로 끌고 가는 것 같은 느낌에 떨리다 못해 무너질 것 같은 그를 고쳐 세우고서 제 목에 걸려 있던 청진기를 그의 귀에 꽂아 주었다. 여전히 불안정한 시선. 자신을 똑바로 보지 못한 채, 연신 어딘가에 갇혀 허우적대는 그의 모습에 하리는 자신이 더 고통스러웠다.

"기다려요."

하지만 하리는 애써 밝은 목소리로 웃어 보였다. 그리고 벨을 정확히 제 심장에 갖다 대었다. 그를 향해 뛰는 이 심장 소리를 들려주고 싶었다. 불규칙하게 쿵쾅쿵쾅 오직 그를 향해 반응하며 소리치는 이 심장 소리를 듣고 제대로 돌아와 주었으면 했다.

"저예요. 조하리. 민재란 사람이 아닌, 나라고요. 당신이란 남자만 보면 이렇게 심장이 제멋대로 뛰어오르는……. 당신의 햇병아리."

두근, 두근, 두근, 두근.

선호는 귓가에서 뚜렷하게 들리는 기분 좋은 울림에 서서히 눈을 떴다. 머릿속을 맴돌던 목소리가 사라지고, 오직 그녀의 설레는 심장 소리와 얼굴이 보였다. 선호는 천천히 손을 뻗어 그녀의 어깨를 가볍게 움켜쥐었다. 그러곤 힘 있게 그녀를 끌어안으며 그녀의 새하얀 목에 지그시 입술을 누르곤 나지막한 목소리로 속삭였다.

"……좋다. 네 심장 소리……."

무사히 수술을 마친 태종의 얼굴엔 피로함이 잔뜩 묻어나 어느 때보다도 지쳐 보였다. 곧 있으면 동이 틀 시각. 정말 지독히도 긴 밤이었다. 그는 비틀리는 걸음으로 바닥에 주저앉아 욱신거리는 눈을 문질렀다. 눈을 감으니, 선호가 메스를 들고 있던 모습이 떠올랐다. 그나마 여기까지 왔다는 자체도 대단한 건가? 하지만 여전히, 그 녀석에게서 벗어나지 못했다.

"김민재……."

"선생님."

태종은 눈을 번쩍 떴다. 그러자 제 앞에 쪼그리고 앉아 있는 진이가 그에게 커피를 내밀고 있었다.

"이거 좀 드세요. 꼴이 아주 말이 아니에요."

그는 진이가 건네는 커피를 물끄러미 바라보다 손을 뻗었다. 하지만 커피를 쥔 것이 아니라, 그녀의 어깨를 잡고서 옆으로 당겼다. 그 손길에 진이는 몸이 휘청거리며, 그의 옆자리에 털썩 주저앉았다.

"선생님?"

"조금만, 빌리자."

"네?"

하지만 그녀의 말이 끝나기도 전에, 태종은 쓰러지듯 그녀의 어깨에 머리를 기대었다. 진이는 갑작스런 상황에 돌처럼 굳어져서는 입도 뻥긋할 수가 없었다. 숨이 멎을 것 같았다. 어깨에서 부드럽게 다가온 무게에 실려 조금 알싸한 체취가 느껴졌다.

'대, 대체 이게!'

태종은 깜빡이던 눈을 감았다. 너무나도 충동적으로 저지른 일이었지만, 그는 움직일 힘이 없었다. 아니, 움직이고 싶지 않았다. 결국, 편안하게 기대어 버린 태종과는 달리, 진이는 꿈틀거리는 손끝을 꽉 붙잡고서 자꾸만 뜨겁게 내쉬는 그의 숨결에 오장육부가 뒤틀리는 것 같았다.

'오, 신이시여. 저를 시험에 들게 하시나이까! 오직 봉사와 희생의 정신으로 일만 하리라 다짐을 하였는데. 하루도 되지 않아서, 이리 저를 힘들게 하시다니! 미워 죽겠어!'

선호는 하리의 무릎에 머리를 베고서 그녀와 눈을 마주했다. 마주 잡은 두 손이 이제야 진정이 되어 고르게 숨을 내쉬고 있었다.

하리는 땀에 뒤엉킨 그의 머리칼을 부드럽게 매만졌다. 그녀의 길고 가는 손가락이 스칠 때마다 연신 달콤한 열기가 감돌았다.

"우스운 꼴을 보였네. 그래서 오지 말라고 한 거였는데."

"미안해요, 그런데. 혼자 둘 수가 없었어요. 내가 같이 있고 싶었어요."

그의 입가가 살며시 휘어졌다. 하리는 손끝으로 그의 입술을 더듬으며 조금 전, 떨리는 목소리로 새어 나왔던 이름을 떠올렸다.

'민재야, 민재야……'

"선생님."

"……말해."

"선생님이 신경외과에서 내과로 가게 된 이유, 전 무작정 기다릴 생각이었어요. 선생님이 얘기해 주실 때까지."

"……"

"그런데, 만약 그것 때문에 선생님이 이렇게 힘든 거라면. 말해 주세요. 저한테 말해 주세요. 아무것도 모른 채 선생님이 괴로워하는 모습만 보는 거, 저 싫어요. 같이 있고 싶어요."

그는 아무런 말없이 하리를 바라보았다. 서로의 숨결만이 이 적막한 공간을 울리며 서로를 응시하고 있었다. 하리의 손을 움켜쥔 그의 손이 조금 흔들렸다. 어차피, 그녀에게 모든 걸 밝힐 생각이었다. 그 기회가 조금 빨리, 생각지도 못한 상황에서 찾아왔을 뿐. 아니, 어쩌면 이번이 기회인가.

"네가 생각한 것처럼 난 신경외과를 그만둘 생각이 없었어. 평생을 메스를 쥘 생각이었지. 뇌가 좋았으니까. 하지만 난 너무나도 건방졌고, 겁이 없었어. 처음부터 그 자리까지 단 한 번의 굴곡 없이 왔던 내게 실패란 없었으니까."

의사 집안에서 태어난 선호는 지금껏 의사 말고 다른 길은 생각해 본 적이 없었다. 어머니와 아버지가 이혼한 이유가 그 빌어먹을 병원 때문이었지만, 그래도 그 자신이 의사라는 직업을 소망했고 특히나 뇌라는 무궁무진한 세계에 거대한 기대를 품고 있었다. 하지만 어지럽게 뒤엉킨 집안에 엮이고 싶지 않은 마음에 우신대학병원이 아닌, 한국대학병원을 선택. 그것도 조기 입학으로 단 한 번의 실패 없이 신경외과 레지던트에까지 올랐다.

그 당시에 선호는 남태종과 김민재. 두 사람과 소위 불알친구로 초, 중학교를 같이 다니면서 각별한 우정을 간직하고 있었다. 두 사람도 모두 의대를 지망했지만, 선호와는 달리 우신대학에 진학을 했다. 물론, 선호처럼 조기 입학은 아니었지만. 그래도 세 사람은 자주 만났고, 같은 학업에 뜻이 있었기에 더욱 단단해질 수 있었다. 그러다 민재가 결혼을 하고 가정을 꾸리고, 세 사람이 학생에서 어른이 되어 가며 각자의 뜻을 품게 되었을 때, 선호는 이미 신경외과 레지던트 3년 차를 달리며 한국대에서도 굉장히 큰 주목을 받고 있었다. 그때까지 선호에겐 아무런 문제 될 것이 없었다. 아무것도.

"레지던트 3년 차였던 나는 그때부터 수술을 조금씩 집도하기 시작했어. 굉장히 빠른 성장이었고, 거칠 것이 없었지. 그래서 난, 감히 생명 앞에서 너무나도 오만한 짓을 했어."

"……."

"나라면 할 수 있다고. 절대 실패하지 않을 거라는 어리석은 생각에. 내 손에 환자가 죽었어."

다시금 그의 손이 희미하게 떨리기 시작했다. 하리는 단 한 마디도 없이 그의 모든 말을 하나하나 새겼다. 그리고 그의 목소리가 위태롭게 아래로 떨어졌다.

"그것도 가장 친했던 친구. 민재의 아내였던 연주를. 내 손으로 죽게 만들었어."

일이 벌어진 건 3년 차 레지던트의 중반. 우연히 우신의대에 초청을 받아 강의를 듣고, 태종과 민재와 어울려 가볍게 한잔하려던 차에, 일이 터지고 말았다. 민재의 아내가 쓰러진 것. 하지만 처음엔 그렇게 큰일이라고는 생각하지 않았다. 민재의 아내였던 연주는 뇌종양으로 벌써 1년째 투병 생활을 하고 있었다. 그렇기에 이번에도 가벼운 종양이라고 생각했다. 조금씩이지만 나아지고 있다는 낙관적인 얘기를 들었으니까.

선호와 태종은 그렇게 민재를 안심시키며 수술실 앞으로 갔지만, 결과는 뜻밖에도 절망스러웠다. 대뇌동맥이 지나는 곳에 생긴 종양이 출혈을 일으킨 상태인데, 그 부위가 까다로워 자칫 잘못하다간 사망에 이를지도 모른다는 소식. 모두가 망설이던 그 수술을 선호가 나섰다. 고작 3년 차 레지던트. 게다가 우신의대생도 아닌 타 대학의 학생. 상식적으로 절대로 이뤄져선 안 되었던 일이 결국 이뤄지고 말았고, 수술은 결국 출혈을 잡지 못한 채 테이블 데스로 가장 최악의 끝을 낳았다.

초록색의 선이 차가운 소리를 내며 일자를 가리키고, 선호는 손에서 딱딱하게 굳어지는 붉은 피를 망연자실한 눈빛으로 바라보았다. 뜨거웠던 피가 차갑게 그의 모든 것을 조여 오는 느낌이었다. 실패. 완전한 실패. 그것도 자신의 친구의 아내를. 자신의 경솔함과 오만함에 휩싸여 환자를 살려야 할 메스는, 사람을 죽이는 흉기로 변하고 말았다.

"아내 이름을 부르는 민재에게, 난 테이블 데스라고 말했어. 수술 중 사망. 훗, 아니. 그건 수술 중 사망이 아니야. 내 잘못이지. 전부 다 내가 저지른 미친 짓 때문에…… 그런데 민재는, 아무 말도 안 했어. 원망도 분노도, 아무것도!"

그 뒤로 민재는 병원을 나갔고 선호는 더 이상 메스를 잡을 수가 없었다. 민재의 모습과 그의 아내인 연주의 모습과 목소리가 들려서 아무것도 할 수가 없었다. 스스로에게 쌓인 죄책감은 그렇게 형태 없는 목소리로 그를 붙잡았다. 어머니가 모든 것을 덮었지만, 그걸 방관했던 것도 자신이다. 처음으로 맛본 실패에 대한 두려움. 그리고 인정하고 싶지 않았던 그 모든 것이 더 이상 메스를 잡지 못하게 한 덩어리가 되었다.

선호의 입은 더 이상 열리지 않았다. 하리는 붙잡았던 그의 손을 조심스럽게 내려놓았다. 그는 천천히 자리에서 일어나 등을 돌렸다. 그리고 그의 목소리가 유난히도 슬프게 그녀에게 와 닿았다.

"나한테 실망했지? 지금은 정말로 혼자 있고 싶다. 네 얼굴을, 못 볼 것 같아."

하리의 눈동자 위로 눈물이 그렁그렁 차오르며 그의 뒷모습이 한 없이 일그러졌다. 하지만 그녀는 아무 말도 하지 않고서 연구실을 빠져나왔다. 참았던 눈물이 그렇게 아래로 뚝, 떨어졌다. 무슨 말로 뭐라고 해야 할지 알 수가 없었다. 위로의 한마디로 다가가기엔 그에게 과거가 너무 깊었다. 용서받고 싶지만, 너무 멀리 와 버렸다. 하지만 그때의 그는 분명 살리고 싶었을 텐데. 그저, 살리고 싶었을 텐데.

하리의 온기가 사라지고, 선호는 떨림이 가라앉은 제 손을 바라보다 허공을 향해 시선을 던졌다. 누가 뇌 신경센터장이 되든, 병원 장이 누가 되든 관심 없었다. 할 수만 있다면 모든 걸 말하고 과거에 대해 속죄를 하고 싶었다. 그걸 위해 이 병원으로 돌아온 것이다. 그리고 용서를 받을 수 있다면 그는 다시 한 번 메스를 쥐고 싶었다. 이번엔 정말로 제가 쥔 메스로 사람을 살릴 수 있도록.

하리는 회복실로 내려왔다. 수술은 잘 끝났지만, 아직 의식을 되찾지 못해서 가율은 아직도 회복실에 있었다. 하지만 회복이 된다고 해도, 일단은 일방 병실이 아닌 중환자실에 입원할 듯싶었다. 회복실로 들어선 하리는 마치 잠을 자는 듯 누워 있는 가율을 바라보았다. 그러고 보니, 수술에 들어가기 전 했던 말이 새삼 떠올랐다. 그냥 끝나지 않는 꿈을 꾸는 것 같은 느낌이라고. 그래서 지금은, 무슨 꿈을 꾸고 있을까? 그때 밖에서 기척이 느껴졌다. 하리가 조심스럽게 회복실을 빠져나오자, 밖에서 서성이고 있던 가율의 어머니가 하리에게로 걸어왔다. 그녀는 저도 모르게 고개가 아래로 떨어졌다.

"죄송합니다. 좀 더 정확히 신경을 썼어야 했는데……."

하지만 가율의 어머니는 고개를 가로저었다.

"선생님 탓이 아니잖아요. 오히려 초기에 발견되어서 다행이죠. 게다가 선생님께서 계신 뒤로, 가율이 눈빛이 많이 달라졌어요."

가율의 어머니는 가율이 있는 쪽으로 시선을 돌렸다. 수술에 들어가기 전, 처음으로 자신에게 힘내겠다는 말을 했었다. 매번 똑같은 수술에 달라지지 않는 제 몸을 보면서 거의 체념하며 더욱 삐딱한 시선을 띠던 가율이, 살고 싶다고 말한 것과 마찬가지였다.

"예전엔 참 쉽게 말했는데, 요즘은 스스로 살려는 의지가 강해진 것 같아요. 그래서 정말로 살아 주었으면 좋겠어요."

목소리에 뒤섞인 울음이 간절함을 담고서 하리에게로 전해졌다.

하리는 가율의 어머니와 함께 가율이 깨어날 때까지 그곳을 지켰고, 가율은 의식을 되찾고서 중환자실로 옮겨지게 되었다.

무균 소독을 하고서 하리는 평소보다 훨씬 더 야위었지만, 그래도 표정만큼은 평소와 똑같은 가율을 보고서 조금 안도의 한숨을 내쉬었다.

"몸은 좀 어때?"

"견딜 만해. 그나저나, 오늘은 그 의사랑 같이 안 있어?"

그러고 보니, 회진 때도 컨퍼런스 때도 하리는 선호와 따로 만날 시간이 나지 않았다. 겉으로는 괜찮아 보였지만, 그럴 리가 없었다.

어느새 그녀의 눈동자가 가늘게 흔들렸다. 가율은 비록 마스크로 얼굴을 반이나 가렸지만, 평소와 다른 그녀의 모습을 또렷하게 볼 수 있었다. 대체, 무슨 일일까? 설마 그 의사랑 싸웠나? 아주 죽고 못 살더니. 그럴 것 같지는 않아 보이는데.

"설마 싸운 건……."

하지만 가율은 말을 끝까지 맺지 못했다. 아니라고 고개를 가로 젓는 그녀의 눈가에 촉촉하게 맺힌 눈물을 보고야 말았다. 어쩐지, 평소와 너무나도 다른 모습. 죽다 살아난 건 자신인데, 왜 그녀가 더 힘들고 아파 보이는 건지. 하지만 한 가지 확실한 건, 저런 모습은 별로 보고 싶지 않았다.

하리는 애써 입술을 깨물고서 눈물을 삼켰다. 무슨 말을 해야 할지 몰라서, 그를 볼 수가 없었지만. 너무나도 보고 싶었다. 그냥 옆에, 있고 싶었다.

호출을 받고 하리가 다급하게 중환자실을 빠져나갔다. 가율은 자꾸만 울고 있던 모습이 뇌리에 박혀 떨쳐내기가 어려웠다.

"젠장, 기분만 꿀꿀하네."

그때, 달각 이는 소리와 함께 이번엔 선호가 안으로 들어섰다. 가율은 이제야 나타난 그의 모습에 저도 모르게 서늘한 눈빛으로 그를 노려보았다. 왜 울었는지, 도대체 무슨 일인지는 모르겠지만 단 하나 확실한 건.

'분명 원인은 저 녀석 때문이야.'

선호는 제 눈에 무사해 보이는 가율을 보고서야 마음이 놓였다. 태종의 말로도 모든 종양을 완전히 제거하지는 못했지만 그래도 일단 수술 경과는 좋은 편이라고 했다. 하지만 그는 쉽사리 가율에게 먼저 다가가지 못했다. 그저 적당한 거리를 두고서 그를 물끄러미 바라보았다. 가율은 하리에 이어 선호 역시 뭔가 이상하다는 걸 눈치채고선 살짝 굳어진 시선으로 먼저 입을 열었다.

"대체 오늘 하나같이 무슨 약이라도 먹었어? 당신은 왜 내 눈을 똑바로 못 보는 건데!"

하지만 선호는 대답하지 않았다. 가율은 부글부글 끓어오르는 감정을 애써 억누르며 딱 한마디를 짧게 내뱉었다.

"뭐 좋아. 그건 그렇다고 치고, 조하리 선생님."

"……."

"그 여자가 운 거, 당신 때문이야?"

그리고 이번엔 선호도 무겁게 고개를 끄덕였다.

"……그래."

선호는 어젯밤 글썽거리는 눈동자로 저를 보던 하리를 떠올렸다. 하지만 그 역시 먼저 다가갈 수가 없었다. 겁이 났다. 그녀가 어떤 눈으로 저를 볼지. 보고 있을지. 민재가 저를 보는 그 시선만큼이나, 선호는 하리가 제게 등을 돌릴까 봐 그것을 너무나도 두려워하고 있었다.

가율은 그리 밝지 않은 조명 아래 역시나 저를 똑바로 보지 못하는 선호의 모습을 보며 딱딱하게 굳어졌던 표정을 스르르 풀었다. 하지만 목소리에 박힌 가시만큼은 떨어지지 않았다. 오히려, 비웃음이 뒤섞인 듯했다.

"별 똥 폼 다 잡으면서 말한 주제에. 자기 여자는 그렇게 울리면서 사랑?"

그러고 보니, 절대 울지 말라고 말한 주제에. 그런 자신이 그녀를 울리고 말았다.

"그러게. 내가 울지 말라고 해 놓고. 내가 원래 좀 나빠. 그래서 이번엔 너도 죽일 뻔했어."

그의 마지막 한마디가 가율의 시선을 사로잡았다. 가율은 떨리는 시선으로 여전히 아래를 향하고 있는 그를 바라보았다.

"그게, 대체 무슨 말이야?"

이번엔 피하고 싶지 않았다. 그러기 위해서 지금, 저 아이의 앞에 있는 것이다.

"네 수술, 처음엔 내가 집도했어. 아직 제대로 포비아 상태가 낫지 않았는데 메스로 네 머리를 열었고 결국, 네 출혈을 막지 못했다."

선호는 차분하게 그때의 상황을 모두 이야기해 주었다. 가율은 그의 말을 듣고서 그 여자가 왜 울었는지, 그리고 저 남자는 왜 자신을 똑바로 보지 못했는지 이해할 수 있었다.

"미안하다."

그리고 어김없이 미안하다는 말이 가율의 귓가에 울렸다. 세상에서 가장 듣기 싫은, 그 지긋지긋한 한마디가.

"나한테 미안하다는 말하지 마."

뭔가 어긋난 듯한 목소리에 선호는 처음으로 고개를 들어 가율을 바라보았다. 그는 웃고 있었다. 입술 위로 비틀린 냉소를 머금고 있었다.

"나, 미안하다는 말 지긋지긋한 사람이야. 다른 사람, 친구, 심지어 엄마도 나한테 그렇게 말하는데. 대체 나한테 뭐가 그렇게 미안한지 모르겠어. 내가 그렇게 동정받을 만큼 불쌍한 사람인가?"

"……."

"남한테 사과받을 만큼 나 그렇게 불쌍하지 않아. 당신도 날 죽일 생각으로 수술실에 들어온 건 아니잖아? 의사로서 살리려고 들어온 거 아니야? 그렇다면 당당하게 굴어! 환자 앞에서 약한 모습 보이는 게 의사가 할 짓은 아니잖아?"

'의사가 환자 앞에서 약한 모습을 보이면 환자는 대체 누굴 믿어야 한단 말이야!'

선호는 저도 모르게 웃음을 터트릴 뻔했다. 자신이 그녀에게 해 주었던 말을, 저 어린놈한테 다시 듣게 될 줄이야. 자신이 흔들렸다는 것을, 저 어린놈한테 간파당할 줄이야.

"당신, 그렇게 약한 모습 나한테 보이지 마. 내가 뻥이라고 한 거 그게 뻥이야. 나 조하리 선생님 좋아하는 것 같아. 아니, 좋아해. 어린놈이라고 얕보지 말고, 당신이 똑바로 지켜. 뭔 일 때문에 그렇게 흔들리는지 모르지만, 나보다는 훨씬 나을 테니까, 제대로 지키라고. 안 그러면, 내가 이 병원 나가서 보란 듯이 그 여자한테 고백할 테니까."

그는 결국 참았던 웃음을 터트렸다. 가율은 이제야 제정신을 좀 차린 것 같은 모습에 애써 낯 뜨거워지려는 얼굴을 붙잡았다. 젠장,

내가 이런 말까지 해야 하는 거냐고!

"하하핫, 그래도 내가 널 제대로 가르친 것 같네. 고맙다. 아주 정신 확 들었어."

선호는 가율에게 한 발자국 다가왔다. 더 가까이, 더 가까이. 그렇게 가율과 똑바로 눈을 마주할 수 있었다. 가율은 애써 쑥스러움을 숨기며 이번엔 진지하게, 최선호라는 의사에게 환자로서 말했다.

"간호사 누나들 말이, 당신이 꽤 천재 의사라고 들었어요."

"……."

"게다가 원래는 신경외과의라고. 그러니까 처음엔 당신이 내 수술을 집도하려고 했겠지. 어느 정도는 실력이 있으니까 그런 거잖아요?"

대체, 무슨 말을 하고 싶은 걸까?

"나는, 이제 살고 싶어요. 미안하다는 말을 내가 듣는 게 아니라 이젠 돌려주고 싶으니까. 나를 기다려 주는 친구들에게도, 그리고 어머니에게도. 그러니까."

선호의 시선이 살며시 흔들렸다. 하지만 가율은 말을 멈추지 않았다.

"날 죽일 뻔했다는 그 일이 맘에 남는다면 이번엔, 날 살려 줘요. 당신이 의사로서 나를 살려 줬으면 좋겠어요."

하지만 선호는 대답하지 못했다. 그저, 그를 부르는 호출에 흠칫하며 어쩔 수 없이 걸음을 뒤로 돌렸다. 선호가 사라지고, 가율은 침대에 몸을 눕히고서 눈을 깜빡였다. 그러다 아까 일을 떠올리고는 붉어진 얼굴을 쓸어내리며 눈을 가려 버렸다. 그런 쪽팔리는 말을 그 의사에게 하게 될 줄이야. 물론, 그 어느 때보다 살고 싶다는 생각이 강하게 들었다. 하지만 그 남자를 위해서가 아니라, 그 여자를 위해서 처음으로 제 집도의를 자신이 결정하였다. 저 남자가 흔들리면 하리도 흔들리고 또 울지도 모르니까.

"하아, 함가율. 참 빌어먹게도 멋지다."

내일쯤이면 다시 일반 병실로 갈 수 있을 것이다. 그럼, 이번엔 웃는 얼굴을 볼 수 있으려나……

10강

저녁에 시작된 뇌 신경센터 세미나가 이제야 끝이 나고, 뒤풀이 겸 늦은 시각까지 파티가 계속되었다. 그 속에서 애령은 굳어진 표정으로 이제 막 들은 소식을 되뇌고 있었다.

"그러니까, 선호가 3번 수술방에 들어갔다고? 그것도 스스로?"

"물론 상황이 좋지 않았기 때문이긴 하지만……."

"제 발로 들어갔다는 게 중요하지."

"도중에 실패하기는 했지만, 머리를 열고 종양을 제거하는 데에도 성공했다고 합니다."

"그래, 역시. 이대로 썩히진 않을 재능인가 보네."

하필이면 자리를 비운 사이에 일이 터지고 말았다. 될 수 있으면 좀 더 포비아 상태를 유지해 주길 바랐는데. 이렇게 되면 분명 이희진도 가만히 있지는 않을 것이다. 이번 세미나는 무척이나 중요한 자리였다. 신성 그룹뿐만 아니라 다른 기업들과도 협력체를 맺을 좋은 기회. 거의 긍정적인 반응이 많았고, 드디어 신성 그룹과 MOU 체결에 관한 이야기가 오갔으며, 가까운 시일 내에 언론에 공개될 정도로 많은 것들이 오고 갔다. 그런 상황에서 하필이면······.

'아직은 안 돼.'

"미국 쪽은 어떻게 됐지?"

애령은 내심 초조한 기색을 띠었지만, 벌써 몇 달째 똑같은 대답이 흘러나왔다.

"아직 연락이 되질 않습니다."

"일주일 내로 대답이 없으면, 내가 직접 미국으로 갈 테니까. 그렇게 준비해."

"하지만 곧 MOU 체결도 있고······."

"그러니까 서둘러야지. 일이 이렇게 된 이상, 뭐든지 확실하게 해 둬야 해. 확실하게!"

하루가 어떻게 갔는지 알 수 없을 정도로 하리는 꽤 바쁘게 일을 정리했다. 내가 지친다고 해서 환자들이 그걸 알아주는 것도 아니고, 줄어드는 것도 아니다. 항상 평소와 같이, 그래서 희생과 봉사가 따르는 것일까. 진이가 같이 저녁 먹자고 했지만, 하리는 시계를 보고서 조심스런 발걸음으로 선호의 연구실로 향했다. 불이 꺼져 있는 연구실. 혹시나 해서 문고리를 돌리자 스르르 문이 열리면서 하리는 천천히 불을 켰다. 의자 위에 흰 가운이 벗어져 있는 걸 보며 병원에 없다는 걸 깨달았다.

"오늘 오프구나."

차라리 다행이라고 해야 할까? 조금이라도 병원에서 멀어지면 덜 아플지도 모르니까. 하지만 그녀의 표정은 한없이 어두웠다. 어느새 의자 쪽으로 걸어간 그녀는 손을 뻗어 그의 흰 가운을 쓸어내렸다. 온기가 남아 있을 리 없는데, 자꾸만 그가 있는 것처럼 미묘한 설렘이 느껴졌다. 어느새 눈가가 시큰거렸다. 혹시나 그는 여기에 없어서 덜 아플지 모르지만, 나는, 나는…….

하리는 흰 가운을 움켜쥐고선 끝내 그것을 끌어안았다. 코끝으로 그의 체취와 다정함이 느껴지는 것 같았다. 하지만 눈앞에서 제 손으로 느끼고 싶었다. 그가 너무나도 보고 싶었다. 이기적일지 몰라도 제 눈앞에 있었으면 좋겠다. 아파도 같이 아팠으면 좋겠다. 힘이 되어 주고 싶었다. 무조건, 그 남자의 편이 되어 주고 싶었다.

"보고 싶어……."

그의 옷에 얼굴을 파묻고서 그의 이름 앞에 그리움에 억눌린 목소리가 새어 나온 순간.

"진짜는 여기 있는데."

심장을 슬그머니 두드리는 목소리에 하리는 흰 가운을 움켜쥔 채 서서히 고개를 들었다. 그는 말끔한 정장을 입고 서 있었다. 하리는 그에게서 시선을 떼지 못했다. 움직이지 못하는 그녀를 보고서 선호가 먼저 걸음을 옮겼다. 타박타박, 익숙한 실루엣과 진한 향기가 서서히 가까이 다가오면서 심장이 좀 더 거세게 움직였다.

둘은 오직 서로의 눈을 바라보았다. 움직일 수가 없었다. 움직이면 이 모든 것들이 전부 깨질 것 같은 두려움이 들었다. 그러다, 선호의 입가로 엷은 미소가 스치고 이제야 하리는 안도감이 밀려들면서 시큰거리던 눈가로 물기가 맺혀 들었다.

"이런."

선호는 얼른 손을 뻗어 눈물을 닦아 주려고 했지만, 하리가 순식간에 그의 품으로 뛰어들어 가슴 위로 펑펑 눈물을 쏟아 냈다.

"흐흑, 흐흐흡……."

조그만 몸집으로 바들바들 떨며 제 품으로 파고든 이 작은 여자의 모습에 선호는 깊은숨을 몰아쉬며 뻗었던 손으로 그녀를 강하게 끌어안았다. 이번엔 진짜로 그의 뜨거운 체온이 온몸으로 느껴졌다. 너무나도 보고 싶었다. 너무나도 느끼고 싶었다. 그를, 그녀를, 이렇게 안고 싶었다.

"미안해, 내가 한 말은 그냥 잊어. 힘들면 잊어도 돼."

"안 잊어요. 그러니까 선생님도 기억해요, 난 무조건 당신 편이야. 무슨 일이 있어도 당신 편이니까. 혼자 괴로워하지 말아요. 무조건 옆에 있을 거예요. 내가, 너무 힘드니까."

하리는 눈물로 범벅이 된 얼굴로 고개를 들었다. 선호는 이제야 남아 있던 응어리가 전부 사라지는 느낌이 들었다. 자신이 병원으로 돌아온 이유. 그 이유에 이젠, 이 여자도 포함되어 있었다. 이 여자와 평생을 함께하기 위해서, 그는 이제 다시 한 번 메스를 쥘 것이다.

그는 그녀의 목에 걸린 노란 청진기를 바라보았다. 그러다 그것을 천천히 쥐고서 앞으로 끌어당겼다. 그의 손길에 스스럼없이 끌려가던 하리는 눈 위로 부드럽게 내려앉은 뜨거운 입술에 떨리는 손끝으로 그의 옷깃을 더욱 파고들었다. 그는 그녀의 눈물은 전부 삼켰다. 그리고 아래로 내려와 그녀의 입술을 더듬으며 아주 조그만 목소리로 속삭였다.

"날, 안아 줘."

먹먹해진 가슴으로 하리는 두 손으로 그를 강하게 끌어안았다.

입술과 입술이 서로를 더듬으며 더욱 깊이 파고들었다. 뜨겁게 뒤섞이는 숨결에도 두 사람은 멈출 수가 없었다. 선호는 하리를 책상으로 밀어붙였다. 그녀는 저도 모르게 책상 위로 걸터앉아 그와 눈높이를 맞추고서 반짝이는 눈동자로 이제야 환한 미소를 지었다.

"이번엔 내가 벌줄 거예요."

"무슨 벌?"

"날 울렸으니까. 그 벌을 톡톡히 받아야죠."

"그래서 어떤 벌을 줄 건데?"

선호는 두 팔로 책상을 짚고서 그녀를 가두어 버렸다. 그러고는 묘한 눈빛으로 그녀를 빤히 쳐다보았고, 하리는 그 눈빛에 자꾸만 말려들 것 같아서 살짝 벌어진 그의 옷깃을 꽉 움켜쥐었다.

"호오?"

"두고 봐요."

하리는 순식간에 그를 끌어당겨 그의 입술이 아닌, 그녀의 손길에 살짝 벌어진 옷깃 너머 쇄골 위를 스쳐지나 혀를 뜨겁게 굴렸다. 생각지도 못했던 상황에 선호는 아래에서부터 뜨겁게 달아오르는 느낌을 억누르지 못한 채 입술 사이로 짧은 비음을 토해 냈다.

"하아!"

제 남자에게서, 그것도 자신 때문에 뜨겁게 쏟아지는 숨결은 정말로 짜릿했다. 창가로 네온사인의 불빛이 번쩍였고, 타들어 갈 듯한 갈증이 고통으로 짓눌렸다. 하지만 선호는 그녀의 허리를 쓸어내리며 그 선을 넘지는 않았다. 발끝부터 타들어 가는 강한 전율을 느끼며 하리는 격한 숨을 몰아쉰 채, 살며시 고개를 들었다. 선호는 한 손으로 살짝 붉게 달아오른 그녀의 눈가를 매만지며 속삭였다.

"울려서 미안해."

"……."

"정말로 미안해."

하리는 아무 말 없이 그의 가슴에 머리를 기대었다. 그녀는 이렇게 가슴에서 떨려 오는 그의 심장 소리를 듣고 있을 때가 가장 좋았다. 복잡한 모든 생각이 삽시간에 무너지면서, 연신 귓가에 그의 목소리로 사랑해, 사랑해가 들리는 것 같아서 좋았다. 선호 역시 가만히 그녀의 머리칼을 쓸어내리며 사랑하는 연인의 온기에 취해 또다시 입술을 벌리려는 찰나, 하리의 허리에서 미묘한 진동이 느껴졌다.

"잠깐만요."

선호는 아쉽게 그녀에게서 떨어졌고, 하리는 스테이션에서 온 전화에 의아한 시선을 띠었다. 보통 전화가 아니라 호출이 오는데. 설마, 내가 호출을 못 봤나?

"MED(내과) 레지던트 조하리입니다."

〈아! 선생님? 통 연락이 안 돼서요.〉

"무슨 일이세요? 혹시 가율이한테……."

〈함가율 환자 일이 맞긴 한데, 큰일은 아니라고요. 지금 당장 일반 병실로 가고 싶다고 해서요. 선생님께서 좀 봐 주셨으면 하는데…….〉

전화를 끊은 하리는 얼른 책상에서 내려와 옷을 바로 입었다.

"저 가 봐야겠어요."

"알아, 들었어. 벌은 다음에 받지 뭐."

하리는 피식 웃고선 흐트러진 그의 단추를 꼼꼼히 매어 주곤, 나중에 전화하겠다고 말하고서 연구실을 빠져나갔다. 선호는 끙 소리를 내며 아침에 가율이가 했던 말을 떠올렸다.

"이런 식으로 방해를 하다니. 만만치 않은 녀석이네."

자신에게 집도의를 맡기겠다고 말한 녀석. 게다가 그녀를 좋아한다고 당당하게 밝힌 발칙한 녀석. 그래도 그는 제게 마지막 선택의 기회가 주어진 것 같은 느낌이 들었다.

선호는 다시 의사로서 흰 가운을 집어 들었다. 그러곤 책장에서 뇌종양에 관련된 책들을 꺼내 들었다. 이번엔 그의 의지로 다시 메스를 잡을 생각이었다. 그리고 이번엔 반드시, 살릴 것이다. 반드시.

그날 이후, 많은 것들이 변했다. 선호와 가율은 따로 만나는 일이 많아졌다. 가율은 아직 흉부 쪽의 종양 제거가 끝나지 않아, 일단 이 수술을 마무리한 뒤에 다시 한 번 머리를 열기로 했다. 그때까지 태종과 선호가 번갈아 가면서 가율의 뇌를 수시로 점검하며 체크했다. 하리는 선호에게 그럼 신경외과로 돌아가는 게 아니냐고 물었지만 선호는 아직은 때가 아니라는 말로 말을 아꼈다. 그녀도 그녀 나름대로 100일 당직 동안 아주 뼈 빠지게 일만 하였다. 진이 역시 무슨 바람이 불었는지 군말하지 않고 레지던트의 혼을 불태웠다.

그렇게 한 달이 가고, 두 달이 가고, 그렇게 시간이 흐르면서 드디어, 병원 내에서 내과 입국식이 거행되었다. 100일 당직을 무사히 마치고 정식으로 1년 차 레지던트가 된 것을 축하하며 환영하는 자리. 신경외과 쪽도 내과와 별반 차이가 없었다. 1년 차들이 신나게 분위기를 달구고, 2, 3년 차들은 그러한 1년 차들에게 술잔을 채워 주는 등, 고만고만한 분위기가 이어지고 있을 때, 진이가 자리에서 벌떡 일어나 앞으로 나섰다.

"분위기가 살짝 처지고 있는 이때, 이 찐이가 찐하게 노래 한 곡 하겠습니다!"

그녀는 윙크까지 해 대면서 어깨를 살랑살랑 흔들며 달달하고 애교스러운 노래를 선택했다.

그렇게 시작된 노래에 남자들은 진이의 색다른 모습에 열광했고, 박수를 쳐 댔다. 자리에서 묵묵히 술만 마시고 있던 태종 역시도 저도 모르게 진이에게로 시선이 갔다. 어딘지 모르게 털털하면서도 여성스럽기만 하다고 생각했는데, 오늘은 왠지 분위기가 달랐다. 손으로 토끼 모양까지 하면서 눈웃음을 그리는 모습이 굉장히 사랑스럽고 앙증맞아 보이기까지 했다.

"야, 유진이가 저런 면도 있었네?"

"어?"

마치 귓가에서 바로 울리는 듯, 그녀의 목소리에 넋을 잃고 있던 태종은 동기가 내미는 술잔에 정신을 찾았다.

"내가 쟤 인턴 때부터 봤었는데, 저런 매력이 있는 줄은 몰랐다. 저런 것보다는 약간 섹시한 춤이 더 어울릴 것 같았는데."

뭔가 사심이 섞인 듯한 동기의 말에 태종은 살짝 미간을 찡그리며 녀석의 술잔에 술을 가득 따라 주었다.

"술이나 마셔, 자식아."

대충 술자리를 파하고, 밖으로 나온 진이는 취기를 몰아내기 위해 바람을 쐬었다. 하지만 선배들은 그런 그녀를 가만히 두질 않았다.

"진이! 4차도 가야지?"

"아!"

4차도 가야 한다는 소리에 진이는 곤란한 표정을 지었다. 사실, 아까부터 연신 독한 술만 마셔서 그런지 머리가 띵하게 울리고 있었다. 게다가 내일 아침 회진 돌아야 할 차트도 정리해야 하는데. 그렇다고 못 간다고 할 수도 없고…….

"네, 지금 가겠⋯⋯."

"유진이는 잠시 내가 좀 데려갈게."

그때 구세주처럼 그녀의 앞으로 태종이 걸어왔다.

"응? 너 지금 가게?"

"교수님이 정리해 달라는 논문이 있었어. 그 정리 자료를 유진이한테 맡겼었는데, 다 했어?"

"네? 아, 네."

논문 자료? 그런 건 처음 들어 봤다. 하지만 왠지 저를 구해 주고 있다는 생각에 눈치껏 고개를 끄덕였고, 태종의 말을 들은 동기는 어쩔 수 없다는 표정으로 고개를 끄덕이며 다음에 보자는 말과 함께 무리들과 함께 사라졌다. 진이는 엷은 한숨을 내쉬고서 태종에게 걸어가 감사 인사를 했다.

"감사합니다, 쌤."

"됐어."

태종은 비틀거리는 걸음으로 한 발자국을 내디뎠다. 사실 술고래라고 불리는 그였지만, 아까 전 동기와 무지막지하게 마신 탓에 머리가 조금 울리면서 밤바람과 동시에 취기가 물밀 듯 밀려들기 시작했다. 진이는 뒤에서 왠지 불안해 보이는 그의 모습에 찰나의 고민도 없이 그의 옆으로 다가가 몸을 지탱했다.

"뭐야?"

"술 많이 취하신 것 같아요. 병원 가실 거죠? 저도 어차피 병원 들어가야 하니까 같이 가세요."

그는 저도 모르게 웃음이 나올 뻔했다. 저보다 배는 큰 남자를 어떻게든 지탱하기 위해 용을 쓰고 있는 모습이 꽤 귀여워 보였다. 하아, 정말 많이 취한 건가? 정말로 왜 이렇게 귀여워 보일까.

진이는 태종이 기댈 수 있게 온몸으로 지탱하면서 얼핏 느껴지는 이 남자의 단단한 거구에 얼굴이 살짝 달아올랐다. 역시, 운동 집안 이라더니 이 남자도 운동 꽤나 한 체격이다. 이렇게 바짝 붙어 있으 니, 더 거대해 보이잖아. 이런 남자한테는 말 근육 같은 것도 있겠 지? 섹스할 때 등 근육이 막 꿈틀거리면서 거길 할퀴면, 아!

'정신 차려, 유진이!'

그렇게 홀로 염불을 외우는 심정으로 택시가 잡히는 곳까지 걸어 가던 그녀가 걸음을 우뚝 멈춰 세웠다. 태종이 멈춰 선 까닭이었다.

"어디 불편하세요?"

하지만 태종은 아무 말 없이 이제 막 문을 닫으려고 하는 꽃집을 바라보고 있었다. 지금 시간이 12시가 다 되어 가는데 아직도 문을 연 꽃집이 있네? 라는 생각을 끝내기도 전에 태종이 꽃집을 향해 성 큼성큼 걸어가기 시작했다.

"쌤?"

뒤에서 그녀가 그를 불렀지만, 태종은 걸음을 멈추지 않았고, 정 확히 가게 정리를 하던 종업원 앞에 멈춰 섰다. 그러고는 멍한 시선 으로 주위를 휙휙 둘러보았다. 얼떨결에 그를 따라온 진이는 슬그머 니 그의 표정을 살피며 입을 열었다.

"왜 여기로 오신 거예요? 혹시 꽃 사시려고요?"

"무슨 꽃 좋아해?"

"네?"

술기운에 취해 낮게 가라앉은 목소리가 그녀에게로 흘러들었고 진이는 숨을 꿀꺽 삼키고서 그런 그를 바라보다 아무 생각 없이 눈 에 보이는 꽃을 골랐다.

"안개꽃이요."

태종은 여전히 멍한 시선으로 종업원에게 다가가 카드를 쑥 내밀
었다.

"안개꽃, 전부 주세요."

"아? 지금 영업이 끝났는데……."

"다, 주세요."

결국, 가게의 안개꽃을 전부 사들인 태종은 눈앞에서 펼쳐진 놀
라운 상황에 황당함을 감추지 못하고 있는 진이 앞에 불쑥 내밀었
다.

"받아."

"네?"

하지만 그는 두말하지 않고 진이에게 안개꽃을 안겨 주고서 또다
시 비틀거리며 그녀를 스쳐 지나갔다. 그녀는 얼떨결에 안개꽃을 한
아름 안아 들었다. 그리 짙은 향이 나는 꽃이 아닌데도 코끝이 찡하
게 아려 왔다. 꽃에 섞인 향이 왠지 그의 향기인 듯한 느낌이 들어
진이는 저도 모르게 귓불이 붉게 달아올랐다. 그때, 멀리서 태종이
그러한 그녀를 불러들였다.

"뭐 먹을래?"

"네? 아, 같이 가요, 쌤!"

왠지 모를 설렘을 안고서 진이는 태종을 향해 달려갔다. 그리고
그날, 그에게서 안개꽃과 더불어 과자 같은 간식도 한 아름 받아 들
었다. 알고 보니 눈에 보이는 걸 닥치는 대로 사 주는 게 술버릇이
라고. 뭐, 그래도 결론적으론 진이의 책상 위엔 한동안 안개꽃이 소
복이 쌓여 있었다.

내과 뒤풀이를 따라온 하리는 현재 머리끝까지 취기에 차올라 있었다. 비틀비틀 아주 위태롭게 걷는 그녀의 모습에 선호는 미간을 찡그리며 데려다 주겠다는 다른 후배들보다 먼저 그녀를 붙잡았다.

"내가 데려갈게. 술도 안 마셨으니까."

선호는 얼굴 가득 배시시 미소가 올라온 하리를 잡고서 인사를 한 뒤, 주차장 쪽으로 향하다 사람들이 없는 틈을 타 그녀를 안아 올렸다. 혹시나 이렇게 될까 봐 선호는 오늘 술을 마시지 않고 있었다. 그런데 정말 이렇게 될 줄이야.

"조하리, 정신 좀 차려라. 대체 마시지도 못하는 술을 왜 이렇게 마신 거야?"

"헤헤, 쌔앰! 제가 노래 해 드릴까요? 네?"

선호에게 안겨 든 하리는 그의 귓가에 대고 연신 나리 나리 개나리를 불러 대기 시작했다. 예전에도 느낀 거지만, 그녀의 술버릇은 꽤나 귀여웠다. 그래서 위험하기도 했고.

어렵사리 주차장에 도착한 선호는 차에 시동을 걸었고, 제 힘으로 서 있던 하리는 스르르 내려오는 창문 너머로 얼굴을 쑥 내민 선호를 바라보았다.

"오빠 믿지? 얼른 타."

"푸하하하하하!"

경쾌한 웃음소리가 주차장을 울리고, 하리는 앞좌석으로 쏙 들어가서는 반쯤 풀린 눈으로 또다시 피식 피식 웃음을 지었다.

"믿으라는 오빠 중에 믿을 오빠 없다던데."

"이 오빠는 믿어."

주차장을 빠져나와 도로를 달리면서 하리는 창문을 조금 열어 시

원하게 들어오는 밤바람에 손을 내밀었다. 이제야 조금 술이 깨는 것 같았지만, 여전히 세상이 빙글빙글 핑크빛으로 돌고 있었다.

선호는 하리에게 물어물어 그녀의 오피스텔에 도착했다. 거의 병원에서 살다시피 했기에 하리에게도 조금 낯선 집이기도 했다.

대충 주차장에 주차하고서 선호는 어느새 곤히 자는 하리를 바라보았다. 이렇게 보면 영락없이 순진한 햇병아리인데. 도대체 왜 그런 춤을 출 생각을 했던 걸까?

"흐응, 다 왔어요?"

"응, 무사히 도착했어."

하리는 뻑뻑한 눈을 몇 번 깜빡이다 바로 코앞에 보이는 선호의 모습에 몸을 움찔했다.

"왜?"

"너무 가까워요."

그녀는 눈을 동그랗게 뜨고서 뒤로 몸을 바짝 붙였다. 그러자 선호가 피식 웃으면서 안전벨트를 풀어 주었다.

"일어나, 내일 컨퍼런스 늦으면 혼날 줄 알아."

그렇게 차에서 내려선 하리는 지끈거리는 두통 탓에 눈을 살짝 찡그렸다. 선호는 차 안에서 뭔가를 뒤적거리더니 이내 까만 봉지를 꺼내 들고서 하리에게 내밀었다.

"뭐예요?"

"두통약이랑, 술 깨는 음료, 그리고 북엇국이야. 내일 데워서 아침밥 꼭 챙겨 먹고 나와."

하리는 봉지를 받아 들고서 고개를 끄덕였다. 괜찮다고 하는데도 끝까지 문 앞까지 데려다 주겠다며 선호는 하리의 손을 꼭 잡았다. 결국, 같이 엘리베이터로 향하면서 어느새 제 어깨에 기댄 하리를 끌어안으며 입을 열었다.

"술도 못 마시면서 왜 이렇게 많이 마셨어?"

"헤헷, 오늘따라 술이 너무 달았어요. 선생님 입술처럼 엄청!"

"뭐?"

선호는 뜻밖의 말에 얼굴이 슬쩍 달아올랐다. 녀석. 저런 말을 아무렇지도 않게 하는 걸 보니 정말 많이 취했다. 그러면 나도 좀 위험한데.

"나 말고 다른 남자 앞에선 절대로 술 마시지 마. 너 정말 위험해."

"그럼 선생님 앞에선 괜찮나? 괜찮나?"

하리는 그의 팔을 꼭 끌어안고서는 주절주절하다 이내 그를 빤히 올려다보며 속삭였다.

"선생님."

"으, 응?"

"나 뽀뽀하고 싶은데."

어설픈 유혹. 하지만 그 유혹에 선호의 이성은 바람처럼 흔들렸다. 이 햇병아리야. 네가 그렇게 말하면 뽀뽀로는 안 끝날 것 같단 말이다!

"선생님은 싫어요?"

"하아. 햇병아리. 너 진짜."

그때, 엘리베이터 문이 열리면서 선호는 그녀를 거칠게 안으로 밀어 넣고선 그대로 입술을 머금었다. 여전히 진한 알코올 향이 느껴졌지만, 그것마저도 선호는 삼키면서 그녀의 허리를 강하게 끌어안았다. 그의 갑작스런 행동에 하리는 바둥거리면서도 자연스레 입을 벌려 그를 받아들였다. 후들거리던 몸이 그의 강한 손길에 바짝 당겨 왔고, 갈 곳을 잃은 그녀의 손이 결국은 그의 뒷목을 끌어안으며 더욱 애타게 그를 갈구했다.

작은 공간 안에 갇혀 버린 두 사람의 열기가 점점 더 거세게 타올라 갔다. 그의 깊은 숨결이 그녀의 안으로 가득 차오르고, 그녀의 뜨거운 혀가 안으로 밀려들어 오자 망설임 없이 끌어당기며 몇 번이고 서로를 맛보았다. 그녀의 가는 비음이 야릇하게 아래로 흘러 그의 아랫부분을 바짝 긴장시켰다. 이글거리는 눈동자와 폭발할 듯 타오르는 남자의 본능. 선호의 거친 입술이 그녀의 새하얀 목덜미를 쓸어내렸고, 짜릿한 전율에 희미하게 떨리는 그녀의 손가락이 그의 머리칼을 강하게 파고들며 달뜬 숨을 내쉬었다.

"하아."

정말이지 온몸이 녹아내릴 것 같았다. 술기운 때문인지 평소보다 더 민감하게 반응하고 있었다.

그는 잡고 있던 그녀의 허리를 좀 더 자신에게로 바짝 당겼다. 그러자 하체 사이로 뜨거운 무언가가 와 닿으며 꿈틀거렸다. 머릿속을 강하게 파고드는 쾌감에 선호는 입술을 깨물었다. 그저 살짝 닿기만 했을 뿐인데도 한순간 이성이 날아갈 뻔했다. 하리 역시 뭐라 말할 수 없는 감각에 머릿속이 하얗게 타들어 가는 듯했다. 선호는 본능적으로 몸을 살짝 움직이며 허리에 닿아 있던 손을 위로 뻗어 옷깃 속으로 파고들어 가 더없이 부드러운 살결을 스치며 그녀의 중심을 한껏 움켜쥐었다.

"흐윽!"

저도 모르게 야릇한 탄성 소리와 더불어 허리가 뒤로 휘청거렸다. 하리는 부들부들 떨리는 다리 탓에 몸을 지탱하기가 어려워 저도 모르게 그에게 몸을 기대었고, 그 때문에 아랫부분이 더욱 그와 가까이 와 닿아 뜨겁게 마찰했다. 그녀는 눈을 뜰 수가 없었다. 화끈거리는 열기에 일렁이며 그의 손가락이 더욱 빠르게 돌고 돌아 다시 한 번 정점을 비틀자 잇새 사이로 강한 탄성이 흐르면서 하리는 더 이상 서 있을 수가 없었다.

"그, 그만……."

정말, 너무 좋아서 죽을 것 같아!

"이제 알겠어?"

잔뜩 가라앉은 그의 목소리가 무척이나 자극적이게 머릿속을 울렸다.

"그런 말 함부로 하는 거 아니야."

"……."

"난 뽀뽀로 못 끝낼 것 같으니까."

금방이라도 무너질 듯한 그의 눈빛을 보니 오늘 있었던 일이 전부 사라지면서 하리는 그를 더욱 꽉 끌어안았고, 그의 입술이 다시금 그녀를 찾아 모든 것을 남김없이 빨아 당겼다. 멈춰 있던 엘리베이터가 움직이기 시작했다. 하지만 목적지에 도착할 때까지, 그 찰나의 순간에도 두 사람의 키스는 멈추지 않고 계속되었다.

그렇게 엘리베이터 문이 열리고 하리는 이제야 부끄러움에 얼굴을 들지 못하고서 얼른 내려섰다. 하지만 선호는 엘리베이터에서 내리지 않았다.

"가시려고요?"

"가야지. 너무 늦었어."

순간, 저도 모르게 아쉬운 생각에 더듬거리는 목소리로 조그맣게 속삭였다.

"그래도 이왕 오셨는데, 커피라도 한잔하시고 가세요."

하지만 선호는 고개를 가로저었다.

"오빠 믿으라는 말 지켜야지. 거기 들어가면, 아침 아니면 못 나와."

그 말뜻을 단번에 이해한 하리는 당황한 표정으로 그런 뜻으로 말한 거 아니라며 버둥거렸지만 선호는 그 틈에 그녀의 입술에 살짝 뽀뽀하며 엷은 미소를 지었다.

"잘 자."

무척이나 진한 목소리에 하리는 더욱 아쉬운 눈빛으로 고개를 끄덕였다.

"선생님도요."

그녀도 수줍게 작별 뽀뽀를 해 주었다. 그렇게 엘리베이터 문이 닫히고, 하리는 사라져 버린 그의 시선을 안타깝게 바라보며 술기운은 사라지고, 그에게 취해 버린 눈빛으로 저도 모르게 입술을 달싹였다.

"보내기 싫다."

야속하게 닫혀 버린 엘리베이터 속에서 여전히 제 몸을 맴돌며 자극하는 그녀의 향기를 품은 채, 선호는 묵직한 한숨 속에 진심을 토해 냈다.

"가기 싫다."

깊어 가는 그날 밤, 진이의 말대로 타오르는 밤의 역사는 만들지 못했지만 그래도 그 어느 때보다 서로를 간절히 그리워하며 하리는 창문 너머로 멀어져 가는 그의 차를 바라보았고, 선호는 백미러를 통해 사라져 가는 그녀의 집을 바라보았다.

호텔 스카이라운지로 올라선 유경은 저를 알아보고서 고개를 숙이는 사람들에게 눈짓으로 인사를 하며 약속된 장소로 향했다. 오늘은 이희진 원장을 만나는 날이었다. 그런데 하필이면 이렇게 알려진 장소에서 만나자고 한 저의가 무엇일까? 하지만 그녀의 표정은 여유롭기 짝이 없었다. 다른 사람을 만날 때, 이런 식으로 속내를 숨기며 만나는 건 지극히 자연스러운 일이었으니까. 그러니까 지금도 지극히 정상스러운 일이다. 그래도 그나마 구석진 방에 도착한 유경은 나지막이 노크를 하였다. 그러자 짤막하게 대답 소리가 들렸고, 문고리를 잡아당기자 익숙한 얼굴이 그녀를 반겨 주었다.

"어서 와요. 바쁠 텐데, 이렇게 시간 내 줘서 고마워요."

"아닙니다. 저야말로 조금 일찍 찾아뵀어야 했는데."

희진은 유경에게 환한 미소를 지으며 자리를 안내해 주었다. 이미 그녀의 자리엔 향 좋은 홍차가 놓여 있었다.

"내 마음대로 시켰는데, 괜찮은지 모르겠네요."

"제가 좋아하는 홍차를 기억하고 계셨네요."

"훗, 내가 눈썰미는 좀 좋거든요."

그녀는 다정하게 웃으며 유경의 맞은편에 자리를 잡았다. 서울 시내가 가득 보이는 하늘에서 이렇게 그다지 어울리지 않는 두 여자가 목적 역시 알지 못한 채 이렇게 자리를 하고 있었다.

"지난번 가족 만찬 때 회장님이 유경 양을 참 좋게 보셨어요. 그 자리에 함께했으면 좋았을 텐데."

유경은 찻잔을 들어 올리며 엷은 미소를 지었다.

"가족 만찬인데, 아직은 제가 끼어들 수는 없죠."

"뇌 신경센터 건도 그렇고. 앞으로 협력할 일이 더 많아지면 가족만큼이나 더 진한 사이가 될 텐데. 아니면 진짜 가족이 될 수도 있던가."

찻잔과 그릇이 부딪치는 소리가 유난히 크게 울렸다. 유경은 희진의 속내를 파악하고서 속으로 진한 미소를 그렸다. 역시 자신과 최선호를 엮고 싶은 모양이었다. 그렇게만 된다면 한애령보다 우위에 서게 될 것이고, 뇌 신경센터 건도 그녀의 손으로 넘어가게 될지도 모르니까.

"이제 곧 우리 선호도 신경외과로 돌아가게 될 거예요. 그렇게 되면 자주 만나게 될 텐데, 다음엔 따로 자리를 만들어서 같이 만나는 것도 좋을 것 같네요."

역시나. 뭐, 어차피 자신도 최선호를 한번 만나긴 해야 했으니까. 괜한 시간 낭비할 필요가 없었다. 유경은 쥐고 있던 찻잔을 내려놓았다. 그러곤 차분한 목소리로 말을 이었다.

"최선호 씨가 신경외과로 돌아온다면 자주 만나게 되겠네요. 그런 식이 아닌 다른 형태로 만날 수도 있을 거고."

희진은 유경의 말에 환한 기색을 보이며 조금 서두르는 듯한 모습을 보였다.

"그럼, 조만간 연락하도록 하죠."

"아니요. 제게 최선호 씨의 연락처를 가르쳐 주세요. 그럼 제가 따로 연락해서 만나도 되지 않을까요?"

"그래요, 그럼. 젊은 사람들끼리 만나는 게 얘기가 더 잘 통하니 좋겠지요."

얼마 지나지 않아 방을 빠져나온 유경은 웃음기를 싹 지우고선 피곤한 기색을 띠었다. 이상하게 머리가 울리면서 몸에서 힘이 빠지는 것 같았다. 뭐랄까, 한순간에 아주 먹음직스러운 고깃덩어리가 된 느낌이라고 해야 할까? 어차피 이런 건 익숙해졌고, 처음부터 알고 시작한 거긴 했지만. 자신 역시 그들에게 원하는 것이 있었고.

하지만 생각보다 신경전이 꽤나 날 선 듯 보였다. 이희진이 저렇게 조급한 모습을 보이는 걸 보면. 아마 어떻게든 이진우의 옆자리가 아닌 최선호의 옆자리에 저를 앉히고 싶은 거겠지. 뇌 신경센터 건립을 막지는 못한다면, 센터장만큼은 최선호를 앉히기 위해서. 더 나아가 한애령까지 몰아낼 수 있도록. 어차피 신성으로선 결과만 바뀌지 않는다면 누가 더 많은 패를 가졌는지가 중요하니까, 아버지 역시 신경 쓰지 않을 테고. 이 바닥에서 하는 결혼은 그런 거니까.

❖ ❖ ❖

오늘은 오전부터 응급실이 아주 정신없이 돌아갔다. 요즘 날씨가 더워지면서 때 이른 식중독 환자들이 늘어난 탓이었다. 한참을 바쁘게 움직이고 늦게야 잠시 틈이 난 하리는 땀이 마를 새도 없이 가율의 병실로 향했다. 오늘은 회진 때 이후로 단 한 번도 가율의 얼굴을 보지 못했다. 매일매일 상태를 체크해야 하는데.

"가율아, 미안. 내가 오늘 좀 바빠서……."

"이 선생님 좀 데려가!"

병실을 열자마자 짜증스런 목소리와 더불어 가율과 함께 선호가 앉아서 그녀에게 손을 흔들었다.

"조 선생 왔네. 함가율 환자 상태는 내가 체크해 놨어."

"얼어 죽을 조 선생. 그냥 둘이서 하던 대로 하지? 어차피 다 들킨 거. 아님, 그게 서로를 부르는 애칭인가?"

가율이 투덜거리자 선호는 싱긋 웃으며 가율의 입을 손으로 꽉 틀어막았다.

"여기가 1인실도 아니고 어떻게 그럽니까? 하고 싶어도 할 수가 없네요. 참고로 애칭은 우리 햇병아리입니다. 그리고 말이 좀 짧네요, 함가율 환자."

"우우, 우욱!"

마치 형제처럼 티격태격하는 모습에 하리는 저도 모르고 미소가 지어졌다. 가율이 녀석, 말은 저렇게 해도 선호가 보이지 않는 날엔 은근 신경 쓰는 게 눈에 보였다. 괜스레 주치의인 자기보다 선호를 더 신뢰하는 것 같아 조금 서운하긴 했지만, 이렇게라도 밝고 건강하게 지낼 수 있다면. 그 몹쓸 병도 금세 나을 것 같은 기분이 들었다.

"아이 씨! 이 아저씨가 진짜!"

"이 아저씨가 바로 의사 선생님이고."

선호는 음흉한 미소를 띠며 가율의 귀에 낮게 속삭였다.

"저 햇병아리의 애인이지. 까불지 마라, 꼬맹아."

가율은 들켰다고 이젠 아예 대놓고 유치하게 구는 모습에 헛웃음만 흘러나왔다. 그때, 선호의 호출기가 울렸고 이제야 그는 자리에서 일어나 하리를 향해 말했다.

"나 오늘 세미나 때문에 병원에 없을 거야."

"그래요?"

"나 없다고 저 녀석한테 한눈팔지 말고."

선호는 피식 웃으면서 하리의 머리카락을 슬쩍 쓰다듬고선 병실을 빠져나갔다. 그 모습에 가율은 얼씨구, 하며 선호의 뒷모습에 손가락을 치켜세우곤 선호가 남긴 차트를 확인하는 하리에게 씩씩거렸다.

"선생님은 뭐 저런 남자를 만나? 아주 어른이 유치해서는."

"흠, 사랑은 원래 유치한 거래."

"누가 그래?"

"선생님이. 그리고 난 소년 같아서 좋은데. 귀엽잖아. 그리고 지금은 저래도, 의사로선 얼마나 카리스마 넘치는지 몰라. 엄청 멋져."

"하? 그래. 관둬라, 관둬. 콩깍지가 단단히 쓰인 커플에게 내가 무슨 말을 하냐?"

하리는 왠지 토라진 듯한 가율의 모습에 피식 웃으면서 손을 뻗어 그의 이마를 짚었다.

"뭐, 뭐 하는 거야."

가율은 갑자기 너무나도 가까이 다가온 그녀의 체온에 눈을 동그랗게 뜨고선 침대 시트를 움켜쥐었고, 하리는 그러한 가율의 어깨를 붙잡고서 말했다.

"가만있어 봐. 너 어제 열 조금 있었다며? 왜 회진 때 말을 안 했어."

"이제 없어."

"그래도 나한테 다 말해 줘야지. 걱정되잖아."

그는 가만히 눈을 감았다. 왠지 귓가에서 뭔가 커다란 소리가 울리는 것 같았다.

"지금은 없는 것 같네. 다음부턴 죄다 말해 줘야 해. 알았지?"

"알았어."

여전히 쌀쌀맞기는 하지만, 그래도 예전보다는 부드러워진 모습에 하리는 만족스런 표정을 띠고서 차트를 정리했다. 그때, 호주머니에 넣어 두었던 휴대폰이 짧게 울렸다.

오늘도 힘내. 햇병아리. 파이팅.

조그만 메시지에서 그의 목소리가 들리는 것 같았다. 하리는 저
도 모르게 올라가는 입꼬리를 주체하지 못했고, 가율은 그러한 그녀
의 표정 변화를 바라보다 쳇 소리를 내며 침대에 누웠다.

"나 잘 거야, 나가."

"어, 어. 저녁 회진 때 보자."

그렇게 등 뒤로 조그만 발걸음 소리가 사라지자, 가율은 슬그머
니 고개를 돌려 하리가 있었던 자리를 바라보며 투덜거렸다.

"저렇게 좋으면서, 어떻게 비밀 연애를 하냐? 하긴, 비밀 연애가
아니었으면 아주 쪽쪽 난리가 났겠지."

가율은 다시 토라져선 이불을 머리끝까지 뒤집어썼다. 그러다 제
이마에 남아 있는 그녀의 온기를 천천히 쓰다듬으며 눈을 감았다.

"소년 같아서 좋다고? 하, 그럼 진짜 소년인 난 뭐야?"

병실을 빠져나오자마자 낯익은 목소리가 그녀를 불러 세웠다.

"하리야."

하리는 설마 하는 표정으로 고개를 들었다. 그리고 거기엔 진우
가 그녀를 바라보고 있었다.

"선배."

오랜만에 듣는 하리의 밝은 목소리에 진우는 예전과 같은 부드러
운 표정으로 한 걸음 앞으로 다가왔다.

"오랜만이다."

그러고 보니, 크리스마스 이후로 이렇게 만나는 건 처음인 것 같
았다.

"그러게요. 같은 병원이라도 얼굴 보기 참 힘드네요."

진우는 시계를 들여다보았다. 그러고 보니 벌써 점심시간이 지나려고 하고 있었다.

"점심 먹었니? 조금 늦긴 했지만."

"아니요, 그러고 보니 아직……."

오늘 하도 정신이 없어서 점심은 까맣게 잊어버리고 있었다.

"그래? 그럼 같이 점심이나 먹자. 오랜만에 봤는데 선배가 후배한테 점심은 먹여야지."

같이 로비로 나온 하리는 이렇게 진우와 같이 걷고 있다는 게 기분이 뭔가 묘했다. 예전엔 너무 심장이 벅차서, 이렇게 나란히 서 있는 것도 가슴 떨려서. 제대로 서지도 보지도 다가가지도 못했는데. 이젠 정말로 자연스럽게 선배에게 밥을 얻어먹는 후배의 마음을 알 수 있을 것 같았다.

"뭐 먹고 싶은 거 있어?"

"네? 뭐 딱히. 지금은 뭐라도 다 먹을 수 있을 것 같은데요?"

"그래?"

"가능하면 빨리 먹을 수 있는 거. 언제 콜 올지 모르잖아요."

"이제 의사 다 됐네."

겸연쩍게 웃어 보이는 하리를 보며 진우는 대충 근처의 식당에 가려던 찰나, 그의 휴대폰이 짧게 울렸다. 액정을 확인하는 그의 눈매가 조금 흔들리면서 제자리에 멈춰 서버리자, 하리는 의아한 시선으로 그의 이름을 불렀다.

"진우 선배?"

"아, 잠시만."

그는 고개를 돌리고서 문자를 확인했다. 한애령에게서 온 문자였다.

진유경이 이희진을 만난 모양이더구나. 잘하고 있는 거지?

이희진을 만난 모양이군. 그렇다면 다음엔 최선호인가?

"약속 있으시면 다음에 사 주셔도 돼요."

하리는 왠지 심각해 보이는 진우의 표정에 슬그머니 말을 했지만, 진우는 이내 굳어진 표정을 피며 휴대폰을 집어넣었다.

"아니야, 괜찮아. 약속 같은 거 아니야. 얼른 가자. 이러다 콜 오겠다."

뭔가 안색이 좋지 않았지만, 먼저 나가 버리는 진우의 모습에 하리는 하는 수 없이 그의 뒤를 따라나섰다.

역시나 너무 많은 시간을 낼 수 없었기에, 병원 근처에 있는 카페에서 간단한 브런치를 시켰다. 하지만 하리는 음식이 코로 들어가는지 입으로 들어가는지 알 수가 없었다. 그도 그럴 것이, 본인은 알지 못하는 것 같았지만, 아까 그 문자를 받은 이후로 진우 선배의 표정이 정말 심각할 정도로 굳어 있었다. 게다가 뭘 그렇게 생각하는지 오직 한 곳을 응시한 채 기계처럼 포크만 움직이고 있었다.

"선배? 입맛이 없으세요?"

"아니야. 맛있어."

진우는 애써 정신 차리고서 다시금 음식을 입안으로 넣었다. 하지만 자신이 씹고 있는 게 무슨 음식인지, 무슨 맛인지도 알 수 없을 만큼 신경이 다른 곳에 있었다.

"무슨 걱정 있으세요?"

"응?"

"선배답지 않은 표정이에요."

"그래? 지금 어떤 표정인데."

"엄청 차갑게 굳어져 있으세요. 게다가 굉장히 피곤해 보이기도 하고."

"그런가? 하리의 눈엔 내가 항상 웃고 있었니?"

그러자 하리는 조금 쑥스러운 표정을 지으며 고개를 끄덕였다.

"굉장히 다정한 선배였어요. 그래서 한때 제가, 좋아하기도 했고요."

진우는 하리의 말에 진심으로 미소를 지었다. 이렇게 제대로 웃어 보는 게 얼마 만인지 모르겠다.

"선호랑은 잘 만나니?"

"서, 선배도 선호 선생님 아세요? 하긴 선호 선생님도 진우 선배 아는 것 같기는 했지만."

역시 아직 그녀는 선호가 대한병원장의 아들이자, 한애령의 손자라는 사실을 모르는 듯했다. 하긴, 선호가 비밀로 한다고 했으니까. 어디까지 그럴 수 있을지는 모르겠지만.

"조금 아는 사이야."

"그래요? 아, 근데 선배가 물어보니까, 굉장히 쑥스럽고 부끄럽고, 그러네요."

"그렇게 좋은 거야? 선호가 잘해 주니?"

그러자 하리는 수줍은 표정으로 선호를 떠올렸다. 가끔 장난도 치고, 쌀쌀맞게 대할 때도 있었지만. 그래도 항상 저를 생각해 준다는 걸 잘 알고 있었다.

"너무너무. 너무너무 잘해 주셔서. 오히려 제가 많이 미안하기도 해요."

"미안한 마음 갖지 마. 오히려 그런 마음, 선호는 별로 안 좋아할지도 몰라. 선호가 너무너무 잘해 주면. 너도 같이 많이많이 잘해 주면 되지."

"네. 그럴 거예요."

서둘러 식사를 끝내고 카페를 빠져나온 하리는 응급 콜이 온 걸 확인하고서 진우에게 인사를 했다.

"저 먼저 가 볼게요. 선배는 천천히 오세요. 점심 너무 감사했습니다."

"아니야. 다음에도 한번 보자. 그리고."

"네?"

"선호랑 잘 지내. 힘든 일 있으면 너무 참지 말고."

"네, 너무 감사해요, 선배."

그렇게 하리는 병원을 향해 쏜살같이 뛰어갔고, 그렇게 달려가는 모습을 바라보며 진우는 천천히 고개를 떨어뜨렸다. 그녀가 기억하는 이진우는 더 이상 여기에 없었다. 자신도 기억나지 않는 자신의 모습. 어쩌면 자신은 그녀가 사랑하는 사람을 힘들게 할지도 모르겠다.

어느새 그의 얼굴에선 하리가 말했던 미소가 사라지고, 싸늘하게 굳은 시선으로 조금 전 보았던 한애령의 문자를 곱씹고 있었다.

"선생님, 조하리입니다."

표정은 진지했지만, 목소리에선 숨길 수 없는 즐거움이 묻어 나왔다. 매번 보는데도 또 이렇게 매번 설레는 건 정말 어쩔 수 없다니깐.

잠시 후, 연구실 문을 열고 들어선 하리의 눈동자가 희미하게 떨렸다.

"문 닫고 들어와."

창가로 스미는 햇살이 반짝였다. 하지만 제 눈앞에 있는 남자는 그보다 더 빛나고 있었다. 달칵 이는 소리와 함께 문이 닫히고, 선호는 흰 가운이 아닌 새하얀 와이셔츠의 깃을 정리하고서 움직이지 않는 하리에게로 성큼성큼 다가왔다. 무슨 일인지 말끔하게 정장을 입고 있는 모습이 눈에 새롭게 들어와 심장을 간지럽게 두드렸다. 사실, 처음은 아니었지만 그래도 묘하게 의식되는 건 어쩔 수가 없었다.

"오늘 어디 가요? 또 세미나?"

"아니, 조금 좋은 일?"

"좋은 일?"

고개를 들자마자 그의 입술이 하리의 입술 위로 쪽 소리 나게 스쳐 지나갔다. 그녀는 얼른 손으로 입술을 가렸지만 선호는 그러한 그녀의 손 위로 다시 한 번 입술을 지그시 눌렀다. 비록 와 닿지는 않았지만 이건 이거대로 뭔가 묘한 느낌이 들어 손끝이 떨려 왔다. 그의 기분 좋은 웃음소리가 잔잔히 들리면서 고개를 들었다. 그래도 여전히 두 볼이 화끈거렸다.

"저번에 도와줬던 논문 기억해?"

"네."

"이번에 협회에서 상을 받게 됐어."

"정말요? 와! 축하해요! 두 개 다 받은 거예요?"

"두 개?"

"그 뇌종양……."

"아, 그건 아니야. 그 논문은 정말 그냥 쓴 거야."

하나 쓰기도 빡 치는 논문을 그냥 썼다니. 새삼 그가 보통 사람은 아니라는 걸 다시 한 번 절실하게 느껴졌다.

"엄청 열심히 하셨잖아요. 그냥 두기엔 아까운데. 어차피 곧 신경 외과로 돌아가실 텐데, 그런 걸로 상 하나쯤 받아 놓으면 더 좋지 않을까요?"

아쉬워하는 하리의 목소리에 선호는 두 팔로 그녀를 안아 주었다. 하지만 그뿐, 거기에 대한 대답은 들을 수가 없었다. 언젠가는 돌아 갈 테지만 지금 당장은 갈 수가 없었다. 지금은 뭐 하나 제대로 준 비된 것이 없었으니까. 무작정 돌아간다면 예전처럼 어머니에게 휘 둘리게 될 것이고, 순수하게 메스를 잡을 순 없을 것 같았다.

하지만 이런 복잡한 사정까지 그녀에게 말하고 싶지 않았다. 그 런 얘기까지 한다면 저 조그만 머리로 엄청 고민하고 걱정할 게 분 명하니까. 그리고 괜한 일에 휘말리게 하고 싶지 않았다. 지금처럼 만 이렇게 지낼 수 있다면 좋을 텐데. 지금처럼만 그녀가 이렇게 있 어 주면 좋을 텐데…….

"나, 넥타이 좀 매 줘."

"네?"

하지만 선호는 하리의 허리를 붙잡고서 마치 철부지 소년처럼 매 달렸다.

"넥타이 좀 매 줘. 난 잘 못하니까."

"거짓말. 그전에도 매고 있는 거 봤는데요?"

"잘못 본 거야. 얼른 해 줘."

하리는 밉지 않게 눈초리를 올리곤 그가 건네주는 파란 넥타이를 그의 목에 걸어 주었다. 사실, 이런 데에는 익숙하지 않았지만, 지금은 더 떨려서 자꾸만 흐트러졌다. 갑자기 왜 이런 걸 시키는 거야. 아침부터 이러고 있으니까, 마치 신, 신혼부부 같잖아!

익숙하지 않은 움직임이었다. 하긴, 남자 넥타이를 매어 본 적이 얼마나 있을까. 어쩌면 처음일지도 모른다. 왠지, 처음이라는 말이 상당한 설렘으로 다가왔다. 살짝살짝, 그녀의 손길이 가슴 위에서 움직일 때마다 미세한 열기와 함께 열풍을 일으켰다. 이러고 있으니까 마치, 부부가 된 듯한 느낌이 들어 다른 쪽으로 미묘한 흥분이 일렁였다.

"같이 가서 축하한다고 말해 줘야 하는데……."

못내 그것이 서운했다. 단상 위에서 상을 받는 모습도 무척이나 멋질 건데. 그런 그에게 꽃다발을 주면서 축하한다고 말하고 싶었는데. 하지만 직업이 직업인 이상 환자가 최우선이 되어야만 했다.

"의사가 괜히 의사야? 바쁘니까 의사지. 나중에 저녁이나 먹자. 지금은 넥타이 매어 주는 걸로 충분해."

몇 분 동안 넥타이랑 실랑이한 끝에, 그럴싸한 모습으로 완성되었다. 하리는 만족스럽게 웃었고, 선호는 처음부터 모양은 신경 쓰지 않았다. 그녀가 해 주는 거라면 엄청 우스꽝스러운 모양이라도 굉장히 멋지게 보일 테니까.

"그럼 시간이……."

하지만 선호는 움직일 수가 없었다. 하리가 넥타이를 붙잡고서 우물쭈물하다 살며시 고개를 들고서 나지막이 속삭였다.

"그래도 축하 선물은, 미리 드릴게요."

"응?"

그녀는 넥타이를 쥔 손에 힘을 주어 살짝 앞으로 당겼다. 선호는 그녀의 손길에 스스럼없이 이끌려 살포시 입술을 포개었다. 부드럽고 몰캉거리는 느낌이 전해지는가 싶더니, 수줍게 그의 입술을 벌리고서 들어온 혀가 뜨거운 불꽃을 일으키며 더없는 갈증을 일으켰다. 하리는 눈을 꼭 감았다. 넥타이를 움켜쥔 손이 떨렸지만, 어느새 그의 손이 그러한 그녀를 잡아 주었다. 평소엔 키가 커서 그가 숙이지 않는 이상은 먼저 키스하기가 힘들었는데, 이런 방법이 있을 줄이야. 근데, 이게 너무 당돌한 거 아닌가?

선호는 그녀를 더욱 바짝 끌어당기고 싶었지만, 애써 본능을 억누르며 그녀가 하는 대로 모든 것을 맡겼다. 수줍지만 입술을 핥으며 안쪽으로 파고 들어가는 그녀의 움직임은 더없이 사랑스럽고 자극적이었다. 저도 모르게 달뜬 숨이 쏟아져 나왔다. 영원했으면 하는 순간이 끝나고, 하리는 붉어진 입술을 조그맣게 달싹였다.

"축하해요."

선호는 잔뜩 가라앉은 목소리로 그녀의 허리를 붙잡은 손에 살짝 힘을 가하였다.

"보다 좋은 선물은 언제 줄 거야?"

어느새 장난기 가득해진 목소리에 그녀는 재빨리 그의 품에서 빠져나와 밉지 않은 시선으로 외쳤다.

"몰라요!"

결국, 그의 시선을 참지 못하고서 하리는 얼른 연구실을 빠져나갔고, 선호는 그녀로 인해 도톰해진 입술을 쓸어내리며 아까보다 더 진하게 입가가 늘어졌다.

"정말이지, 매번 정신을 차릴 수가 없다니까."

연구실을 빠져나와 응급실까지 달려온 하리는 숨을 헐떡이며 아직도 두근거리는 심장을 붙잡았다. 몇 번을 해도 반응은 똑같았다. 언제나 너무나도 좋다는 것. 정말, 낮지 않은 열병에 걸린 기분이었다. 이런 건 의사지만 고칠 수도 없다니까.

❈　　❈　　❈

"일단 Stomach Ulcer(위궤양)인 것 같으니까, 내과에 연락해서 내시경 좀 잡아 달라고 해."

"수술 경과가 좋기는 하지만, 그래도 후유증이 생기지 않을까요?"

"상태로 봐선 내시경 정도는 괜찮을 거야."

"알겠습니다. 아, 그런데 이경순 환자 종양이 다시 재발한 것 같은……"

입국식 이후, 진이는 태종을 똑바로 쳐다볼 수가 없었다. 물론 그 모든 행동이 아주 독특한 술버릇이라는 걸 알게 되었지만, 그래도 일단은 저 남자에게 꽃을 받은 건 사실이니까. 남자에게 여자가 꽃을 받게 되면 그 아무리 사소한 꽃이라도 신경이 쓰이길 마련이다. 하지만 그는 그녀에게 별다른 말이 없었다. 다 까먹은 걸까? 그건 그거대로 좀 마음에 안 드는데. 그나저나, 저 남자는 어쩜 볼펜을 잡고 있는 것도 저렇게 섹시한 거야!

"유진이."

진이는 저를 부르는 목소리에 무의식적으로 고개를 들었지만, 대답을 하지 않았다. 그저 멍하니 그의 얼굴만 뚫어지게 바라보았다. 술에 취해서 몽롱하게 젖어들었던 눈동자와 반듯한 콧날을 타고 살짝 말랐지만 그래도 젖을 듯한 자극적인 목소리로 그날 밤 제게 안개꽃을 주었던 그 모습.

"유진이?"

게다가 그날, 내가 저 단단한 가슴팍을 슬쩍 만졌었지. 아마 눈치 채지는 못했을 거야. 부축하는 척하고 만진 거니까. 후훗!

대답 없이 자꾸만 헤벌레해져 가는 그녀의 모습에 태종은 또 저 머릿속으로 무슨 사 차원적인 생각을 하나 싶어 한숨을 쉬고서 다른 레지던트를 보내고서 그녀에게 성큼 다가가 다시 한 번 그녀의 이름을 불렀다.

"유진이."

진이는 이제야 정신을 차리고서 자세를 똑바로 잡았다.

"네, 쌤!"

"매번 정신을 어디다가 두는 거야? 입국식 끝나면 1년 차가 끝나나? 벌 당직으로 100일 또다시 서게 해 줘?"

"아닙니다!"

미친, 100일 당직을 또 하라고? 그런 잔인한 말을 어떻게 이렇게 쉽게! 역시 아수라! 그때 그 다정했던 모습은 정말로 전부 술 때문이라는 건가? 술?

"저번에 말했던 차트 정리는?"

"아, 여기."

지난주 뇌출혈 수술을 했던 환자의 상태 기록 정리를 맡겼었는데, 언제 달라고 할지 몰라 들고 다녔던 것이 이렇게 빛을 바라는 순간이었다.

태종은 예전보다 정리가 꽤나 깔끔해지고 짤막하긴 했지만, 앞으로의 경과도 적절히 적어 놓은 것을 보고 저도 모르게 엷은 미소를 지었다.

"제법 잘했어."

그가 웃었다. 아주 순간이긴 했지만, 저 입술에 살며시 스쳤던 미소를 진이는 놓치지 않았고, 살짝 머뭇거리던 그의 손이 그녀의 머리카락을 짧게 스치며 지나갔다. 그 순간, 진이는 움직임을 멈추었다. 그러다 고개를 푹 숙였고, 태종은 멀리서 저를 부르는 목소리에 겉으론 태연해 보이는 그녀에게 짧게 말했다.

"임경희 환자 2차 수술 알고 있지? 늦지 마."

타박타박, 그의 발걸음 소리가 미묘하게 울리며 가슴 위로 쿵쾅 쿵쾅, 여운을 남겼다.

"마, 말도 안 돼."

말도 안 되는 일이다. 하리처럼 남자에게 순수하지도 않고, 지금껏 남자를 단 한 번도 만나지 않은 것도 아니다. 물론 의사가 된 이후론 뜸하긴 했지만, 간간이 다른 남자를 만나긴 했었다. 그런데 이런 기분은 처음이었다. 이건 섹스를 하는 것보다 더 기분이 묘하고 좋았다.

"아으윽! 말도 안 돼!"

마치 풋내기 소녀처럼 화끈거리는 얼굴을 푹 숙이며 부끄러운 마음에 정말 미칠 것 같았다. 대체 왜 이러지? 그저, 웃은 것뿐인데. 그저, 손길이 스친 것뿐인데. 그저 그것뿐인데 온몸이 달아올라 버렸다.

진이는 엉망이 되어 버린 얼굴을 붙잡으며 여전히 믿어지지 않는 눈빛으로 저만큼 멀어진 그의 뒷모습을 쫓았다.

"어떻게……. 좋아하나 봐."

내시경 준비가 되었다는 레지던트의 말에 건성으로 고개를 끄덕이고서 태종은 조금 전 제가 했던 행동에 이마를 짚었다. 그냥 잘했다고만 하면 되는데, 어쩌자고 머리를 쓰다듬는 그런 낯간지러운 행동까지 하고 만 걸까. 게다가, 안개꽃…….

"하아."

사실, 술에 취하긴 했지만, 술버릇이 나올 정도로 취한 상태는 아니었다. 하지만 뭐랄까. 제 몸에 바짝 안겨 있던 그녀가 움찔거릴 때마다 자꾸만 정신이 흐트러졌고, 이대로 있다간 무슨 짓을 할 것 같아서 어떻게든 떨어지기 위해 핑곗거리를 찾다 안개꽃을 안겨 주었다.

　여자에게 꽃을 사 주기는 처음이었는데 꽃을 받고 좋아하는 모습을 보니 생각보다 기분이 묘했다. 저도 모르게 웃고 있는 입술에 키스하고 싶을 만큼, 사랑스러워 보였다. 하지만 왠지 모를 쑥스러움과 당황스러움이 빠르게 다가왔고, 술버릇으로 보이기 위해서 정말 별의별 것을 다 사 주고야 말았다. 정말 이렇게 멍청한 짓을 하게 될 줄이야.

　"……."

　태종은 제 손을 물끄러미 바라보았다. 손가락 사이로 스치던 머리카락의 기분이 좋았다. 웬일인지 고개를 푹 숙이고 있던 탓에 표정을 제대로 보진 못했지만, 아니. 차라리 그게 나을 뻔했다. 머리카락을 타고 자꾸만 아래로 내려가던 손을 막은 건, 그나마 얼굴을 보지 못했기 때문이니까.

　협회에서 상을 받고 꽤나 지루한 연설을 듣고 나니 어느새 시간이 꽤 흘러가고 있었다. 어느 정도 마무리가 되는 분위기가 되자, 선호는 뻐근한 어깨를 움직이며 얼른 자리에서 일어섰다. 혹여나 어머니나 할아버지 쪽의 사람에게 붙잡히면 괜스레 귀찮은 자리에 끌려가게 될 것이 뻔했다. 차라리 병원에서 환자들과 지내는 게 낫지,

그런 자리는 곧 죽어도 사양하고 싶었다. 하지만 그러한 선호의 앞을 가로막은 건 예상외의 인물이었다.

"이렇게 만나게 되네요."

선호의 앞을 당당하게 막아선 사람은 진유경, 그녀였다. 어째서 그녀가 이런 자리에 있는지는 안 봐도 뻔했다. 의료업계에 손을 뻗고 있는 이상, 이런 협회의 사람들과 선이 닿아 있는 건 불 보듯 뻔한 일이었으니까.

그는 내민 손을 짧게 마주 잡고서 심드렁한 눈빛으로 입을 열었다.

"굳이 일부러 인사할 필요가 있는 사이입니까?"

"하지 못할 사이도 아니죠. 오히려 앞으로 더 가까워져야 할지도 모르는데. 그나저나, 상 받은 거 축하해요. 이 원장님의 말이 완전히 틀린 건 아닌 것 같네요."

순간, 그녀의 입에서 어머니의 이름이 나오자 선호의 표정이 삽시간에 차갑게 가라앉았다. 하지만 유경은 그러한 그의 시선에 흔들리기는커녕, 더욱 똑바로 바라보며 오만한 입을 비틀었다.

"비록 신경외과 쪽은 아닌 것 같지만."

"우리 어머니와 만나는 사이입니까? 그쪽은 한애령을 만나야 할 텐데."

"비즈니스는 여기저기 얽히고설키는 법이에요. 평면적인 인간관계로 풀어진다면 얼마나 쉽겠어요?"

무슨 일로 만났는지 뻔했다. 그렇기에 이 여자랑 깊이 말을 섞고 싶지 않았다.

"그럼 입체적인 인간관계 잘 맺으시고, 그 관계에 나까지 넣지 말아 주시죠. 난 신경 끄고 싶으니까."

하나같이 차가운 말만 골라 내뱉고서 선호는 유경을 지나치려 했지만, 그녀는 순순히 그를 놓아주지 않았다.

"설마 만나는 여자가 있는 거예요?"

"……."

"만약 그렇다면 좀 곤란한데."

"함부로 입을 놀리지 말아 줬으면 하는데. 남의 사생활도 그 비즈니스에 포함되는 겁니까? 무슨 삼류 파파라치 사업이라도 하는 모양이죠?"

유경은 그를 향해 한 발자국 앞으로 당겼다. 가까이에서 본 그녀는 하리와 너무나도 다른 종류의 여자였다. 지독한 향수를 온몸에서 뿜어내는 여자. 눈빛에 서린 특유의 오만함과 모든 표정을 완벽히 감추는 탁월한 눈빛까지. 하리라면 절대 할 수 없을 것이다. 그녀는 감정이 전부 다 얼굴에 드러나니까.

"당신이 이 원장에겐 그만한 값을 하는지 모르겠지만, 아직 내겐 아니에요. 아직은 이희진보다 한애령이 주주들의 신임을 얻고 있으니까."

"그 순서가 바뀐다고 해도 나와는 상관없는 일입니다."

"당신이 상관없다고 해서 모른 척할 수 있을 것 같으면, 진우 씨도 쉽게 재단을 손에 넣을 수 있겠죠. 하지만 그게 아니니까 문제지."

"……."

"주변이 가만두지 않는 법이니까. 나뭇가지가 스스로 흔들리나요? 아니죠. 온갖 바람에 의해서 어쩔 수 없이 흔들리는 법이에요. 흔들리기 싫으면, 완전히 꺾이는 수밖에 없죠."

그녀는 선호의 어깨너머로 저를 찾는 목소리를 들었다. 어차피 오늘은 최선호라는 남자를 보는 게 목적이었다. 도대체 무엇이 바뀌었기에, 이희진이 움직이려는 건지. 그리고 이진우가 자신 있게 만나 보라고 한 이유도. 그런데 대충 느낌이 왔다.

유경은 선호를 향해 담백한 미소를 지었다. 다른 사람들에게 보여 주는 그런 형식적인 웃음.

"조만간 다시 보도록 하죠. 정식으로."

그렇게 그녀는 선호를 스쳐 지나갔다. 그는 코끝에 강렬하게 파고든 독한 향수가 마음에 들지 않았지만, 그녀가 내뱉은 말이 가시처럼 박혀 불안한 생각이 들었다. 특히 어머니를 만난 사실이.

선호는 이미 사라진 그녀의 뒷모습을 바라보며 여전히 불안한 눈빛으로 하리가 매어 주었던 넥타이를 강하게 움켜쥐었다.

병원에 도착한 선호는 동료 의사들과 후배 레지던트들에게 온갖 축하 인사를 받았다. 병원으로 복귀하자마자 쓴 논문이 이렇게 버젓이 상까지 받으니, 다른 의사들은 역시 최선호라며 칭찬을 멈추지 않았고, 선호는 능청스럽게 받아들이며 주위를 둘러보았지만 하리는 보이지 않았다.

"아까 태종이가 찾더라. 상 받은 거 핑계 대고 거하게 한잔하고 싶은 건가?"

"그래? 가 봐야겠네."

"조금 있다 가 봐. 지금 수술 중이니까."

"하여튼 남태종. 이 병원 뇌수술은 저 혼자 다 한다니깐."

"거의 수술실에서 살다시피 하잖냐. 한잔할 때 나도 불러라?"

"알았다. 그런데……."

"응?"

"아니야. 먼저 가 볼게."

선호는 동료 의사에게 하리가 어디 있는지 물어보려다 괜히 의심을 살 것 같아 그만두고는 연구실로 향했다. 가는 내내 인사가 끊이질 않았다. 이 정도라면 자신이 왔다는 걸 알아차렸을 텐데. 바쁜가? 응급실에 가 볼까? 일단 옷부터 갈아입고…….

선호는 걸음을 멈춰 섰다. 연구실 앞에 쪼그리고 앉아 꾸벅꾸벅 졸고 있는 하리의 모습이 보였기 때문이었다. 피곤하면 당직실 가면 자면 될 것을. 하지만 속마음과는 달리 눈매는 부드럽게 풀어지며 어느새 빠르게 걸음을 옮기고 있었다. 그러곤 졸고 있는 수준을 넘어 거의 자고 있는 하리 앞에 그 역시 몸을 구부리곤 빤히 쳐다보았다. 꽤 많이 피곤한지 이 자세로 새근새근 잘도 자고 있었다. 선호는 그녀가 깨지 않도록 아주 조심스럽게 손을 뻗어 거의 넘어질 듯한 고개를 부드럽게 잡아 지탱해 주었다. 자세가 조금 편해졌는지, 찡그리고 있던 미간이 부드럽게 풀어지며 입술이 천천히 벌어졌다.

일단 깨워야 할 것 같은데. 이상하게 이대로 조금만 더 있고 싶은 마음이 더 컸다. 결국, 제 어깨에 기댈 수 있도록 그녀의 옆으로 자세를 고쳐 잡은 선호는 조용한 연구실 복도를 마치 안방처럼 다리를 쭉 펴고서 앉았다. 살며시 풀린 그녀의 머리카락이 그의 얼굴에 닿아 간질거렸다. 그때, 적막을 깨고서 호출기가 울렸다. 선호는 흠칫 놀라 제 호출기를 더듬거렸지만 하리에게서 나는 소리였다. 아직 1년 차 레지던트답게 자고 있음에도 불구하고 본능적으로 호출 소리에 눈을 번쩍 뜬 하리는 제 옆에 앉아 있는 선호의 모습에 눈이 휘둥그레지더니 이내 퍼렇게 질렸다가 이내 빨갛게 달아오르며 몸을 벌떡 일으켜 세웠다.

"서, 선생님!"

"잘 잤어? 아주 침까지 흘리면서 자던데."

이내 표정이 삽시간에 굳어지며 있지도 않은 침을 닦아내는 모습에 선호는 올라오는 웃음을 꾹 눌렀다. 역시 그녀를 보고 있으니, 오늘의 불안함이 한 방에 날아가는 기분이었다.

"오셨으면 깨워야죠!"

"에이, 너무 잘 자던데. 깨우기 미안할 정도로."

그의 장난스런 말에 하리는 정말이지 부끄러워 미칠 것 같았다. 대체, 어느 여자가 애인 기다리다가 이렇게 곯아떨어지냐고! 그것도 복도에서! 조하리. 정말이지 너의 무신경함에 박수를 보낸다. 박수를! 그렇다고 그걸 깨우지도 않고 같이 앉아서 구경하는 저 남자는 대체 뭐냐고!

다시 한 번 호출기가 울렸다. 여기서 시간을 끌 수는 없었다. 얼굴 한번 보려다가 민망한 꼴만 보이고. 차라리 다른 의사들이랑 같이 박수나 치고 말 것을!

"일단 가 볼게요."

"일단? 그럼 또 올 거야?"

"오늘은 안 와요. 안 와!"

맘에도 없는 소리를 내뱉고서 호출기가 울린 응급실로 달리려는 찰나, 선호의 손이 그녀의 손을 확 낚아채고선 순식간에 끌어당겨 입술을 머금고서 놓아주었다.

"이걸로 오늘은 됐어. 피곤할 테니까, 쉴 수 있으면 쉬어."

그녀는 아무 말 없이 고개를 끄덕이고는 서둘러 그곳을 빠져나갔다. 그래, 얼굴을 봤으니 됐다. 조금 더 아끼고 아끼며 보고 싶지만, 그도 피곤할 테니까. 하리는 달려가다 얼핏 낯선 여자를 보았다. 분명 본 적이 없는 여자인데, 왠지 저를 보고 있는 듯한 느낌에 가슴이 싸해졌지만 한 번 더 울린 콜에 정신없이 응급실로 달려갔다.

대충 먼지를 털어 내고 오늘은 연구실에서 대충 자야겠다는 생각을 하고서 연구실 문을 열려는 순간.

"선호야."

익숙한 목소리에 문고리를 잡은 손이 굳어지며 조금 전까지 뜨겁게 감돌던 피가 삽시간에 서늘하게 식어 버리고 말았다. 선호는 믿어지지 않는 표정으로 천천히 고개를 돌렸다. 하지만 정말로 거기엔, 이희진이 서 있었다.

"소식 들었다. 상 받은 거, 진심으로 축하한다."

그것도 아무렇지도 않게 웃고 있는 얼굴. 하지만 선호는 본능적으로 알 수 있었다. 그녀가 하리를 보았다는 것을. 그리고 가장 들키지 말아야 할 사람에게 들켜 버렸다는 사실을.

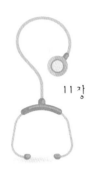

11강

"모처럼 보는 건데. 이렇게 서 있게 할 거니?"

선호는 침착하게 문고리를 잡아당겼다. 그러곤 평소와 다름없는 어조로 입을 열었다.

"설마요, 들어오세요."

희진은 선호를 지나 연구실로 들어섰다. 그리고 선호 역시 그녀의 뒤를 따라 들어섰다. 평소보다 묵직한 소리와 함께 연구실 문이 닫히면서 그 어느 때보다도 이 공간이 너무나도 답답하게 느껴졌다.

희진 역시 뒤에서 머뭇거리는 선호의 태도에 조금 전 일을 떠올렸다. 전화상으로 선호가 협회에서 카르시노이드 종양에 관한 논문이 상을 받았다는 소식을 접하였다. 물론, 좋은 일이지만 그런 것보다는 뇌 의학에 관한 상을 받아야 주주들에게 좀 더 깊이 각인이 될텐데. 수술방에 들어갔다는 소식은 들었지만, 정식 수술도 아니고 제대로 끝낸 것도 아니라서 마음이 초조했다. 그래서 거기에 대한 충고와 더불어 유경과의 만남에 대해서도 은근슬쩍 귀띔도 할 겸, 그렇게 희진은 몇 년 만에 우신대병원으로 향했다.

한애령이 들어오고, 그녀가 부병원장이 되면서 치욕스러운 기분에 거의 발걸음을 하지 않았던 곳. 하지만 반드시 되찾아 와야 할 곳. 그렇게 중요한 시기에 낯선 여자와 무척이나 가깝게 붙어 있는 선호의 모습에 눈가가 파르르 떨려 왔다. 게다가 자신을 보고 당황하던 모습을 보니 역시나 가까운 관계의 여자라는 걸 확신할 수 있었다. 하지만 그 어떤 가까운 관계라 할지라도. 포비아가 아닌 다른, 그것도 여자 하나 때문에 지금껏 기다렸던 시간을 망칠 수는 없었다. 이건, 선호. 이 아이를 위해서라도.

희진이 떨리는 손을 꽉 움켜쥐며 제자리에 섰고, 그런 그녀를 선호는 초조한 기색으로 살폈다. 분명 무슨 볼일이 있는 게 분명했다. 고작 축하한다는 말을 하기 위해 여기까지 올 만큼, 모성애 넘치는 여자가 아니니까.

"연락 한 번 없더니, 잘 지내는 것 같구나. 다시 수술방에도 들어가고."

역시 소식 한번 빠르군.

"제가 연락 안 해도 저에 대해 참 잘 알고 계시잖아요."

"그만큼 관심이 많은 거지."

희진은 잠시 선호를 똑바로 바라보았다. 분명 자신을 낳아 준 어머니인데도 왜 이렇게 낯설고 거리감만 드는 걸까. 아버지도 그런 마음에 어머니와 이혼을 결심한 걸까?

"내일 저녁에 호텔에서 잠시 만났으면 하는데, 그 얘기 때문에 온 거다."

"설마 저녁 같이 먹자고요?"

"못 먹을 건 또 뭐니?"

"정말 저녁 먹고 싶은 거라면 사양하죠. 과연 밥이 제대로 넘어갈지 의문이라서요. 그리고 지금 하고 싶으신 말은 그게 아니잖아요?"

어차피 들킨 거, 지금 이 자리에서 제대로 못을 박는 게 나을 것 같았다. 이 자리에 하리가 없는 게 얼마나 다행인가.

"왜 아무런 말씀이 없으세요? 아니면, 꽤 마음에 차신 건가요?"

얼토당토않은 말에 희진은 짧은 냉소를 지었다. 그 모습에 선호의 미간이 살짝 굳어졌지만 이건 그저 시작에 불과하다는 걸 그는 알고 있었다.

"그저 여자일 뿐이잖니."

"……."

"다 큰 아들, 여자 만나는 것까지 간섭할 만큼 이 엄마 꽉 막히지 않았어. 만나고 싶으면 만나렴. 아직은 이 엄마 상관 안 해. 정리만 깔끔하게 한다면 침대에서 누구랑 있던 신경 쓰지 않을 거야."

순식간에 하리를 섹스 파트너로 만들어 버린 그녀의 천박한 한마디에 선호는 떨리는 손을 꽉 움켜쥐며 잇새 사이로 냉정하게 외쳤다.

"그런 여자 아니에요."

"그런 여자야."

하지만 그에 못지않고 희진의 목소리도 굉장히 차갑고 단호했다.

"네게 아무런 도움이 되지 않는 여자. 아무런 가치가 없는, 그저 그런 여자야."

"그 가치가 대체 뭔지는 몰라도, 저에겐 가치 있는 여자예요."

"내겐 가치 없어. 그 가치는 내가 판단해! 나를 자극하지 마라,

선호야."

서로의 팽팽한 시선은 한 치의 물러설 기색이 없었다. 하지만 희진의 휴대폰과 선호의 호출기가 동시에 울리면서 두 사람의 시선이 일순간 흐트러졌다.

"네가 이런 문제로 날 자극할 그런 멍청한 녀석은 아니라고 생각한다. 내일, 보자."

희진은 차갑게 연구실을 빠져나갔다. 선호는 순간 축하한다고 말했던 그녀의 목소리를 떠올리며 허탈한 웃음을 지었다. 정말, 가장 가까워야 할 가족이 제겐 가장 멀고 가장 가증스럽게 느껴졌다. 이런 상태에서 지금껏 여기까지 왔다는 사실에 저 스스로 대단하다 여길 뿐이었다. 게다가 자식까지 있었으면서 결국은 다른 여자를 택한 아버지의 심정을 그 어느 때보다도 절실히 이해하는 순간이기도 했고.

다음 날, 컨퍼런스를 시작하기 전 정말로 희진에게 문자가 한 통 와 있었다. 신성 라즈 호텔에서 7시까지 만나자는 내용. 거기다 친절하게도 네가 날 알고 자극하고 싶지 않다면 반드시 와야 할 거라고 경고까지 적혀 있었다. 선호는 답답한 숨을 내쉬며 문자로 짤막하게 가겠다는 말을 적고는 내려놓았다. 일단, 정말 그녀의 말처럼 괜히 더 자극해서 좋을 것이 없으니 최대한 분위기에 맞춰 조금이라도 하리가 늦게 알게 되기를 바랐다. 할 수만 있다면 제가 다시 신경외과의가 되기 전까지는 끝까지 모르게 하고 싶었다. 다시 메스를 잡을 수 있게 되는 그날이 오면, 이 지긋지긋한 연을 스스로 끊어낼 작정이니까.

아침부터 잡힌 수술 때문에 진우의 표정은 더없이 어두운 기색이 감돌았다. 하루에도 몇 번이나 수술을 하기는 했지만, 그럴 때마다 긴장되는 건 어쩔 수가 없었다. 의사도 사람이기에, 한 사람의 생명을 온전히 제 손끝에 맡긴다는 것에 대한 부담감은 정말 무거운 것이니까. 게다가 이번 수술은 교모세포종 환자. 종양 중에서도 악성에 속하고, 최대한 종양을 제거한 뒤 방사선 치료 및 항암화학요법을 병행하지만, 그 예후가 좋지 않아 수술이 잘되었다고 해도 안심할 수가 없었다. 게다가 촉수처럼 주위 조직으로 뻗어 있으므로 완전히 제거하는 것은 불가능했다. 결국, 어느 정도 종양을 남겨야 한다는 것인데 그렇게 되면 수술이 끝난 후에도 전혀 살렸다는 기분이 들지 않았다.

4번 수술실로 향하던 진우는 수술실 밖에서 얼마나 울었는지 눈 주위가 부어오르다 못해 짓눌릴 것처럼 빨갛게 달아오른 한 소년을 볼 수 있었다. 그 소년은 진우를 보자마자 갑자기 달려와서는 다시금 울먹이는 목소리로 그를 끌어당겼다.

"의사 선생님, 제발. 제발 우리 엄마 좀 살려 주세요. 네? 의사 선생님이시잖아요. 우리 엄마 아프지 않게 해 주세요. 흐흑!"

"호영아! 아이고, 선생님, 정말 죄송합니다."

다른 보호자가 소년을 뜯어말리며 고개를 숙였다. 진우는 아무 말 없이 고개를 끄덕이고서 수술실로 들어섰다. 하지만 밖에서 메아리치는 소년의 목소리는 끊이질 않았다.

"제발 우리 엄마 살려 주세요! 의사 선생님이시잖아요! 우리 엄마 살려 주세요!"

'엄마, 엄마 살려 줘요. 우리 엄마. 제발 살려 줘요! 당신이 이 병

원에서 가장 최고의 의사라면서요!'

　꽤나 묵혀 두었던 기억이 떠올랐다. 아마도 저 나이쯤이었을 텐데. 자신도 저 꼬마처럼 의사 선생님을 붙잡고 엄마를 살려 달라고 그렇게 말했었는데. 의사가 신도 아닌데, 마치 신인 것처럼 그렇게, 한애령을 붙잡고 미친 듯이 애원했었는데…….

　수술실 안으로 들어서니, 이미 준비를 마친 레지던트들이 그를 기다리고 있었다. 진우는 환자의 앞에 서서 이미 마취에 빠져 깊이 잠든 여자를 바라보았다. 아까 그 소년의 어머니. 만약, 내가 이 여자를 결국 살려내지 못한다면. 저 소년은 나처럼 어머니를 잃게 되는 거겠지? 아마 무척이나 두려워하겠지. 무서워하겠지. 그때의 나처럼 갈 곳을 잃은 채, 의지할 사람은 그 여자뿐이었으니까. 만약, 내가 좀 더 컸더라면 그 여자의 손을 그렇게 냉큼 잡지 않았을 텐데. 아무리 엄마의 부탁이었다고 하더라도 그렇게 하지 않았을 텐데. 어린 나이에 홀로 남겨진 절망감은 그만큼 너무나도 컸다. 차라리 아빠라도 있었다면 조금 더 괜찮았을 텐데. 그때는, 정말 혼자였으니까. 그 여자밖에 방법이 없었다. 비록 그 여자가 나를 이용할 거란 사실을 깨닫고 난 후에도…….

　"이번 환자는 교모세포종 환자로 뇌정위적 수술(두개골에 직경 약 1cm 정도의 구멍 하나만을 뚫어 뇌정위 수술 기구를 이용하는 수술)을 시행토록 하겠습니다. 그럼, 시작하죠."

　가율의 회진을 마치고 저번에 태종 선생님께서 부탁했었던 내시경 결과를 받아 확인하던 하리는 어쩐지 오늘 연락 한번 없는 선호 때문에 잠깐 멍한 시선으로 주머니에 들어 있는 휴대폰을 만지작거렸다. 사실, 연락이 없는 게 문제가 아니었다. 오늘 컨퍼런스 때며, 회진 때며 어딘가 딴 곳에 있는 사람처럼 너무나도 이상했다. 혹시 협회에서 무슨 일 있었나? 하지만 어제는 그런 낌새를 전혀 못 느꼈는데…….

"조 선생님."

"……."

"조 선생님?"

"아, 네! 어머, 남 선생님. 죄송해요!"

누가 친구 아니라고 할까 봐, 반응하는 부분이 이렇게 똑같을 수가. 태종은 저도 모르게 진이를 떠올리고는 피식 웃음을 흘렸다.

"맡겼던 내시경 결과 받으려고요."

"죄송해요! 제가 갖다 드려야 하는데!"

"아닙니다. 그런데."

하리는 그에게 내시경 결과지를 건네주면서 뭔가 말꼬리를 흐리는 모습에 고개를 갸웃했다. 무슨 말을 저렇게 어렵게 하는 거지?

"오늘 유진이 녀석 못 보셨습니까?"

무슨 말을 할지 기대하고 있던 하리는 진이를 찾는 말에 짧은 탄성을 지르며 고개를 가로저었다.

"아니요, 요즘 통 못 봤어요. NS(신경외과)가 바쁘긴 엄청 바쁜가 봐요."

"그 바쁜 와중에도 정신 줄을 참 잘 놓고 다니죠."

태종은 이내 머리를 긁적이며 짧게 인사를 하고는 등을 돌렸다. 하리는 멀어지는 그의 뒷모습을 보며 저도 모르게 감탄사를 내질렀다. 정말이지, 의사를 하기엔 너무나도 아까운 몸을 가지고 있었다.

늘씬하게 큰 키만이 문제가 아니었다. 떡 벌어진 어깨와 흰 가운 속에 숨기려고 해도 숨겨지지 않는 단단한 근육들. 이래서 가끔 진이가 태종 선생님이 그렇게 섹시하다고 자랑을 하는구나. 물론, 선호 선생님도 섹시하기는 했지만, 이건 좀 더 짐승 쪽에 가깝다고 해야 할까?

"뒤태만 봐도 젖을 것 같지 않아?"

"좀 멋지긴, 흐익!"

갑자기 스테이션 뒤에서 불쑥 나타난 진이의 모습에 하리는 저도 모르게 소리를 지를 뻔했지만 진이가 잽싸게 입을 막고서 무시무시한 표정으로 외쳤다.

"조용히 해! 들키잖아!"

"우우, 우욱!"

콧구멍까지 막아 버린 우직스러운 손에 하리는 발버둥쳤고, 진이는 태종의 모습이 완전히 사라진 후에야 손을 놓아주었다.

"미쳤어?"

"그래, 요즘 이 언니야가 정말 미친 것 같구나."

진이는 묵직한 한숨을 내쉬고서 턱을 괸 채 태종을 먼발치서 바라보았다. 마치 로미오를 기다리는 줄리엣과도 같은 포즈였다.

"너 있으면서 왜 숨어 있었던 거야? 태종 선생님이 찾던데."

"그래서 숨어 있었지."

"왜?"

"아직은 말해 줄 수가 없구나. 좀 더 감정 정리를 한 뒤에 차차 말해 줄게."

진이는 다시 한 번 한숨을 쉬고서 하리의 어깨를 토닥거린 채 반대편으로 사라졌다. 뭔가 영 이상하기는 한데. 설마, 진이가 태종 선생님을 짝사랑? 에이, 천하의 유진이가 남자를 짝사랑하다니. 먹지 못해 안달이면 모를까. 그건 절대로 아니다. 그나저나, 내 남자는 지금 어디서 뭘 하기에 연락 한 통 없는 것인가! 하지만 끝끝내, 하루 종일 연락 한 통 없었다. 처음엔 이해하던 표정이 점점 서늘해지면서 하리는 휴대폰을 노려보며 카운트다운을 외쳤다.

"5초 셀 때까지 연락이 없을 시, 미련 없이 집에 갈 거예요."

오랜만에 오프라서 같이 데이트 좀 해 보려고 했는데. 이런 식으로 나오면 좋이야, 좋!

"하나, 둘, 셋, 넷, 넷 반. 반의반. 반의반에 반…… 다섯."

하? 좋다 그래. 내가 봐줬어. 먼저 전화하면 될 거 아니야!

결국, 하리는 휴대폰으로 너무나도 익숙한 번호를 꾹꾹 눌렀다. 하지만 그전에 띠링 하고 문자가 왔다. 선호였다. 그럼 그렇지!

오늘 오프지? 나랑 데이트하려고 준비하고 있었어? 그런데 어쩌나. 내가 오늘 따로 약속이 있어. 시간 좀 생기면, 잠깐 집으로 들를 테니까, 딴 데로 새지 말고 곧장 집으로 가. 알았지?

"누가 기다렸다고."

하리는 그가 보낸 문자를 보고 보고 또 봤다. 하지만 내용이 달라질 리 만무했다.

"댁 아니면 놀러 갈 사람 없을 줄 알아? 흥이다!"

하지만 마음은 다른 문자를 보내고 있었다.

무슨 약속인지는 모르겠지만, 내 걱정 말아요. 오늘은 밀린 청소나 좀 해야겠어요. 그런데 설마 여자는 아니죠?

340

글쎄?

"이 남자가 진짜!"

조하리, 내겐 너보다 가치 있는 여자는 없어.

그 뒤로 문자는 오지 않았다. 뭔가, 기분이 좋기는 했지만 뭔가 묘한 기분이 들었다. 썩, 좋지만은 않은 기분.

"아니야, 좋은 게 좋은 거지. 괜히 우울한 생각 하지 말고, 자아! 그럼 밀린 청소 좀 하고, 오랜만에 집에서 밥도 해 먹고. 그나저나 진이는 오늘 오프 아닌가? 같이 장 보면 좋을 텐데."

로비를 빠져나오면서 다른 의사들에게 인사를 하고 진이에게 전화를 하려던 찰나, 정확히 병원 밖에서 언젠가 본 적이 있는 여자와 정면으로 마주쳤다. 하리는 저도 모르게 몸을 움찔했다. 하지만 우연이 아닌지, 그 여자가 정확히 하리의 이름을 불렀다.

"내과 레지던트 조하리 씨죠?"

"아, 네."

어느새 하리에게로 다가온 그녀는 천천히 손을 내밀었다.

"대한병원 병원장, 이희진이에요."

"……."

"아, 그것보단 최선호의 어머니라고 하는 게, 아가씨는 더 이해하기 쉽겠군요."

순간, 하리는 들고 있던 휴대폰을 떨어뜨릴 뻔했다. 선호의 어머니가 제 눈앞에 있는 것도 놀라웠지만, 그 전에 대한병원 병원장이라고?

"시간 괜찮으면, 잠깐 볼 수 있을까요?"

"아, 네."

하리는 정신이 없었지만 애써 침착하게 그녀의 뒤를 따라 가까운 카페로 들어갔다. 머릿속이 하얗게 번졌다. 솔직히 지금 무슨 정신으로 이렇게 있을 수 있을까.

하지만 애써 허리를 꼿꼿하게 세우고서 바로 맞은편에 앉아 계시는 선호의 어머니를 바라보았다. 생각보다 굉장히 젊으시고 또한 어딘지 모르게 묘하게 그를 닮은 것 같았다. 특히 화냈을 때 표정이랑 지금의 어머니 표정이랑 굉장히 흡사했다. 그나저나, 대한병원이라면 우신대병원이랑 자매병원이자, 같은 우신재단의 병원이다. 그 병원의 병원장이 어머니시라면, 한애령 부원장님과는, 게다가 진우 선배까지…….

"꽤 복잡하죠?"

달그락 소리와 함께 희진이 먼저 커피잔을 들어 올렸다. 하리는 다시금 어깨를 꼿꼿이 세웠지만 차마 커피잔을 쥘 수는 없었다.

"네? 아."

"맞아요. 한애령 부원장이, 우리 선호 외할머니예요. 그리고 이진우, 그가 우리 선호 외삼촌이고요. 하지만 핏줄로는 전혀 이루어지지 않은."

"……."

"상식적으론 이해가 되질 않을 테지만, 원래 세상이 상식적으로만 돌아가면 죄다 편하게 살겠죠. 그게 아니니까, 세상이 복잡한 거고."

안 그래도 없던 정신이 이제 멍해지기 시작했다. 그렇다면 처음부터 진우 선배를 알고 있었어? 알고 있었으면서 아무 말도 안 한 거야? 서로 남인 것처럼? 게다가 진우 선배까지. 전부 날 속인 거야?

"너무 어마어마하죠? 우신재단의 이영철의 유일한 친손자가 선호예요. 선호의 뒤로 가장 강력하고 거대한 의학재단이 있다는 거죠. 물론 지금의 아가씨에겐 그게 얼마큼의 크기인지 상상도 못 할 테지만."

하지만 희진은 하리의 머릿속까지 챙겨 줄 여유가 없었다. 그녀 역시 그걸 이해하고 애써 생각을 비우고 차분한 목소리로 말했다.

"그래서 어머님께서 절 찾아오신 이유는요?"

"오늘은 그냥 아가씨 얼굴을 한번 제대로 보고 싶었어요. 그래도 내 아들이 만나는 여자인데 그게 아무리 하룻밤 상대라도 궁금하니까."

이상하게 한 마디 한 마디가 가시였고, 그 가시가 점점 커지면서 가슴이 아려 왔다.

희진은 생각보다 침착하게 참아 내고 있는 그녀의 모습에 짧은 냉소를 머금었다.

"선호와 만나는 거. 나 신경 쓰지 않아요. 아직까지는. 하지만 아가씨가 앞으로 더 감당하기 힘들 거예요. 이건 정말 아가씨를 생각해서 하는 말이에요."

"……."

"선호는 앞으로 우신재단을 이끌어 갈 테니까. 수많은 시선이 따라다닐 테고, 앞으로 더한 일이 벌어지겠죠. 그걸 감당할 수 있는, 그에 걸맞은 여자가 선호의 옆에 있을 거예요. 그걸 아가씨는 절대로 감당하지 못해. 그러니, 너무 힘들어지기 전에 적당히 즐기다 갈 길 가도록 해요. 연애는 뜨겁고 자극적인 게 좋지만, 결혼은 지극히 현실적이니까."

"……."

"아가씨 현실에 맞는 남자 골라야죠. 아가씨 정도면 다른 의사 남자나, 더 괜찮은 남자 만날 수 있을 테니까. 필요하면, 내가 도와줄 수도 있고요."

"어머님……."

"아가씨 댁에선, 아가씨도 귀한 자식일 텐데 남자 하나 때문에 나한테서 더 독한 소리 그만 듣고, 알아서 잘 정리해요. 똑똑할 것 같으니까, 내 말 무슨 뜻인 줄 알죠? 그래도 영 모르겠으면 여기로 한번 가 봐요."

희진은 짤막하게 주소가 적힌 종이를 건네주었다.

"지금쯤 선호는 선호에게 걸맞은 여자를 만나고 있을 거예요. 아가씨가 직접 선호의 현실을 똑똑히 보고 답을 내려보도록 해요. 현명한 답이길 바랄게요. 다시 봐서 좋을 사이도 아닌데, 또 얼굴 보는 일 없었으면 하네요."

그녀는 천천히 자리에서 일어나 미련 없이 카페를 빠져나갔다. 딸랑이는 소리가 들릴 때까지, 하리는 지금 벌어진 상황을 도통 상식선에선 이해할 수가 없었다. 하지만 시야에 들어온 쪽지만큼은 현실적으로 다가왔다.

"분명 무슨 약속이 있다고 했는데."

그게 이 약속일까?

"여자냐고 물어봤는데."

글쎄? 라고 하면서 제대로 대답하지 않기는 했지.

하리는 쪽지를 챙겨 들고서 자리에서 일어섰다. 어차피 벌어진 일이다. 피한다고 해서 피할 수 있는 것도 아니고, 그 남자를 너무

344

사랑하니까. 괜히 다른 사람의 말에 의심하고 싶지 않으니까. 내 눈으로 확인하고 그것만, 믿을 거다.

꽤 정확한 시간에 신성 라즈 호텔 앞에 도착한 선호는 복잡한 심경으로 썩 내키지 않는 장소를 올려다보았다. 하필이면 신성 그룹 계열의 호텔이라니. 대체 무슨 꿍꿍이를 하고 계신 건지……

로비 안으로 들어서자, 관리인이 선호를 알아보고서 약속된 장소로 안내를 해 주었다. 그곳도 유명 인사들이나 갈 법한 VVIP실이었다.

"하, 밥 한번 거창하게 먹겠네."

선호는 아무 생각 없이 문고리를 잡아당겼다. 하지만 그 자리에 있을 거라 생각한 사람은 자리에 없었고, 전혀 생각지 못한 사람이 자리를 하고 있었다. 하지만 상대방은 자신이 올 줄 알고 있었던 듯, 태연한 표정으로 미소를 지었다.

"역시, 아무것도 모르고 왔나 보네요."

굉장히 우아한 이브닝드레스에 평소 때와는 너무나도 다른 이미지를 그리며 앉아 있는 진유경의 모습. 이 자리는 단순히 저녁을 먹기 위한 자리가 아니었다. 그래, 여자와 남자가 만나는 그런 자리. 어머니가 꾸민 일이 결국 이건가?

그의 입가가 섬뜩하게 올라갔다. 이토록 차가운 냉소는 처음이었다. 보는 사람마저도 움찔할 만큼, 그러한 미소. 유경은 그가 얼마나 분노하고 있는지 알 수 있었다. 하지만 물러서지 않고서 먼저 자리에서 일어나 그에게 손을 내밀었다.

"또 만나게 될 거라고 했죠? 그것도 꽤 묘한 자리에서. 하지만 나한테 뭐라고 하지 마요. 난 벌써 그날 미리 말했으니까."

유경도 솔직히 이렇게 빠른 시일에 그를 만나게 될 줄은 몰랐다. 어제저녁, 갑자기 희진에게서 저녁 약속 없으면 비워 달라고, 그것도 꽤 다급한 어조가 묻어나기에 유경은 순순히 그러겠다 말하며 지금 이 자리에 있었다. 이희진이 그런 다급한 모습을 보인 이유가 지금 눈앞에 있는 최선호 때문일 것 같아서.

선호는 참 어처구니없는 상황에 헛웃음만 새어 나왔다. 그러다 싸늘하게 굳어진 시선으로 곧장 이 빌어먹을 상황을 빠져나오려 했지만, 그런 그를 유경이 붙잡아 세웠다.

"일단 앉아요."

"앉을 필요 없습니다."

"그래도 일단 앉아요. 여기 어딘가에 이 원장의 눈 하나 안 심어 뒀을 것 같아요? 바로 나간다면 뭐 때문인지 모르지만, 이 원장의 심기를 더 건드리는 결과가 될 텐데, 대충 시간이나 때워요."

정말이지 욕이 목 언저리까지 치밀어 올랐다. 그러다, 열려 있던 문이 쾅 닫고선 차마 앉지는 않고 탁자 위에 놓인 차가운 물만 벌컥벌컥 마셨다. 그러곤 답답하게 조이는 넥타이를 풀어 헤치며 이 말도 안 되는 상황을 이렇게까지 만든 장본인을 노려보았다.

"당신은 알면서 여길 왜 온 겁니까? 진우랑 그렇고 그런 말 오가고 있는 거 아니었습니까?"

그러자 그녀는 피식 웃으며 선호를 빤히 쳐다보았다.

"당신이랑도 그렇고 그런 말 오가고 있는 중이에요. 아무리 지금은 한애령이 더 우위라고 하지만, 이희진도 무시 못 할 이영철의 친딸이니까. 그러니, 공평하게 둘 다 만나 봐야 하는 거잖아요?"

"하? 하긴, 당신도 그들과 똑같지. 똑같이 저울질하고, 똑같이 눈치 보면서. 결국엔 어느 쪽으로든 이익만 챙기면 그만이니까. 그런 식으로 결혼하면 행복합니까?"

"내가 원하는 걸 가질 수 있다면. 나름 행복하겠죠."

아까는 흥분과 분노만 가득했던 표정에 초조함이 묻어 나오고 있었다. 사실, 최선호라는 남자를 이렇게 자세히, 그것도 오래 같이 있는 건 이번이 처음이었다. 그런데 이 남자. 이진우와는 모든 것이 달랐다. 특히나, 감정에 있어서는.

"이 원장이 왜 이렇게 다급하게 이 자리를 만든 거예요? 설마 정말. 따로 만나는 여자가 있는 거예요?"

뭔가 묘하게 어조가 달라졌지만 선호는 신경 쓰지 않았다. 이 여자보단 하리가 더 걱정이었고, 더 신경 쓰였으니까.

"당신이 신경 쓸 일이 아닙니다. 제발 남의 연애사에 관심 꺼요."

"어머, 정말이에요? 한번 찍어 본 건데. 그래서 그 여자랑 결혼까지 하시려고?"

"당신이 신경 쓸 일 아니라고 했을 텐데? 남이야 누구랑 결혼하든, 말든."

"상관있죠. 어쩌면 당신이 내 약혼자가 될 수도 있는 거니까."

"그런 일 없을 테니, 꿈 깨요. 난 당신네들처럼 이런 거, 저런 거, 따지면서 비즈니스 파트너를 구하는 게 아니니까."

유경은 이제야 감이 딱 왔다. 이진우가 왜 그렇게 자신만만하게 자신에게 올 거라고 말했는지. 확실히, 이 남자는 영 아니었다. 자신이 지금 어떤 곳에 있는지도 모르고 사랑이니, 뭐니 하는 거에 휘둘려서 감정적인 사고를 하고 있다니. 이런 남자를 감당할 자신은 없다. 하지만 호기심이 생기기는 했다. 도대체 어떤 여자이기에 이렇게까지 하는지.

"대체 얼마나 특별한 여자예요? 이 원장이 난리를 치는 걸 보면 그렇게 대단한 집안의 여자는 아닌 것 같은데."

"……평범해서."

"……."

"평범하게 나란 남자 생각해 주고, 평범하게 오직 나란 남자 위해 주고, 평범하게 오직 나란 남자만 보고 사랑해 주니까. 그래서 나도 평범하게. 사랑할 수 있으니까."

유경은 평범이라는 말에 저도 모르게 미친 여자처럼 웃어 댔지만 선호는 아무 말 하지 않았다. 어차피 저 여자는 평생을 가도 이해하지 못할 거니까.

"재미있는 대답이었어요."

그녀는 천천히 자리에서 일어나 창가로 걸어갔다. 투명한 유리창 너머로 화려하기만 한 서울이 한눈에 보였다. 이렇게 멀리서 보면 그저 화려하기 짝이 없는.

"당신은 내가 원하는 걸 줄 남자가 아니로군요. 당신 말처럼 비즈니스 파트너로 삼기엔 너무 멍청하고 감성적이야."

"……."

"대충 시간 때우고 돌아가요. 더는 흥미도 사라졌으니까."

선호는 그런 유경의 뒷모습을 잠시 바라보다 휴대폰을 더듬었다. 어느새 창밖으로 비가 쏟아지기 시작했다. 오늘 비가 온다는 얘기가 있었나? 없었는데. 집에 잘 갔으려나. 어디서 비 맞고 있는 건 아닌지. 그는 떨리는 시선으로 휴대폰의 번호를 하나하나 누르려다, 이내 문자를 보냈다. 집에 간 거냐고. 아니면 병원에 있는 거냐고. 혹시나 우산 없어서 비 맞고 있는 건 아니냐고. 하지만 몇 초 되지 않아 그녀의 대답이 울렸다.

괜찮아요. 자고 있었어요. 내일 봐요.

"하아."

저절로 고개가 앞으로 꺾어졌다. 이제야 온몸에 피가 도는 듯, 이
제야 심장이 제 기능을 하는 듯, 안도감이 밀려들었다. 어제오늘 너
무나도 많이 지쳤고, 힘들었다. 그래도 네가 있으니까. 네가 내 옆에
있을 테니까. 내겐 너보다 가치 있는 여자는 없어.

희진이 건넨 쪽지에 적힌 곳은 신성 라즈 호텔이었다. 굉장히 화
려한 내부와 정계에 유명 인사들이 주로 이용한다는 그 호텔. 가끔
유명한 연예인이 이곳에서 비밀 결혼을 한다는 소식만 들었을 뿐,
하리에게 그 이상은 단 한 번도 접해 보지 못한 곳이었다.

"일단 어디로 가야……."

VVIP실. 이렇게 1층 로비에 서 있는 것도 벅찬데. VVIP실이라
니. 여기보다 더 좋은 곳이면 대체 어떤 세상일까? 하늘을 나는 그
런 기분이려나?

일단 계단으로 갈 순 없을 것 같아 주위를 둘러보니, VVIP실로
향하는 엘리베이터가 보였다. 굉장히 고급스런 금으로 칠해져 있는
그런 곳. 떨리는 숨을 가볍게 몰아쉬며 사람 가는 곳이 거기가 거기
지라고 애써 다독이며 엘리베이터를 향해 걸음을 옮겼지만, 바로 직
전에 경호원에게 막히고 말았다.

"VVIP실로 가시는 겁니까?"

"아, 네."

"VVIP실은 초대권이 있으셔야 가실 수 있습니다. 워낙 고객들이 프라이버시를 지켜 주시기를 바라셔서요. 초대권을 보여 주시겠습니까?"

"그런 건 없고. 이희진이라는 분이 알려 주셔서……."

"초대권이 없으시면 들어가실 수 없습니다. 죄송합니다."

뭔가, 처음으로 그가 멀게 느껴졌다. 자신이 아는 최선호 선생님이 아닌 것 같았다. 하는 수 없이 호텔 로비를 터벅터벅 걸어 나오면서 문득 제 모습과 다른 사람들을 바라보았다. 그러다 문득, 목소리가 울렸다.

'수많은 시선이 따라다닐 테고, 앞으로 더한 일이 벌어지겠죠. 그걸 감당할 수 있는, 그에 걸맞은 여자가 선호의 옆에 있을 거예요. 그걸 아가씨는 절대로 감당하지 못해.'

어느새 호텔 밖으로 나온 하리는 차갑게 쏟아지는 빗방울을 바라보았다. 하지만 개의치 않고 쏟아지는 비를 맞으면서 하늘을 올려다보았다. 저 멀리, 너무나도 멀리 깜빡이는 불빛이 보인다. 나는 입구조차 가 보지 못한 곳에 그가 있다. 그때, 선호의 문자가 울렸다. 하리는 기계적으로 답장을 보내고선 멍한 시선으로 휴대폰을 아래로 내리곤 다시금 고개를 들었다.

'선생님은 지금 누굴 만나고 계세요? 정말, 이 안에 계신 거예요? 정말로, 이런 곳에 계신 거예요?'

한참을 서 있었다. 한참을 서 있을 수밖에 없었다. 차가운 빗물이 뜨거워질 때까지. 지금 흐르는 것이 빗물인지, 다른 무언가인지 모를 정도로 그렇게, 서 있었다.

다음 날, 가율은 아침 일찍 찾아온 하리의 모습에 경악을 금치 못했다. 창백한 낯빛과 달리 익다 못해 터질 것 같은 볼, 바짝 마르다 못해 쩍쩍 갈라진 입술. 게다가 흐리멍덩한 눈동자 아래로는 진한 다크서클까지! 척 봐도 아파 죽을 것 같은 표정에 여기에 누가 더 아픈 환자인지 도통 알 수가 없었다.

"선생님, 아파?"

"아니야. 안 아파. 어제 괜찮았어?"

"그건 내가 묻고 싶은 말이야. 지금은 나보다 댁이 더 환자 같아."

하지만 하리는 애써 괜찮다고 말을 돌리며 가율의 혈압과 혈액을 검사하기 위해 다가오려다 순간 비틀거리며 넘어지려는 걸 가율이 잽싸게 붙잡아 세웠다.

"……미안."

하지만 가율은 심각한 표정으로 붙잡은 하리를 놓지 않았다. 하리는 그러한 그에게서 벗어나려고 했지만, 힘을 줄 수가 없었다. 머리가 너무 무거웠다. 온몸에 납덩이가 꽉 차 있는 것처럼 움직일 때마다 너무나도 버거웠다.

"있어 봐!"

잔뜩 성이 난 목소리로 가율은 제 이마에 하리의 이마를 갖다 대었다. 굉장히 뜨거웠다. 하지만 하리가 곧장 가율을 밀쳤고, 그는 쉽사리 손을 놓아주었다.

"괜찮다니까."

"괜찮긴 뭐가 괜찮아! 불덩이잖아. 나보곤 열나면 바로 말하라고 했으면서. 선생님은 대체 뭐야! 대체 그 의사 선생은 어디서 뭘 하고 있어. 지 애인이 이 지경이 됐는데!"

가율의 입에서 선호가 나오자마자, 낯빛이 더욱 창백하게 굳어졌다. 하지만 그녀는 그에 대해 아무 말도 하지 않고 끝까지 혈압과 혈액 체크를 마쳤다.

"내 걱정하지 마. 너나 걱정해. 혈압 조금 높게 나왔어."

"명색이 의사면, 의사답게 제 몸 관리도 잘해. 제 몸 하나 관리 못 하는 사람한테 나, 치료 안 받아."

"까분다."

하리는 힘없이 웃으면서 병실을 빠져나왔다. 아까보다 머리가 더 어지러웠다. 하지만 억지로 입술을 깨물며 정신력으로 버텼다. 가율의 말처럼, 명색이 의사가 제 몸을 이렇게 막 다루다니. 어제 비 같은 걸 맞는 게 아니었는데. 그렇게 서 있는 게 아니었는데. 온통 그 남자 생각한다고 잠을 설치는 게 아니었는데. 아침밥이라도 먹었어야 했는데……. 일단, 약이라도 먹고 정신을 차려야만 했다. 오늘도 해야 할 일이 많은데. 그리고 그와 얘기를 해야 했다. 어제는 너무 정신이 없어서 피하기만 했지만, 오늘은 만나야 했다.

자꾸만 흔들리는 시야를 가다듬고서 억지로 한 걸음을 내디뎠지만, 순간 눈앞이 휘청하며 시야가 까맣게 뒤틀리며 뒤로 넘어지려는 찰나, 누군가의 손이 그러한 그녀의 어깨를 붙잡았다.

"하리야, 왜 그래? 어디 아파? 괜찮아?"

"……진우 선배, 죄송……."

"하리야!"

얼핏 진우 선배의 목소리를 들은 것 같은데, 더 이상은 기억이 나지 않았다.

당직실로 하리를 데려온 진우는 간단히 혈액을 체크했다. 대체 무슨 일인지는 모르겠지만 피로성 빈혈이 관찰되고 있었다. 그 때문에 몸이 약해지면서 감기와 몸살이 같이 겹친 듯했다. 한창 수액을 맞던 그녀가 움찔하며 천천히 눈을 떴다. 여전히 멍하고 흐릿한 시야로 진우의 얼굴이 흔들리고 있었다.

"정신이 들어? 해열제가 듣기 시작했는지 일단 열은 내리고 있어. 그래도 눈 좀 붙여."

"······선배."

"응?"

"선배랑 선호 선생님이랑. 무슨 관계예요?"

예상치 못한 그녀의 물음에 진우는 움직임을 멈추었다. 하지만 그녀는 물러서지 않았다.

"정말로, 외삼촌이세요? 한애령 부원장님이 선배 양어머니시면. 친외삼촌이 아니라고 해도 법적으로는 맞죠? 제가 화이트 크리스마스 날 선배 만나러 갔을 때도 외삼촌이었던 거예요? 선호 선생님이 달려왔을 그때도. 맞는 거죠?"

"선호에게 들었어?"

진우는 꽤나 덤덤하게 물었다. 어제저녁, 유경과 선호가 만나고 있다는 소식을 들었을 때부터. 그리고 이희진을 이곳에서 봤다는 얘기를 들었을 때부터. 이미 이런 일이 생길 거라 예상하고 있었다.

"선생님께 들었다면, 조금은 나았을까요?"

그 뒤로 하리는 고개를 돌려 버렸다. 진우 역시 더는 말을 걸지 않았다.

"너 많이 약해졌어. 수액 다 맞을 때까지 아무 생각 말고 자."

아무런 미동이 없는 그녀의 모습을 보며 진우는 무겁게 등을 돌렸다. 누구에게 들었든 무슨 상관이 있을까, 싶기도 하면서 그래도 선호에게 듣는 게 덜 충격이지 않을까 하는 생각이 들었다.

당직실을 빠져나오자, 밖에 서 있는 선호와 마주쳤다. 그도 하리의 말을 다 들었는지 충격에 쉽사리 안으로 들어가지 못하고 있었다.

"표정을 보아하니 넌 지금 아무것도 모르고 있는 것 같네."

"그럼 넌 다 알고 있다는 거야? 알면서도 모른 척했다고?"

"전에 말했잖아. 너랑 나. 절대로 같은 편 아니라고."

선호의 눈빛이 탁한 빛을 띠며 흔들렸다. 하지만 그녀가 듣는 것이 두려운지 최대한 목소리를 낮추고 있었다.

"진유경한테 똑똑히 전해. 너희 미친 짓거리에 나까지 끼어들게 하지 말라고. 거기에 하리까지 휘말려서 다치게 되면, 둘 다 용서 안 해."

선호는 진우를 밀치며 당직실로 사라졌다. 쾅, 하는 소리가 귓가를 맴돌 때까지 진우는 그 자리에서 잠시 멈춰 서다 이내 휴대폰을 들어 유경의 번호를 눌렀다. 찰나의 신호음 끝에 그녀의 목소리가 들렸고, 진우는 덤덤한 표정으로 짧게 입을 열었다.

"선호 만났다는 말 들었습니다. 그럼 이제 우리 계약을 다시 시작해 볼까요?"

당직실로 들어선 순간부터 선호는 몸속에 차올랐던 분노가 삽시간에 사라졌다. 안 그래도 작은 몸을 더 작게 웅크리고서 어깨가 가늘게 흔들리고 있었다. 당장 다가가서 안아 주고 싶은데. 이름을 부르고 싶은데, 목구멍이 턱 막혀서 아무 말이 나오지 않았다. 발목이 꽉 잡혀서 움직이지가 않았다. 그러던 순간 그녀의 목소리가 아주 희미하게 들려왔다.

"왜 전부 숨겨요?"

"어제 비 왜 맞은 거야."

"왜 그렇게 숨겨요? 내가, 그렇게 못 미더워요?"

"어머니 만났어? 만난 거야? 무슨 말을 했는지 모르겠지만, 다른 사람 따윈 안중에도 없는 여자야. 그러니까, 무슨 말을 했든 신경 쓰지 마."

하리는 고개를 들고 선호를 똑바로 바라보았다. 하루 사이에 너무 상해 버린 그녀의 얼굴을 보고 있자니 울컥한 마음에 어찌해야 할지 알 수가 없었다.

"나, 그분이 하는 말에 상처 입지 않았어요. 아무렇지도 않았어요. 그분으로선 그럴 수 있겠구나, 라고 생각했어요. 그런데 내가 너무 아팠던 건 선생님이 나한테 아무 말도 하지 않았다는 거. 그분이 절 시험하는 듯한 말을 했을 때, 곧장 대답하지 못할 만큼. 내가 선생님에 대해서 정말 아무것도 모르는구나, 정말로 모르는구나. 그게 너무 아팠어요."

"그건!"

"선생님은 내가 선생님한테 가치 있는 여자라고 하지만. 난 잘 모르겠어요. 내가 당신이란 남자에게 어떠한 가치가 있는지."

"……."

"이만 나가 주세요. 자고 싶어요."

그녀가 먼저 등을 돌렸다. 선호는 그러한 그녀를 억지로 붙잡지 못했다. 그저 쉬라는 말을 하고서 당직실을 나올 수밖에 없었다. 내가 말을 하지 않은 게 그렇게 잘못한 일일까? 그저, 조금이라도 덜 아프게 하고 싶었는데. 할 수만 있다면 아무것도 모르게 해서, 그렇게 지켜 주고 싶었는데.

그의 눈빛이 지나치게 가라앉으며 차갑게 얼어붙었다. 당직실을 뒤로한 채 나아가는 걸음 소리가 지나치게 뒤틀리며 꽉 쥔 주먹이 하얗게 물들어 가고 있었다.

그 길로 곧장 대한병원으로 간 선호는 원장실 앞에 서서 문고리를 꽉 움켜쥐었다. 지금 그의 머릿속처럼 차가운 금속이 그의 손끝에서 느껴졌다. 이윽고, 쾅! 문이 부서질 듯 굉음을 냈지만, 전화를 받는 희진의 표정은 너무나도 태연했다. 하지만 선호는 아니었다. 금방이라도 폭발할 것 같은 감정을 억지로 억누르며 문고리를 잡은 손이 부들부들 떨리고 있었다. 어느새 차갑게 느껴지던 금속이 뜨겁게 번지면서. 희진은 폭발하기 직전의 선호의 모습에 하는 수 없이 전화를 내려놓았다.

"아예 부숴 버리고 들어오지 그러니."

"제정신입니까? 내가 뭐가 그렇게 대단하다고. 당신이 뭐가 그렇게 대단하다고!"

그의 눈빛이 분노로 번뜩이다, 이내 지독한 실망감이 깃들었다. 희진은 저 눈빛을 알고 있었다. 자신이 선호의 실수를 덮었을 때와 같은 눈동자. 아니, 그 이전에 자신의 남편이 마지막으로 왔을 때의 그 눈빛. 그건 경멸의 눈빛이었다.

"어머니께서 하도 가치에 대해 말하니까 한 말씀 드릴게요."

"……"

"그럼, 어머니는 그 가치 때문에 아버지를 버리셨습니까? 아버지가 그 가치에 맞지 않아서요? 그럼 처음부터 왜 아버지인 건데요!"

"그래서야. 내가 그렇게 어리석었기 때문에. 너도 나랑 같은 어리석은 짓을 하려고 하기 때문에 말리는 거야."

지금껏 흐트러지지 않고 있던 희진이 처음으로 조금 흔들리는 감정을 비쳤다. 그녀를 유일하게 뒤흔들 수 있는 존재. 그것은 최선호가 아닌, 그의 아버지이자 그녀의 남편이었던 남자였다.

"네가 나처럼 되는 거 바라지 않아. 넌 우신재단 물려받고 너한테 잘 어울리는 여자. 그런 여자 만나서 행복해야 해. 그 여자는 아니야. 그 여자는 네 아버지랑 똑같아. 아무것도 감당하지 못하고 이기적이게 떠나고 말 거야!"

어머니에게 아버지는 트라우마였다. 사실, 어머니를 떠난 건 결론적으론 아버지였다. 어머니를 버티지 못했던 아버지가 먼저 이혼하기를 원했었다. 그 뒤로 그녀에게 남은 건 자신과 오직 병원뿐이었다.

"내 말 들어. 넌 내 말 들어. 너만은 이 엄마 말 들어 줘야 해!"

하지만 그렇다고 해서 어머니의 꼭두각시로 살아갈 생각은 없었다. 결론적으로 떠난 건 아버지였지만, 그 원인을 제공한 건 어머니였으니까. 아버지가 마지막으로 내밀었던 손까지도 어머니는 이용만 하려고 했으니까.

"아니요, 전 그렇게 못 합니다."

"……"

선호는 희진을 떼어 놓았다. 그리고 단호하게 고개를 가로저었다.

"그 여자보다 내가 더 그 여자 사랑해서 안 돼요. 설사, 하리가 아버지처럼 내가 버거워서 다른 남자 만난다고 하더라도 사랑할 거예요. 그리고 내 가치는 어머니의 가치와 달라요. 병원이 아닙니다. 내가 메스를 잡는 이유 역시 절대로 어머니가 원하는 그런 일은 아닙니다. 하지만 정 원하신다면 주주들 앞에서 수술은 해 보일게요.

하지만 그게 마지막일 겁니다. 어머니도 절 잘 알고 계시니, 더는 자극하지 마세요. 이건 거래입니다."

"……."

"어머니. 메스는 사람을 찌르는 칼이 아닌, 사람을 살리는 칼이에요. 난 어머니의 꼭두각시가 되려고 의사가 된 게 아니란 말입니다."

희진의 손이 점점 아래로, 아래로 내려갔다. 흐트러졌던 눈동자가 제 빛을 찾기 시작하면서 다시금 지독히도 냉정함을 되찾고 있었다.

"네 아버지와 똑같은 말을 하는구나."

"아버지가 왜 어머니를 떠났는지 아세요? 서로가 너무 달라서가 아니에요. 그런 건 살다 보면 익숙해지는 거예요. 아버지는 어머니 이해하려고 했어요. 그런데 어머니가 아버지를 믿지 못한 거예요. 그래서 떠난 거예요. 차라리 그게 두 사람 다 행복해지는 일이었으니까."

그리고 마지막 한마디에 희진은 차가운 냉소를 머금었다.

"그래, 넌 역시 네 아버지를 꼭 빼닮았어."

"만약 어머니를 닮았다면 어머니 뜻대로 살았을지도 모르죠. 하지만 안타깝게도 아닌가 보네요."

그녀는 뒤돌아섰다. 그러곤 다시 그녀의 자리로 돌아가 채 끝내지 못했던 통화를 다시 하기 위해 전화기를 집었다. 선호 역시 더 이상 그녀에게 하고 싶은 말은 없었다. 하루아침에 달라질 어머니가 아니었다. 지금은 조금 뒤로 물러서는 척할지도 모르지만, 절대로 병원을 포기하지는 않을 테니까. 자신의 가치는 병원이 아니지만, 어머니의 가치이자 전부는 병원이었다. 어머니에게 남아 있는 것은 그것뿐이었으니까.

원장실을 빠져나온 선호는 머리를 짚으며 휴대폰을 확인했다. 여기저기 문자가 들어왔지만, 그 속에 하리는 없었다.

"하리야."

짧게나마 맴도는 이름을 불러 보자 그리움이 몰아쳤다. 이젠 반드시 잡아야 할 여자를 다시, 만나러 가야 한다.

12 강

하리가 쓰러졌다는 소식에 회진이 끝나자마자 당직실로 달려온
진이는 이불을 깊숙이 덮고서 잔뜩 웅크리고 있는 그녀를 볼 수 있
었다.

"하리야, 많이 아파? 얼굴 좀 보자."

대꾸가 없는 모습에 많이 아픈가, 싶어 이불을 젖힌 순간, 눈물로
범벅이 된 그녀가 진이를 와락 끌어안고선 아주 대성통곡을 하기 시
작했다.

"으흐흑! 진아."

"뭐야, 대체 왜 그래? 그렇게 아픈 거야? 눈물 날 정도로?"

"흐흑, 응. 너무 아파. 아파 죽을 것 같아!"

진이는 그녀의 등을 토닥거리며 어디가 아프냐고 물었지만 하리
는 대답 없이 그저 진이를 끌어안고 눈물만 잔뜩 쏟아 냈다. 뭔가
답답했던 것이 눈물과 함께 씻겨 내려가는 것 같아 생각보다 나빠진

않았다.

"일단 진정하고. 어디가 어떻게 아픈데?"

웬일로 다정하게 물어 오는 진이의 목소리에 하리는 마치 고해성사라도 하듯 그녀의 손을 붙잡고서 지금까지 있었던 일을 자세하게 말해 주었다.

"하? 그래서. 그 여자가 너한테 돈 봉투라도 쥐여 주던?"

"응? 아, 아니, 그런 건 아니야."

"아주 드라마 한 편을 찍으셨구먼."

어느새 조금 진정이 된 하리는 진이가 건네준 물 한 잔을 마시고서 숨을 크게 내쉬었다. 세상에 순탄한 사랑이란 없는 건가. 하긴, 연애 자체가 기적과도 같은 일인데. 그 자체가 순탄치 못한 일인데.

"그래서 넌 그 어머니 때문에 운 거야?"

"아니야. 그런 건 아무래도 상관없어."

사실, 그런 건 아무래도 상관없었다. 더 독한 소리를 듣는다고 해도 그가 자신을 사랑하고 믿어 준다면 끝까지 버틸 자신이 있었다. 하지만 정말 그녀는 아직 그에게 그런 믿음을 보지 못했다.

"감당할 수 있겠냐고 물었을 때, 곧바로 대답을 못했어. 그 남자의 어느 부분을 어떻게 감당해야 하는지 난 전혀 몰랐으니까. 사랑 하나로 그러겠다고 말하기엔, 어머니의 말은 지나치게 현실적이었어. 그다음엔 화가 나더라. 왜 선생님은 나한테 아무 말도 해 주지 않았나. 내가 못할까 봐? 아니면 내가 못 미더워서? 그러다가 마지막엔. 아, 내가 이 남자에게 그만큼 믿음을 주지 못했구나. 아, 내가 이 남자를 보듬어 줄 수 있을 만큼의 여자로 보이지 못했구나. 그러다 스스로에게 내가 정말 그에게. 그가 자신 있게 말할 만큼, 그런 가치 있는 여자이긴 한 걸까. 여기까지 가게 되니까. 그 뒤론 아무것도 할 수가 없었어."

묵묵히 그녀의 말을 듣던 진이는 피식 웃으며 하리의 머리를 장난스럽게 흩어 주었다.

"뭐, 뭐야!"

"기특하고 부러워서 그런다. 어느새 우리 햇병아리가 이렇게 자랐구나. 이렇게 자라서, 나보다 훨씬 멋진 사랑을 하고 있구나."

"진아……."

"내가 보기엔 선호 선생님보다 네가 훨씬 아깝다 뭐! 내가 남자였으면 무슨 일이 있어도 내가 너 데리고 살았을 거야. 이렇게 기특하고 귀여운데!"

진이는 하리를 꽉 끌어안고서 비비적거렸고, 하리는 그 틈에서 숨 막힌다고 소리를 질렀다.

"그런데 너랑 선호 선생님 누구보다 잘 어울려. 연애가 복잡하긴 하지만, 가장 근본적인 건 사랑 아니냐? 서로 사랑하면 그걸로 된 거지. 대체 다른 게 뭐가 그렇게 중요해? 돈 없다고 섹스를 못하냐, 아님 현실을 모른다고 섹스를 못하냐? 어차피 침대 위에선 사랑하는 그 남자 한 명만 있으면 게임 끝이야. 오직 사랑의 본능! 그게 중요하거든. 그러고 보니 너 아직 이지? 이 지지배야. 넌 이걸 더 걱정해야 해!"

"훗, 유진이. 참 너다운 얘기다."

물론 이것조차도 날 위해서 그가 희생했는지도 모른다. 하지만 난 누군가 한쪽이 희생하는 것보다는 기쁨도 슬픔도 더치페이를 하고 싶다. 다음번에 다시 이런 기회가 주어졌을 때, 당당하게 감당할 수 있다고 말할 수 있을 정도로. 그에게 정말 가치 있는 그런 여자가 되고 싶다.

오전에는 머리가 지끈거려 움직일 수 없었지만, 오후부터는 얼른 정신을 챙기고서 엊그저께 심전도 검사를 했던 환자의 결과를 알려 주고, 그 뒤로는 계속 응급실을 바쁘게 돌아다녔다. 여전히 머리가 울리긴 했지만, 다행히 오늘은 오프 날이라 일찍 집에 들어가서 쉴 수 있을 것 같았다.

"그럼, 먼저 들어가 보겠습니다."

"조 선생 오늘 안색이 많이 안 좋더라. 얼른 들어가서 쉬어."

"네, 감사합니다."

일단 집에 가서 밥을 챙겨 먹고 약을 먹은 후에…….

"……."

하루 종일 꺼 놓은 휴대폰. 하리는 떨리는 손으로 전원을 켰다. 몇 분의 시간이 몇 시간처럼 느껴지면서 휴대폰이 켜졌지만, 그에게 선 연락이 없었다. 이건 무슨 의미일까? 날 기다려 주겠다는 걸까, 아님 그 반대일까.

"조하리!"

그때, 뒤에서 진이의 목소리가 아주 우렁차게 들려왔다. 그리고 보니 오늘 오프라는 말을 들은 것 같기도 하고.

진이는 이제 막 로비를 벗어난 하리를 발견하고선 잽싸게 내려와 손목을 덥석 잡았다.

"몸은 좀 괜찮지?"

"뭐?"

반짝이는 눈동자가 뭔가 심상치 않았다. 게다가 도망치지 못하게 꽉 움켜쥔 손목 역시 너무나도 수상했다.

"넌 지금 몸이 아니라 마음이 아픈 거야. 클럽에서 신나게 놀자!"

"뭐어?"

"조하리의 담당의로서 말하는 겁니다. 얼른 클럽으로 고고고!"

"야, 야!"

하지만 진이는 들은 척도 하지 않고 손목을 잡아끌었다. 갑자기 클럽은 무슨 클럽? 내일이 휴일도 아니고, 분명 아침에 수술 잡혀 있다고 하지 않았나? 어떻게 버티려고!

"야, 유진이 너 내일 수술 있다며!"

"내가 하냐? 치프 쌤이 하지. 그리고 술은 많이 안 마실 거야."

"그래도!"

"너야말로 술 좀 마셔야 하지 않아? 맨정신으로 버티려고 하니까, 자꾸 쓸데없는 생각만 하는 거야. 이 언니야 말 믿어."

진이는 잠시만 기다리라고 말하고서 택시를 잡으러 사라졌고, 갑자기 정말도 얼토당토않은 상황에 한숨이 절로 나왔다. 하지만 여전히 텅 빈 휴대폰을 보고 있자니 왠지, 정말로 술 생각이 간절해졌다. 좀 시끄러운 곳에서 쿵쾅거리고 있으면 정말로 머리가 가벼워질까?

"야, 얼른 와!"

그래, 까짓것 선생님도 다른 여자랑 저녁 먹었는데 나라고 클럽에서 다른 남자 못 볼 이유가 있어? 눈에는 눈! 이에는 이다!

하지만 막상 도착한 클럽은 생각보다 더 시끄럽고 생각보다 더 복잡했다. 날 위해서 온 거라고 말은 했지만, 정작 물 만난 물고기는 진이였다.

무대로 나가자는 진이를 어렵게 떼어 내고서 조금 구석진 곳에 자리를 잡고서 술잔을 기울였다. 술을 좋아하지도 잘하지도 못했지만, 그래도 왜 사람들이 맘이 복잡하고 뭔가를 잊고 싶을 때 술을 마시는지 이젠 조금 이해할 수 있을 것 같았다. 혀끝이 아려 오는 이 맛이 지금의 내 마음과 너무나도 똑같아서, 위안을 받는 것 같았다.

"……보고 싶다."

수많은 남자가 눈에 보여도 지금 내 눈에 가장 보고 싶은 남자는 단 한 사람. 최선호, 그 사람밖에 없다.

술도 잘 마시지도 못하면서 한 잔, 두 잔 홀짝거리더니 결국은.

"이년아, 정신 좀 차려! 아무리 술 먹고 털어 내라고 했다지만, 이렇게 정신줄까지 **털**어 내면 어쩌냐!"

하지만 이미 술이 **떡**이 되어 엎어져 버린 하리에게 진이의 절규가 닿을 리 만무했다. 고작 소주 1병 마신 주제에 어떻게 저렇게 될 수 있을까, 했지만 오늘 몸 상태가 좀 좋지 못했으니까. 괜히 아픈 애를 데리고 왔나? 하지만 계획대로 하려면 어쩔 수가 없었다. 스스로 자초한 일이라 한숨을 내쉬고서 진이는 하리를 업어 올렸다. 쬐끄만 기지배가 뭐가 이렇게 무거운지! 역시 술 취한 사람은 상종하지 말라고 한 말이 틀린 말이 아니었다.

"그래, 10년 우정 여기서 발휘해야지. 끙!"

"진아아아!"

"주정은 하지 마, 이것아!"

"진아, 나 보고 싶어. 너무너무 선생님이 보고 싶다? 흑흑, 보고 싶어!"

"미친. 이 상태로 남자가 보고 싶냐? 싶어?"

아주 힘겹게 클럽을 빠져나온 진이는 일단 하리를 전봇대 옆에 세우고선 택시를 목청껏 불러 댔다.

진이의 목소리가 자꾸만 메아리처럼 들려왔다. 하리는 비틀거리는 몸을 억지로 고쳐 세우고서 그의 이름을 자꾸만 불렀다.

"최선호, 최선호, 최선호⋯⋯."

이젠 지나가는 모든 남자가 최선호 같았다. 미쳤지, 미쳤어. 그런데도 정신을 차릴 수가 없었다.

"보고 싶다! 보고 싶어 죽겠네! 보고 싶다고!"

진이는 멀리서 이젠 보고 싶다고 노래까지 부르고 있는 하리의 모습에 미간을 찌푸리며 얼른 그녀의 입을 틀어막았다. 그러곤 간신히 잡아 놓은 택시에 거의 집어 던지듯 던져 넣었다.

"아저씨, 청음 오피스텔로 가 주세요!"

점점 멀어져 가는 택시를 보면서 진이는 이번엔 태종에게 받은 번호를 잽싸게 눌렀다. 친구가 그렇게 목 놓아 보고 싶다고 하는데, 그렇다면 이 언니가 오작교가 되어 줘야지! 이번 계획에 최종 목표, 우렁도령!

"아, 여보세요? 전 하리 친구 유진이에요. 네, 하리 저랑 같이 술 마시다가 지금 막 갔거든요? 그런데 혼자 택시를 태워 보내서 좀 걱정이 되네요. 아마 집으로 가고 있을 테니까 잘 좀 챙겨 주세요. 아니면 지금 전화해 보시는 것도⋯⋯."

뭔가가 자꾸만 옆구리를 쿡쿡 찔렀다. 진인가? 집에 다 왔다고 찌르는 건가? 하지만 그런 것치고는 뭔가 진동이⋯⋯.

"끄응."

손으로 더듬더듬 열나도록 울리고 있는 휴대폰을 어렵사리 움켜쥔 하리는 누군지 확인도 못 한 채 잔뜩 가라앉은 목소리로 띄엄띄엄 입을 열었다.

"누구세요?"

〈조하리!〉

"하아? 선생님? 헤에, 선생님이구나!"

〈아프다는 애가 술은 왜 마셨어!〉

"쌤 땜에 마신 거예요! 그렇지만 기분은 완전 좋은데. 나 선생님 오늘 완전 미웠거든요? 그런데, 또 너무 보고 싶어…… 보고 싶어……. 흐흑, 보고 싶어……."

어느새 목소리가 울음으로 가득 차선 연신 선호의 이름을 불렀다. 이상하게 점점 술기운이 사라지면서 그 빈자리로 그에 대한 그리움이 가득 차오르고 있었다.

〈택시 아저씨 바꿔.〉

"네?"

〈얼른.〉

갑자기 전화를 바꾸라는 말에 그녀는 순순히 운전하고 있는 택시 아저씨한테 전화기를 갖다 대었다. 잠시 당황하던 아저씨는 수화기 너머로 들리는 목소리에 고개를 끄덕이고 핸들을 꺾었다. 하지만 하리는 다시금 의자에 축 늘어져선 이미 끊겨 버린 휴대폰을 꼭 쥐고서 연신 그의 이름을 불렀다.

"최선호, 최선호……."

택시는 하리가 사는 오피스텔이 아닌 선호의 오피스텔 앞에 멈춰 섰다. 택시를 기다리고 있던 선호는 황급히 달려와 아주 깊은 잠에 빠져 버린 하리를 눈으로 확인하고서야 안심한 뒤, 요금을 거의 두 배로 주고선 그녀를 번쩍 안아 들었다. 하지만 그새 몇 번 뒤척거리던 그녀가 어렵사리 눈을 깜빡이며 정신을 차렸다.

"정신이 들어?"

"……선생님?"

"너 때문에 내가 정말 내 명에 못 살겠다."

"여긴 대체, 아! 내려 주세요!"

여전히 상황 파악이 안 되긴 했지만, 그에게 안겨 있는 모습에 하리는 얼른 그에게서 벗어나 이제야 주위를 둘러보았다. 여긴 우리 집이 아니잖아.

"여긴 대체……."

"내가 사는 오피스텔."

"네?"

"일단 들어가자."

선호는 막무가내로 하리를 잡아끌고서 엘리베이터를 탔다. 대체 뭐가 어떻게 된 거야? 분명 진이랑 클럽에서 술 마시고, 택시를 탄 것까지는 기억나는데 대체 왜 선생님 집에 오게 된 거냐고!

"저, 그냥 제 집에 갈래요."

"가만있어."

"선생님!"

"나 지금 화났어. 그러니까 그냥 와."

정말로 그의 목소리가 차갑게 굳어 있었다. 하리는 움찔한 시선으로 조심스럽게 그를 올려다보았다. 그래도 이렇게 보니까 좋았다. 정말, 너무 좋았다.

팅 하고 엘리베이터의 문이 열리자 선호는 다시금 하리를 잡아당겼고, 너무 세게 당긴 나머지 거의 안기듯 밖으로 나온 하리는 숨을 꿀꺽 삼키며 후들거리는 발에 힘을 줬다. 선호는 단단히 닫힌 현관문 앞에 섰다. 하리 역시 주춤거리며 그의 옆에 서 있었다.

"하리야."

그의 낮은 목소리가 그녀의 귓가로 매끄럽게 울렸다. 어딘지 모르게 간절하고 애잔한 목소리였다.

"네?"

"제대로 말하지 못한 건 미안해. 하지만 난 정말 네가 조금이라도 늦게 알기를 바랐어."

"……."

"나한테도 너무 벅차고 힘든 문제라서. 너까지 끌어들이고 싶지 않았으니까. 너하고는 정말이지 사랑만 하고 싶었어."

그녀는 다시 한 번 그를 물끄러미 바라보았다. 그때, 그의 시선이 함께 부딪히면서 선호는 주머니에서 뭔가를 꺼내 들었다. 그건 고리가 달린 집 열쇠였다.

"네가 왜 나한테 가치 있는 여자냐고 물었었지?"

"……."

선호는 아주 천천히, 떨리는 시선으로 하리의 손가락에 그 열쇠를 끼워 주었다.

"다른 건 없어. 오직 조하리, 너라서. 최선호가 사랑하는 여자라서. 그보다 가치 있고 값진 건 없어. 이 집에 데려오고 싶었던 사람도 너고, 매일 밤 함께 하고 싶은 사람도 너야."

무슨 말을 어떻게 해야 할까. 그가 하는 말 한 마디 한 마디가 너무나도 벅차서, 자꾸만 눈물이 차올랐다.

"……사랑한다, 조하리. 그냥 그걸로 나한테 오면 안 될까? 나한테 와 주면 안 될까?"

하리는 손에 끼워진 열쇠를 움켜쥐고서 손을 파르르 떨었다. 그러한 그녀의 모습을 가만히 바라보던 그는 천천히 손을 뻗어 그녀를 끌어안았다. 이제야 서로의 체온이 맞닿으며 그리웠던 마음이 봇물처럼 흘러넘쳤다. 선호는 하리가 무어라 대답을 할 때까지 연신 애타는 목소리로 사랑하는 연인을 불렀다.

"하리야, 하리야. 사랑해, 사랑한다."

"흐흑!"

하리 역시 그런 그를 와락 끌어안았다. 그러곤 눈물이 뒤섞여 미친 듯이 흔들리는 목소리로 그에게 간절히 속삭였다.

"당신 뒤에 뭐가 있든, 그게 무엇이든, 난 상관없어요. 다 감당할 수 있어. 다 끌어안아 줄 거야. 사랑해, 사랑해요."

서로에게 맞닿은 심장이 거세게 휘몰아치며 뛰어올랐다. 뜨거운 피를 연신 뿜어 대며 서로를 미친 듯이 갈구했다. 선호는 현관문을 거칠게 열고선 그녀를 끌어 올려 연신 입술을 탐했다. 하리 역시 그의 뒷목을 거세게 끌어안은 채 더욱 깊이 그를 받아들이며 혀와 혀를 맞닿으며 숨결을 삼켰다. 서로의 손과 손가락에 뒤엉킨 열쇠가 뜨겁게 달아오르며 두 사람의 열기가 거칠 것이 없이 타오르기 시작했다. 서로를 미친 듯이 갈구하며 오늘 밤은 결코 참을 수 없다는 걸 서로가 느꼈을 때, 선호가 먼저 잔뜩 일그러진 목소리로 나지막이 속삭였다.

"오늘 밤, 나랑 같이 자자."

그리고 하리는 대답 대신 그의 가슴에 부드럽게 입을 맞추었고 선호는 가는 신음을 토해 내며 그녀의 셔츠를 단숨에 끌어내렸다.

그녀 역시 오늘 밤 그를 그냥 보내고 싶지 않았다. 계속 같이 있고 싶었다. 좀 더 가까이에서 더욱 깊숙이 그를 느끼고 싶었다.

다시금 머리가 멍하니 울리면서 열꽃이 가득 피어나기 시작했다. 하지만 이번엔 단순한 해열제로 열을 내릴 수 없을 것이다. 그가, 그가 필요했다.

"나랑 같이 있자."

은밀한 속삭임. 참을 수 없을 만큼 달콤했고 이미 그에게 이끌린 입술이 바짝 달아오르며 대답 없이 그의 셔츠 사이를 쓸어내리며 수줍게 입을 맞추며 유혹했다. 침침한 어둠 속에서, 그는 단번에 하리의 가는 허리를 두 손으로 끌어안으며 그녀의 어설픈 유혹에 이미 화르르 타올라 버린 욕망을 아직은 억누른 채 연신 서로의 입술을 핥으며 아담한 침실로 쓰러졌다. 그의 공간은 처음이었다. 푹신하게 내려앉은 이불 사이로 항상 그에게서 풍겨 오던 엷은 스킨 향이 느껴졌다. 마치, 온몸으로 그가 끌어안아 주는 것처럼 왠지 모르게 야릇한 느낌이 밀려들었다.

그는 마치 아기를 다루듯 아주 조심스럽게 다가와 그녀의 입술을 타고서 목덜미를 지나 수줍게 솟아오른 가슴 위를 천천히 배회하기 시작했다. 그의 손가락이 떨어지는 곳마다 살결이 뜨겁게 다 타 버릴 것 같았다. 메마른 그의 입술이 하리의 가늘게 뻗은 목 뒤를 한껏 베어 물었다. 여린 살결은 녹아내릴 듯 황홀하였고, 품 안에서 움찔거리는 그 작은 움직임에도 그는 한없이 머릿속이 아찔하게 일그러졌다. 그 어느 때보다 서로의 심장이 쿵쾅거리며 귓가를 맴돌았다.

시선을 어디에 둬야 할지 모른 채 움찔대며 저로 인해 붉게 달아오른 입술을 보자, 다시금 이성이 흐트러지며 거세게 베어 물었고 하리 역시 그의 목을 끌어안으며 손가락 끝으로 그의 머리카락을 가볍게 움켜쥐었다. 미세한 흥분으로 손끝이 파르르 떨려 왔다. 하리는 어느새 그의 손에 마지막으로 벗겨진 윗옷을 바라보며 그를 힘껏 끌어안았다. 태초의 모습으로 살과 살이 맞닿는 느낌은 옷을 입고 있을 때와는 차원이 달랐다. 그의 체온과 온몸을 울리는 모든 소리가 그대로 전달되었다. 정말로 심장 소리가 들리는 것 같았다. 왠지, 더 가까이에서 느끼고 싶은 마음에 아주 천천히, 조심스럽게 손을 뻗어 선호의 단단하고 따스한 가슴을 더듬다가 절정을 비틀었다. 순간, 그의 입술 사이로 거친 숨소리가 흘러나왔다.

"흐윽!"

언젠가 진이가 이런 말을 했었지. 사랑하는 남자가 자신의 손길 아래 흐트러지고, 허물어져 갈 때, 더없는 쾌감이 느껴진다고. 그런데 그 말이 사실이었다. 붉게 달아올라 한순간 허물어질 듯 흔들리는 눈동자를 보고 있으니 저도 모르게 묘한 쾌감이 느껴졌다. 하리는 조금 더 갈구하는 그의 모습이 보고 싶어 손을 더욱 아래로 뻗었지만, 선호가 그런 손을 덥석 잡고서 더운 숨을 내쉬었다.

"장난은 이제 그만."

선호는 잡고 있던 손을 그대로 위로 끌어 올리고선 그녀를 제 품에 더욱 바짝 가두었다. 그의 손이 느릿하고 탐스럽게 오른 가슴을 지나 아래로 내리며 둥근 엉덩이선을 타고 내려갔다. 그리고 마침내, 바지를 끌어 내려 은밀한 곳에 와 닿자, 뭐라 말할 수 없는 강렬함이 꿰뚫으며 저도 모르게 허리가 휘청했다. 활처럼 유연하게 휘어지는 허리선을 타고 길고 탐스러운 머리칼이 쏟아져 내렸다. 너무나도 아름다운 자태. 선호는 마치 사탕을 빨듯 가슴을 흠뻑 젖히며 예민하게 솟아난 유두를 살짝 깨물었다.

"하앙!"

비틀린 입술 너머로 보다 에로틱한 비음이 흘러내렸다. 하지만 그는 멈추지 않고서 더욱 게걸스럽게 가슴을 탐하며 깊고 강렬하게 빨아 당겼다. 지금 이 순간, 머릿속에 떠오르는 것은 아무것도 없었다. 오직 부서져 내릴 듯한 본능에 취해 서로를 더욱 깊이 원하고 있었다. 어느새 그녀의 몸이 점점 더 납작하게 그에게 다가섰고, 그의 손길이 엉덩이선을 타고 올라가는 허리선을 꽉 움켜쥐었다. 메마른 사막 위로 단비가 내리기 시작했다. 그 역시 더는 뜨겁게 솟아오른 저를 주체할 수가 없었다. 가깝게 와 닿은 아랫부분이 욱신거리며 그녀를 찔러 댔고, 그럴 때마다 부서질 듯한 감각과 함께 하리는 침대 자락을 꽉 움켜쥐며 자꾸만 멍해지는 호흡을 불안정하게 내뱉었다.

"하아, 하아, 흐흡!"

너무나도 귀엽고 사랑스러웠다. 이토록 조그맣고 어여쁜 그녀가, 지금 제 품에 있다는 것이 선호는 믿어지지가 않을 정도로 벅차고 감격스러웠다.

욕망에 젖어 탁하게 얼룩진 그의 깊은 목소리에 하리의 깊숙한 곳을 울렸다.

"예쁘다."

"……."

"하리야, 하리야, 너무 예뻐."

하지만 그녀는 예민한 곳을 찔러 들어가는 그의 손가락에 다시금 모든 것이 새하얗게 변하며 어떤 대답조차 할 수 없었다. 모든 열기가 아래로 몰려들고 있었다. 난생처음 느껴 보는 감각에 속수무책으로 빨려 들어가며 하리는 정말 모든 것을 놓아 버릴 것 같았다. 하지만 나쁘진 않았다. 오히려 너무나도 황홀했다. 파르르 떨리는 몸이 본능적으로 움직이며 두 다리가 그의 허리를 끌어안았다. 선호역시 터질 듯한 제 분신을 더 이상 주체하지 못한 채, 잔뜩 일그러진 시선으로 엷은 호흡을 내쉬었다.

"아플까요?"

처음엔 좀 아프다고 진이한테 들었는데. 분명, 지금처럼 기분 좋지만은 않을 거야. 얼핏 보니까 엄청 큰 것 같은데. 저게 들어온다면, 안 아플 리가 없잖아! 하지만 선호는 애써 미소를 지으며 그녀의 머리카락을 연신 쓸어내려 주었다. 아무튼, 종잡을 수가 없는 여자였다. 아까는 겁도 없이 제 가슴을 쓸어내리며 여우처럼 굴더니. 이젠 다시 햇병아리의 모습으로 돌아와선 떨리는 눈빛을 띠자 다시금 심장이 요동치기 시작했다.

"조금, 그럴지도 몰라. 무서우면 그만둘게."

"그럴 수 있어요?"

선호는 힘겹게 고개를 끄덕였고 하리는 그 모습에 피식 웃으며 그의 두 팔을 꽉 붙잡았다.

"괜찮아요."

"정말?"

"진이가 그러더라고요. 지금까지 참은 것도 선생님 아주 용한 거라고. 그런데 지금 여기서 그만두면, 선생님 몸에서 정말 사리 나올 거야."

"네가 원하지 않으면 안 해도 돼."

"내가 원해요. 당신을, 너무나도 원해."

그녀의 나지막한 속삭임은 정말이지 뿌리칠 수 없는 거대한 파동이 되어 울렸고, 그는 다시 한 번 불안정한 호흡을 붙잡고서 짤막하게 말했다.

"사랑해."

그 짧은 한마디에 하리는 제 모든 것을 열었고, 선호는 그녀를 향해 강렬하게 소리치는 제 분신을 조심스럽게 밀어 넣었다, 쿵, 하는 소리와 함께 모든 것이 무너져 내리기 시작했다. 굵은 땀방울이 떨어져 내렸다. 어떤 말도 할 수 없이 동물적인 비명만이 흘러내렸다. 텅 비었던 곳에 지독한 불꽃이 화르르 열기를 뿜어내며 아래를 가득 채워 나갔고, 하리는 억눌린 비명을 내지르며 그를 더욱 꽉 붙잡았다.

"흐으윽!"

흐느끼는 그녀의 목소리에 선호는 애타는 마음을 잠재우며 하리의 입술에 다시금 조그맣게 키스를 해 주었다.

"아파?"

하리는 찔끔 흘린 눈물을 애써 지우며 살짝 고개를 끄덕였다.

"조금요."

그런데 이상하게 기분은 나쁘지 않았다. 어쩔 줄 몰라 하는 그의 표정을 보니 더더욱 그랬다. 뭔가 거대한 생명을 품에 안은 것처럼, 그냥 함께 안고 있을 때와는 전혀 다른 무언가가 솟구치면서 조금씩 갈망이 머리를 내밀기 시작했다. 그와 함께 하리는 본능적으로 엉덩이를 들어 올려 선호를 더욱 느끼게 하였다.

"괜찮아?"

연신 걱정스런 목소리가 들려왔다. 그러자 하리는 다시금 고개를 끄덕였고 더욱 허리를 들어 올렸다. 선호는 그 틈을 타 더욱 안으로 파고들었고 이젠 고통 대신 더한 갈증이 서로에게 밀려들기 시작했다.

"최, 선호."

열망에 젖은 제 이름이 이토록 자극적이게 들릴지 몰랐다. 조금씩 힘을 빼던 그가 다시금 바짝 타오르며 천천히 움직이던 그의 허리가 점점 더 리드미컬하게 움직이기 시작하더니, 이내 속도를 조절하지 못하고서 더욱 거칠고 빠르게 그녀의 몸을 출렁이게 만들었다. 그와 동시에 그녀의 허리도 사정없이 들썩거렸다. 새하얀 침대 위로 쏟아진 그녀의 모습은 너무나도 아름다웠으며, 그의 모습은 두려울 정도로 강하고, 황홀하였다.

시트가 어지럽게 구겨지고, 아무리 비틀어도 채워지지 않는 갈증에 머릿속이 미칠 것 같았다. 그리고 마침내 맞물렸던 서로의 살결이 절정으로 비명을 내질렀고, 새하얗게 타 버린 것처럼 온몸으로 그 어떠한 감각도 느껴지지 않았다. 힘겹게 그를 붙잡고 있던 그녀의 두 다리가 힘없이 아래로 떨어졌다. 여전히 서로를 품은 두 사람은 싫지 않은 고통 속에서 서로의 시선을 바라보았다.

"많이 아팠어?"

"아니요. 왜 진이가 그렇게 닦달을 했는지 알 것 같아요."

"응?"

정말 이토록 새로운 경험은 처음이었지만 이토록 짜릿한 느낌도 처음이었다. 하지만 가장 행복한 건 정말로 그 어느 때보다 그를 가까이에서 느낄 수 있었다는 것. 그가 자신을 바라볼 때 타오르는 체온, 거세게 휘몰아치는 심장 소리, 너무나도 사랑스럽게 바라보는 눈빛, 그리고 목소리. 그 어느 것도 자신을 향하지 않은 것이 없었다. 이 순간만큼은 그의 머리부터 발끝까지 전부 자신의 것. 조하리의 남자였고, 그녀의 것이었다.

"조금 자도록 해."

아까와는 달리 무척이나 부드러운 손길이 그녀의 등 뒤를 쓸어내리며 토닥거렸다. 조그맣게 자장가를 부르는 목소리도 들리는 듯했다. 그러자 정말로 거짓말처럼 눈꺼풀이 아래로, 아래로 내려갔지만 그에게 닿았던 느낌은 그 어느 때보다 선명하게 떠올라 꿈에서도 그를 만날 것 같은 느낌이 들었다. 아니, 분명 만날 거야. 꼭.

❈　　❈　　❈

어디서 달그락거리는 소리가 자꾸만 들려왔다. 하리는 무거운 눈꺼풀을 억지로 들어 올리며 밝게 쏟아지는 시야에 몇 번을 깜빡인 채 집 나간 정신을 찾기 위해 안간힘을 썼다.

'여기가……. 헉!'

이제야 상황 파악이 된 그녀가 몸을 벌떡 일으켜 세우려 했지만, 온몸을 두들겨 맞은 것처럼 뻐근하여 움직일 수가 없었다.

"아윽!"

"그렇게 갑자기 움직이지 마. 아마 근육통이 좀 왔을 거야."

어느새 방문을 열고 들어온 선호의 손에는 간단한 아침 식사가 들려 있었다. 하지만 중요한 건, 그는 옷을 입고 있는데 자신은 아직 알몸이라는 것!

"나도 좀 깨우지!"

"너무 곤히 자더라고."

"저번에도 그랬으면서!"

"훗, 난 네가 자는 모습이 너무 좋더라. 그래서 깨우기 싫어."

"아우, 정말!"

일단 닥치는 대로 이불을 끌어다 몸을 가렸지만 어딘지 영 이상했다. 선호는 그녀의 코앞에 바로 아침을 내려놓고선 바짝 경계하는 그녀의 모습에 저도 모르게 웃음을 터트렸다.

"훗, 이미 볼 거 다 본 사이인데. 그렇게 가려도 난 네 몸 구석구석 전부 기억하는걸?"

"악, 말하지 마요!"

정말이지 창피해 죽겠다! 그걸 한 다음 날은 대체 어떻게 대처해야 하는 거야? 유진이 고 지지배. 이런 것도 알려 줘야 하잖아!

"아침 먹어. 곧 병원 들어가야지."

아, 그러고 보니 오늘 휴일이 아니다. 시계를 보니 새벽 5시. 얼른 서둘러야 할 것 같았다.

하리는 혹시나 이불이 벗겨지지 않게 조심스럽게 손을 빼내어 숟가락을 집으려고 하자, 선호가 냉큼 그것을 빼앗아 버렸다.

"뭐 하는 거예요?"

하지만 그는 아무 말 없이 밥을 국에 말아 숟가락으로 퍼선 태연하게 그녀의 입 앞에 흔들었다.

"아! 해."

"네?"

"아! 하라고. 얼른 먹고 가야지."

지, 지금 뭐 하는 거야. 설마 먹여 주겠다는 거야?

"아니에요! 내가 먹을 수 있어요. 그냥 내가 먹을게요."

하지만 선호는 고집을 꺾지 않고선 다른 말없이 그저 아를 반복했고, 하리는 정말 울며 겨자 먹기로 조심스럽게 입을 벌려 그가 주는 밥을 받아먹어야만 했다. 대체 이 민망한 상황을 어떻게 해야 하는 거야!

"원래 연애를 하면 여자는 혼자 밥도 못 먹고, 잠도 혼자 못 자는 거야."

"그런 게 어디 있어요!"

"다시, 아!"

조금이라도 빨리 먹어야 이 상황이 끝날 것 같아, 하리는 부지런히 그가 주는 밥을 받아먹었고, 선호는 그 모습에 다시금 햇병아리를 키우는 것 같아 웃음이 절로 나왔다.

"우음, 그런데요, 선생님."

"응?"

"신성 라즈 호텔에서 누구 만났어요?"

순간, 부지런히 움직이던 그의 숟가락이 일시에 멈춰 들었다. 하리는 이제야 그에게 회심의 미소를 날렸다.

"네, 네가 그걸 어떻게 알아?"

오호라, 말도 더듬고? 역시 여자를 만나긴 만난 모양이지?

"선생님 어머님께서 말씀해 주셨어요."

대체 무슨 얘기까지 한 거야!

"뭐, 이해할게요. 선생님도 어쩔 수 없었겠죠."

"하리야, 그건 어쩔 수 없었던 게 아니라. 완전 속은 거야. 속은 거라고!"

"네, 알아요. 그런데 그거 아세요?"

"응?"

어느새 완전히 입장이 바뀐 하리는 여유롭게 그가 주는 밥을 덥석 먹으며 태연하게 말을 이었다.

"바람기 가장 많은 직업에 의사가 4.6%로 4위. 지난해의 톱은 의사였대요. 뭐, 그렇다고요."

선호는 저도 모르게 표정이 굳어져 버렸고, 하리는 귀엽게 웃으며 이번엔 제가 먼저 입을 크게 벌렸다.

"안 주세요? 앙!"

이로써 확실하게 깨달았다. 그녀는 절대로 순진무구한 햇병아리는 아니라고.

바람기는 초반에 잡으라고 했다. 그게 아무리 의도치 않은 일이었다고 하더라도, 그래도 이 정도는 해 줘야 하지 않겠어? 후훗!

일단 선호의 차를 타고 온 하리는 혹시나 몰라 시간 차를 두기 위해 먼저 병원으로 걸음을 옮겼다. 선호는 백미러로 종종걸음으로 사라지는 하리의 모습을 연신 바라보았다. 이 순간이 참 믿어지지가 않았다. 함께 밤을 보내고, 같은 자리에서 아침 식사를 하며 같은 차를 타고 함께 직장으로 오게 되다니. 결혼을 하게 되면, 이것이 일상이 되겠지? 그렇다면 제 인생도 조금은 편해질 수 있을까? 항상 행복해질 수 있을까?

로비로 들어선 하리는 이제야 긴 숨을 몰아쉬고서 환자들과 다른 선생님들께 인사를 하였다.

"최 선생님, 오늘은 좀 늦으셨네요."

그때, 한 간호사의 목소리와 함께 선호가 로비로 들어섰다. 그 어느 때보다 환하게 웃으면서 걸어오는 모습을 보고 있자니, 저도 모르게 흐뭇해지면서도 쑥스러워 얼른 고개를 돌렸다. 조금만 더 늦게 오지. 이게 무슨 시간 차야?

"조 선생."

은근슬쩍 빠지려고 했더니, 기어코 저를 부르는 그의 심술 맞은 목소리에 하리는 끙 소리를 내며 천천히 고개를 돌렸다.

"네, 최 선생님."

"출근이 늦었네. 아무리 오프였다고 하지만, 겨우 1년 차 레지던트인데."

"죄송합니다."

"괜찮아. 오늘은 나도 좀 늦었으니까. 그러고 보니 우연치곤 신기하네?"

역시, 아침에 있었던 일로 심술을 부리는 게 분명했다. 하리는 아무도 모르게 그를 살짝 노려봐 주고선 다른 펠로우 선생님들이 다가오자 얼른 걸음을 옮겨 버렸다.

"어제 맡겨 두었던 자료 가져왔다."

"아, 고마워."

선호는 동료 의사들과 대화를 주고받으면서 귀엽게 노려보던 그녀를 떠올리고는 입가로 잔잔한 미소를 훔쳤다. 역시, 그런 모습이 너무 귀여워 가만 놔둘 수가 없단 말이지.

서두르기 위해 얼른 당직실로 들어온 하리는 어둠 속에 번뜩이는 눈빛을 보고선 흠칫 놀라고 말았다. 하지만 그 어둠 속에 앉아 있던 이는 바로 진이었다.

"너, 너 뭐 하는 거야! 간 떨어질 뻔했잖아!"

"조하리. 이 언니가 어제 얼마나 힘들었는지 아냐?"

"그러게 내가 안 간다고 했잖아."

하리는 벌렁거리는 심장을 두드리며 불을 켜고는 잽싸게 옷을 갈아입었다. 진이는 그 모습을 묘하게 바라보다 웃음기 가득한 목소리로 또 한 번 하리를 경악시켰다.

"좋았어? 선호 선생님 완전 크지?"

"뭐?"

"이 언니야를 속일 생각 하지 마. 너 어제 옷차림 그대로 입고 왔네?"

하, 정말이지 귀신같은 지지배!

"게다가 우렁도령을 보낸 사람이 난데. 그 야밤에, 남녀가, 게다가 눈앞에 있는 여자가 사랑스러운 내 애인이라면. 그런데도 아무 짓도 안 했다면 그건 최 선생님 기능에 문제가 있는 게 분명하지."

"그런 걸 그렇게 자세히 분석하지 마."

어젯밤이 떠올라 괜스레 얼굴이 붉어진 하리는 애써 등을 돌리고서 가운을 걸쳐 입었다. 하지만 진이는 그런 하리에게 불쑥 다가와선 음흉한 미소를 띠며 그녀의 손을 덥석 잡았다.

"그래서 좋았냐고? 응? 하긴, 최 선생님인데. 얼굴값은 했겠지. 안 그래?"

유도하는 듯한 그녀의 은밀한 목소리에 하리는 결국 저도 모르게 살짝 고개를 끄덕였다.

"뭐, 나쁘진 않았어. 좀 아팠지만."

"캬! 우리 햇병아리! 드디어 암탉이 된 거네! 아프긴 무슨, 완전 뿅 갔겠지. 뿅!"

물론, 처음엔 좀 아프긴 했지만 그 뒤로는 온몸이 녹을 것 같은…….

지, 지금 무슨 상상 하는 거야!

"나 회진 가야 해. 넌 오늘 아침 수술 있다고 안 했어?"

"취소됐어. 좀 자세히 말해 봐. 얼마나 끝내주던데? 응? 그 손으로 널 어떻게 만져 줬어? 악! 생각만 해도 내가 다 흥분된다!"

저보다 더 난리를 치는 진이에게 어렵사리 벗어난 하리는 이대로는 하루 종일 볶일 것 같아 슬그머니 제 목덜미를 보여 주었다.

"자, 됐지? 이 정도로 좋았어. 됐냐!"

목덜미 여기저기에 번져 있는 아주 선명한 키스 마크에 진이는 어머머를 연달아 토해 냈고, 부끄러움에 더는 견디지 못할 것 같아 하리는 얼른 당직실을 빠져나왔다. 젠장, 하여튼 유진이. 누가 널 말리냐, 말려!

호출이 온 진이와 헤어진 후, 하리는 가율의 병실로 들어가 개인 회진을 마쳤다. 하지만 썩 결과가 좋지 않았다. 요즘 들어 가율이의 CBC 수치가 영 불안정한 것이 심상치가 않았다. 스테이션에서 담당 간호사와 여러 얘기를 나눈 뒤, 일단 오늘까지만 지켜보기로 하고서 걸음을 선호의 연구실 쪽으로 옮겼다. 아직 컨퍼런스 시간까지는 20분 정도의 여유가 남아 있었다.

"조하리입니다."

혹시나 안에 다른 사람이 있을지 몰라 조심스럽게 입을 열자, 곧장 선호의 목소리가 들려왔다.

"들어와."

조심스럽게 문을 열었지만, 연구실에는 컨퍼런스를 준비하는 선호밖에 없었다.

"뭘 그렇게 긴장해?"

"아니요, 그냥."

"어머니 때문에 그런 거야?"

"아니에요!"

하리는 고개를 가로저으며 이곳에 온 이유를 말했다. 선호의 어머니와도 관련이 있었으니까.

"그 문제 때문에 왔어요."

"하리야, 어머니는 내가 알아서 할게. 넌 신경 안 써도 되니까……."

"아니요, 아무리 그래도 선생님 어머니세요. 다시는 보지 않을 사이도 아니고, 그렇다면 지금부터라도 부딪히는 게 나아요."

"뭐?"

"어머님과 만날 거예요. 약속 잡아 주세요."

선호는 생각지도 못한 말에 당황했지만 하리는 진심이었다. 이런 식으로 어영부영 넘어갈 문제가 아니었다. 앞으로를 위해서도 마찬가지였다.

"일부러 그럴 필요 없어."

"그럴 필요 있어요. 어머님을 만나서 그때 물었던 답을 드려야 해요. 난 당당하게 선생님을 만날 거라고 전부 감당할 수 있다고 그렇게 말씀드리고, 앞으로도 어머님과 많이 만날 거예요."

그는 천천히 손을 뻗어 그녀를 조심스럽게 끌어안았다. 역시 그녀는 무척이나 강한 여자다. 자신이 몇 번이고 망설였던 일을 그녀는 너무나도 쉽게 나아가고 있었으니까.

"이제 더 이상 햇병아리라고도 못하겠다."

"그럼요. 저 이제 다 컸어요."

선호는 키득거리며 그녀의 옷자락을 살짝 끌어내어 어젯밤 그토록 탐하였던 목덜미를 다시금 한껏 베어 물었다.

"서, 선생님?"

"하긴, 이제 정말 내 여자가 됐으니까. 햇병아리가 아니라 어엿한 암탉이지."

그는 한 손으로 하리의 허리를 강하게 끌어안아 입술을 머금었고, 그녀 역시 고개를 살짝 돌려 수줍게 그의 입술을 파고들었다. 컨퍼런스 시작까지 10분. 가장 달콤한 1분이 그렇게 흘러가고 있었다.

❖   ❖   ❖

하리의 일이 무사히 끝나 다행이긴 했지만, 지금 남만 걱정할 때가 아니었다. 진이는 외과 쪽에서 울리는 호출기를 물끄러미 바라보았다. 분명 치프가 부르는 걸 텐데. 오늘 아침 수술이 갑작스럽게 취소가 되면서 미루어 두었던 회진을 돌아야만 했다. 그녀는 연신 울리는 호출기를 한번 꽉 움켜쥐고서 행복해 보이던 하리의 얼굴을 떠올렸다.

"그래, 사랑 앞에 유진이가 겁을 낸다는 건 말이 안 되지."

일단 제대로 부딪혀 보고, 그래도 변치 않으면. 그땐 아주 확실히 잡아 주겠어!

진이는 저녁까지 마지막 환자를 살피고서 확실하게 오더를 내린 뒤 시계를 확인했다. 정말이지 이 무슨 운명의 장난인지, 오늘은 그도 자신도 오프 날이었다.

"훗, 이건 정말 하늘이 내려 준 천생연분?"

그녀는 의국으로 눈썹 휘날리게 달려갔다. 혹시나 벌써 가 버린 건 아닌지 걱정이 되었지만, 똑똑 두드린 노크 너머로 태종의 목소리가 들려왔다. 오케이, 빙고!

"쌤, 오늘 오프시죠?"

갑자기 들어와선 오프냐고 묻는 진이의 모습에 태종은 살짝 굳어진 표정으로 이제 막 정리를 마친 서류를 내려놓았다.

"유진이, 남의 오프 날 기억하지 말고 환자 검사 날짜나 똑바로 기억해."

"아, 그건 있잖아요, 기억하고 있었는데 갑자기……."

잠깐, 이게 아니잖아!

"앞으로 확실하게 기억하겠습니다! 아무튼, 오늘 오프시죠? 맞죠? 그럼 오늘 저녁 사 주세요."

이거 완전 미친 여자처럼 보이지 않을까? 정말이지 이 의국에 이 남자만 있다는 사실이 이토록 감사할 줄이야! 그나저나, 유진이. 너 이렇게 촌스런 여자 아니었잖아. 남자를 이렇게 고리타분하게 유혹하다니!

"저녁?"

"네, 저녁."

하지만 다행히 반응이 오고 있었다. 얼른, 고개를 끄덕여 봐. 끄덕끄덕! 아니면 내가 사 준다고 해야 했나?

"그래, 그러자."

순순히 그러자고 대답하는 그 앞에서 정말 저도 모르게 환호성을 지를 뻔했다.

"그럼 로비 앞에서 기다리고 있을게요!"

그렇게 진이는 속으로 온갖 소리를 내지르며 달려나갔고, 태종은 태연하게 자리에서 일어나려다 이내 주춤하며 얼굴을 붙잡았다. 젠장, 긴장하고 말았다. 하지만 갑자기 저녁이라니. 태종은 살짝 초조한 기색으로 가운을 벗고서 옷장을 열었다.

"……넥타이라도 가지고 오는 건데."

거의 초고속으로 준비를 마친 진이는 로비 앞에서 연신 까치발을 들며 태종을 기다렸다. 그 입만 열지 않으면 진이도 꽤 미인에 속했다. 모델 뺨치게 시원스럽게 뻗은 키 덕분에 그저 티셔츠에 청바지만 걸쳤음에도 왠지 모를 묘한 섹시함이 흘렀고, 살짝 그을린 피부 사이로 쌍꺼풀 없이 시원하게 뻗은 눈매와 굵게 웨이브 진 머리칼이 무척이나 성숙미를 자랑하고 있었다. 그래서 하리는 진이가 농담 삼아 언니라고 하는 걸 무의식중에 인정하곤 했었다.

"너무 빨리 나왔나?"

진이는 초조하게 시계를 확인하며 다시금 주위를 두리번거리고 있을 때, 멀리서 태종의 모습을 단번에 찾을 수 있었다. 흰 가운을 벗은 모습은 처음인데, 역시 예상대로 무척이나 근사했다. 깔끔한 스프라이트 셔츠에 그저 청바지만 입었을 뿐인데 왜 이렇게 섹시하게 보이는 걸까. 역시 몸이 받쳐 주니, 어떤 옷을 입어도 그림이구나.

"내가 늦었나?"

"아, 아니에요! 제가 좀 일찍 나왔어요."

"그럼, 가자. 뭐 먹고 싶은 거 있어?"

"아니요. 그냥 아무거나 사 주세요."

태종이 먼저 성큼 앞으로 걸어갔고, 진이는 두근거리는 마음으로 그 뒤를 따라갔다. 생각보다 더 떨렸다. 인생에 있어 남자 때문에 이렇게 떨렸던 적은 처음이었다. 정말로 아무것도 모르는 소녀가 된 것처럼 그와 함께할 시간이 너무나도 기대가 되었다.

그렇게 미묘한 거리를 유지하며 로비를 빠져나와 주차장 쪽으로 가려고 할 때, 차 한 대가 태종의 앞을 가로막았다. 그리고 스르르 내려오는 유리창 너머로 낯선 여자가 환한 웃음을 띠며 태종에게 반갑게 인사를 했다.

"어머, 남태종. 오랜만이다."

"임주연. 오랜만이다. 선호한테 이 병원에 있다는 얘기는 들었어."

"뭐야, 듣고도 한 번도 안 와 본 거야? 진짜 너무했다."

그녀는 얼마 전 선호와도 만난 적이 있는 그들의 중학교 동창이었다. 물론 결혼도 했고, 아이까지 있는 엄마였지만 이를 알 리 없는 진이는 왠지 모르게 기분이 묘하게 나빠졌다.

스스럼없이 다가온 여자와 역시나 스스럼없이 말을 섞고 있는 태종의 모습에 진이는 미묘한 거리에 서 있는 저 자신을 바라보았다. 자신과 그의 거리는 이 정도인데, 저 여자와 태종의 거리는 자신보다 더 가까웠다. 그리고 그 사실에 가슴이 조금 욱신거렸다.

"민재도 여기 다녀? 선호한테 물으니까 아무 말도 안 해 줘서."

"……아니. 아마 미국에 있을 거야."

"아마라니. 서로 엄청 친했잖아. 너랑은 대학도 같이 나왔잖아."

하지만 태종은 더 이상 아무 말이 없었다. 그녀 역시 선호와 같은 표정을 짓는 태종의 모습에 더는 입을 열지 않았다.

"어디 가던 길이야? 내가 태워다 줄게."

태워 준다는 말에 진이는 떨리는 손끝을 꽉 붙잡았다. 아까까지만 해도 굉장히 들떴던 마음이 천천히 식으면서 자꾸만 못된 마음이 커져 갔다. 이러면 안 되는데. 내가 저 남자에 뭐라도 되는 것도 아니면서, 싫다고 붙잡고만 싶었다. 이게, 질투인 걸까?

'하지만 속 좁은 여자로 찍히긴 싫은데.'

하지만 태종은 부드럽게 고개를 가로저었다.

"괜찮아. 일행이 있어서."

그는 진이를 향해 시선을 두었고 그녀는 저도 모르게 얼굴이 붉어져 얼른 고개를 숙여 버렸다. 주연은 이제야 아! 하고 낮은 탄성을 질렀다.

"어머! 미안해. 눈치 없이 끼어들어서는, 미안해요! 그럼 나, 가볼게. 입원이 좀 길어질 것 같아서 잠깐 집에 옷 가지러 가는 길이거든."

"딸이라고 했던가?"

"응, 민지. 의사들 말로는 수술 경과는 괜찮대."

"그럼 괜찮을 거야. 나중에 나도 한번 갈게."

"고마워, 그럼 얼른 가 봐. 정말 미안해요!"

연신 미안하다고 하면서 그녀가 떠났다. 진이는 왠지 자기 때문인 것 같아 삐죽삐죽 입을 열었다.

"타고 가도 되는데……."

"네가 괜히 오해할 것 같아서."

"네?"

"아니면 말고. 얼른 가자."

그가 다시금 걸음을 옮겼다. 이번에도 미묘한 거리는 여전했지만, 마음은 달랐다. 뭐지, 뭐가 이렇게 기쁜 거지? 무엇이 이렇게도 설레고 심장이 더 쿵쾅거리는 걸까. 그래, 거리가 멀다면 좁히면 되지. 보다 한발 나아가서 잡으면 되잖아. 나답지 않아. 이건 전혀 나답지 않아.

진이는 성큼성큼 앞으로 걸어가 태종의 옆에 섰다. 그러곤 평소처럼 환하게 웃으면서 입을 열었다.

"아까 뭐 먹고 싶냐고 했죠? 엄청 비싼 거 먹어도 돼요?"

"치프, 생각보다 돈 많이 못 벌어."

태종은 얼핏얼핏 제 손을 스쳐 지나가는 그녀의 손끝에, 저도 모르게 그 손을 덥석 잡을 뻔했다. 아니, 잡고 싶었다. 저 작은 손을 꼭 잡고 걸어가고 싶었다. 보기만 해도 뜨거워지는 그녀의 보드라운 손을.

엷은 조명이 비치는 주차장으로 내려왔다. 퇴근 시간이 좀 지났는지 드문드문 차가 빠져나간 흔적을 제외하곤 두 사람 외엔 아무도 없었다. 태종이 차 키를 빼어 들고선 삑 소리와 함께 차 문을 열어주려고 할 때, 진이가 그를 빤히 쳐다보다 그의 어깨를 덥석 잡았다.

"쌤."

"……."

눈빛이 흔들렸다. 심장이 이대로 터져도 모를 만큼 빠르게 뛰었지만 진이는 이 말을 하지 않으면 후회할 것 같았다. 아니, 너무나도 하고 싶었다.

"좋아해요."

"……"

"좋아합니다."

어깨를 붙잡은 손끝이 떨려 왔다. 태종은 그런 그녀의 떨림을 온몸으로 느끼며 너무나도 낮게 가라앉은 목소리로 어렵사리 입을 열었다.

"그런 말, 너무 쉽게 하지 마. 괜히 오해하니까."

"오해 아니에요. 쉽게 한 적도 없어요. 전부 진심이에요. 저 지금 정말 많이 떨고 있는데, 안 느껴지세요?"

그럴 리가. 마치 내 몸처럼 느껴지는데. 아니, 자신도 떨고 있는 걸까? 이게 혹시나 꿈이면 어쩌나. 너무나도 간절히 바라는 일이라서 혹시나 환상이면 어쩌나.

"정말, 진심이야?"

"진심이에요."

진이는 잡고 있던 손을 조심스럽게 위로 올려 그의 까칠한 입술을 부드럽게 매만졌다. 태종은 갑작스런 그녀의 행동에 온몸이 딱딱하게 굳어졌지만, 그녀를 말릴 수가 없었다.

"지금 이 순간에도 쌤이랑 키스하고 싶어 죽겠는걸요."

그녀의 말이 끝나자마자, 태종은 그토록 잡고 싶었던 그녀의 손을 끌어당기고선 무척이나 강렬하게 그녀의 입술을 빨아 당겼다. 입술끼리 닿자마자 그 너머로 뜨거운 숨결이 피어올랐다. 온몸이 바짝 조여 오는 이 짜릿한 쾌감과 자극적인 느낌. 진이는 자연스럽게 고개를 조금씩 옆으로 숙이며 차 뒤로 몸을 기대었고, 태종은 그런 그녀에게 더욱 바짝 밀착하여 더없이 뜨거운 열기에 정신을 차릴 수가 없었다. 마침내, 서로의 혀와 혀가 얽히며 머릿속으로 무어라 설명

할 수 없는 감각이 터져 버렸다. 벌써 젖어 버린 것 같았다. 이 남자, 정말 미치도록 끝내주잖아!

태종 역시 감히 상상하던 것 그 이상으로 달아오르는 느낌에 흔들리는 본능을 억누르려 애를 썼다. 진이는 과감하게 그의 목 뒤를 끌어안았고, 태종은 그녀의 허벅지를 쓸어내리며 잇새 사이로 잔뜩 억눌린 말을 내뱉었다.

"저녁, 어디서 먹을래?"

그녀 역시 열기에 젖어 흔들리는 목소리로 그의 목 뒤를 여유롭게 쓸어내렸다.

"쌤 집은, 안 돼요?"

정말이지 너무나도 과감한 그녀의 한마디에 태종은 저도 모르게 피식 웃었고, 진이 역시 그 미소에 덩달아 웃으면서 짧게 말했다.

"쌤이 만든 요리 먹고 싶어요. 설마 엉큼한 생각 하신 건 아니죠?"

"그런 생각한 적 없는데. 너무 앞서 나간 거 아니야?"

"핏."

그는 다시금 그녀의 입술에 짧게 키스를 해 주고선 이번엔 정말로 차 문을 열어 주며 말했다.

"타. 집에 먹을 게 있는진 모르겠다."

"설마 뭐든 먹을 거 없겠어요?"

진이는 아쉬움에 살짝 툴툴거리며 그를 스쳐 지나가려는 찰나, 그의 짧은 한마디에 숨을 살짝 머금었다.

"고맙고, 사랑한다."

그러곤 태연하게 제 옆에서 차의 시동을 거는 모습이 귀여워 진이는 엷은 미소를 띠었다. 어느새 정말로 이 남자를 많이 사랑하게 되어 버렸다. 잡은 이 손을 놓아주지 못할 만큼.

태종은 자신의 커다란 손을 감싸는 이 조그만 체온에 저도 모르게 입가가 부드럽게 휘어졌다. 이 여자를 사랑하게 되었다. 처음 본 그 순간부터 좇기 시작한 시선은 이미 사랑을 시작해 버린 것이다.

❀　❀　❀

이희진이 유경에게 접근했다는 사실과 결국은 유경과 선호가 만났다는 것을 알게 되었지만 애령은 좀처럼 움직이지 않았다. 때를 기다리고 있었기에. 그리고 기다리던 그 때가 마침내 도착을 하였다. 애령은 기다리고 있던 전화를 받아 들고서 회심의 미소를 지었다.

"귀국은?"

〈도착하여 지금 곧장 병원으로 갈 겁니다.〉

"그래, 정중하게 모시도록."

〈알겠습니다.〉

끊어진 전화를 천천히 내려놓으며 애령은 이미 날이 저물기 시작한 창가를 내려다보았다. 선호가 유경과 만나고, 게다가 수술실에 들어갔다는 소식이 희진으로부터 빠르게 번지면서 주주들이 조금씩 흔들리기 시작했다. 하지만 거기에 대해서 이영철은 움직이지 않았다. 그 행동은 그가 어느 편도 아니라는 걸 간접적으로 보여 준 것이나 마찬가지였다. 어쩌면 위기일지도 모르지만, 애령은 다시 패를 뒤집을 카드를 이제야 잡게 되었다.

"아직은, 네가 메스를 잡아선 안 돼. 절대로."

선호는 자신과 비슷한 과거의 상처가 있었다. 그러니, 최대한 그걸 이용해야만 했다.

그날 저녁, 어렵사리 오프를 낸 하리는 선호와 함께 근처 한식당
으로 향했다. 그날보다는 좀 더 나은 이미지를 받기 위해서 깔끔한
정장을 차려입은 그녀가 자꾸만 밀려드는 긴장감에 손을 만지작거
리자 선호는 그러한 그녀의 손을 부드럽게 잡아 주었다.

"너무 긴장하지 마. 이번엔 내가 네 뒤에 있을 거니까."

"고마워요."

그렇게, 한식당에 도착한 선호는 하리의 손을 잡고서 가장 구석
에 자리한 방으로 들어섰다. 그곳엔 이미 도착한 희진이 앉아 있었
다. 선호는 눈빛으로 인사를 했고, 하리는 고개를 숙이면서 입을 열
려고 했지만, 희진이 먼저 고개를 돌리며 짧게 말했다.

"앉으렴."

희진은 제 눈앞에서 아주 당당하게 손을 잡고 있는 두 사람의 모
습에 냉소를 머금었다.

"다시는 볼 일 없을 줄 알았는데, 이제 보니 아가씨가 꽤 당돌하
네요. 욕심도 좀 있는 것 같고."

"어머니."

하지만 하리는 선호의 손을 꾹 눌렀다. 그러곤 입꼬리를 부드럽
게 올리며 굉장히 차분한 목소리를 띠었다.

"다시 뵙게 되어서 반갑습니다. 그때는 너무 경황이 없어서 이렇
게 식사 자리 한번 대접을 못 해 드렸습니다. 앞으로 더 자주 뵈었
으면 좋겠습니다."

그때와는 달리 눈빛이 굉장히 침착했고, 허리가 꼿꼿해졌다. 자신과 헤어지고 선호와 어떤 일이 일어났는지 모르겠지만, 한 가지 확실한 건, 보기와는 달리 꽤나 강단이 있어 보인다는 점.

"자주 본다라……. 맹랑하네."

그때, 문이 열리면서 음식이 정갈하게 차려졌지만, 누구 하나 쉽사리 음식을 넘기지는 못했다. 어차피 이 자리가 즐겁게 밥이나 먹자고 만들어진 자리는 아니었으니까. 희진은 시계를 확인하고서 선호에게 시선을 주었다.

"어차피 제대로 먹지도 못할 텐데 괜히 시간 낭비 그만하고, 네가 하고 싶은 얘기를 해라."

선호는 이번엔 하리의 손을 눌렀다. 그들은 서로에게 그렇게 알게 모르게 힘이 되어 주고 있었다.

"저번에 말했던 거래. 그걸 확실하게 하고 싶습니다."

"거래?"

"이 여자의 가치를 물으셨죠? 제가 다시 메스를 잡는 이유에 이 여자가 포함됩니다. 가장 큰 존재 가치죠. 이 여자가 없으면, 저 메스 안 잡습니다."

희진의 시선이 눈에 띄게 차갑게 굳어졌고, 하리는 천천히 눈을 감고서 그의 손을 더욱 강하게 잡아 주었다. 이곳으로 오기 전, 선호는 제게 모든 것을 말해 주었다. 감히 제가 어떻게 나설 문제가 아니었지만 그래도 이렇게 같이 있어 주는 것만으로도 힘이 되어 주고 싶었다. 내가 지금 당신 옆에 있다고, 그렇게 말해 주고 싶었다.

"메스를 안 잡고 내과의로 살아도 전 상관없어요. 하지만 어머니는 다르겠죠? 제가 반드시 메스를 잡고 신경외과의로 돌아가야 하니까."

틀리다. 그는 메스를 잡고 싶어 한다. 그는, 거짓말을 하고 있었다.

"지금 네가 널 가지고 날 협박하는 거니?"

"네, 하지만 꽤 먹히는 협박 아닌가요?"

한 치의 양보도 없이 팽팽한 공기가 계속되었다. 솔직히, 선호는 조금 떨렸지만 제 손을 꼭 잡고 있는 이 여자에게 그런 긴장감을 전해 줄 수는 없었다.

희진은 하리와 선호를 번갈아 가며 노려보았지만, 선호라면 정말로 갑자기 제 앞에서 사라질지도 몰랐다. 제 아비처럼 똑같이.

"지금은 몰라도 앞으로 계속 저 아이가 네 옆에 있어 줄 수 있을까?"

"상관없어요."

"……마음대로 해. 하지만 분명 후회할 거다. 서로 상처받을 대로 받은 뒤에, 가장 비참하게 끝나고 말 테니까!"

희진은 그대로 자리에서 일어섰다. 선호의 거래를 받아들인 이상, 이 자리에 있을 필요가 없었다. 그때, 하리가 뒤에서 그녀에게 정말로 하고 싶었던 말을 하였다.

"그 어떤 것이라도 감당하겠습니다. 꼭, 그렇게 하겠습니다."

하지만 그녀는 아무 말 없이 방을 빠져나갔다. 이제야 팽팽하던 긴장감이 사라지면서 선호는 가벼운 한숨을 내쉬었다.

"편히 앉아. 다리에 쥐 났겠다."

선호는 계속 무릎을 꿇고 있던 하리의 다리를 매만져 주었고, 하리는 조금 매서운 목소리로 다짐을 받아냈다.

"아무리 그래도 메스를 놓으면 안 돼요. 가율이 살려 주신다고 약속하셨잖아요."

"알아. 하지만 어머니에겐 이 정도는 해야 해."

"어머님도 마찬가지예요. 다시는 안 볼 거라고 그렇게 생각하지 말아요. 그래도 선생님 어머니시잖아요."

다리를 매만지던 그의 손길이 잠시 멈추었다. 어쩐지 마지막에 했던 목소리가 귓가를 맴돌았다.

"……어머니는 내게서 아버지가 보이나 봐."

"선생님의 아버지는 어떤 분이셨는데요?"

"글쎄, 기억은 잘 안 나지만. 좋은 분이셨어. 너무 여리고 착한 분이셔서. 결국은 어머니를 감당하지 못하셨지."

어머니는 아버지에게 모든 걸 주는 게 사랑이라고 생각했고, 아버지는 그러한 어머니의 집착에 끝내는 서로를 놓는 것이 사랑이라고 생각했다. 아버지의 소식은 2년 전에 얼핏 들은 적이 있었다. 해외 의료 봉사를 다니고 계신다는 소식. 그리고 몇 달 전, 재혼하신다는 소식을 끝으로 연락이 끊겨 버렸다.

"이왕 차려진 거 먹을래? 배 안 고파?"

"버리는 건 아까우니까, 먹어요. 다 내가 좋아하는 것뿐이네."

하리는 애써 밝게 웃으며 밥을 먹기 시작했고, 선호는 그러한 그녀의 모습을 바라보았다. 어머니가 말씀하신 것처럼 앞으로 갈등이 생길지도 모르겠지만, 그래도 싸우기도 하고, 토라지기도 하고, 그러면서 서로를 이해하고 화해하며, 대화하는. 자신은 그걸 그녀에게서 배웠기에 앞으로도 지금처럼 행복할 수 있을 것이다.

그냥 기분 좋게 해 주려고 먹자고 한 건데, 생각보다 너무 맛있어서 아주 배가 터질 것만 같았다. 역시, 사람은 어느 때든 식욕을 이길 수는 없구나.

"오랜만에 나왔는데, 영화라도 볼까?"

"요즘 뭐 재미있는 거 있어요?"

"흠, 재미가 없어도 재미있게 해 줄 수는 있지. 사실 영화가 뭐 중요해? 어차피 볼 것도 아닌데."

"어우!"

그러면서 은근슬쩍 어깨를 감싸는 그의 음흉한 미소에 하리는 밉지 않게 그를 노려보며 살며시 팔짱을 끼었다. 그렇게 근처 영화관으로 걸음을 옮기려고 할 때, 선호와 하리의 휴대폰이 동시에 울렸다. 뭔가 불길한 예감이 들었다.

"네, 조하리입니다."

그리고 하리와 선호의 표정이 동시에 굳어졌다. 병원에서 온 전화. 가율이가 갑자기 발작을 일으킨 것이었다.

전화를 끊은 선호는 침착하게 차에 시동을 걸었다. 일단 태종이 급하게 들어가고 있다고 했으니까 그렇게 위험한 상황은 아닐 테지만 그래도 안심할 수는 없었다.

"병원 가기 전까지 마음 다 잡아. 환자한테 그런 모습 보이지 마."

하리는 이제야 제가 무척이나 떨고 있다는 걸 알고선 고개를 끄덕였다. 다행히 그렇게 멀리 떨어진 곳이 아니라서 순식간에 병원에 도착할 수 있었다. 분명 별일 아닐 거야. 아닐 거야.

"별일 아닐 거야."

그녀의 마음을 읽기라도 한 듯 그의 목소리가 부드럽게 들려왔다.

"네, 가율이는 강하니까요."

그렇게 병원 로비로 들어선 선호와 하리가 곧장 중환자실로 달려가려고 할 때, 갑자기 선호가 발걸음을 멈추었다.

"선생님?"

한발 앞질러 가던 하리가 그를 불렀지만, 그는 미동조차 하지 않고서 어느 한 곳을 응시하고 있었다. 그것도 굉장히 창백해진 낯빛으로. 그리고 그 시선 끝에는 웬 남자가 서 있었다. 무척이나 짙은 까만 슈트에 굉장히 차가워 보이는 인상을 띤 낯선 남자가.

하리는 다시 한 번 그를 부르려고 했지만, 선호가 먼저 입을 열었다. 하지만 그는 여전히 그 남자를 응시하고 있었다.

"먼저 가."

"네?"

"먼저 가 있어."

말끝이 떨려 왔다. 어쩐지 분위기가 심상치 않아 보였고, 가율이도 걱정이 되었기에 일단 하리는 먼저 등을 돌렸다. 하리의 발걸음 소리가 멀어지자 선호는 주먹을 꽉 움켜쥐고서 믿어지지 않는 시선으로 무겁게 입을 열었다.

"김민재."

몇 년 만에 불러 보는 이름. 하지만 제 눈앞에 보이는 사람은 너무나도 낯선 민재였다.

"오랜만이다. 최선호."

하지만 역시나 민재였다. 그때와 똑같은 목소리로 환청이 아닌 정말로 그가 제 이름을 부르고 있었다.

"미국에 있다고 들었는데."

누구 하나 먼저 움직이지 않았다. 지금 서 있는 거리만큼, 아니 그보다 더한 거리가 그들에겐 존재하고 있었다.

"어쩌다 보니, 이렇게 오게 되었어. 그리고 꽤 재미있게도 한국에 오자마자 널 봤네."

비아냥거리는 목소리도 아니었고, 그렇다고 부드러운 목소리도 아니었다. 무덤덤한 어조. 선호는 등 뒤로 식은땀이 흘러내렸다. 언젠가 봐야 한다고 생각은 했지만 이건 너무 갑작스러웠다. 마치 꾸며진 일처럼.

"바쁜 것 같던데. 괜히 나 때문에 환자가 위험해질라."

"……."

"또 그러면 안 되잖아? 나중에 다시 보자."

그렇게 그가 먼저 등을 돌렸다. 하지만 선호는 그 자리에서 움직일 수가 없었다.

13장

민재는 무덤덤한 시선으로 엘리베이터 앞에 섰다. 선호가 이 병원에 있다는 얘기를 듣기는 했지만 정말로 이렇게 제일 먼저 보게 될 줄은 몰랐다. 역시 털어 내지도, 잊어버리지도 못할 사이인가.

어느새 띵 소리와 함께 문이 열리면서 민재는 부원장실로 걸음을 옮겼다. 벌써 몇 달 전부터 끈질기게 저를 여기로 데려오려고 한 여자. 얼핏 돌아가는 상황은 그녀 모르게 알고 있었다. 그래서 이 여자의 목적이 뭔지도 잘 알고 있었다. 그는 망설임 없이 가볍게 문을 열었다. 그러자 기다리고 있었다는 듯 한애령이 환한 미소를 지었다.

"어서 와요. 기다리고 있었어요."

"이렇게 환영해 주셔서 감사합니다, 부원장님."

"귀국하자마자 번거롭게 해서 미안해요."

"괜찮습니다. 앉아도 될까요?"

애령은 민재에게 자리를 내주며 그 맞은편에 앉았다. 실물로는 처음 보았지만 사진으로 보았던 레지던트 시절의 모습은 전혀 남아 있지 않은 것 같았다. 굉장히 날렵하고 차가운 이미지. 그날 이후에 세월이 그를 이렇게 변하게 만든 걸까? 그렇다면, 더 좋은 기회였다.

"이번에 유명한 선배님의 강의를 듣는다면 후배들에게도 아주 좋은 기회가 될 거예요."

"정말 학생들을 끔찍이 생각하시나 보네요. 몇 달 동안 공들여서 절 이렇게 데려오는 이유가 고작 그거라니."

"뇌 신경센터가 들어서게 되면 그 주인공들은 환자와 더불어 미래의 의사들이니까요."

마주치는 목소리가 꽤 살벌했다. 애령은 더 이상 불필요한 말을 할 필요가 없다고 느끼고서 웃음기를 지웠다. 하지만 먼저 말을 꺼내 든 것은 민재였다.

"조금 전, 우연찮게 선호를 보았습니다."

"오랜 벗을 만나게 돼서 기쁘셨겠네요."

"글쎄, 기쁜지 아닌지는 모르겠더군요. 그저 묘했죠."

어째서 먼저 말을 꺼내는 건지 애령으로서는 알 수 없었지만, 지금은 시간이 없었다.

"알고 있는지 모르겠지만, 선호는 지금 신경외과가 아닌 내과의로 지내는 중입니다."

"그 천재 녀석이 메스를 놓다니. 뭔가 꽤 힘들었긴 했나 보군요."

은근히 떠보는 어조에 애령은 다시금 미소를 머금었다.

"글쎄요, 자세한 속사정은 모르지만, 이번에 다시 수술에 들어간다고 하더군요."

넘어오지 않는 그녀의 반응에 민재는 한 발짝 뒤로 물러섰다.

"그럼 제가 봐야겠네요. 얼마나 녀석이 대단해졌는지."

그렇게 더 이상 의미 없는 몇 마디를 나누고서 민재는 그곳을 빠져나갔고, 애령은 뭔가 그의 행동이 석연치 않기는 했지만, 그래도 지금은 믿어 보는 수밖에 없었다. 일단은 그 존재 자체가 선호에겐 새로운 복병이 되어 줄 것이다. 만약 이번에 선호가 정식으로 수술을 하게 된다면 희진은 그 자리에 주주들을 불러 공개 수술을 하려고 할 것이다. 그 자리에서 반드시 수술이 실패해야 한다. 그래야 최선호가 수술을 할 수 없는 의사라는 걸 주주들이 확실히 알게 될 것이고, 모든 패가 제게로 넘어오게 될 테니.

"이희진, 넌 선호의 무덤을 파게 될 거야."

가율이 있는 중환자실로 달려가니 미리 도착한 태종이 진이와 얘기를 나누고 있었다. 하리는 헐떡이는 숨을 꾹 누르고서 진이를 불렀다.

"진아!"

"어? 빨리 왔네."

"갑자기 무슨 일이에요? 많이 안 좋은가요?"

그렇게 침착하자고 다짐했는데도 자꾸만 초조해졌다. 태종은 검사 결과를 하리에게 건네주었다.

"좀 더 자세히 봐야 알겠지만, 아무래도 저번에 제거했던 종양 2차 재발 우려를 보이고 있는 것 같아요."

"뇌 쪽이네요."

"흉부 쪽은 저번 수술이 굉장히 성공적이었어요. 이제, 머리를 열어야 합니다."

결국, 하루라도 빨리 수술을 해야 한다는 것. 그나마 다행인 건 초기라는 건데. 하지만 커지는 건 시간문제였다.

"그런데 선호는?"

"아, 선생님은⋯⋯."

그때 멀리서 선호가 이쪽을 향해 걸어오고 있었다. 태종은 손을 흔들었지만, 그는 심각한 표정을 지으며 허공을 응시하고 있었다. 태종 역시 뭔가 심상치 않은 분위기를 읽고서 진이에게 살짝 눈짓을 주었다.

"일단 가율이 보러 가자. 중환자실에 어머님도 같이 계셔. 네가 담당이니까, 보호자 안심도 좀 시켜 드리고."

하리 역시 선호가 태종과 둘만 있기를 원하는 것 같아 고개를 끄덕이고서 자리를 비켜 주었다. 역시나, 아까 전 그 남자와 뭔가 관련이 있는 듯했다.

"상태는?"

"최대한 빨리 수술. 그것밖에 방법은 없어."

태종은 아까 전 가율의 보호자에게 받았던 수술 동의서를 선호에게 건네주었다.

"수술 동의서야. 보호자도, 그리고 환자 역시 집도의로 널 선택했어. 이제 너만 결정해서 수술 날짜만 잡으면 돼."

하지만 선호는 그가 건네는 동의서를 물끄러미 바라만 보았다. 태종은 그에게서 망설임을 읽고는 동의서를 내려놓았다. 그리고 먼저 입을 열기도 전에 선호가 먼저 그의 물음에 답했다.

"민재가, 돌아왔어."

"뭐?"

"민재가 한국으로 돌아왔다고. 그것도 이 병원에서 아까 마주쳤어."

선호만큼이나 태종 역시 충격이었다. 녀석이 병원을 그만두고 한국을 떠났다는 소식은 들었었다. 그리고 미국에서 새롭게 공부를 시작해 의료 복지 관련 박사가 되었다는 소식 역시도. 그런데 갑자기 한국으로. 그것도 이 병원으로 돌아오다니.

"설마 한애령이야?"

태종은 정확히 한애령을 짚어 냈다. 선호 역시 그 생각을 아예 하지 않은 건 아니었다. 하지만 설사 그렇다고 하더라도, 한 번은 부딪혀야 할 일이었다. 그런데 꽤 타이밍 적절하게 이런 시기라니. 이걸 좋다고 해야 할지, 나쁘다고 해야 할지.

선호는 흔들리는 시선으로 동의서를 잠시 바라보다 끝내 외면했다.

"최선호."

걱정 어린 목소리였다. 하지만 선호는 어느새 떨리기 시작한 제 손을 움켜쥐었다.

"어차피 한 번은 부딪혀야 할 일이었어. 그런데 녀석의 얼굴을 보니까, 생각보다 더 떨린다. 태종아, 미안한데. 조금만. 조금만 더 시간을 줘."

"일단 최대한 안정을 취하도록 할게. 하지만 이건 기억해. 네가 오래 끌면 환자가 위험해져. 또다시, 환자를 잃을지도 몰라."

진이는 다른 호출을 받고 잠시 응급실로 달려갔고, 하리는 조심스럽게 중환자실로 들어섰다. 꽤나 많이 놀라셨는지 가율의 어머니가 가율의 손을 잡고서 연신 기도를 드리고 계셨다. 얼마나 많은 기도를 드리셨을까. 매 순간, 얼마나 간절하게 기도를 하셨을까. 하리는 혹시나 방해될까 움직이지도 않고서 그 자리에 가만히 서 있었고, 몇 분이 지난 뒤, 어머니가 고개를 들어 하리를 발견하고는 자리에서 일어섰다.

"오셨어요."

"상태는 조금 괜찮아졌나요?"

"아까 남자 선생님께서 봐 주셨어요. 그런데 아직 의식이……."

겉으로 보기엔 정말 잠을 자는 것 같았다. 그래, 예전에 말했었지. 그저 긴 꿈을 꾸는 느낌이라고. 그렇다면 그 꿈속에서는 좋은 꿈만 길게 꾸었으면 좋겠다. 그때, 중환자실로 가율의 담당 간호사가 들어왔다. 그러자 어머니가 자리에서 일어나 다시 한 번 가율을 보면서 하리에게 당부했다.

"잘, 부탁합니다."

"괜찮을 거예요. 깨어나면 바로 알려 드릴게요."

그렇게 간호사와 어머니가 함께 중환자실을 빠져나갔고, 침묵이 가득한 그곳에 하리가 가만히 앉아 평온해 보이는 가율의 얼굴을 바라보며 아까 전 일을 떠올렸다. 왠지 걱정이 되었다. 그 남자를 보자마자 굳어졌던 그 표정이 심상치 않아 보였으니까. 대체 어떤 관계일까? 이것도 그의 가족과 관련되어 있는 걸까? 그렇지만…….

그때, 가율의 손이 하리의 손가락을 아주 가볍게 움켜쥐었다.

"가율아?"

"으윽!"

짧은 비명에 하리는 재빨리 자리에서 일어나려고 했지만, 가볍게 쥐었던 손이 이번엔 조금 강하게 그녀를 붙잡으며 어렵사리 의식을 되찾았다.

"괜, 찮아."

"어디 아파? 괜찮아?"

"조용히, 해. 머리 울려."

머리가 조금 울리긴 했지만 아까보다는 괜찮아진 것 같았다. 게다가 의식을 찾자마자 눈에 흐릿하게 보이는 하리의 모습에 가율은 순간 꿈인 것 같아서 저도 모르게 그녀를 붙잡았다. 그러자 점점 더 또렷해지는 시선 너머로 하리의 목소리가 들려왔다. 아, 꿈이 아니구나. 정말 이 여자가 지금 여기에 있구나. 꽤, 나쁘지 않구나.

"담당 간호사 안 불러도 돼?"

"주치의가 여기 있잖아."

"그렇긴 하지만."

"쳇, 눈 뜨자마자 선생님 얼굴이라니……. 한참 금발 미녀들이 나오는 꿈을 꾸고 있었는데."

좋은 꿈 꾸라고 말하긴 했지만, 그게 금발 미녀가 될 줄이야. 하리는 이제야 조금 안심한 표정으로 한숨을 내쉬었다.

"농담할 기운이 있는 걸 보니, 괜찮나 보네."

"수술 언제야?"

말하지 않아도 가율은 알고 있었다. 이제 정말 수술 없이는 버티지 못할 거라는 걸.

"아마, 될 수 있으면 빨리 날짜가 잡히게 될 거야."

"그 선생님만 준비되면?"

"……."

"난 준비됐어. 그 의사 선생님은 준비됐어?"

아까 일이 마음에 걸리긴 했지만 하리는 선호를 믿었다. 이젠 무슨 일이 일어나도 항상 그의 편에서 그를 믿을 테니까.

"준비되셨을 거야. 꼭, 널 살려 주실 거야."

가율은 예전과 달라진 하리의 모습에 정말로 수술이 잘될 것 같다는 생각이 들었다. 이런 느낌은 처음이었다. 그래서 저도 모르게 속마음이 흘러나와 버렸다.

"그래, 정말 살고 싶어."

중환자실을 빠져나온 하리는 그 앞에 서서 그녀를 기다리고 있던 선호와 눈이 마주쳤다.

"가율이는?"

"의식을 찾았어요."

"그래. 잠깐 얘기 좀 할까?"

"네."

병원 옥상으로 자리를 옮긴 그는 긴 숨을 내쉬었다. 여름이 한풀 꺾이고 제법 선선한 바람이 불고 있었다. 하리는 그가 먼저 입을 열 때까지 계속 기다렸다. 얼마 정도 지났을까? 선호는 메마른 침을 몇 번 삼키고서 조심스럽게 입을 열었다.

"내가 예전에 말했었지? 친구의 아내 수술에 실패했었다고."

"……네."

"오늘 만난 그 남자. 오래전 내가 그렇게 잃어버린 친구야."

흔들리는 목소리에 고개를 들었다. 그는 여전히 먼 곳을 응시하고 있었다. 그의 뒤섞인 감정이 너무나도 복잡해 보였다. 반가우면서도 괴롭고, 괴로우면서도 미안한 마음.

"가율이가 오늘 처음으로 저한테 살고 싶다고 했어요."

"……."

"자기는 준비가 됐다고. 선생님은 준비가 되어 있냐고 물었는데, 전 선생님이 준비가 됐다고 했어요. 그리고 지금 선생님이 저한테 그걸 말해 주는 건, 제 말이 틀리지 않은 거죠?"

맹목적인 믿음이 느껴졌다. 그리고 그 믿음에 흔들리던 마음이 조금씩, 조금씩 잦아지는 걸 느낄 수 있었다.

"녀석이 날 만난 건 행운이야. 반드시 살려 줄 테니까."

"……."

"그리고 나도 그 녀석을 만난 건 행운이야. 그리고 널 만난 건, 내 인생 최고의 크리스마스의 기적이고."

하리는 선호는 부드럽게 끌어안아 주었다. 그는 온몸으로 느껴지는 기분 좋은 울림에 엷은 미소를 지으며 그녀의 입술 위로 조그맣게 속삭였다.

"갔다 올게."

"다녀오세요."

하리와 헤어진 선호가 연구실로 향하자, 연구실 앞에서 민재를 만날 수 있었다. 아까와 똑같이 미묘한 거리. 하지만 이번엔 선호가 한 발을 내딛고서 그에게 손을 내밀었다.

"오랜만이다, 김민재."

"반갑다고 해야 하나?"

"넌 어떨지 몰라도, 난 네가 반갑다."

"그럼, 나도 반가운 걸로 하지."

민재는 그러한 선호의 행동에 서늘한 미소를 지으며 내민 손을 붙잡았다.

적막함이 흘렀다. 그저 들리는 소리라곤 커피를 내리는 달그락거리는 소리와 손가락을 까딱이며 두드리는 탁자 소리, 그리고 이내 들리는 발걸음 소리였다.

"마셔."

선호는 먼저 입을 열고 말을 걸며 애써 민재의 눈을 똑바로 바라보았다. 하지만 민재는 커피잔을 들지 않고 여전히 흔들리고 있는 선호를 서늘한 눈빛으로 응시했다.

"연주가 그렇게 된 지 벌써 수년이 지났어."

순간, 내쉬던 숨이 사라지는 것 같았다. 하지만 이어 가는 민재의 목소리는 너무나도 담담했다.

"넌 연주의 마지막이 어땠는지 기억하겠지?"

기억하냐고? 요즘도 잠을 잘 때가 두려울 때가 있다. 그때의 생생한 기억이 꿈이라고 빙자하여 떠오를까 봐. 벌써 수년이 지났지만 그때의 심장 소리, 심지어는 내가 어떻게 메스를 쥐고 어떤 식으로 수술했으며 또 어디를 잘라내어 그녀가 숨을 거두었는지까지. 모든 감각이 흉터처럼 그 기억을 새겨 놓고 있었다.

"기억해."

더없이 묵직하게 들려오는 선호의 목소리에 서린 것은 고통이자 두려움이었다. 결국, 고개 숙인 그의 모습에 민재는 까딱이던 손가락에 더욱 힘을 주었다. 선호를 처음 만난 것은 지금은 기억도 나지 않을 만큼 어렸던 시절. 태종과 더불어 처음부터 뚜렷하게 의대를 지망했던 세 친구는 같은 꿈에 허덕이며 학창 시절을 보냈다. 물론 선호는 자신들보다 먼저 의대에 합격했고, 그런 선호의 모습에 부러워하며 그의 모습에 제 모습을 겹쳐 보이며 더욱 악착같이 공부하곤 했었다. 같은 꿈을 꾼 동지이자 동경의 대상이었던 친구. 그랬던 친구의 손에 아내가 죽었고, 걸어가던 꿈이 끊겨 버렸으며 동경했던 친구의 손에선 메스가 사라졌다.

"연주의 마지막 모습이 생각나서 메스를 못 잡는 거야?"

이번엔 그의 목소리가 떨려 왔다. 선호가 고개를 들자, 여전히 저를 보고 있는 민재의 눈빛에 뭔가 모를 감정이 소용돌이치고 있었다.

"네가 기억하는 연주의 모습은 대체 어땠는데. 도대체 어떤 모습이었기에 천하의 최선호가 메스를 놓치게 된 거야?"

"민재야."

"이번에도 연주와 비슷한 종양을 제거한다고 하던데. 이번엔 괜찮겠어?"

"······."

"또, 죽이게 되는 거 아니야?"

"김민재!"

"나한테 사과할 생각 하지 마."

팽팽한 긴장감 속에 민재가 천천히 몸을 일으켜 세웠다. 그리고 한 마디, 한 마디. 씹어 내뱉듯 선호에게 내뱉었다.

"그깟 사과로 네 마음 편해질 생각 절대로 하지 마. 내가 한국으로 온 이유는 너야. 네 수술, 내가 꼭 지켜볼 거야."

타박타박 발걸음 소리가 멀어지면서 그렇게 그가 연구실을 빠져나갔다. 순간 다리에 힘이 풀리면서 선호는 그 자리에 그대로 주저앉아 멍한 시선으로 민재를 떠올렸다. 그때의 그 친구는 더 이상 이자리에 없었다. 멀어진 거리가 새삼 느껴지면서 눈가가 시큰거리며 결국, 굵은 눈물방울이 아래로 떨어져 내렸다.

"······살리고 싶었다."

변명 같은 소리일지 모르지만, 민재에게 정말로 하고 싶은 말이었다.

"미안하다."

그때의 내가 너에게 정말로 하고 싶었던 말이었다. 무릎이라도
꿇고서 미친 듯이 말했어야 했는데. 너무 무섭고 겁이 나서 차마 네
앞에 나타날 수가 없었다.

"미안하다."

그런데 시간이 지난 지금도 너에게 하지 못했다. 그런데 민재야.
이번엔, 이번만큼은 나도 물러설 수가 없어.

"꼭, 살릴 거야."

네가 보는 앞에서 난 반드시, 이번 수술 성공하고 말 거다.

선호는 휴대폰을 들어 올렸다. 액정 화면에 환하게 웃고 있는 하
리를 보면서 마지막 각오를 삼키며 태종에게 전화를 걸려는 순간,
태종에게서 먼저 전화가 걸려 왔다.

"무슨 일……."

〈가율이 수술 집도의가 바뀌었어.〉

"뭐?"

〈이진우. 이진우로 지금 바뀌었다고!〉

수술 날짜가 드디어 잡혔다. 날짜는 바로 내일. 그렇게 여유롭지
도 않았지만 그렇게 촉박하지도 않은 시간이었다. 애령은 전화를 눌
러 가장 영향력이 있는 주주들을 끌어모으기 시작했다. 이번 수술을
공개적으로 진행하여 신성과의 관계를 반드시 마무리 지을 생각이
었다. 그리고 이것은 그 누구도 아닌 진우가 먼저 제안한 것이었다.

그것도 최선호가 집도할 수술을 **빼앗아서**. 그때, 쿵쾅거리는 소리와 함께 문 너머로 선호의 목소리가 들려왔다.

"부원장님, 안에 계시면 들어가겠습니다."

어차피 올 거라 생각하고 있었다. 제 수술을 빼앗겼는데, 가만히 있으면 그게 더 우습지. 그리고 그런 선호를 누르는 것이 자신의 일이었다.

"들어와라."

잠시 후, 문이 열리면서 굉장히 딱딱한 표정의 선호가 애령을 향해 살며시 고개를 숙였다. 애령은 그런 선호에게 엷은 미소를 지으며 입을 열었다.

"맘에도 없는 인사는 그만하렴. 네가 왜 여기에 왔는지 다 알고 있으니까."

"다 알고 있으시다는 건, 역시 부원장님께서 함가율 환자의 집도의를 바꾼 것입니까?"

"그래."

선호는 애써 침착하고 냉정하게 한 발 앞으로 다가와 말을 내뱉었다.

"함가율 환자는 저를 집도의로 선택했습니다. 그리고 전 이번 수술 꼭 합니다."

선호의 단호한 말에 애령은 미묘하게 입꼬리를 비틀고서 한 발자국 앞으로 다가왔다. 그러곤 긴 손으로 그의 어깨를 강하게 움켜쥐었고, 선호는 저도 모르게 움찔하며 숨을 깊게 삼켰다.

"물론 나도 너의 수술 실력이 보고 싶단다. 참 아까운 재능이거든."

"……."

"그렇지만 그래도 오랜만에 하는 수술인데. 이 할머니가 걱정이 돼서 말이지."

"그러세요?"

"그럼, 그렇고말고. 무척이나 힘들게 놓았던 메스인데. 게다가 그 장본인이 지켜보는 앞에서 혹시나 또 실패하면 큰일이잖니?"

애령의 목소리가 무척이나 잔인하게 그를 붙잡았고, 선호는 역시나 모든 걸 알고 있었던 그녀의 말에 손끝이 가늘게 떨려 왔다.

"역시, 알고 계셨군요."

"네가 수술 포비아인 거? 아님 포비아가 된 이유?"

"둘 다."

"그래, 너의 잘난 메스가 네 친구의 아내 목숨을 끊어 버린 사실. 그리고 그걸 덮어 버린 사실도."

머릿속이 하얗게 굳어지기 시작했다. 어떻게 이 여자가 거기까지 알고 있는 거지? 대체 어디까지 무엇을!

"네 어미가 그 일을 덮었을 때. 그게 그냥 그렇게 쉽게 덮어졌을 거라 생각했니?"

그녀의 목소리는 지나치게 담담했다. 아니, 너무나도 차가웠다. 비난하듯 쏟아지는 목소리가 하나의 가시가 되어 힘들게 붙잡고 있던 선호를 다시금 나락으로 떨어뜨리려 하고 있었다.

"네가 아무리 천재 의사라고 해도, 타 대학의 레지던트. 게다가 겨우 3년 차. 그런 사람한테 그렇게 쉽게 수술 허락이 떨어졌을까? 이 병원 관리자도 아니었는데, 수술 기록을 그렇게 쉽게 얻을 수 있을 리가 없지. 그럼 어떻게 얻었을까. 어떻게 없애 버릴 수 있었을까."

"당신이란 말입니까?"

"기회가 덩굴째 굴러 들어왔는데. 차 버릴 바보가 세상 천지에 어디 있겠니?"

애령은 움켜쥔 손에 더욱 힘을 주고서 한마디 날카롭게 내뱉었다.

"그래서 내가 흘렸다. 다급했던 네 어미 앞에 아무런 의심 없이 가져갈 수 있도록. 낭떠러지가 바로 코앞인데, 내미는 손을 절대로 뿌리칠 순 없었겠지. 그게 누구의 손이든, 무슨 상관이겠어?"

솔직히 조금 이상하다고 생각은 했었다. 수술 결정이 너무 쉽고 빠르게 내려진 것도. 수술 관련 자료를 어떻게 저렇게 순식간에 빼내어서 없애 버릴 수 있었을까. 게다가 그 누구도 그 자료를 찾으려고 하지도, 없어진 걸 의심조차 하지 않은 걸까. 결국, 이 모든 걸 꾸민 게 바로 이 여자란 말인가?

선호는 제 옆에서 잔인하게 웃고 있는 애령의 모습에 온몸으로 퍼지는 소름을 꾹 눌렀다. 대체 무엇을 위해서 이토록 필사적일까. 사람 목숨을 가지고 기회라고 말하는 저 여자가. 정녕 의사인가? 의사가 맞단 말이야?

"사람 목숨이 장난입니까?"

"그건 너한테 묻고 싶군. 사람 목숨이 장난이니? 아무리 허락이 떨어졌다고 해도 결국 수술실에 들어가서 메스를 잡은 건 너의 선택이었어. 아니던가?"

"그건!"

"살리려고 했다고? 당연히 의사니까 살리려고 했겠지. 하지만 그보다 넌 네가 살릴 수 있다고. 너밖에 살릴 수 없다는 자만심이 더 컸을 거야. 안 그래?"

정확히 저를 꿰뚫어 본 애령의 말에 선호는 차마 아니라고 대답할 수가 없었다. 마치 제 속을 본 것처럼. 어떻게 저렇게 잘 알고 있는 거지?

애령은 선호에게서 자신을 보고 있었다. 패기만 넘치고 자만심과 오만함에 똘똘 뭉쳤던, 실수도 실패도 없었던 젊은 날의 저 자신을.

"너 같은 애가 한 번 실패하면 걷잡을 수가 없지. 올 수석, 완벽한 궤도로 달리던 사람이 실수를 하면, 처음엔 그걸 인정하려고 하지 않아. 실패에 대한 면역이 없거든. 실수에 대한 감정을 주체할 수가 없는 거지. 곧은 대나무가 잘 꺾이지 않는 것처럼. 꺾이는 법을 몰라서 결국 숨기고, 피하고, 그러다 묻어 버리는 거야. 난, 그런 일 없었다. 이렇게."

"……."

"물론 의사도 사람이니 실수를 할 수도 있겠지. 그렇지만 넌 그걸 덮어 버렸어. 그게 고의든 아니든. 넌 암묵적으로 거기에 동의한 거야. 그렇잖아? 결국, 네 손에 쥐어졌던 메스는 사람을 살리는 것이 아닌, 죽이는 칼이 되어 버린 거야."

죽이는 칼. 그래, 그때의 자신은 저 말을 수십 번 되뇌며, 그래서 다시 메스를 잡을 수가 없었다. 하지만 그렇다고 영원히 놓을 수도 없었다.

선호는 애써 떨리는 감정을 가다듬으며 애령을 바라보았다. 그녀의 눈동자에 저 자신이 비치고 있었지만, 어쩐지 그녀에게서 저를 보는 것 같았다. 거울. 거울처럼. 그리고 그는 저도 모르게 그녀에게 한마디를 내뱉었다.

"그런 경험이. 당신도 있었나 보죠?"

"……."

"그래서 당신도 그걸 잊어버리기 위해 할아버지 밑으로 들어간 겁니까? 설사 그게 이용당하는 일이라고 해도?"

애령의 입가로 서늘한 미소가 스쳤다. 입은 웃고 있었지만, 눈은 웃고 있지 않았다.

"이용당하는 건지, 아닌 건지는 가 봐야 아는 일이야. 이건 내게 기회였어. 그뿐이야."

역시나 그런 건가. 그렇다면 그녀는 대체 누구를 자신의 실수로 잃은 것일까. 혹시 그게 이진우. 그를 양자로 받아들인 것과 관련이 있는 걸까? 하지만 선호는 오래 생각할 수가 없었다.

"이번 수술에선 그만 빠지거라. 이미 결정된 사항이고, 괜한 잡음 생기게 해서 내 신경을 거슬리게 하지도 말고."

더 나섰다간 제 과거를 전부 밝히겠다는 말로 들렸다. 그러고도 남을 여자니까.

"그리고 처음부터 이 일은 진우가 원한 일이다. 이번 일을 처음 제안한 것도 진우였으니까."

순간, 선호는 굳어진 표정으로 애령을 바라보았다.

이진우. 이진우가 원한 일이라고? 이 모든 일이. 한애령이 시작한 것이 아니라, 이진우가 먼저 시작한 일이라고?

선호는 숨을 깊이 삼켰다. 그러고는 천천히 등을 돌리다 문득 멈춰 서선 창가에 비친 애령을 바라보며 속삭였다.

"이건 그냥 궁금해서 묻는 건데. 혹시 당신의 그 실수에. 이진우가 포함되어 있는 겁니까?"

순간, 흠칫한 시선을 선호는 놓치지 않고 확인했지만 더는 아무 말 하지 않고 그곳을 빠져나갔다.

쾅하고 닫히는 문틈 사이로 애령은 왠지 모를 수치심에 주먹을 움켜쥐었다. 설마 눈치챈 걸까? 아니야. 그럴 리 없어. 그 일은 아무도 몰라. 이영철, 그 사람밖에 모르는 일이야. 그녀는 다시금 슬금슬금 밀려오는 그때의 잔상을 억지로 털어 내며 선호가 나간 문쪽을 똑바로 노려보았다. 그러다 서랍 깊숙이 숨겨 두었던 USB 하나를 꺼내 꽉 움켜쥐었다.

'무슨 짓을 하더라도 이번 수술은 네가 하지 못할 거다. 절대로. 절대로!'

부원장실을 빠져나온 선호는 무거운 숨을 내쉬었다. 역시나 이진우와 관련이 있는 걸까? 이 사실을 이진우도 알고 있을까? 아니면, 전부 알면서도 이렇게까지 하면서 이 재단을 가지고 싶은 걸까. 선호는 도저히 이진우. 그의 속을 알 수가 없었다. 하지만 딱히 그놈의 속까지 알 필요는 없지. 지금 그에게 중요한 건 가율이의 수술. 무슨 일이 있더라도 그 수술을 반드시 제 손으로 하고 싶었다. 제 손으로 그 녀석을 살리고 싶었으니까.

진우는 연구실로 빠르게 걸음을 옮겼다. 그의 손에는 함가율 환자의 차트가 쥐어져 있었다. 자신이 맡게 될. 그리고 수술하게 될. 최선호의 환자였던 함가율 환자의 차트가.

연구실 앞에 도착한 진우는 긴 숨을 내쉬고서 천천히 문을 열었다. 그러자 자신의 의자에 태연하게 앉아 있는 유경이 미소를 지으며 그를 맞아 주었다.

"좀 늦어도 상관없었는데. 괜히 나 때문에 서두른 건 아니죠?"

"때마침 좋은 수술이 있었던 것뿐입니다."

그는 제 책상 위로 차트를 내려놓았다. 유경은 그것을 잠시 보다 다시금 진우에게로 시선을 돌렸다.

"그래도 이렇게까지 할 줄은 몰랐어요. 듣자 하니 이번 수술의 집도의. 원래는 최선호였다고 하던데. 그 수술을 한애령을 이용하여 빼앗다니."

"그 정도의 독한 각오를 보길 바란 것이 아닙니까? 그래서 그런 제의를 한 걸로 난 들었는데."

유경은 턱을 괴고서 진우를 빤히 쳐다보았다. 물론, 지금 그의 모습이 꽤나 마음에 들기는 했다. 최선호와 만난 후, 그의 전화를 받고 정식으로 만난 그날. 유경은 진우에게 한 가지 조건을 내걸었다. 내가 당신을 마지막까지 믿을 수 있도록 실력을 보여 달라. 그게 바로 이번 공개 수술이었다. 최선호처럼 감정에 휘둘리는 사람은 필요 없었다. 하지만 유경은 이진우 역시 그런 사람인지, 아닌지 확인할 필요가 있었다. 그런데 이런 식으로 최선호의 자리를 빼앗아 공개 수술을 진행할 줄이야. 어차피 비즈니스는 과정보다는 결과가 더 중요한 자리니까.

유경은 천천히 자리에서 일어섰다. 그러고는 그에게 손을 내밀었다.

"이번 일만 잘 끝나면 곧바로 약혼식부터 올린 뒤, MOU 체결과 함께 일을 진행하죠."

진우는 유경이 내민 손을 잠시 바라보다 이내 그 손을 마주 잡았다.

"당신과 내가 원하는 결과를 얻게 된다면."

"된다면?"

"아닙니다. 그건 그때 가서 얘기하도록 하죠."

그는 잠시 흔들렸던 말을 얼버무려 버렸다. 유경은 그런 그를 의아하게 쳐다보았지만, 이내 손을 내리고서 연구실 문을 열었다. 그러자 그 앞에 뜻밖의 사람이 서 있었다.

"어머. 이런 곳에서 만나게 될 줄은 몰랐는데. 오랜만이네요, 최선호 씨."

진우는 선호라는 말에 움찔하여 고개를 돌렸다. 그러자 선호가 꽤나 덤덤한 표정으로 유경의 어깨너머 진우를 바라보았다.

"저도 이곳에서 당신을 보게 될 줄은 몰랐습니다. 아니면, 두 사람 사이가 꽤나 진전 중인가 봅니다. 서로 원하는 방향으로."

유경은 어떠한 대답 없이 그저 엷게 미소를 띠고선 자리를 비켜주었다.

"전 이만 가도록 하죠. 진우 씨, 수술 성공하길 바랄게요."

그렇게 유경이 자리를 떠났고, 두 사람 사이로 짧은 적막이 스쳤다. 하지만 이내 선호의 입가로 비릿한 미소가 스쳤다.

"네가 원한 게 이런 거냐?"

"내가 말했지. 수단 방법 가리지 않고 난 재단 가질 거라고. 방심한 네 잘못이야."

선호는 진우에게 성큼성큼 다가와서는 그의 앞에 똑바로 서서 시선을 마주했다. 두 사람 다 서늘한 시선이 팽팽하게 맞부딪히고 있었다.

"그래서 정말 재단 때문에 내 환자 빼앗는 거냐? 그래?"

"정확히 말하면 아직은 네 환자가 아니었지."

"뭐?"

"환자가 집도의를 선택할 수는 있지. 하지만 안전하지 않은 집도의를 선택하게 할 수는 없어. 넌 아직도 완전히 포비아가 낫지 않았어. 그런 너한테 절대로 환자를 맡길 수는 없어. 네 손으로 또 환자를 죽일 생각이야?"

솔직히 진우도 선호의 수술을 이런 식으로 빼앗을 생각까지는 없었다. 하지만 한애령에게서 선호의 모든 과거를 듣게 된 뒤, 진우는 확신이 서게 됐다. 어머니와 똑같은 병의 환자. 그 환자를 선호처럼 불안정한 의사에게 맡길 수는 없었다. 절대로 그렇게 할 수는 없었다.

"그래서 정말 환자를 위한 일이다? 정말 환자를 위해서 그 수술을 공개 수술로 돌린 거냐? 신성과 더불어 주주들이 전부 보는 앞에서? 그것도 다른 누구도 아닌 이진우. 한애령의 아들 이진우!"

"그게 누구든, 너보다는 내가 더 안전해. 그리고 정말 환자를 위한 수술이냐고 네가 말할 자격이나 있어? 너나 나나 뭐가 다른데. 난 재단을 갖기 위해서 메스를 들었다면. 넌 네 그 죄책감을 씻어내기 위해서 메스를 든 거잖아. 너도나도 이 수술을 통해 얻어야 할 것이 있는 거잖아!"

선호는 도저히 이해할 수가 없었다. 이렇게까지 해서 이진우가 재단을 가져야만 하는 이유. 어차피 그의 손에 재단이 넘어가도 실질적인 주인은 한애령이 될 텐데. 이진우가 그 정도로 한애령을 믿는다고? 도대체 왜? 한애령은 분명 이진우에게 뭔가를 숨기고 있는 것 같은데…….

"난 더 이상 너랑 할 말 없어. 이 수술의 집도는 내가 해. 네가 정말로 그 환자를 살리고 싶다면. 불안정한 네가 아닌 내가 해야 하는 게 옳은 거야."

선호의 호출기가 울려왔다. 응급실이었다. 계속해서 그와 말싸움을 하고 있을 정도로 병원은 한가한 곳이 아니었다. 선호는 하는 수 없이 발걸음을 돌리면서 짧게 입을 열었다.

"좋아. 네가 그 수술 하도록 해. 대신."

"⋯⋯."

"꼭 살려. 살려야 해."

그렇게 선호가 연구실을 빠져나가자마자 진우는 쓰러지듯 의자에 앉아 관자놀이를 지그시 눌렀다. 머리가 울리고 속이 메스꺼웠다. 하지만 조금만 더 버티면 된다. 조금만, 조금만 더. 그때 전화가 울렸다. 진우는 혹시 유경인가 싶어 액정을 확인했지만, 순간 저도 모르게 휴대폰을 떨어뜨릴 뻔했다.

"하."

연신 울리는 휴대폰. 그리고 깜빡이는 액정 너머로 떠오른 이름은 이영철이었다.

하리는 시계를 확인하고서 중환자실로 향했다. 안정을 되찾기는 했지만, 내일 수술이 있는 탓에 다른 검사를 위해서 중환자실에 계속 남아 있었다. 면회 시간이 끝났어도 복도를 지키고 계시던 어머님이 지금은 보이지 않았다. 하리는 조심스럽게 중환자실로 들어섰고, 잠이 오지 않아 뒤척이던 가율은 그녀의 기척을 느끼고서 고개를 들었다.

"뭐야? 또 검사야?"

여전히 툴툴거리는 목소리는 여전했지만 그래도 저 모습에 더 안심이 갔다.

"난 응원해 주려고 온 거야."

"쳇, 내가 한두 번 수술하는 것도 아니고."

"한두 번이 아니지만 할 때마다 무섭잖아. 그리고 그 무서운 일을 매번 버틴 것도 너무 기특해."

애써 툴툴거렸지만 가율은 그녀가 와 준 것이 고마웠다. 사실 조금 무서웠으니까. 매번 그랬다. 전날이면 한숨도 자지 못할 정도로 온몸이 떨려 왔다. 하지만 차마 어머니 앞에선 보일 수 없었다. 그 누구에게도 보여 주고 싶지 않았다. 그냥 혼자 어둠 속에서 버텨야만 했다.

"집도의가 바뀐 얘기는 들었어."

가율의 말에 하리의 표정이 조금 어둡게 내려앉았다. 자신도 진이한테서 소식을 들었다. 선호 선생님 대신, 진우 선배로 바뀌었다고. 어떻게 된 일인지 그에게 묻고 싶었지만, 연락이 닿지를 않았다.

"진우 선생님도 좋으신 분이야. 널 꼭 낫게 해 주실 거야."

"괜한 거짓말은 그만둬."

"아니야. 정말이야. 누가 수술을 하든. 네가 꼭 나았으면 하니까."

가율은 잠시 하리를 바라보다 이내 천천히 입을 열었다.

"거짓말했었어."

"뭐?"

"간호사 언니들이 예쁘다고 한 거. 그거 거짓말이야."

그는 슬쩍 고개를 숙였다.

"처음부터 지금까지 쭉, 내 눈엔 당신만 예뻤어."

생각지도 못한 말에 하리는 멍해졌지만 가율은 이 말을 한 걸 후회하진 않았다. 정말로. 어쩌면 정말 마지막으로 보는 걸지도 모르는데. 하리는 애써 떨리는 손을 감추고 있는 가율의 모습에 이불 위로 그 손을 잡아 주었다.

"고마워."

평소와 똑같은 목소리로 고맙다고 말하는 그녀의 목소리에 가율은 고개를 돌렸다. 하지만 입가엔 옅은 미소가 흐르고 있었다. 그 뒤로 하리는 말없이 가율의 손을 잡고 있었다. 수술하기 전날 밤. 지독하게 누르는 적막함은 그대로였지만 처음으로 잠을 잘 수 있을 것 같았다. 그것도 굉장히 좋은 꿈을 꾸면서⋯⋯.

이른 아침, 병원 안이 술렁이기 시작하며 수술방이 아주 분주하게 움직이고 있었다. 함가율 환자의 뇌종양 제거 수술. 그렇게 어려운 부위의 수술은 아니었지만, 모두 긴장하고 있는 건 역시 공개 수술과 더불어 우신재단의 주주들과 교수님들, 그리고 부원장까지 참석한다는 소식에 무거운 긴장감이 감돌고 있었다. 이번 수술의 어시로 들어가게 된 태종은 마지막에 마지막까지 점검을 하며 그 어느 때보다 레지던트를 바짝 쪼았고, 수술에 같이 참가하게 된 진이는 떨지 않도록 연신 손가락을 움켜쥐었다.

"잘할 수 있다. 잘할 수 있다. 유진이, 네가 못할 건 이 세상에 없다!"

그러다 슬쩍 태종의 모습을 훔쳐보며 음흉한 미소를 그렸다.

"그래, 천하의 아수라도 넘어뜨린 난데. 못할 게 뭐 있겠어. 후훗!"

하리는 수술방 근처에도 가지 않았다. 집도의가 바뀌긴 했지만, 선호도 그 수술에 참가한다는 얘기를 들었다. 그녀는 그가 어떤 선택을 하든 믿을 생각이었다. 하지만 시선은 연신 수술실 방향으로 향했다. 습관적으로 손을 모았고, 가율이와 선호를 떠올리며 두 남자를 제발 지켜 달라고 간절하게 빌고 또 빌었다. 1분 1초가 너무나도 빠르게만 느껴졌다. 곧 있으면 12시. 정각이면 수술이 곧장 시작하게 될 것이다.

11시 40분. 중환자실에서 수술방으로 환자를 이송하기 시작했다. 이동침대에 실려 이동을 시작한 가율은 이때면 언제나 보아 왔던 천장을 멍하니 바라보았다. 심장이 덜컹거리며 뛰기 시작했다. 마지막까지 눈물을 참고 있던 어머니와 하루를 꼬박 걸려서 달려와 준 누나에게도 괜찮다는 말을 연신 하고서 지금 여기 누워 있었다.

"괜찮냐?"

이동침대 옆으로 선호가 다가왔다. 그러자 가율은 건방진 표정을 지었다.

"나 말고 선생님 걱정이나 하죠? 괜찮아요?"

"괜찮아. 비록 내가 널 직접 수술하진 못하지만. 그래도 같이 있어 주마."

"훗."

점점 수술방이 다가오고 있었다. 선호는 침대 손잡이를 꽉 움켜쥐고서 그렇게 그 안으로 직접 들어갔다. 일단 준비를 해야 했기에 가율과 헤어지고서 선호는 흰 가운을 벗고 수술복으로 갈아입었다. 비록 직접 메스를 들고 수술을 할 수는 없었지만, 이 자리에 함께 있고 싶었다. 처음엔 정말로 이진우, 그 녀석의 말처럼 포비아를 이겨 내기 위해. 그리고 어머니와의 약속을 위해 이 수술을 하려고 했지만, 이젠 달랐다. 누구든 상관없이, 그저 녀석이 살았으면 했다. 반드시. 살았으면 했다.

그렇게 준비를 마치고 수술방으로 들어가자, 어쩐지 안이 소란스러웠다. 게다가 수술을 집도해야 할 이진우. 녀석이 보이지 않았다.

"대체 뭐야. 이진우는?"

선호가 주변을 살피며 태종에게 묻자, 그는 잔뜩 어두워진 표정으로 짧게 대답했다.

"지금, 이 선생과 연락이 안 돼."

"뭐?"

"수술을 집도해야 할 이 선생과 연락이 안 되고 있다고."

이미 모니터 실에는 웬만큼 영향력 있는 주주들이 전부 모여 있었다. 하지만 이 자리에 역시나 이희진은 참석하지 않았다. 참석할 수가 없겠지. 제 아들이 아닌 진우가 성공하는 모습을 그 아이가 가만히 눈 뜨고 볼 수는 없을 테니. 하지만 좀 이상한 건, 분명 이희진의 귀에도 최선호의 수술을 가로챘다는 소식이 들어갔을 텐데, 뭔가 너무 이상할 정도로 반응이 없다는 것. 하지만 애령은 괜한 생각을 떨쳐내고선, 회심의 미소를 지으며 차근차근 수술 준비가 되어가는 상황을 지켜보았다. 그때, 그녀의 옆으로 유경이 다가와 살갑게 입을 열었다.

"이렇게 다시 뵙습니다, 부원장님."

"아, 유경 양. 잘 왔어요. 신성의 대표로 온 건가요?"

"네. 수술이 끝나는 대로 아버지께 보고가 올라갈 겁니다. 뭐, 진우 씨라면 분명 성공할 테지만요."

"물론이죠. 수술 끝나고, 진우랑 다 같이 식사라도 하는 게 어때요?"

"어머님도 같이하시죠. 저번에 제가 자리를 마련하기로 했었으니까요."

유경의 입에서 너무나도 자연스럽게 나온 어머니라는 말에 애령은 미소를 숨기지 않고서 유쾌하게 웃음을 지었다. 이제 이 수술만 제대로 끝나게 되면. 신성과 MOU는 물론이고, 혼사까지 진행시킬 수 있을 것이다.

'그렇게만 되면. 재단은 거의 손에 넘어온 것이나 다름없어.'

그때, 갑자기 수술실 안이 소란스러워지기 시작했다. 간호사들이 여기저기 호출을 했고, 그곳에 있는 어시스트들의 표정도 굉장히 어두워 보였다. 가장 중요한 건, 수술을 집도해야 할 진우가 아직도 모습을 드러내지 않고 있었다. 주주들은 점점 웅성거리기 시작했고, 유경 역시 묘한 시선으로 수술실 안을 바라보고 있었다.

"진우 씨가 꽤 늦는군요. 설마 무슨 문제가 있는 건?"

"그럴 리가요. 제가 잠시 확인을 좀 해야겠군요."

애령은 자리에서 일어나 수술실과 직접 연락을 취했다. 그러자 수술실 어시스트가 현재 이 선생님과 연락이 되지 않는다며 이대로 수술을 계속 늦출 수는 없다는 말을 했다. 연락이 되질 않는다니. 지금 이렇게 중요한 순간에 연락이 되질 않는다니! 하지만 애령은 겉으로는 아무런 기색도 띠지 않았다. 괜히 주주들의 마음을 불안하게 할 필요는 없었다. 별일 아닐 테니까. 자신이 직접 가서 진우를 데려오면 되는 거니까.

애령은 다시금 유경에게 다가와 미안한 어조로 입을 열었다.

"잠시 수술실에 문제가 생긴 듯하군요. 제가 직접 가서 확인을 해야 할 듯하니, 유경 양은 여기서 조금만 기다려 줘요."

"알겠습니다."

그렇게 애령이 자리를 떠나고, 유경은 그런 애령의 뒷모습을 잠시 보다 다시금 진우가 없는 수술실 안을 바라보았다. 이미 그녀의 표정은 점점 싸늘하게 굳어지고 있었다.

'이진우. 이진우.'

모니터 실을 빠져나온 애령은 다급하게 진우의 연구실로 걸음을 옮겼다. 대체 무슨 일이기에. 무슨 일이기에! 그때, 애령의 휴대폰이 짧게 울렸다. 그녀는 혹시나 진우일까, 하여 급하게 번호도 확인하지 않고 휴대폰을 들었다. 하지만 그것은 진우가 아니었다. 짧은 문자 한 통. 하지만 그 문자를 본 순간, 애령의 표정이 창백하게 굳어지면서 저도 모르게 휴대폰을 바닥으로 떨어뜨렸다. 쿵, 하는 소리가 복도 전체를 울리면서 애령은 여전히 그 자리에 굳어진 채 바들바들 떨리는 시선으로 액정을 확인했다.

윤정희 환자의 수술 데이터 파일.

"그, 그럴 리가 없어. 그 수술 데이터 파일이. 남아 있을 리가. 있을 리가!"

그때, 애령은 뭔가를 깨닫고선 휴대폰을 움켜쥐었다. 이희진. 그년의 짓인가? 그래서 이제껏 조용히 있었던 것인가? 그 일을 어떻게 알게 되었는지는 모르겠지만. 그년의 짓이라면!

그녀는 곧장 부원장실로 달려갔다. 그러고는 누구도 보지 못하게 문을 꽉 닫고서 애써 떨리는 손끝을 꽉 움켜쥐었다. 자꾸만 숨소리가 거칠어졌지만, 그녀는 애써 숨을 깊이 삼키며 평정심을 유지했다. 그래, 좋다. 이날을 위해서 준비한 것이 있으니, 생각보다 빠르긴 했지만, 시간이 없었다. 이희진은 절대로 그 일을 알 수가 없다. 그 일을 아는 건 이영철과 오직 자신뿐이니까. 만약 이희진의 짓이라면 이영철이 귀띔했을 것이다. 하지만 이희진이 아닌 이영철, 그 사람일 가능성이 더 컸다. 처음부터 절 이용하기 위해 이 결혼으로 묶어 둔 것이니까. 하지만 그녀 역시 그때는 별다른 방법이 없었다. 잡을 수밖에. 그럴 수밖에 없었으니까.

"하지만 이대로 이용당하고만 있을 순 없지."

자신과 똑같은 실수를 저지른 건 최선호도 마찬가지였다. 그의 비밀. 그의 과거. 이희진이 덮으려고 했던 그때의 그 과거를 넘긴 것이 바로 한애령 자신이었다. 그러니 덮은 것을 다시 끄집어낼 수 있는 것도 자신이었다. 애령은 책상 서랍에 숨겨 두었던 USB를 꺼내 들었다. 그러곤 이영철을 찾아가기 위해 문을 연 순간, 뜻밖의 인물에 애령은 움직임을 멈추었다.

"왜 여기 있는 거지? 연락도 끊어 버리고. 수술을 집도해야 할 녀석이 대체 왜 여기 있는 거야! 정신이 있는 거야, 없는 거야. 지금 얼마나 중요한 순간인데!"

그녀의 앞을 가로막은 건 진우였다. 어딘지 모르게 굉장히 불안정해 보이는 모습. 그러다 고개를 들고서 그녀를 노려보며 진우는 금방이라도 무너질 것 같은 시선으로 분노를 토해 냈다.

"왜, 왜, 대체 왜!"

"지금 이게 무슨!"

"왜 숨긴 겁니까. 당신의 실수로 어머니가 죽었다는 사실을! 도대체 왜!"

그의 눈동자에 서린 한애령이 산산이 부서지고 있었다. 그리고 한애령 역시 쥐고 있던 자료가 바닥으로 쿵 하고 떨어지면서 그녀도 함께 떨어져 내렸다.

❀   ❀   ❀

일단 환자 곁에 남겨 둘 간호사와 레지던트 몇 명을 제외한 나머지 의사들이 전부 수술실 밖으로 빠져나왔다. 여전히 집도의인 이진우와 연락이 되질 않았고, 더 이상 수술을 미룰 수가 없었다.

"최선호 선생님께서 이번 수술 집도하십시오."

태종의 말에 선호는 움찔하며 고개를 돌렸다. 하지만 태종은 진지하게 선호에게 메스를 쥐여 주려 하고 있었다.

"더 이상 환자의 수술을 미룰 수가 없습니다. 그리고 보호자의 동의를 다시 받을 시간 역시 없어서 환자에게 직접 동의를 얻었습니다."

"그게 무슨?"

"함가율 환자가 처음 집도의였던 최선호 선생님을 다시 집도의로 선택했습니다."

뜻밖의 말에 선호는 태종의 어깨너머로 수술실을 바라보았다. 수술대에 누워 있는 녀석의 모습이 보였다. 자신이 포비아라는 걸 다 알고 있으면서도 녀석은 다시 저를 선택했다. 또 저를 믿어 보기로 한 것이다.

"그러니 이번 수술은 최선호 선생님이 하는 것이 옳습니다."

태종의 말에 다른 레지던트들도 동의하기는 했지만, 선뜻 나설 수가 없었다. 그도 그런 것이 이진우의 뒤에는 한애령이 있었고, 만에 하나 수술이 잘못된다면 그 불똥이 튀게 될 테니. 태종은 그걸 알고서 먼저 선수를 쳤다.

"만약 일이 잘못된다면, 제가 모든 책임을 질 것입니다."

'그러니 함가율 환자의 집도. 최선호, 네가 해. 네가 해야만 해.'

태종의 시선에서 그가 차마 맺지 못한 말이 들리는 듯했다. 하여튼. 매번 저 때문에 피해를 보는 건 태종이었다. 수술은 자신이 하는데 대체 왜 제가 책임을 진다고 하는 건지.

선호는 피식 웃으며 태종의 어깨를 살짝 두드렸다.

"함가율 환자의 집도는 제가 하겠습니다. 하지만 이 일의 책임은 남태종 선생이 아닌 내가 집니다. 내가 책임져야 할 내 환자니까요."

그렇게 선호는 걸음을 뒤로 돌렸다. 태종은 그 모습에 허탈한 웃음을 띠며 속삭였다.

"하여튼, 폼 잡기는."

선호는 가율의 수술 준비를 위해 연신 손을 씻어 내면서 물기에 젖은 시선으로 거울에 비친 흐릿한 제 모습을 바라보며 한마디를 내뱉었다.

"과거의 나는, 이렇게 흐릿한 거야."

이미 지나간 시간도 이렇게 흐릿한 거다. 지금은 눈앞에 있는 환자가 가장 중요했다. 내가 흔들리면 환자도 흔들리고, 내가 무너지면 환자도 무너진다.

수술방으로 들어가기 직전, 선호는 우뚝 멈춰 섰다. 어떻게 들어왔는지 민재가 입구에 서 있었다.

"잘 어울리네. 역시."

선호는 눈도 깜빡이지 않고서 민재를 바라보다 무겁게 고개를 끄덕였다.

"와 줘서, 고맙다."

"네가 연주에게 어떤 모습을 떠올리고 있는지는 모르지만."

"······."

"연주, 너 원망하지 않아. 네 발목을 붙잡고 있는 게 연주라고 생각한다면. 난 정말 너 용서 안 한다. 절대로."

"민재야."

"연주도 너 믿었었어. 그러니까 지금 널 믿고 있는 저 환자. 이번엔 절대로 실망시키지 마라. 지켜볼 테니까."

뭔가 위로나 격려의 말이 아니었다. 그렇다고 용서를 해 주겠다는 말도 아니었다. 하지만 그저 지켜보겠다는 말이 왜 이렇게도 눈물이 날 만큼 뜨거워지는 걸까.

선호는 아무 말 없이 걸음을 옮겼고, 민재 역시 아무 말 없이 아주 오래전 친구의 모습을 그렇게 다시 보고 있었다.

그렇게 차갑기만 하던 수술방 안으로 들어온 선호는 오직 저를 향해 있는 레지던트와 태종을 보고서 주먹을 꽉 쥐며 모든 표정을 지웠다.

"바이탈."

"이상 없습니다."

"심전도."

"이상 없습니다."

"차트."

"확인 완료했습니다."

선호는 수술대 앞에 섰다. 그리고 수술해야 할 부위와 지금 환자의 상태를 꼼꼼히 살피고서 마스크를 꼈다. 위에는 이미 수많은 사람들이 여기를 지켜보고 있었지만 선호에겐 오직 수술대에 누워 있는 함가율. 오직 환자만 보일 뿐이었다. 환자의 병과 자신의 싸움.

"마취 준비해."

"알겠습니다."

마취에 들어가기 전, 가율과 선호는 위와 아래에서 서로를 마주 보았다. 이제 여기서 믿을 수 있는 건 서로와 서로뿐이었다.

'또다시, 믿어 줘서 고맙다.'

'말로만 하는 건 필요 없는데.'

'반드시, 살린다.'

'그 말, 믿어 보죠.'

"마취 들어갑니다."

"마취 확인."

태종은 선호의 바로 옆에 섰다. 조명이 꺼지고, 가율의 눈이 마치 잠을 자듯 스르르 감겼다. 잠시 후 녹색 선이 규칙적으로 흐르며 안정적인 소리를 내기 시작했다.

"심박수 정상입니다. 마취 완료되었습니다."

선호는 제 눈으로 움직이는 녹색 선을 바라보았다. 잠시 후, 마지막 조명이 꺼지면서 레지던트의 목소리가 마지막 카운트를 세었다.

"타임아웃(준비 완료)."

긴장되던 손이 어느 순간 차분해지기 시작했다. 처음으로 환자에게서 연주의 모습이 보이지 않았다. 그의 눈에 보이는 건 오직 가율이었다. 선호는 태종을 바라보며 짧게 강렬하게 외쳤다.

"뇌종양 제거술 시작합니다. 메스."

그리고 그렇게 그의 손에 메스가 쥐어졌다. 연주의 목소리 대신, 가율의 마지막 말을 떠올리며 절개가 시작되었다.

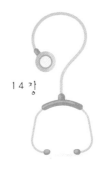

14강

이영철이 이렇게 자신을 따로 불러낸 적은 없었다. 대체 무슨 일이기에 누구에게도 말하지 말고 슬쩍 나오라고 한 것일까. 하지만 순간 밀려든 감정은 불안감이었다. 몇 번 만나 본 적 없었던 이영철의 첫 느낌은 어마어마했다. 우신재단을 이끌고 있는 거대한 남자. 어쩌면 가족까지도 이용할 수 있는 냉혹한 남자. 긴 숨을 내쉬고서 원장실 안으로 들어서자, 이곳과 너무나도 잘 어울리는 그가 멀리서 진우를 발견하곤 웃으며 손을 흔들었다. 진우는 애써 떨리는 숨을 삼키며 그렇게 그를 향해 한 발 내디뎠다.

"이렇게 만나는 건 또 처음이군."

진우는 고개를 숙였고, 영철은 여전히 입가에 웃음을 머금고서 고개를 가로저었다.

"그렇게 어렵게 생각하지 마. 어차피 오래 볼 사이도 아닐 텐데."

흐트러진 말끝으로 진우는 움직임을 멈추었다. 그리고 천천히 고개를 들었고, 정면으로 마주친 그의 눈빛은 무척이나 매서웠다.

"……무슨 말씀이십니까?"

어렵사리 입을 연 진우의 목소리에 영철은 돌려 말하지 않았다. 어차피 그리 길게 끌 문제도 아니었다.

"한애령, 나아가 우신이란 이름을 떠날 생각이지? 하지만 왠지 질질 끌고 있는 것 같군. 왜, 그런 여자라도 보살펴 준 것에 대한 은혜가 있는 건가?"

진우는 겉으로 드러내진 않았지만, 등골이 오싹해졌다. 자신이 우신을 떠나려 한다는 사실을 대체 어떻게 안 거지? 일부러 재단에 집착하는 모습을 보여 왔는데.

영철은 그런 그의 속내를 꿰뚫고선 대수롭지 않은 듯 말했다.

"네가 다른 이름으로 해외 봉사 지원단을 꽤 오랫동안 알아본 것 같던데. 한애령은 전혀 모르는 눈치였고."

"……."

"뭐, 그건 네 사정이니 관여하지 않겠다. 지금 중요한 건 네가 정말 한애령 때문에 떠나지 못하는 거라면. 내가 쉽게 떠날 수 있게 도와주겠다는 거지."

영철은 그에게 USB 하나를 건네주었다. 하지만 진우는 그것을 쉽게 쥐지 못했다.

"이건 윤정희 환자의 수술 장면과 더불어 진짜 사망 원인이 적혀 있는 데이터 파일이야."

"그게 무슨?"

진우의 시선이 미친 듯이 흔들렸다. 어머니의 수술 자료라니. 게다가 진짜 사망 원인? 어머니는 분명 뇌종양에 의한 출혈로 사망하셨다. 그런데 그는 지금 다른 이유가 있다고 말하는 건가? 하지만 이 엄청난 진실 앞에 영철은 너무나도 담담했다. 완벽한 타인의 자세. 오히려 여유마저 느껴져 소름이 끼쳤다.

"설마 정말로 한애령의 말을 지금껏 믿고 있었던 건가? 그 여자를 믿어? 정말? 믿을 여자를 믿어야지."

아내인 여자에게 퍼붓는 독설은 냉혹했다. 아니, 처음부터 아내라고 생각조차 안 했을 테지. 이영철에게 한애령은 한때 필요했던 존재였고, 지금은 그 필요성을 잃었기에 버리는 말이었다. 영철은 굳어진 진우의 손을 직접 잡아 USB를 넘겨주었다.

"네 어미인 윤정희는 뇌종양에 의한 출혈이 아닌, 한애령 그 여자의 욕심으로 죽은 거야. 말도 안 되는 오만함과 건방지고 무리했던 메스가 대뇌 동맥을 건드려 환자의 숨통을 끊어 버렸지. 그걸 숨기기 위해서 내 손을 잡았고, 죄책감을 씻어 내기 위해 널 거둔 거다. 참 이기적인 여자야. 그렇지? 무릎 꿇고 빌어도 모자랄 판에 지금껏 널 마구 휘두르면서 잘도 지내 왔어."

엄청난 말이 속수무책으로 파고들었고, 제 손에 쥐어진 USB가 점점 그를 짓눌러 왔다. 현실감이 없었다. 너무나도 아득하게 들려왔다. 대뇌 동맥이라면 결국 뇌종양에 의한 출혈이 아닌, 정말로 한애령의 실수 때문에 죽었다? 죽었다? 하아!

"복수하고 싶으면 내게 말해라. 그래도 호적상으론 아들이었으니, 그 정도는 해 줄 수 있어."

"처음부터 이럴 작정이셨군요."

지독히도 낮게 가라앉은 목소리는 갈가리 찢겨 있었다.

"진실은 밝혀져야지."

"하아? 진실? 그저 필요에 의해 이용한 거면서 그런 식으로 말하지 마십시오."

진우는 거칠게 몸을 일으켰다. 움켜쥔 USB가 그의 분노로 부서질 듯 위태롭게 흔들리고 있었다.

"한애령을 좌지우지하기 위해 내 어머니의 죽음을 이용한 것뿐이면서. 지금도 그따위 더러운 이유뿐이면서. 진실을 밝혀야 한다, 그런 가증스런 말 하지 마십시오."

"……."

"참, 무서운 사람이네요. 소름 끼치게 무서운 사람들이네요."

그 뒤 진우는 등을 돌려 버렸다. 영철은 멀어지는 진우를 바라보며, 우신대병원에서 선호의 수술 소식을 듣고서 자리에서 일어섰다. 마치 아무 일도 일어나지 않은 것처럼, 그에겐 지극히 당연하게 흘러가는 일 중 하나였다.

처음엔 믿지 않았는데. 아무리 그래도 이 정도까지는 아닐 거라고 생각했는데. 지금 한애령의 모습을 보니, 모든 것이 사실이었다.

애령은 애써 침착하려 했지만 떨어뜨린 자료를 줍기 위해 뻗은 손이 의지와는 상관없이 떨려 왔다. 그때, 그런 그녀에게로 진우의 목소리가 차갑게 떨어졌다.

"물론 그럴 수 있다고도 생각했습니다."

"……."

"어머니를 살리고 싶어서, 살리고 싶은 마음에 무리하게 메스로 파고들었다고. 그리고 두려웠던 마음에 숨기게 된 거라고."

그녀는 그녀답지 않게 과한 동작으로 고개를 끄덕였다.

"그래, 그런 거야. 정말로 그렇게 만들 생각은 아니었다. 정희는 내 친한 친구였으니까. 정말로 살리고 싶었어! 너한테 말하지 못한 건 미안하다. 정말로 미안해. 지금이라도……."

하지만 진우는 어느새 그녀의 손에 들린 자료를 거칠게 빼앗았다.

어느새 그의 입가로 차디찬 조소가 스쳐 지나갔다. 지금껏 진우와 함께 있으면서 이렇게 무서운 모습은 처음이었다. 자료를 움켜쥔 그의 손이 잔인하게 비틀리며 애령의 심장을 꽉 움켜쥐었다.

"하지만 당신이 죄책감이라고 믿고 있던 건 사실 죄책감이 아니었던 거야. 그게 정말 죄책감이었다면 당신은 여기까지 오지 말았어야 했어!"

진우의 손에서 자료가 갈기갈기 찢겨 나갔다. 애령은 움찔한 시선으로 그를 막으려 했지만, 냉혹하게 일그러진 모습에 차마 몸을 움직일 수가 없었다. 순간 머릿속으로 짧은 단어가 스쳐 지나갔다.

'끝났구나.'

거친 숨소리가 흩어지고, 진우는 부들부들 떨리는 시선으로 애령을 똑바로 보기 위해 안간힘을 썼다.

"당신은 그저 자신의 실수를 인정하기 싫었던 거야. 그 수술 하나에 의사 인생이 흔들리는 걸 보기 싫었던 거야. 그러면서 애써 자기 합리화를 위해 자신과 비슷한 실수를 한 최선호를."

"……."

"자신과 똑같은 상황으로 밀어 넣고 싶어 했던 거지. 안 그렇습니까?"

그의 한 마디 한 마디가 정확히 꽂혀 들어왔고, 애령은 무너지지 않기 위해 손톱을 깊이 박았다. 이미 흔들려 버린 숨결 사이로 그의 이름이 나지막이 흘러나왔지만 이미 돌이킬 수 없는 곳까지 떨어지고 말았다.

"진우야."

"어머니가 돌아가신 이 병원에서 지내는 동안 저는 단 한 순간도 제대로 숨을 쉴 수가 없었습니다. 두려우면서도 무서웠고, 무서우면서도 외로워서. 당신이 내 옆에 있기는 했지만, 무엇 때문에 나를 옆에 두고 있는지도 알았으니까."

한애령이 이 우신이란 이름을 가지려고 저를 데리고 있다는 사실을 알고 있었다. 그래도 처음엔 상관없다고 생각했다. 그만큼 자신은 혼자라는 이름에 너무 지쳐 있었으니까. 하지만 의사가 되고, 한애령을 볼 때마다 자꾸만 더 어머니가 떠올랐다. 그러면서 이 병원이 더욱 자신을 답답하게 만들었다. 그래서 이 재단을 그녀의 손에 쥐여 주면, 그대로 떠날 수 있을 거라 생각했다.

"그래도 처음 그 순간만큼은 당신이 어머니를 살리려고 했던 거라고 믿겠습니다. 그래도 당신도 사람인데. 의사의 탈을 쓰고 그때만큼은 그런 마음을 품었겠지. 하지만 어머니 핑계를 대고 제 핑계를 대면서 이대로 끝까지 가겠다면."

진우는 마지막으로 조각난 자료를 지르밟으며 짧게 경고했다.

"용서하지 않을 겁니다."

그렇게 그는 더 이상 그녀에게 시선을 두지 않은 채 곧바로 등을 돌려 그곳을 빠져나갔다. 쾅, 하는 소리가 잔인하게 흩어지고 그 자리에서 서서 애령은 자료 위에 깊게 박힌 진우의 발자국을 내려다보며 입술을 깨물었다.

테이블 데스(수술 중 사망). 정희의 정확한 사망 원인은 뇌종양을 제거하던 도중, 갑작스런 뇌종양 출혈로 인한 사망이었다. 하지만 정확히 말하자면 뇌종양 출혈이 아니었다. 위험 수치를 넘어선 곳까지 무리하게 종양을 제거하다 대뇌 동맥을 건드리고 말았고, 결국 그녀는 뇌종양 때문이 아닌 한애령의 실수로 목숨을 잃고 말았다.

하지만 그녀는 실수를 묻어 버렸다. 그리고 살기 위해서 이영철의 밑으로 들어갔다. 한 번의 실수로 무너질 수는 없었기에, 진우를 거두어들이며 그 죄책감을 씻어 내고자 했다. 하지만 진우의 말처럼 죄책감은 엷어지고, 산 사람은 살아간다고 오히려 최선호를 통해 자기 합리화를 하면서, 진우를 이용해 이 자리까지 온 것이다.

애령은 입술을 비틀었다. 그리고 휴대폰 액정에 떠오른 이영철의 번호를 바라보다 이내 그것을 눌렀다. 이것마저도 그는 예상하고 있었던 건가?

수술실 아래에선 극도의 긴장감이 흐르고 있었다. 선호는 단 한 치의 흐트러짐도 없이 오직 환자의 종양에만 신경을 쏟으며 메스 끝에 모든 것을 걸고 있었다. 그리고 드디어 마지막 종양. 태종은 그 모습을 숨죽이며 지켜보았다. 이 모습을 얼마나 기다렸고, 또 얼마나 보고 싶었던가. 물론 내과의로서의 최선호도 충분히 멋졌지만 역시나 메스를 쥐고 이 수술방 아래에서 홀로 치열하게 싸우는 그의 모습이 더욱 최선호를 최선호답게 보여 주고 있었다.

모니터 실 안에서 민재 역시 그러한 선호의 모습을 놓치지 않고 지켜보았다. 그의 눈빛은 처음과 변함이 없었다. 마치 누군가와 함께하는 것처럼 그저 두 손을 꽉 움켜쥐고서 오직 한 곳을 응시하고 있을 뿐이었다. 그리고 마침내.

"……수술 종료."

드디어 그의 손에서 메스가 떨어졌고 마지막 종양이 그렇게 제거된 순간. 선호는 흐르는 땀에 흐릿한 잔상으로 그제야 먼 곳을 바라보았다. 레지던트들과 태종이, 그리고 가율이와 마지막으로 민재까지. 그리고 다시 가율이. 정확하고 리듬감 있게 넘실대는 초록색 선을 바라보며 선호는 이제야 짧게 속삭였다.

"고맙다."

버텨 줘서, 살아 줘서, 고맙다.

나머지는 태종에게 맡기고서 선호는 수술방을 빠져나와 손을 씻었다. 처음에는 긴장되었고 떨렸으며 두려움도 없지 않아 있었지만, 지금의 기분은 정말이지 최고였다. 더 이상 손이 떨리지 않았다. 더 이상 그 어떠한 목소리도 들리지 않았다. 그저 가율이의 심장 소리와 가율이의 목소리, 그리고 메스 끝에서 흘러넘치는 그 감각만이 느껴질 뿐이었다.

수술실을 빠져나오자 민재가 선호를 기다리고 있었다. 그는 저도 모르게 살짝 물기가 맺힌 눈빛으로 미소를 띠었고 민재 역시 처음으로 그를 향해 살짝 웃음기를 머금었다.

"수고했다. 역시 천재 최선호다웠어."

"그 말이 참 듣고 싶었어. 정말 이기적이지?"

"네가 한 일은 분명 잘못이지만. 그렇다고 그 죄책감에 휩싸여서 결국은 연주 원망하는 꼴 나 못 본다."

"원망 안 해."

"네가 안 하더라도 지금 그 실력 썩히면 분명 원망할 녀석 나올지도 몰라. 그러니까, 지금부터 절대로 고개 숙이지 마. 앞으로 나랑 연주가 너 계속 지켜볼 거니까."

"……."

"넌 그걸 항상 새기고 메스를 잡아. 그 무게를 알고 잡아. 그게 네가 연주에게 해야 할 속죄이고, 언젠가 내가 널 친구라고 부를 수 있는 이유가 될 거다."

다시금 민재에게서 친구라는 말을 듣게 될 줄은 몰랐다. 민재 역시 선호에게 이런 말을 하게 될 줄은 몰랐지만, 이상하게 마음은 후련하기만 했다.

선호는 민재의 어깨너머로 어쩔 줄 몰라 하며 서 있는 하리를 보자마자 더없이 눈빛이 환하게 뒤바뀌었다. 민재 역시 갑자기 바뀌어 버린 그의 표정에 살며시 고개를 돌렸고, 이내 피식 웃으며 말없이 등을 돌렸다. 하리는 다가오는 민재에게 깊이 고개를 숙였고, 민재는 그러한 하리를 짧게 바라보며 자리를 떠났다. 멀리서 그녀의 울음소리와 함께 선호의 웃음소리가 함께 들려왔다.

그 옛날, 아직은 가난한 레지던트였던 저를 끝까지 응원해 주었던 사랑하는 아내. 지금의 선호가 메스를 잡을 수 있었던 건 연주와 같은 역할을 저 여자가 해 주었기 때문 아닐까?

'연주야, 너 나 원망할 거야? 너무 쉽게 용서해서? 그런데 연주야. 선호도 너 많이 살리고 싶어 했어. 그래서 지금껏 널 붙잡고 누구도 살리지 못한 거야. 너도 알지? 그렇지? 그러니까 한 번만 용서해 주자. 같이, 용서해 주자.'

선호가 수술에 성공했다는 소식을 듣자마자 진우는 허한 표정으로 병원 밖으로 빠져나왔다. 온몸에 깃든 약 냄새가 지금처럼 역겹게 느껴진 적이 없었다. 최대한 이 새하얀 공간에서 멀어지고 싶었다. 그런데 대체 어디를 가야 할까? 가야 할 곳을 모르겠다. 자신의 집도 자신의 것이 아니다. 자신의 주위엔 아무도 있지 않다. 오직, 한애령의 사람일 뿐이다.

진우는 비틀거리는 걸음으로 휴대폰을 움켜쥐었다. 하지만 움켜쥐기만 할 뿐, 역시나 누구에게 걸어야 할지 알 수가 없었다. 정말 제게서 한애령이라는 여자를 빼 버리니까 남는 것이 없었다. 아무것도 남는 것이 없었다. 그때 그의 휴대폰이 짧게 울렸다.

지금 어디죠?

"아."
유경의 문자. 그는 멍한 시선으로 버튼을 아주 길게 눌렀다. 얼마 지나지 않아 그녀의 목소리가 차갑게 울렸다.
〈어째서 당신이 아닌 최선호가 수술을 다시 하게 된 거죠?〉
"원래대로 돌아갔을 뿐입니다."
〈뭐라고요?〉
"처음의 제자리로."
그 말을 끝으로 진우는 그 자리에서 고개를 푹 숙여 버렸다.
그리고 그 모습을 멀리서 유경이 지켜보고 있었다. 병원 밖에서 얼마 떨어지지 않은 곳에 그가 있었다. 그것도 굉장히 초라하고 보잘것없는 모습으로. 유경은 쥐고 있던 휴대폰을 아래로 내렸다. 갑자기 분위기가 이상해지는 것 같더니, 나갔던 한애령은 돌아오지 않았고, 결국 수술은 최선호가 성공적으로 끝내고 말았다. 주주들의 반응을 살펴보니 그들은 이미 이희진에게 전화를 걸고 있었다. 그들도 결국은 누가 성공을 하든, 상관없는 듯했다. 이희진이든, 한애령이든, 누구든 제 주머니만 채워 주면 그만이니까. 자신도 그랬다. 그들과 똑같았다. 이진우든 최선호든. 그저 비즈니스 파트너만 바뀌게 될 뿐.

유경은 잠시 멍하니 진우의 뒷모습을 바라보았다. 굉장히 초라하고 보잘것없는, 모든 걸 다 잃은 남자의 모습인데. 왠지, 그가 전화 너머로 내뱉었던 말처럼. 모든 것이 제자리로 돌아간 듯한 기분이 들었다.

애령은 이영철과의 통화를 끝낸 뒤, 원장실 앞에 섰다. 역시나 호락호락한 사람이 아니었다. 우신재단을 여기까지 끌고 온 사람인데, 당연한 거겠지. 살기 위해 잡은 손은 처음부터 이럴 목적이었고, 거기에 먹혀 버린 것은 그녀 자신이었다. 발버둥치면 발버둥칠수록 오히려 그가 원하는 곳으로 가고 있었던 것이다. 애령은 더 이상 비굴해지지 않기 위해 고개를 꼿꼿하게 세우고서 원장실을 열었다. 그러자 그곳엔 너무나도 태연하게 앉아서 그녀를 기다리고 있는 이영철의 모습이 보였다.

"타이밍이 좋군."

"선호가 수술에 성공했더군요."

"이렇게까지 했는데도 그 모양이라면 더 이상 내가 나설 필요가 없는 거지."

"처음부터 이럴 목적으로 절 잡으신 겁니까?"

"잡았다라. 그 말 표현은 잘못됐어. 잡은 건 너지. 난 아무 말도 하지 않는데 붙잡은 건 너였어."

"잡을 수밖에 없다는 걸 알았기에 손을 내미신 것이 아닙니까?"

"훗, 원래 비즈니스란 그런 거야. 절대로 손해 보는 일은 하지 않아. 일종의 투자라고 생각하라고. 원하는 걸 얻었으니, 그 투자를 끊겠다는 거지. 우리의 계약은 이제 끝났어."

처음부터 거대하다고 생각했지만, 정말이지 피도 눈물도 없는 잔인한 인간이었다. 하지만 그의 말대로 딱히 잘못한 것은 없지. 만약 자신이 저 위치에 있었다면 똑같이 했을 것이다. 필요 가치를 있는 대로 써먹고 손해를 보기 전에 손을 놓아 버리는 것. 그렇기에 완벽한 패배였다.

영철은 꽤나 초연해 보이는 애령의 모습에 역시 그렇게 썩어 빠진 여자는 아니라고 생각했다. 그녀는 그때 정말 정희를 살리고자 메스를 들었다. 하지만 자존심이 너무 강했고, 실수를 인정하고 싶지 않아 두 눈을 가렸으며, 필사적이었던 감정이 야망으로 번지면서 결국은 자신처럼 냉혹해진 것뿐.

"이대로 모든 걸 덮고 조용히 한국을 떠나게 해 줄 수 있어. 이진우, 녀석도 더 이상 일을 벌이는 걸 원치는 않더군."

"직접 말씀하셨습니까?"

"네 입으로 말하는 것보다는 낫지 않나? 네 성격상. 난 그게 나름대로 배려라고 생각했는데."

하긴, 그럴지도 모른다.

"감사합니다."

애령은 깔끔하게 뒤돌아섰다.

영철은 그런 그녀의 모습에 엷은 미소를 띠었고, 조금 전 애령에게서 도착한 이혼 서류에 깔끔하게 도장을 찍었다. 거기엔 애령의 이름으로 걸려 있던 우신재단의 지분도 모두 넘긴다는 서류도 함께 들어 있었다.

그날 밤, 애령은 이미 정리된 짐을 들고서 병원을 빠져나왔다. 불이 꺼진 진우의 연구실을 바라보면서 애령은 잠시 주춤했지만 이

내 단호하게 걸음을 돌렸다. 아마 우연이 아니라면 절대로 만날 일이 없을 것이다. 하지만 앞으로도 보지 않는 것이 서로에게 좋을 것이다. 그것이 조금이나마 남아 있었던 인연에 대한 예의가 될 테니까.

그 이후, 너무나도 많은 일이 몰아쳤다. 한애령과 이영철의 이혼. 그리고 새로운 우신재단의 후계자와 우신대병원의 권력도 움직이기 시작하며 파란이 불었지만, 선호는 그 모든 일에 눈과 귀를 닫았다. 그에게 중요한 건 그런 문제가 아닌 가율의 회복뿐이었다.

"혈액 수치, 심전도, 심박수, 모두 정상입니다. 잘 회복되고 있습니다."

아침 회진 시간, 하리는 몇 번이고 체크한 가율의 상태를 선호에게 꼼꼼하게 확인받았다. 수술이 끝난 지 이틀이 지났고, 수술 경과는 아직까진 호전 중이었다.

"오후 회진 때도 체크해 봐. 아직 완전히 마음을 놓을 단계는 아니야."

"알겠습니다."

평소보다 더 민감한 듯한 선호의 모습에 다른 레지던트들도 슬슬 눈치를 보고 있었다. 그도 그럴 것이 우신재단 회장의 손자에다 대한병원장의 아들이 선호라는 것이 모두 밝혀진 탓에 아침부터 꽤나 닦달을 당한 모양이었다.

"마지막으로 쓸데없는 데 정신 팔지 말고 환자 상태나 정확하게 외워. 시간이 그렇게 남아도나? 오늘 대답 못한 녀석들. 오후에도 그 모양이면 연구실에서 볼 줄 알아."

"네!"

굳어진 미간이 풀릴 줄 모르게 살벌한 회진이 끝이 났다. 하리는 왠지 모르게 저도 조마조마한 가슴을 붙잡고서 살짝 돌아서려는 찰나, 그가 그녀의 이름을 짧게 불렀다.

"조 선생은 나 좀 따라와."

하지만 그 목소리마저도 냉랭해서 다들 하리가 벌이라도 받으러 가는 줄 알고는 짧게 격려를 해 주었고, 하리는 애써 우울한 표정을 지으며 선호의 뒤를 따라갔다. 그렇게 연구실에 도착하자마자 선호는 하리의 뒷목을 붙잡고는 격하게 입술을 삼켰다. 정말 숨도 쉬지 못할 만큼 밀어붙이는 탓에 하리는 짧은 비음을 토해 내며 파닥거렸고, 끝내 만족스러울 정도로 그녀의 입술을 핥은 후에야 짧은 숨을 토해 냈다.

"하, 힘들어 죽겠다."

갑작스런 그의 키스에 한마디 해 주려고 했지만, 너무 지쳐 보이는 모습에 절로 마음이 약해져 버렸다. 그래, 입술 좀 주면 어때. 닳는 것도 아니고.

"많이 힘들어요?"

살포시 고개를 들고서 힘드냐고 묻는 그녀의 모습에 선호는 이번엔 키스만으로 끝날 것 같지가 않았다. 하긴, 그날 이후론 단 한 번도 한 적이 없었지. 수술이니 뭐니 다른 복잡한 일도 같이 터지는 바람에 밤이 너무 시리고 외로웠다.

"응, 좀 많이."

선호는 최대한 안타까운 눈빛을 띠며 살짝 앞으로 다가갔다. 그러곤 하리의 허리를 살며시 쓰다듬으며 나지막이 속삭였다.

"위로 좀 해 줄래?"

다시금 녹아내릴 듯한 목소리가 배회하는 그의 손길에 하리는 살짝 움찔하며 뜨거운 숨을 내쉬었다. 하여튼 방심할 수가 없다. 하지만 멈추고 싶진 않았다. 너무 오랜만이긴 하잖아? 요새 통 만나는 것도 힘들었고……

못 이기는 척 살짝 등을 뒤로 굽히자 선호는 묘하게 웃으며 그녀를 뒤로 밀어붙였다. 가볍게 쿵 하는 소리와 더불어 꽉 묶은 그녀의 머리칼을 단번에 쓸어내리고선 살포시 떠오른 홍조 위로 입술을 지근거리며 점점 가빠 오는 서로의 심장 박동 수에 리듬을 타기 시작했다. 그의 뜨거운 입술이 그녀의 목덜미를 스치며 손끝은 허벅지를 타고 점점 리드미컬하게 타올랐다.

"후훗!"

간질거리는 느낌에 비음 섞인 웃음이 흘러나오고, 선호는 더없이 사랑스런 그녀를 꽉 끌어안으며 웃음까지 삼켜 버리기 위해 고개를 들어 올린 순간.

삐삐.

"……젠장."

역시, 의사 커플의 최대의 적은 병원이었다. 하리의 호출기에서 울림과 동시에 선호의 호출기에서도 선호를 애타게 부르고 있었다.

하리는 아쉬움과 동시에 살짝 쑥스러워 아찔하게 내려간 바지를 얼른 치켜 입었다.

"얼른 가요, 얼른!"

"오늘 오프지? 나도 오프니까, 각오해."

선호는 쪽 소리 나게 뽀뽀를 해 주었고 하리는 살며시 고개를 끄덕이고서 연구실을 빠져나갔다. 그녀를 부른 것은 가율이었다. 어째 이런 일이 전에도 한번 있었던 기분이 드는데.

하리에게 말하진 않았지만, 그에게 호출이 온 곳은 원장실이었다. 한애령이 떠나고 이영철이 다시 이 병원으로 돌아왔다. 현재 부원장실은 비어 있는 상태였지만, 선호는 그 주인도 얼마 안 돼서 결정될 거라 생각했다.

그렇게 원장실로 들어서자 영철이 신성 그룹과의 MOU 체결 마지막 서류를 검토하고 있었다. 내일모레면 한애령이 그토록 이루고자 했던 MOU 체결과 더불어 뇌 신경센터 건설 날짜가 정해지게 된다.

선호는 영철의 앞에 서서 아무 말도 하지 않았다. 영철 역시 마지막 서류까지 확인을 끝내고서야 피곤한 기색으로 안경을 벗어 이제야 선호에게로 시선을 돌렸다.

"내 계획은 여기까지였다."

앞뒤 다 자르고 나온 말이었지만 선호는 금방 알아차릴 수 있었다. 한애령과 이영철의 관계. 그것은 역시나 부부가 아닌 계약의 의미였다는 걸.

"비즈니스적인 일은 어느 정도 예상을 할 수 있지만, 사람 일은 알 수가 없지. 그래서 내 계획에 너는 처음부터 완전히 배제되어 있었다. 네가 메스를 잡게 되든 아니든, 관계없었다는 거다."

"그래서 제게 뭘 원하십니까?"

"아니, 내가 알고 싶은 건 네가 이제 뭘 원하냐는 거다. 앞으로 뭘 하고 싶지? 네 어미의 바람대로 병원을 받고 싶은 거냐?"

"달라고 하시면 주실 겁니까?"

제법 맹랑한 물음에 영철은 가는 호를 그렸다.

"글쎄."

"할아버지는 이 병원을 그리 쉽게 주실 분이 아니십니다. 한애령에게도 그랬고, 어머니 역시도. 하지만 전 제게 주신다고 해도 안 받을 겁니다. 할아버지 계획에 제가 배제되어 있다면, 끝까지 배제

해 주십시오."

역시, 예상했던 대답이었다. 영철은 제 눈앞에 있는 저 녀석만큼
은 예전부터 참 묘하다고 생각했었다. 그는 한애령과 희진을 자극하
기 위해서 병원이라는 고기를 열심히 흔들었다. 그 결과, 그가 원하
는 대로 병원과 재단은 눈에 띄게 성장할 수 있었다. 그런데 선호는
달랐다. 처음부터 제가 하는 것에 확고했기에 이른 나이에 의대에
입학하여 수술 실패로 메스를 놓기까지. 그리고 그것을 다시 쥐기까
지도 온전히 의사로서의 제 길을 가고 있는 것뿐. 다른 이유가 없었
다.

"하지만 어머니께 어느 정도 보상은 해 주셨으면 좋겠습니다."

"네가 희진이를 그렇게 생각할 줄 몰랐구나."

"어머니를 그렇게 만드신 건 할아버지입니다. 아버지와의 이혼
역시도. 어머니는 할아버지에게서 평범한 가족을 보지 못했으니까
요."

"……."

"전 여길 떠날 겁니다. 제가 처음 의사의 길을 내딛던 그곳에서
외과의 레지던트를 다시 할 겁니다. 그리고 제 길을 갈 겁니다. 거
기에 할아버지와 어머니가 가던 길은 없을 겁니다."

그리고 영철은 조금은 원하였던 대답에 만족스럽게 고개를 끄덕
이며 처음으로 부드러운 어조로 말을 이었다.

"넌 네 아비의 눈과 똑같아. 처음부터 네 아비를 보았을 때, 이런
곳에 오래 있을 사람이라곤 생각하지 않았지. 처음부터 희진이 원하
는 대로 되지 않을 거라 생각했다. 썩 괜찮은 의사였다. 난 그런 의
사가 되지 못했지만, 넌 네 아비를 따라가. 내 핏줄 중에 어느 한 핏
줄만큼은 정말로 환자를 위한 의사가 있는 것도 나쁘지 않지."

선호는 살며시 고개를 숙였다.

"어머니를 부탁합니다."

영철은 아무 말을 하지 않았지만 선호는 그것이 긍정의 대답이라 생각하고선 원장실을 빠져나갔다. 그리고 잠시 후, 원장실 문이 다시 한 번 열리면서 희진이 걸어 들어왔다. 이미 밖에서 선호와 영철의 얘기를 모두 들은 후였다.

"그래도 막을 거냐?"

하지만 희진을 불러들인 것은 영철이었다. 그녀 역시 영철이 이미 선호에 대한 결론을 처음부터 내었음을 알게 되었다.

"……제 아버지랑 마지막까지 똑같네요."

"지금은 대한병원에 좀 더 있어라. 그게 보기에도 좋아."

"그나저나 신성 그룹과 약혼은 물 건너갔는데도 신성에서 MOU를 먼저 제안한 건 의외네요."

"손해 볼 장사가 아니기 때문이겠지. 한 번 더 말하지만, 비즈니스는 결코 손해 보는 짓은 안 해. 감정에 움직이는 것은 더더욱 아니고. 그저 손을 잡을 상대만 바뀌었을 뿐이야."

며칠 후, 진우는 망설임 없이 병원을 나와 미국으로 가기 위해 공항으로 향했다. 그곳에서 얘기가 오갔던 병원에 조금 머물렀다가 계획했던 해외 의료 봉사를 시작할 생각이었다. 과정은 제가 원하는 대로 되지 않았지만, 그래도 결과는 자신이 원하는 걸 할 생각이었다.

생각보다 가벼운 가방을 들고서 그는 잠깐 고개를 돌렸다. 역시 사람은 있을 때는 알지 못하고 떠난 뒤에야 그 흔적들을 알게 되는 모양이다. 하지만 미련 따윈 남겨 두어선 안 된다. 무슨 일이 있어도 전부 털어 내야만 했다.

진우가 짐 가방을 꽉 움켜쥐고서 걸음을 옮기려는 순간 누군가 그의 손을 아주 강하게 잡아당겼다.

"유경 씨?"

환상처럼 유경이 그의 앞에 서 있었다.

"그래도 떠나는 길에 배웅 정도는 해 줘야 할 사이 같아서요. 어쩌면 결혼까지 했을지도 모르는데."

하지만 그 말에 진우는 아무 대답도 하지 않았다. 그러자 유경은 피식 미소를 띠었다.

"알아요. 나랑 처음부터 결혼 같은 건 할 생각 없었다는 걸. 약혼도 만약 했었다면 파혼할 생각이었죠?"

"그건……."

그녀의 말대로였다. 진우는 처음부터 재단을 자신이 가질 생각이 없었다. 유경과의 관계도 서로 원하는 것을 위해 맺은 관계니, 원하는 것을 얻은 후에는 자연스럽게 끊어질 관계라 생각했다.

"그래서 당신에게 공개 수술을 원한 거였어요. 당신이랑 최선호. 어쩐지 비슷해 보였거든요. 나같이 뼛속까지 비즈니스인 사람과는."

"실망했겠네요."

"뭐, 그렇죠. 그런데."

유경은 지금 진우의 모습을 훑어보았다. 여전히 가진 것 없고, 얻은 것도 없는 그런 모습이지만. 그래도 지금 이 모습이 더 나아 보였다. 처음 느꼈던 묘한 가면이 사라진 것 같았다.

"이 모습이 더 괜찮아 보이네요. 멋있어 보이기도 하고요."

진우는 뜻밖의 말에 엷은 미소를 띠었다. 처음으로 유경의 앞에서 거짓 없이 웃는 미소였다.

"처음으로 진유경의 감성적인 모습을 보는 것 같네요."

"나도 지금 내가 어색해요."

유경은 진우 앞에 당당히 서며 예전처럼 당돌하고 도도하게 그를 똑바로 바라보며 손을 내밀었다.

"우신과 MOU를 맺었어요. 하지만 그렇다고 최선호를 노리는 건 아니에요. 난 나 싫다는 남자한테 매달릴 만큼 비굴하지 않으니까. 오히려 내가 더 아까워요. 이젠 나대로 내 자리를 지켜볼 생각이에 요."

"잘됐네요. 그게 유경 씨다워요. 강한 여자니까요."

진우는 내밀어 진 그녀의 손을 가볍게 움켜쥐었다. 그러자 유경 은 짧은 숨을 삼키며 속삭였다.

"친구, 라고 불러도 되죠?"

"아무것도 원하는 거 없이?"

"처음이에요. 그런 관계."

그렇게 유경과 진우는 서로를 향해 처음으로 환한 미소를 띠고선 헤어졌다. 어쩐지 진우는 굉장히 걸음이 가벼웠고, 유경 역시 그런 진우의 뒷모습을 바라보며 함께 가벼운 걸음을 옮겼다.

MOU 체결 이후, 우신대병원이 전보다 언론에 많이 노출되었고, 수준 높은 의료 형태를 갖춰 환자를 위한 최고의 인프라로 성장하든 지, 말든지. 여전히 1년 차 레지던트들은 살인적이게 바빴고, 그 속 에서도 뜨거운 사랑은 부풀어 올랐다.

"유진이 당장 의국으로 와!"

천둥 같은 불호령이 아침부터 쏟아졌다. 동기 레지던트들은 요즘 들어 자꾸만 고개가 좌우로 픽픽 쓰러지는 진이의 모습에 걱정을 했다. 건강보다는 저 아수라 치프 쌤한테 걸리게 될까 봐. 그런데 결국 저렇게 딱 걸리고 말았다. 진이는 태종의 살벌한 시선에 침을 꿀꺽 삼켰다. 정말이지 침대 위에선 다른 의미로 온몸이 움찔움찔하는데. 언제나 참 강한 전율을 주는 남자다. 역시 내 남자!

의국으로 들어선 진이는 오늘따라 한 명도 없는 의국의 모습에 속으로 울상을 지었다. 아무리 내 남자라지만 공과 사는 너무나도 철저한 내 남자! 아주 잔소리가 칼처럼 쏟아지겠구나. 그리고 그런 생각이 끝나자마자 태종의 고함 소리가 의국을 뒤흔들었다.

"벌써 몇 번째야! 컨퍼런스가 네 낮잠 시간이야? 아주 머리로 춤을 춘다, 춤을 춰. 네가 앞에서 한번 봐 볼래? 네 모습이 얼마나 가관인지?"

"죄송합니다."

"너만 잠 못 자? 너만 피곤해? 너만 수술 준비해?"

"아닙니다, 아닙니다, 죄송합니다."

아주 자동으로 나오는 목소리와 고개를 미친 듯이 위아래로 끄덕이는 모습에 태종은 절로 안타까운 한숨이 흘러나왔다. 뇌 신경센터 건립이 확정되면서 신경외과가 아주 빡세게 돌아가고 있었고, 자연스럽게 1년 차 레지던트들은 죽음에서 초죽음을 달릴 정도로 수술어시 스케줄이 빼곡해졌다. 사정을 알기는 했지만 그렇다고 봐줄 수는 없었다. 곧 2년 차로 접어들 거고, 그때부터는 간단한 수술을 스스로 집도하게 될 텐데. 컨퍼런스는 진이에겐 곧 맞이할 첫 수술과 앞으로의 수술 역시도 잘 헤쳐 나갈 수 있는 발판이 될 선배들의 수술 경과나 스킬 등을 배우는 중요한 시간이었다.

"고개 들어."

태종의 말을 알아듣지 못하고 진이는 계속 고개를 숙이고 있었다. 그도 그럴 것이 이 정도로 넘어갈 리가 없는데. 하지만 잘못 들은 게 아닌지 그의 묵직한 목소리가 다시 한 번 귓가를 울렸다.

"진이야, 고개 들어."

그것도 엄청 달달하게 진이야!

그녀는 저도 모르게 배시시 웃으면서 고개를 들었고, 태종은 그 모습에 피식 웃어넘겼다.

"힘들지만 좀 참아."

"알아요. 근데 솔직히 좀 기가 허해지긴 했나 봐. 어떻게든 쌤 얼굴에 집중하려고 해도 자꾸만 이러네."

그는 손을 들어 그녀의 이마를 짚었다.

"바빠도 뭐든 꼭꼭 챙겨 먹어. 의사가 제 몸 관리 제대로 못 하면, 환자는 누굴 믿어?"

"그럼, 나 먹을 수 있게 시간 조금 줄래요?"

"시간?"

"1초면 되는데."

"1초 만에 뭘 먹는……."

말이 끝나기도 전에 진이에게 입술이 먹혀 버린 태종은 눈을 크게 떴지만 오랜만에 맛보는 이 짜릿짜릿한 느낌에 진이는 정신을 차릴 수가 없었다. 밤 운동을 못한 지도 오래됐다. 게다가 키스마저도 바빠서 언제 했는지 가물가물인데. 어느 정도 성적 에너지를 채워 주지 않으면 안 돼!

결국, 텅 빈 의국에서 뜨겁다 못해 거의 타들어 갈 듯한 서로의 애무가 계속되면서 태종 역시 아랫도리가 딱딱해질 정도로 거세게 그녀의 입술을 빨아 당겼다. 그리고 잠시 후, 몽롱해진 눈빛이 반달을 그렸고, 태종은 그런 그녀의 모습에 밉지 않게 눈을 흘겼다.

"1초 한번 참 기네."

"어디는 1초가 엄청 길데요. 근데 역시 난 엄청 짧아. 완전 아쉬워 죽겠어."

진이는 달아오른 입술을 더욱 매혹적이게 움직이며, 그의 단단한 가슴에 제 가슴을 조금씩 문질렀다. 한순간에 다시금 열기가 후끈 달아올랐지만, 더 이상 시간이 없었다.

"오늘은 집에서 저녁 같이 먹을래?"

그의 은밀한 초대. 진이는 사랑스럽게 눈을 찡긋하며 속삭였다.

"제가 엄청 맛있는 거 만들어 드릴게요."

가율의 수술 경과도 눈에 띄게 좋아졌고, 하리는 이제야 걱정을 하나 덜어 내었다. 괜찮다고 하지만 그래도 혹시나 자리를 비운 사이에 뭔 일이 날까 싶어서 오프까지 뒤로 미루고 가율의 상태를 확인했었는데. 드디어 오늘은 제대로 오프를 받을 수 있었다.

오랜만에 병원을 빠져나온 하리는 누가 볼세라 얼른 지하 주차장으로 달려갔다. 하지만 몇 발자국 가지도 못한 채 그녀의 앞을 차한 대가 가로막더니 이내 창문이 스르르 내려왔다.

"거기 예쁜 언니, 시간 있나?"

이윽고 선호의 익살스러운 표정과 목소리에 저도 모르게 웃음이 터져 나왔다. 하여튼 가끔씩 저렇게 어울리지 않는 짓을 하는 게 그렇게 귀여울 수가 없다.

"어머, 어떡하죠? 저 이미 임자 있는 여잔데."

"오호, 그래? 그 남자 완전 땡잡았네."

"물론 엄청 땡잡았죠. 이런 귀여운 햇병아리가 어디 흔해요?"

"이젠 완전 앙큼한 암탉이구만."

"헤헤."

하리는 기분 좋게 그의 차에 얼른 올라탔다. 여전히 비밀 연애는 유지되어야만 했다. 특히나 그가 너무 유명해진 탓에 더더욱 철통 보안이 필수였다.

"어디 갈 거예요? 뭐 할 거예요?"

너무 오랜만에 하는 데이트라 자꾸만 설레는 얼굴을 숨길 수가 없었다. 사귄 지 벌써 1년이 다 되어 가는데도 제대로 된 데이트는 손에 꼽을 정도니 말 다 했지 뭐.

"우리 집에. 나 지금 엄청 졸리다."

"네?"

순간 설레는 마음에 찬물이 왕창 쏟아졌다. 정말 진심인가, 싶어 그를 노려보았지만, 선호의 표정은 너무나도 진지했다. 이 남자가 진짜!

"엄청 졸린다고."

"하? 그럼 혼자 가서 자세요. 나 내릴래요."

"피곤하지 않아? 꽤 오랜만에 오프 받아서 자는 거잖아. 난 다 너 생각해서 한 소린데."

입에 침이나 바르고 거짓말을 하셔야지.

"저 안 피곤해요. 그리고 피곤하면 우리 집에 가서 자도 돼요."

"그래? 그럼 너희 집에 갈까?"

"선생님은 선생님 집에 가시고요!"

"하아, 그럼 뭐 하고 싶은데?"

"일단 밥 먹고."

"그건 시켜 먹으면 되고."

참자, 조하리. 조금만 참아 보자!

"영화도 보고 싶고."

"집에서 편안하게 보면 되지. 우리 집 3D로 볼 수 있어."

그러면서 손이 은근슬쩍 다가오면서 그녀의 부드러운 손가락을 매만지며 은밀하게 돌렸다.

"영화관보다 더 쾌적하고, 조용하고, 남들 시선 의식 안 해도 되고."

"영화 보는데 무슨 남들 시선을 의식해요."

"난 영화 볼 생각 없거든."

때마침 신호가 걸리고, 선호는 네온사인보다 한층 다채로운 불빛에 싸인 표정으로 그녀를 유혹했다.

"난 영화 말고 조하리. 너 보고 싶어."

결국, 넘어가고 말았다. 저렇게 부드럽고 감미롭게 속삭이는데 어떤 여자가 매몰차게 뿌리칠 수 있을까! 게다가 벌써 처음부터 심장이 요동치면서 손이 잡히자마자 아래에서부터 미묘한 열기가 피어오른 건 부정할 수가 없었다.

"알았어요."

"응?"

"집으로 가요."

은밀한 초대에 대한 허락의 의미. 선호의 표정이 순식간에 밝아지면서 다시금 핸들을 붙잡았다.

"오케이!"

그야말로 불타는 밤의 시작이었다.

"흐윽, 하아!"

농밀한 목소리가 미친 듯이 피어오르며 살과 살이 맞부딪히는 소리가 원색적으로 집 안을 울렸지만 두 사람은 멈추지 않았다. 아니, 멈출 수가 없었다. 굵은 땀방울이 그녀에 매끈하게 타오른 허리 위로 투두둑 떨어졌고 하리는 한껏 일그러진 표정으로 제 아래를 가득 채운 그의 풍만함을 느끼며 두 손으로 그의 머리카락을 더욱 꽉 움켜쥐었다.

"서, 선생님! 하하악!"

예전보다 더 다채롭게 그녀의 목소리가 흘러내리고, 선호는 아무리 거칠게 밀어붙여도 수그러들지 않는 불꽃에 미칠 듯한 갈증을 느끼며 그녀의 안에서 헐떡였다. 자신을 끝없이 갈구하게 하는 여자. 너무나도 사랑스러운 나만의 여인.

오직 거칠고 자극적인 숨소리만이 오가며 허리가 비틀렸고, 선호는 그 틈을 놓치지 않고 입안으로 혀를 밀어 넣었다. 그의 뜨끈하고 매끄러운 혀가 하리의 여린 속살을 마음껏 유린하며 쏟아지는 열기를 전부 빨아 당겼다. 다시금 아랫도리가 바짝 당겨지며 하리는 저도 모르게 허리를 활처럼 휘고는 물고기처럼 파닥거렸다. 커다란 손바닥이 그녀의 하얗고 탄력 있는 가슴을 한껏 움켜쥐며 배회했다. 쇄골 라인을 따라 아래로 내려가던 그의 혀가 절정 부분을 쭉쭉 빨아 당기며 재촉하자 하리는 저도 모르게 다리에 힘을 주며 그의 허리를 꽉 끌어안았다.

"미, 미칠 것 같아요!"

그녀의 수줍은 애원에 선호는 색다른 흥분이 온몸을 지배했다. 그녀가 먼저 엉덩이를 움찔하며 조심스럽게 움직였고, 선호는 그 움직임에 맞춰 허리를 흔들었다. 이번엔 아까보다 더 황홀했다. 온몸으로 수십 번 감도는 오르가즘에 하리는 정신을 차릴 수가 없었고, 선호는 더욱 빠르게 제 몸을 맡기며 그녀에 붉게 타오른 나신 위로 더욱 붉은 선을 그었다.

"하, 하리야!"

"흐윽, 하아앗!"

매끄럽게 끈적이는 무언가가 동시에 터지는 순간, 절정의 고개에서 모든 것이 허물어지고 말았다. 정말이지 환상을 보는 느낌이었다.

선호는 그녀의 가슴에 천천히 귀를 갖다 대었다. 끝난 후에 들려오는 그녀의 거친 심장 소리는 언제나 듣기가 좋았다. 그 어느 때보다 사랑한다고, 사랑한다고 외치는 것 같아 섹스만큼 짜릿한 쾌감을 주었다. 하리 역시 힘없는 손을 들어 올려 그런 그를 아이처럼 끌어안았다. 그토록 큰 사람이 이렇게 제 품에 쏙 안겨 있는 모습을 보면 신기하기도 하고 완전히 나만의 것이 되는 것 같아 기분이 좋았다.

"하리야."

"네, 선생님."

"조하리."

"네, 선생님."

"사랑해, 사랑해."

스르르 감기는 눈꺼풀 사이로 그의 목소리가 아득하게 들려온다. 연신 사랑해, 사랑해 속삭이는 기분 좋고 달콤한 속삭임. 하리는 그렇게 깊은 꿈속에서도 그를 만났다. 언제나 매 순간순간이 최선호라는 남자로 가득 차 있었다.

그렇게 그들의 시간은 어느덧 1년이 흘렀고, 햇병아리는 어엿한 암탉이 되어 2년 차 레지던트가 되었다.

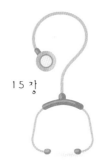

15장

타다다다다!

아침부터 병동 복도 위로 발걸음 소리가 꽤나 소란스럽게 울려왔다. 시간이 지나도 변하지 않는 질끈 묶은 머리칼 사이로 땀이 송골송골 맺혀 있었고, 도대체 뭐가 들었는지 불룩한 주머니를 마구 흔들면서 뛰어가는 폼이 영락없이 병원 레지던트의 모습을 그대로 보여 주고 있었다. 그게 1년 차이든, 2년 차이든 여전히 하리는 눈코 뜰 새 없이 바쁜 죽음의 레지던트였다. 가율의 병동에 닿은 하리는 숨을 꿀꺽 삼키고서 문을 열었다. 그리고 그곳엔 환자복을 입은 가율이 아닌 깔끔한 셔츠에 또래처럼 물 빠진 청바지를 입고 서 있는 가율이 하리를 향해 삐딱한 미소를 지었다.

"완전 달려왔나 봐? 오다가 안 자빠졌어?"

"헉, 헉! 네가, 바로 퇴원한다고 해서. 얼마나 빨리 왔는지 알아!"

가율이가 드디어 퇴원을 하게 되었다. 자신의 첫 환자이자, 선호에게도 어찌 보면 첫 환자인 가율이. 완전히 다 나은 건 아니지만 그래도 좋은 모습으로 이 병원을 걸어나가게 되어 너무나도 다행이었다.

"시간 없는 건 사실이야. 얼른 부산으로 내려갈 거니까."

그는 성큼성큼 하리의 앞으로 걸어왔다. 어느새 하리보다 머리 하나는 커진 키로 씩 웃으며 그녀의 머리를 꾹 눌렀다.

"아!"

"조 선생님, 그동안 고마웠어."

"……."

"하리 쌤."

가율이가 진지하게 이름을 부르자, 하리는 살짝 쑥스러웠지만 애써 내색하지 않은 채 눈을 마주했다. 간호사들이 꺅꺅할 만하다. 이렇게 자세히 보니까 꽤 잘생긴 얼굴이니까. 하긴, 누구 환자인데!

"갑자기 왜 그렇게 느끼하게 불러?"

"좋아한다고 하면, 받아 줄 거예요?"

진지한 고백이었다. 절대로 장난이 아닌 한 남자가 한 여자에게 하는 고백. 그렇지만 하리는 이 남자의 고백은 받을 수가 없었다.

"미안해."

역시나 예상했던 대답. 하지만 이대로 쉽게 물러날 함가율이 아니었다.

"지금 너무 쉽게 대답하지 마. 언젠가 완전 멋진 남자가 돼서 돌아왔을 때, 그때 다시 결정해 줘. 혹시 모르잖아? 내가 그 의사 선생보다 더 대단해질지."

"훗, 기대할게."

가율은 잠시 머뭇거리다가 이내 손을 뻗었고 하리는 환하게 웃으며 그런 그를 꼭 끌어안아 주었다.

"다시는 병원에 오지 마. 알았지?"

"다시 오는 날은 이런 모습이 아닐 거야."

로비까지 나오지 말라는 말에 복도에서 마지막 작별을 하며 그렇게 가율이가 떠났다. 처음 이곳으로 왔을 때보다 훨씬 환해진 모습으로 그렇게 가율이의 뒷모습에 손을 흔들어 주면서 어느새 하리의 뒤로 선호가 걸어왔다.

"아까 밖에 있었죠?"

"응?"

괜히 모른 척하는 선호의 모습에 하리는 속으로 키득키득 웃으며 고개를 빠끔히 올렸다.

"나 고백받았는데?"

"무슨 고백?"

"뜨거운 사랑 고백. 선생님 방심하면 안 되겠다. 완전 풋풋한 연하한테 나, 찍혔어요."

선호의 낮은 웃음소리가 흘러들었다. 이 남자는 1년 사이에 불안할 정도로 멋진 남자가 되었다. 특히나 목소리가 너무 자극적이어서 이렇게 가까이에서 울릴 때면 자꾸만 온몸이 쭈뼛쭈뼛 서면서 진이 말대로 녹아내릴 것 같았다.

"그럼 긴장되니까 어디 제대로 잡아 볼까?"

"흐응."

어느새 허리를 끌어안은 손길이 그녀의 배를 부드럽게 쓸어내리며 목덜미 위로 메마른 입술이 뜨겁게 스며들었다. 하리는 누가 볼까 봐 얼른 그의 품에서 벗어났지만 아쉬운 열기가 아랫배를 간질거렸다.

"여기선 안 돼요!"

"여기서 안 되면 밀폐된 공간은 된다는 소리네?"

"아우! 정말."

선호는 흐트러진 그녀의 머리칼을 천천히 쓸어내렸다. 하리는 그러한 그의 손길을 느끼며 그를 물끄러미 바라보았다. 꽤나 오랜만에 얼굴을 보는 것 같았다. 컨퍼런스와 회진도 다른 펠로우 선생님이 하시고, 거의 24시간을 연구실에 틀어박혀 있는 탓에 뭔지 모르지만, 방해가 될 것 같아 먼저 발걸음 하지도 않았다. 하지만 전보다 눈빛은 더 반짝거렸다. 하리는 사람이 없는 틈을 타선 그의 턱 위로 푸르스름하게 올라온 수염을 매만졌다.

"많이 피곤해 보여요."

"조금만 있으면 끝나."

"그래도 멋져요. 완전 짐승 같아."

은밀하게 쓸어내리는 그녀의 손가락에 선호는 살짝 굳어진 시선으로 입술 위를 스쳐 지나가는 손가락을 놓치지 않고 한입 물었다. 그러곤 보드라운 살결을 빨아 당기며 혀로 살살 구슬렸다.

"하아."

젠장, 방심해 버렸다. 절로 흘러나온 신음 소리가 복도를 가볍게 울렸고, 하리는 얼른 손가락을 빼내었지만, 그가 먼저 재빠르게 그녀를 끌어안고서 이젠 비어 있는 가율의 병실로 밀어 넣었다. 종양 수술 이후론 절대 안정이 필요해 1인실을 쓰고 있었기에 선호가 원하는 텅 비어 있는 완벽한 밀폐된 공간이었다. 게다가 침대도 있고.

"딱 원하는 장소지?"

"그, 그렇지만 안 돼요. 여긴 병원이잖아요!"

"그럼 키스만."

어느새 불쌍한 시선으로 애원하는 모습에 이성이 미친 듯이 흔들렸다. 그런 표정으로 말하면, 정말 다 내어주고 싶어지잖아!

"정말 키스만."

"그래, 키스만."

살살 구슬리는 목소리에 못 이긴 척 눈을 감자마자 입술 위로 물컹한 혀가 사정없이 비집고 들어섰다. 너무나도 달콤한 촉감이 온몸으로 번지며 찌릿한 전율이 흘러내렸다. 반사적으로 그의 목 뒤를 부드럽게 끌어안으며 제 쪽으로 더욱 바짝 당겼고, 그러한 손길에 힘없이 밀려들며 그의 육중한 몸집이 가슴을 아릿하게 눌러 왔다. 서서히 달아오르는 열기가 목구멍을 타고 내리자, 바짝바짝 마르는 갈증에 절로 입을 크게 벌리며 그가 주는 숨결을 남김없이 삼켜 들었다. 입술과 입술 사이로 미세하게 쏟아지는 신음 소리가 점점 거세지고, 그에 따라 아랫배에서 뭔가 단단한 것이 쿵쿵 찍어 왔다.

"하아."

짙게 가라앉은 그의 야릇한 숨소리에 머릿속이 자꾸만 멍해졌다. 안 되는데, 이대로 뒤로 넘어지면 안 되는데…….

"키스만 한다고 했잖아요."

"입술에만 한다고는 안 했잖아."

"뭐라고요! 흐윽!"

다리 끝이 저릿하며 저도 모르게 떨려 왔다. 순간 정점을 찔러 든 그의 손가락에 눈을 흘겼지만, 이 남자. 어쩜 저렇게 뻔뻔한지!

"약았어."

그러면서 또다시 눈을 새침하게 뜨는 모습에 선호의 입에서 묵직한 숨이 다시 한 번 터져 나왔다. 알고서 일부러 이러는 걸까? 은근히 밀고 있는 모습에 더 당기고 싶다는 걸? 만약 그렇다면 너야말로 아주 약았어.

다시 한 번 다가온 그의 입술을 역시나 별다른 저항 없이 받아들이며 혀와 혀가 맞닿는 묘한 쾌감에 깊은숨을 내쉬었다. 어느새 그의 손이 흰 가운 속으로 스멀스멀 들어가 수줍게 달아오른 브래지어를 살짝 끌어내려 정점을 살짝 비틀었다.

"아앗!"

귀엽게 터져 나오는 탄성과 함께 그녀의 몸이 살짝 앞뒤로 흔들렸고, 고개를 내민 그 부위가 허벅지 사이로 쏙 들어갔다.

"앗!"

놀란 나머지 몸을 뒤로 빼려고 했지만, 그의 손이 거칠게 허리를 끌어안아 더욱 바짝 조였다. 이건 거의 하기 직전이잖아!

"안 돼요."

신음이 깔린 목소리로 안 된다고 말해도 전혀 설득력이 없었다.

"정말?"

게다가 이렇게 가까이에서 저런 목소리를 내는 것도 완전 반칙이다! 게다가 어느새 엉덩이를 배회하는 손까지! 그런데, 그런데. 몸은 왜 절로 느끼고 있는 거냐고!

"아, 안 돼요!"

하지만 이성은 승리했다. 하리는 어렵사리 그의 가슴을 살짝 밀쳤고, 그는 꽤 순순히 뒤로 밀려나 고개를 끄덕였다.

"뭐, 그렇게 싫으면 하는 수 없지."

"싫은 게 아니라!"

젠장, 잘못 말했다. 이 순간을 기다렸다는 듯이 반짝이는 저 에로틱한 눈동자! 어느새 음흉하게 번져 가는 그의 미소에 하리는 정말이지 두 손 두 발 다 들었다.

"오늘 오프지? 너희 집 갈까?"

"맨날 집에만 가재. 우리 데이트, 거의 집에서만 한 거 알아요?"

"오늘은 데이트 아닌데. 중요하게 할 말 있어서 그런 건데. 왜, 밤 데이트하고 싶어? 우리 햇병아리 완전 음흉한 닭이네."

"하? 좋아요. 그럼 대화만 하는 거예요. 대화!"

좋아, 저렇게 능글능글하게 나온다 이거지? 벌이야. 오늘 밤 사리가 나오든지 말든지 그대로 성불을 하든지 말든지 대화만 할 거다. 대화!

무슨 일인지 선호가 어디론가 불려 갔고, 어째 조용하다, 싶었더니 응급실에서 콜이 들어왔다. 대충 밥을 밀어 넣고서 빠른 걸음으로 스테이션을 지나치는 순간, 간호사들의 목소리가 너무나도 크게 귀에 박혀 들어왔다.

"그거 들었어? 최선호 선생님 곧 병원 떠나실 거래."

"어머, 그럼 우신재단 이어받는 거야?"

"아니, 그게 아니라. 한국대로 다시 돌아가신다고 하던데? 남은 신경외 레지던트 마치신다고."

"번거롭게 왜 그러신데? 우신대병원장이 할아버지시면서."

"천재들 속을 어떻게 알겠어?"

간호사들의 목소리가 흐트러지고, 하리는 잠깐 멈추었던 발걸음을 다시금 빠르게 놀렸다. 그래, 떠나는구나. 여길, 떠나게 되는구나. 하긴 예상하고 있었다. 그가 다시 신경외과의로 돌아갈 거라는 걸. 그리고 그 시작과 끝이 이곳은 아닐 거라는 걸.

'중요하게 할 말이 있어.'

그게 이 말인가? 이 말이겠지.

응급실로 들어선 하리의 눈동자가 살짝 가라앉았다. 하지만 어느새 그녀는 의사로서 청진기를 쥐어 올렸다. 그가 선물해 준 샛노란 청진기를.

❖ ❖ ❖

오랜만에 오프였다. 하긴, 이제 여기에서의 일은 거의 없어서 한 가하긴 했지만. 그래도 모처럼 하리와 느긋하게 원하는 데이트도 하면서 집에서 중요하게 할 말도 있었는데. 무슨 일인지 집으로 먼저 가 있겠다고 문자가 날아왔다. 하는 수 없이 곧장 집으로 향하면서 하리에게 계속 전화를 걸었지만 날아오는 건 오직 얼른 오라는 문자 뿐. 대체 뭘 꾸미고 있는 걸까? 그래도 의아한 표정 뒤에 서린 것은 설렘이었다. 그리고 얼른 보고 싶다는 초조함에 그는 자꾸만 붙잡히는 신호만 연신 노려보고 있었다.

선호에게 얼른 오라는 문자를 보내고서 그의 집 앞에서 두근거리는 마음으로 열쇠를 쥐어 올렸다. 그가 준 열쇠를 이렇게 써 보는 건 처음인데 왜 이렇게 긴장되고 떨리는 걸까? 게다가 그의 공간에 혼자 들어간다는 느낌 역시 생각보다 더 두근거림을 안겨 주었다. 그렇게 조심스럽게 열쇠를 열고서 그래도 일단 내 집은 아니니까.

"실례할게요."

집 안은 캄캄했다. 하지만 탁 트인 창문으로 스며드는 엷은 불빛이 제법 운치 있는 분위기를 자아냈다.

"흠, 불 켤 필요는 없겠지?"

하리는 커다란 쇼핑백에 챙겨 온 옷을 꽉 붙잡고서 눈동자 위로 전의를 불태웠다. 최선호. 오늘 밤, 이번엔 내가 널 먹어 주겠다!

현관문 앞에 선 선호는 약간 긴장된 느낌으로 그녀의 이름을 불렀다.

"하리야."

하지만 대답이 없었다. 설마 아직 안 온 건가? 뭔가 불안한 마음에 현관문을 열었지만 역시나 캄캄한 내부에 표정이 살짝 굳어지며 얼른 휴대폰을 들었지만 멀리서 방문 열리는 소리와 함께 하리가 얼굴을 빠끔히 드러냈다. 뭔가 꽤나 난처해 보이는 얼굴이었다.

"뭐야? 있었으면서 대답도 안 하고 불은 왜 안 켰어? 고장 났어?"

"자, 잠깐 켜지 마요!"

"뭐?"

필사적으로 말리는 모습에 이제야 뭔가 이상하다는 걸 깨달은 선호가 묘한 시선을 띠자 하리는 혹여나 자신에게로 올까 봐 고개를 마구 가로저었다. 일이 이렇게 될 줄은 몰랐는데!

"오, 오지 마요. 내가 나갈 테니까 조금만 기다려요!"

"대체 뭔데? 그리고 여기 우리 집이고, 거기 내 방인데?"

"오기만 해 봐! 오기만 해 봐요! 정말, 이렇게 다 벌어질 줄 몰랐는데!"

"벌어져?"

선호의 목소리에서 호기심이 가득 묻어져 나오자 하리는 이제야 제 입을 막았지만, 소용이 없었다. 젠장, 아예 불을 지폈구나, 지폈어! 하리는 정말 한순간 머리가 어떻게 된 건 아닐까? 생각하며 자꾸 벌어지는 옷섶을 꽉 움켜쥐었다. 지금 그녀의 모습은 정말이지 가관이었다. 끝내 선호는 하리의 앞에 섰다. 하지만 몸을 최대한 뒤로 빼고 있어서 어떤 상황인지 알 수가 없었다.

"대체 뭐야? 얼굴만 보여 줄 거야? 이대로 얘기해?"

"아니 그게……."

이게 아닌데, 이게 아닌데! 그래, 이왕 마음먹은 거 아주 독해지자고. 오늘 나는 조하리가 아니다, 아니다!

"너무 빤히 보지 마요."

"뭐?"

하리는 숨을 크게 삼키고서 한 발자국 앞으로 걸어 나왔다. 그리고 그러한 모습에 선호의 눈동자가 점점 더 커지더니 이내 턱이 딱딱하게 굳어지며 꽉 깨문 입술 사이로 위태로운 숨이 떨어졌다.

"하, 너 정말……."

무릎까지 내려오는 흰 가운을 걸친 그녀의 모습은 항상 익숙한 모습이었다. 하지만 흰 가운만 입고 있는 거라면? 하리는 지금 아찔한 속옷에 흰 가운만 걸친 채 벌게진 모습으로 선호의 앞에 서 있었다.

"유, 유혹하는 거예요. 오늘은 내가 선생님을 유혹하는 거예요."

첫 계획은 아주 거창했다. 선호에게 완전한 여자로서 섹시한 이미지를 아주 강하게 박아 넣어 주는 것! 진이도 태종 선생님 앞에서 가끔 금방이라도 풀릴 듯한 목욕 가운만 입고서 손짓하면 그날은 아주 죽는 날이라고 자랑한 적이 있었다.

'남자는 모름지기 여자가 조련하는 맛이 있어야 해. 너무 끌려가면 절대로 안 된다?'

그래서 생각해 낸 것이 의사 가운이었는데, 단추가 없어서 자꾸 벌어지는 것이 생각보다 너무 민망하고 창피해 죽겠다!

"오호라, 네가 날 유혹하겠다고?"

어느새 악마의 표정으로 선호는 한 손으로 벽을 짚고서 하리를 가둔 채 아래를 내려다보았다. 어느 방향으로 보나 그녀의 속살이 아찔하게 그의 시선을 가두고 있었다.

"못할 것 같아요?"

그래, 이왕 여기까지 온 거 그냥 정신줄 놓아 보자고!

하리의 손이 거침없이 그의 넥타이를 움켜쥐고서 아래로 잡아당
겼다. 거의 코끝이 닿을 정도로 가까운 거리에서 하리는 뜨거운 숨
을 삼키며 속삭였다.

"각오해요."

그리고 이내 선호의 입술을 망설임 없이 입으로 집어넣었다. 서
로의 숨결이 거침없이 뒤섞이며 강한 파동을 일으켰다. 선호의 고개
가 살짝 비틀리면서 신음 소리가 새어 나왔고, 그녀의 부드러운 속
살이 자꾸만 아래를 자극하며 그의 머릿속은 이미 거센 화염으로 타
오르고 있었다. 결국, 그의 손이 그녀의 가운 속을 침범하며 입술
사이로 혀가 가파르게 침범했다.

"흐흡!"

도망치려는 그녀를 더욱 단단하게 잡아매고서 그녀의 타액까지
전부 집어삼키며, 그의 움직임이 점점 빨라지기 시작했다. 어느새
허리를 타고 오른 손가락이 조심스럽게 브래지어를 끌어 내렸다. 커
다란 손바닥으로 예민하게 달아오른 가슴이 짓눌리며 위아래로 쓸
어내리자 찌릿한 감각이 허리 끝까지 내리며 하리의 몸이 작게 경련
을 일으켰다.

'이, 이게 아닌데!'

하리는 얼른 정신을 차렸다. 그러곤 그의 단추를 하나하나 풀어
헤쳐 이번엔 반대로 그의 가슴속으로 손을 집어넣었다. 맨살에서 미
칠 듯이 뛰어오르는 심장이 느껴졌다. 뭔가 어설프면서도 제대로 살
결을 따라 내리며 그곳에 가볍게 입을 맞추자 여유롭던 선호의 움직

임이 살짝 움찔했다.

"움찔했죠?"

"글쎄?"

그래?

뭔가 반응이 오는 모습에 하리는 좀 더 대담하게 혀를 굴리며 입술을 좀 더 움직였다.

"흡!"

거칠게 쉬어 버린 호흡이 제멋대로 흘러나왔고, 하리 역시 그러한 그의 목소리에 소소한 쾌감을 얻으며 입가로 짙은 호를 그렸다.

"이번엔 정말 반응했죠?"

"그래, 반응했어."

순간, 그의 손길이 그나마 걸쳐 있던 그녀의 가운을 순식간에 벗겨 내고는 그대로 침대 위로 떨어뜨렸다. 검은 음영에 가린 그의 모습이 무척이나 거대하게 느껴졌다.

"그럼 오늘 하다 못한 몸의 대화를 이어 가 볼까?"

선호의 손바닥이 볼록 솟은 가슴을 정확히 문지르자 하리의 허리가 그에 따라 비틀리며 가는 비음을 토해 냈다. 이미 그의 손길에 익숙해진 몸이 순식간에 달아오르며, 아래쪽이 벌써부터 아릿한 통증과 함께 뜨겁게 불붙기 시작했다. 선호는 그녀의 작은 몸에 겹치며 손끝이 그녀의 은밀한 곳을 배회하기 시작했다.

"흐읏!"

달큰한 교성이 터져 나왔다. 손가락이 위아래로 움직이며 더욱 거센 폭풍을 일으켰다. 저도 모르게 몸이 파르르 떨리며 가볍게 튕겨 오르자, 선호는 슬며시 벌어진 그녀의 다리 사이에 자세를 잡고서 다시금 하리의 입술 위로 자잘하게 달콤한 숨을 불어넣었다. 허리가 점점 꼿꼿해지며 쾌감과 흥분이 느껴졌다. 아래쪽이 무섭게 고개를 치켜세우며, 오직 저 달콤하고 뜨거운 곳으로 들어가고 싶다고 아우성을 치기 시작했다. 허리 역시 끊어질 것 같은 감각에 숨을 헐떡이며 허리를 그쪽으로 움직이고 있었다. 코앞에 절정이 보였다. 그리고 그와 가장 가까이에서 하나의 감각을 느낄 수 있는, 가장 가까운 시간.

"사랑해."

그의 짧은 한마디와 함께 새하얀 폭풍이 온몸으로 밀려들었다.

"하아, 하아, 아아아!"

아래에서 미끄러지듯 뚫고 들어온 뜨거움이 온몸으로 퍼지며 모든 감각이 녹아내릴 듯 마지막 남은 이성의 끈이 그렇게 끊어지고 있었다.

선호는 떨어지는 굵은 땀방울 사이로 그 속에서 하나로 완벽하게 합쳐진 그녀를 바라보며 숨을 크게 내쉬었다. 이제 접전이 된 그곳에서 또다시 열꽃이 피어나고 있었다. 치솟기 시작하는 불꽃에 두 사람의 얼굴이 일그러지며 허리가 움직이기 시작했다. 서로의 교성과 야릇한 살 소리가 주변을 가득 메우고 있었다. 어떻게 보면 너무나도 쑥스러운 소리였지만, 그러한 소리조차도 그 둘에겐 들리지 않았다. 오직 위와 아래에서 서로의 얼굴만을 바라보았다. 가장 깊은 곳에서 가장 가까운 곳을 마주하며 정말이지 뜨겁게 솟구치는 심장 소리만을 들을 뿐이었다.

그의 허리가 튕겨 나갈 듯 엄청난 속도로 움직임과 동시에 그녀의 허리도 마치 활처럼 휘어지며 모든 것이 뒤흔들렸다.

"아아아!"

"하아아윗!"

끈적끈적한 소음이 절정을 이루며 끝내 커다란 충돌과 함께 터져 내렸다. 두 사람의 심장 소리가 오직 하나의 소리를 이루고 있었다.

사랑해, 사랑해, 사랑해. 이 순간에 들리는 건 오직 사랑한다는 그 단어뿐이었다.

침대 위에서 하리는 선호의 품에 안겨 그의 머리카락을 연신 쓸어내렸다. 마치 커다란 맹수 한 마리를 길들인 느낌이랄까?

"언제 말할 거예요?"

무언가 망설이고 있는 선호에게 하리가 먼저 입을 열었다.

"……알고 있었어?"

그리고 짐작한 듯 흘러나오는 선호의 목소리에 하리는 가만히 고개를 끄덕였다.

"사실 알게 된 건 몇 시간도 채 안 돼요."

"……."

"그래도 선생님 입으로 직접 듣고 싶어요."

선호는 천천히 몸을 일으켜 세웠다. 그러곤 옅은 램프 불빛에 하얗게 비친 하리를 바라보며 천천히 입을 열었다.

"나, 우신대병원을 나가서 한국대병원으로 가려고 해. 거기서 미처 마치지 못한 NS(신경외과) 레지던트도 마치고, 저번에 마무리하지 못한 논문도 마무리하고, 이제껏 하지 못한 공부를 하고 싶어."

"……."

"그러고 난 뒤에."

하리는 재촉하지 않았다. 선호도 서두르지 않았다. 신중하게, 아주 신중하게 제가 가고 싶은 길을 말하며 그녀에게 천천히 손을 내밀었다.

"네가 가는 길에 나도 같이 가고 싶다."

아주 예전에 그에게 소소한 미래를 이야기한 적이 있었다. 이런 커다란 대학병원이 아닌 작더라도 자신의 신념을 지키며 오직 환자를 위한 그런 병원을 꾸미고 싶다고. 그 미래 속에 그녀는 더 이상 혼자가 아니었다.

"같이 하자. 나랑, 하자. 검은 머리 파뿌리 될 때까지."

하리는 제게 내밀어 진 그 손을 망설임 없이 붙잡았다. 처음부터 그가 하는 답에 모든 정답은 이거였다. 더 이상 제 미래에 선호가 없는 모습은 상상할 수가 없으니까. 모든 미래에 그의 손을 잡고 있으니까. 그 모습이 검은 머리가 파뿌리 될 때까지도……

"그 말 무르기 없어요. 정말 이 머리가 새하얗게 변하다 못해 다 빠질 때까지 나랑 살아야 해요."

"훗, 무시무시해라. 걱정 마. 내 머리가 하얘지긴 하겠지만, 빠지진 않을 거야."

선호는 하리를 꼭 끌어안고서 다시금 입술에 키스를 했다. 아마 앞으로는 더 만나기 힘들어질 거다. 더 이상 같은 병원에 있는 게 아니니까, 의사라는 이름으로 한 달에 몇 번 만나면 많이 만나는 걸까? 게다가 그는 레지던트에다 다시 연구에 들어가면, 어쩌면 이게 마지막 키스일지도. 그래도 뭐, 괜찮을 거야. 오늘 아주 많이 침 발라 놓으면 되니까. 이 남자는 이 조하리의 남자라고. 그리고 조하리는 최선호의 여자라고.

며칠 뒤, 정말로 그가 떠났다. 별다른 인사를 하진 않았다. 그날도 병원은 몹시 바빴고, 2년 차 레지던트인 하리에게 그와 작별을 고할 짧은 시간은 그야말로 사치에 불과했다. 그래도 마지막까지 그가 남겨 준 우유 하나에 붙여진 쪽지. 사랑한다는 쪽지에 절로 웃음을 훔치며 텅 빈 그의 연구실 속에서 벌써부터 그리움이 밀려들었다. 하지만 뭐.

"조 선생님, 응급실 콜이에요. 이중 TA(교통사고)요!"

"네!"

그것도 잠시였지만.

❖　❖　❖

1년 후.

늦은 점심을 먹게 된 하리는 식당에서 우연하게 진이를 만날 수 있었다. 드디어 첫 수술이 잡힌 진이는 선호만큼이나 보기가 힘들었다. 어떤 일이든 주눅 들지 않던 애가 그래도 긴장이 되기는 하는지 오프까지 내던지고 수술 준비에 집중하고 있었다.

"그래도 밥은 넘어가…… 히익!"

"……왔냐?"

순간, 들고 있던 밥을 떨어뜨릴 뻔했다. 대체 며칠 사이에 얼굴이 왜 저 모양이야!

"너, 너, 얼굴이!"

하얗게 뜬 얼굴에 사막을 보는 듯 쩍 갈라진 입술. 거기다 며칠의 밤을 샌 건지 아주 눈동자가 흐리멍덩하다 못해 죽어 가고 있었다.

"숨은 쉬니?"

"이대로 숨도 안 쉬고 자고 싶구나."

"고생이다."

"젠장, 젠장. 내 님이 바로 코앞에 있는데. 벌써 며칠째 섹스는커녕 키스도 못했어. 내 입술 봐 봐! 이게 어디 애인 있는 입술이냐고!"

"역시, 너답다."

역시나 거침이 없구나. 하지만 진이는 스트레스가 이만저만이 아닌지 하리에게 푸념을 늘어놓았다.

"그래도 넌 눈앞에 안 보이니까 그나마 참을 수 있는 거지. 한 직장에 있는 것도 썩 좋은 건 아닌 것 같다. 이건 더한 고통이야. 그림의 떡이라고. 떡!"

그래도 난 얼굴이라도 그렇게 계속 봤으면 좋겠다. 벌써 못 본 지 한 달을 훌쩍 넘어가고 있으니.

"태종 선생님이 정말 키스도 안 된다고 해?"

"수술 끝날 때까진 남남으로 지내잔다. 워낙 공과 사가 철저하잖아? 좀! 좀! 우리 좀!"

처음엔 태종 선생님과 사귄다는 말을 들었을 때는 정말 기절초풍할 것 같았는데, 1년 전, 우연히 당직실에 들어갔다 아주 찐하게 입술을 부딪치고 있는 둘을 보고는 인정할 수밖에 없었다. 태종 선생님. 보기와는 달리 진이보다 더하면 더했지 덜하지 않을 만큼 무섭게도 격렬했으니까. 아주 천생연분인 거야.

"너 수술 언제야?"

이제야 좀 의사다운 정상적인 얘기로 들어가고 있었다.

"오늘 저녁. 뭐, 그렇게 큰 수술은 아니니까."

"태종 선생님이 도와주시지?"

"아니."

"아니야? 왜? 난 태종 선생님이 어시 들어갈 줄 알았는데."

"그런 간단한 수술에 어떻게 펠로우가 3년 차 레지던트 어시를 들어 오냐? 쪽팔리게."

"그런가?"

"그래도 뭐, 마지막까지 격려해 주셨어."

눈빛에서 하트가 뿅뿅 나오는 모습에 처음으로 진이가 너무 예뻐 보이고 사랑스러워 보였다. 역시 사랑을 하는 여자는 저렇게 보이는 걸까? 그럼, 나도 그렇게 보일까?

"성공하면 더 격려해 주시기로 했고. 후후후!"

"그래, 그게 뭐든 너한테 원동력이 되면 된 거지. 힘내라, 힘!"

드디어, 올 것이 오고야 말았다! 진이는 수십 번 참을 인 자를 새겼지만, 연신 시간을 살피며 한 초, 한 초에 반응하는 심장을 붙잡았다. 드디어 신경외과의로서 처음으로 누군가에게 주는 것이 아닌, 스스로 메스를 잡는 역사적인 순간. 물론 간단한 혈종을 떼어 내는 비교적 쉬운 수술이지만 그래도 집도의 유진이의 이름을 걸고 하는 첫 수술!

"선생님, 준비 끝났습니다."

그녀를 부르는 어시스트의 목소리에 진이는 뻣뻣하게 굳어진 근육을 풀어 주고서 소독을 끝내고 수술방으로 들어섰다. 매일같이 제 방처럼 드나들던 곳인데 공기부터가 달랐다. 그리고 소규모이긴 해도 어시스트들과 간호사들이 저를 쳐다보는 눈동자가 왠지 부담과 더불어 무게가 느껴졌다.

'잘할 거야.'

다른 수술이 있어서 직접 오지는 못해도, 그전에 짧게 잘할 거라고 격려해 준 태종의 목소리가 그나마 쿵쾅거리는 심장을 진정시켰다.

그래, 내가 누군데. 천하의 유진이! 아주 깔끔하게 떼어 주겠으!

하지만 막상 수술대 앞에 선 진이는 무척이나 신중하고 진지했다. 태종의 옆에서 매번 어시를 서면서 그의 섹시한 손놀림만 보고 있던 건 아니었다. 깔끔하고 정확한 움직임과 신중한 판단력. 수술대에선 누구보다 자신을 믿어야만 했다.

마스크를 끼고 조명이 꺼지면서 수술대 위의 중앙 불이 내려왔다. 마취를 확인하고 진이는 마지막으로 짧게 속삭였다.

"잘할게요."

"그럼 혈종 제거술 시작하겠습니다."

"메스."

그렇게 그녀의 손 위로 메스가 쥐어지면서 수술이 시작되었다. 3시간의 시간 동안 진이는 평소 그녀답지 않게 진지하고 신중했으며, 마침내 마지막 혈종까지 전부 제거에 성공했다.

"수고하셨습니다."

어시스트의 목소리가 이제야 모든 긴장을 내려놓게 하였다. 진이는 마스크를 벗어 내고서 크게 숨을 내쉬며 마지막으로 깔끔하게 봉합이 된 부위를 보곤 싱긋 웃었다.

"유 선생님."

그때 바이탈을 체크하던 간호사가 그녀를 부르며 인터폰을 흔들었다.

"누구예요?"

"저기 위."

간호사가 가리키는 방향으로 고개를 돌리자 모니터 실로 익숙한 얼굴이 비쳤다. 진이는 저도 모르게 살짝 눈물이 맺힐 뻔했다. 간호사에게서 받아 든 인터폰으로 세상에서 가장 멋지고 섹시한 목소리가 흘러들었다.

〈잘했어.〉

"못 온다고 했으면서."

진이는 고개를 들고서 태종을 바라보았다. 대체 언제부터 여기 있었던 걸까? 그를 보자마자 이렇게 안심이 될 줄이야. 자신답지 않게 이 정도로 저 남자를 신뢰하고 기대고 있었던 걸까?

〈처음부터 쭉.〉

"하아, 뻥쟁이."

〈내가 온다고 하면 더 긴장했을까 봐. 아니면 말고.〉

"……고마워요."

진이는 고개를 숙였다. 계속 보고 있으면 청승맞게 눈물이 흐를 것 같았으니까. 하지만 태종은 그런 그녀를 강하게 끌어 올렸다.

〈고개 들어. 얼굴 보려고 온 건데.〉

"나가서 보면 되지. 나갈게요."

〈유진이.〉

인터폰을 끊으려는 순간 태종의 강한 목소리가 그녀를 붙잡았다. 진이는 왠지 저 한 마디에 절로 다시금 고개를 들고서 그를 바라보았다. 어느 정도 거리가 있음에도 너무나도 가깝게 느껴졌다. 바로 옆에서 말하는 것처럼.

〈진아.〉

"……."

〈첫 수술 성공, 축하해.〉

"……."

〈진아.〉

목소리가 조금 떨려 왔다. 저도 모르게 손끝에 힘이 들어가면서 인터폰을 꽉 움켜쥐었다. 점점 거칠어지는 숨소리가 들리다가 이내 태종의 시선이 정확히 진이를 삼켜 들었다.

〈그런데 오른쪽 혈종 찌를 때 너무 깊이 들어갔어. 그러다 혈맥 잘못 건드리면 더 큰 수술 되니까 조심해. 그리고 마지막 혈종 제거 할 때는 너무 불필요한 움직임이 많았고…….〉

하아?

순간 저도 모르게 허탈함이 밀려들었다. 엄청 진지하게 부르기에 뭐 대단한 얘기를 하나, 싶었더니 저거 말해 주고 싶어서 얼마나 근 질거렸을까. 역시 남태종. 그다웠다.

"알았어요, 잘못된 점도 나가서 들을게요. 나가서……."

〈우리 결혼하자.〉

주변에서 들리던 잡음이 전부 사라져 버렸다. 이젠 정말 바로 코 앞에 그가 있는 것 같았다. 지금 무슨 말을 들은 거지? 정말 맞게 들은 거야? 진짜?

"……쌤?"

〈앞으로 평생, 네가 하는 수술 지켜보고 싶다. 영원히 너의 어시 스트가 되고 싶어.〉

다소 무뚝뚝한 남자인데, 이런 닭살스러운 말까지 하면서 못내 쑥스러워 말을 돌렸다가 이내 용기 내어 고백하는 모습까지 하나도 빠짐없이 보였다. 내 남자, 나의 사랑스러운 남자. 나만의 아수라 치 프 쌤.

"고마워요, 쌤."

이윽고, 허락의 목소리가 들려오자 태종은 이제야 딱딱하게 굳어 졌던 표정을 잔뜩 펴고서 환하게 웃었다. 정말이지 금방이라도 전화 를 놓칠 것처럼 손바닥 가득 땀이 차올라 있었다. 평생 이토록 떨렸던 적은 처음이었으니까. 하지만 그 정도로 간절히 저 여자를 원했다. 첫 수술이라는 아주 특별한 순간에 절대 잊지 않도록, 나라는 남자를 새겨 주었으면 했다.

그렇게 태종은 수술방에서 빠져나오는 진이에게 프러포즈 반지를 끼워 주고서 아주 짧은 키스를 했다.

"프러포즈할 거면서 그렇게 잘못된 점 콕 집어 주는 건 또 뭐예요?"

"나도 모르게 그만……."

"격려해 주기로 한 거, 이걸로 퉁치지 마요."

진이는 태종의 귓가에 나지막이 속삭였고, 태종은 낮게 웃으며 진이를 꼭 끌어안았다.

"원하는 대로 다 해 줄게."

은밀하게 가라앉는 그의 목소리에 파르르 전율이 일었다. 정말이지 섹시해 미치겠실! 이런 남자를 평생 밤마다 볼 수 있다니. 이젠 그림의 떡이 아닌 진짜 내 입에 떡! 결혼 참, 좋구나!

환자 회진을 마치자마자 기다렸다는 듯이 응급실 콜에 불려 내려갔다. 어중간하게 기르던 머리를 아주 야무지게 묶어 올리고 이젠 제법 노련한 의사 티가 나는 그녀가 바쁘게 응급실로 들어서자 기다리고 있던 1년 차 레지던트들이 환자의 차트를 보여 주며 그녀가 묻기도 전에 자동으로 입을 열었다.

"나이는 20살 여성 환자로 얼마 전 TA 사고로 폐에 혈종이 생겨 수술을 받고 퇴원 조치를 했었습니다. 그런데 오늘 아침부터 객혈

(기침 시 출혈)과 함께 과도한 출혈이 발생하고 있습니다. 지금은 일단 출혈을 잡아 놓은 상태입니다."

"출혈이라, 일단 보지."

하리는 환자에게로 걸어갔다. 이미 많은 출혈로 살짝 빈혈 증상을 보이고 있었다.

"안녕하세요, 3년 차 레지던트 조하리입니다. 환자분 잠깐 확인 좀 할 수 있을까요?"

환자가 힘없이 고개를 끄덕이자, 하리는 웃으면서 노란 청진기를 꺼내고서 호흡을 멈추었다. 미묘하고 심잡음이 잡히는 듯했다. 아마도 수술한 부위에 문제가 생긴 것 같은데. CT를 찍어 정확하게 알아야겠지만, 만약 그렇다면 서둘러 CS(흉부외과)에 알려야만 했다.

"일단 바로 CT 준비하고 혹시 모르니까 CS에 연락해. 응고 검사했지?"

"네, 바로 했습니다."

"출혈 시간 기록한 거 바로 가지고 와."

"알겠습니다."

혹시 몰라 전에 수술 기록을 확인하려는 찰나, 휴대폰이 짧게 울렸다. 생각 없이 들어 올렸던 하리의 눈동자가 살며시 휘어지며 아주 조심스럽게 처치실로 들어갔다. 3주 만에 온 그의 전화였다.

〈여보!〉

"……."

〈세요. 훗, 놀랐어?〉

여전히 익살스런 그의 목소리에 절로 광대가 승천할 것 같았다. 정말 얼마 만에 듣는 목소리던지! 장거리 연애를 해도 우리보다는 더 자주 만날 것 같다는 생각이 들 정도로 그를 보지 못한 지 너무나도 오래되었다.

"놀랐어요. 너무 오랜만이라서."

〈미안. 요즘 정말 정신이 없네. 3년 차는 할 만해?〉

"핏, 그래 봤자 선생님도 나랑 같은 레지던트면서."

〈나랑 너랑은 다르지. 잊었어? 나 천재라는 거.〉

"우와, 선생님 대개 잘난 척 심해졌네요."

하긴, 레지던트라도 같은 레지던트가 아니지. 저쪽은 사람이 아닌 괴물이고, 난 지극히 평범한 대한민국의 레지던트니까.

"그런데 정말 무슨 일이에요? 엄청 바쁘잖아요."

〈좋은 소식이 있어. 아마도 오늘은 얼굴 좀 볼 수 있을 것 같아.〉

얼굴을 볼 수 있다니. 정말? 정말로? 믿어지지가 않는다.

"정말요? 하지만 어떻게……."

〈뇌 신경센터가 곧 완공되잖아. 거기 세미나에 초대받았어.〉

그러고 보니, 곧 우신대병원 최대의 관심사이자 대한민국 최고의 뇌 신경센터가 드디어 완공을 눈앞에 두고 있었다.

〈아주 잠깐 얼굴은 볼 수 있을 거야.〉

생각보다 밝은 목소리였다. 물론 그 속내까지는 알 수 없었지만, 그래도 조금 안심은 되었다. 선생님이 다시금 가족과 마주한다는 생각에.

"기다릴게요."

〈……곧 갈게.〉

짧고 아쉬운 전화가 끊어졌다. 그래도 오늘은 그의 얼굴을 짧게나마 볼 수 있을 것이다. 이런 작은 것조차 이렇게 행복감이 들다니…….

"조 선생님!"

1년 차 레지던트의 목소리에 하리는 얼른 정신을 차리고서 처치실을 빠져나왔다.

"CT 끝났어?"

"아니요, 지금 하고 있습니다."

"그럼 다른 환자?"

"아니요, 이거 어느 분이 선생님 드리라고 하셨어요."

그러더니 하리의 손 위로 우유를 하나 건네주었다. 우유, 우유?

"이걸 누가……."

그때 우유 위에 붙어 있는 노란 쪽지를 보고서 그녀의 시선이 흔들렸다.

'밥은 제대로 먹고 다녀?'

순간 뭔가 찌릿한 느낌이 스치면서 설마 하는 생각에 응급실을 빠져나오자 복도 위로 정말로 거짓말처럼 그가 있었다. 최선호, 선호……

"선생님?"

"왜 이렇게 비실비실해. 역시, 아직 햇병아리구만."

너무나도 오랜만에 듣는 햇병아리라는 말에 하리는 저도 모르게 소리를 내어 웃었고, 선호 역시 더 이상 햇병아리라고 할 수 없는 그녀를 향해 엷은 미소를 지으며 걸어왔다.

"서프라이즈."

"정말, 놀랐어요."

하리는 그런 그를 향해 우유를 가볍게 흔들었다.

"제가 빚지고는 못 사는 거 알죠?"

"그럼 우윳값 지금 주면 되겠네."

그의 입술이 너무나도 짧게 스쳐 지나갔고, 너무나도 짧은 달콤함에 하리는 아쉬움을 삼키며 이번엔 먼저 그를 붙잡았다.

"가끔은 두 배로 갚을 때도 있어요."

그렇게 그녀의 입술이 이번엔 먼저 깊숙이 찾아들었고, 선호는 두 팔로 있는 힘껏 그녀를 끌어안았다.

두 사람의 웃음소리와 함께 하리의 목에 걸린 노란 청진기 너머로 세상에서 가장 행복한 심장 소리가 그렇게 두근두근 울리고 있었다.

에 필 로 그

"오늘은 심장 소리가 아주 좋은데?"

진우는 어린 꼬마의 머리카락을 가볍게 두드려 주고선 사탕 하나를 건네주었다. 아이는 사탕 하나에도 너무 행복한 표정을 지으며 돌아섰다. 이곳의 아이들은 작은 것 하나에도 더없이 환한 미소를 지어 주었다. 그래서 이곳의 생활이 너무 고되고 힘들게 느껴질 때도 있지만, 저도 모르게 저 웃음에 감염되어 스리슬쩍 웃어넘길 때도 있었다.

"식사 좀 하세요, 선생님."

같이 봉사하러 온 한국인 간호사가 걱정스럽게 말했고, 진우는 시계를 확인하고선 항상 그렇듯 미안한 표정을 지었다.

"또 박 간호사님 걱정시켜 드렸네요."

"일도 좋고, 봉사도 좋지만. 좀 먹으면서 하세요. 그러다 쓰러지시면 이쪽이 더 곤란합니다."

"훗, 알았어요. 그럼 조금만 부탁할게요."

아침부터 장장 5시간 풀타임으로 일한 후에야 그는 자리에서 일어나 간단한 식사를 했다. 분명 밥 먹을 시간이 있음에도 가끔 일부러 먹지 않을 때가 있었다. 아무리 주위에 사람이 많아도 이렇게 혼자 밥을 먹는 시간엔 한구석에 허전한 마음이 들곤 했다.

"선생님!"

그때, 멀리서 박 간호사가 달려왔다. 진우는 먹던 밥을 마저 삼키고서 다급하게 달려온 박 간호사의 표정에 살짝 표정이 굳어졌다. 혹시, 약이 떨어진 건가?

"무슨 일이에요. 혹시 약이……."

"아니요! 약 보급이 도착했습니다."

"설마, 이번에도 익명으로……."

"네. 그런데 이번엔 메시지가 함께 왔어요."

"정말요?"

진우는 자리에서 벌떡 일어나 사무실로 향했다. 봉사단체에서 백신과 약을 지원해 주기는 했지만, 이곳의 환경이 너무 열악하고, 환자는 끝도 없이 많아 항상 백신이나 약이 떨어질까 조마조마한 적이 많았다. 그런데 언제부터인가 누군가 익명으로 백신과 약을 제공해 주고 있었다. 항상 누군지 궁금하고, 고마운 마음에 알아보려고 했지만, 번번이 누군지 알 수 없었는데. 그분이 메시지를 보냈다고 한다.

간호사는 서둘러 메시지를 진우에게 건네주었다. 메시지의 내용은 굉장히 짧았다.

"되게 짧죠? 누군지 아시겠어요?"

그러자 진우는 피식 웃으면서 고개를 끄덕였다.

"대충이요. 대충."

이렇게 조건 없이 주는 건 당신이 처음이에요. 알죠?

이런 말을 할 사람은 제 주위에 한 사람뿐이었다. 진유경. 어떻게 된 일인지, 굉장히 묘한 친구 사이를 아직까지 이어 가고 있었으니 말이다.

❀   ❀   ❀

환자 차트를 확인하는 하리의 시선이 살짝 흔들렸다. 요즘 들어 도통 잠을 제대로 자지 못해 피로가 쌓인 탓이었다. 어느새 4년 차 레지던트에 치프까지 맡게 되니, 일이 곱절이나 늘어난 기분이었다. 게다가 담당하는 환자들이 대부분 할머니, 할아버지들이라 고집 센 분들을 상대하는 일도 여간 어려운 일이 아니었다.

"선생님, 이복순 할머니 오셨습니다."

간호사의 말과 함께 허리 굽은 할머니 한 분이 안으로 들어왔다. 얼굴에 불만이 가득한 모습에 하리는 친손녀처럼 할머니를 달래 드렸다.

"오늘은 왜 그렇게 기분이 안 좋아 보이세요."

"내가 분명 먼저 왔는데. 아니라잖아. 20분이나 기다렸어."

"에고, 그러셨어요? 제가 나중에 확인해서 다음엔 일찍 해 드릴게요."

"흥, 말로만 그러지?"

"아니에요, 정말이에요. 그나저나 오늘은 좀 목이 가라앉았나 볼까요?"

하리는 노란 청진기로 심박수를 확인하고, 편도 쪽을 확인했다. 벌써 며칠째 감기가 떨어지지 않아 고생하시고 계시는 중이셨다. 워낙 연세가 있으셔서 그런지 면역력이 많이 떨어져 비교적 가벼운 감기도 꽤 오래가고 있었다.

"음, 많이 좋아지셨어요. 제가 말씀드린 대로 꾸준히 운동하고 계시죠? 담배도 절대로 안 되고요."

"아주 귀찮아 죽겠어. 그냥."

"그래도 계속 이렇게 병원 오시는 것보다는 낫잖아요. 담배는 절대로 안 돼요. 아셨죠?"

"흥!"

할머니는 툴툴거리시면서도 그녀의 손바닥 위에 누룽지 사탕을 하나 올려 주셨다.

"와, 오늘은 누룽지 사탕이네요? 따님이 오셨어요?"

"아니. 이번엔 우리 아들이 왔어. 용돈도 좀 받았고."

"우와, 좋으시겠다."

"내가 우리 막내아들 얘기를 했던가?"

아, 또 이 얘기가 시작됐다. 하지만 어차피 들었다고 해도 할머니는 막내아들 얘기를 하실 테니.

"아니요, 안 하셨어요."

"그래? 우리 막내아들이 서울에서 작지만, 꽤 튼튼한 회사에 다니고 있지. 인물도 좋고, 키도 크고, 그만한 신랑감 없어. 우리 막내아들이 아깝기는 하지만, 그래도 아가씨가 좋다면 내가 소개시켜 줄 수도 있는데⋯⋯."

그리고 하리는 항상 품에 넣고 다니는 사진을 보여 주며 거절을 해야만 했다.

"죄송해요, 할머니. 저 이미 애인이 있거든요."

"그래? 뭐, 있다면 하는 수 없고. 우리 막내아들이 훨씬 나은데……."

"그래도 저한텐 이 사람이 제일 멋있어요, 할머니."

하리는 사진 속에 환하게 웃고 있는 선호를 바라보며 피곤했던 기색 없이 환한 미소를 지었다. 그러고 보니 선호를 본 지도 꽤 오래되었다. 한창 새 논문 준비로 바쁘다고 하지만 그래도 일주일에 한 번은 만나야 하는 거 아닌가? 의사 커플은 시간이 아주 금처럼 귀하다.

대충 담당 환자들의 진료를 본 뒤, 점심시간에 얼른 식당으로 내려갔다. 그러자 식당 앞에서 기다리고 있던 진이가 손을 흔들고 있었다. 진이 얼굴을 본 지도 일주일이 다 되어 가는 것 같았다. 한 병원 안에 있어도 신경외과 쪽은 워낙 수술 일정이 빡빡해서 이렇게 틈을 내지 않으면 만나는 게 어려웠다.

"너 밥은 먹고 다니니? 아주 안 본 사이에 폭삭 늙었다."

"너도 알다시피 외과가 좀 빡세야지."

"그래도 매일매일 사랑하는 임과 있으면서."

"하긴, 누구처럼 생이별로 독수공방할 일은 없어서 좋긴 하지."

여전히 아픈 구석은 잘도 콕콕 쑤시자 하리는 억지로 웃어 보기는 했지만, 표정 관리가 잘 되질 않았다.

"억지로 웃지 마. 다 알아. 이번엔 두 달이 다 되도록 못 만났다며? 아무리 논문 준비 때문에 그런다고 하지만. 우렁도령 그렇게 안 봤는데."

"그래도 이제 곧 끝난다고 했으니까. 고작 두 달 못 본 거야."

괜히 한번 튕겨 봤지만, 마음은 그게 아니었다. 두 달은 너무나도 긴 시간이었다.

"하? 아주 열녀 나셨구먼."

"그나저나 태종 선생님이랑 결혼은 언제 해?"

프러포즈는 1년 전에 받았으면서, 아직도 진이와 태종은 결혼식을 올리지 않고 있었다. 의외로 혼전 임신도 없었다. 생각보다 진이가 신경외과에 빠져들면서 어느 정도 욕심이 생긴 탓에 차일피일 미룬 것이 지금에 이르게 되었다. 사실 하리로서는 의외였다. 좀 더 빨리 결혼할 거라 생각했는데. 그걸 진이가 미루다니.

"뭐, 곧 나오니까 좀만 기다려."

"뭐가?"

"청첩장."

진이는 승리의 브이를 날려 주면서 환하게 웃었다.

"세상에. 드디어 네가 가긴 가는구나."

"그래, 나도 아직은 실감이 안 가는데. 천하의 유진이가 결혼한다."

"언젠데?"

"다음 주 일요일. 꼭 부케 받아서 너도 얼른 결혼해 버려. 독수공방 그만하고."

하리는 행복해 보이는 진이의 모습에 저도 덩달아 기분이 좋아져 환하게 웃었다.

"아, 근데 너 임수한 교수님 제주도에서 세미나 하는 거 알아?"

"소식은 들었어."

임수한 교수님은 우신대학에서 그녀와 진이를 가르친 내과의 교수님이었다. 그녀들의 멘토 교수님이기도 했기에 조금 각별하다고 할 수 있었다.

"그게 이번 주인데. 난 바빠서 못 갈 것 같고, 너라도 가야 하지 싶어서."

"하긴, 찾아뵙기는 해야지."

"교수님이 나 주례 서 주시기로 했어. 정말 감사하다고 잘 전해 줘."

"알았어. 아무튼, 축하해."

그때 진이에게서 호출이 울렸다. 하리도 서둘러 밥을 먹고서 결혼식 들러리까지 약속을 한 채 얼른 걸음을 돌렸다. 하리는 진이의 너무나도 행복해 보이는 모습에 저도 모르게 부럽다는 생각이 들었다. 예전엔 결혼이라는 걸 생각조차 못 해 봤는데. 지금은 결혼이라는 걸 하고 싶었다. 최선호라는 남자와 언제나 함께할 수 있으면 좋겠다고, 그런 생각이 들었다.

하리와 만나고 콜이 온 스테이션으로 가던 도중 진이는 막 걸려온 태종의 전화를 받았다. 언제나 너무나도 멋진 사람. 이제는 자신의 남편이 될 그의 목소리에 진이는 저도 모르게 입가에 스르르 미소가 걸렸다.

〈만났어? 말은 잘했고?〉

"당연하죠. 제주도에 갈 거라는 확답을 받았어요."

〈하여튼. 별의별 짓을 다 한다니까.〉

"그러게요. 안 그래도 바빠 죽겠는데. 엄청 손이 많이 가는 커플이라니깐."

〈지금 어디야?〉

"스테이션에 콜 와서 가는 중이에요."

〈오늘 오프지?〉

말끝이 살짝 흐려지는 모습에 진이는 웃음을 꾹 누르며 애써 시치미를 뚝 뗐다.

"오프면요?"

〈……같이, 집에 가자. 기다릴게.〉

그러곤 뚝 하고 끊겨 버린 전화에 진이는 참았던 웃음을 터트리며 여전히 귓가를 맴도는 그의 목소리를 되뇌었다. 하여튼, 너무 귀엽다니까. 아수라가 아니고 이젠 그냥 귀염둥이야. 귀염둥이. 후후!

병원에 오프를 내고 나오는 길에 하리는 혹시나 하는 마음에 선호에게 전화를 걸려다 먼저 걸려 온 전화에 단숨에 전화를 받았다.

"여보세요?"

〈기다렸나 봐. 아주 신호가 가기도 전에 받았네.〉

헉, 너무 티가 났나? 조금 뜸을 들이다 받아야 하는데. 어쩜 시간이 지나도 이건 고쳐지지가 않았다.

"아, 아니에요! 그냥 우연히 휴대폰을 들고 있어서 빨리 받은 거예요."

선호의 낮은 웃음소리가 나지막이 들려왔고 하리는 귓가에 들리는 두근거림에 휴대폰을 꽉 붙잡았다.

"바빠요?"

〈조금. 이번 논문이 꽤 중요해서. 정말 미안, 만나러 가지도 못하고 연락도 자주 못 하고.〉

"괜찮아요. 나도 많이 바빠요! 치프가 되니까 할 일이 너무 많아."

〈우리 햇병아리가 얼마나 잘하는지 보고 싶네.〉

"아, 그거 들었어요? 진이와 태종 선생님 결혼한대요."

〈들었어. 나보다 먼저 하다니. 역시 얌전한 고양이가 부뚜막에 먼저 올라간다는 속담이 거짓말은 아니었다니까?〉

하리는 피식 웃으면서 앞으로 걸어갔다.

〈집에 가고 있어? 어두운 데로 가지 말고 밝은 데로 가.〉

"전화 안 끊어도 돼요?"

〈너 집에 갈 때까지.〉

그녀는 다시금 웃으면서 걸음을 조금 느리게 걸었다. 그러면 그와 조금은 더 오래 있을 수 있을까, 그런 유치한 생각을 하면서. 오랜만에 혼자 걷는 이 길이 외롭지가 않았다. 마치 그가 가까이에 있는 듯, 쌀쌀한 날씨도 전혀 춥지가 않았다.

주말에 병원 오프를 내고 제주도에 도착한 하리는 서울만큼은 아니지만 그래도 제법 쌀쌀한 바람에 코트를 움켜쥐고서 세미나가 열리는 호텔로 향했다. 병원에서 지내는 동안 계절 감각도 잊고 살았는데, 어느새 이렇게 겨울이 짙어 가고 있었다.

임 교수님의 세미나를 듣고, 저녁 만찬에 참석하기 위해 하리는 진이가 챙겨 준 원피스로 갈아입었다. 야외에서 하는지라 조금 옷을 두껍게 입고 싶었지만, 진이가 꼭 이 옷을 입고 가야 한다고 신신당부를 하는 바람에 하는 수 없이 무릎을 살짝 덮는 칵테일 원피스를 입고서 호텔 정원으로 향했다. 제법 다양하고 많은 사람들이 자리를 함께하고 있었다. 하리는 몇몇 아는 분들께 인사를 하면서 임 교수님에게로 살며시 다가갔다.

"교수님."

"오! 하리야. 진이한테 연락은 들었다."

"진이도 정말 오고 싶어 했는데……."

"하하, 결혼 준비 때문에 바쁘겠지. 난 그 녀석이 먼저 결혼할 줄은 몰랐다. 만약 가더라도 네가 먼저 갈 줄 알았는데."

"진이가 들으면 엄청 서운해할 거예요."

"녀석한테는 당연히 비밀이지. 그나저나 곧 레지던트가 끝나지 않나? 대학병원을 나온다는 소식은 들었는데……."

하리는 교수님과 이런저런 얘기를 하면서 와인을 마셨다. 하여튼 어디를 가나 이 술은 빠지지가 않고, 여전히 그녀는 술이 많이 늘지를 못했다.

"그럼 결혼식 때 보자."

"네, 교수님. 그날 뵐게요."

그녀는 임 교수와 헤어지고서 들고 있던 와인을 마지막 한 모금을 마신 뒤 내려놓았다. 얼굴이 화끈거리며 취기가 올라오기 시작했다. 고작 와인 몇 잔 마시고 이렇게 되다니. 그래도 인턴, 레지던트를 겪으면서 조금은 늘었다고 생각했는데.

하리는 아직은 자리에 있어야 할 것 같아서, 조금이라도 술을 깨기 위해 정원을 살며시 빠져나와 근처에 있는 바닷가로 걸음을 옮겼다. 어스름이 감돌고, 저 멀리 칠흑 같은 까만 바다가 제법 기세 좋게 파도 소리를 내고 있었다. 밤이라 그런지 겨울바람이 다소 매섭게 스쳤고, 하리는 두 팔을 감싸고서 한기에 입술을 달싹였다.

"으, 추워. 유진이 그 계집애. 이런 날씨에 무슨 원피스야, 원피스가!"

간간이 해변으로 연인들이 오가고 있었다. 하리는 바람이 시린 건지 옆구리가 시린 건지 마음이 시린 건지, 절로 한숨을 지으며 자동적으로 휴대폰을 바라보았다. 술이 들어가서 그런지 기분이 더 센티해지면서 이상하게 그가 더 그립고 보고 싶었다.

그녀는 휴대폰을 꼭 쥐고서 하늘을 바라보았다. 어느새 크리스마스가 다가오고 있었다. 선호와 처음 만났던 크리스마스. 크리스마스 때는 만날 수 있을까? 만나게 되면 꼭 눈이 내렸으면 좋겠다. 그때처럼 같이 눈을 맞으면 좋을 텐데.

그때, 하늘에서 뭔가가 천천히 떨어지기 시작했다. 주변에서 웅성거리는 소리와 함께 진눈깨비처럼 하얗고 작은 눈송이가 떨어졌다. 하리는 환한 미소를 지으며 손을 내밀었다. 손바닥에 닿자마자 녹아내리긴 했지만, 틀림없이 눈이었다.

"선생님, 눈이 내리네요. 올해도 화이트 크리스마스를 기대해도 될까요?"

그때, 따뜻한 무언가가 그녀의 목을 감싸 주었다. 빨간색 목도리. 하리는 몸을 흠칫하며 고개를 돌리려는 찰나.

"눈이 내리네."

"……."

"이번 크리스마스도 화이트 크리스마스가 되려나."

"……."

"그럼 우리 병아리랑 어디 갈까?"

말도 안 돼. 그가 여기 있을 리가 없는데. 하리는 마치 얼어 버린 것처럼 움직이지 못하다 이내 얼른 고개를 돌렸다. 그리고 정말로 거짓말처럼 그가 서 있었다. 하리는 더듬거리는 손으로 그의 얼굴을 매만졌다. 따뜻했다. 꿈이 아니었다. 눈도 만지고, 코도 만지고, 입도 만지고. 전부, 전부 따뜻했다.

"어, 어떻게 된 거예요?"

"태종이랑 진이한테 부탁했어. 나도 이 세미나에 초대받았거든. 근데 생각보다 마지막 수정이 좀 늦어 버려서 결국 세미나는 못 들었네."

"그럼 다 끝난 거예요?"

"일단은."

선호는 하리를 꼭 끌어안아 주었다. 목도리보다 훨씬 따뜻한 그의 품에서 하리는 연신 그를 매만지며 바라보았다. 선호는 하리의 어깨를 감싸고서 눈을 마주하다 이내 입술로 그녀의 눈을 지그시 누르더니 점점 아래로 내려와 이제야 서로의 심장이 와 닿았다. 입술 위로 부드럽게 스미는 달콤한 향기. 하리는 본능적으로 그에게 파고들며 그의 입술 위로 조그맣게 속삭였다.

"사랑해요."

"사랑해."

이젠 제법 굵은 눈송이가 아래로 쏟아졌다. 칠흑같이 까만 밤바다 위로 하얗게 휘날리는 눈꽃이 그들에게 가득 피어나고 있었다.

"자, 그럼 제주도까지 왔는데 허니문 베이비까지는 안 되더라도 허니문은 만들어야지?"

어느새 장난스럽고 음흉한 표정으로 돌아간 그의 모습에 하리는 밉지 않게 그를 노려보면서 같이 손을 잡고서 걸음을 돌렸다.

호텔로 돌아온 하리는 욕실에서 비장한 표정으로 서 있었다. 오늘은 선호와 밤새도록 함께 있을 생각이었다. 그렇게 되면 분명 같이 자게 될 거고. 오랜만이라 기대가 되기는 했지만, 이곳은 제주도. 신혼부부들의 뜨거운 밤이 쏟아지는 곳이 아니던가! 하지만 허니문은 돼도, 허니문 베이비는 절대로 안 된다. 여전히 엄마는 혼전 임신은 절대 안 된다고 했으니까. 그녀는 살짝 장미 향 입욕제를 풀고서 정성스럽게 목욕을 했다. 떨렸지만, 그에게 최고로 예쁜 모습을 보여 주고 싶었다.

목욕 가운을 걸치고 살며시 밖으로 나오자 선호가 와인 병을 따고 있었다.

"안 씻을 거예요?"

하리가 수줍게 한마디를 내뱉자, 선호는 이제야 고개를 들어 그녀를 바라보았다. 방금 목욕을 마치고 나온 그녀의 모습은 너무나도 자극적이었다. 게다가 완전 날 잡아 드세요, 라고 풍겨 오는 장미 향까지. 선호는 자꾸만 뒤흔들리는 이성을 애써 붙잡으며 그녀에게 와인 잔을 건네주었다.

"조금만 마셔, 조금만."

"에이, 그럴 거면 왜 줘요?"

"이거 마시고 홀라당 자 버리면. 나 정말 힘들다."

진심으로 하는 소리에 하리는 피식 웃었고, 선호는 하리를 살짝 안아 제 무릎 위에 앉혔다. 하리는 한 손으로 그의 얼굴을 다시금 쓰다듬었다. 살짝 까칠해진 피부 위로 눈동자가 굉장히 깊어진 것 같았다.

"얼마나 대단한 논문을 쓴다고 이렇게 얼굴이 많이 상한 거예요? 나한테만 그러지 말고 선생님도 끼니 좀 꼬박꼬박 챙기고, 잠도 좀 자고 그래요."

선호는 하리의 허리를 부드럽게 끌어안으며 새하얀 목덜미에 부드럽게 입을 맞추었다.

"나 정말 미쳤나 보다. 네가 하는 잔소리도 너무 좋아."

"후훗."

선호의 부드러운 손길이 점점 안으로 파고들며 그녀의 새하얀 가운 속으로 슬그머니 파고들었다. 얼핏 스치는 손길이 달콤하기만 했다. 그녀는 본능적으로 그의 입술을 머금었고, 선호의 손길이 그녀의 두 볼을 가볍게 쓸어내리며 내뱉는 숨결이 조금씩 가빠지기 시작했다. 그의 손길이 하리의 목욕 가운을 아래로 떨어뜨리며 그녀의 등 뒤로 세심하게 쓸어내렸다. 등에서 시작된 한기가 서서히 뜨겁게 달아오르며 하리는 저도 모르게 몸을 움찔하며 짧은 비음을 토해 냈다. 목욕 가운을 벗겨 내자 새하얀 나신이 눈에 아프게 들어왔다.

"너무, 예쁘다."

낮고 까칠한 그의 목소리에 하리는 두 팔로 그의 얼굴을 끌어안았고, 입술이 가슴에 닿아 절정을 부드럽게 지근거렸다.

"하아!"

그녀의 긴 머리카락이 그에게로 쏟아졌다. 하리의 움직임이 빨라지면서 그의 셔츠를 벗겨 냈다. 구릿빛의 단단한 가슴이 붉게 달아올라 꿈틀거렸고, 심장 소리가 더욱 크게 울렸다. 그때 제 어깨를 감싼 그의 손등에 희미한 흉터를 보고서 깜짝 놀랐다.

"다쳤어요?"

"아, 그냥 살짝 베였어."

"조심 좀 하지."

하리는 그의 흉터 위에 입술을 마주하며 혀끝으로 살며시 핥아내렸다. 선호는 아래쪽으로부터 바짝 조여 오는 느낌에 잇새 사이로 신음을 흘리며 한 손으로 그녀의 머리카락을 한껏 움켜쥐었다. 하리의 움직임이 점점 아래로 내려갔다. 선호는 터질 듯한 이성 속에 그녀의 탐스런 엉덩이를 매만지며 허벅지 쪽으로 쓸어내렸다. 그러자 움직이던 하리가 몸을 움찔하며 고개를 살짝 뒤로 꺾었고, 이미 달아오를 대로 달아오른 그의 아랫도리를 느끼며 제 몸을 그에게 조금 더 바짝 밀어붙였다.

그가 하리의 입술을 다시금 파고들며 그 속에서 짧은 숨을 내쉬었다. 어느새 등 뒤로 푹신한 침대가 느껴졌다. 제 위에서 너무나도 부드럽고 사랑스런 눈빛으로 그 속에 그녀가 들어 있었다. 그는 언제나 너무나도 부드럽게 사랑을 속삭였다. 항상 저를 위해서 달콤하게 더욱 달콤하게. 그런 그가 너무 사랑스러워서, 하리는 결국엔 제 모든 걸 그에게 줘 버리게 된다.

그녀가 뻗는 손길에 선호는 속수무책으로 끌려 들어갔다. 그리고 조심스럽게 아주 조심스럽게 그녀의 깊은 곳까지 저 자신을 가득 품으면서 더없이 따뜻한 체온 속에 하리와 선호는 더욱 깊은 심장 소리를 느꼈다.

"하아, 너무 좋아."

까칠하게 흐트러진 그의 목소리에 하리 역시 덩달아 기분이 들떴다. 그의 허리가 조금씩 빠르게 움직이기 시작했고, 그녀도 허리를 뒤로 꺾으며 함께 몸을 움직였다. 서로를 향해 뒤엉킨 숨결이 미친 듯이 일그러졌고, 선호는 커다란 손으로 연신 그녀의 온몸을 매만지며 계속해서 속삭였다.

"사랑해, 사랑해, 사랑해."

언제 들어도 질리지 않고 언제 들어도 너무나도 달콤했다.

"흐흡!"

마침내 그녀의 벌어진 입술 너머로 탄성이 터지면서 하리는 두 손으로 그의 목을 강하게 끌어안았다. 선호 역시 한 치의 틈도 남기지 않을 듯 그녀의 허리를 꽉 끌어안으며 부르르 떨리는 경련 속에 격하게 속삭이는 심장 소리에 달큰한 숨을 내쉬었다.

하리는 손가락을 까딱이며 그의 머리카락을 연신 쓰다듬었다. 그러곤 그의 귓가에 대고 조그맣게 속삭였다.

"내가 더 사랑하는 거 알죠? 더 많이많이 사랑해요."

선호는 그녀의 목소리에 부드럽게 웃으면서 한동안 쭉 그렇게 서로를 끌어안고 있었다.

꽃 꽃 꽃

하리는 준비된 부케를 들고서 신부 대기실로 들어섰다. 그러자 안절부절못하며 서 있던 진이가 환하게 웃으면서 하리를 꼭 끌어안 아 주었다.

"고마워, 하리야! 내가 정말 이 은혜를 어떻게 갚지?"

"헉, 헉, 정말 넌 결혼하는 그날까지 스펙터클하다."

"부케가 늦어질지 몰랐지. 아무튼 고마워."

차가 막히는 바람에 부케가 도착 시간보다 늦어질 것 같다는 전 화를 받고 하리와 선호가 아주 부리나케 달려가 오늘의 신부인 진이 에게 새하얀 백합을 건네주었다. 매번 천방지축에 털털하기 그지없 는 진이가 이렇게 새하얀 웨딩드레스를 입고 있는 모습을 보니 천생 여자 같다는 생각과 함께 그 어떤 모습도 아름답다는 생각이 들었 다. 그때 똑똑 문 두드리는 소리와 함께 선호가 들어왔다.

"이야, 태종이 녀석 입이 한껏 찢어지겠습니다."

"헤헤, 고마워요. 최 선생님. 그런데 우리가 먼저 가서 어떡해요?"

"어우, 야!"

"맞잖아. 사귀긴 너희가 먼저 사귀었는데. 우렁도령까지 하면서."

"그러게 말입니다. 우리도 얼른 서둘러야 할 텐데."

선호가 하리의 허리를 은근슬쩍 끌어안자, 그녀는 얼굴을 붉히면 서 밉지 않게 그를 노려보았다.

"그럼 우린 나가 있을게."

"부케 꼭 잘 잡아. 몸을 날려서라도 잡아야 해!"

진이의 말에 하리는 피식 웃으면서 선호와 신부대기실을 빠져나왔다. 선호는 여전히 하리를 제 품에 끌어안듯 걸어가며 진이도 예쁘지만, 그에 못지않게 사랑스러운 하리의 모습에 당장에라도 키스를 하고 싶었다.

"그나저나 부케 잡으면 6개월 안에 결혼해야 한다는데. 나랑 그렇게 빨리 결혼하고 싶어?"

"어우, 정말. 그거 다 미신이잖아요. 그리고 설사 그렇다고 해도, 어차피 결혼할 남자가 있는데. 뭐가 걱정이에요?"

그녀는 살짝 눈웃음을 지으며 선호의 팔을 꼭 붙잡았고, 선호는 그러한 하리의 행동에 다시금 끙 소리를 내었고, 하리는 그 모습에 피식 웃으며 조그맣게 속삭였다.

"오늘 선생님 집에 가도 되죠?"

은밀한 속삭임. 선호의 이성이 다시금 흔들거렸지만, 나중을 위해서 다시금 꾹 눌렀다.

"끝나고 바로 가자."

드디어 결혼식이 시작되었다. 조신하게 걸어가는 진이의 모습. 그런 진이의 모습에 살며시 웃어 주는 태종 선생님의 모습. 안 울 거라고 그렇게 다짐하더니 결국엔 눈물짓는 진이의 모습과 선호 선생님이 직접 부르는 축가까지.

"자, 간다!"

부케를 잡으려는 수많은 여자들 틈에서 하리는 과연 저걸 잡을 수 있을까 걱정하던 찰나 진이의 손에서 부케는 떠났고, 정확히 날아오는 부케에 하리가 손을 뻗었지만.

'헉, 짧다!'

아슬아슬하게 그녀의 손을 비껴 간 부케 때문에 속상한 마음에 발을 동동 굴렀지만, 그녀의 바로 뒤에 있던 선호가 정확히 잡아선 그녀에게 안겨 주었다. 그러고는······.

"조하리. 다음엔 이것보다 훨씬 좋은 부케 들고 나랑 결혼하자."

항상 하는 말인데도 부케를 안고서 이런 말을 들으니 하리는 유난히 얼굴이 붉어져 고개를 들 수가 없었다. 하지만 손끝에서 느껴지는 부케와 그의 달콤한 목소리에 정말로 그와 결혼하고 싶다는 생각이 간절해졌다. 하리는 마주 잡은 그의 손을 더욱 꼭 잡았고, 선호는 그런 하리에게 결국 참지 못하고선 짧은 키스를 해 주었다.

어느덧 크리스마스가 지나고, 그렇게 추운 겨울도 사르르 녹으며 봄이 찾아왔다. 선호는 마무리를 하던 새 논문에 마침표를 찍고서, 개운함을 느낄 새도 없이 샤워를 하고 며칠째 제대로 갈아입지 못한 옷도 깔끔하게 갈아입었다. 거울도 수도 없이 살펴보고, 어젯밤 옷도 이것저것 얼마나 골랐는지 모른다. 왜냐면 오늘, 드디어 하리의 집으로 결혼을 허락받으러 가는 역사적인 순간이기 때문이었다. 설레는 만큼 너무나도 떨렸다. 물론, 처음 뵈러 가는 건 아니지만 그래도 이건 경우가 달랐다.

마지막에 마지막까지 조금이라도 흠 잡히는 곳 없이 머리카락 한 올까지도 정리를 한 뒤, 선호는 방을 빠져나와 휴대폰을 들어 올렸다. 그의 표정이 살짝 흔들렸지만, 망설이지 않고 번호를 눌렀다. 참 오랜만에 눌러 보는 번호. 잠시 신호가 가더니 이내 덜컥이며 무척이나 오랜만에 듣지만, 그래도 변한 것이 없는 어머니, 이희진의 목소리가 흘러나왔다.

〈웬일이니.〉

"여전하시네요."

〈······.〉

"소식은 들었어요. 축하합니다."

최근에 희진은 우신대학병원장이 되었다. 재단의 지분율도 그녀가 가장 많이 가져가게 되었고 곧, 재단 회장도 그녀가 오르게 될 것 같았다. 그토록 가지고 싶었던 것을 이룬 셈이었다.

〈축하해 주려고 연락한 거니? 너답지 않구나.〉

"저, 결혼합니다."

천하의 선호도 결혼이라는 단어에 떨렸다. 오시지는 않는다고 해도 알려야 할 것 같아서. 그래도 어머니인데 말해 드려야 할 것 같아서. 그리고 하리가 그렇게 하기를 바랐다.

〈그 여자랑 하는 거니?〉

"네. 조하리입니다. 어머니를 뵙고 싶어 해요."

하리는 결혼하기 전, 그녀도 어머니를 뵈어야 한다고 얘기했지만, 선호는 처음부터 그럴 가능성을 버렸었다. 그래도 말은 해야 나중에 변명이라도 될 것 같아서 한 건데.

〈그래, 축하한다. 나중에 밥이나 한번 먹으러 오렴.〉

"……네?"

그때 멀리서 희진을 부르는 소리가 들렸고, 그녀는 잠시 무어라 얘기를 하고서 다시 선호에게 말했다.

〈기다리고 있으마. 그 여자도 같이.〉

그렇게 전화가 끊겼고, 선호는 한동안 멍하니 휴대폰을 들고 있다 이내 미소를 지으며 고개를 숙였다. 어쩌면 결혼식에 부모님 자리를 비우지 않아도 될 것 같다는 생각이 들었다. 그렇게 되면 생각했던 것보다 훨씬, 행복할 것 같았다.

"후훗."

"왜, 왜 그렇게 웃어?"

"선생님 그렇게 긴장하시는 모습 처음 봐서요. 완전 신기해요."

하리의 집 앞에 과일 바구니를 들고 선 선호의 표정이 아주 가관이었다. 굉장히 경직되고 웃어도 억지로 웃는 듯한 저 입꼬리. 하리는 그저 신기하기만 했다.

"처음도 아니잖아요."

"그때와 지금은 다르잖아. 어머니께 따님을 제게 주십시오, 하는 건데."

"헤헤. 근데 오늘 너무 멋있어요. 또 반했어요."

그녀는 조금이라도 그의 긴장을 풀어 주기 위해서 애꿎은 넥타이를 만지며 피식 웃었고, 선호는 그러한 하리의 모습에 조금 풀어진 표정으로 고개를 숙여 살짝 입술에 머금었다.

"그럼, 갈까?"

"네!"

하리는 선호의 손을 잡고서 집 안으로 들어갔다. 처음엔 몰랐는데 그녀도 살짝 긴장이 되는 것 같았다. 하지만 그런 걱정과는 달리 기다리고 계시던 외할머니가 반갑게 맞아 주셨고, 그녀의 어머니도 웃으면서 얼른 들어오라고 손짓을 하셨다.

선호가 외할머니와 얘기를 하는 사이, 하리는 혜정의 옆에서 음식을 도와주었다.

"뭘 이렇게 많이 했어?"

"요즘 많이 바쁘다며. 밥도 제때 못 챙겨 먹을 테고. 좀 먹여야겠다 싶어서. 너 저 꽃게 좀 다듬어 줄래? 알이 아주 통통하게 찼어."

하리는 손을 씻고서 꽃게를 만졌다. 순간, 속이 거북해지는 느낌이 들었다. 요즘 들어 통 속이 안 좋기는 했다. 그래서 더 밥을 거르는 일이 많았다.

"왜 그래?"

"아, 아니에요."

그녀는 왠지 불길한 느낌으로 거북한 속을 다잡고서 꽃게를 다듬었다. 그렇게 식사를 챙기고 선호가 얼른 다가와 밥상을 들었다. 하리는 얼른 선호의 옆에 앉았고, 혜정은 그 모습에 밉지 않은 시선을 띠며 말했다.

"아이쿠, 그렇게 좋니?"

"그럼요."

"자자, 어서 먹어라. 배고프지?"

외할머니가 손수 꽃게를 선호의 밥 위에 올려 주셨고, 선호는 감사한 마음에 환하게 웃으며 절로 두 손으로 잡게 되었다.

"감사합니다. 할머님도 드세요."

"됐네, 됐어. 얼른 먹게. 요즘 많이 바쁘다면서? 제때 끼니는 때우는지. 어미가 많이 걱정했어. 그래서 이렇게 많이 한 거니까. 얼른 먹어."

"감사합니다. 어머님!"

선호의 싹싹하게 웃는 모습에 혜정과 외할머니는 절로 흐뭇했고, 하리도 덩달아 기분이 좋아졌다. 그렇게 단란한 식사가 시작되었다. 하지만 어쩐지 하리는 숟가락을 쉽게 움직이지 못했고, 선호는 그러한 그녀의 모습에 걱정을 하면서 손수 꽃게 살을 발라 주었다.

"왜 그래, 어디 아파?"

"조금 속이……."

"이거 좀 먹어 봐."

선호가 준 게살에 하리는 어렵사리 숟가락을 들어 올린 순간.

"우욱!"

순간 하리는 헛구역질을 토해 내며 재빨리 화장실로 달려갔고, 혜정과 선호는 하얗게 질려서는 재빨리 그 뒤를 따라갔다. 그러나 외할머니만이 은밀한 미소를 지으며 밥 한 숟가락을 떠올렸다.

"꽃게라. 어째 제 엄마랑 그렇게 똑같누."

"하리야, 괜찮아?"

"우우욱!"

선호는 하리의 등을 두드려 주었고, 혜정은 물 한 컵을 가져오면서 꽃게와 하리를 번갈아 바라보며 경악스러운 표정으로 말했다.

"너 설마!"

간신히 속을 다스린 하리는 엄마의 말에 순간 뜨끔해서 머릿속으로 날짜를 세었다. 그러고 보니 생리가 2주일이나 지났는데…….

"조하리!"

혜정의 외침에 하리는 움찔하며 선호를 살짝 바라보았고, 그 역시 당황한 표정을 짓다가 이내 화장실 바닥에 무릎을 꿇고서 외쳤다.

"장모님! 하리와 결혼하고 싶습니다! 행복하게 해 주겠습니다! 따님을 제게 주시면 안 되겠습니까?"

혜정은 멍한 시선으로 선호를 바라보았고, 선호는 어떻게든 표정 관리를 하려고 했지만 제대로 하기가 어려웠다. 햇병아리가, 그녀가, 아이를 가졌다. 그것도 자신의 아이를. 아이를!

그때 멀리서 외할머니의 목소리가 우렁차게 들려왔다.

"허락이고 자시고가 어디 있어? 이미 우리 사위 아니었던가? 나는 하리를 닮은 증손녀가 보고 싶었는데. 꽤 일찍 보게 될 것 같구나."

하리는 부끄러움에 차마 고개를 들지 못했고, 혜정은 참았던 웃음을 터트리면서 선호에게 손을 내밀었다.

"어서 일어나. 어쩜 화장실 바닥에서 허락을 구하는지. 아무리 급하다고 하지만……."

"그, 그럼."

"할머님 말씀 들었지 않나. 처음부터 우리 사위였다고."

"감사합니다! 감사합니다!"

선호는 하리를 꽉 끌어안았고, 그녀는 웃으면서 혜정을 바라보았다. 그녀의 눈빛이 말하고 있었다.

'행복하니?'

그래서 하리는 선호를 꽉 끌어안으며 속삭였다.

'네, 너무 행복해요.'

그렇게 늦은 봄. 하리는 선호와 인생의 하얀 길을 같이 걸었다. 물론 그들의 귀여운 병아리도 같이 품고서. 서로에게 우스갯소리로 한 것처럼. 하리는 그와 검은 머리가 파뿌리가 될 때까지 평생을 설레며 함께 하고 싶었다.

"검은 머리가 파뿌리가 될 때까지."

"서로를 평생 아끼고 사랑할 것을."

"약속합니다."

"약속합니다."

— The End

작가 후기

　다른 작가님들이 소설 쓰는 것보다 후기를 쓰는 게 더 힘들다고 하시던데, 딱 맞는 말 같아요. 처음 세상에 나오는 종이책인데, 그래서 그런지 머리가 너무 멍해서 어떤 단어를 써야 할지, 어떤 말을 해야 할지 영 생각이 나질 않네요. 일단, 이 소설은 저의 첫 번째 종이책 아가입니다. 어설픈 솜씨로 글을 쓴 지는 꽤 되었는데, 이제야 세상 밖으로 첫 걸음마를 시작하네요.

　원고를 수정하면서 첫 연재일을 확인해 보니, 거의 1년이 다 되어 가더라고요. 첫 시작은 그저 힘든 순간에, 내가 쓰는 세상이라도 좀 밝고 유쾌했으면 좋겠다, 싶어 시작한 소설이 어느새 이렇게까지 오게 되었네요. 배경은 메디컬이지만, 그저 배경만 메디컬일 뿐, 큰 주제는 결국 병원에서 피어나는 사랑입니다. 제 소설 중에 초반부터 연애질하면서 사건이 흘러가는 건, 이 소설이 처음일 겁니다. 그래서 쓰는 내내 제가 더 부럽기도 하고, 오글거리기도 하면서, 달달한 기운 많이 얻어 가곤 했습니다. 물론 바쁘디바쁜 병원에서 저런 연애를 하는 커플이 얼마나 될까 싶지만. 원래 로맨스는 달콤한 환상을 꿈꾸는 거잖아요.^^

수정하는 바람에 애증의 우유커플이 담백해져 버렸지만, 그래도 저런 친구 관계가 저들에겐 더 어울릴 것 같다는 생각을 했습니다. 친구에서 슬슬 연인으로 발전할 수도 있고요.^^

소설 쓰는 내내, 그리고 출판 계약 맺은 후에도 계속 응원해 주고, 매번 신경 써 준 내 고등학교 식도락 친구들! 내가 한번 크게 쏠 테니까, 기다리고 있어.^^ 중학교 먹자 기행 친구들도 잊지 않았으니까, 기다리고!

책 홍보 좀 하라고. 제목 좀 알자고. 사인은 안 해 주냐고 닦달하던 우리 소연 여사. 책 나오면 꼭 보내 줄 테니까, 그때까지 참으세요. 그리고 사인은 쑥스러워서 안 할 거야.^^ 그리고 약속대로 후기에 네 이름 집어넣었다.

맨날 컴퓨터 붙잡고 뭘 그렇게 또닥또닥 거리냐고 궁금해했던 우리 엄마, 아빠. 이거 한다고 그랬어요. 그런데 앞으로도 더 또닥또닥 거릴 것 같으니까, 조금만 참아 주세요. 사랑합니다.^^

이 책이 세상 밖으로 나갈 수 있도록 처음 손 내밀어 주신 스칼렛 로맨스에 무한 감사드립니다. 이 책이 제 부족한 글쟁이 인생에 터닝 포인트가 되어 다른 작품도 술술 풀리는 것 같습니다. 저의 느린 속도에 원고가 많이 늦어졌지만, 다음 작품도 잘 부탁드릴게요^^

첫 로맨스라는 장르에 발을 담고, 책임감을 갖게 해 준 로망띠끄도 너무 감사합니다. 누가 뭐라고 해도 제 첫 아가는 로망띠끄의 전자책이었답니다. 새벽에 출간되었을 때의 그 벅찬 느낌을 아직도 잊을 수가 없네요.

끝으로 연재하는 내내, 괜히 어려운 메디컬 물을 선택해서는 매번 자료 조사에, 꼬이고 꼬인 스토리를 푸느라 애먹고 있던 제게 햇병아리 커플, 진종 커플이라고 불러 주시면서 너무나도 엄청난 사랑과 힘이 되어 주신 예쁜 로망띠끄 독자 여러분께 정말 감사드립니다. 진짜 큰 힘이 되었어요. 작가에게 누군가 뒤에서 응원해 주고 있다는 것은 정말 놀라운 것이랍니다. 그래서 제가 그 맛에 연재를 놓질 못하겠어요. 앞으로도 부족한 저를 잘 지켜봐 주셨으면 해요. 그리고 요즘도 가끔씩 쪽지로 절 응원해 주시는 지율 님도 정말 감사드립니다.

한순간이나마 이 소설로 행복하고 달달한 시간 되셨길 바라면서, 다음에 더 좋은 모습으로 뵙도록 하겠습니다. 감사합니다.^^

2013년 아직 추운 봄날 밤에 서이나.

Scarlet

스칼렛

Scarlet

스칼렛